中國文化美學文集

王振復◎著

復旦大學出版社

目　录

中国巫文化人类学 ————————————————

导言　/　003

第一章　原始神话、原始图腾文化人类学　/　022
　　第一节　原始神话文化的人类学特征　/　022
　　第二节　原始图腾文化的人类学特征　/　041

第二章　中国巫文化的人类学特质　/　056
　　第一节　人类及其中国原巫文化的人文特性　/　057
　　第二节　中国巫文化的分类　/　072

第三章　巫性：中国文化的原始人文根性之一　/　081
　　第一节　中国文化的原始人文根性究竟何在　/　081
　　第二节　巫性作为中国原始人文根性之一何以可能　/　099

第四章　神（鬼）与灵的神秘世界　/　113
　　第一节　中国巫文化的"神（鬼）"　/　113
　　第二节　中国巫文化的"灵"　/　122

第五章 "巫史文化"的"中国" / 144

　　第一节 "巫史传统"的文化特质 / 144

　　第二节 必由之路：从"巫"走向"史" / 160

第六章 巫术禁忌与心灵感应 / 176

　　第一节 巫术禁忌 / 176

　　第二节 心灵感应 / 186

第七章 中国巫文化的文化哲学 / 198

　　第一节 巫之气 / 199

　　第二节 巫之道 / 208

　　第三节 巫之象 / 214

第八章 中国巫文化的人文思维方式 / 229

　　第一节 类比：从个别到个别 / 229

　　第二节 矛盾律的滥用 / 240

第九章 巫、医的人文亲缘与"对话" / 247

第十章 从巫性崇拜到诗性审美 / 259

　　第一节 巫术与艺术的文化因缘 / 261

　　第二节 从原始巫性走向诗性 / 275

第十一章 "风水"的理性批判 / 283

　　第一节 "风水"的易理之原 / 285

　　第二节 "畏天"与"知命" / 296

　　第三节 居住：何以变得如此困难 / 305

　　第四节 技术理性与朴素的生态环境意识 / 310

附录一 巫文化考释 / 319

附录二 与巫相系的神 / 332

附录三 巫术：宗教的"文化之母" / 354

参考文献 / 371

秦汉美学范畴的酝酿 ———————————————

概述 / 377

第一章 天、人理念与宇宙论 / 380

　　第一节 天的宇宙论意义 / 380

　　第二节 人论 / 389

第二章 性、情、欲之辨 / 395

　　第一节 性：从"全生"到"凡人之性，莫贵于仁，
　　　　　　莫急于智" / 396

　　第二节 情："人欲谓之情"与"心适"的提倡 / 401

　　第三节 "发乎情，止乎礼义"与"文情理通" / 406

第三章 气范畴的文脉流渐 / 413

　　第一节 秦汉之前气论的简略回顾 / 413

　　第二节 秦汉时期的气范畴 / 419

　　第三节 "精神"之旅 / 434

　　第四节 "阴阳"之思 / 440

　　第五节 "五行"与"气" / 458

第四章 象范畴的人文踪迹 / 466

　　第一节 汉易与象思维、象思想 / 466

第二节 易象·书象·梦象 / 486

第三节 美与恶（丑）的时代"对话" / 495

第四节 文与质问题讨论的时代新趋 / 516

第五节 观：与象相契 / 525

第五章 道范畴的历史与人文解读 / 532

第一节 人道：形下之道 / 532

第二节 道：形上之道 / 545

参考文献 / 555

中国巫文化人类学

导　言

本书试图以文化人类学关于巫学的理念，研究中国所特有的原始巫术文化的种种现象、特质、功能、价值及其文化哲学，且与宗教、科学、道德、审美与风水等人文诸问题相联系，意在阐析中国巫文化人类学这一学术课题的内在学理机制与人文特性。

德国哲学家康德有三大"批判"，为《纯粹理性批判》《实践理性批判》与《判断力批判》。"批判"的意思，如果我们仅从学术研究的角度来看，大概可以用八个字来加以概括，便是：澄清前提，划定场域。科学的学术研究总得有一个前提预设，否则其真正的研究便没法展开。康德的三大"批判"，依次以"纯粹理性""实践理性"与"判断力"为逻辑预设。在这三大预设中，又以"纯粹理性"为原设。三大预设之上，还有一个公设，便是上帝。因此可以说，康德的"批判"，为信仰留下了地盘。所有这一切，都是进入学术研究的一个前提。前提和场域是相辅相成的。

本书以"中国巫文化人类学"为题。其研究的前提究竟是什么，这是首先要思考的问题。笔者以为，这一预设是"巫性"，或者说是"中国巫性"。巫性介于神性与人性之际，它是文化人类学及其文化哲学意义上的一个主题性范畴。由于学术研究的前提与场域是相辅相成的，因此我们可以认为，这里将巫性、中国巫性作为前提，实际也同时规定了本书研究的场域。在这一研究场域中，巫性与中国巫性的人文特质与"史"文化的关系，巫术与宗教、科学、艺术审美和堪舆等的关系，以及中国巫文化的禁忌、思维方式与中国巫术的文化哲学等，都是本书试图解读的题中应有之义。

以巫性与中国巫性为研究的前提兼场域的合法性，可以从"人的本质对象化"与"人的本质异化"的关系加以简析。

马克思《1844年经济学哲学手稿》一书指出，"人的本质对象化"，作为人的本质的积极性实现，总是与人的本质的"异化"即人的本质的消极性实现相联系的。"异化劳动"导致了劳动方式、过程、成果、工具尤其是作为劳动主体的人的本质的"异化"，使人成为非人。但是人的本质的"对象化"与"异化"，并非井水不犯河水，两者是同时发生、同时发展、同时消亡的，它是关于人的本质的有机联系的两个方面。"对象化"是人的本质的积极性实现；"异化"是人的本质的消极性实现。正因如此，在"异化劳动"的社会里，尽管劳动"异化"了人的本质，却由于在一定程度上也同时"对象化"了人的本质，因而能够创造一定的真善美的事物；在整体上属于非"异化劳动"的社会里，由于一定程度上，也还存在着"异化"的社会现象，因而也有假恶丑事物的发生。

由此审视巫性兼中国巫性问题，我们可以看到，其实巫性与中国巫性的文化本质，是同时"异化"与"对象化"了人的本质。可以概括为：充满了文化迷信的巫性兼中国巫性，既拜神又降神，既媚神又渎神。迷信与理智交互，糊涂和清醒兼具，卑下同尊严相依，崇拜携审美偕行，且以前者为主。它是一种畏天与知命、灵力与人力之有机结合与妥协的文化现象。

一

人类学的学科意识，肇始于古希腊。西人所谓Anthropology（人类学）这一希腊词源，是Anthropos与Logic。

西方人类学奠基于17世纪中叶，学界一般以成书于公元1655年、迄今尚未知作者为何人的《人类学概要》（Anthropology Abstracted）为重要标志。Anthropology一词，曾于1822年写入《大英百科全书》，可证学科意义的人类学，已为当时学界所接受。

一般而言，作为"人的研究"的西方人类学，包含体质、考古、语言与文化四大分支。

体质人类学的研究对象为"自然的人"。以一定人群的人种基因、人种体质、特征与品性的形成、嬗变的发展规律为研究主题，探究人类的"体质"特性以及人类在自然界的崇高地位，从体质角度，研究人类的起源及与其它灵长类动物的血缘联系、进化与差异；研究人种之间不尽相同的血缘遗传密码与变异规律；研究同一人种、种族与民族，因所处自然与社会环境的不同，与漫长的历史分野所造成的血型、体格、长相等的联系与差别。英国学者达尔文的《物种起源》与赫胥黎的《天演论》，成为西方体质人类学的早期重要著述。赫胥黎的《天演论》与达尔文《物种起源》中译本，先后出版于1897年、1903年，对中国学人的研究具有启蒙意义。顾寿白《人类学大意》（1924）与黄新民《世界人种问题》（1927），是中国学人开始介入体质人类学研究的初创性学术成果。

在学理上，考古人类学是考古学与人类学的结合。以考古的理念与方法，通过田野调查及其研究，探索、解决人类学所面临的一系列学术课题，可称为考古人类学。作为人类学的重要分支，历代有学人将其归于历史学或考古民族学，从而引起争议。考古人类学作为文化人类学的重要一翼，实际又是体质、语言与文化三大人类学学科的一个基础，这是因为其学科主题，尤其不能离开田野作业及其成果的缘故。考古人类学，是关于史前蛮野与文明人类的考古之学。史前考古的对象，主要指旧石器时期、新石器时期的"自然的人"与"社会的人"及其历史与人文联系；文明时代的人类学考古对象，是人类体质、文化与语言的民族、社会与历史的演替、嬗变、规律、模式、结构与机制及其相互联系。无疑，考古人类学的学术生命，基于田野实践，侧重于考辨人类体质、文化与语言的原始遗存与原始经验。追溯人类之始，是考古人类学研究的题中应有之义。西方考古人类学，奠基在强调实证的历史学与民族学基础之上，是随着西方近代自然科学的发展而兴起的。国内考古人类学的研究起步较早。中山大学、厦门大学等一批学者，曾经成为考古人类学的先行者之一。顾颉刚、林惠祥与郑德坤等，曾于19世纪二三十年代，以讲授考古人类学等课程，任教于厦门大学，有"考古人类学实验室""古物陈列室"与"文学院中国文化陈列所"等学术机构的设立。"厦门市人类学博物馆筹备处"，由林惠祥设立于1934年。而早在1921年，复旦大学曾经创设人类学课程，是中国最早具有人类学教学的高校；2018年1月，复旦大学重新设立人类遗传学与人类学系。

西方语言人类学，肇始于博厄斯的语言人类学研究。作为人类学与语言学之间的交叉学科，语言人类学学理结构中的所谓语言学，不仅为人类学研究提供了研究方法，而且直接引入了语言哲学。作为观察、研究人类自身的窗口与学术领域，语言是人类文化、社会、历史、种族、民族尤其是精神、思想与情感等的"第二面貌"与人文符号系统。有鉴于世界各种族、民族、国家、时代、地域的语言及其语言学模式的千差万别，始于十九世纪的语言人类学，被广泛运用于研究人类无比纷繁、复杂与深邃的文化起源、文化行为及其心理结构与思维方式等。

西方结构人类学与认知人类学，以语言人类学为其坚强友军。各种族、民族、时代、地域之间的语言译介、传播与交往，是语言与语言之间所发生的"格义""误读"及其融合。英国功能主义人类学家马林诺夫斯基《珊瑚花园和它们的巫术》，论析特洛布里恩岛人巫术用语的译介，较早涉及语言与语言之间的人类文化的关系问题。

中国的语言学研究发蒙于经学。文字、训诂、音韵与语法、逻辑、修辞研究的历史相当古远。古文经学，尚"无一字无来历"；今文经学，宗"无一字无精义"。其研究旨趣，皆大致阈限于传统经学及其人文思维，近代曾受到西方语言人类学理念方法的影响。罗常培作为中国语言人类学的首倡者之一，早在20世纪30年代，曾经对山东临川与江西的方言语音系统及其语言行为进行调研，撰《从客家迁徙的踪迹论客赣方言之关系》，研究不同地域方言的流变这一课题。

语言人类学属于文化人类学的重要一支。诸如有关大致发生于两汉之际印度佛教东渐的伟大"中国事件"，上千年大量印度佛教典籍的汉译与传播，以及始于明代徐光启在传教士配合下所译介的《几何读本》等，到十九、二十世纪无数西洋文化、哲学、宗教、科学与艺术等著作的翻译与传播，都是语言人类学研究的用武之地。

文化人类学的研究对象，为"社会的人"，指"自然人化"兼"人化自然"的过程、方式、成果、工具尤其作为主体的人自身。英国莎士比亚的悲剧作品《汉姆雷特》说，人是"宇宙的精华，万物的灵长"，是自然进化最伟大的文化成果。人不断创造一切尤其创造与完善人自身。荀子说："水火有气而无生，草木有生而无知，禽兽有知而无义，人有气有生有知亦且有义，故最为天下贵也。"①荀卿的所谓"人"，为礼义之人，自当不等于文化人类学所说的"人"，然而，荀子肯定了人"最为天下贵"的崇高地位。人作为文化主体、成果与历史过程，是最广深、最烦难也是最值得的文化人类学研究的一个课题。

考古人类学、语言人类学与文化人类学这三大人类学分支，都以体质人类学为学科基础和自然基因。其中文化人类学，对于有关人的自然本质与本性的研究及其成果，必有所汲取。人类体质，既基于自然人种，又在一定自然环境、社会、文化与漫长历史进程之中有所发展，因而，无论体质、考古与语言人类学，都与文化人类学具有密切的联系。

文化人类学，是目前所有人类学中最繁盛的一门人类学。它与其他人类学的区别在于"文化"是其关键一词。对于文化理解的差异，必然出现许多不同的文化人类学的具体研究及其学术成果。近百年前，梁漱溟曾对"文化"做过人类学意义上的思考与表述：

> 你且看文化是什么东西呢？不过是那一民族生活的样法罢了。生活又是什么呢？生活就是没尽的意欲（Will——原注）——此所谓"意欲"与叔本华所谓"意欲"略相近，——和那不断的满足与不满足罢了。通是个民族通是个生活，何以他那表现出来的生活样法成了两异的采色？不过是他那为生活样法最初本因的意欲分出两异的方向，所以发挥出来的便两样罢了。然则你要去求一家文化的根本或源泉，你只要去看文化的根原的意欲，这家的方向如何与他家的不同。②

关于什么是人类文化，学者们见仁见智，歧义问难者多矣。有西方学者广

① 王先谦：《荀子集解》卷五《荀子·王制篇第九》，《诸子集成》第二册，上海书店，1986，第104页。
② 梁漱溟：《东西文化及其哲学》，《梁漱溟全集》第一卷，山东人民出版社，1989，第352页。按：这一引文，每一字下方原有着重号，已略。

为搜求，称"文化"的"定义"竟有164种之多①，可见文化意义的复杂与深邃。

本书将文化人类学的所谓"文化"，看做"自然的人化"兼"人化的自然"的天人、物我、主客及其时空动态的联系、过程、方式、成果与心灵的一个总和。凡是人类所创造的一切，都属于人类文化范畴，包括物质、精神、结构、传播、意义、价值、语言与人体等动态八维及其无限的动态联系。人们往往习惯性地称文化仅仅具有"物质""精神"二维，其实文化的内涵远非如此。文化根因，即所谓文化根原，梁漱溟曾将其归结为人的"意欲"，然而又远非仅仅能够归之于此的。

文化人类学研究，往往不可回避地与"文明"与"文脉"这两大范畴相系。

有学人习惯于将文明理解为人类出现文字与阶级、国家以后的一种社会现象，其实这是历史学的理解。从文化人类学角度看，所谓文明，是指文化发展的过程和程度。历史学把文明理解为阶级、国家以及文字诞生之后才有的，称这是人类文明时代的开始，在此之前的许多个世纪是"野蛮时代"。文化人类学则以为，文明既然是文化发展的过程和程度，那么它一定是与文化相伴相生的。因此，即使在人类漫长的"野蛮时代"，人类社会也是具有一定的文明的，它便是"野蛮的文明""文明的野蛮"。

"文明"一词，原于《易传·彖辞》释贲卦卦辞之义，与"天文"这一范畴相对应。《易传》说："柔来而文刚，分刚上而文柔，故小利有攸往，天文也。文明以止，人文也。观乎天文，以察时变。观乎人文，以化成天下。"②这里所说的"天文"，类于自然这一概念；所谓"人文"，类于文化概念。这里的文明一词，实际指道德文明，这是因为《易传》大致是先秦儒家著述的缘故。《易传》同时指出，所谓"人文"，是人"观乎天文"的过程与程度。

与文化、文明概念相联系的"文脉"一词，是英文Context的首译③，指文化的"上下文关联域"即文化的"来龙去脉"及其传播历程，本指文化大化流行的时间历程。然而，离开时间的空间性与离开空间的时间性，都是不可思议

---

① 按：参见许国璋：《文明与文化》，《释中国》第一卷，王元化名誉主编，上海文艺出版社，1998，第617—641页。

② 《易传·彖辞》，王振复：《周易精读》（修订本），复旦大学出版社，2016，第143页。

③ 按：请参见王振复：《中国美学的文脉历程·前言》，四川人民出版社，2002。

的，因此所谓文脉，是指存在于空间的人文时间的一个过程，又是作为时间流变的空间存在。这里，包含了对于文化人类学意义的文化、文明的整体理解。

在人类学研究领域，关于文化人类学的学术著述，可能要比体质人类学、考古人类学与语言人类学更为丰富、繁荣而影响更大。夏建中《文化人类学理论学派——文化研究的历史》一书，曾根据日本筑波大学教授、文化人类学家绫部恒雄主编《文化人类学の名著50》(日本平凡社，1994)，列出影响当今国际人类学界的学术名著凡五十种（按：这些名著，出版于1871—1983年间），包括英国十四、美国十六、法国九、荷兰三，德国与比利时各一，亚洲仅日本所著六。[①]其中，以英国泰勒《原始文化》(1871)、美国摩尔根《古代社会》(1877)、英国弗雷泽《金枝》(1890)、法国列维-布留尔《原始思维》(1910)与杜尔干《宗教生活的初级形式》(1912)、英国马林诺夫斯基《西太平洋上的航海者》(1922)、法国莫斯《论礼物》(1923—1924)、美国本尼迪克特《文化模式》(1934)和《菊与刀》(1946)、法国列维-斯特劳斯《野性思维》(1962)等文化人类学著作为主要，凡此，一般为中国学者所熟知。

学科意义上西方人类学的起始、形成与发展，曾经走过长期而颇为艰难的人文与学术历程。作为以"人"为研究对象的西方人类学，曾经几乎长期湮没无闻、往往不为学界所重视，是因为人们误以为，此"学"既然以"人"为研究对象，是过于"笼统"的，似乎其学科的内涵与界限模糊不清。有人颇为疑惑地发问：世间学问，还有哪一门哪一类，并非直接、间接地研究"人"或与"人的研究"无关呢？既然人类学是研究人的学科，那么有关人的一切，难道都要研究吗？如果都要研究，岂非包罗万象，没有边界？其实这是对于人类学的一种误解。大凡人类学，前文将其归为体质、文化、语言与考古人类学等四类。实际上，我们还可以根据"自然"与"文化"的二维理念，试将语言人类学和考古人类学并入大文化人类学的范畴。这样可以将基本的人类学范畴，归并为体质人类学与文化人类学两大类，或者可以归结为关于人的自然人类学和人文人类学。这里应当指出，考古人类学与体质人类学是具有尤为亲缘的联系的。

---

① 夏建中：《文化人类学理论学派——文化研究的历史》，附录一，中国人民大学出版社，1997，第344页。

人类学学科的意识、理念与方法的发蒙、生起、成熟与转嬗，是与人类自身关于"人"这一问题意识的逐渐觉醒、反思以及新研究方法的发现与运用，紧密地联系在一起的。

西方人类学起始于古希腊，奠基在17世纪中叶，并且繁荣于19世纪至20世纪，是并非偶然的。

从学科意识的萌生、学科的生成、认同与多元发展看，西方人类学实际与西方古代所经历的两次"人的解放"，与科学主义、实证主义研究方法的影响和运用有关。

在生活、活动于公元前9世纪至公元前8世纪的古希腊盲诗人荷马的时代，人们首先所感知的，一般是属神而非属人的世界（按：虽然属神的感知实际上是属人的另一种感知）。在古希腊神话中，主神宙斯及其诸神，构成了一个"神圣家族"，成为多少年间深受人们顶礼膜拜的对象。关于主神宙斯与诸神的神话传说，实际是从神话角度，来理解人的本质，神就是被神化的人。这和对于人自身的直接理解，是不太一样的，一定程度上，遮蔽了人类对于人自身的感知与认识，从而否弃人应有的文化地位与人格。那时，即使是才华横溢的诗人与思想深邃的哲学家，也被认为其诗性与思性的智慧，由"诗神凭附"与神灵赐予而来。无论古希腊的悲剧或喜剧作品，所崇尚和描述的，都是关于神的崇高、静穆及其故事传说。约公元前6世纪至公元前5世纪，毕达哥拉斯学派首先发现与肯定的世界，是神性兼巫性的"数"而不是人自身，以为惟有"数"，才是真正而更高一级的"实在"。约公元前5世纪至公元前4世纪，早于苏格拉底的恩培多克勒又说，万物原于希腊神话的神性之"根"，以宙斯、赫拉、埃多涅乌与涅司蒂等的神奇本质作为事物生灭的本原。

随着古希腊经济、文化的进一步发展与奴隶城邦制的深入推衍，"人"的文化意识有所觉醒。西方原始人本意识对于神本意识的第一个"宣言"，便是普罗塔哥拉的著名哲学命题：人是万物的尺度。这意味着，西方文化开始由肯定神的圣喻、神的意志，转而有所肯定属于人自身的知识、理性与力量。"人的问题"，成为苏格拉底、柏拉图与亚里士多德哲学不争的主题，虽则希腊哲学智者在宣说其属人的哲学智慧的同时，依然时时难忘与回眸奥林匹斯山神圣的灵光。这是人类在理念上关于"人"的第一次发现与解放，一定程度上觉醒与肯定了人自己，由此引起西方人类学意识的启蒙，也就不足为奇了。

尔后西方经过中世纪宗教文化的漫漫长夜，"人的问题"，基本隶属于宗教神学的理念与思维阈限，而重新被有所遮蔽。在中世纪的神学时代，尽管人不断地创造无数真善美的事物与成果，人却"谦卑"地将此归之于神与上帝。冯·巴尔塔萨曾经指出，在接受希伯来文化与基督教神性文化传统的希腊人看来，比如，"所谓美，就是上帝的在场"，"只有在宗教里才存在真正的美"①。

时至14—16世纪的文艺复兴时期，得益于提倡人性反对神性、提倡科学反对迷信、提倡民主反对专制的伟大精神的感召，关于"人的问题"，终于在新的时代条件下再度被发现。学科意义上的人类学研究，奠基于17世纪，是顺理成章的事情。这是关于"人"的第二次"解放"。时至17世纪的英国培根、18世纪苏格兰休谟的经验论哲学与19世纪法国孔德的实证主义哲学所提供的方法论，进一步促成了西方人类学的成长。自19世纪下半叶，便有英国古典主义人类学家泰勒、弗雷泽等及其人类学的诸多著述相继涌现，繁荣达一个多世纪之久。从总体上看，早期西方人类学著作，侧重于原朴的田野调查及其研究，重视原始种族、氏族、原始部落的原始生活经验、方式及其精神生态的考古与实证研究等，尤其集中于有关原始巫术、神话与图腾的研究，奠定了一个扎实的学术基础与传统。

二

本书试图以文化人类学关于巫学的理念与方法，来研究中中国文化的"巫问题"。其中心论题在于，巫性是中国文化基本而主导的原始人文根性之一，作为文化迷信，巫性处于中国式的神性与人性、神格与人格之际，巫性是既媚神又渎神、既拜神又降神、既畏天又知命、既信灵力又尚人智的一种文化属性。巫术，是这二者之间的一种"对话"和结构的文化形态与方式。概而言之，人

---

① ［瑞士］冯·巴尔塔萨：《神学美学导论》，曹卫东、刁承俊译，生活·读书·新知三联书店，2002，第79、11—12页。

类学意义上中国巫文化的文化属性与特质，迷信与理智交互，糊涂同清醒兼具，卑下和尊严相依，崇拜携审美偕行，且以前者为主。

巫学及其巫性，作为中国巫文化人类学研究的学术范畴的提出，经过了较长一段时间的酝酿，开始于笔者20世纪80年代关于《周易》文化的研究。易学是典型的象数之学，传统易学以笺注、文字训诂音韵为基本的解读方法，从而揭橥易理的文化、道德意义，本归于经学范畴。大致"五四"以来，西学东渐促成传统易学的时代革新，于是便有所谓"哲学易""科学易""考古易""历史易""思维易"与"文化易"等的开新。

其中，"哲学易"声势浩大，影响深远。"哲学易"的提倡者与实践者多为哲学研究者，蕴含于"五四"以来活跃在国际、国内所谓"第三代儒学"①之中，在象数学基础上从事"哲学易"的研究，是对传统易学的一种学术推进。然而，"哲学易"在发掘与研究易学与哲学的关系以及易学的哲学意义问题的同时，有的学者可能会不自觉地将易理等同于哲理，把易学等同于哲学，从而有可能在一定程度上，造成对于"易之原始"的遮蔽。原始易学是巫学而不是什么哲学（按：当然，在原始巫学中蕴含着哲学等文化胚素），这是对于原始易学学科属性的一个基本估衡。

仅就通行本《周易》而言，《周易》本经是巫占之书，这是没有疑问的。全书上经三十，从乾坤到坎离；下经三十四，从咸恒到既济未济，书中可能由"文王演易"而排列的六十四卦序，具有错卦、综卦与错综卦的"二二相耦，非覆即变"的对应关系，以及以既济为第六十三卦、未济为第六十四卦的排序等，显然是具有一定的哲学思辨的。同时，易的哲学思想因素，还主要体现在《易

① 按：中国儒学史，将儒学的历史发展分为三期。牟宗三：《儒家学术之发展及其使命》一文指出，第一期儒学以孔、孟、荀的思想学说为代表，先秦是原始儒学"典型之铸造时期"；第二期儒学，以（宋明）濂学（周敦颐）、关学（张横渠）、洛学（程颢、程颐）、闽学（朱熹）与心学（陆九渊、王阳明）为代表，宋明为理学"彰显绝对主体性时期"。现代新儒学（按：即第三期儒学）起于20世纪20年代初，在五四运动爆发未久一片"打倒孔家店"的时代呐喊中，梁漱溟站在文化守成主义立场，打出"新孔学"即现代新儒学的旗帜，在传统的儒学及其价值体系不断解构的人文语境中，试图接纳宋明理学的文化之血脉，以梁漱溟、牟宗三、张君劢、徐复观、冯友兰、贺麟与杜维明等为代表。

传》的《彖辞》《象辞》《文言》与《系辞》之中。

可是，哲学并非易之原而为易原之衍。易之原，是中国哲学等人文意识的根因但不是哲学本身，它有待于提升为哲学与伦理学、美学等。原本之易，应归于巫学范畴。人们尽可以对《周易》本经进行哲学研究，但是这不等于说，整部通行本《周易》尤其本经的人文意识、理念与思想等本来就是哲学。

"易以道阴阳"这一命题，是哲人庄子对于《周易》的哲学判断，这是凡是读过《庄子》的学人都知道的。庄周称"易以道阴阳"，但并不等于说凡是讲"阴阳"的，都是什么哲学。谁都知道，通行本《周易》分本经（按：一般以为成于殷周之际）和《易传》（按：一般以为成于战国中后期），两者大约相距七八百年，这是一个常识。

《周易》本经没有哲学意义的"阴""阳"二字。《周易》中孚卦九二爻辞所谓"鸣鹤在阴，其子和之"的"阴"，本指阳光照射不到的地方；《周易》夬卦卦辞有"扬于王庭"之辞。《说文解字》云，扬，"飞举也，从手，昜声。"因为阳（繁体陽）和扬（揚）两字都从昜（阳的本字），字根同一，所以"扬于王庭"之扬，可以看作"阳"（昜）的派生字。即使如此，这里也不是哲学意义上的"阳"[①]。

《周易》本经六十四卦序，确实具有"二二相耦"的某些哲学思维的特点。但这不等于说，凡是"二二相耦"的都是哲学。《周易》本经的所有卦爻辞，大凡都是筮辞，筮辞的文化主题，在于趋吉避凶。吉、凶及其两者的对应，构成了"二二相耦"的人文态势，吉凶二义，原本属于巫学而不是哲学范畴，这是显而易见的。

易学家尚秉和氏曾经指出，"易者占卜（按：实指占筮）之名"，"说者以简易、不易、变易（按：此指易之哲学）释之，皆非。""简易、不易、变易，皆易之用，非易之本诂。本诂固占卜也。"[②]学者陆侃如、冯沅君也说："我们知

---

① 按：所谓"扬于王庭"的"扬"，有正大光明地公布、宣扬的意思。20世纪70年代湖南马王堆出土的《帛书周易》中，《周易》通行本"扬于王庭"语，写作"阳于王庭"，意思是阳光照射王庭。

② 尚秉和：《周易尚氏学总论·第一论周易二字本诂》，《周易尚氏学》，中华书局，1980，第1页。

道《易经》并不是古圣王说教的著作，而是民间迷信的结晶，从起源到写定，当然需要几个世纪。这些迷信的作品，与近代之'观音签''牙牌诀'极相近，既谈不到哲理，更谈不到文艺。"①话说得有些绝对。实际上，《周易》是上层社会与下层民间共同创制而用于预测命运的文本，富于迷信而不仅仅是"民间迷信的结晶"。正如前述，通行本《周易》的本经部分，主要是六十四卦序的排列，具有一定的哲学思维因素，称其绝对"谈不到哲理"是不妥的。然而，作为中华原始"信文化"的典型文本之一，在本原上，《周易》本经是以"吉凶"为其人文主题、属于巫学属性的。

以《周易》象数学为治易的基础，糅用由欧西入渐的文化人类学关于巫学的理念与方法治易，是关于易学的中国巫文化人类学。

本书所做的工作，是在笔者早年有关通行本《周易》巫文化研究的基础上，试图再推进一步。运用文化人类学关于巫学的理念与方法，对中国传统文化中的甲骨巫卜、《周易》巫筮与祭祀、望气、晷景（影字初文）、梦占、咒语、驱鬼与堪舆等古文化进行解析，力求建构真正属于"中国"的巫文化人类学。

中国巫文化人类学的学理机制，惟有努力剔除某些学术理念的遮蔽，才可能有所呈现。

其一，学界从单纯的哲学等角度研究中国原始文化现象，曾经取得丰硕的学术成果，其主要表现在，从中国原始文化尤其是原始巫文化中，发掘其哲学原素等。正如前述，这不等于说在史前时代，中国文化的原始品格，从一开始就是哲学的。哲学俯瞰一切，可是哲学并非万能。对于文化人类学的研究而言，值得推崇的是其文化哲学，而不是一般的哲学方法。它是一种关于文化的哲学，或者说是一种哲学人类学。

其二，关于原始文化，长期以来，学界往往以"原始宗教"一言以蔽之，笼统地称原始文化就是"原始宗教"的文化，似乎"原始宗教"这一学术概念，是不证而自明的，可以随取随用的。其实，"原始宗教"这一概念与学术内涵边界并不清晰。人们不免会问，既然"原始宗教"也是宗教而仅仅是"原始"而已，那么，宗教所应具的基本属性与特征，"原始宗教"也应当具备才是。大凡

---

① 陆侃如、冯沅君：《中国文学史简编》，开明书店，1939。

宗教，具有教主、教义、教团、教律、践行与终极信仰等六大要素，否则便难以称之为宗教。

然而，被称为"原始宗教"的上古文化，实际上是一种原始意义的"信文化"。史前有所谓天命、鬼神、精灵附身而通神的酋长，他们往往是神话讲说者、图腾崇拜者与巫师等身份集于一身的，然而他们并非宗教意义的教主；巫术、神话与图腾文化，具有丰富而虚灵的人文意识、理念甚或思想信仰，可是还不具有其宗教教义一般的理论系统；巫术等拥有大批信众，甚至可以遍及朝野，却并未构成具有组织系统的教团；有种种禁忌（按：即使在进行神话与图腾活动时，也有许多禁忌），可是凡此禁忌，还不等于是严格、严厉的宗教教律；有属神、属巫的神话言说、图腾崇拜与巫术施行等实践活动，而且几乎渗透在人的一切生活、生产与生命领域，可是，那些都不是什么正式的宗教践行；巫术等作为"信文化"，当然是具有一定的信仰的，然而它们没有终极信仰。

可以说，将人类原始文化等同于所谓"原始宗教"的合法性，是值得重新思考与讨论的。

文化学者丁山曾经说过，如"'自然崇拜'，是宗教的发轫，任何原始民族都有此共同的俗尚。按照宗教发展过程说，崇拜自然界的动植物是比较原始的，由'地母'崇拜到'天父'、到祖先的鬼魂也成为神灵之时，宗教的思想便告完全。"[1]宗教的确"发轫"于"自然崇拜"与祖神、鬼魂崇拜等，然而，要说"地母""天父"与"祖先的鬼魂"崇拜，便是"宗教的思想便告完全"即"完全"成熟，这一表述是有些缺乏说服力的。"地母""天父"（天命）与"祖先的鬼魂"崇拜等，在智慧品格与历史、人文水平上，基本与"自然崇拜"同列，它们是宗教的"发轫"处，但并非宗教本身。"自然崇拜"也罢，"祖先的鬼神"崇拜等也好，其实都是人类宗教文化正式诞生之前作为"宗教的发轫"而存有的。

我国学界，究竟何时何人首倡"原始宗教"这一概念，迄今难以考定。想来可能因为有"宗教"的立说和宗教研究，便推论在人类宗教文化真正诞生之前，似乎必有一种"原始宗教"的存在，于是便将这种所谓的"原始宗教"看成是宗教的发生。它的逻辑，好比人既然有青、壮、晚年而必然具有童年一样，

---

[1]　丁山：《中国古代宗教与神话考》，上海书店出版社，2011，第3页。

这当然没有错。可是我们难道能够说，人的童年就是其青、壮、晚年的"原始"吗？称青、壮、晚年的人，"原始"于人自身的孩提时代，而并非"原始"于父母，这一推理既不合逻辑，又不符历史实际。

那么，宗教的文化"父母"究竟是"谁"？答案只有一个，就是原始巫术、原始神话与原始图腾，它们既是三位一体的，又是相对独立而自成系统的。

其三，长期以来，学界往往将人类史前称为"神话时代"，以"神话思维"这一概念，概括、等同于人类史前的一切文化思维。其实就其形态而言，人类史前文化是一个由原始巫术、神话与图腾三维动态所构成的多元集合，远非仅仅神话一维。迄今，学界尚未考定这三者的起始究竟孰先孰后，就其满足于初民生存、发展的基本需求来说，巫术文化因初民企图解决生命、生存与生活的无数难题而诞生，巫术的所谓"实用性"功能，无疑占有"历史优先"的地位。在史前，巫术几乎可以贯彻于知识、理性所难以达到的一切生活领域，它是先民的一种生活常式。比较而言，原始神话是先民想象、描述、解释世界与人自己的"话语"系统，并且往往将神话言说及其语言、歌诗的魔力，看作兼有巫能的一种文化方式。巫术、图腾的种种想象、故事与人物等，又往往构成神话传说、歌唱的题材与对象；至于图腾及其崇拜，只有当初民在寻找"他的亲族"即"生身父母"时，才被推到初民历史、生活的前沿。图腾将山河大地、动物植物等许多神性兼巫性的自然物，错认作氏族的"父亲"甚而是"母亲"，树立起准祖神的崇高偶像，具有无可替代的群团氏族、部落的巨大精神力量，而真正的血缘氏族的老祖宗，其实是并不"在场"的。

将巫术、神话与图腾三者相比较，与劳动生产一起三者共同构成人类宗教诞生之前初民生命、生存与生活的基本内容、方式、制度及其精神诉求，从三者的文化功能来看，原始巫术，可能是初民日常而基本的一种文化方式与生活方式，与初民"两种生产"（按：衣食住行的劳动生产和人自身的生产繁衍）的实践行为相结合。相比之下，初民只有在能够吃饱肚子的情况下，才能有时间有精力从事其他，不能想象在饥寒交迫、居无定所以及人种难以繁衍的艰难处境中，初民还有余暇与兴趣，一天到晚地在那里宣讲神话故事和进行图腾崇拜的活动，因而可以说，从事与人的"两种生产"实践相结合的原始巫术活动，才是初民最基本的生活需求。当然，这里应当补充一句，有些时候，初民相信，正是因为自己在进行神话讲说、图腾崇拜时对于神灵的不够虔诚和庄重，才导致自己食不果腹、流离失所，因此尽管正值饥肠辘辘、苦不堪言之时，也要更加诚心诚意地演说神话、进行图腾崇拜活动，以求得自然神灵尤其祖神的宽恕和佑助。

其四，中国原巫文化，在中国文化结构与文化模式中，不仅是基本的，而且是主导的。近一个世纪之前，鲁迅先生曾经提出和论析"中国本信巫"这一著名而重要的学术命题。他说，"秦汉以来，神仙之说盛行，汉末又大畅巫风，而鬼道愈炽"，此"皆张皇鬼神，称道灵异，故自晋迄隋，特多见鬼神志怪之书"[①]。其实，从文化的根原来说，"中国本信巫"，原于初民的原巫文化，而不仅仅是"秦汉以来""自晋迄隋"的特殊文化现象。"中国本信巫"这一文化命题，适用于古代中华的一切时代与地域，仅仅其表现的方式与程度不一罢了。

本书将巫性及其中国巫性问题，作为论析的重点。从有关文字学资料、神话传说、古籍记载与考古发现等方面，论述"中国本信巫"及其巫性何以可能。

本书疏理了巫术与宗教、科学、审美等的人文联系，论析中国文化由"巫"向"史"之路何以必然等课题。

本书认为，所谓"天人合一"与"气""象""道"及其有机结合，构成中国文化的基本结构与基本模式。这四者，除了原于神话与图腾，主要都本原于巫。巫，也是哺育中国文化哲学意识的历史与人文温床。

"天人合一"的原始经验，首先发生于原巫文化以及与巫相系的原古神话与图腾文化之中。气是原巫之灵异的"感应"，由于长期的历史与人文的陶冶，成长为中国巫文化人类学意义的一大文化哲学范畴。象，与气、数（按：本具命运与原始数学理性的品格及其呈现）一起，既是艺术审美的滥觞，又系知识理性的本原。本书论证了从象的巫性到审美诗性、从数到知识理性的种种可能性。道，本义指介于人与神、人性与神性之际所选择的人生道路。道主要启蒙于巫文化的"实用理性"。李泽厚先生曾说，"实用理性便是中国传统思想在自身性格上所具有的特色。先秦各家为寻求当时社会大变动的前景出路而授徒立说，使得自商周巫史文化中解放出来的理性，没有走向闲暇从容的抽象思辨之路（如希腊——原注），也没有沉入厌弃人世的追求解脱之途（如印度——原

---

① 鲁迅：《中国小说史略》，《鲁迅全集》第九卷，人民文学出版社，1981，第43页。

注），而是执着（于）人间世道的实用探求"，"中国哲学正是这样在感性世界、日常生活和人际关系中去寻求道德的本体、理性的把握和精神的超越。体用不二，天人合一，情理交融，主客同构，这就是中国的传统精神，它即是所谓中国的智慧。"①此言是。应当补充的是，这一道德伦理意义的"实用理性"，是原于巫性的。正如李泽厚所说，所谓"精神的超越"，应该称为精神的"超脱"才是。对于这一点，李泽厚新著《由巫到礼 释礼归仁》已经做了有理、有益的论述与修正。②

本书是文化人类学关于巫学理念的文化基因或曰根因、根性与特质的研究，将追溯、探究以原巫文化为基本而主导、伴随以神话、图腾的中国早期"信文化"的人文实相为研究重心。

这里所谓早期，指德国学者雅斯贝尔斯所说的"轴心时代"亦即春秋末年老孔时期所谓"理性化"即"哲学的突破"之前，从而试图证明中国文化的历史与现实生态何以如此这一问题。

值得强调的是，中国人类学家李安宅曾经指出："使我们习而不察的事实，使我们有了因袭的评价的制度与思想系统，都可借着人类学给我们的比较研究，而立刻分出远近布景，立刻使我们添上一种新的眼光，养成一种透视力。这是人类学应该给我们的贡献。"③本书所研究的对象，是中国巫文化人类学学科、学理的特殊性，虽然以往中国学界早已有诸如涉巫的甲骨学与易学等研究，而且人才辈出、成果丰硕，但是试图自觉地运用文化人类学关于巫学的理念与方法进行研究，从而"添上一种新的眼光，养成一种透视力"，努力遵循历史与逻辑、实证与理念相结合的治学原则，正是本书试图达到的学术目的。从牟宗三所谓治学"通孔"说来观察、研究中国文化的

---

① 李泽厚：《谈谈中国的智慧》，《中国思想史论》，安徽文艺出版社，1999，第307、314页。

② 按：参见李泽厚：《释礼归仁》（2014），《由巫到礼 释礼归仁》，生活·读书·新知三联书店，2015，第117—143页。李泽厚指出："没有上帝信仰的中国学人大讲'内在超越'，又能'超越'到哪里去呢？这种所谓'内在超越'，平实说来，大多是一种离弃世俗的心境超脱，少数是某种神秘经验。"（该书第126页）

③ 李安宅：《译者序》，[英]布罗尼斯拉夫·马林诺夫斯基（B.Malinowski）：《巫术科学宗教与神话》，李安宅译，上海社会科学院出版社，2016，第2页。按：这里所言"人类学"，指文化人类学，而非体质人类学、宗教人类学或艺术人类学等。

"开端"①即原巫文化，是本书努力的学术方向。一切研究理念与方法都具有一定的局限性，中国原巫文化的人类学及其文化哲学的研究，也是有局限的。期待人类学关于巫学的研究或曰巫文化人类学，揭示中国巫文化的起因、内在文化机制、特性与功能等，是本书努力的目标。人类学的立学之基在于田野调查。就中国巫学研究而言，感谢先哲与时贤做了大量艰苦卓绝、富于成效的工作，本书期望能够向前推进一步。

关于原始巫术、神话与图腾三者的历史问题，这里试再作简析。人们尽可以分别从神话学、图腾学或巫学角度进入，去研究、把握人类原始文化的神秘、复杂而深邃的文化成因、内涵、功能与历史走向等，而就其研究的历史与现状来看，更值得注意的，是对神话、图腾与巫术三者在学理上的混淆。列维-布留尔《原始思维》这一西方学术名著这样认识神话、图腾与巫术三者的关系：

> 在一切人类社会中都发现了一些与作为图腾崇拜之基础的东西（如信神灵、信离开躯体和身外存在的灵魂、信感应巫术）相类似的神话和集体表象，——这个事实被认为是"人类思维"本身结构的必然结果。②

如果并非译文不够准确的缘故，那么这应当是布留尔个人有所偏颇的看法。将"信神灵、信离开躯体和身外存在的灵魂、信感应巫术"，看做"图腾崇拜之基础的东西"，是缺乏说服力的。所谓"基础的东西"，是明显地错把"感应巫术"与"图腾崇拜"混为一谈了。

正如前述，神话是初民的一种"话语"系统，其间充满了"万物有灵"意识支配下关于世界与人自身的想象、幻想与虚构，主要是情感因素的充沛淋漓。神话世界，是初民想象中的"世界"，也可能是对于世界与人之原始发生等问题的描绘与认知；图腾起于人类"寻找生父"的原始觉悟、冲动与需求。错将

---

① 按：牟宗三说："我们说，每个文化的开端，不管是从哪个地方开始，它一定是通过一通孔来表现，这有形而上的必然性。但是为什么单单是这个孔，而不是那个孔？这就完全没有形而上的必然性，也没有逻辑的必然性，只有历史的必然性。"（牟宗三：《中国哲学十九讲》，上海古籍出版社，1997，第13页。）

② ［法］列维-布留尔：《原始思维·作者给俄文版的序》，丁由译，商务印书馆，1981，第12页。

山川、动植甚而苍穹之类，认作人自身的"生身父亲"，作为准生命、准生父意识的发蒙，原始图腾是自然崇拜与祖神崇拜的结合。至于巫术文化，因为初民意识到所遭遇的生活难题多多且自信其能够克服、战胜一切艰难困苦与生老病死而诞生。与神话、图腾相比较，在同样富于神灵意识、感应、虚构、想象与情感的同时，巫术尤其倚重神性及其巫性的意志，即对于蛮野自然力和社会力的控制。巫术具有明确、普遍而执拗的实用性目的。巫术是人类"实用理性"意识的滥觞之一。如果说，神话与图腾文化富于原始思性与原始浪漫的话，那么，巫术则要"实际"得多。尽管巫术在实际上是一无所用的，然而它是一种执着地追求"实际"、讲究"实效"的文化形态。原巫文化，在人类与中国早期，确是初民的一种生活常态、常式。

笔者将巫性这一学术范畴，用来概括春秋战国前即中国早期文化基本而主导的人文根性之一，可能会遭到一些责疑。长期以来，巫术尤其中国原巫文化，往往为人所不齿。有人以为，巫术么，不就是巫婆神汉、装神弄鬼、巫风鬼气那一套吗？认为巫文化纯粹是"文化的垃圾""宗教之孑遗""粗鄙的思维"（按：或如列维-斯特劳斯那样，称之谓"野性的思维"），根本不值得加以研究。在今日文明昌盛的社会里，巫师、术士尤其下层俗巫给人的印象如此丑陋不堪，是理所当然的，不过，所有这一切都并非不必对其加以认识、研究的正当理由。巫在人类早期尤其中国早期文化中的文化地位甚至政治地位，曾经是神秘、有力、崇高而神圣的。中国人所谓"奉如神明"的"神明"一词，首先是就巫而言的，巫，曾经是中国早期文化的一个主角。

关于"神"的理解。中国文化中的神，并非西方基督教那样的上帝（God）。西方的上帝，是后代哲学本原本体的宗教表述，中国文化的神，是氏族酋长、尔后封建帝王及其大巫的史前表述。巫性意义的神，与鬼雄、人智混杂在一起，精气、精神与精灵等词，本为原巫文化所专用。《庄子·内篇·人间世》有云："鼓筴播精，足以食十人。"[①]筴者，筮策之谓。"鼓筴"就是以筴算卦。算卦的所谓"灵验"，是"播精"的缘故。精者，气也。《易传》云："精

---

① 王先谦：《庄子集解》卷一《庄子·内篇·人间世第四》，《诸子集成》第三册，上海书店，1986，第29页。

气为物，游魂为变，是故知鬼神之情状。"①精气、精灵，本来都是巫性的气魅、灵魅。灵，繁体写作靈，从巫。巫性神灵、精灵之所以具有无比灵力，可以"呼风唤雨""改天换地"，是因为巫师通神"作法"的缘故。如果没有巫师的"作法"以及人对于巫术的迷信，所谓神灵、精灵便一无所用、无能为力；如果没有神灵、精灵，巫师也一筹莫展、一事无成。人的生老病死、家国兴衰以至于天下治乱等的吉凶休咎，似乎都在巫尤其大巫的掌握之中。然而这一掌握，确是神灵与人智、神性与人性双兼且以前者为主的。因此《论语》所谓"死生有命，富贵在天"②的命定论，实际仅仅说对了巫术文化问题的一个方面。

---

① 《易传·系辞上》，朱熹：《周易本义》，怡府藏版影印本，天津市古籍书店，1986，第291—292页。

② 刘宝楠：《论语正义》《论语·颜渊第十二》，《诸子集成》第一册，上海书店，1986，第264页。

第一章　原始神话、原始图腾文化人类学

在进入关于中国巫文化人类学的研究之前，有必要对原始神话与原始图腾文化人类学的研究路向，做一简略的回顾、评说与检讨。在学科意义上，神话人类学与图腾人类学，是巫文化人类学的两支学术友军，三者都隶属于原始"信文化"的人类学研究范畴。

中国文化的原始人文根因与根性究竟是什么？

学界曾给出诸多答案。笔者主"神话""图腾"与"巫术"三维综合说，认为中国原始文化具有一个"动态三维结构"。

从相对成熟的文化形态分析，中国文化的主要原始形态和品类，的确具有以原始神话、原始图腾和原始巫术为主的有机的三维结构，并且以原巫文化为其基本而主导。在这原始三维文化形态诞生以前，还有漫长而古远的人类文化，对此我们几乎是一无所知的。这里，且让我们先就中国文化的基本人文根因、根性的神话人类学与图腾人类学的研究路向，加以简略的探讨。

第一节　原始神话文化的人类学特征

神话、图腾与巫术，都是中国原始文化"三维结构"的重要一维，都属于原始"信文化"范畴。

信这一汉字的本义指什么？西汉扬雄《太玄经·应》称："阳气极于上，阴信萌乎下。"这里所说的"信"字之义，是说有阳气上扬而阴气必然与其感应。

世界万类的感应，有阳必有阴、有阴必有阳，阴阳的互为感应是天然而本然的，这便是所谓"信"。换言之，客观事物的存在与发展，有果必有因、有因必有果，我们可以从因果互应的现象中理解"信"的含义，它不是人力所可以左右的。此其一。

其二，《太玄经》注云："信，犹声兆也。"这是将信字本义加以引申，比如巫术诅咒（咒语），作为一种有灵感的"声兆"，便是一种"信"。此"兆"有灵，一旦诅咒便"应验"，"信"有如期而至的意义。信字从人从言。这里的人与言，原指巫师咒语，不是一般人的任何口语。在初民看来，巫师、萨满师与术士等的"作法"，往往是以"声"为"兆"的，言语有一种魔力，可以控制环境与他人，原始的言语崇拜，首先发生在原始巫术文化之中。

其三，巫性的"声"（言语）作为一种有灵性的"兆"，广泛地存在于原始巫文化的实践中，而且原始神话，也是专以"声"（言语）为言说、传播方式的；原始图腾也是一样，初民在进行图腾崇拜活动的时候，也免不了口中念念有词或者歌唱。这不啻是说，原始巫术、神话与图腾文化，都有一个"声兆"的问题，不过其方式与程度不同罢了。尤其是神话，一旦离开以"声"为"兆"的种种仪式，便没有口头神话的实际存在。"声兆"首先是原始神话的神性、灵性与巫性的所在。因此原始神话的言说，与原始巫文化中的咒语，尤其具有巫性与灵性的亲缘联系。

原始神话是原始"信文化"的重要分支。它本是人的言说及其宏大叙事，却坚信这是"神"所说的"话"，"说"的又是"神"的"话"，否则神话就会失去神性、灵性与巫性的人文魅力。犹如人的脸本来是一张张普通的脸，一旦戴上面具，便与庸常、普通有了奇妙的时空距离，这时就会发生"奇迹"，变得无比神秘、神圣起来。神话是初民特地拉开了时空距离，而既遮蔽又开显的初民的自身与世界。它极度地夸大了人自身的智慧、力量、情感与意志的力度，以及所遭遇的喜剧与悲剧等，是人带着惊讶的目光来审视、反观自身的一种言说方式，是初民虔诚、甜蜜而不易警醒的一个"童年的梦"（理想）。夸大其词，充满虔诚之情，来幻想、虚构、向往与现实世界不同的另一个世界与自我，是借神话这一文化方式，实现初民的自我宣泄与自我肯定。

在原始神话中，初民重新虚构、塑造了人自己及其所处的世界。原始神话是人与世界的"第二面貌"。极度的幻想、想象与虚构,借助似乎是神灵附身的意志与情感等,以口语的方式,对人自己与世界"说话"。许多个世纪过去,原始神话的无比魅力,强烈地向人与世界诉说人自己的理想、力量、苦难甚至毁灭的命运。原始神话天生地成为宏大叙事与后世文学叙事的人文摇篮。作为初民的一种存在方式,神话在远古是不可能不存在的存在。

原始神话是文字诞生之前的人文历史,它不是历史本身,是被神化、灵化、巫化与诗化了人类原古历史的文化方式。作为通过"言说"的一种文化符号系统,在想象与虚构中,蕴含着文化的真实与密码。原始初民的精神,一定程度上是被神话所育成、锻炼与成长的,并且影响其物质生活及其生命的过程与结果。在神话中,对于神灵,初民的"心"是无比虔诚、真诚、真切与真实的。神话是人类灿烂之晨光的一抹美丽的"阴影"。这一切,都原于初民心中与口头的那个"信",出自崇拜天地山川、崇拜祖先之灵等的人文意识与灼热情感。它直接便是后世文学叙事之诗性的人文温床。试想,印度上古神话中的梵天、湿婆之类和古希腊的宙斯神话等,是何等滋养了那些民族文化及其哲学、文学审美的未来。那些神话"英雄",是何等上天入地、改天换地、无所不能或是悲患苦厉、万劫不复,你就不能不为神话而深深感动。可以说,从原始神话的神性、巫性与灵性而走向文学叙事的诗性境界,比图腾尤其巫术文化要直接得多。

中国的原始神话文化,按照丁山《中国古代宗教与神话考》(上海书店出版社,2011年版)的研究,有一个巨大而复繁的诸神谱系。从天帝、四方神、日神、月神、风神到"三皇五帝"等,作为古老东方的"神圣家族",有一个逐渐建构、积累与完善的漫长历史过程。中国原始文化中的主要神祇,当推天帝。丁山说,"今文尚书说以为'皇天'是天神的总称,其别则因四时而异其名,惟'春曰昊天',异于尔雅所闻。古尚书(按:古文尚书)说申述之曰:'天有五号,各用所宜称之,尊而君之则曰皇天,元气广大则曰昊天。'"又引《说文》称,"皇,大也;天道至大,故称皇天。合而言之,昊天上帝,或言皇天上帝;分而言之,曰昊天,曰上帝,或曰皇天,或单言天,单言帝,一也(按:自所引"昊天上帝"至"一也"句,原有着重号,已略),要不可以星象为天。"[1]天帝的别称很多,是因为中国自古幅员广大、历史悠久的缘故。

---

[1] 丁山:《中国古代宗教与神话考》,上海书店出版社,2011,第188、189页。

仅从黄帝这一"人文初祖"而言，其塑造过程相当漫长，直至西汉初期才大功告成。大史笔司马迁《史记·五帝本纪》有云，"黄帝者，少典之子，姓公孙，名曰轩辕。生而神灵，弱而能言，幼而徇齐，长而敦敏，成而聪明。轩辕之时，神农氏世衰。诸侯相侵伐，暴虐百姓，而神农氏弗能征。于是轩辕乃习用干戈，以征不享，诸侯咸来宾从。而蚩尤最为暴，莫能伐。炎帝欲侵陵诸侯，诸侯咸归轩辕。"①这是将神话传说作为历史来叙写，神话固然不等于历史，然而作为先是以口头言说方式酝酿、塑造的黄帝形象，在口头流布之中，一定经过漫长历史的无数次重构，才成为《史记》中的黄帝，其中一定具有某些真实的历史因素，也就是说，神话可能是有某些"事实"依据的，只是我们今天已经无从了解这一点了。黄帝具有这样的出生及其伟大事迹，是神话兼历史因素的共同塑造。也许，黄帝是在许多氏族酋长、大巫师、大英雄的基础上，经过无数的想象、虚构、夸张而塑造成功的，它是一个伟巨而崇高的中华人文符号，与人文"共名"。因而，称其为"人文初祖"是最为适当的。黄帝形象，集中了无数上古时代那些智慧过人、仁德敦厚与体魄强健的酋长、英雄的智慧与品格。黄帝是华夏族、继而是整个中华民族的"人文初祖"与精神领袖，但不是历史真实意义上的血缘初祖。

丁山说，"黄帝之即'昊天上帝'的别名"，"但是，周人为什么要用黄帝代替'昊天上帝'呢?""我们知道，殷周王朝只有'上帝'，不称'皇天'；上帝之外，尚有四方大神，——东析（按：句芒，下同）、南舜（祝融）、西彝（蓐收）、北饮（玄冥）；决（绝）无所谓青、白、赤、玄诸色之帝。"②此言是。由此可证黄帝的塑造，是相对后起的，尽管黄帝是中华古神谱上最重要的神话伟人。这里所谓相对后起，是指文字文本中的黄帝，至于口头即神话传说中的黄帝形象，则不知要比文字文本的黄帝古远多少个世纪。张光直先生说，"首先，任何的神话都有极大的'时间深度'，在其付诸记载以前，总先经历很久时间的口传"，"同时，就因为神话的这种历史经历，它一方面极尖锐地表现与反映心灵的活动，另一方面又受到社会文化环境的极严格的规范与陶汰

① 司马迁:《史记》卷一《五帝本纪第一》,《史记》,中华书局,2006,第1页。
② 丁山:《中国古代宗教与神话考》,上海书店出版社,2011,第439页。

选择"①。所言是。当下每年在陕西桥山对于轩辕黄帝所进行的隆重祭典，起到了祭祖认宗、慎本追远、群团吾皇皇中华人心的重要作用。

盘古是中国神话的另一个伟大形象，创世是其主要业绩。关于盘古的神话故事，始于三国吴徐整所撰《三五历纪》②，成于南朝梁任昉的《述异记》。在先秦与秦汉文献中，迄今尚未发现有关盘古的其他文字记录，《周易》《尚书》《春秋》《周礼》《诗经》《老子》与《庄子》以及《山海经》《淮南子》与《史记》等典籍，都没有提到盘古。这不等于说，在三国之前千万年的中国原始神话的口头传布中，一定没有盘古的神话故事存在，只是可能没有相应的文字记载而已。《述异记》说："天地混沌如鸡子，盘古生其中。"原始混沌天地未分，盘古即生其中，说明盘古几与天地的开辟同时。作为创世神，盘古之功莫大矣。

精卫，一个了不起的中国神话女英雄。精卫填海的故事，见于《山海经》。其文云："又北二百里，曰发鸠之山，其上多柘木。有鸟焉，其状如乌，文首、白喙、赤足，名曰精卫，其鸣自詨。是炎帝之少女，名曰女娃，女娃游于东海，溺而不返，故为精卫，常衔西山之木石以湮于东海。漳水出焉，东流注于河。"③这位据说是炎帝的小女儿，不幸溺于浩浩东海，却神奇地幻化为一只神鸟，名字叫精卫。精卫极富灵力，常常从西山口衔柘树枝条和石块来填海，以平水患。这表达的，是一种在自然灾害面前从不低头的大无畏的抗争精神。在原始中华初民的生活环境中，天灾比如海浪滔天淹没沿海田亩、夺取人的生命的悲剧，可能是经常发生的。但是洪水给人的生命所造成的巨大威胁，却一点儿也不令精卫感到畏惧。小小精卫，居然靠小枝木小石块填于东海而要逼走滔滔海水。这并非什么异想天开，而是人在蛮野的自然力量面前，坚信与肯定人定胜天的伟大力量。这是对理想、对那种非凡的神力、灵力与巫力的歌颂。通过精卫填海这一神话，表达了人的无比的韧劲和毅力，它与女娲补天、愚公移山等神话，颇有异曲同工之妙，都是有理想、有担当、有气度的战胜自然、建设"中国"这一共同家园的人文主题。不同之处在于，比如愚公移山这一神话，

① 张光直：《中国青铜时代》，生活·读书·新知三联书店，1999，第363、363—364页。
② 按："三五"，指三皇五帝。《三五历纪》所记盘古，见唐欧阳询等编撰：《艺文类聚》。
③ 《山海经·北次三经》，陈成：《山海经译注》，上海古籍出版社，2014，第110页。

是坚信子子孙孙无有穷尽而挖山不止，最后感动了老天爷，将太行与王屋两座大山搬走了；精卫填海的神话，却让我们看到了《易传》所言"天行健，君子以自强不息"的阳刚与奋励的精神旨趣。其实在中国原始神话库中，如精卫填海这样的神话，并不是罕见的个例，比如夸父逐日、后羿射日和大禹治水等神话故事里的主角，在面对具有巨大破坏力的自然力量时，都是富于不畏艰险、迎难而上的英雄气概的。这也雄辩地证明，面对强大而几乎不可战胜的自然灾害，中华民族所表现出来的伟大的人文精神，在于坚信而且能够自我拯救，从来不靠西方基督教那样的上帝（God），也无法依靠上帝的"他救"，因为自古中华没有这样的上帝。

伏羲创卦这一则中国神话，在中国神话文化史和世界神话史上，具有尤为重要的特殊地位与文化价值，堪与西方古代普罗米修斯窃天火给人类相比肩。西方人说"上帝创造世界"，中国人则称盘古开天辟地或女娲抟土造人。而伏羲的丰功伟绩，相传除了教人植农桑、制兵器、营宫室、造车船、"垂衣裳而天下治"[①]等外，还同时创始了阴爻阳爻这样用于预测命运的卦爻符号，这是一种比普通文字还要神奇而概括力极强的文化符号。这直接便是文化意义上"中国思想""中国模式"的创造，是最值得推崇的。西方在上帝创造世界之后，人坚信只要信奉上帝才能得救，所强调的是对于上帝的绝对信仰，所肯定的，归根结蒂是上帝之无上的智慧和力量。中国的伏羲创卦神话，虽然也不乏对于伏羲的信仰，然而伏羲本身却并非"God"。重要的是，强调伏羲创造易卦这种东方特殊文化的理念与模式，可以用来预测人自身的命运和道路，而试图让人自己"走路"。朱熹曾说：

> 《易》之为书，卦爻象象之义备，而天地万物之情（按：此"情"，指万物的情情实实）见，圣人之忧天下来世，其至矣。先天下而开其物，后天下而成其务。是故极其数以定天下之象，著其象以定天下之吉凶。[②]

---

① 《易传·系辞下》，朱熹：《周易本义》，怡府藏版影印本，天津市古籍书店，1986，第324页。

② 朱熹：《周易本义·〈周易〉序》，怡府藏版影印本，天津市古籍书店，1986，第5页。

　　《周易》八卦、六十四卦与三百八十四爻（按：加上"乾用九""坤用六"）这一巫筮体系的符号原型，是神话传说为伏羲所创造的阴爻--、阳爻—，因为其极简而所以极繁。说其极简，世界万类，浓缩在如此简单的阴阳爻及其联系之中，此之所谓"而天地万物之情见（现）"；说其极繁，如此简单的这两个符号，尔后发展为六十四卦以及"先天""后天"与六十四卦方位等一整套易符体系，"极其数，以定天下之象"①，执其象以定天下之吉凶。其创设，为世界及其古代的东方中华，提供了认知、感悟与试图把握世界与人类命运之独特的理念与方法，这在世界上是独一无二的。"开其物"而"成其务"，成为易学这一"中国第一国学"的伟大启蒙。就伏羲创卦本身看，它属于一个独特的神话传说，从这一神话传说的内容看，它所肯定的，是吾伟大中华的创造精神。

　　在中国学界，关于中国原始神话的研究发轫较早。张光直指出，有资料可证，中国原始神话的研究，始于"顾颉刚《与钱玄同先生论古书》（《努力》杂志增刊《读书杂志》第9期，收入第1册——原注）"。"接着出现的早期论著，有沈雁冰《中国神话研究》（《小说月报》第16卷第1号，第1—26页，1925——原注）"，以及"玄珠《中国神话研究ABC》（两卷，上海世界书局，1928——原注）及冯承钧《中国古代神话之研究》（《国闻周报》第6卷，第9—17期，天津，1925——原注）"，可以说，"中国现代古神话史研究的基础是奠立于1923到1929这7年之间——原注"②。这方面的早期学者，无疑做了筚路蓝缕的工作。因为是开山与早期研究，其资料的搜求尤为困难，有待于进一步齐备，研究理念与方法，受舶来之西方神话学的影响较大。虽然如此，早期中国学界的神话研究，是值得大为肯定的。

　　王国维先生曾经主张"学无中西"。其《国学丛刊序》一文称："学之义不明于天下久矣。今之言学者，有新旧之争，有中西之争，有有用之学与无用之学之争。余正告天下曰：学无新旧也，无中西也，无无用有用也。"③他山之石，

①《易传·系辞上》，朱熹：《周易本义》，怡府藏版影印本，天津市古籍书店，1986，第309页。
② 张光直：《中国青铜时代》，生活·读书·新知三联书店，1999，第358、359页。
③ 王国维：《国学丛刊序》，《观堂别集》卷四，《王国维遗书》第四册，上海古籍书店，1983。

可以攻玉。早期神话研究，运用有关西方神话学的理念方法来研治中国文化尤其原始神话时，已经努力注意西学入渐中土所必然引起的"隔"与"不隔"的问题。早期中国神话文化学的研究，从文化人类学角度所进行的神话研究初获成果，是对中华传统旧学（按：主要是经学）禁锢的一个突破，虽然在理论系统上，尚未来得及建构真正的中国神话人类学。

有一点值得注意。无论是早期还是当下某些中国神话研究的著述，往往将中国原始文化的主导与基本形态、品类，一般地归之于"原始神话"，认为中华上古只存在一个被称为"神话"的时代，称中华上古唯一存在的文化形态只有神话，所提及、研究的"神话思维"，又往往被等同于原始思维。这是一种广义的大神话观。殷周、秦汉甚或魏晋南北朝一些古籍所记载的诸如伏羲创卦、女娲补天、后羿射日、神农尝草、精卫填海、仓颉造字、大禹治水、盘古开天辟地与关于黄帝这一华夏"人文初祖"等神话传说，都是这一"神话"说的立论依据。这种神话研究，基于其广义的大神话观，是将神话、图腾与巫术等统称为"神话"。其依据，在于看到了神话与图腾、巫术三者的文化共性，强调了图腾与巫术对于神话文化的渗透。

狭义的神话观，则把神话与图腾、巫术三者分开，认为这三者的相互渗透与分立，构成一个动态的中国原始文化的"三维结构"。也便是在看到这三者文化共性的同时，注意神话与图腾、巫术特殊的文化成因、方式、功能与目的的不同。

就神话本身而言，早年沈雁冰的《中国神话研究》、玄珠《中国神话研究ABC》和郑德坤《山海经及其神话》（按：载于《史学年报》第1卷第4期，1932）等著述，都曾经对中国原始神话进行了初步的分类。张光直将其归纳为"自然神话、神仙世界的神话与神仙世界之与人间世界分裂的神话、天灾的神话与救世的神话及祖先英雄事迹系裔的神话"[1]等四类。

其一，所谓"自然神话"，"商代卜辞中有对自然天象的仪式与祭祀的记录，因此我们知道在商人的观念中自然天象具有超自然的神灵，这些神灵直接对自然现象，间接对人事现象具有影响乃至控制的力量。诸神之中，有帝与上

---

[1] 张光直：《中国青铜时代》，生活·读书·新知三联书店，1999，第370页。

帝（按：中国式的，并非西方基督教的上帝）；此外有日神、月神、云神、风神、雨神、雪神、社祇、四方之神、山神与河神——此地所称之神，不必是具人格的；更适当的说法，也许是说日月风雨都有灵（spirit——原注）。"

其二，所谓神仙世界的神话与神仙世界之与人间世界分裂的神话，指殷周两代关于神仙世界的神话传说，与祖神信仰纠缠在一起。张光直说，这种神话"人神之交往或说神仙世界与人间世界之间的交通关系，是假借教士或巫觋的力量而实现的。在商人的观念中，去世的祖先可以直接到达神界；生王对死去的祖先举行仪式，死去的祖先再去宾神，因此在商人的观念中，祖先的世界与神的世界是直接打通的，但生人的世界与祖先的世界之间，或生人的世界与神的世界之间，则靠巫觋的仪式来传达消息。"

其三，所谓天灾与救世的神话，比如《山海经》所载夸父逐日的故事、《史记》里的"射天"即后羿射日与《淮南子》所载"共工怒触不周山"的故事等都是。"人神之争以外，东周的神话又有很多天灾地变而英雄救世的故事"，"而解救世界灾难人间痛苦的，不是神帝，而是祖先世界里的英雄人物"。

其四，所谓祖先英雄事迹系裔的神话，张光直说，《商颂》与《楚辞》虽然都是东周的文学，其玄鸟的神话则颇可能为商代子族起源神话的原型，是"即商的子姓与周的姬姓的始祖诞生神话"[①]。

将白古中国的神话传说分为四大类，并非没有立论的依据，可以把张光直的这一神话四类说，看做关于中国原始神话的大致分类。但是其中尚未明确标示如盘古那样的创世神话。其原因，大概以为中国盘古这一创世神话始于三国而成于南朝梁代的缘故吧。其实正如前述，中国盘古神话的口头创作及其传播，必然是远早于三国时期的。

在张光直神话分类说的基础上，本书把中国原始神话分为以下四大类：（一）自然神的神话；（二）以巫觋为中介的巫性神话；（三）英雄救世神话；（四）创世神话。

这样的神话分类，强调了中国神话的两个特点，一是肯定了创世神话的地位。虽然创世神话的文字文本在中国神话史上出现较晚，这不等于说其口头传

---

① 张光直：《中国青铜时代》，生活·读书·新知三联书店，1999，第371、379、381、385页。

说也是晚近的。在盘古"开天辟地"这一则文字文本出现于三国而成于南朝梁之前不知多少个世纪，我们很难断言，中华绝对没有关于盘古的口头神话的创造与传播；二是从这四大类的神话可以看出，中国原始神话的诞生，并非"一枝独秀"，而是往往与其友军即图腾和巫术一起出现一起传播的。比如关于自然神的神话中的"自然神"，实际也可能是图腾崇拜的对象。原始神话与巫术的相互融渗是显然的。英雄救世神话的所谓"英雄"，指的是那些原始氏族、部落的酋长与大祭司等（按：也指精卫等虚构的英雄），他们实际上多为声称能够预知未来、掌握氏族、部落命运的大巫。至于创世神话的盘古，也是本具神性兼巫性的伟大人物，如果盘古没有这一异能，又凭什么可以创世呢？

当代尤其当下一些神话文化学研究，开始颇为自觉地站在文化人类学关于神话学的学术立场，推进中国神话人类学、神话哲学的理论建构。叶舒宪《中国神话哲学》说：

> 为了实现同国际学术相沟通，对话的初衷，笔者特别注意引用当代文化人类学研究中的原型神话哲学的"元语言"，以期超越目前国内神话研究和文化研究无规范、无系统的状态。[1]

什么是"元语言"？"所谓'元语言'（metalanguage——原注）又称'后设语言'或'普遍语言'，按照英国学者哈特曼（R. R. K. Hartmann）和斯托克（F. C. Stork）的定义，元语言'指用来分析和描写另一种语言（被观察的语言或对象语言——原注）的语言或一套符号，如用来解释一个词的词或外来教学中的本族语。'他们还强调说，在语言分析中，把被语言学家观察的语言（对象语言——原注）同语言学家用来进行观察的语言（元语言——原注）区分开，是十分重要的。借鉴语言学家分析的这一原则，我们可以说，在整个人文科学的研究领域中，寻找和确立一种同所研究对象的语言相区别的'元语言'，是使研究趋向于规范化、系统化的重要前提。"[2]

---

[1] 叶舒宪：《中国神话哲学》"导言"，中国社会科学出版社，1992，第5页。

[2] 同上书，第5页。

这一神话哲学研究，注意引用"原型神话哲学的'元语言'"，以期重构属于"中国"自己的神话哲学的"原型模式"，是值得肯定的。

当前的中国神话人类学、神话哲学研究的重要一翼，受启于由西土入渐的荣格等"原型"说，用以探讨中国文化的原始根因、根性与特质这一学术课题，进而解读中华原始审美意识——其中主要以文学的叙事性审美为主的原始诗性意识何以发生等学术课题。

荣格假定人类本具一定而先在的原始精神原型，即指由批判、继承、发展弗洛依德关于"力比多"（按：性本能，"个人无意识"）的所谓"集体无意识"。荣格说，"这种个人无意识有赖于更深的一层，它并非来源于个人经验，并非从后天获得，而是先天地存在的。我把这更深的一层定名为'集体无意识'。选择'集体'一词是因为这部分无意识不是个别的，而是普遍的"①。这便是所谓"种族记忆"。荣格以为，"集体无意识不能被认为是一种自在的实体，它仅仅是一种潜能，这种潜能以特殊形式记忆表象，从原始时代一直传递给我们"②。所谓"集体表象"就是文化"记忆"与"原型"。在原始神话中，它携带了诸多文化"信息"，如诞生、历险、死灭、再生，如上帝、巨人、大地之母，又如人格的阿尼玛（按：Anima，指人格面具Persona遮蔽下的男性人格中的女性原型因素）、阿尼玛斯（按：Animas，指女性人格中的男性原型因素）、阴影（按：Shadow，指人格心灵中最隐秘、最黑暗的那部分）与自身（按：The self，指人格结构的协调因素），等等。因而一切原始神话，成了"原型"的一种显现方式。荣格说：

> 原始意象或者原型是一种形象（无论这形象是魔鬼，是一个人还是一个过程——原注）它在历史进程中不断发生并且显现于创造性幻想得到自由表现的任何地方。因此它在本质上是一种神话形象（按：或可称为意象）。③

荣格的话令人想起加拿大诺斯洛普·弗莱的"文学原型"说。弗莱在其

---

① ［瑞士］荣格：《心理学与文学》，生活·读书·新知三联书店，1987，第52页。
② 同上书，第120页。
③ 同上。

《批评的解剖》第三编《原型批评：神话理论》（1957）与《同一性的寓言：诗的神话研究》（1963）等著述中，称"原型"是"典型的即反复出现的原始意象"。该"原始意象"系统的呈现即原始神话。神话是"文学的结构因素"，"文学总的说来是'移位的'神话"。弗莱的这一"移位"说，期待以"神话原型"这一"结构"模式论，揭示一切文学文本（按：实际仅为叙事类文学）的原型结构。弗莱说，一个"原型"，就是"一个象征，通常是一个意象，它常常在文学中出现"①。弗莱以为，原始神话中神之诞生、历险、胜利、受难、死亡与复活这一系统结构的"原型"，实际便是文学叙事文本的原型。它总是反复呈现为四时交替的"原始意象"："喜剧"，对应于欢愉的春天；"传奇"（按：爱情故事），对应于神奇梦幻的夏季；"悲剧"，对应于崇高悲壮的秋时；"讽刺"，对应于在危灭中再次孕育生机的冬日。春象征神的诞生；夏象征神的历险；秋象征神的受难；冬象征神的复起。在弗莱看来，探求神话的"原型"，实际是一种文学人类学。

在治学理念与方法上，当下中国的神话研究，有的已与荣格、弗莱的"原型"说建立起了某种学理上的信任联系。试图一般地扬弃西方"原型"之见可能的先验性与神秘性，作为文化人类学关于神话学的一种预设与实践，提供了解读一般神话的原始根因、根性及其文学的原始审美意识何以发生的一个思路。有学者坚信，既然原始神话作为"原始意象"蕴含了一定的文化"原型"即"种族记忆"，那么，中国叙事文学原始审美意识的萌生、发展及其文化根因、根性，则一定可以在诸多中国原始神话中被发现、被证明。

然而，这一关于原始神话的"元言语"即"原型"说，其实仅仅是关于人类一切神话原型的一个文化哲学的逻辑预设，它在原型上给予了一切神话根因、根性一个逻辑性的解释，或者可以说，它抓住了一切神话在原型问题上的一般共性，没有揭示中国神话文化的个性与特质。

从狭义"神话"说的角度，试图研究中国原始神话的人文根因、根性与特

---

① ［加拿大］弗莱：《批评的解剖》，普林斯顿，1957，第365页。见朱立元、张德兴：《二十世纪美学》（下），蒋孔阳、朱立元主编：《西方美学史》第七卷，上海文艺出版社，1999，第19页。

质，是一个烦难的学术课题，关于这一点，恕在此暂勿赘述。我们所注意的，是与此密切相关的另一个问题，便是原始神话究竟是不是中华原始文化的主导而基本的一种文化形态及其最早的原始意象。

正如前述，问题的关键在于，文化人类学、文化哲学究竟在何种意义上使用"神话"这一范畴，这种"神话"观究竟是广义还是狭义的？正如诸多学者所认可的那样，如为广义，则似乎可将人类一切原始文化，都称之为"原始神话"，进而将"神话思维"等同于原始思维。从狭义角度看，则人类原始文化的构成，除原始神话以外，一定还有与神话之文化地位相当的原始图腾和原始巫术等文化形态的存在。

习惯性地从广义角度看待神话，可能正是西方一些文化人类学、文化哲学或美学著作通常所持的一般治学理念。西方从英国泰勒的《原始文化》到法国列维-布留尔的《原始思维》等，尽管其书中有许多关于巫术或图腾文化实例的描述和论证，但是大凡都取广义"神话"说，故而有意无意间将图腾、巫术等原始文化形态，纳入其广义的原始神话范畴之中。西方一些堪称经典的文化人类学与文化哲学著述，神话、图腾与巫术文化三者往往不分，往往将图腾、巫术及其原始思维，统统归之于他们所说的"原始神话"及其"原始思维"。

实例甚多，因而反而不必在此赘列。列维-布留尔《原始思维》所说的"互渗律"，作为原始思维的根本法则，为神话、图腾与巫术文化三者的共同之"律"，自然是不无道理的。然而，作为都属于原始"信文化"范畴的原始神话、图腾与巫术三者的起因、功能与价值，是有所区别的，因而对三者不加以区分的理由，是颇难成立的。就"互渗律"而言，在三者共同之际，各具不同的文化特性。所谓"互渗"，犹如中国《周易》咸卦之"咸"（按：感的本字，感应义），是指相互渗透、相互感应。在文化属性、地位和功能等方面，原始神话、图腾与巫术，显然各自具有不同的人文特性。"互渗律"本身，主要还是原始巫文化最典型的思维特征。这也便是英国詹姆斯·乔治·弗雷泽《金枝》所说作为"巫术原理"之"交感巫术"的"交感律"①。

---

① 按：参见［英］詹姆斯·乔治·弗雷泽：《金枝》上册，赵昭译，陕西师范大学出版社总公司有限公司，2010，第16页。

究竟什么是神话，"稍微浏览一下神话学文献的人，很快地就会发现：研究神话的学者对'什么是神话'这个问题，提不出一个使大家都满意接受的回答。"①诚然不能"使大家都满意"，这不妨碍我们对神话包括中国原始神话有一个基本的看法。顾名思义，所谓神话，即"神"所说的"话"，或者可以说，是人假借"神"所说的"话"。这个"人"，在其原始意义上，一般指原始氏族的酋长、祭司与巫觋之类，不是一般的草民百姓。一般草民，可以是神话的接受者兼崇拜者与传布者。神话的"话"的内容，总是富于神性、灵性或兼有巫性的，因而与原始诗性具有不解之缘。神话是人类童年文化的遥远之梦，是对原始初民生活的以往、当下与未来的想象与虚构、描述与解读、追忆与向往。神话是文化之重要的传布方式，人类文化传统的延续，相当重要的意义上是靠神话传说。神话原于口头创作，口头文本的神话历史，比文字文本神话的历史，不知要悠久与漫长多少个世纪。在此意义上可以说，作为言语的神话，是原始初民意识形态的"存在之家"。

有趣的是，当历史学意义上的人类文明的太阳冉冉升起之后，就意味着文字文本的神话来到了人间，于是，神话同时有了两种创作和传布方式。一旦使得神话见诸于文字记载，口头神话的发展，一方面相对稳定于相应的文字文本之中，另一方面，作为文明方式的文字，有可能成为原始口头神话的一种消解之力。这是什么缘故呢？

文字文本的神话，拓宽了神话创作与传布的渠道，初民除了崇拜氏族、祭司和大巫的言语神性兼巫性的魔力以外，又进一步崇拜其文字的神性兼巫性的魔力。由于文字初起，它只能掌握在极少数的氏族酋长等"社会精英"的手中，于是整个社会的神话的言语尤其文字系统，成为双重的偶像与权威。文字神话只能在当时那些能够"识文断字"的极少数人群中进行创作和流传，偏偏那时所发明的文字数量偏少，简古是其基本特点，因而在一定程度上，它改变了原先口头神话的社会交往面。中国文字神话一般都是简短而精炼的，显然与古汉字的简古攸关。文字神话往往成为新的口头神话"讲故事"的底本，加强了神话之相对的故事人物与情节的稳定性，也可能在某种程度上，抑制了神话的

---

① 张光直：《中国青铜时代》，生活·读书·新知三联书店，1999，第361页。

"奇思异想"。文字系统具有整理思想和情感方式的作用，可以对想象和虚构施加一定的影响，由于依赖于文字，使得神话的继承者和传布者的惊人的记忆力逐渐退化，文字的诞生和使用，又同时影响到思维与思想如马克斯·韦伯所说的"理性化"。

更重要的是，随着社会生产力的发展、文明的进步与理性思维的成长，关于神话的神灵意识及其神性与巫性，也在演变之中，社会实践的广度与深度以及文化视野的扩大，让先民对于神话等文化形态的专注与热情渐渐消退，以至于终于告别了原始神话的时代。这便是为什么自从文字诞生、文明进步至今的时代，基本上再也不会有原汁原味的口头神话的诞生而只有童话的缘故。

长期以来，中国原始神话所遭遇的质难，是嫌其篇幅短、成文晚。有人说，"中国古代对于自然及对于神的神话，比起别的文明来，显得非常贫乏。"又说，"有几位很知名的学者曾经主张，中国古代神话之'不发达'是因为中国先天不厚，古人必须勤于度日，没有功夫躺在棕榈树下白日作梦见鬼。"张光直说，这种看法"自然是很可笑的"[1]，是。

称"中国先天不厚"，大概是指中国后世的文化特性在于"淡于宗教"。中国文化的确具有"淡于宗教"这一特性，这是由于上古中国原始巫文化过于强大的缘故。强大的原巫文化，对于中国原始神话而言，有一定影响甚至具有一定的推助作用，但这只是问题的一个方面。另一方面，正因为原巫文化唯求"实用"的文化特质，可以在一定条件下，影响原始神话的思维、情感和想象的"翅膀"，向不务"实际"的神话的"形上"飞升。中国巫术的强盛之与神话的影响，是正反而双重的。因而中国原始神话并非是绝对的"非常贫乏"，只是与原巫文化相比较而显得相对"贫乏"而已。给人造成中国原始神话"不发达"印象的原因，看来有两个。一是仅就文字文本的神话来说，与古印度、古希腊相比较，也许有相对"贫乏"的一面，这不等于说整个中国原始神话是"非常贫乏"的，在中国文字文本的神话出现之前，一定有许多口头神话遗落在历史的尘埃里；二是可能出于我们对中国原始神话的发掘和研究尚为不够的缘故，进一步的发掘和研究是完全必要的。

---

[1] 张光直：《中国青铜时代》，生活·读书·新知三联书店，1999，第383、391页。

不能将中国原始神话的所谓"贫乏",归结为"古人必须勤于度日"这一原因。人类先得解决"吃饭问题"即"必须勤于度日",一般而言,才有余暇和精力去从事神话等的创作和传布,人类总不能在食不果腹、在饥饿的死亡线上苦苦挣扎之时,还有时间、精力与兴趣整天坐在那里很惬意地"讲故事"。这对于所有原始氏族来说都是一样,不独中华氏族是如此的。用西方的标准来衡量,所谓古希腊、古印度的原始神话是发达的,难道那是因为希腊、印度的"古人"不"勤于度日"的缘故吗?

中国原始神话所以给人不甚"发达"甚而"贫乏"印象的原因,正如前述,文字发明与运用之后,大量的口头神话,遗落在历史的长河里,而未能及时地将这一文化硕果"收割""储藏"在文字的"仓库"之中。在这一点上,中国的情况可能比希腊、印度显得更甚些;如果真要说"中国先天不厚",那也只能是相对而言的。中国文化的天性,比较而言,早先似乎确实有一个比较"口讷"而拙于"讲故事"的特点,就叙事和抒情来说,前者确实要比后者开蒙稍晚。如果要问为什么是这样的"先天"而不是那样的"先天",这好比在哲学上穷究为什么是这样的本原本体而不得其解一样,是难于求其究竟的。经过春秋战国的"轴心时代"所发生的"理性化"与"哲学的突破"之后,中国儒家文化的"实用理性"一般地占有主流地位,但是这种"实用理性"精神,不是突然莫名其妙从地下冒出来的,它有一个来源处,有一个文化根因的所在,它其实就是讲究实用功利的原始巫文化发蒙很早而且很是兴盛的缘故。再说,从孔子沿袭下来的"不语怪力乱神"的传统过于强盛,也可能导致崇尚纯粹精神性意义的原始神话的部分遗落。

仅就中国原始神话的历史和人文定位来说,以往学界多持广义"原始神话"说并非全无道理。李泽厚《美的历程》一书曾经认为,在中国"原始神话"时代,"审美或艺术这时并未独立或分化,它们只是潜藏在这种原始巫术礼仪等图腾活动之中"[①]。这里,一是颇为明显地将"原始巫术礼仪"归于"图腾活动"范畴之内,看到了巫术文化与图腾文化相通的一面,却将巫术等同于图腾;二则再将图腾、巫术二者,隶属于"原始神话"这一大范畴之中,这在学

① 李泽厚:《美的历程》,文物出版社,1981,第5页。

理上是取广义神话说的缘故。有的学者在论述古希腊美学起始问题时，也取广义的"原始神话"说。如称"美学和哲学一样是从神话中发展产生出来的。可以说，美学产生以前有一个史前阶段，即神话阶段，它的美学，也是美学史的史前史。"①这是将美学产生前的"史前阶段"等同于"神话阶段"，将图腾和巫术这两种原始文化形态，包括在广义神话说的范畴之内。

在学理上，我们不宜将原始神话这一广义的学术概念，在无意中去遮蔽、取代其余的原始文化形态。在西方人类学界，有些著作将"神话"进一步神化、诗化，或者在治学理念上，有一种"惟神话是尊"的倾向。英国人类学家马林诺夫斯基曾经指出，"对于神话学的文字，即使肤浅地涉猎一下，也足知道五花八门，议论分歧。"以德国"自然神话学派"为例，"这一派的作家所主张的是，原始人十分关心自然现象，而他底关心法又主要是理论的、冥想的、诗意的"，"有的作家为月所迷而成太阴神话派，以为除了月以外旁的自然现象绝不会使蛮野人有诗意的解释"，"又有所谓气象学派，以风、气候、天气底颜色等为神话底实质"，"这些分门别类的神话学家之中，有的是自己所采取的某种天体或原则的战士，以为自己底是唯一的真理"②。

从不同的角度和路径研究神话固然值得提倡，而唯"神话"说从而遮蔽其它原始文化的类型及其文化意义，导致遮蔽了其他许多东西，是值得我们加以注意的。

原始神话是一个理想与遥远的梦，今天我们研究神话，分明可以听到来自遥远时代之文化心灵的跳动，与美丽而充满诗意的历史的回声。对中国原始神话的肯定是必须的。人类文化的史前史包括中华史前史，是何等漫长、丰富而深邃，在那里的确是一个神话、图腾与巫术所共同建构的历史与人文舞台。

张光直说，"周神话中说黄帝是先殷人物"，看来十分古远。"但我们研究周代史料与神话的结果，知道黄帝乃'上帝'的观念在东周转化为人的许多化

---

① 范明生：《古希腊罗马美学》，见蒋孔阳、朱立元主编：《西方美学通史》第一卷，上海文艺出版社，1999，第11—12页。

② ［英］布罗尼斯拉夫·马林诺夫斯基：《巫术科学宗教与神话》，李安宅译，上海社会科学院出版社，2016，第118、119页。

身之一"①。而起于战国黄老之思而成于西汉初的"五德终始"说，是与五行生克说相联系的。所谓"五德终始"，主要以五行"相克"说即"水克火、火克金、金克木、木克土、土克水"，且配以与五行相应的五色，来观念地建构黄帝这一"人文初祖"的崇高形象。战国末年的阴阳家、齐人邹衍（约前305—前240）"深观阴阳消息"，首倡"五德终始"说，以为朝代的更迭，依凭于五行相克律，为天命所定而非人力所为。《吕氏春秋》有云：

> 凡帝王者之将兴也，天必先见祥乎下民。黄帝之时，天先见大螾大蝼。黄帝曰：土气胜。土气胜，故其尚黄，其事则土。及禹之时，天先见草木，秋冬不杀。禹曰：木气胜。木气胜，故其色尚青，其事则木。及汤之时，天先见金刃生于水。汤曰：金气胜。金气胜，故其色尚白，其事则金。及文王之时，天先见火，赤乌衔丹书，集于周社。文王曰：火气胜。火气胜，故其色尚赤，其事则火。代火者必将水。天且先见水气胜。水气胜，故其色尚黑，其事则水。水气至而不知数，备将徙于土。②

这是说，自黄帝时代至汉代的朝代更替，所遵依的，是五行相克且配以五色之理。

按"五德终始"规律，传说中的黄帝时代，为土德（尚黄）；黄帝之所以为夏（大禹）所代替，是因为夏为木德（尚青）、木克土的缘故；夏之所以为商所代替，是因为商汤为金德（尚白）、金克木的缘故；商之所以为周所代替，是因为周为火德（尚赤）、火克金的缘故；周之所以为秦所替代，是因为秦为水德（尚黑）、水克火的缘故；秦之所以为汉所替代，是因为汉为土德（尚黄）、土克水的缘故。

《吕氏春秋》这一段有关原始神、巫文化理念、"五德终始"与朝代更迭相应的论述，确实为汉人最后完成黄帝这一中华"人文初祖"伟大形象的塑造，

① 张光直：《中国青铜时代》，生活·读书·新知三联书店，1999，第361页。
② 《吕氏春秋·有始览》，高诱注：《吕氏春秋·有始览第一》，《诸子集成》第六册，上海书店，1986，第126—127页。

奠定了人文逻辑的依据，目的在于证明汉王朝与黄帝同属于土德，进而证明汉王朝天命所归的正统性与合法性。

其实这只能说明，有关文字记载中的黄帝形象的创立相对较晚，不能证明以世代口头传播所塑造的黄帝，仅仅始于秦汉之际。

又如伏羲神话，直至"人文初祖"黄帝形象被塑铸完成之前，伏羲一直是中国原始神话谱系中一位尤为古悠与伟大的人物，所谓"帝出于震"（按：指《周易》文王八卦方位居于东方的震卦，象征伏羲）、"为百王先"。而伏羲的赫赫"奇迹"，如创始八卦云云，主要见于大致成篇于战国中后期的《易传》。看来其文化成型的年代并非十分古远。从考古发掘来说，战国楚竹书所谓"曰故（按：古）大能（熊）雹（庖）戏（羲）"，"梦梦墨墨"，"乃取（娶）""女皇（女娲），是生四子，是襄天地"云者，时间约在"战国中晚期之交"[1]。

所谓盘古"开天辟地"的口头神话到底起于何时，难以确考。从文字文本看，当始于三国徐整《三五历纪》[2]，随后是南朝梁任昉《述异记》的最后完成，两者成书年代相对较为晚近，这是前文曾经说过的。然而这里值得再次强调，我们不能以此匆忙地得出结论说，关于伏羲、黄帝与盘古等神话传说诞生的年代竟然是如此的晚近。

类似的情况是，有学者说，中国神话史上那些"先殷神话"，其实大抵为殷周时代的神话。除伏羲、黄帝与盘古等之外，如女娲补天和祝龙之类神话，记录于《山海经》。《山海经》凡十八篇，十四篇为战国时撰作，《海内经》等四篇是西汉之初的作品。且不说这些大致为殷周甚或汉初的神话文本的文字记载，尚有一个应予甄别的年代真伪问题，我们又怎么能够断言，这些文字文本的神话，仅仅是殷周时代的产物呢？学术史上"疑古"思潮曾经蜂起于一时，在当时对于学术思想的解放具有一定意义，但是这里值得提倡的是，我们既不要盲目"疑古"，也不必盲目"信古"，正确的态度，始终是科学的"释古"，提倡历史与逻辑、实证与理念的统一。

---

① 参见冯时：《中国天文考古学》，社会科学文献出版社，2001，第13—18页。

② 按：《三五历纪》，全书已佚，《太平御览》卷三引《三五历纪》云，"天地混沌如鸡子，盘古生其中，万八千岁，天地开辟"。

第二节　原始图腾文化的人类学特征

在中国原始文化形态即巫术、神话与图腾这"三维动态结构"中，图腾作为与巫术、神话文化血缘相系的一支友军，千百年间一直显示了活跃和顽强的文化生命力。在关于中国文化原始人文根因、根性与特质问题的研究中，与神话人类学、巫术人类学不同而并列的，是图腾人类学的研究。其立论的重要依据之一，建立在关于中国"原始图腾文化是中华最古老的主导文化形态"这一学术认知与信仰之上。有些学者坚信，从原始图腾文化进入，便可以把握原始、烦难而复杂的中国文化的人文命脉。

图腾一词，是印第安语Totem一词的译音，意思是"他的亲族"。18世纪末年（1791），约翰·朗格的著述《一个印第安译员兼商人的航海与旅行》曾称，"野蛮人的宗教性迷信之一，就是他们每个人都有自己的totem"。1903年，严复译英国学者甄克里《社会通诠》一书，首次将Totem这个词，中译为"图腾"，由此成为通用的译名。

图腾文化，是原始初民意识到人自身的生命来由并不得不加以"误读"的文化产物。图腾是关于人生命起始于谁、又何以起始的一种古远的文化、行为与心理现象，它是人类原始信仰的重要文化方式之一。无论就世界和中国文化而言，图腾的历史古远。有学者以为，"图腾是意识到人类集团成员们的共同性的一切已知形式中最古老的形式"，"意识到人类集体统一性的最初形式是图腾"[1]。这一论断所指出的人类学特征有三个：

其一，图腾文化体现了"人类集团"的"共同性"即"集体统一性"。一定意义上，原始人类的精神、理念，是靠图腾崇拜的意绪及其仪式来加以维系的。血族借此将自己的群团（氏族）与别的群团区别开来，从而团结、保护自己，初民所依赖的就是图腾。图腾作为氏族、部落的保护神，将一个族群的原始初民，团结在自己"祖神"的旗帜之下。它是原始人类的一种文化心灵的围城。

---

[1]　[苏]苏联科学院民族研究院:《原始社会——一般问题、人类社会起源问题》，浙江人民出版社，1990，第436、437页。

其二，图腾作为人类文化"一切已知形式中最古老的形式"这一点，是否已为考古学所证明并获得学界的普遍公认，是一个问题。用"一切已知形式"来限定"最古老的形式"这一断语，是显得比较谨慎的。图腾是否是人类文化的"最古老的形式"，还须新的考古来加以证明。

其三，尽管图腾是原始初民关于自身起始于谁且何以起始这一重大课题的"误读"与"误判"，实际上初民在图腾崇拜活动中所认可的先祖，并非是其真正的先祖，它仅仅是一种主观地"意识到"的关于"认祖"的文化精神与行为。初民"意识到"而且有一种主观的心灵冲动，便努力寻找与相信"他的亲族"、他自己所笃信的"先父"甚或"先母"究竟是谁，并对其深表感激与绝对崇拜，以便在图腾保护神的庇护与禁忌中，共同面对无情世界的残酷挑战。图腾的基本文化素质和功能，在于唤起氏族迷信"祖神"而向心的群体生命意识。

初民为什么要进行图腾崇拜活动，为什么一定要追问和确信自身的祖先究竟是谁呢？

这是出于初民的生存需求。正如向往未来那样，追根问底、慎终追远，是原始初民较早意识到的一种人文意识、情感与意志。它与人的主体意识相联系，希望确认人自己究竟来自于谁，并坚信那是其生命、生存存在的唯一依据。假如在精神上无力寻找、找不到并确认自己部落、氏族的祖先，人便深感自己孤立莫名，好比自己是一个在茫茫荒原上总是找不到故乡的"野孩子"。图腾现象是初民生命血缘意识的初步蒙起。虽然实际上表现在图腾崇拜中的血缘意识，是一种"伪血缘"的认祖意识，然而初民对此一直深信不疑，痴迷执着，这是一种迷信、稚浅而可爱的精神现象和原始行为。

在崇拜意义上，原始图腾与尔后的宗教文化相联系，一些宗教主神，可能已在原始图腾之中孕育。图腾是宗教的"前史"文化形态。图腾又是宗教史前文化的"倒错"的心灵与实践行为。它虔诚地将动物、植物、日月、山川、苍穹甚而"践巨人迹"之类，错认为部落、氏族血亲的"先祖"甚或"先母"。在图腾崇拜中，初民对自身生命先祖的崇拜和敬畏，是真诚、真切和真实的，而且伴随以充满神秘、神奇、神性的迷氛与崇拜激情的古朴诗意。

在人类文化史上，原始图腾究竟起于何时？这是一个烦难而有待于解决的学术课题。关于图腾的考古，总是不断地展开而无休无止。有人说过，正如艺术起源问题那样，要在考古学意义上，真正找到原始图腾文化起始即发生的"第一时""第一地""第一人"，是困难的。

长期以来，图腾学、图腾文化学的研究已然取得丰硕成果，学者们对于中国原始图腾的关注与研治，也有一些新的开展。可是，可能由于这一学术课题本身的烦难，尤其当人们将图腾文化的研究与中国文化与美学原始人文根因、根性和特质问题联系起来加以探讨时，那种学术上的分歧和争辩便不可避免。

关于人类原始图腾文化发生的"第一时"问题，可谓见仁见智，歧见多出。大致有距今约8 000年、距今约2.5万年或13万年、16万年、25—20万年甚至40万年的不同看法，分歧实在太大。一般而言，其中有些看法是有所依据的。有的值得做进一步的探讨。比如，支持图腾始于23万年之前这一看法的，是在叙利亚戈兰高地贝雷克哈特−拉姆遗址，发现了属于"阿舍利文化"的女性卵石小雕像，被认为既是图腾也是艺术的起源的证据。

这里有一个问题值得提出。凡是图腾，一般总是将神性、神秘化了的某种动物、植物或山川等种种自然现象、偶尔也以某种人文现象（如中华所谓"践巨人迹"）等作为图腾对象，或者这种对象起码是"半人半兽"的，比如《山海经》中所描绘的"人面蛇身"与古埃及"狮身人面"等那样。而23万年之前的女性小雕像，是纯粹以人、人体为对象的人造之物，是否能够作为原始图腾发生的依据，看来有待于做进一步的讨论。这小雕像或许可以证明，迄今考古所发现的人类的原始生命意识与艺术的起源，始于23万年之前。寻找、发现人类艺术起源与原始图腾起源的"第一时"的努力，是值得尊重与肯定的，然而，如果要证明原始艺术与原始图腾的起源是同步的这一看法，就将人类艺术考古史上迄今所发现的"最早"的这一艺术遗存，同时说成是原始图腾文化最早的实例，从而证明人类的艺术与图腾的发生同步，看来值得商榷。

同样，从"经验材料"出发进行研究，期望找到人类历史上"'第一件'艺术品和第一个'艺术家'"的学术努力，固然值得尊重，但是问题在于，当预设人类史前艺术发生的原始根因为图腾时，可能会遇到的一个理论困难是，人们究竟在什么意义上设定、理解"艺术"这一概念。与此相关的问题是，我们所说的"艺术起源"，究竟是美学（审美学）的还是真正属于文化人类学意义上的。

假如是前者，那么史前时期作为成熟形态的纯粹的审美性艺术尚未诞生。史前人类尚未拥有独立形态与品格的纯粹审美性的艺术。原始初民，面对自然景象或粗拙、朴素而蛮野的人文，感到某些欣喜、愉悦与感激之情，在原始巫舞等文化行为中，在新石器甚或一些旧石器工具上，通过一定的形体动作和符号的刻画而有所表达，创造一些原朴而幼稚的具有一定审美因素的情节场景甚至是人物动物等形象，是可能而必然的。从一些原始石雕之作、史前洞穴壁画与岩画等创作的出现可以证明，其原始审美意识的人文因素，早已伴随以原朴的求善、求真与求神等人文因素的蒙生而蒙生。可是，史前初民的审美器官远未真正发育成熟，文化形态学成熟意义上的审美还没有发生。格罗塞曾经说过，原始狩猎者可以对其居处四近的遍地鲜花熟视无睹没有美感，是因为他们的生产方式是狩猎而不是农耕的缘故，所以他们的审美器官和心情，在当时当地还没有被真正唤醒。其实在那时，即使因为狩猎而对于动物的成熟的审美，也还没有开始。原始狩猎活动作为一种原始劳动方式，绝不是现代意义上的劳动，而是包含着原始巫术因素、神话因素甚至图腾因素的劳动，在劳动中所可能蒙生的原始审美感觉，不会是完全成熟的。因此史前艺术，仅仅孕育、蕴含有一定的原始审美胚素，这是毋庸置疑的。

假如是后者，那么这样的艺术及其起源，其实便是人类文化及其起源的一个学术课题。

朱光潜先生《谈美书简》一书曾经指出，"Art（艺术——原注）这个词在西文里本义是'人为'或'人工造作'"①。从其"本义"看，凡是"人为""人工造作"的行为、主体及其意识、思维、思想、情感、意志和过程、方式、工具、传播、价值等属人的一切，都可以归之于"艺术"实即"文化"这一范畴。这一艺术的概念与理念，实际指以人为主体的整个人类文化，便是"自然的人化""人化的自然"。罗宾·乔治·科林伍德说，"中古拉丁文中的Ars，很像早期英语中的Art"，"中古拉丁语中的Ars，类似希腊语中的'技艺'"②。在词源学

① 朱光潜:《谈美书简》，上海文艺出版社，1980，第10页。
② ［英］罗宾·乔治·科林伍德:《艺术原理》，王至元、陈华中译，中国社会科学出版社，1985，第6、7页。

上，Art与Ars与"技艺"相联系，而本义的"技艺"实际指整个人类文化。

这说明，史前本来意义的所谓"艺术"这一范畴，是包罗万象的一个人文概念，它与今人所说的"文化"一词，是异名而同实的。在原始时代，不仅"技艺"即文化被称为"艺术"，就连我们这里正在讨论的"图腾"以及"神话"与"巫术"等，在那时都是可以统称为"艺术"即文化的。"英语art这个词，源自古代拉丁语ars，指的是'技术''技巧''技艺'又指'法术''魔术''巫术'，这可以说明艺术审美与巫学智慧的文脉关系。直到晚至文艺复兴时代，art这个词的词义依然是双重的；在莎翁一出历史剧《暴风雨》中，普罗斯庇罗脱下自己的法衣时有这么一句台词：'Lie there, my art.'（"躺在这里吧，我的法衣。"——原注）这是说，他的法衣是具有巫术意味的，这也同时就是艺术。中华古代，也有将阴阳占候卜筮幻化之术称为'艺术'的，如《晋书》所言：'艺术之兴，由来尚矣。先王以是决犹豫、定吉凶、审存亡、省祸福。'（《晋书·艺术传序》——原注）"①无疑，这里所说的"艺术"，指巫术。

原始图腾本身，也无疑包蕴在史前"艺术"这一范畴之中，或者说原始图腾是史前艺术（文化）的有机构成。如果在概念上将两者分开，那么这里所说的"艺术发生"的"艺术"，应当指纯粹性审美艺术。但是这又不等于说，这一艺术发生的文化母体，仅仅是原始图腾，当然也不等于说原始图腾的发生就是艺术的发生。

文化人类学意义的所谓原始"艺术"与原始图腾二者，实际是前者包容后者的关系。作为人类原始"艺术"（文化）的一个历史和人文特例，原始图腾的发生及其文化机制、品格，也是一个饶有意味的问题。

图腾文化的起始问题，首先有赖于考古发现，又不是考古可以彻底解决的。要确切地找到人类原始图腾文化发生的"第一因""第一时""第一地""第一人"，即使以实证见长、受到学术界尊重的考古学，有时也会显得无能为力。考古，只能愈来愈接近于"第一因"等文化终极，却永远不能达到这一终极。这一缺失与不完美，其实是人类一切学科与科学的"通病"。在最终意义上，一切都是具有盲点的，仅仅是层次、品格、历史及其科学与人文水平不同罢了。

---

① 王振复：《〈周易〉的美学智慧》，湖南出版社，1991，第99页。

　　从文化机制看，原始图腾的发生及其人文动因，关系到那种被"意识到"的人类"共同性""集体统一性"的生命意识。对于原始初民来说，其生命意识，主要包括自知个体"活着"（按：即能自己知道生与死的不同）以及与群体意识、人死后或者做梦的现象被误解而重构即鬼神、灵魂的意识，以及所谓"万物有灵"即万物皆"生"，以及人与人、人与物、物与物相互感应的意识等。

　　大凡这些人文意识的发生，基于旧石器、新石器时代原始初民的社会意识和能力十分初浅的基础上。其感官及其思维、情感与想象力等的发育，处于蒙昧时代。当初民"意识到"其自身生命之何在、发生于谁的初期，必然不可能具有纯粹性的求善（实用）、求真（认知）、求美（审美）与求神（崇拜）的相对独立而成熟的形态与品性，而主要以此四者的人文胚素、混沌而互融的史前原始面目出现。由于人的肉身生命的存养与繁衍是初民的第一需要，所以以食、色为主要方式的实用功利的求善意识，总是领先一步发生，而且表现得尤为经常、直接而急迫。由于那时的社会生产力极度低下，面对大量而经常性的生命与生活难题，如有关日月星辰的运行、山河大地等自然灾变及动植物尤其人自身的生老病死与梦境等现象，初民总是难以正确地解释与把握，环境的巨大压迫或是恩惠有加，让人在恐惧与感恩的交互影响之下所萌生的前生命意识，在经历数百万年所谓"物活"时代之后，才可能由此萌发关于生命的原始求神意识等。应当指山，这种前生命意识，首先体现在图腾崇拜之中。

　　图腾崇拜文化，总是浸透了英国"人类学之父"泰勒所说的"万物有灵"意识。"万物有灵"说，又称为"泛灵"论（Animism）。泰勒解读、揭示"万物有灵"具有三大文化特征：一、认为世界每一事物，都具有如人一般的生命，所谓"灵"（按：拉丁文Anima，灵魂、生命之义）即是神化、灵化的生命，可以称为生命的"普在"；二、"灵"超越于生死，无论生物抑或死物，都是具有灵性的，"灵"是不死的，"灵"要是会死，就不是灵了。人的肉身必然死亡可是灵魂永远不灭。这种神秘而奇妙的"灵"，就是中国《周易》一书所说的"气"（精气）；三、人与物、人与人以及万物之间的灵是相互感应的，灵具有超自然超时空的神秘感应力与控制力。

　　英国文化人类学家马林诺夫斯基说："然而甚么是灵呢？对于灵的信仰，又有甚么心理上的根据呢？蛮野人极怕死亡，这大概是因为人与动物都有根深蒂固的本能的缘故。蛮野人不愿意承认死是生命的尽头，不敢相信死是完全消灭。这样，正好采取灵的观念，采取魂灵存在的观念。"①此言是。

比较而言，"万物有灵"意识，作为相对高级的原始人文意识，意味着初民的智力与情感、意志等，已能对生命问题加以初步的关注，具有一定的心灵能力对之作出些许"理解"——尽管往往是错误的理解。但是与此后人类的科学理性相比，又幼稚而蕴含着较多的原始神性、巫性与灵性及其迷信的人文因素，而且由于神性、巫性等而本具一定的原始诗性，又因理性少欠而对生命问题作出不准确的理解和表达。关于灵性，以科学理性的标尺加以衡量，不啻可以称之为对于生命的"前理解"或"伪理解"。它可能天才地猜中人与人、人与物及物与物之际所本具的"感应"（按：包括可能的相互"控制"）关系，却以诸如"神灵""鬼魂""命理"之类的字眼加以表述，以"灵魂不灭"，去"理解"自然界与人类社会万物之间的普遍联系，成为造神与神性、巫性崇拜与信仰、精神迷狂等强大而持久的人文起因和推动力。它为原始图腾的发生，提供了原始人文意识的前提。这一前提是，初民坚信，自己与图腾对象之间的精神与血缘联系，永远牢不可破，这一联系就是感应，就是"灵"。

要之，原始图腾培育了人类那种"倒错"的"准生命意识"。它是祖神崇拜文化的初级形态。一般而言，总是自然崇拜与祖神崇拜分别发生于前，而后才可能是两者的结合。因而图腾崇拜，必然发生于自然崇拜与祖神崇拜两大人文意识诞生之后，或者起码与自然、祖神崇拜同时诞生。从"泛灵"意识这一点看，一般自然崇拜意识的发生，又应当早于文化品格相对高级一些的祖神崇拜。所以我们可以理解为，祖神崇拜可能较自然崇拜为晚出。这毋宁可以说明，原始图腾文化的生成，似乎应该是相对晚近的事。

问题的关键是，原始图腾文化，究竟是否是"中华最古老的主导文化形态"、是否蕴含中国美学的人文根因和根性，从而严重影响中华人文特质的建构。

中华古籍有关原始图腾的记载甚多。甲骨卜辞与诸如《诗经》"商颂"、

① ［英］布罗尼斯拉夫·马林诺夫斯基：《巫术科学宗教与神话》，李安宅译，上海社会科学院出版社，2016，第46页。

《楚辞》"天问"与《山海经》等有关篇什，都有所记述。文字学家、历史学家丁山曾经说过，中华上古二百余氏族各有其图腾，这可以从卜辞发见其依据。[1]

诸多神话中的动物，如鸟鱼蛇猪羊蛙与神性、灵性、巫性的龙等，都是具有奇幻、奇迹的中华图腾。《诗经·商颂·玄鸟》有云，"天命玄鸟，降而生商"，这可以证明"玄鸟"是商氏族的"始祖图腾"，虽然关于这一点，学界尚有不同看法。[2]司马迁《史记·殷本纪》说："殷契，母曰简狄。有娀氏之女，为帝喾次妃。三人行浴，见玄鸟堕其卵，简狄吞之，因孕生契。"[3]《史记·秦本纪》又说，"秦之先，帝颛顼之苗裔，孙曰女修。女修织，玄鸟陨卵，女修吞之，生子大业"。[4]不仅称商族图腾为玄鸟，而且说秦也是。玄鸟，古籍一说燕子。《古诗十九首》："秋蝉鸣树间，玄鸟逝安适？"又指鹤。《文选·思玄赋》："子有故于玄鸟兮，归母氏而后宁。"李善注云，"玄鸟，谓鹤也"。郭沫若先生认为，玄鸟指凤（凤）。玄鸟之"玄"，幽黑、神玄之义。[5]这三种说法有别，但都是指鸟。相传殷商认神鸟为图腾，便是殷人想象、神幻的意识所确信的"祖神"。这也便是时至今日，中国民间依然俗称男根为"鸟"的缘故。中国原始图腾文化，一般特具"历史化"的人文特色，司马迁笔下所写传自上古的鸟图腾案例或龙图腾文化个案，也是大致作为"历史"来加以叙述的，而其作为鸟、龙的图腾的人文底色依然未泯。

龙图腾是中华最重要而著名的原始图腾传说及其记载之一。关于龙，学界研究甚多。拙著《中国美学的文脉历程》，曾归纳为十七见。这就是，龙的原型为"蜥蜴""鳄鱼""恐龙""蟒蛇""马""河马""闪电""云神""春天自然景观""树神""物候组合""以蛇为原型之综合"说与"起源于水牛""由猪演

---

① 按：参见丁山：《甲骨文所见氏族及其制度》，科学出版社，1956，第32页。

② 按：郭静云说："《诗·商颂·玄鸟》：'天命玄鸟，降而生商，宅殷土芒芒，古帝命武汤，正域彼四方。'因'玄鸟'形象，学界经常用'商族图腾'概念来解释凤鸾崇拜，但通过对资料的严谨研究，使很多学者非常怀疑此解释能否成立。因为在殷商王族祈祷占卜记录中，完全没有鸟生信仰的痕迹，据此即足以否定这是殷商王室的信仰。"（郭静云：《天神与天地之道——巫觋信仰与传统思想渊源》上册，上海古籍出版社，2016，第417—418页。）

③ 司马迁：《史记·殷本纪》，《史记》卷三，中华书局，2006，第12页。

④ 司马迁：《史记·秦本纪》，《史记》卷五，中华书局，2006，第29页。

⑤ 按：参见郭沫若：《青铜时代》，科学出版社，1960，第11页。

变""与犬有关""源于鱼"和"由星象而来"等说。这些大抵都是被神化了的动植物与自然现象。罗愿《尔雅·翼·释龙》有云，所谓龙，"角似鹿，头似驼，眼似龟，项似蛇，腹似蜃，鳞似鱼，爪似鹰，掌似虎，耳似牛"。罗愿为宋时人，他所说的龙的形象，已近于今日我们所认识的龙。这一"九似"之龙，显然是上古九大氏族图腾原型的综合（按：当然，现在有的学人认为，龙是指一种真实存在过的动物，这是另一个问题，这里暂且勿论）。

中华原始龙图腾的人文原型，可以在一些考古发现中被证实。迄今考古发现的最早的龙，是山西吉县柿子滩石崖岩画的"鱼尾鹿龙"绘形，年代距今大约一万年。有"龙形石塑"，发现于辽宁阜新查海前红山文化原始遗存，据测距今约八千年。这是以暗红色石块堆塑而成的"龙塑"之形，长度近20米而宽约2米，作昂首啸吟之状，其身弯曲，有腾挪之势。又有出土于陕西宝鸡北首岭初民遗址之一的蒜头陶壶上的"鸟啄鱼"绘纹，那是一鱼一鸟且两者相争，表现鸟图腾战胜鱼图腾氏族的人文主题，其年代距今大约在6 800—6 000年之间。年代稍后的，还有河南临汝阎村仰韶文化遗存有一个绘于彩陶瓮棺的"鸟啄鱼"图案，它的纹样显得更为写实，"其鸟躯呈站势，非常肥硕有力，鸟嘴非常尖长，它啄着一条形似今之鲫、鲤的鱼。鱼身下垂而显得无力，显然是一条死去的鱼。又在鸟啄鱼图右方绘一石斧之形。斧形巨大而显得十分笨重，并且斧把刻有'X'标志，可以看做是权威的象征"[1]。它的年代距今大约6 000年。河南濮阳西水坡遗址编号为M45大墓出土的"龙虎蚌塑"中的"龙"，摆塑在墓主人残骸的东侧，"由白色的蚌壳精心摆塑而成。'龙'长1.78米，高0.67米，头北尾南，背西爪东。'龙'头似兽，昂首瞪目；身躯细长而略呈弓形，前后各有一条短腿均向前伸，爪分五叉；尾部长而微曲，尾端具有掌状分叉。总体上看，这'龙'似乎在奋力向前爬行"[2]。值得注意的是，与该"龙"相对应的，是墓主遗骸西侧有虎形蚌塑，构成中国古代风水学所谓"左青龙，右白虎"的风水态势，成为古代风水格局迄今为止出土最早的一个实证，其年代距今大约6 460年。

关于龙图腾，考古发现的意义是重大的。如果说前述属于仰韶文化期半

① 王振复：《中国美学史新著》，北京大学出版社，2009，第30页。
② 刘志雄、杨静荣：《龙与中国文化》，人民出版社，1992，第26页。

坡类型出土的"鸟啄鱼"的"鱼"仅仅是龙的原型的话，那么，西水坡M45号墓葬的龙样，已经与中华后世的龙象极为相似。很早撰就著名学术论文如《伏羲考》与《说鱼》的闻一多曾经指出，"现在所谓龙便是因原始的龙（按：一种蛇）图腾兼并了许多旁的图腾而形成一种综合式的虚构的生物（按：指罗愿所说的龙象）。这综合式的龙图腾团族所包括的单位，大概就是古代所谓'诸夏'，和至少与他们同姓的若干夷狄"。又说，"龙是我们立国的象征"，"龙族的诸夏文化才是我们真正的本位文化"①。而成书于殷周之际的通行本《周易》本经六十四卦的首卦即乾卦，全卦六爻及其爻辞，都是以"龙"取象并且以"龙"为巫筮的，被称为"龙卦"，显然是原始龙图腾的一大文化遗存。

关于原始"践巨人迹"这一原始图腾，《诗·生民》有云，"厥初生民，时维姜嫄。生民何如？克禋克祀，以弗无子！履帝武敏，歆。攸介攸止，载震载夙。载生载育，时维后稷"。《史记·周本纪》说，"周后稷，名弃。其母有邰氏女，曰姜原。姜原为帝喾元妃。姜原出野，见巨人迹，心忻然说，欲践之。践之而身动如孕者。居期而生子。以为不祥，弃之隘巷，马牛过者皆辟不践；徙置之林中。适会山林多人，迁之；而弃渠中冰上，飞鸟以其翼覆荐之。姜原以为神，遂收养长之。初欲弃之，因名曰弃。"②以"帝武"即"巨人迹"为"生子"的图腾，即以姜嫄为母而以"帝武"为"父"（祖神），显得尤为特别。它在人文思维上，与前述"简狄""吞""玄鸟"之"卵"而"因孕生契"具有某些相类之处。

中华古籍有关原始图腾的记载甚多。这里，尚未将比如有关日月星辰与《山海经》所谓"人面蛇身""人首蛇身"之类的图腾加以论析，却仍然可以有力地证明，原始图腾，确实是中国上古文化的重要构成。恩斯特·卡西尔曾经指出，"中国是标准的祖先崇拜的国家，在那里我们可以研究祖先崇拜的一切基本特征与一切特殊含义"③。这些"祖先崇拜的一切"，包含了图腾崇拜，它大致上是以自然崇拜形式所体现的准祖神崇拜。一个强调生命意识、生命文化的民族与国

---

① 闻一多：《伏羲考》，《闻一多全集》第一册，生活·读书·新知三联书店，1982，第32、33页。

② 司马迁：《史记·周本纪》，《史记》卷四，中华书局，2006，第17页。

③ ［德］恩斯特·卡西尔：《人论》，甘阳译，上海译文出版社，1985，第109页。

度，必然有一个祖先崇拜的源远流长的文化传统，其文化源头，就是原始图腾。

体现于原始图腾文化的生命意识，毕竟是初始而不够成熟的，可以称为"前生命意识"或"准生命意识"。原始认祖的文化冲动和行为，实际是"倒错"地认同，比如日月星辰、山河大地或动植物这些"他者"作为氏族自身的"生身父母"，这确实是"前生命"或"准生命"的。初民固然"意识到"认祖的需要与必要，却只能将其大致地放在自然崇拜的文化方式中去求得解决，图腾崇拜，是原始祖神崇拜的一种"前史"文化方式。

中国文化关于原始审美意识何以发生的人文根因和根性，显然与原始图腾文化的发生、发展相联系，从特具"前生命""准生命"意识的原始图腾问题进行探究，的确是可行而必要的一条学术途径。

然而，这里仍旧有一些问题值得做进一步的讨论。

正如前述，要在考古上追寻、确认中华原始图腾文化起始之绝对的"第一人""第一时"与"第一地"等，尤其是要真正厘定图腾起始与原始文化及其审美意识的发生这二者之间，究竟存在怎样古远而深微的历史和人文联系，是相当困难的。

从目前所掌握的考古材料，比如从中华原龙图腾最早大约始于一万年前（按：如前述柿子滩石崖岩画的龙象）看，显然尚难以支撑所谓中华原始图腾始于多少万年之前的见解。

张光直曾经指出，"今天凡是有史学常识的人，都知道《帝系姓》《晋语》《帝系》《五帝本纪》与《三皇本纪》等古籍所载的中国古代史是靠不住的，从黄帝到大禹的帝系是伪古史"[1]。无根据的"疑古"或盲目的"信古"，都是不可取的，我们所提倡的，是科学的"释古"。中华文化不太好的传统之一，似乎以盲目"信古"的倾向为更明显。原始图腾，确实与中国原始文化相联系，但是原始图腾并非中国历史与人文的全部。盲目"信古"的特征之一，是将原始图腾之类等同于历史。如关于祖制与帝系的图腾，以伏羲、黄帝等最为著名、也最为后人所称道。在人文思维上，从殷周到春秋战国，由文献所表达的，大多实际并未将图腾意义的"祖神"和历史意义的"人王"分开。其文化心灵所

---

① 张光直：《中国青铜时代》，生活·读书·新知三联书店，1999，第358页。

关注的重点，显然并非图腾本身，而是由图腾而衍生的"帝王"谱系。这实际是以图腾来叙述和印证历史。当然也要看到，在有关原始图腾文化中，遗存着真实的史迹史影。而图腾毕竟不等于历史，图腾史也不等于中国史。

应当谨慎而力求真确地对待、处理出土文物与文献资料及其两者之间真实的历史联系。从前述原始之龙的图腾而言，迄今考古所发现的"第一时""第一地"，是相对晚近的，其年代大约在旧石器晚期或新石器早期。这与有关"龙"的文字传说"年代"相去甚远。关于图腾文化的"诗性想象"是正当的，但是总须以考古发现为依据。

中国文化史的历史和人文发展的特质与品格之一，是其生命意识及其生命美学意识，确实主要源自原始图腾文化。原始图腾，从"准祖神"角度，促成了原始审美意识等的起始。从原始图腾拜祖的前生命、准生命的原始这一点，来解读中国文化及其审美等的人文根因、根性，是可能而必要的。但是对于中国审美文化史的研究来说，生命问题固然重要，却远不是唯一的。原始初民所遭遇的生命和生活难题是多方面的，由于生存、生活与环境诸条件、诸因素压迫的多种多样，必然会刺激多种人文意识的萌发。除了生命意识，还有比如原始功利意识与天人合一、时空以及象、气与道等意识的发生。它们都是原始文化的有机构成。

比如"姓"这个汉字，《说文解字》说："姓，人所生也，古之神圣母感天而生子，故称天子。从女从生，生亦声。《春秋传》曰：'天子因生以赐姓'。"①这是东汉许慎的释读。"姓"字甲骨卜辞写作：𡥆②。其字形，象一女跪拜于一树之下。因为是跪拜的象形，所以这个"木"（生）在跪拜者的心目中，应该是神树。𡳿③，这是生的本字。《说文》说，"生，进也。象草木生出土上，凡生之属皆从生"④。甲骨卜辞所说的"生"，本指草木之生。女子既然跪拜在神木之下，这神木便是女子心目中的图腾而无疑。从姓字从女从生可以推知，中华古代大

---

① 许慎：《说文解字》，中华书局影印本，1963，第258页。

② 罗振玉：《殷虚书契前编》六、二八、三（一期）。

③ 郭沫若主编、胡厚宣总编辑，中国社会科学院历史研究所《甲骨文合集》编辑工作组集体编辑：《甲骨文合集》四六七八、一四一二八，中华书局，1978—1982。

④ 许慎：《说文解字》，中华书局影印本，1963，第127页。

凡姜、姬、妫、嫘、姚、晏等古姓，或李、林、朴、朱、桑、杜、梁与束等姓氏，大约都与原始图腾有关。有学人从诸多古姓氏从"女"推知，原始图腾及其准生命意识，早在母系氏族社会时期（按：距今约10万—1万年间，属旧石器晚期）已经诞生并有所发展。女娲与西王母，可以说是母系氏族文化的神话表述。母系氏族生子，民但知其母而不知其父，所以以神木为图腾，氏族以"老祖母"为权威，应该是说得通的。从姓氏所蕴含的这一图腾准生命意识看，首先是与"母"（女）文化而并非"父"（男）文化相联系的。然而这种崇母的原始生命意识，在后代，其实一般并未发展成由该图腾意识发展而来的生命文化思想的主流。炎黄二族，炎帝姜姓而黄帝姬姓。《说文》说，"姜，神农居姜水以为姓，从女羊声"[1]，似以姜水为图腾。《说文》又说，"黄帝居姬水以为姓"[2]，又以姬水为图腾。而从姜、姬二姓的字体都从"女"可知，两者都属于女性图腾，《说文》所言是否符契远古女性图腾的历史真实，值得辨析。

"倒错"地以自然崇拜为氏族生命之根的图腾崇拜，其实并未形成强大而持久的中华人文传统。从"三皇五帝"谱系[3]看，他们都是男（父）性之"王"（皇、帝）。给人的错觉是，中国从原始图腾发展而来的生命意识及其生命审美意识等，一开始便是以山川为图腾、而且崇拜男性之王而培育、生成的。关于炎帝姜姓、黄帝姬姓的"老祖母"的女系原始图腾的上古文化，在"三皇五帝"谱系中全无记载与地位，这是因为"三皇五帝"的"史"的创作年代，已经到了春秋战国时代的缘故，而将关于女性意义的图腾崇拜的口头传说，淹没在历史的洪流之中。春秋战国，一个崇尚、树立男性绝对权威、被孔子称为"惟女子与小人为难养也"[4]的时代，这个民族的生命意识的内在基因已由崇母发展为

---

① 许慎：《说文解字》，中华书局影印本，1963，第258页。

② 同上。

③ 按：关于"三皇五帝"，中华诸多古籍记载不一。为今人较为认同的"三皇"：伏羲氏、神农氏、轩辕氏（黄帝）；"五帝"：少昊、颛顼、帝喾、唐尧、虞舜。古代有的"三皇"谱系，以燧人氏为首，依次为燧人氏、伏羲氏、神农氏，遂将轩辕氏（黄帝）降格为"五帝"之首。

④ 《论语·阳货第十七》，刘宝楠：《论语正义》，《诸子集成》第一册，上海书店，1986，第386页。

崇父。如果抹煞中华原始图腾其实始于崇母这一点，那么本来想要解决的问题，其实并未真正解决。

从文化研究最重要课题之一即其本原本体看，从原始图腾文化研究进入，由于图腾的确蕴含以史前的前生命、准生命的人文意识，固然由此可以扣摸中国文化原始意识等发生的脉搏，起码在逻辑上可以证明，这一前生命、准生命意识，不会与中国文化的原始文化根因根性问题无关。然而，中国人之所以创造那么多关于龙凤、关于创世和英雄等的图腾"故事"，目的主要并非在于认知图腾崇拜而在于历史，人们一般是将图腾作为"信史"来看待的。

无论伏羲抑或炎黄等"人王"，他们仅仅是后代中国历史学意义的主角，从来不是也没有转化、提升为中国哲学的本原本体，对于中国哲学的本原本体来说，他们几乎仅仅是一些"他者"，这与西方古代的情况有所不同。西方宗教的上帝，在文化的原始意义上，其实也是一个图腾，但是尔后他不仅是宗教文化意义的祖神或曰主神，而且顺理成章地升华为西方古代哲学的本原本体。这种文化态势，就中国文化及其哲学来说，是不可想象的。原始图腾文化对于中国古代生命文化的哺育固然有功，其对中国哲学本原本体思辨性的建构，则并未直接提供深微的思维和思想资源。

原始图腾文化从原始自然崇拜角度，倒错地树立一个替代的祖宗权威而真正的祖宗其实并不"在场"。这个假想中的祖宗权威是一个巨大的崇拜对象，他的深沉的文化尺度与情感张力，确实为从原始文化意义上的崇拜，走向求善、求美等意义上的崇高，开辟了一条文化、历史之路。原始图腾文化作为原始氏族原始生命意识的孵化器，是倒错而悲剧性兼喜剧性地错认自己的"生身父母"。其崇拜意识富于想象与虚构，而初民所经验的内心情感等心灵上的皈依感，确实是真诚、真切和真实的。所以在历史与人文契机中，由这种具有巨大文化尺度的原始图腾的崇拜，是可以转化为求善与求美的崇高的，这也便是说，崇高感由上古原始图腾文化所哺育而成。这种情况，古希腊悲剧作品的主题，是相当典型的。

可是，中国文化及其传统其实并非如此。

"崇高"一词，始见于先秦古籍："灵王为章华之台，与伍举升焉。曰：'台美矣。'对曰：'臣闻国君服宠以为美，安民以为乐，听德以为聪，致远以为明，不闻其以土木之崇高、彫镂为美。'"①这里所说的"崇高",主要指建筑物（按："章华之台"）的高峻。原始初民最早居无定所,继而是穴居或巢居,一旦入住于建在地面之上的宫室,则其心灵、精神便产生一种对于宫室的崇高感,从而肯定自身的创造伟力。这一崇高又称为"嵩高",与哲学、美学意义上的那种悲剧性崇高没有文脉上的联系。《国语·周语上》称,"昔夏之兴也,融降于崇山"。注:"融:祝融,相传是黄帝的后裔,与夏人同族。古人将之尊为南方的神祇。崇山:即嵩山。"②这一崇高如果有哲学、美学意蕴,仅仅与壮美等范畴相通。《易传》又有"崇高莫大于富贵"③这一命题,这里的"崇高",是一种对于财富与显贵地位的满足感,而且将其看做是人生最大的崇高,有点儿趾高气扬的意思,倒好像是专门对于目前的一些社会情态而言的。

这是因为,虽则中国原始图腾文化,本具错认"生身父母"的悲剧性的原始意识因素,却由于在尔后的时代里,图腾文化主要地提升为历史学与伦理学等而非哲学的缘故,于是使得崇高这一范畴,大致囿于《易传》所说的崇利、崇权与崇德的思维和思想局限,从山的崇高转递为地位、权力与富有等的"崇高"。

这或许可以反证,相对而言,上古时代的原始图腾文化,并非一脉相承地成为中国哲学文化的主要源头。

① 《国语·楚语上》,邬国义、胡果文、李晓路:《国语译注》,上海古籍出版社,1994,第512页。
② 同上书,第25、26页。
③ 《易传·系辞上》,朱熹:《周易本义》,怡府藏版影印本,天津市古籍书店,1986,第315页。

第二章　中国巫文化的人类学特质

谈到巫术，也许首先会直观地给人一个感觉，以为它仅仅是一种充满着落后、迷信或者是很怪异而可怕的文化现象，它无非是巫婆神汉、装神弄鬼的那一套，它是"宗教的孑遗"，"灰暗的想象"，作为文化糟粕，可以说是人类文明史上最黑暗、最丑陋的一部分。因而，一旦发觉居然有人在研究什么巫文化，可能会投去一撇困惑、不安和怀疑的目光。

可是关于巫术文化问题，中外人类学、民俗学界往往并不这么看。英国文化人类学家马林诺夫斯基说："巫术——哈，这个字眼底本身就好象充满了魔力，在背后代表着一个神妙莫测、光怪陆离的世界！不用说本来喜好密教、要在密教里得到终南捷径的人，能在这种势力上发生狂烈的兴趣，像近来风起云涌地复活了许多古来半通不通的各种教，而名曰神智学（Theosophy，伍廷芳译为证道学——原注）、灵学、精神学，以及其他似是而非的甚么学、甚么科、甚么主义之类，不用说了；就是清醒科学的头脑，也是对于巫术这个题目爱好甚深的。这或者一部分是因为我们希望在巫术里面找到蛮野人底欲求与智慧所有的结晶，因为不管是甚么样的结晶都是值得知道的。另一部分是因为'巫'或'魔'，似乎在任何人心里都激起某种潜在的意念，激起希望看奇迹的憧憬之怀，以及相信人类本有神秘力的可能等等下意识的信仰。"[1]

---

① ［英］布罗尼斯拉夫·马林诺夫斯基：《巫术科学宗教与神话》，李安宅译，上海社会科学院出版社，2016，第73—74页。

我们当然要以科学的态度来对待巫术，清醒地看到它的种种迷信、无知与虚妄，从而弃其糟遗。我们知道，巫文化不是一个简单的迷信与丑陋之类的问题，它是人类也是中华童年文化的一个悠远而奇异的"怪梦"，既灰暗又辉煌，既可怕又可爱，既迷茫又清醒，既是神灵的又是人智的，既是鬼鬼神神的，又是所谓"实用""实在"的，且以前者为主。它与原始社会的家国大事、科学宗教、哲学道德、文学艺术、医学养生和堪舆地理等，都有千丝万缕的历史和人文联系。这个"梦"源远流长，至今绵绵不绝，看来似乎永远不会有彻底消亡的一天。

西方有历史比较长的从文化人类学角度认识和研究巫文化的学术传统。西方十九至二十世纪的人类学家如英国泰勒、弗雷泽与马林诺夫斯基等，都是研究巫文化的一代大家，尽管他们的著作不是没有这样那样的缺失甚至错误。从20世纪二三十年代起直到今天，中国的一些严肃的文化人类学研究，也往往不离中国巫文化这一学术课题，取得了比较丰硕的学术成果。然而，仅就西方一些文化人类学著述而言，可能由于中西文化交流的困难或是作者个人的一些原因，西方著作中涉及中国巫术问题的研究是相当少见的。笔者仅仅在弗雷泽的《金枝》和列维-布留尔的《原始思维》两书中，见到一些关于"中国巫"的零碎论述。因而，以文化人类学关于巫学的理念方法，来努力研究中国巫文化，是必须做的一项工作。

第一节　人类及其中国原巫文化的人文特性

究竟什么是巫术？关于这一点，古今中外学者，曾经提供了诸多答案。英国文化人类学家爱德华·泰勒说：

　　巫术是建立在联想之上的而以人类的智慧为基础的一种能力，但在相当大的程度上，同样也是以人类的愚钝为基础的一种能力。这是我们理解魔法（按：指巫术、法术）的关键，人早在低级智力状态中就学会了在思想中把那些他发现了彼此间的实际联系的事物结合起来。但是，以后他就曲解了这种联系，得出了错误的结论：联想当然以实际上的同样联系为前提的。以此为指导，他就力求用这种方法来发现、预言和引出事变，而这种方法，正如我们现在所看到的这种，具有纯粹幻想的性质。[①]

这里有四点值得注意。其一，巫术是人类的一种"能力"，"建立在联想之上而以人类的智慧为基础"，这种"联想"，实际具有"纯粹幻想的性质"；其二，巫术的发生和建立，具有双重"基础"，一个是"智慧"，一个是"愚钝"，泰勒说，"这是我们理解魔法的关键"；其三，人类已经看到和理解到事物之间的相互"联系"，这种"联系"是事物"彼此间的实际联系"，但是将它"曲解"了；其四，巫术是"用这种方法来发现、预言和引出事变"，即用以预测家国天下以及人的命运。

继而，詹姆斯·乔治·弗雷泽继承与发展了泰勒关于巫术文化的理解与解读。

在分析巫术思想时，发现可以把它们归纳成两个原则——"相似律"和"接触律"。前者是指同类相生，即同果必同因。巫师根据"相似律"推导出，他可以仅通过模仿来达到目的；以此为基础的巫术被称为"模拟巫术"或"顺势巫术"。从字面上来看，"顺势巫术"可能更恰当些，因为"模拟"这种词语会让人不自觉地联想到有人在有意识地进行模仿，这就限制了巫术范围。后者是指相互接触的物质实体，哪怕被分开，仍然可以跨越距离发生相互作用；巫师基于此断定，自己可以通过一个人曾经接触过的物体来对这个人施加影响，无论这个物体是不是此人身体的一部分，此类巫术被称为"接触巫术"。巫师盲目地认为这两种原则不仅仅适用于人类的活动，还同等程度地影响自然界的发展。[②]

弗雷泽的这一论述，主要说明以下四点。第一，提出与分析作为"巫术

---

① ［英］爱德华·泰勒：《原始文化》，连树声译，广西师范大学出版社，2005，第93页。

② ［英］詹姆斯·乔治·弗雷泽：《金枝》上册，赵昍译，陕西师范大学出版总社有限公司，2010，第16页。

原理"的两大"原则",便是"相似律"和"接触律"。"相似律"与"模拟巫术"("顺势巫术")相对应;"接触律"与"接触巫术"相对应。第二,"模拟巫术"的内在人文机制,"同类相生","即同果必同因",因而两种事物之间必然存在着一种神秘的"感应"。而什么是"感应",弗雷泽在这里还没有明确地提到,只是包含着这样的意思。①既然两种事物是"同类",又是同类的因果关系,其相互产生"感应"是必然的。第三,关于"接触巫术",弗雷泽尤其发展了泰勒的思想。泰勒只是说,对于巫术而言,只有事物之间存在着"实际联系",才能产生巫性的"联想"。弗雷泽则说,曾经"相互接触的物质实体,哪怕被分开,仍然可以跨越距离发生相互作用",即所谓"感应"。第四,弗雷泽指出,"相似律"和"接触律"这"两个原则","不仅仅适用于人类的活动,还同等程度地影响自然界的发展",这是暗指巫术似乎具有普遍的"控制"功能,不仅"控制社会人类",而且"控制"自然界。

弗雷泽的这一言述,并没有直接提到来自泰勒的"联想"说,然而其后文接着就指出,"如果我上述分析无误,那么巫术的两大原则其实只是'联想'的两大错误应用方式。基于'相似'的联想而建立的'顺势巫术',其错误是把相似的事物看成同一个事物;基于'接触'的联想建立起来的'接触巫术',错误之处在于把曾经接触过的事物看成是一直保持接触状态。"②这里所说的"联想",实际上是与巫性的"感应"相联系的。

弗雷泽进而提出且分析了关于巫术本质是所谓"伪科学"(按:在马林诺夫斯基那里,被称为"伪技艺")的见解。

　　　　巫术的本质是一种伪科学,一种没有任何效果的技艺。它是一种对自然

---

① 按:[英]詹姆斯·乔治·弗雷泽:《金枝》说:"巫术的首要原则之一就是相信心灵感应。关于心灵之间具有跨距离感应的说法,很使野蛮人信服,因为原始人早就对此深信不疑。"(该书上册,陕西师范大学出版总社有限公司,2010,第27页。)当然,这里说的是心灵之间而不是事物与事物之间的感应。不过,如果把"心灵"也称为"事物",那么所谓"同类"事物之间的"感应",也包括"心灵感应",这是没有疑问的。

② [英]詹姆斯·乔治·弗雷泽:《金枝》上册,赵昍译,陕西师范大学出版总社有限公司,2010,第17页。

规律体系歪曲的认识，是一套错误的指导行动的准则。①

弗雷泽同时用许多篇幅，提出和讨论了巫术与科学、宗教的关系问题，称巫术崇尚巫性的"联想"与"感应"，"联想本身具有无可比拟的优越性，他也无愧为人类最基本的思维活动。联想得合理，科学就有望取得成果。稍有偏差，收获的只是科学的伪兄弟。"他又将巫术与宗教进行了比较："巫术要早于宗教登上历史的舞台。巫术仅仅是对人类最简单、最基本的相似联想或接触联想的错误运用；而宗教却假设自然的背后还存在着一个强大的神。很显然，前者要比后者的认识简陋得多"②。

凡此种种见解，可谓甚善，是西方人类学关于巫术原理基本理论的建设，也有值得进一步探讨的地方。刘黎明曾经引用詹鄞鑫关于弗雷泽巫术原理理论的批评时说："他（按：指詹鄞鑫）认为，首先，'相似'和'接触'并非互相排斥、非此即彼的，所以它既无法包容所有的巫术，在许多场合下二者又是相容的，有许多巫术可以归结为相似律和接触律的共同作用；其次，这种两分法是封闭性的，即使再发现未能包容的新的巫术原理，也难以补充到这个分类系统中去。"③说得相当中肯。比如中国的甲骨占卜与《周易》占筮，作为中国古代两大巫文化方式，就难以用所谓"相似律"与"接触律"之说，来加以概括。

英国文化人类学家马林诺夫斯基对巫术的所谓"实用"与"信力"，也做出了他的分析。他说，"巫术纯粹是一套实用的行为，是达到某种目的所采取的手段。""巫术之所以进行，完全为的是实行。支配巫术的是粗浅的信仰，表演巫术的是简易而单调的技术。"又说，"对于他（按：指图腾崇拜者与巫师之类），世界是马马虎虎的背景，站在背景以上而显然有地位的，只是有用的东西——主要

---

① ［英］詹姆斯·乔治·弗雷泽：《金枝》上册，赵昭译，陕西师范大学出版总社有限公司，2010，第16页。

② 同上书，第55、60页。

③ 刘黎明：《灰暗的想象——中国古代民间社会巫术信仰研究》上册，巴蜀书社，2014，第42页。

是可吃的动植物。"①巫术作为初民的一种坚定的信仰，是牢不可破的，巫术的代代相传，是靠传统的力量来维系的②。这种无形的力量，就是所谓"巫力"。

马林诺夫斯基尤其重视巫术的"实用性"问题，比他的前辈弗雷泽有了推进的地方，然而，人类巫术何其多样，其"作法"的手段与方式（按：马林诺夫斯基称之为"技艺""技术"），并非如其所说，都是"简易而单调的技术"，比如中国的《周易》"古筮法"（即所谓"十八变"），是一套相当复杂的操作仪式。这一问题，本书后文将会论及。

> 然而到底甚么是巫力呢？甚么是不但出现在这样简单的仪式里面而且出现在一切巫术仪式里面的巫力呢？不管一项仪式是表现甚么情绪的，不管是模仿或预兆目的，或者只是直接的施用，反正必有一个共同点：必有一个共同的巫力——共同的巫术德能，存在施了巫术的东西上面。然这个到底是甚么呢？简单一句话，那永远都是咒里面的力量，因为咒才是巫术里面最重要的成分呢——可是这个不曾十足充分地被人认识过。③

咒或者称为诅咒、口咒、咒语，是巫术施行的多种重要的技艺、方式之一，它所依赖和信仰的是巫师言语的无上魔力。似乎能够咒人死咒人生，咒它个江山变色、天翻地覆，是巫师"作法"时为了某个目的所发的"毒辞"。作为巫师"作法"的一种"黑巫术"，咒是被马林诺夫斯基所特别地强调显示巨大"巫力"的典型。马林诺夫斯基说，"咒是巫术底神秘部分，相传于巫士团体，只有施术的才知道。在土人看来，所谓知道巫术，便是知道咒"；咒"是声音底效力，是对于自然界声音的模仿，如风吼、雷鸣、海啸、各种动物底呼

---

① ［英］布罗尼斯拉夫·马林诺夫斯基：《巫术科学宗教与神话》，李安宅译，上海社会科学院出版社，2016，第75、38页。
② 按：布罗尼斯拉夫·马林诺夫斯基指出，巫术"传统，我们已经屡次地说，是在原始文化里面占有无上的统治地位的；同时，与巫术仪式及信仰有关的传统又极多。"（《巫术科学宗教与神话》，第81页）
③ ［英］布罗尼斯拉夫·马林诺夫斯基：《巫术科学宗教与神话》，李安宅译，上海社会科学院出版社，2016，第79—80页。

号之类";"原始的咒术很明显地是要用语言（按：言语），要语言来发动、申述，或命令所要的目的"①。

马林诺夫斯基说，咒以及一切巫术"作法"的所谓"成功"，都是有所谓"巫力"即"灵力"在发挥作用的缘故，这种"灵力"，实际是在泰勒的巫性"联想"和弗雷泽的"感应"说的基础上，又有所推进一步的说法。然而，咒仅仅是巫术的一种，我们不能用"咒"来概括多种多样的人类巫术文化。

马林诺夫斯基又强调了巫灵的问题，他说："然而甚么是灵呢？对于灵的信仰，又有甚么心理上的根源呢？蛮野人极怕死亡，这大概是因为人与动物都有根深蒂固的本能的缘故。蛮野人不愿意承认死是生命底尽头，不敢相信死是完全消灭。这样，正好采取灵的观念，采取魂灵存在的观念。"

马林诺夫斯基还在弗雷泽论述的基础上，展开了关于巫术与科学、宗教和神话关系的解读，称"巫术与科学"可以"站在一起"，"所以巫术与科学都有几种相似之点，可以采取傅雷兹尔（按：弗雷泽）底说法，管巫术叫作'伪科学'"。又说，"巫术与宗教都是起自感情紧张的情况下"，"在神圣的领域以内，巫术是实用的技术，所有的动作只是达到目的的手段；宗教则是包括一套行为本身便是目的的行为，此外别无目的。"又说，巫术与神话具有文化亲缘的联系。巫师的"作法"，是有一定的情节的，尤其是施行咒语，促成了神话与巫术的"交往"。"所以巫术在时间上的传送，需要一个谱系，需要一种传统的护照。这便是巫术神话（按："巫术底神话"）。"②

从泰勒、弗雷泽到马林诺夫斯基的种种论析，都富于关于巫术的理论意义，尤其是泰勒的巫学思想，具有巫文化人类学的理论的原创性。虽然往往遭到后来者这样那样的批评——比如，法国文化人类学家列维-布留尔《原始思维》一书，曾经以他的"集体表象"说，比较激烈地批评弗雷泽的巫学理论，然而，凡此都是西方文化人类学关于巫学理论系统的基础性建构，但有些有关巫术的文化原理问题，尚有待于进一步展开或纠偏。

---

① ［英］布罗尼斯拉夫·马林诺夫斯基：《巫术科学宗教与神话》，李安宅译，上海社会科学院出版社，2016，第80页。

② 同上书，2016，第46、106、107、108、109、178、174页。

巫术文化是古代人类社会一种普遍的文化现象。瑞士学者弗里茨说：

> 巫术（希腊语mageia，拉丁语magia——原注，下同）是术士
> （magos，magus）的技艺。已经证实，早在希腊古典时期，该词便已在希
> 腊语中出现，甚至还可能更早一些。其词源很明显：这个词来自波斯人的
> 宗教世界，其中术士（magos）指祭司，抑或是别的专司宗教事务者的专
> 家。希罗多德第一个向我们提及这些人：这些术士们（magoi）组成了波斯
> 的一种秘密团体或秘密阶层，他们负责王（按：皇）家祭祀、葬礼仪式以
> 及对梦境的占卜和解释；色诺芬（Xenophon）把他们描绘为"所有关于神
> 的事务"的"专家"。①

不仅古希腊和波斯早就产生了巫术文化，在世界各地包括中国远古的各个
氏族、部落，初民对巫术的发明、喜好和施行，都是普遍的，只是各自具有不
同的特点罢了。中国学者宋兆麟《巫与巫术》谈到巫术文化时这样说：

> 巫术是史前人类或巫师一种信仰和行为的总和，是一种信仰的技术和
> 方法，是施巫者认为凭藉自己的力量，利用直接或间接的方式和方法，可
> 影响、控制客观事物和其他人行为的巫教形式。②

这一论述，大致从五个方面回答了"什么是巫术"以及什么是"中国巫"
的基本人文特征。

第一，巫术诞生于"史前"。关于史前的具体时代，在该书第2页上，宋兆
麟曾说，"巫教（按：指巫术）的出现是极其古老的。据外国有些学者的多年研
究，巫教起源于旧石器时代晚期。此时欧洲尼安特人已经开始安葬死者，出现
了灵魂信仰的萌芽"③。"安葬死者"和"灵魂信仰"的"萌芽"，已经昭示了原

---

① ［瑞士］弗里茨·格拉夫：《古代世界的巫术》，王伟译，华东师范大学出版社，2013，第
26—27页。
② 宋兆麟：《巫与巫术》，四川民族出版社，1989，第214—215页。
③ 同上书，第2页。

始巫术文化起源的可能。

第二，巫术作为"巫师"和人类的一种原始"信仰"，是"信仰"理念与"行为"二者的一个"总和"。这指明了巫术由一定的意识、理念、思想即弗雷泽所说的"巫术原理"和"技术和方法"及其施行仪式等构成，两者缺一不可。大凡巫术，都因追求观念上的实用功利而起。作为"伪技艺"，却总是不能达到种种实际上的实用目的。然而，人类关于实用功利的原始意识、理念与思想，却是首先由原巫文化所培育的。尽管原始巫术的神秘外衣，遮蔽了许多真实，而由巫术所培育的实用功利之思，却是一种历史与人文的观念真实。

第三，巫术的"技艺和方法"，分"直接""间接"两类。这一说法，来自弗雷泽且暗指弗雷泽所说的巫术"技艺"的两大"原则"，即"接触律"与"相似律"。在宋兆麟看来，那些遵循"相似律"的，是"直接"性的巫术；那些遵循"接触律"的，是"间接"性的巫术。

第四，巫术是"施巫者"自以为可以"凭藉自己的力量"，从而影响事件的进程、控制对象以达到想要的实用目的的一种文化方式。这是巫术以及巫者（按：施巫者、受巫者）在"信"前提下的自以为"是"。实际所谓巫术的"成功"，是来自于神灵的"灵力"和巫师作为一个人及其人智的结合。[①]自以为"是"，不等于实际上的"是"。实际情况是，巫、巫性本身就是神与人、神性与巫性的对立与统一。值得强调的是，所谓巫术的"影响"和"控制"这两大文化功能，只有通过巫者之"信"的心灵，才能发挥、实现心理、心灵上的"目的"，从而可能影响环境或控制他人。对于那些不"信"巫术的人来说，巫术是与"我"无关而不起作用的。巫术是一种"信文化"。对于那些不"信"巫术之人而言，巫术是一个"他者"，或者反过来也可以说，他是巫术的"他者"。

第五，巫术是一种"巫教形式"的说法，显然接受了马克斯·韦伯的"巫教"观。这一看法如何评说，学界意见不一。一般而言，巫术既然是一种文化

---

① 按：胡新生说："现在人们所说的'巫术'，是指运用超自然力量并通过特定仪法控制客体的神秘手段，它追求直接的现实效用，往往表现出不敬神灵的态度和自信自夸的倾向。"（胡新生：《中国古代巫术》修订本，山东人民出版社，2005，第2页）

心灵上的信仰且施加"影响""控制"于人和环境，自当对人具有一定的观念与思想意义，称其为"教"，大约并无什么不妥。可是，要是说巫术由于等同于宗教所以称为"巫教"，那么，这是忽视了巫术与宗教的文化差异。

巫术的文化本质是一种"倒错的实践"，在于它是对于一般社会实践的一种无可奈何的"替代"。由于原始初民人智与能力的低下，面对种种生存的困难和环境的压迫，难以通过必须的知识、理性及其能力去进行原始生产活动（按：包括物质生活资料的生产与人自身的生产），于是在"万物有灵"思想的支配下，幻想有一种"替代"和"补偿"的方法可以施行，这是初民因为智力和能力的短浅，而产生的一种"自我满足"与"自我惩罚"的行为。本质上说，巫术是人类童年的一种稚浅的文化行为与文化心智。巫术这部"文化机器"是依靠一定的神灵观念为动力和润滑剂而得以运转的。

巫这一文化方式，并非意味着人在神灵面前的彻底跪下，巫术的"力量"所在及其所谓的"灵验"，是人对自身力量的一种神化和巫化的结果。所谓"倒错的实践"，促成了原始人类的思维、情感与意志等，从人的一般社会实践领域"挪移"，企图通过另一种"实践"手段即所谓巫术的施行，达到人"改造"自然与人自身的预期目的。巫术的发明和施行，是原始人不得已而为之的事情。在信仰天神、地祇与鬼神的前提下，原始初民相信施行巫术可以趋吉避凶，可以心想事成，甚而呼风唤雨、改天换地，似乎一切生活与生命的难题都不在话下，一切都可以迎刃而解。巫术显示出人类在自然规律和社会规律面前的自大和狂妄，这是人类所必须经历的一个历史与现实的悲剧。

在文化意识理念上，原始巫术的发生或称之为文化成因，必须具备五大文化条件。

其一，对于人类而言，自然和社会的无穷难题总是存在的，一个难题克服了，又会有新的、可能更大的难题横亘在面前，而且被初民意识到。

其二，人类盲目地迷信可以依靠自己的智慧和力量，来解决一切难题，克服一切生存的困难，甚至可以起死回生，这实际上是人类将自己神化与巫化了。

其三，人类头脑中已经具备产生所谓"万物有灵"的人文意识以及鬼神与精灵等人文意识。人类将整个世界，理解为巫的世界，这个世界往往伴随着与巫术相系的原始神话与图腾。

其四，坚信天人、物我、主客与物物之际，存在无所不在、无时不在的神秘感应。"巫术的首要原则之一就是相信心灵感应。"①这在列维-布留尔《原始思维》中，称之为"神秘的互渗"②，在中国清初王夫之那里，便是他指出的所谓"象数相倚"③。

其五，人类的生命与生活本身，促成人类为求得生存发展而首先将原始意志、情感与想象等心灵的信力，凝聚为一种实用欲求，实现为作用于对象的心灵冲动和激情。

对于巫术文化的发生来说，所有这五大条件缺一不可。这种种条件，自非从人类社会诞生之时就已经具备的，它们是悠邈历史、人类智慧长期酝酿而不断进步的文化成果，不啻是原始人类的文化心智、情感、想象与意志的解放兼禁锢、开显兼遮蔽。

许进雄曾说："巫并不是远古蒙昧时代的产物，而是到了有原始的宗教概念的时候，即人们对于威力奇大而又不能理解的自然界开始有了疑惑与畏惧，才想象有了神灵以后的事物。"④这里所说的"原始的宗教观念"，实际指"万物有灵"、鬼神与精灵等原始人文意识。原始巫术的发生，不仅始于原始初民对蛮野自然力的"不能理解"和"有了疑惑与畏惧"，而且人盲目迷信巫是无所不能的，它具有一种"孩子气"般的盲目乐观主义，这种所谓的原始乐观，实际上是悲剧性的。

任何一个完整的巫术行为和操作（按：即所谓"仪式"）过程及其人文理念、情感与意志等，大抵需要同时具备五大因素：一、先兆迷信；二、预期目的；三、"作法""仪式"即操作过程、行为与技艺；四、迷信人神、心物和物物之间的神秘感应；五、具备施行巫术仪式和行为的激情与冲动。

原始巫术的发生，建立于初民对自然界与人类社会几乎无所不在的所谓"先兆"迷信之上。在"万物有灵"观等的支配与统驭之下，初民迷信人与物

① ［英］詹姆斯·乔治·弗雷泽：《金枝》上册，赵昭译，陕西师范大学出版社，2010，第27页。
② 按：参见［法］列维-布留尔：《原始思维》，第二章"互渗律"，丁由译，商务印书馆，1981，第62—98页。
③ 王夫之：《尚书引义·洪范一》，中华书局，1962。
④ 许进雄：《中国古代社会——文字与人类学的透视》，中国台湾商务印书馆，1995，第505页。

以及万物之间存在着必然而能够决定人的行为成败、祸福命运的因果联系。这"因果"的"因",就是巫术的所谓"兆",它是先于结果而呈现出来的种种现象。兆是事物神秘变化的蛛丝马迹。《易传》称为"几(按:机之本字)"。《易传》说:"知几,其神乎?""几者动之微,吉之先见者也"[1]。晋韩康伯《周易》注:"合抱之木,起于毫末,吉凶之彰,始于微兆。故为'吉之先见者也'。"初民的文化心灵尤为脆弱,万事万物的无数现象,都可以被认为是吉凶之兆,而且往往深信不疑。比如后代所谓"扫帚星""无云而雷""枯杨生稊"和"白牛生黑犊"等无数异象,都被古人信以为凶兆。甲骨占卜、《周易》占筮,都是通过求"兆"而占验吉凶休咎的。《尚书》曾将巫术前兆称为"征"(按:征兆、征象),也可称"庶征",分为"休征"(按:吉兆)和"咎征"(按:凶兆)两大类。比如所谓"庶征",指占卜时龟甲所呈现的裂纹,共分五种:"曰雨,曰旸,曰燠,曰寒,曰风",加上占筮的"曰贞,曰悔","凡七"[2]。《周易》占筮所呈现的"象",称为变卦或变爻,即或吉或凶之兆。这也便是《易传》所谓"见乃谓之象"[3],此"象"是"见(现)"之于心灵的。

英国功能主义人类学家马林诺夫斯基曾经说:"我们越无法倚赖自然和知识,则越会寻求征象,希望神迹,而信托捕风捉影的佳兆。"[4]在浓重的巫术神秘氛围中,初民以及古人,对先兆尤为刻骨铭心。人们迷信天与人、人与人、人与物以及物与物之间的所谓神秘感应,却往往颠倒或张冠李戴式地信从种种因果之链,或虚构种种因果关系,而且将其与人的命运休咎相联系。测兆象,辨然否,判吉凶,以兆象为根本。这也便是法国人类学家列维-施特劳斯之所以称"巫术思想,即胡伯特和毛斯所说的那种'关于因果律主题的辉煌的变奏曲'"[5]。

---

① 《易传·系辞下》,朱熹:《周易本义》,怡府藏版影印本,天津市古籍书店,1986,第332页。按:关于《易传》"吉之先见者也"这一句话,笔者疑"吉"字之后脱一"凶"字。

② 《尚书·周书·洪范》,江灝、钱宗武:《今古文尚书全译》,贵州人民出版社,1990,第241页。

③ 《易传·系辞上》,朱熹:《周易本义》,怡府藏版影印本,天津市古籍书店,1986,第314页。

④ [英]布罗尼斯拉夫·马林诺夫斯基:《文化论》,中国民间文艺出版社,1987,第67页。

⑤ [法]列维-施特劳斯:《野性的思维》,商务印书馆,1987,第15页。

　　初民从事巫术活动，没有一个不具有明确的目的。原始巫术如测影（按：暑景，景为影之本字）、测风、望气与扶乩等以及甲骨占卜与易筮之类，都是一定目的、功利欲求驱使下的迷信。从卜问国家大事、战争成败、年事丰歉到人的生老病死、祭祖拜宗、官职升迁与出行宜忌等，大抵都要问卜求卦，有求于神灵。对于原始巫术而言，正如马林诺夫斯基所说，"食物是初民与大自然之间根本的系结。因为需要食物，因为希求食物底丰富，所以才进行经济的活动，才采集、才渔猎，而且才使这等活动充满了各种情感，各种紧张的情感。部落常赖以为食的几种动植物，于是优制了一切部落成员底趣意。"[1]因而，"对于他"即对于原始初民来说，"世界是马马虎虎的背景，站在背景以上而显然有地位的，只是有用的东西——主要是可吃的动植物。"人必须能够活下来然后才能发展自己，"民以食为天"，对于所有人而言，是一大铁律。原始社会无数的巫术活动，首先是围绕着日常衣食住行尤其是食这一生存之需而发明和施行的，然后才发展到预测天下大事的吉凶与否。马林诺夫斯基说：

　　　　凡这等人都知道蛮野人底趣意是多么精明，多么有选择力，多么对于旁的刺激都漠不关心而专专注意他们所寻求的东西底朕兆、踪迹、习性与特点。这等被人日常追逐的东西，便是全部落底趣意、情感、冲动等要集中在上面而集晶起来的。[2]

　　从人类意识的进化历史看，出于生存即活下去这一人生根本之需及文化心灵的欲求，必然最先被唤醒、被培育。人类最早的意识、意念与行为，都首先服膺于这一生存目的。李泽厚《历史本体论》一书曾经说过，人类社会最早的"哲学"，是"吃饭哲学"，这是说得很到位的。但是，人类包括中国人的吃饭问题，不是容易解决的。尤其在原始社会，情况偏偏是，人类要获取赖以为生的食物总是困难重重，其困难还在于，最初的原始初民，尚不知道哪些能吃哪

① ［英］布罗尼斯拉夫·马林诺夫斯基：《巫术科学宗教与神话》，上海社会科学院出版社，2016，第38页。

② 同上。

些不能，心中充满了狐疑。于是发明与施行种种有关"吃饭"的巫术，便是不可避免的事情了。所谓"神农尝百草"，不仅是通常所理解的为了寻找、鉴别何方、何种"仙草"可以治病之类，更基本的，是哪些植物以及动物可以果腹。在原始时代，初民的采食范围与种类，开始一定是相当有限的，这是因为他们不知道哪些吃了没有危险哪些对人有害，必然有许多恐惧、许多禁忌，在进行了无数次尝试之后，才对能吃的植物动物心存感激，对不能吃有害于人体生命的深感恐惧。凡此，都是巫术得以发生与施行的人文契机。最早的巫术，实际出于人类试图在"吃"这一头等重要方面克服困难的艰难选择。

与神话、图腾比较起来，这也便是原始巫术的起源可能最早的根本理据之一。

原始巫术的发生，都从"目的"处起步而且试图实现于预期目的，这便是所谓趋吉避凶，以便保护自己、控制环境或攻击对自己有害的对象。弗雷泽曾经举例说：

> "模拟巫术"或"顺势巫术"通常被用于达成险恶或仇恨的目的，但不要认为它只能用来伤害敌人；尽管少见，我们仍不能忽略它作为善良愿望的一面，它曾经被应用于催生和不孕妇女怀胎，比如生活在苏门答腊岛的巴塔那人有这样的传说：不孕的妇女如果想要当母亲，只要把一个婴儿形状的木偶抱在膝上，她就可以梦想成真。[1]

面对愈是困难的事情，便愈有巫术的发明与施行，愈加把它的解决，想象得十分容易。

尽管原始初民或中国古人施行巫术的实际目的总是落空，然而其人文意识与欲念的目的性与真实性是毋庸置疑的。

任何一个成熟的巫术，都是具有一定独特的操作过程的。别的暂且勿论，以中国甲骨和易筮而言，都是具有各自的操作仪式的。龟甲占卜的整个操作，

---

[1] ［英］詹姆斯·乔治·弗雷泽：《金枝》上册，陕西师范大学出版总社有限公司，2010，第19页。

包括捉龟、衅龟、杀龟、钻龟、灼龟与契龟等繁复过程。仅仅是甲骨占卜的前期阶段，即关于牛骨、龟甲等的治理，必须包括选材、刮削与钻琢等过程，以及进而施灼成兆，再将卜辞或筮辞即占卜、占筮的结果契刻于甲骨之上。整个过程，都十分周至、虔诚与迷信。

《史记·龟策列传》记载有关巫事情节有云："闻古五帝、三王发动举事，必先决蓍龟。传曰：'下有伏灵，上有兔丝；上有捣蓍，下有神龟。'""神龟出于江水中，庐江郡常岁时生龟长尺二寸者二十枚输太卜官，太卜官因以吉日剔取其腹下甲。龟千岁乃满尺二寸。王者发军行将，必钻龟庙堂之上，以决吉凶。""于是元王向日而谢，再拜而受。择日斋戒，甲乙最良。乃刑白雉，及与骊羊；以血灌龟，于坛中央。以刀剥之，身全不伤。脯酒礼之，横其腹肠。"①

虽然说这是后人所记载的当时巫术操作的仪式与过程，可能与最原始的龟卜程序不太一样，然而其诚惶诚恐的场面和心灵，是没有二致的。又如古易筮的"作法"即操作仪式，所谓"十八变"，则更是繁复和令人盲目崇信。当然，这里还得补充一句，最简单的巫术行为，其仪式是很简陋的，比如"你去死！"这一句咒语，就是如此。

大凡巫术，无论中外古今，都信奉"万物有灵"的"感应"。这"感应"，原于原始人文理念之神秘性的超自然之力。这在中国古代巫术文化中，称之为"气"。巫术信仰者、操作者，都对种种神秘"感应"深为敬惧。中国巫术占筮过程的施筮者和受筮者，其心灵、态度都十分虔诚而庄敬，因为他们坚信，如果心灵、态度不够虔诚不够庄敬，必然会导致巫术的失败或者不"灵验"。因而取龟、衅龟、攻（杀）龟等仪程的进行，都须慎选吉时良辰，《周礼·春官》所记述的"凡取龟用秋时，攻龟用春时"，即是如此。攻龟之前，必敬祈神灵，便是所谓"衅龟"。《周礼·春官》说，"上春衅龟，祭祀先卜"。"衅龟"者，杀血以祭、敬祈神灵耳。所谓神圣不可亵渎。否者，正如《易传》所言："渎则不告"。从朱熹《周易本义》的《筮仪》②一篇可以看出，宋代的施巫仪式，是相当繁复而虔敬的。这说明，筮者虔诚之心，实在是所谓巫术

① 司马迁：《史记·龟策列传》，《史记》，中华书局，2006，第739、743页。

② 《筮仪》，朱熹：《周易本义》，怡府藏版影印本，天津市古籍书店，1986，第28—34页。

"灵验"的主体、主观不可或缺的条件。"诚则灵","信则灵"。不"诚"、不"信"则必不"灵",这是古人所坚信的天条。其神灵、其灵气、其感应,其严格的"作法"即种种仪式的施行及其种种禁忌,绝不可任意更易,这成为巫术成败的关键。

以上诸多条件具备之后,还得具备一心想要进行巫术活动的激情与冲动。好比一个作家,有了生活的积累与理解,有了关于作品的人物、故事的完整构思,有了相当好的文字表达能力等条件,还得有足够的创作激情与情感冲动,觉得不写出来就不行。巫术施行之前,信巫者总是必须要有足够的激情与冲动,才能去推动、实现这一巫术行为,坚信这一次的占卜或占筮行为是必要而紧迫的,具有足够的情感推助力的。当然,要是仅将卜筮当作玩玩而已的"游戏",可当别论。

总之,在古代世界,巫术作为一种重要的文化现象,由于其总是与人类的生命、生存与生活相联系而不可或缺,巫术不能不是一种普遍、久远而深刻的社会文化方式,然而也是稚浅而可笑、可悲的社会人文现象。

瑞士学者弗里茨·格拉夫(Friz Graf)曾经指出:"在古典时期(classical antiquity——原注。下同),巫术活动无处不在。柏拉图(Plato)和苏格拉底(Socrates)的同时代人把伏都玩偶(Voodoo)放在坟墓和门槛上(其中有些玩偶在现代的博物馆中尚可看到);西塞罗(Cicero)的一个同事自称因受咒语作用而丧失了记忆,西塞罗对此微笑;老普林尼(Elder Pliny)则宣称谁都惧怕捆绑咒语(binding spells)之害。古典时期特奥斯(Teos)城的居民以咒语来诅咒任何进攻该城邦的人;十二铜表法明文规定禁止用巫术把某处田地的庄稼转移到另一处;帝国的法典包含详尽的对于一切巫术行为的惩罚条款——只有爱情咒语和天气巫术除外。很多杰出的希腊人和罗马人曾被指控施行巫术,从共和国的元老到六世纪的哲学家波依提乌(Boethius),不绝如缕。要不是苏格拉底生活在雅典,他也难免遭此风险。古代巫术世代相传:源自古埃及纸草书的希腊咒语,在哥伦布(Christopher Columbus)时代占星术的手抄本中又以拉丁文的形式改头换面重新出现;琉善(Lucian)讲述的巫师的学徒的故事,在欧洲文学和音乐中非常有名;倘若没有希腊和罗马的先驱,近代巫师的形象是难以设想的。在一定意义上,巫术属于古代及其遗产,如同神庙、六韵步诗和大理石雕像一样。"①此言是。值得指出的是，欧洲古代对于巫术、巫师的"禁""惩"力度，要强于中国古代。

第二节 中国巫文化的分类

中国巫文化，究竟可以分成几类？从文化共性上看，中国巫术是世界巫术特殊的东方部分，人类巫术文化的共性，中国巫术自当具备，所以有关人类巫术的分类法，同样适用于中国巫术。中国巫文化还有其独特性，比如甲骨占卜和《周易》占筮是世界巫术文化园地中的两大奇葩，有些巫术分类法对于这两种巫术而言，是不适用的。

弗雷泽的《金枝》一书，曾经将巫术分为"积极"的与"消极"的两种。"积极的巫术考虑'这样做会带来什么'，而消极的巫术则坚持'避免带来什么而别这么做'。"②这一分类，后来被西方文化人类学分别称之为"黑巫术"或"白巫术"。邓启耀说，"以祈福、求吉、禳灾为目的的巫术称为'白巫术'（或吉巫术——原注），以伤害别人为目的的巫术称为'黑巫术'"③。韦伯斯特所说的"安抚性"与"强制性"巫术，有点儿类似于此。④

笔者以为，这种关于"消极性"巫术（白巫术）与"积极性"巫术（黑巫术）的分类，如果换一种说法，在逻辑上也是可以成立的。可以把人类所有的巫术，分为"盾"的巫术和"矛"的巫术两个基型。前者是保护性的，后者是攻击性的。中国自古以来的大多数巫术，都是"盾"性的。最典型的，莫过于甲骨占卜和《周易》占筮，这类巫术曾经在殷代和周代盛行了许多个世纪，迄今还有《周易》占筮的流行，虽然其占筮仪式已经发生了很大的改变，但是其

---

① ［瑞士］弗里茨·格拉夫：《古代世界的巫术》第一章"导论"，王伟译，华东师范大学出版社，2013，第1—2页。

② ［英］詹姆斯·乔治·弗雷泽：《金枝》上册，陕西师范大学出版总社有限公司，2010，第24页。

③ 邓启耀：《中国巫蛊考察》，上海文艺出版社，1999，第44页。

④ 按：引自刘黎明：《灰暗的想象——中国古代民间社会巫术信仰研究》上册，巴蜀书社，2014，第38页。

巫性的精神没有改变，易筮源远流长。占卜与占筮的目的只有一个，便是所谓趋吉避凶，即保护自己力图免受伤害。可见，自古中国文化的"良心"是很善的。

"矛"的巫术即攻击性的巫术在中国也不是没有，但并非中国巫文化的主要基型。比如所谓蛊术就是一种攻击性的邪术。诅咒也是一种"矛"性巫术，它是中国口祝巫术的一种。所谓口祝巫术，以巫性言语为施行方式。巫师"作法"时口中常常"念念有词"，便是口祝巫术。所谓祝词之类，已将本为恶性的咒语，改变为善性的祝愿，大量的是"盾"性巫术。比如，"祝您万寿无疆"，《诗经》里就多次讲到"万寿无疆"；又如，"愿你心想事成"或者"恭喜发财"，或者"愿你永远健康"之类，都是如此。在春节、元旦或过生日时，一般都会收到许多"祝愿"你什么什么的好话、吉利话；在中国的每一家医院的空间环境中，往往有一条很是醒目的霓虹闪烁的标语："祝你早日康复"；在殡仪馆举行追悼会或者遗体告别会上，那些横幅、那些花圈的挽联所写的"永垂不朽"之类，都起源于巫术的祝词。所以说，中国人的民族性格或者说中国人的心肠，是很善良的，与人为善、与物为善。

在口祝巫术中，只有一部分是"不怀好意"甚至是"心肠狠毒"、想要致人于死地的邪术，这说明中国人也有急眼的时候，一旦心气不平，就念咒语。比如蛊术，也称为毒蛊。古人说，所谓蛊，指器皿中的粮食长出虫子，是食物霉坏的结果。据《夷坚志》一书所记，古时候"福建诸州大抵皆有蛊毒，而以福建之古田、长溪为最。其类有四：一曰蛇蛊；二曰金蚕蛊；三曰蜈蚣蛊；四曰蝦蟆蛊，皆能变化，隐见不常。"①据传，所谓蛊术的施行，具有蛊惑人心的"功能"，可以夺人魂魄、迷人心智。然而这样的邪术，在中国巫文化中，毕竟不占主要地位。

高国藩曾经将中国自古以来的巫术分为四大类型。"中国巫术总体上可以概括为交感巫术、模仿巫术、反抗巫术、蛊道巫术四大类。"并逐一进行了解读。

---

① 《夷坚志》补志卷二十三，何卓点校，中华书局，1997。按：关于蛊术文化，可参阅邓启耀：《中国巫蛊考察》有关论述，上海文艺出版社，1999。

其一，"交感巫术（Sympathetic Magic——原注，下同）是以感应律（Principle of Sympathy）原则确立的，即施术给此一物，而同样的另一物却感受到了魔术力。"交感巫术又分为两种巫法，一种是人体分出去的各部分，仍然能够继续得到相互的感应，叫做'顺势巫法'（Homoeopathic）。头发、指甲、眼睫毛、眉毛、腋下毛等等，即使离开了人体，仍然与人体有密切的关系，如果施术于头发、指甲、眉毛等，就能影响于人体。一种是凡是曾经接触过的两种东西，以后即使是分开了，也能够互相感应，这叫作'接触巫法'（Contagious）。一个人的脚印、衣物因为曾经接触过这个人的身体，施术其上，它便能与人体互相感应，其人将受影响。"

其二，"模仿巫术（Imitable Magic——原注，下同）是以象征律（Principle of Symbolism）原则确立的，即施术给一种象征的人（纸人、泥人、蜡人等），而使对应的本人感受到了魔术力。模仿巫术也分为两种形态，一种是同类生死巫法，如仿照某人形状做一木偶，此木偶便与某人同类，假如置此木偶于死地，便象征某人也已死亡；另一种是同类相疗巫法，这是最早的巫术医学产生的原则，即吃动物的某一部分，便能补救人的某一部分。"

其三，"反抗巫术（Antipathetic Magic——原注，下同）是以反抗律（Principle of Antipathy）原则确立的，即巫术中使用的物品及驱邪者，对巫师欲反对的对象具有明显的反抗性质。例如，我国民间厌胜文物、放爆竹、挂避邪物、带护身符、跳驱鬼舞等，对鬼邪来说就有反抗的魔力。"

其四，"蛊道巫术（Poisonous Magic——原注）不同于交感巫术、模仿巫术和反抗巫术，据《搜神记》所说，它是巫师用一种特殊的毒虫左右人的一切，以达到某种目的的巫术。"[①]

这里所引述的巫术四大分类中的第一分类，受启于英国文化人类学家弗雷泽。弗雷泽说："将'顺势'和'接触'巫术统称为交感巫术，可能更易于人们理解。因为二者都认为事物通过某种不为人知的交感关系，进而跨越远距离，产生相互作用，通过一种我们肉眼无法看见的'以太'把某物体的推动力传导

---

① 高国藩：《中国巫术通史》上册，凤凰出版社，2015，第84、87—88、89—90、94页。

给另一物体。"①弗雷泽的所谓"交感巫术",包括以"相似律"和"接触律"两个原则所产生的"模仿巫术"(按:弗雷泽也称"模拟巫术""顺势巫术")和"接触巫术"。高国藩将"接触巫术"从原先弗雷泽所说的"交感巫术"中独立出来,从而作为其所说的巫术第二类即象征性巫术。第三类"反抗巫术",大致类于有人所说的"反巫术"。比如两个巫师"斗法",一个巫师放出一个"法宝",置对方于困难境地甚而置对方于死地;另一个巫师的法术更胜一筹,也放出一个"法宝"来,将对方打败了。那么这对于第二个巫师的法术来说,便可称为"反巫术"。在小说《西游记》里,孙悟空反上天庭,所施行的就是"反抗"巫术,闹了个天翻地覆,后来为如来佛所收摄,孙猴子的法术再高明,一个筋斗十万八千里,也翻不出如来佛的手掌心,反而被如来佛"易如反掌"地压在阴山底下。这里所说的如来佛的巫术"作法",也是所谓"反巫术"即"反抗"巫术。孙悟空与如来佛之类,实际都是大巫师。这里所说的第四类,之所以要把"蛊道巫术"(按:属于"黑巫术"的一种)作为一类独立出来,显然出于强调,不是没有理由的。

尽管这一四分法,有许多可取的合理的地方,可能并未将中国的一切巫术都囊括在内。比如盛于殷代的甲骨占卜和周代易筮,我们可以将其归并为这四大类中的哪一类呢?显然无法归并。正如前述,我们可以原则性地将占卜与占筮归入"消极性"的"白巫术"即"盾"的巫术一类,卜筮都具有感应性,所以也可以归入"交感巫术"一类,然而,卜筮却并不具备弗雷泽所说的"相似律"和"接触律"。

因而,我们不能简单地运用"相似"和"接触"二律,来生硬地概括中国卜筮文化的文化性质。从巫术的文化性质和功能上,将巫术分为"积极"的和"消极"的,或者说"黑"的和"白"的,即"矛"的和"盾"的两大类,看来还是比较妥当的。但是有人又觉得这种分类有些笼统,实际在"矛"性和"盾"性两种巫术基型中,各自还有许多亚型。

---

① [英]詹姆斯·乔治·弗雷泽:《金枝》上册,陕西师范大学出版总社有限公司,2010,第17页。

人类包括中国巫文化的结构，是巨大而复杂的一种文化现象。

张光直描绘说："1. 萨满式的宇宙乃是巫术性的宇宙，而所谓自然的和超自然的环境这种现象乃是巫术式变形的结果，而不是像在犹太基督教传统中的自虚无而生的'创造'。2. 宇宙一般是分成多层的，以中间的一层以下的下层世界和以上的上层世界为主要的区分。下层世界与上层世界通常更进一步分成若干层次，每层经常有其个别的神灵式的统治者和超自然式的居民。有时还有四方之神或四土之神，还有分别统治天界与地界的最高神灵。这些神灵中有的固然控制人类和其他生物的命运，但他们也可以为人所操纵，例如通过供奉牺牲。宇宙的诸层之间为一个中央之柱（所谓"世界之轴"——原注）所穿通；这个柱与萨满的各种向上界与下界升降的象征物在概念上与在实际上都相结合。萨满还有树，或称世界之树，上面经常有一只鸟——在天界飞翔与超越各界的象征物——在登栖着。同时，世界又为平行的南北、东西两轴切分为四个象限，而且不同的方向常与不同的颜色相结合。"①

要全面而深刻地把握巫文化的分类问题并非容易。笔者曾在拙著《巫术——〈周易〉的文化智慧》②中，从"天启"与"人为"及二者的结合程度上，尝试性地对巫文化进行了分类，这里简略地介绍于此，以待识者批评。

任何人类包括中国巫文化的机制机理，都是天启和人为两大因素的结合。所谓天启，指巫术内在的神性，包括天理、命理以及一切非人为的因素；所谓人为，指一个巫术机理中的非神性因素，包括作为巫的人性、人智、人力与人的作为等。这两大因素，对于每一个巫术来说，都是不可或缺的，其中缺乏任何一个，都不能构成巫术的内在机制。

对于人类每一个巫术行为来说，其天启与人为的构成方式和程度，又是不一样的。由此，可以将一切巫术，相对地分为"天启"巫术、"半天启半人为"巫术和"人为"巫术三大类。

"天启"巫术，是一种神性因素很鲜明、突出而人性、人为因素很少弱的巫术。比如所谓物占就是如此。日食和月食，原本都是一些普通的自然现象，古

---

① 张光直：《美术、神话与祭祀》，生活·读书·新知三联书店，2013，第132—133页。
② 王振复：《巫术——〈周易〉的文化智慧》，浙江古籍出版社，1990。

人却迷信那是灾变的预兆，一旦身临其时其境，就迷信大祸临头。春秋时，有一次农历七月初一发生日食，鲁昭公问梓慎吉凶如何。梓慎说，要是日食发生在冬至、夏至或春分、秋分，不会有灾祸，这次发生在七月初一，则必有灾变降临。子叔一听，就吓得哭起来了。迷信日食为凶险的人说，子叔命里注定要死了，这种命运不是哭能够摆脱的。碰巧，子叔死于这年八月。所谓"无云而雷"，也被古人认为是巫术的一个凶兆。据说秦末陈胜、吴广揭竿而起那年夏季，有一天天上没有一点儿云却雷声大作，时人以为大事不妙，正巧，果然天下大乱。据《后汉书》，汉献帝初平四年，又遇"无云而雷"的异象，又是天下纷争，饿殍遍野。其他比如有关"扫帚星""乌鸦叫""牝鸡司晨"与"白牛生黑犊"等所谓异象，都被古人认为是预示灾变的凶兆。考析这一类巫术的例子，其结构、方式和机理，都是相当简单的，无非是人心中本有关于神灵、鬼灵等超自然力量的意识理念，一见到不常见的天象，就把它与人的命运吉凶联系在一起，从而做出巫性的判断。

这一类巫术，实际是巫术文化中最初始的一种类型，其特点是以"天启"为主、以"人为"为辅。占断的人不需要有什么行动、做什么事情，只要心中有一个迷信"天启"的意念，就可以判断所谓的吉凶休咎。关于这一类巫术，在通行本《周易》中，也有一些记载。如大过卦九二爻辞"枯杨生稊，老夫得其女妻"与九五爻辞"枯杨生华，老妇得其士夫"便是如此。前者是说，老鳏夫见到枯杨树苞出嫩芽来，就是迎娶年轻小媳妇的好兆头；后者是说，老寡妇见到枯杨树的杨花开放，就是要与小伙子喜结良缘的好兆头。

与"天启"巫术相比较，"半天启半人为"的巫术要复杂得多。比如甲骨占卜，必须经过多种步骤，才能够完成。一个完整的甲卜，必须经过取龟、选龟、衅龟、攻龟（杀龟）以及整治（刮磨、钻凿）等程序后，才能进入占龟过程，即放在火上施灼尔后放于水中淬火成兆，用以占断吉凶，再将所占何事或者吉凶如何的结果契刻在甲骨上，最后是收藏。《周礼》说，"凡取龟用秋时，攻龟用春时，各以其物，入于龟室。上春衅龟，祭祀先卜"。郑玄注："衅者，杀牲以血之，神之也"[1]。"攻龟"之前，要举行祭祀仪式，所谓"衅龟"，就是仪式

---

[1] 《周礼·春官·龟人》，阮元校刻：《十三经注疏》，中华书局影印本，1980，第804—805页。

中杀牲以祭，牲灵之血被认为是神圣的有感应力的，这也便是"祭龟"，以求得龟灵的同意，然后才可以将龟杀死。整个过程和仪式，都是虔诚而庄敬的。①从其人文理念上分析，那种诚惶诚恐的仪式和态度，都来自占卜者对于"天启"的坚信。其操作的全过程，显然要比偏于"天启"的巫术复杂得多，人为的因素显然增加了，因而不妨称之为"半天启半人为"的一类。

相比之下，所谓"人为"的巫术，可以以易筮为代表。《周易》占筮，同样是在迷信"天启"的灵力及其与人的感应的前提下进行的。而其"人为"的部分更加突出而强烈。其整个占筮仪式和过程的复杂，可以说是令人难以想象的，非自己操作一遍才能有所体会。通行本《周易》记录了古筮法的主要内容。"大衍之数五十，其用四十有九。分而为二以象两，挂一以象三，揲之以四，以象四时，归奇于扐以象闰。五岁再闰，故再扐而后挂。"《周易》又说："乾之策二百一十有六，坤之策百四十有四，凡三百有六十，当期之日。二篇之策，万有一千五百二十，当万物之数也。是故四营而成易，十有八变而成卦，八卦而小成。引而伸之，触类而长之，天下之能事毕矣。"②这仅仅涉及《周易》算卦"十八变"中"一变"的仪式操作过程。笔者曾经许多次在课堂上为学生演示、讲解过这"一变"的全过程，总是要花费一节课的时间。③所谓"人为"巫术，以《周易》古筮法最为典型。在坚信巫的感应的意识前提下，其整个算卦过程，都是"人为"的操作，当然，这种操作（按：也称为仪式）是具有巫性的。

中国巫术，还可以分为民间与官方两大类，或者称为小巫与大巫。从性别看，当然有男巫与女巫之别。从其方式分类，又大凡可以分为占卜、占筮、祭祀、灵咒、祝辞、符箓、驱鬼、捉妖、毒蛊、扶乩、祝由、面具、禁忌与堪舆等多种。詹鄞鑫曾经从巫术的原理方面，分巫术为十类："即用意念直接支配客观世界；用语言直接支配客观世界；用文字直接支配客观世界；用模仿或装扮的假物替代真物；用局部体或脱落体替代整体；用类比的行为或过程替代实际

---

① 按：参见王宇信：《甲骨文通论》（增订本），中国社会科学出版社，1999，第108页。

② 《易传·系辞上》，朱熹：《周易本义》，怡府藏版影印本，天津市古籍书店，1986，第304—307页。

③ 按：请参见王振复：《周易精读》（修订本），复旦大学出版社，2016，第296—303页。

的行为或过程；用象征性行为对付想象中的灵魂或鬼魅；通过某种媒体来获取某种秉性，或移除疾病、罪恶和灾祸；利用新旧更替的关节点来消除凶咎迎接吉祥；超经验地改变或移动物体。"[1]

关于巫师，高国藩说："巫师的主要功能是沟通人与神，故凡是巫师都有通神的技能。但是，若细致考察一下，巫师通神的方法各有不同，因此可以分为若干类型。"因此将巫师分为"通神巫师""占卜巫师""医药巫师"与"祭祀巫师"四大类。[2]这一分类甚为合理。只是关于第一类"通神巫师"与其余三类巫师的逻辑关系，值得再议一下。既然都是巫师，其"主要功能"都是"沟通人与神"（按：这说得很对）的，那么一旦将"通神巫师"分为独立的一类，便在逻辑上，倒好像其余三类巫师不能也不需要"通神"似的。实际凡是巫师，都无一例外是通神的。通神的特性，无论在其意识、理念、灵魂和方法技能上，四类巫师都是具备的，否则就不能称为"巫"了。

许慎说："巫，祝也。女能事无形，以舞降神者也。象人两袖舞形，与工同意。古者巫咸初作巫，凡巫之属皆属巫。"[3]这是对于巫这个汉字的解读。强调了女巫的特征以及"作法"的方式，又在字义上，道出巫字与工字的勾连，并将传说中的巫咸作为巫师的老祖宗，可以由此隐约地见出所有巫师"通神"的共同性。而且，许慎的这一段关于"巫"的叙说，关系到巫、舞与"无形"的无这三个字的内在联系。巫，指施行巫术的主体；舞，表示巫师"作法"的仪式；无，是所谓巫术"灵验"的那个"灵"。这个"无"很了不起，它便是先秦道家所揭示的那个事物本原本体的"无"的人文原型。

所谓巫术"通神"，实际没有一个巫师能够"通"什么"神"，是这个世界并没有神的缘故。巫文化中的神是虚拟的，有的显在，有的隐在；有的外在表现或者也可以称为表演，是非常夸张而迷狂的，有的相对平和而理智些。有些民间女巫的所谓"跳神"，"作法"的时候，披头散发，衣着不整，手舞足蹈，

---

[1] 按：参见詹鄞鑫：《心智的误区——巫术与中国巫术文化》，上海教育出版社，2001，第210—211页。

[2] 高国藩：《中国巫术通史》上册，凤凰出版社，2015，第39页。按：关于巫师的四大分类，见该书第39—48页。

[3] 许慎：《说文解字》，中华书局影印本，1963，第100页。

念念有词或是乱舞狂歌，涕泪交流，做出一种神灵附体的模样，这是为了证明"她"是"通神"的。那些情态相对平和的巫术"作法"比如占卜、占筮等，也不能证明它们不是"通神"的。所谓"通神"，体现于巫术的方法和功能上，在巫术的作法过程和巫师的灵魂中。拿"医药巫师"和"祭祀巫师"来说，都一律是"通神"的。古时"医药巫师"的祝由之术、"祭祀巫师"的祭祀过程和祭品，无一不是具有通灵之巫性的。当然，这四大类巫师及其"作法"的外在表现，方式与程度不尽相同，实质是巫文化的欺骗性所在。

第三章　巫性：中国文化的原始人文根性之一

　　笔者以"巫性"这一新创的范畴，试图概括春秋战国之前中国文化居于主导地位的人文根性之一，也许会使人感到有些突然。一般看来，所谓巫性，不就是那种不登大雅之堂、属于"巫风鬼气"的人文属性么，凭什么可以称其是中国文化的原始人文根性，难道吾皇皇中华五千年伟大而灿烂的文化与文明，本在于"巫"？

　　正如前引，近一个世纪之前，鲁迅先生曾经提出和论证"中国本信巫"这一著名而重要的学术命题。鲁迅称，"秦汉以来，神仙之说盛行，汉末又大畅巫风，而鬼道愈炽"，天下"皆张皇鬼神，称道灵异，故自晋讫隋，特多见鬼神志怪之书"[①]。这里，鲁迅追溯了中国文学史上"特多见鬼神志怪之书"的历史与人文成因，所言是。其实，"中国本信巫"这一命题，对于中国古代文化来说，也是贴切的。我们试将目光投注于春秋战国之前的"信文化"时代，试图对那相对成熟的这一文化形态加以审视，所谓"中国本信巫"及其原始人文巫性的酿成，究竟如何可能。

第一节　中国文化的原始人文根性究竟何在

　　中国文化的原始人文根性究竟是什么，长期以来的有关学术研究，已经

---

① 鲁迅:《中国小说史略》,《鲁迅全集》第九卷，人民文学出版社，1981，第43页。

为我们提供了许多值得重视和思考的答案。有的说是"道"，有的说是"礼"，有的说是"气"，有的说是"象"，有的认为是"和""情"或"天人合一"，等等，还有的从文化形态进行研究，将问题追溯到原始陶器、青铜器或玉器时代，都有言之成理的地方。张光直曾经指出，"不论我们用不用'青铜时代'这个名词来指称公元前2 000年到公元前500年这段时期，这一段时期的确是中国历史上的一个重要阶段"，"中国古代的居民可能在青铜时代开始之前，已有很久的使用金属的历史。在公元前5 000年的西安半坡的仰韶文化遗址曾发现过一小片金属"。青铜作为礼器，是国家与王权的象征，又是祭祀祖神的大器，作祭礼之用，因而，"青铜器本身当然便是古代中国文明的突出的特征"①。只是，张光直没有由此直接将中国文化的原始人文根性归结为"礼"，而有的学者则认同"礼"是中国文化的原始人文根性之说，且以王国维先生《说礼》中的见解，为其立论依据。

王国维说，"《说文·示部》云：'礼，履也，所以事神致福也。从示豊，豊亦声。'又，豊部：'豊，行礼之器也，从豆象形。'案：殷虚卜辞有豊字"。又说，豊（礼），"象二玉在器之形。古者行礼以玉，故《说文》曰：'豊，行礼之器。'其说古矣"。"若豊推之而奉神人之酒醴，亦谓之醴。又推之而奉神人之事，通谓之礼"②。的确，礼的本义，是指对于神灵尤其祖灵的供奉仪式及其神性与巫性意义，然而，尚不具备《礼记》所说"夫礼者，所以定亲疏、决嫌疑、别同异、明是非也"③的道德伦理意义。伦理意义的礼，是原始巫礼的引申义。原巫的礼"其说古矣"，作为献祭于神灵的礼的起源，是很早的，因而从古礼的角度去追溯中国文化的人文根性，可能是一条正确的学术径路。

不过，中国文化的原始人文根性所关涉的问题很多，它不仅仅是一个伦理之礼的问题，还同时关系到"气"或"天人合一"等。比如"气"，从文字学角度看，最初的气字，写作 三（董作宾《小屯殷虚文字甲编》二一〇三），为上下两横中间一短横（或写作上下两横中间一点）。徐中舒主编《甲骨文字典》

---

① 张光直：《中国青铜时代》，生活·读书·新知三联书店，1999，第2、4、27页。

② 王国维：《说礼》，《观堂集林》卷六，《王国维遗书》第一册，上海古籍书店，1983。

③ 《礼记·曲礼上第一》，杨天宇：《礼记译注》上册，上海古籍出版社，1997，第3页。

说:"象河床涸竭之形，三象河之两岸，加-或者·于上下两横之间，表示这里水流已尽。因而，气即汔的本字。《说文》:'汔，水涸也'。"①这不是指一般的"水涸"，而是指初民见到河水忽而汹涌、忽而流尽干涸而感到的惊奇甚至惊惧，初民相信这是神灵所为，便创造了这一个气字，以象示初民所见到的神秘景象及其误判及其情感，以为这是河神作祟的缘故。确实可以这样说，最初气的本字结构，是上下两横象河岸，中间为一短横或一点，表示这里是河流突然水势滔滔、突然又是干涸之所在以及初民的内心惊恐之感。可见气字本义，已经具有一定的神性与巫性意味。尔后写成气字，最后又写为氣字。气、氣二字，《说文》都有收录。②关于气的意识理念，在中国文化中一直是很重要而活跃的。但是在较多的时候，往往是从哲学角度进行研究，可能并未注意到从文化人类学方面进行解读。气的原始意义，已经触及了中国文化的人文根性问题，然而中国文化的人文根性，又不仅仅在于气，除了气，还有其他。

比如"天人合一"，虽然这一命题的真正提出者，是北宋的张载。《张子正蒙·乾称篇下》说:"儒者则因明致诚，因诚致明，故天人合一，致学而可以成圣，得天下而未始遗人，《易》所谓'不遗''不流''不过'者也。"③然而，关于"天人合一"的意识理念，诞生得非常早。《尚书》说:"八音克谐，无相夺伦，神人以和。"④这里的"神人以和"，实际是中国文化的"天人合一"的最初表述，是具有神性兼巫性的。原始意义的"天人合一"，在原始神话、图腾和巫术文化中，都是存在的。从这三大原始文化形态，都可以找到"天人合一"的原始雏形。在原始巫文化中，所谓巫，是"神人合一"的。巫性，就是"神人合一"之性。

作为"中国思想史上一个重要的基调"，探究其最初成因，主要在于原始巫文化与原始神话、原始图腾文化。人们尽管可以从"天人合一"，

① 徐中舒主编，常正光、伍仕谦副主编:《甲骨文字典》，四川辞书出版社，1989，第38页。

② 按：见许慎《说文解字》，中华书局影印本，1963，第14、148页。

③ 王夫之:《张子正蒙·乾称篇下》，《张子正蒙》，张载撰，王夫之注，汤勤福导读，上海古籍出版社，2000，第239页。

④ 《尚书·虞夏书·舜典》，江灏、钱宗武:《今古文尚书全译》，贵州人民出版社，1990，第33页。

从"道""气""礼""象""情"与"和"等角度，论证中国文化的原始人文根性，然而对于中国文化的整体来说，其实无论是"天人合一"，还是"道""气""象""礼""情"与"和"等，它们大抵都主要地可以归结为文化根源意义的巫以及神话、图腾。这个巫，在远古不是孤立存在的，它是与原始神话和图腾相伴相生的，又以巫为基本而主导。

其一，人类包括中国原始文化，首先是人类原始生活、生产与生命实践的历史。地球居民的"饮食男女"，当为头等大事。李泽厚《历史本体论》说是"吃饭哲学"[①]。"民以食为天"以及人种自身的繁衍（按：这后一种，是李泽厚没有提到的），对于原始初民来说，是其生活和文化的第一需要第一主题。巫术来到人间，恰恰适应了初民对于事物实用功利性的迫切愿望。由于初民智力低下，单靠身体的蛮力，往往难以解除饥寒交迫的困难或是面对死亡的威胁而束手无策。于是，初民便也"胡思乱想"起来，在"万物有灵"观的思想控制中，发明一种叫做巫术的文化形态和方式，坚信它是"实用"而"有效"的。马林诺夫斯基说，原始初民"按物竞天择的眼光来看，人对于实用上不可缺少的东西是不应该减少兴趣的；他自信具有控制这类东西（按：指图腾与巫术等）的本领，是更可帮助他底成功，增加他底力量，提高他底观察力与知识，以更明白这类东西底习性的。"[②]求其"实用"是巫术的第一目的。巫术作为"伪技艺"，实际上并非能够直接解决什么生活、生存与生命的难题，可是作为一种原始信仰，巫师及其信众总是坚信巫术无所不能。巫术提高了初民属于人类童年时代之稚浅而盲目的自信心，在错误的想象、联想和判断中，去"乐观"地迎接一切人生困难甚至是生死灾祸的挑战。

巫术是由人类生存面临无数实际困穷与苦厄的巨大压迫而诞生的。在巫术信仰中，似乎一切实际上的难题、悲剧包括人身的死苦等，一旦施行巫术，便

---

① 李泽厚：《历史本体论》，生活·读书·新知三联书店，2002，第14页。按：李泽厚的原话是："衣食住行、物质生产对人类生存——存在本具有绝对性，但今天许多学人却轻视、忽视、蔑视这个基本史实。"（该书第15页）"何谓'生产物质生活本身'？何谓'现实生活的生产和再生产'？不就是人们的衣食住行吗？也就是我讲的'吃饭哲学'。"（该书第14页）
② ［英］布罗尼斯拉夫·马林诺夫斯基：《巫术科学宗教与神话》，李安宅译，上海社会科学院出版社，2016，第41页。

不费吹灰之力迎刃而解，巫术虚假地满足了初民企盼一切都很美好的生存愿望。巫术是与生产劳动与人自身的生产繁衍结合在一起的。弗雷泽说："不孕的妇女如果想要当母亲，只要把一个婴儿形状的木偶抱在膝上，她就可以梦想成真。"这一段言说，本书前文已有引录，这里不妨再引述一下，目的是要读者加深对于巫术的理解。这所谓的"梦想成真"，让今天无数的文明人哑然失笑，但是在原始时代，却是许多个原始氏族、许多个世纪的不易的信念。

在原始时期，巫术活动几乎无处不在。哪里有知识、理性和智力达不到的领域，那里就可能有巫术的发明与施行。但看中国的甲骨占卜与《周易》占筮，占宴饮、占衣帛、占居室、占出行、占生育、占死亡以及梦境、祭祖、战事成败和种种家国天下的大事，等等，几乎无所不占。张光直指出：

> 由卜辞得知：商王在筑城、征伐、田狩、巡游以及举行特别祭典之前，均要求得祖先的认可或赞同。他会请祖先预言自己当夜或下周的吉凶，为他占梦，告诉他王妃的生育，看他会不会生病，甚至会不会牙疼。[①]

"在神圣领域内，巫术是实用的技术，所有的动作只是达到目的的手段"[②]。因为在文化功能上，巫术是因求其"实用"而诞生的，因而在神话、图腾与巫术这原始文化的动态三维结构中，巫术可能是最早登上历史与现实舞台的一维。宋兆麟说，"巫术是史前人类或巫师一种信仰和行为的总和，是一种信仰的技术和方法"，面对实际生活的无数困难，凭借巫术，便"可影响、控制客观事物和其他人的行为"[③]。巫术不仅是巫师的信仰，也是史前人类的一种普遍的信仰，几乎渗透于初民生活、生存与生命的一切领域。它是"影响、控制"人的处境的一种"行为"，企望能够使人自己的处境好一些。这种影响、控制的作用，主要是心灵上、精神上的，通过对心灵、精神的影响与控制，间接地产生实际

---

① 张光直：《美术、神话与祭祀》，生活·读书·新知三联书店，2013，第45页。

② ［英］布罗尼斯拉夫·马林诺夫斯基：《巫术科学宗教与神话》，李安宅译，上海社会科学院出版社，2016，第109页。

③ 宋兆麟：《巫与巫术》，四川民族出版社，1989，第214、215页。

效果。巫术与神话、图腾的关系，是很密切的。巫术是在观念上具有"实用性"的"技术和方法"（按：尽管它是错误的）；而图腾的主旨是寻找"他的亲族"，有一种慎终追远的憧憬，在图腾崇拜中，不排除巫术与神话因素的参与；神话则是以原始诗性为特征的话语系统与话语叙事，神话所叙述的故事，许多便是关于巫术与图腾的故事或者与巫术、图腾相关。

当一群原始狩猎者在外出狩猎之前，他们本不知道今天狩猎的运气究竟如何，不知道往哪里去打猎可以获得更多的收获，便随意在他们住处的一棵树上抓取一条虫，放在沙地上让虫随意地爬，虫爬的方向就是今天狩猎的方向，虫爬距离的远或是近，指示了狩猎者到远一些或近一些的地方去狩猎才能获得成功。这种究竟朝某一个方向走多少路，远一点还是近一点去狩猎的预测，全靠这条虫的指示，真是可爱而又可愚得不免让人失笑。但是，一旦用这种巫性的"技术和方法"，碰巧这一次的狩猎大获成功，便使得原始狩猎者更加坚信了巫的"灵验"，而且渐渐形成一种坚定的信仰，轻易不会改变。

直到所经历的失败多了，关于狩猎的实际知识也逐渐地积累到一定的程度，才能比较理性地认识到去哪里打猎比较有利，于是这种巫术就会逐渐消亡，而让位于根据经验、知识甚而是科学理性来做出正确的判断。

可是，人类难以判断、知识与理性所不能到达的地方总是存在的，人类对丁自己的命运与处境，永远不能彻底把握，这等于是说，巫术永远有它的用武之地，无论在哪一种文明社会里，巫术现象多少总是存在的。尤其在原始社会，巫术大行其道。不仅在中国的古代，世界古代的一切地方，莫不如此，只是其方式、程度与品类有所不同而已。早在古代波斯，"他们（按：巫师）负责王（皇）家祭祀、葬礼仪式以及对梦境的占卜和解释。色诺芬把他们描绘为'所有关于神的事务'的'专家'"[1]。这里所说的"神的事务"，实际指属于神又属于人的巫术事务。

在歌德的《浮士德》中，写到了许多的巫术现象。恶魔梅非斯特说："好了！不会拖很长时间。我觉得我的打赌万无一失。如果我达到我的目的，允许

---

① ［瑞士］弗里茨·格拉夫：《古代世界的巫术》，王伟译，华东师范大学出版社，2013，第27页。

我高唱凯歌，满腔欢欣。让他去吃土，吃得开心，像那条著名的蛇（按：指《圣经·创世记》中那条在伊甸园诱惑夏娃的蛇），我的亲戚。"据《创世记》第三章第十四节："神对蛇说……你必用肚子行走，终身吃土。"因为梅非斯特是恶魔，所以他自称，蛇是"我的亲戚"。这里的所谓"打赌"，指属于巫术范畴的诅咒。巫术（magic）一词，在《浮士德》中，被译为"魔术"。老博士浮士德说，"因此我就向魔术献身，想通过精灵的有力的口舌，使我了解到许多秘密"。"我如有一天悠然躺在睡椅上面，那时我就立刻完蛋！你（按：指梅非斯特）能用甘言哄骗住我，使我感到怡然自得，你能用享乐迷惑住我，那就算是我的末日！我跟你打赌！"梅非斯特回答："好！"浮士德接着说："如果我对某一瞬间说：停一停吧！你真美丽！那时就给我套上枷锁，那时我也情愿毁灭！那时就让丧钟敲响，让你的职务就此告终，让时钟停止，指针垂降，让我的一生就此断送！"①仅仅引录《浮士德》直接写到巫术的几处，就已经能够让人体会这一文学名著的魔幻意味。

其二，正如前述，与原始神话、图腾相比较，如果说，神话只是初民对于世界与人类自身生存状态与理想的一种话语表述与解释系统，如果说图腾只是初民在寻根问祖、群团氏族人心时才去进行图腾崇拜活动的话，那么原始巫术，实际是初民日常生活、生存的一种实践常式。巫术的施行，远比神话、图腾活动经常得多也重要得多。原始人类对于神话与图腾的执着是很顽强的，然而总不至于在饿着肚子的情况下，还有闲工夫在那里饶有兴致地讲故事、谈"山海经"。巫术是原始人类生活的第一需要。当然，也不能把神话、图腾与巫术绝然分开，实践上当原始初民饥寒交迫时，在施行巫术的同时，也会祈祷"祖神"（按：这实际上既是巫术又是图腾），还可能运用神话的魔力与神灵沟通，请神灵佑助，让巫术的施行获得成功。因此在一定程度上，图腾与神话，也具有一定的"实用性"，不过与巫术比较，其精神诉求优先，其"实用性"总是处于次要地位。

"我们越无法倚赖自然和知识，则越会寻求征象，希望神迹，而信托捕风捉影的佳兆。"②巫术不仅是一种原始信仰，不仅是对于神灵的崇拜意识，它还

---

① ［德］歌德：《浮士德》，钱春绮译，上海译文出版社，1989，第20、26、90—91页。

② ［英］布罗尼斯拉夫·马林诺夫斯基：《文化论》，费孝通译，中国民间文艺出版社，1987，第67页。

是具有直接"应用"价值的文化方式与直接处理问题的方式。难怪英国古典人类学家弗雷泽要将巫术称为"应用巫术"。如果说，神话与图腾，是将自己的文化眼光向上看的，那么巫术的眼光是向下看的。巫术要比神话、图腾"实际""实在"得多。这并不是说，巫术文化没有飞扬而错误的联想与想象、没有一点儿原始诗性的意味。原始巫术，虽然没有什么直接的、真正的实际功用，而初民所坚信的巫术的所谓"灵验"，却可以通过错误的联想与精神的作用，产生一种实际效应。巫术让人所直接体验到的所谓实用性是虚假的，然而其体验本身，却是真切、真实而真诚的，也就是说，初民在进行巫术活动时，是诚心诚意的，其态度是恭敬而虔诚的。巫文化发生、发展了人类史前的实用、功利意识和理念。一种实际上没有实用功能的文化方式，由于巫者坚信其"实用"，这一"接地气"的精神力量，对人类世界、环境、生活、文化、历史与心灵所造成的深巨影响，是不可估量的，巫术甚至能够控制与严重地影响天下、家国、社稷的命运和进程以及人的命运、道路。

值得指出的是，由于巫术的所谓灵力，是通过信巫者的心理、心灵而发挥"作用"的，偏偏在古代中国，信巫的人群如此普遍，从而形成了一个强大的文化传统，因此巫文化在建构中国人的民族文化心理结构方面，具有强大而持久的影响。比如传承至今的许多节日、民俗，原本一般都是具有巫性意义的。旧时每逢过年放鞭炮的本意，是为了驱鬼（按：当然，近年为了减少空气污染而进行了有益的限制）。新春拜年源自巫性的祝福。清明节扫墓是祭祀亡灵，为的是使生者的生活与心灵得以安宁，有趋吉避凶的意义。端午节吃粽子的习俗，相传因战国大诗人屈原因伤时忧国投水于汨罗而起，世世代代的人们出于对爱国者屈大夫的爱戴，将包好的米粽投之于水，好让水中的蛟龙不要去吞噬屈原的遗体，有让其魂魄安息的意思。旧时腊月二十三祭灶，是送灶君老爷上天的日子，祭品中一定要有麦芽糖，为什么呢？好让灶神吃了麦芽糖而粘住嘴，开不得口，以免这个多嘴多舌的家伙，在玉皇大帝面前说人间的坏话。这种祭祀是巫术行为。再说民间过阴历新年，旧时有家家户户包饺子吃饺子的习俗，以北方为甚。三国时代的魏人张揖所著《广雅》一书，已经提到饺子这种传统食品。南北朝时有一个叫颜之推的人描绘当时的饺子"形如偃月，天下之通食也"，可见其风气之盛。出土于1968年的一个唐代墓葬里，有十多个饺子盛在一个木盆里。古时过年这一顿饺子的吃法大有讲究，都是除夕晚上包好，等旧岁刚辞新年将至，一到子时（按：当夜11点钟到第二天1点钟为子时），就赶紧吃，为的是讨个吉利。饺子者，"交子"也，称为"更岁交子"。还有每逢过年，家家户户贴春联，也是一个巫性的习俗，其文化底蕴，是对于语言文字的崇拜，春联一律都是祝词，在巫术中属于善性咒语的一种。凡此一切，在古人甚而今人看来，都是有用而可喜的。

英国功能主义人类学家马林诺夫斯基曾经指出："世界是马马虎虎的背景，站在背景以上而显然有地位的，只是有用的东西。"①虽然这句话是就图腾文化而言的，图腾的主要精神意义是对于祖神的错误认同，但在初民看来，也是具有一定实际用途的（按：在初民的思想中，不实用的事情往往不会去做）。对于巫术来说，求其实用是第一位的。人类文化何其多样，其萌生、觉醒的历史性契机，首先深蕴于初民的日常生活之中。与初民日常生活密切攸关的，是生活中的实际困难必须力求解决，因而一定的实用、功利意识，在人类历史与文化的深处最先被唤醒。人首先要能够吃饱肚子并有所繁衍，才能维持与发展人的个体生命，与进而发展人的群体生命。但见那些动物的一生，总是在不断地寻找食物以果腹，或者做那繁衍后代的事情。只有在满足实用、功利的前提下，才能顾及、谈论与想象其他。值得指出的是，正如神话与图腾一样，尽管关于原始巫术发生的"第一时""第一地"与"第一人"，我们迄今一无所知，对于原始巫术与神话、图腾这三者的发生究竟孰先孰后，考古学也无法以最后的证据来证明这一点，然而与神话、图腾相比较，由于原始巫术对于初民的衣食住行而言，是更为直接、更为重要的实际需求，与"饮食男女"攸关，因此巫术及其实用、功利意识的发生与繁盛，可能是更为原始、更为本在的。

其三，如果要追寻中国原巫文化的人文根性，首先必须对巫术与宗教加以区别。关于两者的关系，目前学界有一种似乎是出于习惯性的思维，往往将其混为一谈，以所谓"宗教巫术"并称云云，努力厘清两者的异同是必要的。简而言之，从文化智慧的"文明"程度看，尽管在后世宗教中，巫术一直大行其

① ［英］布罗尼斯拉夫·马林诺夫斯基：《巫术科学宗教与神话》，李安宅译，上海社会科学院出版社，2016，第38页。

道，以至于被人称为"宗教的堕落"或"巫术的孑遗"，但是就两者的发生、涵义和功能来说，显然未可同日而语。

比如求雨，弗洛伊德的《图腾与崇拜》认为经历了三个时代。

一、巫术。初民因智力的低下，在"万物有灵"观的支配下，不知天高地厚，迷信自己通过巫术的施行可以无坚不摧。有时恰逢大雨倾盆，于是就更迷信巫术求雨的所谓"灵验"了。施行巫性法术的求雨，实际是"迫雨"，包含着神灵的灵力以及以巫师"作法"的仪式与灵力感应所出现的人为因素。

二、待到巫术的一再失败让人吃够了苦头，甚至为求雨而丢掉了巫师的性命，但仍旧不会轻易地相信巫术实际上的不"灵"，只怪自己在神灵面前还不够诚心诚意。然而多少个世纪过去，巫术施行的失败，终于促成了原始理性向另一个方向的觉醒，便有能力创造比巫术神灵更为高级的神，成为全知全能、创造一切、掌控一切的神性偶像，这便意味着宗教的蒙生。宗教确是从原始巫术、神话与图腾文化中孕育、诞生的。此时人类对于神灵的态度，发生了质的改变，迷茫之中人类相对的软弱无力，变成了绝对的软弱无力，遂由原先在巫文化之中人只是向神灵"跪倒了一条腿"，变成了人全人格地向神向上帝彻底跪下，拜神成为宗教文化最显著的文化本质之一，这便意味着宗教意义的求雨时代的到来。

三、宗教崇拜本身是一种非理性的文化现象，而譬如上帝这一宗教主神的被创造本身，却是理性成长的文化成果，它证明人类已经有智慧、有能力走出千万年巫文化与神话、图腾文化的围城与阴霾（按：虽然巫术终究不会消亡）。"德尔图良在2世纪时说道：'理性是属神的事，造物主用理性创造、处理和命令万物，没有什么他不要求用理性去处理和理解的。'亚历山大里亚的克莱门同样在3世纪时告诫道：'不要认为这些东西只能用信仰来接受，它们同样为理性所断言。真的，如果排斥理性，将其仅仅归诸信仰，那是靠不住的。真理离不开理性。'"①于是，人类便由信仰巫术等转而主要地信仰宗教。在西方，宗教也在一定程度上，召唤了科学求雨时代的到来。在科学昌明的时代，理性尤其是科

---

① ［美］罗德尼·斯达克：《理性的胜利——基督教与西方文明》，管欣译，复旦大学出版社，2013，第5页。

学理性的高扬，让人工降雨成为现实。

不过，在这所谓"巫术——宗教——科学"的文化进程中，巫术与宗教往往被混淆。实际在文化性质上，巫术与宗教大相径庭。弗雷泽说："尽管巫术也经常和宗教拟人化的神灵打交道，但在巫术仪式中，巫师对待神的方式与对待无生命的物体无异——它强迫甚至胁迫神，而不是如宗教那样讨好神。"又说，"祭司（按：指宗教祭司）在神面前卑躬屈膝，因此极其厌恶巫师骄傲的态度，和对权力的妄自菲薄。巫师自大地宣称，自己拥有和神灵同样的权力"①。《浮士德》的译者也在该书的一则注释中指出："魔术（按：巫术）与宗教古来同为支配人类灵魂的巨大之力，但与宗教背道而驰。宗教的基调是皈依神，向神献身。魔术却使用策略，探索神的法规和作用的秘密，让自己去行使，故魔术被宗教家认为是渎神之业而受诅咒。后来的科学研究，在许多场合，跟魔术有某种程度的结合，十三、四世纪盛行的炼金术即其一例。"②

巫术与宗教文化本质的不同，首先体现于人在这两种"信文化"中的不同地位和对待神灵不同的态度。巫术施行时，人与人的力量以巫的面目出现，巫一方面讨好神灵，无不对神灵加以崇拜，另一方面，则自大地相信自己可以与神灵平起平坐，坚信神灵与巫师之间的感应，是相互的，巫师对神灵有感应，神灵也感应于巫师，所谓"通神"，是巫师"作法"的全部奥秘所在，也是其所谓法力的源泉。而且，巫师为了达到某一目的，可以通过施行所谓的法术，进入"召神""降神"的境界。凡此一切，实际上都建立在神秘的想象、幻想、联想、虚构与迷狂的前提之下，但是对于信巫者来说，却是感到似乎很"真实"、很神奇的。

文化形态学意义上的宗教，一般总须具备主神及其"神圣家族"，且有教义、有组织、有信徒的修行制度（戒律），以及终极理想等文化要素，宗教与巫术相比较，差别是很大的。

一般的宗教都有一个主神即教主，它是绝对崇高的神，是无限的、不可亵渎不可怀疑的。

---

① ［英］詹姆斯·乔治·弗雷泽：《金枝》上册，陕西师范大学出版社，2010，第57页。
② ［德］歌德：《浮士德》，钱春绮译，上海译文出版社，1989，第26页。

印度教的主神是大梵天，"神将是创造者（大梵天，Brahma——原注，下同），维持者（毗湿奴，Vishnu）和毁灭者（湿婆，Shiva）"。这样的主神及诸神，是超越于有限的存在的。"从超人格性来想，神处于斗争之上，在每一方面都与有限分离。'由于太阳是不会颤抖的，因此主（主神）也不会感觉到痛苦，虽然当你摇摆盛满水的杯子，里面所折射的太阳的影像会颤抖；虽然痛苦会被他那叫作个人灵魂的部分所感受到。'世界将仍然是依赖神的。它会从神圣的充满中，以某种不可测的方式涌现出来，并以它的力量来支持。'它照亮着，太阳、月亮和星辰跟着它照亮；因着它的光一切都照亮了。它是耳朵的耳朵，心灵的心灵，语言的语言，生命的生命。'"①

但是巫术文化中的神灵，虽然几乎到处都是，却没有一个是绝对的主神。中国的巫性神灵，同时也是中国神话中的角色，有的还是图腾的对象。有天神、日神、月神、祖神、山神、河神、土地神、火神、树神、风神、雨神与宅神，等等；有伏羲、神农、黄帝、女娲、西王母、玉皇大帝、太上老君，等等，实在不胜枚举。虽然在这一神谱中，有的权力大些，有的权力小些，有的神通广大，却没有一个是掌控整个世界、天下、世间与出世间的主神。它们都是有局限性的神，其无限性是很不充分的。中国文化的特色之一，就是泛神。因为似乎到处都是"神"，所以中国人就不把"神"当一回事了，这是由巫文化所传承的中国文化的"劣根性"。在先秦，由原始巫文化所培育的神实在太多了，除了始于东汉的道教主神老子，几乎没有一个土生土长、象模像样的中国宗教的主神，从典型宗教文化的角度反观中国巫文化，它所缔造的神殿，实际上几乎是一个"空寂的神殿"。

一般宗教都有教义，便是其作为理论的信仰部分。正如金克木所说，"一切宗教，不论名义，都以信仰为主，但又都要多少讲一些道理（理论——原注）"，比如印度佛教，"佛教徒特别喜欢讲道理，越讲越多"②。四圣谛、五阴、六道轮回、八正道、十二因缘以及"不二"与中观，等等，不一而足。一部大藏经，囊括了佛教经、律、论三大部，卷帙何等浩繁，都是其奉为经典的教义。

---

① ［美］休斯顿·史密斯：《人的宗教》，刘安云译、刘述先校订，海南出版社，2013，第62页。
② 金克木：《再阅〈楞伽〉》，《梵竺庐集》丙卷《梵佛探》，江西教育出版社，1999，第428页。

巫术当然也有它的一些"理论"因素，它包括对于神灵的信仰，即泰勒所说的"万物有灵"，具有它的"原理"，如弗雷泽所说的"相似律"与"接触律"等，还有"感应"等说，但这是后代学者通过对巫文化的研究所形成的理论，不是古代巫师所研究而成的巫术理论。弗雷泽说："巫术的首要原则之一就是相信心灵感应。"①然而，凡此都是作为巫术研究者的后人的总结，至于原始巫术的施行者与信巫者，没有一个是巫术的理论家，他们只是一些实践者。世界包括中国古时的巫术极为普遍，但是在古时，巫术本身并没有它自己的理论系统，更谈不上理论体系，只有一些零散的意识理念和约定俗成的仪轨。而且不同的巫术类型，操作的仪轨往往不一，各个巫师的"作法"也往往带有其自己的做派与民族、地域、时代及其个人的习惯，他们怎么"作法"是不重要的，重要的是使人相信。只要博得人们的信任和迷信，怎么做是没有如宗教那样严格的。比方说从流传下来的仪轨看，大约最早的巫筮，用的灵物是五十根筮竹，否则"筮"（从竹从巫）这个汉字就不会被创造出来了。有的中国地区不生产竹子怎么办，就以一种草本植物的茎来代替，称为筮草，筮草也是灵物啊！真的，谁又能说不是呢？后来就用铜板来起卦，不料现在往往已经改为镍币了，或者算卦用五十根原本是小孩子玩游戏的游戏棒也行。这些都是就近取材，都被认为是同样"有灵"的。

再说操作过程，大概最早的所谓"十八变"法，是记载在《易传》之中的。后来觉得这过程实在太花时间太烦琐，就改成拿一个铜板或是镍币，往下扔六次，其正面为阳写为阳爻、背面为阴写为阴爻，就能决定所占是哪一个卦了，再根据卦象进行占断。凡此都是"合理"的。反正巫师认为是合理的事情，神灵都是会同意的。马尔塞·莫斯说：

> 作为一种信仰，它是对神秘力量存在性的一种非个人的或仅仅是个人的承认，这种神秘力量是危险的、难以接受的，但是，它却可以由人来引导、控制和指挥。作为一种实践，它为个人的或社会的目的而对这种神秘

① ［英］詹姆斯·乔治·弗雷泽：《金枝》上册，陕西师范大学出版社，2010，第27页。按：中国巫术文化中独多"感应"的巫术。

力量加以利用。①

马塞尔·莫斯又说，"作为一个整体，巫术和巫术仪式都是源自传统的事实"②，它原本纯粹是属于经验层次的文化，尽管古时有无数的巫师从事巫师活动，但是他们都不从事巫术的研究，巫术本身不建构其理论，更谈不上教义。

一般宗教都有其自己的组织（僧团），他们有寺院、有教堂、有清真寺等，有拜佛、读经与修行的活动场所。比如中国佛教，众多的出家人住在寺院里，"文献里有些记载，比如说北魏末年各地僧尼多达二百余万人；北周毁佛（包括道教——原注），还俗僧、道三百余万人。""又据笔者统计，佛教发展鼎盛期的唐代，都城长安城内、外有一定规模的佛寺在二百座以上，另外还有无数山寺、'野寺'、佛堂、僧舍、蓝若、经坊等佛教活动场所，它们遍布在坊市和周边山水之间，僧众人数当在三万至五万人左右。"③在隋唐时代，中国佛教又分成许多宗派，华严宗、天台宗、三论宗、净土宗、律宗以及禅宗等，都自立宗门，教义有别，其各自的内部，都是向心的有组织有师承的。而原始巫术，虽然古时从事巫术活动的和信巫的人群十分庞大，可以分为"官方"的和"民间"的，并且形成一种顽强而陋习难改的社会风气。但是，古代中国的巫术活动，尤其是民间巫术，一般是不具有组织机构的，在最原始的时代里，没有固定的施行巫术的场所。当然，所谓官方的巫术活动，有时会耸动朝廷，具有一定的组织形式和施法场所，但这是在印度佛教东渐之后的巫文化现象。据《宋会要辑稿》"礼"一八之五，北宋真宗咸平二年即999年，时遇大旱，朝廷颁布"祈雨法"于天下。"以甲乙日择东方地作坛，取土造青龙，长吏斋三日，诣龙所，汲流水，设香案、茗果、餈饵，率群臣、乡老，再至祝酹，不得用音乐、巫观。"④虽然这里没有民间巫观的"作法"，却依然是通过"作坛"与斋祭等仪式而举行的巫术活动。这种巫事活动的确是有所组织的，但是它不是一个施巫的

① Hutton Webster, *Magic: A Sociological Study*, Stanford University, 1948, P. 55。引自刘黎明：《灰暗的想象——中国古代民间社会巫术信仰研究》上册，巴蜀书社，2014，第22页。
② ［法］马塞尔·莫斯：《巫术的一般理论》，杨渝东译，广西师范大学出版社，2007，第27页。
③ 孙昌武：《中国佛教文化史》第一册，中华书局，2010，第36页。
④ 《宋会要辑稿》，徐松辑，中华书局影印本，1957，第735页。

常设机构。

一般宗教都有修行，严格的修行都须遵循种种戒律。僧徒的衣食住行是有严格规矩的。自南朝梁武帝信佛而规定佛徒"吃素"（食戒）以来，这一佛教戒律就没有被废除过。"素斋"是佛教五戒之一，其依据出于五戒的"不杀生"。"不可杀生，严格的佛教徒把这一告诫延伸到动物而成为素食主义者。"[1]宗教戒律的实行，证明了宗教生活制度的严肃性。但巫术不设严格的戒律，它只有无数的禁忌。禁忌与戒律是不一样的。在中国巫性的堪舆术中，所谓宜（按：可以做什么）、忌（按：不可以做什么），是泾渭分明的。读者可以注意一下家里的挂历，它每天都标有"宜"什么、"忌"什么，这是自古至今所盛行的巫文化的残余。李零说，"《隋志》所录五行家书也有专讲各种时令禁忌的历书，如《杂忌历》《百忌大历要钞》《百忌历术》等。可见它们在古代是何等流行"，"这些禁忌涉及极广，几乎包括古代日常生活的一切重要方面"[2]。宗教的戒律，由巫术禁忌嬗变、提升而来，它具有神性，不可避免地具有巫性基因。巫术禁忌，是宗教戒律的文化原型，它的施行，目的在于能够确保巫术的所谓"灵验"与"成功"，也具有约束施巫者某些道德人格的意义，参与社会道德的建构，但它不是宗教那样的修持戒律。如果说宗教戒律直接影响宗教人格的塑造的话，那么在一定意义上，巫术禁忌是宗教戒律的雏形。戒律的不可侵犯、不可亵渎，关系到某一宗教的建构与生存，而巫术禁忌只是关系到某一巫术活动的成否。戒律一般都是成系统的，禁忌往往是零散的，不同的巫术有不同的禁忌。

从终极关怀角度看，一般宗教尤其是基督教、伊斯兰教与佛教等世界性大教，其精神其思想都是指向终极的，都是有绝对理想的，往往是精神的超越或解脱。比如佛教，它的理想是众生成就一个"觉者"。众生有苦，苦必有因，苦须解脱与解脱之法，这是佛教所说的"苦、集、灭、道"的基本思想。基督教的理想，是要拯救世界与人于水深火热之中，坚信所谓"上帝救世"是一定会实现的。上帝爱人，人也爱上帝。"神（按：这里指上帝）的爱恰正是最初的

---

[1] ［美］休斯顿·史密斯:《人的宗教》，刘安云译、刘述先校订，海南出版社，2013，第103页。
[2] 李零:《中国方术考》（修订本），东方出版社，2000，第163页。

基督徒所感觉到的。他们经验到了耶稣的爱，而且相信耶稣是神的化身”。“爱是恒久忍耐；爱是恩慈，爱是不嫉妒不自夸不张狂。不坚持己见；不轻易发怒；不喜欢不义，只喜欢真理。凡事包容、凡事相信、凡事盼望、凡事忍耐。爱是永不止息”[①]的。上帝的大爱是基督教教义三大纲领之一，与“信”（信仰）、望（希望）并列。“所有一切完美的属性无不为上帝所具有，主要包括：全能、全善、全美、全知、全在和全备一切；对于世人，他是具有位格而无人称的哑然存在体，是至公、至义和至高至上的；对于自然，他既超越于万物又内在于万物；对于时空，他是无限、单纯和独一的等。”[②]在这样的上帝的绝对性与无限性中，呈现了基督教宗教理想的无上信仰。

巫术不具有终极关怀的理想，它只是孜孜追求于所谓“灵验”与“实用”，对形上的终极不感兴趣，或者准确地说，关于终极，巫术尚不知为何方神圣。马林诺夫斯基说：

> 那么，巫术而不同于宗教的在甚么地方呢？我们出发的时候已举出一个最具体、最见得着的分别：我们底定义说，在神圣领域以内，巫术是实用的技术，所有的动作只是达到目的的手段；宗教则是包括一套行为本身便是目的的行为，此外别无目的。我们现在便可将这种分别追踪到更深的层次。巫术这实用的技术，有受限定的手段：咒、仪式、术士底遵守一切条件，更永远是巫术底三位一体。宗教因为方面多，目的复杂，没有这样单纯的手段。宗教底统一性，不在行为底形式，也不在题材底相同，乃在它所尽的功能，不在它底信仰与仪式所有的价值。再说，巫术里面的信仰，因为合乎它那明白实用的性质，是极其简单的；永远是说，人是有用某种咒与仪式便可产生某种结果的。在宗教里的信仰，则有整个的超自然界作对象：灵与魔、图腾底善力、保卫神、部落万有之父、来生的想望（按：

① ［美］休斯顿·史密斯：《人的宗教》，刘安云译、刘述先校订，海南出版社，2013，第318、319页。
② 卓新平主编：《基督教小辞典》（修订本），上海辞书出版社，2008，第382页。

向往）等等，足给原始人创造一个自然界以外的超自然的实体。①

所谓宗教的"别无目的"，指其不具有实用性目的，它的终极就是它的绝对"信仰"，以"超自然界作对象"，"创造一个自然界以外的超自然的实体"。巫术诚然是有其精神追求的，可是这种精神以巫术的"灵验"与"实用"为满足，永远匍匐于经验层次。其人文智慧的品格，不可与宗教同日而语。

关于原始巫术、神话与图腾的关系，由于一般中外学者往往都持广义神话观的缘故，将巫术与图腾归之于广义的"神话"范畴，并没有将三者加以严格区别。早年李泽厚在谈到审美与艺术的历史与人文成因时说，"审美或艺术这时并未独立或分化，它们只是潜藏在这种种原始巫术礼仪等图腾之中"②。在这一叙述中，显然是将巫术等同于图腾、且把巫术作为图腾的一个组成部分来加以理解的（按：其《由巫到礼 释礼归仁》已不持此见）。有的学者将巫术看成是"原初性图腾观念的特化形式之一"，也就不足为怪了。这些看法，其实大都来自西方学者的有关著作。仅就巫术与图腾而言，两者在文化成因、特质、地位、模式与功能等方面是不尽相同的。

为了进一步研究巫术、神话与图腾三者的联系与区别，我们应当将巫术、图腾从广义神话说中独立出来，巫术、神话与图腾都属于原始"信文化"而三位一体，这是没有疑问的，但是三者又具有其各自的文化性格，而且其文化功能与成因等，都是同中有异的。以巫术与图腾的关系来说，也是如此。马林诺夫斯基指出：

> 使图腾物繁殖和兴旺的仪式，乃是巫术性质的行为。巫术，我们不久就更明白，在一切表现上都有一个趋势，变得更专门，更为一家一族所专有，成为它们底遗产。在图腾制度之下，用巫术来使他每一品类繁殖兴旺的事务，自然都会变成一个专家底职守与权利，由这专家底家庭分子来襄

①　［英］布罗尼斯拉夫·马林诺夫斯基：《巫术科学宗教与神话》，李安宅译，上海社会科学院出版社，2016，第108—109页。

②　李泽厚：《美的历程》，文物出版社，1981，第5页。

助办理。时间延长下去，家乃变成族，每一族都有族长来作他那一族底图腾底巫术头目（按：指带领氏族进行图腾崇拜仪式）。最原始的图腾制，如在中澳所见到的那样，乃是用巫术来合作的系统，具有几种实用的教仪；每种教仪自然各有它自己底社会基础，可是一切的教仪都有一个共同的目的：那就是供给部落底丰富消耗。这样看起来，图腾制底社会方面，是可以用原始的巫术社会学底一般原则来加以解说的。图腾族与相应而生的图腾底教仪与信仰，不过是分门别类的巫术以及一家包办某一巫术的趋势所产生的一个例子而已。①

尽管巫术、神话与图腾共同构成了人类以及中华之遥远"历史生活"的重要部分，且以口头言说的方式即神话代代相传，在相传的许多个世纪里，其文脉得到不断地重构、丰富或是有些被阻断、有些被遗忘了，后人可以从这些"神圣叙事"中，扪摸人类历史跳动的脉搏。尽管如此，巫术与图腾的区别还是值得我们注意的。巫术是为了克服种种生活困难、控制环境所从事的盲目性的"实践"；图腾在于寻找和认同部落、氏族那种实际上不是祖先的"祖先"；神话则是一种原始"话语"系统。它的题材与主题，往往是神秘的巫术"事件"和图腾"故事"，充满了想象与虚构、英雄的主题与原始诗性的情趣。如果说，原始神话更多地以思维因素融渗于极度的夸张、虚构与幻想的"叙事"，而不直接指向"实用"的话，如果说，原始图腾将思维、心灵专注于寻找与认同"谁"是部落、氏族的"生身父母"，将自然崇拜与祖宗崇拜在思维中加以叠加的话，那么，原始巫术及其巫性思维，一是其思维的阈限，定位于神与人、神性与人性之际；二则在于，其"实用功利"始终直接指向人类的日常生活实践，又往往扩而之于影响政治、军事、经济、文化、社稷、天下；如果说，神话与图腾的原始思维及其意识、情感是对神灵的绝对崇拜，那么，属于巫术的原始思维、意识与情感等，则是对于神灵的相对崇拜，即除了崇拜神灵同时还崇拜作为巫觋的人自身，巫术的所谓"灵力"，实际上是神力与人力的结合与妥协，且以神力为主的。

---

① ［英］布罗尼斯拉夫·马林诺夫斯基：《巫术科学宗教与神话》，李安宅译，上海社会科学院出版社，2016，第40—41页。

第二节　巫性作为中国原始人文根性之一何以可能

我们称巫性为中国原始人文根性之一的意思，是在凸显巫性重要的历史与人文地位，并非忽视、否认中国原始文化同时具有神性、人性等原始人文根性。实际情形是，在巫文化的巫性中，由于巫性是神性与人性的结合与妥协，这里已经包含了一定的神性因素；对于原始神话与图腾文化来说，最显著的是它们的神性文化品格，但也不拒绝巫性与人性因素的渗入。巫性作为中国原始人文根性之一究竟何以可能，这一问题，可以从三方面来加以探讨。

从文字学看巫性

甲骨文记载诸多巫卜之例。如"癸酉卜巫宁风[①]""庚戌卜巫帝（按：禘）一羊一犬"[②]与"壬午卜巫帝"[③]等，都是关于占卜具有巫性的明证。王国维、陈梦家、商承祚与于省吾等学者，在这一学术领域，都有成果丰硕的研究。

考稽巫字本义，在于厘清巫字与筮字之义的文脉联系。有的学者为证明巫字指巫术"工具"之说，以为甲骨文的巫字，实际是筮字。饶宗颐先生说，"卜辞习见'示册'"，"自指简册而言，非谓龟版之累叠。是知龟与策乃显为二事，策指扐蓍言之，蓍草易朽，故今无存，不得以此遂为殷人无筮，此不得为辨正者也"。因而，"予谓殷当有筮法"，"巫与筮通"[④]。所言是。

说"殷当有筮法"，在"占"这一点上，称"巫与筮通"，凡此都是说得很到位的。然而，这不等于说，巫等于筮，尤其不能以为筮与卜是一样的。假如甲骨卜辞中的巫字都实指筮字的话，那么，所谓甲骨占卜，实际上便是指"甲骨

① 罗振玉：《殷虚书契后编》下四二、四，影印本一册，1916。见王宇信《甲骨学通论》（增订本），中国社会科学出版社，1993，第506页。

② 郭沫若主编、胡厚宣总编辑，中国社会科学院历史研究所《甲骨文字典》编辑工作组集体编辑：《甲骨文合集》三三二九一，中华书局，1978—1982。

③ ［日］贝塚茂树：《京都大学人文科学研究所藏甲骨文字》三二二一，日本京都大学人文科学研究所，1959。

④ 饶宗颐：《殷代贞卜人物通考》，香港大学出版社，1959，第41页。

占筮"了，这是说不通的。《广韵》有"龟为卜，蓍为筮"的言说，卜、筮是两种不同的占术。《礼记·曲礼》："龟为卜，荚（算）为策。"《诗·氓》："尔卜尔筮。"卜、筮同属于巫性文化范畴，而卜、筮的工具、规范、占法等的不一，是显然的。尽管正如饶宗颐先生所考，殷代已有筮术，这不等于可以由此推断甲骨文中的巫字，都具有筮的意义，也并不能推翻殷代盛行占卜而周代盛行占筮的一般所公认的结论。一般而言，占卜的历史要比占筮更为悠久，这便是为什么《左传·僖公四年》之所以称"筮短龟长，不如从长"的缘故。有学者将卜辞"丙戌卜贞巫曰集贝于帚用若（按：诺）一月"[1]的"巫曰"，释为"筮曰"，看来是有些欠妥的。在这一则卜辞中，明明有"丙戌卜"的"卜"这一个字，卜是与筮不同的占法。如果这里的"巫曰"确实是"筮曰"，则这一则文辞，岂非是筮辞而不是卜辞？如果将卜辞中的巫字，统统理解为筮的本字，则无异于承认殷代的原始巫文化，只有以蓍草为工具的易筮而没有以甲骨为材料的占卜了。

卜辞中的巫字，一般指所谓通阴阳、天地以及神与人之际的"巫人"即后世所谓巫师巫觋，"巫"作为一个文化学范畴，是人类一切巫术文化品类的概括。其文化属性，是处于神性与人性之际的巫性。这一类的巫例很多，如"乙酉卜巫帝犬"[2]便是。"巫帝"的"帝"，为禘，作为动词，有祭祀义。这里"巫帝"的"巫"，可以肯定是名词作主语，指巫师。

巫字从工，古时有"百工"。《周礼·考工记》篇有云："国有六职，百工与居一焉。"巫是古时"百工"之一，显然由殷周的巫（按：包括卜筮）而不仅仅由从事筮术的巫发展而来。巫是"百工"的祖师爷。卜辞有"多工""百工"之记。前者见于郭沫若《殷契粹编》一二八四"甲寅卜吏贞多工亡尤"，后者见于中国社会科学院考古研究所《小屯南地甲骨》二五二五"癸未卜又祸百工"。"百工"之一包括从事都城、宫室规划、营造的工匠。他们既是工匠，又是风水师（堪舆家）或者是懂风水术的人，古时的营造是与堪舆术结合在一起的，风水术属于巫术的一种，《汉书·艺文志》称为"形法"。所以，中国古代所说的

---

① 李旦丘:《铁云藏龟零拾》二三，上海中法出版委员会，1939。见王宇信《甲骨学通论》（增订本），中国社会科学出版社，1993，第509页。

② 郭沫若主编、胡厚宣总编辑，中国社会科学院历史研究所《甲骨文字典》编辑工作组集体编辑:《甲骨文合集》四〇三九九，中华书局，1978—1982。

"工作"，本指巫（工）的巫性"作法"。

从与巫相关的士字来看巫性，其实士字与巫字的意义是攸关的。

有学者曾援引杨树达先生《积微居小学述林》，疑近人吴检斋关于"士，古以称男子，事谓耕作也"之说不确，以为"'士为低级之贵族'，这是正确的论断"，且引述顾颉刚先生《史林杂识初编》所谓"吾国古代之士，皆武士也"的见解，来作为其立论的佐证，这也许是其未谙易巫筮法的缘故。

拙文《释"士"》①指出，许慎《说文解字》有"士，事也"②之言。此"事"，特指巫事而不是指古代"男子"所从事的"耕作"，也并非指"低级之贵族"的"工作"。《说文》说，士者，"数始于一，终于十，从十从一"③，可谓的论。

通行本《周易》的本经，作为巫筮之书，其八卦、六十四卦及其卦名与卦辞、爻辞是一个算卦的文本，其性属巫是无疑的。原始易学是巫学，是可以肯定的结论。通行本《周易》中的《易传》部分，有其所记录的古筮法，其文字内容自始至终是神秘巫筮之数（按：兼有命理观念）的运演。古筮法基于从一到十的十个巫性之数。《易传》说，"天一地二、天三地四、天五地六、天七地八、天九地十。天数五地数五，五位相得而各有合。天数二十有五，地数三十。凡天地之数五十有五，此所以成变化而行鬼神也。"④这便是说，古筮法是运用十个神巫命理之数来推演的。其中，天数（按：奇数、阳数）一三五七九的和，是二十五；地数（按：偶数、阴数）二四六八十的和，是三十。天地之数的总和是五十五，这便是古人算卦时所运演的"大衍之数"。而实际算卦时，是以五十根蓍草代表五十五这个筮数之和来加以运算的。⑤按照金景芳先生《学易四种》的说法，这个古筮法，在千百年的流传中，本来是天、地筮数的总和

① 王振复：《释"士"》，《书城》杂志1993年第3期。按：收录于《王振复自选集》，复旦大学出版社，2015。

② 许慎：《说文解字》，中华书局影印本，1963，第14页。

③ 同上。

④ 《易传·系辞上》，朱熹：《周易本义》，怡府藏版影印本，天津市古籍书店，1986，第303—304页。

⑤ 按：由于这一算卦过程很是繁复，恕不赘述。请见王振复：《周易精读》（修订本），复旦大学出版社，2016，第295—303页。

"五十有五"，由于流传史的漫远，而脱去了"有五"二字，因而变成了五十。但是"自一至十"的神秘筮数，是不可或缺的，因而才有许慎《说文》"数始于一，终于十，从十从一"的解读。《说文》也曾引述据说是孔子的话"推一合十为士"[1]。许子深谙巫筮的原理。刘向《说苑》称："辨然否，通古今之道，谓之士。"士是算卦的巫，其原型在于易筮。

巫与巫性的神话传说

关于巫的起源，《尚书·吕刑》说：

> 王曰："若古有训，蚩尤惟始作乱，延及于平民，罔不寇贼，鸱义奸宄，夺攘矫虔。苗民弗用灵，制以刑，惟作五虐之刑曰法。杀戮无辜，爰始淫为劓刵椓黥。越兹丽刑并制，罔差有辞。民兴胥渐，泯泯棼棼，罔中于信，以覆诅盟。虐威庶戮，方告无辜于上。上帝监民，罔有馨香德，刑发闻惟腥。皇帝哀矜庶戮之不辜，报虐以威，遏绝苗民，无世在下。乃命重、黎，绝地天通，罔有降格。"[2]

大意是说，古时候蚩尤作乱，祸及百姓，盗贼横行，无恶不作，于是苗民不遵法令，巧取豪夺，滥用种种酷刑，杀戮无辜，遂使天下大乱，毫无忠信可言。于是受虐受难的百姓纷纷向颛顼申诉，颛顼经过考察，觉得天下已经没有任何德政可言，那些所谓的刑法，腐败而发出腥臭之气。他哀怜受害的平民，便施用威权整治天下，灭绝横虐的苗民，让其断子绝孙；又下令重主持天上的神灵之事，命令黎管理地上的平民百姓，禁止民氓和天上的神灵相通。于是，一般的普通平民，就再也不能施行法术上天入地、与神灵相通了。

由这一则神话传说可见，自从颛顼命令"绝地天通"之后，仅仅重、黎才具有通天（神灵）、辖地（平民）的神圣资格和异能即施行巫术，一般民氓就

---

① 许慎：《说文解字》，中华书局影印本，1963，第14页。

② 《尚书·吕刑》，江灏、钱宗武：《今古文尚书全译》，贵州人民出版社，1990，第434页。

不能与神灵交往了，这就可以将重、黎看作在神话传说中所出现的中国巫术的始祖。又似乎尚不能这么说，因为在《国语》中明明写着，"及少皞之衰也，九黎乱德，民神杂糅，不可方物。夫人作享，家为巫史，无有要质。民匮于祀，而不知其福。烝享无度，民神同位"。于是，"颛顼受之，乃命南正重司天以属神，命火正黎司地以属民，使复旧常，无相侵渎，是谓绝地天通"①。然而，《国语》的这两段话，大概作为对《尚书·吕刑》的阐述，在《尚书》的基础上，显然是有所发挥的。所谓"九黎乱德"之时，"民神杂糅""民匮于祀"而"民神同位"等，都是《尚书》所没有的。《吕刑》篇中的"无世在下"这一句，意思是颛顼"遏绝苗民"的严酷手段，是使苗民没有后代。这本与巫术的施行毫无关系。可是有学人曾经为了与《国语》中的"民神杂糅"与"家为巫史"相对应，将《吕刑》篇的"无世在下"，讹为"无使上下"。这样一来，其意思就变成了不让民人与天神（上）、地祇（下）交通，倒好像在颛顼"绝地天通"之前，民人已经发明了巫的法术并且加以施行似的，实际按照《尚书》的说法，情况并非如此。

　　《尚书》"绝地天通"这一神话传说，意味着世界原本混沌一片，无所谓神界（天）、人间（地）。由于人智初进，尔后才有能力分出天与地、神与人。但并非人人都有通天、拜地的特权和异能，只有重、黎具有巫性与灵性意义的经天纬地的本事。既通神灵又通人间，重、黎二者岂不是中国原巫之祖吗？自从巫术文化诞生，便建构了这一以巫为主导的世界秩序。在这一文化结构中，巫的通天达地、通神通人的神通，好比古印度《梨俱吠陀》所说的上达天宇、下彻地界的"宇宙树"。《玄中记》说："天下之高者，有扶桑，无枝木焉。上至于天，盘蜿而下屈，通三泉。"也好比《山海经·海内南经》所说的"建木"②。

---

①　《国语》卷十八《楚语下》，《国语译注》，邬国义、胡果文、李晓路译注，上海古籍出版社，1994，第529、530页。

②　按：《山海经》卷十《海内南经》。按：关于"建木"的原文为："有木，其状如牛，引之有皮，若缨、黄蛇。其叶如罗，其实如栾，其木若蓲，其名曰建木。"所谓"建木"，晋郭璞注："青叶紫茎，黑华黄实，其下声无响，立无影也。"（陈成：《山海经译注》，上海古籍出版社，2014，第287页）

《淮南子》卷四《坠形训》："建木在都广，众帝所自上下。日中无景（按：影的本字），呼而无响，盖天地之中也。"①这里的"众帝"，实际指"众巫"，应指重、黎，是传说中的原巫。

有关古籍记载的巫与巫性

关于巫文化的古籍记载，可谓浩如烟海。这里且不说殷周甲骨卜辞实为巫辞，也不说诸多金文文献所记的巫例俯拾皆是，《周易》通行本、帛书本和楚竹书本等，都是关于巫和巫性占筮的文本。以笔者仅见，单是上海古籍出版社九卷本《四库术数类丛书》，收录文渊阁《四库全书》本的术数类古籍凡五十种，可谓篇幅浩繁。袁树珊编著《中国历代卜人传》一书，凡"三十九卷，表一卷，索引一卷。自上古羲农，至民国初先贤，凡三千八百余人"，所载"大都对于阴阳术数、卜筮星相，多有发明。或具特长，或大圣大贤，忠孝节义，儒林文苑，隐士方外，兼研此术"②者。虽然卷帙颇大，而远未搜罗无遗。

有关中国原始巫文化的大量古籍文献记载，远远超过原始神话和图腾的资料。《山海经·大荒西经》说："大荒之中，有山名曰丰沮玉门，日月所入。有灵山，巫咸、巫即、巫肦、巫彭、巫姑、巫真、巫礼、巫抵、巫谢、巫罗十巫，从此升降，百药爰在。"③又说："巫咸国在女丑北，右手操青蛇，左手操赤蛇，在登葆山，群巫所从上下也。"④前者说，大荒世界有灵山，那里是日月降落的地方，十个大巫在这里上天入地，与神灵交通，他们在此采药而上上下下。后者说，巫咸国在女丑国的北边，这里的登葆山上，有一大群巫师，右手搏青蛇，左手搏赤蛇，在施行巫术。《山海经》，实际是伴随以原始神话、图腾资料的一部"古之巫书"。鲁迅先生称其为"记海内外山川神祇异物及祭祀所宜"，"所

① 《淮南子·坠形训》，高诱：《淮南子注》卷四，《诸子集成》第七册，上海书店，1986，第57页。
② 袁树珊：《中国历代卜人传提要》，袁树珊编著：《中国历代卜人传》，中国台湾新文丰出版社，1998。
③ 《山海经·大荒西经》，陈成：《山海经译注》，上海古籍出版社，2014，第347页。
④ 《山海经·海外西经》，陈成：《山海经译注》，上海古籍出版社，2014，第264页。

载祠神之物多用糈（按：精米）与巫术合，盖古之巫书也"①。五经之一的《尚书》，作为"史之记事"，也记载了许多卜筮的巫例。"禹曰：'枚卜功臣，惟吉之从。'帝曰：'禹！官占惟先蔽志，昆命于元龟。朕志先定，询谋佥同，鬼神其依，龟筮协从。卜不习吉'。"②"七、稽疑。择建立卜筮人，乃命卜筮。曰雨，曰霁，曰蒙，曰驿，曰克，曰贞，曰悔，凡七。卜五占用二，衍忒。立时人作卜辞。三人占，则从二人之言。汝则有大疑，谋及乃心，谋及卿士，谋及庶人，谋及卜筮。汝则从，龟从，筮从，卿士从，庶民从，是之谓不同。身其康强，子孙其逢。吉。汝则从，龟从，筮从，卿士逆，庶民逆，吉。卿士从龟从，筮从，汝则逆，庶民逆吉。庶民从，龟从，筮从，汝则逆卿士逆，吉。汝则从龟从，筮逆，卿士逆庶民逆，作内吉，作外凶。龟筮共违于人，用静吉，用作凶。"③《尚书》所记"盘庚迁殷"，关乎属巫的堪舆（风水）之事。至于《周礼》《左传》《国语》《礼记》与《楚辞》等古籍，甚而《庄子》等哲学名篇，关于巫的记载也很多，这里难以一一述说。《庄子》说："此皆巫祝以知之矣，所以为不祥也。此乃神人之所以为大祥也。"④《韩非子》说："今巫祝之祝人曰：'使若千秋万岁！'千秋万岁之声聒耳，而一日之寿无征于人，此人所以简巫祝也。"⑤《诗经·小雅·楚茨》，有"工祝致告，徂赉孝孙"等记载。还有《墨子》一书，记载与论说巫性的鬼神之事更多。笔者远未阅遍中华古籍，然而从读过的相当篇什的古籍来看，几乎很少不涉及巫文化的，更不必说专门以卜筮为能事的甲骨文辞和《周易》筮辞了。

在古代巫文化盛行时期，中华民族处于基本而主导地位的人文意识与理

---

① 鲁迅：《中国小说史略》，《鲁迅全集》第九卷，人民文学出版社，1981，第18—19页。
② 《尚书·虞夏书·大禹谟》，江灏、钱宗武：《今古文尚书全译》，贵州人民出版社，1990，第43—44页。
③ 《尚书·周书·洪范》，江灏、钱宗武：《今古文尚书全译》，贵州人民出版社，1990，第241页。
④ 《庄子·人间世第四》，王先谦：《庄子集解》卷一，《诸子集成》第三册，上海书店，1986，第29页。
⑤ 《韩非子·显学第五十》，王先慎：《韩非子集解》卷十九，《诸子集成》第五册，上海书店，1986，第356页。

念，无论哲学、史学、政治学与诗学等领域以及民间生活习俗中，巫是绕不开的重大主题之一，或者有巫文化因素蕴含其间，遂留下无数有关巫文化的文献资料。关于测日、测风、卜筮、堪舆、放蛊、扶乩、相术与占梦等，有浩繁的文字记载。凡此以巫之文本相传的宏大文化传统，往往使得充满智慧的这一伟大民族的头脑，曾经浸淫在巫的文化迷氛之中，热衷于巫的信仰与预测而无与伦比。

巫与巫性的有关考古发现

中国最古的巫文化究竟始于何时何地，尚难以考定。宋兆麟《巫与巫术》一书，曾经将龙山文化、大汶口文化等遗址所出土的玉琮、獐牙钩形器等看作原始巫师施行法术时所用的"法器"，以推定中国原巫文化的起始。然而，这些法器在形态上已经相当成熟，似乎未可以"最古"论。刘凤君编著《昌乐骨刻文》一书认为，在甲骨文字出现之前，史前已有属于巫文化范畴的"龙""凤"等所谓"骨刻文"在山东等地发现，"我认为这批刻字是山东龙山文化时期的遗物，距今约4000—4500年，属东夷文字，是中国早期的图画象形文字。"①这一"骨刻文"，是否为史前人工的文化遗存抑或自然侵蚀而成，以及被读为"龙""凤"诸字是否确为龙字与凤字，至今学界意见不一。②

---

① 刘凤君：《昌乐骨刻文的发现与研究》，刘凤君编著：《昌乐骨刻文》，山东画报出版社，2008。
② 按：参见《骨刻文座谈会纪要》，刘凤君编著：《龙山骨刻文》，山东画报出版社，2008，第106—128页。按：张学海说，"考古界对骨刻文的意见不太一致，是不是人刻的？什么时候刻的？是刻的文字还是其他什么东西等等"，"我曾经到袁家庄遗址去进行了一些调查之后，我自己的看法可以说有了很大转变。当初我在《齐鲁晚报》上看到刘凤君教授的文章之后，对于骨刻文我是不信的。""首先很明确地认为这些骨片上的刻痕是人刻的，并非自然腐蚀，即使不排除里边一些经过了现代人加工或造假的，但是绝大部分我个人觉得是可靠的，是人刻的"。方辉认为，"这个（按：指骨刻文）里面有相当多的我是不敢认同的""就像后来刘凤君教授送给我的一个铜版印的书（《昌乐骨刻文》——原注），这里面还确确实实是有一些人工的。我刚才简单地统计了一下，有相当多的我是不敢认同的"。王育济以为，关于"骨刻文"，"当时我的表态是，要支持这件事情需谨慎，但是要反对这个事情更要谨慎。"

据考古发现，河南舞阳贾湖遗址曾有"龟甲"出土[①]，据测年代距今约在7780—7860年间。1987年6月，在安徽含山凌家滩一个新石器晚期墓葬遗址中，出土一组玉龟、玉版[②]。李学勤先生说："这座墓是一座口大底小的长方形土坑墓"，出土诸多玉器、陶器与石器。"玉器多集中于墓底中部，估计原来是放置在墓主的胸上，而玉龟和玉版恰好在其中央。"李先生引录俞伟超《含山凌家滩玉器和考古学中研究精神领域的问题》一文之见，即从"上下两半玉龟甲的小孔，正好相对"分析，"一望即知是为了便于稳定在这两个小孔之间串系的绳或线而琢出的"。绳、线可按需使得两半玉龟版闭合或者解开，这种"合合分分，应该是为了可以多次在玉龟甲的空腹内放入和取出某种物品的需要"。由此推见，"这是一种最早期的龟卜方法"[③]。

值得注意的是，凌家滩遗址所出土的玉版呈方形，其"正面有刻琢的复杂图纹。在其中心有小圆圈，内绘八角星形。外面又有大圆圈，以直线准确地分割为八等份，每份中有一饰叶脉纹的矢形。大圆圈外有四饰叶脉纹的矢形，指向玉版四角"[④]。笔者以为，该玉版之刻纹图案的平面方圆结合，显然是"天道曰圆，地道曰方"即"天圆地方"人文意识迄今所发现的最早表现。"八角星形"和向八方放射的"矢形"，类似后世《周易》八卦方位，其大圆圈外"指向玉版四角"的四个"矢形"，又类似于八卦方位的"四隅"意识的早期体现。玉版出土时，夹置于具有占卜功能的玉龟甲间，可以看作与龟卜意识有关，也显示了原始龟卜与易筮的文脉联系。

有关原始巫文化的考古发现，高广仁、邵望平《中国史前时代的龟灵与犬牲》[⑤]一文可供参阅。占卜主要以龟甲牛骨为巫性的通灵媒介。龟甲之所以是灵物，是因为在初民心目中，龟的生命力很是漫长，它是"不死"的象征。牛骨

① 按：参见河南省文物研究所：《河南舞阳贾湖新石器时代遗址第二至第六次发掘报告》，《文物》1989年第1期。
② 按：参见《安徽含山凌家滩新石器晚期墓地发掘简报》，《文物》1989年第4期。
③ 李学勤：《走出疑古时代》，辽宁大学出版社，1997，第116页。
④ 同上书，第115页。
⑤ 按：参见《中国考古学研究》，文物出版社，1986。

之所以也是灵物，是因为初民崇拜牛的蛮力，以为神灵使然。[①]在山东泰安大汶口、江苏邳州刘林及大墩子、山东兖州王因、山东茌平尚庄、河南淅川下王冈、重庆巫山大溪以及江苏常州寺墩等遗址中，都有龟甲等文物的出土，且多有钻孔。如江苏邳州大墩子44号遗址，其龟背、龟版相合，里面有骨锥六枚，背、腹甲各具有四个钻孔，腹甲一端磨去一段，上下有X形绳索系扎的痕迹，年代早于安徽凌家滩。这一类令人鼓舞的考古发现，使得关于"最早期的龟卜方法"的推断，增添了不少田野证据。

关于灵玉的巫性，也是巫术文化的重要问题。传说中的所谓"玉山"，是祥瑞之山。《山海经》说，"竹水出焉，北流注于渭，其阳多竹箭，多苍玉。丹水出焉，东南流注于洛水，其中多水玉"，"又西百八十里，曰黄山，无草木，多竹箭。盼水出焉，西流注于赤水，其中多玉"，"苕水出焉，东南流注于泾水，其中多美玉"[②]。玉的神话传说，《山海经》记载很多，比如"白玉""玄玉""珠玉""文玉石"，等等，不一而足，都称玉具有灵性，此之所以"黄帝

---

① 按：韩国学人朴载福说，"从目前的材料看，中国最早的卜用甲骨发现于河南仰韶文化、甘肃马家窑文化石岭下类型、内蒙古富河文化中，均为卜骨"。如"甘肃武山傅家门遗址：该遗址发现2件卜骨，均为羊肩胛骨。卜骨未加整治，无钻无凿，但有灼痕和阴刻符号"。"内蒙古巴林左旗富河沟门遗址：发现了一些卜骨，系鹿或羊的肩胛骨"。又说，"神木新华遗址的年代，大致约龙山晚期到夏代早期。从卜骨的特征看，该遗址的大部分卜骨已经进入夏代。发现有牛、羊、猪、鹿的肩胛骨，以牛肩胛骨为最多，羊肩胛骨其次，猪、鹿的肩胛骨较少"。"目前所知，占卜过的龟甲，最早发现于郑州南关外下层遗址。其时代应为商代早期或先商阶段（南关外期——原注）。商代早期的占卜以卜骨为主，卜甲为辅。卜甲仅见腹甲，还没发现占卜过的背甲。腹甲一般稍加修整甲桥只保留中间竖行齿缝内侧部分"（见［韩］朴载福：《先秦卜法研究》，上海古籍出版社，2011，第16、27、35页。）从目前的有关考古可见，用于占卜的灵物，最早是羊骨，到了早夏时期，牛、羊、猪、鹿骨并用，以牛骨为多。时至早商，以卜骨为主、卜甲为辅。看来所谓甲骨占卜，有一个从以羊骨为主进而以牛、羊等骨为主且以牛骨为多、最后以龟甲为主、牛骨为辅的历史发展过程。在殷墟时代，以龟甲为主、牛骨为辅的特点体现得很明显。"卜用甲骨以殷墟类型中发现最多，且集中于殷墟遗址，见于大司空村、后冈、苗圃、小屯、花园庄、薛家庄、刘家庄、王裕口、四盘磨、孝民屯、北辛庄、张家坟、梅园庄、白家坟等地"（该书第43页）。

② 《山海经·西山经》《山海经·西次二经》，陈成：《山海经译注》，上海古籍出版社，2014，第30、36、43页。

是食是飨"，"天地鬼神，是食是飨；君子服之，以御不祥"①。玉作为礼器，用以祭祀。距今约4000年的浙江余姚良渚文化遗址，出土许多玉器，在先民的心目中，其实都是巫性的"通灵宝玉"。

> 良渚文化有的遗址中，有玉纺轮出土，如余姚瑶山第11号墓出土的玉纺轮和杆由两单件组合而成，纺轮为白玉，呈圆饼状，中间钻有一孔；杆为青玉，呈长条形，长16.4厘米，头端圆尖，并钻有一小孔。玉，在良渚文化时期的人们心目中，是神圣之物，那么玉纺轮和杆也是神圣的，其纺线的对象，很可能是蚕丝。无疑，这丝织品也成为神圣之物。它说明了与巫有着密切的关系，甚至有可能蚕丝的起源与巫术活动的需要有关。②

所谓"金缕玉衣"，是又一种崇玉、信玉的文化现象，它主要出现在西汉文景时期的帝、王的墓葬中，其源头可以追溯到东周的"缀玉面幕"等。金缕玉衣是帝王、贵胄的殓服，以金线或银线连缀大小不同的玉片，紧贴墓主的遗体全身，形似铠甲，故又称"玉匣"（按：由《西京杂记》所说的"珠襦玉甲"而来）。迄今全国所发掘的玉衣有20多件（按：包括金缕玉衣、银缕玉衣和铜缕玉衣），已经复原的有四件，以线连缀的金缕玉衣的品位、规格为最高，又以1968年所发掘的河北满城西汉墓葬中山靖王刘胜的金缕玉衣最为著名。刘胜曾于公元前154年由汉景帝封为第一代中山靖王，他是景帝刘启的庶子、汉武帝刘彻的异母长兄。这一件金缕玉衣，是由2498块大小不一的玉片用金线连缀而成的，用去金线约重1100克。但是所用玉片的品质，以出土于江苏徐州狮子山楚王刘戊陵的金缕玉衣为最高（按：以和田白玉、青玉连缀而成，出土于1994—1995年）。以金缕玉衣包裹帝、王遗体下葬，是古代厚葬文化的一种极端的葬式，虽然历时不长，但它的成因，始于中国原始巫文化的玉崇拜。

玉之所以被如此看重，是因为在古时中国人的心目中，一直有一个信仰灵玉的情结，叶舒宪称为"玉教"。"玉教，全称为玉石神话信仰，特指在史前

---

① 《山海经·西次三经》，陈成：《山海经译注》，上海古籍出版社，2014，第51页。

② 吴汝祚、徐吉军：《良渚文化兴衰史》，社会科学文献出版社，2009，第150页。

东亚地区形成的原始宗教的一种地域性表现形式。经历过数以千年计的文化传播过程，逐渐在距今约四千年之际，实现了相对的精神观念的统一性认同，其突出表现形式就是一整套礼神和祭祖用的仪式性玉礼器的形成，并由此为夏商周国家的神权政治提供大体一贯的物质与精神证明。玉教作为中国文化大传统孕育出的信仰系统，既根深蒂固，又源远流长，成为我们重新考虑小传统的思想文化现象的新出发点和基础，如儒、道思想的史前神话根源，巫史合一现象的史前巫玉传承实践，《周礼》所述'六器'体系的真实性等。"[①]以玉"通神""事神"，是悠久的中国巫文化传统之一。

中国属巫的史前风水遗址的发现，也可以证明原始巫文化之发生的古远。北京周口店龙骨山"山顶洞人"的"居所"即洞内地理，在考古学上分为"上室""下室"与"下窨"三部分。上室位于洞穴东半区，面积约110平方米，地势高而相对宽敞，有先民用火的灰烬痕迹，这里是活人居住的区域而无疑；下室位于西半区，地势稍低，有人的遗骸残存的痕迹，发现象征生命和鲜血的赤铁矿粉末的痕迹；下窨地势更低，位于洞穴的最西部，而且它的空间更为狭小，仅仅是一个南北3米、东西1米的小空间，是一条自然形成的南北向的小裂沟，先民在这里丢弃诸多动物残骸。这一遗址空间地理方位的安排，是约1万8千年前巫与巫性堪舆文化意识的有力证明。活人所居的空间，高爽而阔大，在风水地理上占得先机；其次是死者的葬所；再次是动物残骸的所在，证明当时人为贵而动物次之的人文意识具备，并且体现在风水意识之中。

河南濮阳西水坡45号墓又称"龙虎墓"，其葬式，在墓主的左（东）右（西），用蚌壳摆列成图案。"东方为龙，西方为虎，形态都颇生动，其头均向北，足均向外"。这是有意为之。"龙形在东，虎形在西，便和青龙、白虎的方位完全相合"[②]。托名晋代郭璞所撰《葬书》说，"夫葬以左为青龙，右为白虎，前为朱雀，后为玄武"[③]。这一西水坡葬制，是后代属于巫文化范畴的风水观念

---

① 叶舒宪、谭佳：《比较神话学在中国——反思与开拓》，社会科学文献出版社，2016，第224页。

② 李学勤：《走出疑古时代》，辽宁大学出版社，1997，第143、144页。

③ 《葬书》，《风水圣经——〈宅经〉〈葬书〉》，王振复导读、今译，中国台湾恩楷股份有限公司出版发行，2007，第167—168页。

的前期表现。

至于有关占星、占候与占梦等术数实例的考古资料，在此难以一一述说，恕勿赘。

要之，这里之所以持"巫性是中国文化原始人文根性之一"的见解，是因为基于对中国原始文化之基本而主导的文化形态为巫文化这一点的同情和理解。原始巫术、原始巫性的文化特质体现如次：一、先民意识到生活、生存和生命的艰难甚而是悲剧，从而具有企图改变处境、克服困难的认知、需求和冲动；二、信仰"万物有灵"的意识已经产生，并且相信神秘而普遍的"感应"；三、坚信巫术作为原始生活、生存与生命的一大基本的文化方式，是"有效"的，人可以通过巫术的施行，试图克服一切艰难险阻甚至生命悲剧，做到"无所不能"；四、与原始神话、图腾不同的是，巫文化具有强烈而特有的一定的实用功能与目的，迷信可以通过巫的意志达到对于他人和环境的控制；五、从巫术既媚神又渎神、既拜神又降神且以前者为主的两栖文化态度看，巫与巫性，它具备了人可以通过巫的方式所体现的人原朴而相对的一些主体意识，不同于宗教属神的人文意识和态度，宗教崇拜是信徒虔诚地、全人格地拜倒在神的面前从而达到对神的皈依，没有巫术那样的渎神与降神的文化特质；六、在原始巫术的意识和仪式中，巫术尤其钟情于有因必果、有果必因的"因果律"，实际是对因果律的史前"滥用"。但是在非理性的迷氛中，依然保持着一定的原始理性的"尊严"，成为同是遵循事物发展必然律的科学的"伪兄弟"；七、巫文化作为原始"象意识""象情感""象意志"和"象思维"的文化大泽或者如马克斯·韦伯的所谓"魔术花园"[1]，从巫性转嬗为诗性的审美是可能的。

孔子说，"务民之义，敬鬼神而远之，可谓知矣"，"祭如在，祭神如神在"[2]。中国文化中的鬼神，同是尊奉和疏远的对象，这是对待鬼神的第三种属

---

[1] 马克斯·韦伯：《印度的宗教——印度教与佛教》，康乐、简惠美译，广西师范大学出版社，2005，第359页。

[2] 《论语·雍也第六》《论语·八佾第三》，《论语正义》卷七、卷三，《诸子集成》第一册，上海书店，1986，第126、53页。

于巫性的人生态度①。不是不尴不尬，也并非不伦不类，更无三心二意，而是左右逢源的一种进退自如、富于弹性的文化策略。应当说，这不仅是人生的一大文化策略，更是根深蒂固的文化信仰。中国文化中的"神"实指鬼神，绝非西方基督教那样的"上帝"。神在中国，是这样的一个属巫的角色：神是"祭"出来的。如果不祭呢，那么神就不"在"了。这里的神，一般并非是一个可以提升为哲学的本原本体，缺乏绝对的神性。既然神是"祭"出来的，那么，不是笃信彼岸确实有神"在"，而是彼岸之神不妨有也不妨没有。

① 按：第一种人生态度，是绝对地崇拜上帝之类与诸神的宗教；第二种人生态度，是不信、不事鬼神而发现、遵循事物本质规律的科学；第三种人生态度，是巫，神性与人性兼而有之，既相信鬼神，又自信人可以通过巫师的"作法"，达到对于环境与他人的控制与影响。

第四章　神（鬼）与灵的神秘世界

中国巫文化有两个基本的人文范畴，便是神（鬼）和灵，其中的所谓神，实际上往往指鬼或者是鬼、神的合一，它和灵、巫与巫性范畴一起，体现了中国原始文化的底蕴和灵魂。

第一节　中国巫文化的"神（鬼）"

关于神这一范畴，《说文解字》说："神，天神引出万物者也，从示申。"①。于省吾主编《甲骨文字诂林》和徐中舒主编《甲骨文字典》，都没有收录神这个汉字，但是都收录了一个申字。这里首先要分辨神、申二字的关系。郭静云说：

> 早期有些古文字专家支持郭沫若先生的观点，认为"申"的本义就是干支，并认为，因"申"与"神"是同音字，故周人将"申"假借为"神"。李孝定等学者提出相反的看法，认为是干支"申"自"神"取音假借，而"神"系"电"形。李孝定先生认为，在古人心目中，万物（包括电雨——原注）皆含有神格，且"申"与"神"又属同音字，故许慎也说

---

① 许慎：《说文解字》，中华书局影印本，1963，第8页。

"申，神也"，不过"申"的本意非"神"，仅是"电"的本字。①

甲骨卜辞有申字，如卜辞："甲申贞小乙祭亡蚩"。这里的申字，属于十二地支的一个汉字。许慎《说文》所说"申，神也"②，以神来诠释申，是后起的意义。甲骨文中的申，写作ℇ。关于这个申字，徐中舒说，"叶玉森谓甲骨文申字像电耀屈折形"，"故申像电形为朔谊，神乃引申谊"，"按叶说近是"③。可见，叶玉森的看法与李孝定是相同的。

那么在甲骨卜辞中究竟有没有实际上的神字呢?

郭静云指出："金文中的'申'通常用作'神'义，而其结构和双嘴龙相仿佛。甲骨文'申'字写作'ℇ'，虽然与金文接近，但在目前所见的卜辞中，'ℇ'仅作为干支的'申'，对此罗振玉的见解实为精确，他指出:'ℇ'仅作干支而无神义。"④郭静云又说，"不过，甲骨文中另有一相似的'ℇ'字体，以及前文所探讨早商的◯◯双嘴龙符号，皆可推想原始的'神'字写法可能是'ℇ'。"⑤这种关于卜辞中的"申"字作为"神"的看法，作为一种"推想"，是否能够最后被证实，依然需要真凭实据的证明，在此暂可存疑。

我们初步的结论是，关于甲骨卜辞中是否真的已经有了作为"神"（神灵）的"申"，还在疑似之间。而"在西周铭文中，共发现七例作为'神'的'申'字"⑥，则是可以肯定的。仅此而言，作为神灵意义的"神"字的出现，在年代

---

① 郭静云:《天神与天地之道——巫觋信仰与传统思想渊源》上册，上海古籍出版社，2016，第135—136页。按:该书原注，有关郭沫若的"观点"，见郭沫若:《释干支》，载郭沫若:《甲骨文字研究》，科学出版社，2002，第30页;李孝定的"观点"，见李孝定:《甲骨文字集释》，中国台湾中研院历史语言研究所，2004，第4385—4390页。

② 许慎:《说文解字》，中华书局影印本，1963，第311页。

③ 徐中舒主编，常正光、伍仕谦副主编:《甲骨文字典》，四川辞书出版社，1989，第1599、1600页。

④ 郭静云:《天神与天地之道——巫觋信仰与传统思想渊源》上册，上海古籍出版社，2016，第136页。按:该书原注，有关罗振玉的见解，见罗振玉:《殷虚书契考释》，北京图书馆出版社，2000，第4、5页。

⑤ 同上书，第137页。

⑥ 同上书，第139页。

上看来是稍晚一些的。

这不等于是最后坐实的结论。从殷代的礼器"双嘴龙母题"看，既然这一母题大量地出现于殷周的礼器上，由于礼器是用于祭祀的，其本身以及祭祀都具有一定的神性兼巫性，如果没有一定的关于"神"的人文意识，那么其祭祀本身以及礼器的铸造和供奉竟然如此必要，而且起源很早历时弥久，就都是不可思议的了。然而，那个在卜辞中多次出现的作为干支的"申"字的意义，难道真的与一定的神灵意识没有任何关系吗？

所谓干支，用以记日、记月、记年，其诞生的确切年代尚不可考。相传黄帝时代即有干支。《世本》云："荣成造历，大桡甲子。"《尚书正义》说，荣成氏和大桡氏"二人皆黄帝之臣，盖自黄帝以来，始用甲子纪日，每六十日为甲子一周。"黄帝是神话传说中的伟大人物，中国的许多文化、文明的发生，都归原于黄帝或黄帝时代的创造，干支的创造自无例外。不过干支的发明，一定是源于原始初民对于天象的观测和对天时的领悟。后代作为记日、记月、记年的干支方法本身，是颇为理性而实在的，但是不等于毫无神性与灵性可言。原始初民对于天象的观测，远不是理性至上的。所以他们心目中的天象，是具有神性与灵性的。《尚书·大禹谟》有"皇天眷命"与"天降之咎"的记言，这里的"天"象，与一定的天命意识相联系。甲骨卜辞中有许多关于"干支"的记录，卜辞是由于占卜而留下的刻辞，都与一定的神灵意识相关。因此，尽管卜辞中的"申"，仅具有干支意识，但是我们不能由此证明，这一个申字的意义与神的人文意识绝然无关。

从卜辞的申字像雷电闪耀（按："电耀屈折形"）的造型看，雷电作为一种天象，在初民的心目中，一定也是感到神秘而可怖的。无疑，甲骨文包括干支中的申字，显然与后世神的意识相勾连，可以说，许慎称"申，神也"，可谓的解。

神字从示从申。申是神的本字。这里的"示"，许慎说："天垂象，见（现）吉凶，所以示人也，从二。"[1]这里的所谓"二"，实际并非数字二，而是上下的上字，甲骨文写作◡，与下字（写作◠）相应。示字下部，表示古时被看作

① 许慎:《说文解字》，中华书局影印本，1963，第7页。

神秘的"日、月、星"之象。所以，示作为神字的左偏旁，其意义是具有一定的神性兼巫性的。在汉字中，以示为左偏旁的集群，如礼、禧、禛、祝、禘、祷、祈、祀、祭、祥、福、禖、祜、祉、祺、祇、禔、禅与社等字，都有祭祀、祝福天神地祇的意思。

中国文化中的神，具有"泛神"的特质，不像西方基督教上帝那样富于绝对的至上性和崇高性。关于西方的宗教之神，狄奥尼修斯说：

> 祂（按：这里指上帝）是存在的永恒，是存在的根源与尺度。祂先于本质、存在和永恒。祂是万物的创造源泉、中间态和终点。故而《圣经》把与各种存在相关的众多属性用来描述那真正的预先存在者。①

中国原始文化中，绝对没有像西方上帝那样的主神的绝对神性（按：基督教的基督，只是分享了上帝的绝对神性）。中国的神学殿堂"神才济济"，日神、月神、风神、云神、雨神、五方神、五佐神、山神、河神、土地神、谷神、花神，甚至还有宅神、门神与灶神之类。天是神、地是神、三皇五帝都是神，祖宗是神，甚至连人世间的圣人、贤人和英雄人物，死后也可以追捧为神，比如三国的关羽，就被后世尊称为"战神"，明代李时珍撰成《本草纲目》影响巨大，追认为"药神"，等等。总之，凡是被崇拜、敬奉的对象，或者是对自然界和人间社会危害与破坏力巨大而令人感到可怖的，都可以升格为神——善神或恶神。中国文化中的神，是非常普泛的，也就是说，它不是专一的。神谱的广泛性和包容性，说明中国神的神性，都不是绝对至高无上的。这正可证明神的意识和观念相对淡薄，没有经过西方那般严格的宗教汰洗。像西方基督教的上帝那样作为独一无二的存在，在中国先秦文化中，是找不到的。它们一脉相承地具有从原始神话、图腾与巫术那里所带来的神性、灵性与巫性的人文胎记。中国文化传统中，所谓"神不灭"的思潮源远流长。

> 夫神者何耶？精极而为灵者也。精极则非卦象之所图，故圣人以妙物

---

① （伪）狄奥尼修斯：《神秘神学》，包利民译，商务印书馆，2012，第60页。

而为言，虽有上智，尤不能定其体状，穷其幽致，而谈者以常识生疑，多同自乱，其为诬也，亦以深矣。将欲言之，是乃言夫不可言。今于不可言之中，复相与而依稀。神也者，圆应而生，妙尽无名，感物而动，假数而行。感物而非物，故物化而不灭；假数而非数，故数尽而不穷。[1]

中国文化承认"神性不灭"。然而，这种永恒"不灭"的神，在中国的哲学领域，一般尚未提升为世界一切事物的本原本体，它在哲学和美学的位格，始终没有如无极、太极、老庄之道与气那样的高妙。它往往只是用来指称政治圣王及其王权的人间地位，并且拿到天上去证明其合法性。作为描述艺术和美的最高境界，被誉为"神"（按：神奇、神妙之类）。但是这个"神"，并非能够等同于真正宗教意义的"神"。什么缘故呢？因为中国文化中的"神"的意识理念，没有真正将原始巫术、图腾与图腾文化传统中的"鬼"的意识因素汰洗干净，从而提升其绝对的形上性。

子曰："夏道尊命，事鬼敬神而远之，近人而忠焉，先禄而后威，先赏而后罚，亲而不尊。其民之敝，蠢而愚，乔而野，朴而不文。殷人尊神，率民以事神，先鬼而后礼，先罚而后赏，尊而不亲。其民之敝，荡而不静，胜而无耻。周人尊礼尚施，事鬼敬神而远之，近人而忠焉，其赏罚用爵列，亲而不尊。"[2]

这里，《礼记》将夏商周三代加以比较，"夏道尊命""殷人尊神""周人尊礼尚施"，三者是有区别的。而夏、周二代都"事鬼敬神而远之"，对于鬼神都采取了"亲而不尊"的态度，于是天下太平；惟有殷代对于鬼神"尊而不亲"，于是天下大乱。显然，这里《礼记》所肯定的，是夏周两代对于神（鬼）的"亲而不尊"。什么是"亲而不尊"？便是"事鬼敬神而远之"。这就是说，中

---

① 石峻、楼宇烈、方立天、许抗生、乐寿明编：《中国佛教思想资料选编》第一卷，中华书局，1981，第85页。

② 《礼记·表记第二十三》，杨天宇：《礼记译注》下册，上海古籍出版社，1997，第938页。

国文化的"心目"中，不是没有一点儿神（鬼）的地位，对于神（鬼），也是感到"亲"的，但是同时又要"远之"即疏远它，与神（鬼）保持一个适当的心灵距离。"事鬼敬神"是必须的，又同时必须保持若即若离的关系。这便是中国文化的一个特质，也是中国人的一种文化与生存策略。

鲁迅先生曾经激烈地批评中国文化的"不信"神与宗教。

> 然而看看中国的一些人，至少是上等人，他们的对于神、宗教，传统的权威，是"信"和"从"呢，还是"怕"和"利用"？只要看他们的善于变化，毫无特操，是什么也不信从的，但总要摆出和内心两样的架子来。①

虽然话说得有些愤激，其基本精神还是可取的。这种"事鬼敬神而远之"（按：在《论语》里，孔子的原话是："敬鬼神而远之，可谓知矣。"）、对于鬼神"亲而不尊"的文化立场和态度，究竟是什么原始文化及其文化环境才能得以养成的呢？

一言以蔽之，主要是由原巫文化而养成的。

中国原巫文化的立场和态度，其实就是"事鬼敬神而远之"而对于鬼神"亲而不尊"的。巫文化与宗教的区别之一，是对待神（鬼）的立场和态度上的不同。大凡成熟的宗教，都需一个主神以及诸神谱系，这以基督教为典型。一般宗教中与神相关的可能还有鬼，但是鬼始终不占主要地位。中国原巫文化，假如以宗教的标准去衡量它，往往是鬼、神一体的，有时以鬼代神。许慎《说文》释"鬼"，称"人所归为鬼，从人，象鬼头，阴气贼害"②。这可能原于《左传》："子产曰：'鬼有所归，乃不为厉。吾为之归也。'"③《墨子》有《明鬼》篇，主张"有鬼"论。书中多次说过，"以若书之说观之，鬼神之有岂可疑哉？"又

---

① 鲁迅：《马上支日记》，《华盖集续编》，《鲁迅全集》第三卷，人民文学出版社，1981，第328页。
② 许慎：《说文解字》，中华书局影印本，1963，第188页。
③ 杨伯峻：《春秋左传注》修订本，第四册，中华书局，1990，第1292页。

说："故武王必以鬼神为有，是故攻殷伐纣，使诸侯分其祭。若鬼神无有，则武王何祭分哉？""故古圣王治天下也，必先鬼神而后人者，此也。"①文中但称"鬼神"，这是因为在墨子看来，"鬼"与"鬼神"、与"神"是一个意思，此之谓"明鬼"。

朱自清先生说过，比如"《尚书》里的主要思想，该是'鬼治主义'，像《盘庚》等篇所表现的。"②历史上曾经发生的"盘庚五迁"③，是因为殷王和大臣迷信旧都风水不佳，有害于国运基业和黎民百姓。"盘庚迁于殷，民不（按：丕）适有居"④。中国文化的顽强传统之一，便是重祭。祭祀的对象便是鬼神。《礼记·祭法第二十三》云：

> 祭法：有虞氏禘黄帝而郊喾，祖颛顼而宗尧；夏后氏亦禘黄帝而郊鲧，祖颛顼而宗禹；殷人禘喾而郊冥，祖契而宗汤；周人禘喾而郊稷，祖文王而宗武王。
>
> 燔柴于泰坛，祭天也。瘗埋于泰折，祭地也。用骍犊。埋少牢于泰昭，祭时也。相近于坎坛，祭寒暑也。王宫，祭日也。夜明，祭月也。幽宗，祭星也。雩宗，祭水旱也。四坎坛，祭四方也。山林川谷丘陵能出云，为风雨，见怪物，皆曰神。有天下者祭百神。诸侯在其地则祭之，亡其地则不祭。⑤

祭祖宗、祭天地、祭时辰、祭日月、祭星辰、祭水旱、祭四方、祭风雨，等等，凡是认为神秘的对象，几乎无有不祭，真可谓有天下者"祭百神"矣。

---

① 《明鬼下》第三十一，《墨子间诂》卷八，《诸子集成》第四卷，上海书店，1986，第144、146、147页。

② 朱自清：《经典常谈》，《朱自清古典文学论文集》下册，上海古籍出版社，1981，第620页。

③ 《尚书·商书·盘庚上》，江灏、钱宗武：《今古文尚书全译》，贵州人民出版社，1990，第156页。

④ 同上。

⑤ 《礼记·祭法第二十三》，杨天宇：《礼记译注》下册，上海古籍出版社，1997，第788、789页。

凡是善性而佑助于人的，为神；凡是恶性而有害于人的，为鬼。所以在中国巫术中，请神和驱鬼的法术，都大行其道。而神与鬼的共同点在于巫。夏鼐说：

> 根据考古资料，在我国至迟在新石器时代人们已有灵魂不死的观念，当时埋葬死者还葬着生活用具和饮料食物，以便他们死后仍可享用。新石器晚期的陶且（按：祖）的发现，表明当时有生殖崇拜的习俗。
>
> 新石器晚期已有占卜术，我们在各地发现有卜骨和甲骨。到了殷商时代，占卜术更为盛行，有专职的贞人，卜骨或卜甲上还刻有文字。周代占卜衰落，但仍有少数占卜的甲骨出土。战国时代楚墓中的"镇墓兽"和漆器花纹上的的怪兽，是楚人"信巫鬼"的表现。[1]

其实在当时的墓葬中，有时不仅"还葬着生活用具和饮料食物，以便他们死后仍可享用"，而且更令人触目惊心的是人殉和牲殉。据有关考古发掘：

> 小屯宗庙区发现牲人遗骨673具（其中乙组基址641具，丙组基址32具——原注）；侯家庄王陵区祭祀场发现牲人遗骨3455具（包括第一次发掘估定的2000人——原注）；小屯、后冈、大司空村三个圆形祭祀坑发现牲人遗骨90具；殷墟墓葬中发现牲人遗骨260具，殉人遗骨282具。[2]

在建筑遗址的考古中，发现这么多的人、牲"遗骨"雄辩地证明，当时古人在建造宗庙、祭祀场、祭祀坑和墓葬等时，是怎样诚惶诚恐地将人、牲用作"祭品"，埋葬于宫室基址之下，以祈求善神保佑与驱除恶鬼。人殉、牲殉是殷墟文化的一个普遍现象。邹衡也说，如殷墟第三期建筑遗址，"有一个'奠基墓'，埋小孩1；有'置础墓'9，埋人1，牛33，羊101，狗78。""乙七基址，埋人1，牛10、羊6、狗20；七个'安门墓'，埋人18、狗2，人或持戈执盾，或

---

① 夏鼐：《敦煌考古漫记》，百花文艺出版社，2002，第147页。

② 黄展岳：《中国古代的人牲人殉》，文物出版社，1990，第107页。

伴刀、棍之类。"① 殷墟夯土台基的建造，也常常用人来"奠基"。一般是在台基的下层挖一个长方形的竖坑，把人的遗体用席子卷好填入坑内，再加以夯实。殷人坚信，这是为了建筑风水上的需要，表示对善神的献身与感激，令善神佑我而恶鬼远避。为了达到这样的目的，可谓不惜牺牲，以人、牲为祭，以血荐之。

中国文化中神与鬼的意识理念往往没有严格的区分，也可以从文字学角度略加考辨。

关于鬼字，许慎《说文》载有一个神字别体，其字体结构，为从鬼从申。许慎释为"从鬼申声"②，写作鬾。段玉裁说，这个神字别体，"神也。当作神鬼也。神鬼者，鬼之神者也，故字从鬼申。"③ 而申字，正如前述，在甲骨卜辞中指干支的十二地支之一，有神性、灵性与巫性的意义，它实际是后世神字的本字。可见这一别体，彰显了一个不容忽视的意义，就是在中国文化中，神性中含鬼性，鬼性中含神性，它与巫性相系。钱锺书先生曾经指出，古时往往"鬼神"浑用。

> 皆以"鬼"、"神"、"鬼神"浑用而无区别，古例甚夥，如《论语·先进》："季路问事鬼神，子曰：'未能事人，焉能事鬼？'"《管子·心术》："思之思之，思之不得，鬼神教之。"而《吕氏春秋·博志》："精而熟之，鬼将告之。"《史记·秦本纪》由余对缪公曰："使鬼为之，则劳神矣，使人为之，亦苦民矣……"④

这种"'鬼神'浑用"的文字现象，正可证明"鬼"与"神"的概念在中国文化的逻辑上未曾彻底分化，它体现了中国文化一向尚"巫"的特点，在先秦没有得到真正的宗教文化的严格洗礼，没有在文化位格上，以"神"区别于

---

① 邹衡：《夏商周考古学论文集》，科学出版社，2011，第79—80页。
② 许慎：《说文解字》，中华书局影印本，1963，第188页。
③ 段玉裁：《说文解字注》，上海古籍出版社，1981，第435页。
④ 钱锺书：《管锥编》第一册，中华书局，1979，第183页。

"鬼"或以"鬼"区别于"神",有时甚至在观念上,使"鬼"上升到主要的地步。"中国文化在这一面的情形很与印度不同,就是于宗教太微淡"①。中国文化观念中的神性是严重不足的,在印度佛教文化入渐中土之前,"神"与"鬼"往往纠缠不清。中国文化中的"神",并非伊斯兰教那样的"先知"。

> 像中东、伊朗或印度那种在社会上有势力的先知(Prophe-tie——原注),在中国是闻所未闻的。这里从来没有一个以超世的神的名义提出伦理"要求"的先知。中国宗教始终如一地不间断性地排除了先知的存在。②

这里暂且勿论所谓"儒教"是否是一种宗教,而马克斯·韦伯关于中国文化没有宗教"先知"的看法,是正确的。中国文化中的"神"与"鬼",都是由原始巫术、神话与图腾所哺育的,千百年间,没有也不可能褪去中国原始"信"文化的烙印。

第二节 中国巫文化的"灵"

与神(鬼)范畴相系的,是"灵"。巫灵、灵巫的意识理念,在中国原巫文化中体现得很是典型而突出。

灵的感应

英国文化人类学家泰勒首倡"万物有灵"说。③理解中国巫文化本质的关键之一,其实只是和鬼、神与巫观念相联系的一个字:灵。

---

① 梁漱溟:《东西文化及其哲学》,《梁漱溟全集》第一卷,山东人民出版社,1989,第441页。

② [德]马克斯·韦伯:《儒教与道教》,洪天富译,江苏人民出版社,2010,第151页。

③ 按:英国文化功能主义人类学家马林诺夫斯基说:"将宗教(按:实际指原始巫术等)加以人类学研究基础的人,当推泰勒(Edward B.Tylor,1832—1917——原注)。他底著名学说认为原始宗教底要点乃是有灵观(animism),乃是对于灵物的信仰。"(布罗尼斯拉夫·马林诺夫斯基:《巫术科学宗教与神话》,李安宅译,上海社会科学院出版社,2016,第4页)

灵，繁体写作靈。靈字从巫从霝。霝，雨霝也。由于繁体灵字从巫，显然是古人专门为了表达巫灵、灵巫的特殊意义，而创构的一个汉字。学界一般认为，在甲骨卜辞中，迄今尚未真正发现灵字。于省吾主编《甲骨文诂林》与徐中舒主编《甲骨文字典》等，都没有灵字的条目。何金松《汉字形义考源》一书，曾经将郭沫若主编、胡厚宣总编辑，中国社会科学院历史研究所《甲骨文合集》编辑工作组集体编辑《甲骨文合集》八九九六"从龟从雨"[1]的甲骨文字 𩇾，读为"灵"，但是这一文字是否确为灵字，学界意见尚为不一。

这当然不等于说，中国原巫文化不是以"灵"为其人文底蕴和灵机的。许慎以为，靈或从玉，并从巫的角度释读灵的字义，称"灵，巫以玉事神"，"灵或从巫"。[2]战国屈原《九歌·东皇太一》云："灵以蹇兮姣服，芳菲菲兮满堂。"这个灵，实际指女巫。《九歌·湘夫人》有"九疑缤兮并迎，灵之来兮如云"的歌唱，这里是指群巫之多。《诗经·大雅·灵台》有"经始灵台，经之营之"的歌吟。灵台是中国先秦的重要建筑类型，要建造得尽可能高巨，作为神性与巫性的祭天之需，自然不会是灵的缺席。考辨《周易》本经颐卦初九爻辞"舍尔灵龟，观我朵颐，凶"的灵龟之灵，为巫性之灵而无疑。龟是一种灵物，早在殷代先民就是十分虔信的，而对于牛骨等灵性的开始崇拜，还在龟甲之前的一些时候。否则就不会有甲骨占卜兴起而且繁盛于殷代的历史了。与灵相系的汉字有"雩"，《甲骨文合集》六七四〇有"戊戌雩示九屯"语。许慎释雩，称"夏祭乐于赤帝，以祈甘雨也"[3]。这是指以祭祀神灵的仪式来求雨，是巫术的一种。《左传·桓公五年》，有"龙见（现）而雩"的记叙，《礼记·月令》云，"仲夏之月"，"大雩帝，用盛乐"[4]。东汉郑玄注云："雩，吁嗟求雨之祭也。"大雩帝的大雩，指"作法"求雨的大巫师。帝，禘义，祭祀的意思。

与神（鬼）、巫一样，灵是中国原巫文化的核心意识。原始大巫以"有灵"自居，将世间的一切都看成是有灵即是有生命的而且神通广大。最初的巫术建立在灵与灵相互感应的联系上，他们将灵和日常生活的事件——狩猎、采集和

---

① 按：参见何金松：《汉字形义考源·释巫神灵》，武汉出版社，1996，第474页。

② 许慎：《说文解字》，中华书局影印本，1963，第13页。

③ 同上书，第242页。

④ 《礼记·月令第六》，载杨天宇：《礼记译注》上册，上海古籍出版社，1997，第256、259页。

捕鱼等劳动等联系在一起。一旦如此，巫术便有了一个产生的契机。由于坚信灵的随心所欲、反复无常即绝对的"自由"，初民会在整个生活过程中，不断地重复自己心中强烈的情感、联想、幻想和愿望，甚至以呼唤、叫嚣、诅咒与许愿以及夸张的表情、狂乱的歌舞动作，等等，来加强巫的灵力与效用，以便在公众面前树立一个神秘而权威的偶像，从而加强对于巫的信仰。

于是，最初的巫咒和巫性歌舞就诞生了。许多次的施巫"灵验"，初民对于巫术便深信不疑，强大而持久不衰的巫术传统就形成了；如果巫术失灵而心中之愿望不能实现，也不会去怀疑、反思巫术本身是否真的灵验，而只是检讨自己在施行巫术过程中的种种可能的失误。无论成功或失败，都归因于诸多巫术禁忌的严格遵守或是不遵守。严格、虔诚的仪式、过程及其咒语、歌舞和禁忌等，是早期巫术最基本的形态、特征，灵在其中，起了关键性的作用。中国巫文化的发展，主要是由对于灵的体验、认知的加深而生起的。所谓"自我之灵"和"万物之灵"，实际是同一个灵，灵不分内外，显示了初民巫性人文眼界的拓宽和巫术经验的积累。初民误认为，无论所谓成功或失败，都是由于灵的巫性之力发生作用或反作用的缘故。所以施行巫术时，情感和态度一定要绝对虔诚，种种禁忌必须绝对严格地遵循。对于初民来说，这个世界及其环境中到处是鬼神和精灵，它们的神秘莫测的超强灵力，隐匿在可感的形体之中。葛洪《抱朴子·至理》说："形者，神之宅也。"形也是灵之所在。所谓灵，是以物质形体为宅舍的，灵也存在、活动于虚空之中。灵是整个世界、事物、环境与人的命运存在、改变、走向和结局的人文根因。

中国原巫文化所坚信和奉行的，是普泛的拜灵主义。中国风水文化的所谓"四灵"，即左（东）青龙、右（西）白虎、前（南）朱雀、后（北）玄武，构成了一个巫性的"灵力场"。时当仰韶文化期的河南濮阳西水坡45号墓葬所出土的"龙虎"蚌壳所塑图形，虽然仅为"龙形在东，虎形在西"，却与后世的风水"四灵"观的"青龙、白虎的方位完全相合"①。地上的四灵，实际与天上二十八宿四个方位的分布相对应。东南西北每方七宿，作为神秘天象，与人事相感应，所依靠的便是灵。它是属巫的原始天文思想和思维的蒙起，此《易传》

---

① 李学勤:《走出疑古时代》，辽宁大学出版社，1997，第144页。

之所以说"天垂象，见吉凶"①。

在原巫时代，巫术一开始并非单纯是所谓"自我之灵"单方面对于环境的控制，而是灵与灵之间的一场"交易"。巫术的施行，没有灵的感应，是不可设想的。灵的结构，是"天人合一"的。灵有善、恶两种。善性巫术是善灵对善灵、善灵对恶灵的感应和争斗；恶性巫术是恶灵对恶灵、恶灵对善灵的感应和争斗。对于初民而言，所谓"自我之灵"，似乎是巫师能够自知即自我认同的，因为它就在他的心中。而所谓"他物之灵"虽然实际上就是巫师自己心中所想象的灵，然而人一旦处于逆境、遭遇巨大困难时，就通过虚幻的想象和幻想，将其自己所认同的灵，变成了异己性的灵，它好像是外在于我的、总是与我作对的，实际上所谓自我之灵与外在之灵，都是心造的幻影。于是，通过巫师的"作法"，来试图降服外在之灵或者献媚于它。如巫性祭祀，就是一种献媚方式。卜辞"乙卯卜即贞王宾报乙祭亡祸"②的"祭"，就是为了讨好鬼神、精灵而进行的。《说文》："祭，祀也。从示，以手持肉。"③有学者曾经说，实际上"甲骨文祭不从示，示为后加之意符"（按：但凡以示为偏旁的汉字的本字，都有祭祀、祝福等意思，但是它们作为本字，都不从示，示作为偏旁是后加的），甲骨文的祭字，写作𝄪𝄪，的确象"以手持肉"形，"或以数量不等之点象血点之形，会祭祀之意。"④此是。《礼记》所说的"礼"，不仅在其《月令》篇中，而且《祭法》《祭义》《祭统》等篇，都大讲巫性的"祭问题"。凡是祭礼，都是对于自然神灵和祖宗神灵的崇拜和献媚，都是对于神灵的感激与敬诚，以求得神灵的保佑从而趋吉避凶。《礼记》说："凡天之所生，地之所长，苟可以荐者，莫不咸在，示尽物也。外则尽物，内则尽志，此祭之心也。"⑤祭礼的施行，为的是巫性意义上的吉利与乐生。

诚然，巫术的主旨，是对于外在环境与对象的"控制"，但是这种控制，绝对不是单向的，实际上，是施行法术者（按：巫师、祭司等）与环境和对

---

① 《易传·系辞上》，朱熹：《周易本义》，怡府藏版影印本，天津市古籍书店，1986，第315页。

② 胡厚宣：《甲骨续存》一、一四八六，群联出版社，1955。

③ 许慎：《说文解字》，中华书局影印本，1963，第8页。

④ 徐中舒主编，常正光、伍仕谦副主编：《甲骨文字典》，四川辞书出版社，1989，第18页。

⑤ 《礼记·祭统第二十五》，杨天宇：《礼记译注》下册，上海古籍出版社，1997，第829页。

象之间的控制和反控制。这就是说，巫性之灵具有两重性。巫师等既是人又通神，他（她）本来是人这一点是实在的，而通神则是虚拟的。神汉巫婆称其自己有通神的本领，实际是对于神秘之灵的崇拜，只有在一个到处是绝对信仰灵的社会文化和环境中，巫师等通神的把戏，才不会被拆穿。这时，巫师等树立权威和偶像的心理基础，是灵。在一个信巫的环境中，巫师等的社会与文化形象，是半人半神的，巫师是神化的人、人化的神，他们抢占了社会信仰的高地，甚至可以耸动舆论，造成风气，成为神灵的代言人。巫是神与人之间的一个中介和"模糊"状态，富于非黑非白、又黑又白的文化的灰色。在人—巫—神—灵的四维结构中，巫是一种从人到神、从神到人之际传递灵之"信息"的特殊角色。

巫灵，既降神又拜神，既渎神又媚神，是一种神人合一的原始心灵结构。当然，这里的神，是与鬼在一起的。但是在巫文化的迷氛中，所谓人的自我之灵，始终占据了主导地位，这便是《尚书·泰誓》之所以说"惟人，万物之灵"[①]的缘故。

巫术之灵与宗教之灵

大凡宗教文化及其崇拜，蕴含着灵（按：也可以称为灵气）这一人文意蕴是其通则。西方基督教教义称上帝为"圣灵"（按：God the Holy Ghost），《圣经·创世记》说：起初上帝创造天地。地是空虚混沌，渊面黑暗，上帝的灵在水面上运行。上帝说"要有光"，于是便有了光。基督教有"灵感"（按：Inspiration，也称"默感"）说，指上帝与信徒在精神上所达成的感应和默契，认为《圣经》之所以成文，是因为作为信徒的《圣经》写作者，深受上帝之灵的召唤、启迪和抚爱的缘故，《圣经》就是上帝圣谕的记录。灵，在后起的宗教文化中显得特别活跃而重要。这正可证明，宗教之灵，主要源于巫术之灵（按：同时还有原始神话之灵和图腾之灵），并且超越了原巫之灵，而提升为宗教信仰及其哲学本体精神的人文内核。

---

① 《尚书·周书·泰誓上》，江灏、钱宗武：《今古文尚书全译》，贵州人民出版社，1990，第204页。

作为中国土生土长的宗教即道教，是一个尤为崇灵的宗教。道教早期经典《太平清领书》即《太平经》，首创"灵宝"一词，成为魏晋道教另一经典《灵宝经》流行和灵宝派创立的一个历史性契机，后世道教"三清"之说中的"灵宝天尊"即由此而来。什么是灵宝呢？"气谓之灵；精谓之宝。寂然不动、感而遂通曰灵；上无复祖、惟道为身为宝。""灵宝者，精气也。"①这指明了灵与气的内在联系。无论灵抑或气，皆源于巫。道教之所以大谈鬼神、灵异，施行斋醮、灵符与谶纬之类，是因为道教尤其未能脱净其文化母胎之一的原巫文化传统的缘故。道教崇尚神仙，其文化原型便是巫祝与神话的讲说者、图腾的崇拜者。鲁迅先生说："前曾言中国根柢全在道教，此说颇为流行。以此读史，有多种问题可以迎刃而解。"②鲁迅之所以说"中国根柢全在道教"，是因为他敏锐地看到了道教触及了中国文化的"根柢"主要在"巫"而且"中国本信巫"的缘故。

"中国本信巫"，使得道教文化带有过多的"巫术的孑遗"。《抱朴子》《太平经》之类，不乏有关"巫风鬼气"的叙述。道教尤其推崇符箓的所谓法力和灵力。据《正统道藏》所载，后世道教保存了属巫的许多关于"请神"的符箓仪式，诸如"净坛符""敬香符""献酒符""急救符""召万灵符"与"百无禁忌符"等，祛灾有"解厄符""解三灾符""解四煞符"与"解冤结符"等，都被看成是绝对"灵验"的。似乎世间一切矛盾、困难、苦厄甚至死亡，都可以因符箓的施行而消解殆尽。如所谓"驱鬼符"的"功能"是，制百邪百鬼及老精魅，持符、执剑，瓮中盛水，口念咒语，于中视其形影。凡行出入，率逢非常怪物，于日月光中视其形影，以丹书制百符，浮于瓮水之上，邪鬼见之，皆自然消去矣。这便制造了无数迷信的无有不灵的宗教神话，可以让信徒深信不疑的，这实际与崇拜巫术之灵没有多大区别。道教以老子为教祖，将哲学的老子变成了道教的太上老君。而老子哲学、道教老子的文化之根，其实主要是种植在原巫文化的土壤之中的。

老子哲学，自当是对于巫术等原始文化和精神意蕴的超越，但是它依然带

---

① 陈观吾：《度人经注解序》，《道藏》第二册，文物出版社，1988，第392页。
② 鲁迅：《致许寿裳（1918年8月20日）》，《鲁迅书信集》上卷，人民文学出版社，1976，第18页。

有某些巫文化的胎记。通行本《老子》第二十一章云："道之为物，惟恍惟惚。惚兮恍兮，其中有象。恍兮惚兮，其中有物。窈兮冥兮，其中有精。"①这一关于"道"的描述的"物""精"的原型，显然还是那个似乎神出鬼没的灵。作为哲学的道，所以是"惟恍惟惚"的，是因为在道中还残留着"象""物""精"等因素的缘故，所以老子之道，并非绝对形而上、绝对纯粹的，毋宁可以说，还残留着巫性文化的一些残余。

这涉及原巫文化与宗教以及作为"准宗教"的中国先秦儒家"史"文化的关系问题。马林诺夫斯基说："巫术与宗教都是起自感情紧张的情况之下"。"因为在理智的经验中没有出路，于是借着仪式与信仰逃避到超自然的领域去"。又说，"巫术与宗教都严格地根据传统，都存在奇迹底氛围中，都存在奇迹能力可以随时表现的过程中。巫术与宗教都被禁忌与规条所包括，以使它们底行动不与世俗界相同"②。此言是。

巫术与宗教，都宗于"有灵"的超自然观，都包含非理性而悖于理智的因素，都严守传统与相信奇迹，都不敢逾越禁忌和规矩而坚守信仰，等等。然而，巫术与宗教的同中之异，又是显然的。

弗雷泽说："我所谓的宗教，是被认为能够影响和控制自然与人生进程的超自然力量的信仰或抚慰。这就将宗教分为理论与实践两大方面：一是对超自然力量的信仰；二是讨神欢心、安抚愤怒。显然，信仰是先导，若不相信神的存在，就不会想要取悦于神了。当然，如果这种信仰并没有带来相应的行动，那它便只能被定义为神学，而不是宗教。"③

这里，可以将巫术与宗教加以简略的比较。

巫术与宗教，都属于人类"信文化"的一种，但是在文化品位上，宗教显然要比巫术高级得多。巫术信鬼神、精灵与吉凶休咎之兆等，宗教所信仰的是

---

① 《老子》第二十一章，王弼注：《老子道德经》上编，《诸子集成》第三册，上海书店，1986，第12页。

② ［英］布罗尼斯拉夫·马林诺夫斯基：《巫术科学宗教与神话》，李安宅译，上海社会科学出版社，2016，第108页。

③ ［英］詹姆斯·乔治·弗雷泽：《金枝》上册，陕西师范大学出版总社有限公司，2010，第56页。

教主、诸神、彼岸（天国）与教义等。然而两者信仰的人文内核，都是基于灵的。巫术之信，即贯彻于拜神又贯彻于降神的全过程中，属于相对的信仰，巫术既信灵力又信人智；宗教之信，为绝对的信仰。如果说，人在巫术中在神灵面前仅仅是半跪的话，那么宗教的信仰，就是向神、上帝的双膝跪下。从巫术崇拜到宗教崇拜，人相对的软弱无力，变成了绝对的软弱无力。宗教的"神是非人格的，或者说是超人格性的，因为人格由于是某种确定性的东西，似乎是有限性的，而知的神性却是无限的"①。这里所谓"神是非人格的""超人格的"，实际指神格，具有无限性。而且，具有神性的宗教规范和践行，往往都是一种成系统甚至成体系的理论形态，比如基督教、佛教的教义就是如此。巫术尽管是一种意识与有理念的行为，它也有一定的思想和信仰，然而没有建构起相应的理论系统。宗教信仰本身是非理性的，而宗教信仰以及有系统的理论形态的建立，还有上帝这一宗教主神的被创造，却是基于理性的，所以西方学者说，但凡宗教，都是某种意义上的"理性的胜利"。

正因如此，宗教有其自己的一定内在的"自我解构"的力量，或者不妨可以说，宗教有一定的自我反思的精神，而巫术并非如此，它只是依靠传统的力量而代代相传。当然，随着时代的发展，由于其外在的科学等因素的进步，巫术也在不断的消解之中，或者改变其存在方式，然而正如宗教一样，它是永远不会彻底消亡的，这是因为人类所面对的，总是有不可克服的生存困难甚至遭遇悲剧的缘故。

巫术是人类企图解决所遭遇的生活、生存的难题而诞生的，孜孜以求的是一定的"实用功利"。它虽然有一定信仰即相信神、鬼与灵的存在及其巨大作

---

① ［美］休斯顿·史密斯：《人的宗教》，刘安云译，刘述先校订，海南出版社，2013，第33页。按：这里所谓"知的神性"，指"理性"的神性。西方一些学者认为，比如基督教的诞生与盛行，是"理性的胜利"，而并非非理性的泛滥。美国学者罗德尼·斯达克说："奥古斯丁承认，'信仰（按：指基督教信仰）必须先于理性，对心灵进行净化，使之做好接受理性的强大光芒的准备。'他接着又说，尽管'在一些不能把握的重大时刻，信仰先于理性，那说服我们相信这一点的一小部分理性，却必须先于信仰'。经院学者对理性的信仰比今天大多数的哲学家更坚定。"其实，这也便是"知的神性"（见罗德尼·斯达克：《理性的胜利——基督教与西方文明》，管欣译，复旦大学出版社，2013，第6页）。

用，但是巫术对于人类的终极关怀提不出什么中肯的意见。或者可以说，在巫术"思想"中，没有终极关怀这一维，它的人文智力，尚没有能力具备如此抽象的形上思维。而宗教则更多地出于灵魂的抚慰、向往终极的精神需要。"巫术要早于宗教登上历史的舞台。巫术仅仅是对人类最简单、最基本的相似联想或接触联想的错误运用；而宗教却假设自然的背后还存在着一个强大的神。很显然，前者要比后者的认识简陋得多。后者认定自然进程取决于有意识的力量，这种理论比那种认为事物的发生只是由于互相接触、或彼此相似的观点深奥地多。"[1]显然，巫术与宗教的区别之一，在于两者远不在同一历史与人文水平的文化智慧及其理性深度中，前者的粗浅与后者相对的精致，尚不可同日而语。当然，由于宗教源于原始巫术、神话与图腾等原始"信文化"，因而巫术、神话与图腾等文化因素与传统，在一定程度上又在宗教文化中得以延续或者变形。

从人文思维角度分析，巫术与神话、图腾等，都是原始意义上的"天人合一"的文化形态。《尚书》所说的所谓"八音克谐，无相夺伦，神人以和"，首先体现在原始巫术的文化形态之中，当然也存在于原始神话与图腾文化之中。我们常说巫术是灵力与人智的结合（按：同时是对抗与妥协），这对于中国原始文化形态而言，实际主要指巫术的天人合一这一文化方式。在人类文化史上，最原始的天人合一，其实也或多或少地存在巫术文化之中。宗教也是崇尚天人合一的，不过，它往往意味着信徒对于教主的服膺及其对于教义的皈依，信徒的崇拜宗教主神及其诸神，更多的是信徒发自内心的"爱"，但在信徒与神之间，依然保持着一定的心灵距离。

《人的宗教》说：

> 水能把自己喝干吗？
> 树能尝到它们自己生长的果实吗？
> 崇拜神的人必须跟它分得一清二楚，
> 只有这样他才能知道神欢乐的爱；

---

[1] ［英］詹姆斯·乔治·弗雷泽:《金枝》上册，陕西师范大学出版总社有限公司，2010，第60页。

因为如果他说神跟他是一，

那欢乐、那爱，就将即刻消失掉。

不要再祈求与神为一了，

倘若珠宝和镶嵌是一的话，那么美丽何在？

热和荫是二，

若非如此，哪来荫的舒适？

母亲和孩子是二，

若非如此，哪来的爱？

当分割开来之后，他们相遇，

他们感到多么的欢乐呀，母亲和孩子！

倘若两者是一，何来的欢乐？

那么，不要祈求完全与神合一了。[①]

  神和信徒的关系，首先好比"母亲和孩子是二"，必须"分得一清二楚"，因为只有首先是二，尔后才能谈得上合二而一，才能谈得上神对信徒的爱以及信徒对神的爱，如果原本"两者是一"，在基督教看来相互之间的"欢乐"也就不存在了。

  同时，巫术的禁忌多如牛毛，有许多所谓禁区，人通过巫术的种种仪式约束自己的思想、言语和行为，是不得已而为之的，为的是能够确保施巫的所谓灵验与成功，达到对他人和环境的控制。宗教的戒律也很多，而且也很严格，它是宗教生活的重要部分，它源于巫术的禁忌，从而提升为宗教戒律。然而，宗教戒律具有严肃的种种规定，要求信徒自觉遵守，有些是强迫性的，是启悟信徒的自觉性与强迫性相结合的。首先是严格，所以树立一定的规矩是必须的，在外在强迫的前提下，通过修持逐渐转变为信徒出于内心的自觉自愿，则意味着宗教修行的成功。宗教规条的严肃性与强迫性，体现了神的意志与崇高权威，神圣不可侵犯。

---

① ［美］休斯顿·史密斯:《人的宗教》，刘安云译，刘述先校订，海南出版社，2013，第34页。

中国以巫卜、巫筮为代表的巫文化而尤其是后者，可以说是世界上发展得很高级的一种原巫文化形态。卦爻符号系统和卦爻辞的文脉联系，构成了世上独一无二的象数体系。象数原本蕴含着可以发展为阴阳哲学的文化基因，"吉凶"作为二元对待之巫性的人文心灵的根因，凝聚为灵，达到阴阳哲学的本体即气的程度。可是中国哲学的气，并非西方基督教那般的上帝，它是拖着巫性之长长的人文阴影的。

一般而言，从原巫文化走向宗教，是人类文化历史发展的一般通则，如犹太教、基督教、伊斯兰教与印度教、佛教等，大抵都是如此。中国文化实在有些特别。大致始于老聃、孔丘之春秋末期至战国中国文化的所谓"理性化"①时期，中国文化完成了主要由巫向"史"的历史性转换，这便是雅斯贝尔斯所说人类"轴心时代"所发生的"中国事件"。

"史者，巫也，史是从巫中发育、分化出来的。"②这有两个阶段：其一，"巫史"。以施行巫术、从事占事为主，兼擅"史"事。陈梦家说："祝即是巫，故'祝史''巫史'皆是巫也，而史亦巫也。"③其二，"史巫"。"史"由巫转化、提升而来。史者，史官之谓，是参与、辅佐甚至主持朝廷、王府种种政事的人

---

① ［德］马克斯·韦伯：《中国的宗教 宗教与世界》，康乐、简惠美译，广西师范大学出版社，2004，第309页。按：韦伯说："要判断一个宗教所代表的理性化水平，我们可以运用两个在很多方面都相关的主要标准。其一是：这个宗教对巫术之斥逐的程度；其二则是它将上帝与世界之间的关系以及它本身对应于世界的伦理关系，有系统地统一起来的程度。"又说："就第一点而言，禁欲的基督教所具有的种种印记，表示其已进入到（斥逐巫术——原注）的最后阶段。基督教最具特征性的形式已将巫术完全彻底地扫除尽净。原则上，连在形式已被升华的圣礼与信条里，巫术也被根除了，以至于严谨的清教徒在自己心爱的人被埋葬入土时都不行任何仪式，为的是要确证迷信的完全摒除。就此而言，这表示斩断了所有对巫术运作的信赖。"（该书第309—310页）一些中国学人根据韦伯的关于"理性化"的见解，也说中国先秦春秋战国时期，由原巫等文化形态转嬗的"史"文化，也是一个"理性化"的过程，好像中国的"史"文化也是与西方基督教一样的"理性化"。其实，这是误读了韦伯的见解。中国的"史"文化，固然具有"理性化"的因素，但是不能等同于西方的"理性化"，中国的"史"文化，并没有像西方的基督教那样，"将巫术完全彻底地扫除干净"。

② 王振复：《中国美学的文脉历程》，四川人民出版社，2002，第27页。

③ 陈梦家：《商代的神话与巫术》，《燕京学报》1936年第8期。

物。《礼记·玉藻》说："卜人定龟，史定墨。"杨天宇解读为："卜人，为君掌卜事之官。定龟，据孔《疏》说，龟甲有多种，占卜不同的事项当用不同的龟甲，故须定之。"又，"据江永引吴氏说，灼龟甲后，由史官用墨涂其坼裂处（即所谓兆纹——原注），其裂广而深者，则墨可渗入而显，其裂细微者则墨不可入而不显，然后根据其显裂之兆纹以断吉凶"[1]。继而，在龟甲占卜之后，将卜辞镂刻于龟甲最后加以收藏，这是由巫而来的"史"的工作。后来，"史"的职责有了转移和专业化，由单纯从事巫"墨"的事项等，逐渐成为一个在帝王之侧"记事""记言"的角色，同时仍旧兼擅巫事。《礼记·玉藻》说，有关封建帝王的言行，是专门由史官来加以记录的，有了明确的分工，此即所谓"动则左史书之，言则右史书之"[2]。这便是许慎《说文解字》所说的"史，记事者也"[3]。故而，后世的史官以及辅佐帝王的宰相等人物，实际原于巫。

"巫史"与"史巫"二者在文化本质上区别不大而所从事的"事业"有别，它昭示了由巫到史的历史与文化过程。"巫史"在前，"史巫"在后。"史巫"是周人对于巫师的称谓。"但周人将'史'置于'巫'前，称'史巫'而不称'巫史'，却大可注意。"[4]这是为什么呢？因为，从"巫史"到"史巫"的转变，后来逐渐形成了一个中国独特的所谓"巫史传统"的文化景观。

中国文化在"轴心时代"由"巫"向"史"的转嬗，是中国历史、文化的必由选择。

虽然中国文化曾经经历过与世界其他一些民族同样的"轴心时代"，可是中国"精神上的重大突破"，并非表现在形上地创造一个西方上帝那样的宗教主神、诸神体系和彼岸世界，而是由"巫"走向"史"，即直接从巫文化与神话、图腾等文化形态，开启了一个中国式的道学、礼学、仁学与心学的新时代，且绵绵瓜瓞影响深远。这一"重大突破"，实际上并非真正地走上西方宗教那般的"外在超越"的道路，只能说是实现了心灵的"超脱"。李泽厚先生说："没有上帝信仰的中国学人大讲'内在超越'，又能'超越'到哪里去呢？这种

---

① 《礼记·玉藻第十三》，杨天宇：《礼记译注》上册，上海古籍出版社，1997，第495页。

② 同上书，第492页。

③ 许慎：《说文解字》，中华书局影印本，1963，第65页。

④ 汪裕雄：《意象探源》，安徽教育出版社，1996，第96页。

所谓'内在超越'，平实地说，大多是一种离弃世俗的心境超脱，少数是某种神秘体验。"①此言是。

中国文化之所以未能创立一个形上之上帝，其主要的原因，是因为巫文化传统及其思维在追求"实利"上过于强大而执拗的缘故。凡事力求其实用，实用便是这一伟大民族的心灵一贯的强烈的归趣。崇尚实用性的生活经验与尊重"实用理性"，是这一民族之基本的价值观。从文化根源上说，"实用理性"，主要由原始巫术所孕育和培养。"实用理性"源远流长，它熔铸在民族文化的灵魂骨髓之中。这一文化意识、理念和精神，自古以来作为依据和出发点，缺乏向往、提升至彼岸、天国之足够强大的精神"超越"的原动力。

先秦儒、道两家文化，之所以终于将大致在两汉之际东渐的印度佛教逐步"中国化""本土化"，是在史前原巫文化与神话、图腾的历史与人文前提下进行的，尤其居于基本、主导地位的原巫文化传统，总在发挥它那超稳定的心灵结构及其功用。

儒家推崇礼乐、仁德，这是由于继承、发扬了原巫文化传统的缘故。儒家所谓礼的本始意义，指初民在原巫文化中献祭于天帝与鬼神（按：包括祖神）的祭礼，其文化内核是巫性的灵的感应与交流，本具神与人之间的阶差与等级意识。原本的乐，指巫者（按：有时也包括神话的讲说者和图腾的崇拜者），献祭于神灵所举行的仪式和请神、召神、娱神、降神等的乐歌、乐舞，这其实本是巫性、神性与灵性"施法"的文化仪式。所谓仁德之仁，孟子释为"仁者爱人"②自当不错，然而"仁"的发生之初，本指人对于神灵的"爱"。儒家治理天下、社稷、家国与修持自身人格，推"仁德"人治为上，作为人际道德及其践行，其原初的文化基因，主要是由巫术所培育的吉善的意识与巫者向善的道德巫格的养成。

《老子》（王弼注本）云，道兼四重意义："可以为天下母"（本原，见《老子》第二十五章）；"道法自然"（本体，见《老子》第二十五章）；"反者，道

---

① 李泽厚：《由巫到礼 释礼归仁》，生活·读书·新知三联书店，2015，第126页。
② 《孟子·离娄章句下》，焦循：《孟子正义》卷八，《诸子集成》第一册，上海书店，1986，第350页。按：孟子的原话是："君子所以异于人者，以存其心也。君子以仁存心，以礼存心。仁者爱人，有礼者敬人。爱人者，人恒爱之，敬人者，人恒敬之。"

之动"（规律性，见《老子》第四十章）；"道生之，德畜之"①（形上之道最终落实于形下之德，见《老子》第五十一章）。道的第四种意义，便是《老子》哲学的目的论。战国中期太史儋所编纂的通行本《老子》②的哲学之道，宗"玄无""虚静"与"阴柔"的意义，而一般未染宗教的风色，它实际是以相对性的形上之道，来言说"致用"的合法性和合理性。起于东汉的道教，以哲学的老子为教主，其仪规、践行有太多的巫术孑遗，它不是西方那样典型的宗教样式。

"它就在近处，的确就在我们身边；不过却是难以捉摸的，一种你伸手去拿却拿不到的东西。它似乎如无限的极限那样地遥远，可是它却不远；每一天我们都在用它的力量。""它去了，可是并没有离开。它来了，却又不在这里。它是无声的，不曾发出可以被听见的音符，可是突然之间我们发现它就在我们心中。"③这个"它"指什么？指老子所说的"道"。这个"道"神通广大，它的文化原型，实际是巫性之灵。西方学者根据《老子》本义所描述的"道"，是诗性与巫性双兼的，依然保留了道、灵"在""我们身边"的生活，而且每日"在用它的力量"影响我们的人文生活。这一生活，的确主要是由原巫之灵所种植的。

笔者一直以为，"做怎样的人以及怎样做人"，是先秦儒、道学说的共同主题；处世为人，讲究"实际"效用，是儒、道两家所共同追求的人生目的，仅仅其角度、品格、程度与方式不同罢了。中华强大而悠久的巫文化传统，由于其原始理性一开始就钟情于"实用"，难以由此有宗教的创立所必须的形上理

① 《老子》上篇，王弼注：《老子道德经》，《诸子集成》第三册，上海书店，1986，第14、25、31页。
② 按：据考古，1993年10月，在湖北省荆门市沙洋区四方乡郭店村出土的楚简本《老子》，是迄今所发见的最古的《老子》抄本，通行本（今本）《老子》，为战国中期太史儋所编纂。"据《史记·秦本纪》'十一年，周太史儋见献公'之记可知，这位编纂通行本《老子》的太史儋与秦献公同时。献公十一年，即公元前374年，处于战国中期，离老聃所处的春秋末期约百年时间。"楚简本《老子》的篇幅，只有通行本《老子》的五分之二。通行本《老子》与楚简本《老子》在论"道"问题上的见解与归趣大相径庭。（请参见拙文：《郭店楚简〈老子〉的美学意义》，《学术月刊》2001年第11期）
③ ［美］休斯顿·史密斯：《人的宗教》，刘安云译，刘述先校订，海南出版社，2013，第190页。

性与灵魂的"超越",这便使得由巫到"史",成为中国历史与人文的必然。

从原巫文化走向宗教的另一个重要条件,便是原巫须具备充分的非理性基因与迷狂意绪。宗教由原始巫术与神话、图腾等文化发展而来,从原巫崇拜到宗教崇拜须有一条牢不可破的情感、意绪之链。原巫的迷狂与激情,作为宗教由此而起的心灵助推器,必不可缺。

不能说中国原巫文化没有属于非理性的情感意绪,否则,巫术本身便不可能诞生与发展,须知情感因素是巫术得以发蒙、育养的重要心灵条件之一,是不可或缺的。问题是,从考察中国巫术文化的基本特征可知,其情感意绪的含蕴与方式,确实是相对平和、冷静而一般并非极度迷狂的。或者可以说,中国原巫文化,是倾向于"日神"型而不是"酒神"型的。一个远古欧洲原始氏族的农夫,可以为祈求丰年而在田野里日夜蹦跳,他坚信,自己能跳多高多久,那么他的庄稼便能长多高,而年年丰收便能保持长久,于是竭力蹦跳,直到筋疲力尽昏死过去,这才意味着"作法"的"成功"和"灵验"。一个非洲原始部落的男子成丁礼,以一二百根钝而糙的骨针满刺全身,最后一根要横穿舌头,其痛苦之极无可比拟,就看这位青年能不能拼死抗住,如果抗住了,就是巫术的大获成功,从此便有神灵的无比之力灌注于男子的身心,变得战无不胜。初民坚信,这样做一定会感动神灵、受神灵的怜悯而施恩于人类。这一类巫术,残酷的程度与精神意绪的迷纷狂乱、惊心动魄,在中国古代一般是极其少见的。虽然,比如中国神话传说有无头颅的"刑天"狂舞"干戚"的巫术,确也曾经有过情绪趋于狂热的"厌胜"类的"黑巫术",甚而有"取人性命"的蛊术、邪术与咒术等,在历史上不绝如缕,然而总体来说,中国古代巫术是以"白巫术"为主流的,而且起源悠久、历时弥远,具有普遍性。最典型的,便是盛行千百年之久的殷代占卜和周代占筮,还有日占、星占、风占、候占、梦占、祭祀、堪舆和骨相等,这些都是善意的"白巫术"。其施法时,人的心情都是相对平和而且很虔诚的,其仪式一般都慢条斯理、温文尔雅,那些以甲骨卜、《周易》占筮的巫者,大有"君子风度",其主旨在于趋吉避凶、祈求平安,是善意地面对世界的挑战,而企图解脱苦厄以求自保,不是要主动出击去攻击别人。而且巫术的所谓"感应",既是天道影响人道、又是人道影响天道的,强调巫者个人的道德操守,道德操守良善,才有可能保证巫术的"成功"与"灵验"。这类巫术，是灵与灵的交相回互，将天之所以灾变的原因降罪于人，归于人道忤逆的巫例，早在《尚书》和《周易》中就有记载。

一般宗教文化，都具有强烈而深沉的苦乐意识。基督教有对天国的无限憧憬。《新旧约全书·彼得全书》这样描绘天国：黄金铺地，宝石盖屋，眼见美景，耳听音乐，口尝美味，每一官能都有相称的福乐。《新旧约全书·马太福音》有所谓"真福八端"说："虚心的人有福了，因为天国是他们的"；"哀恸的人有福了，因为他们必得安慰"；"温柔的人有福了，因为他们必承受地土"；"饥渴的人有福了，因为他们必得温饱"；"怜恤人的人有福了，因为他们必蒙怜恤"；"清心的人有福了，因为他们必得见上帝"；"使人和睦的人有福了，因为他们必称为上帝的儿子"；"为义受逼迫的人有福了，因为天国是他们的"①。上帝的"福音"，是信众无限福乐的不尽源泉。基督教教义说，天堂福海无比深广而崇高，信众在未受洗之前原本的罪错、苦厄，却是无比深重的，天国的无限福乐，便是信众原罪的解构之力。至于佛教教义，也一再地宣说，"从是西方过十万亿佛土，名曰极乐"；"极乐国土，有七宝池、八功德水，充满其中。池底纯以金沙铺地"；"池中莲华，大如车轮。青色青光，黄色黄光，赤色赤光，白色白光，微妙香洁。"②凡此宗教天国、彼岸的许多无上幸福欢乐以及死灭之绝望的人文胚素，其实早在一些从善的原始巫术文化中存在了许多个世纪，只是程度不一而且通过有关宗教教义将其系统化、理论化和审美化了。

在原巫文化中，巫者的苦乐，来自其对于巫术成败的绝对自信或不自信。巫文化肇始于人类童年稚浅的心智及其不成熟的情感因素等，他们坚信自己就是神灵、神灵就是自己，灵是神、人之间的共通因素，于是便不知天高地厚而坚信自己无所不能。盲目的自信，催激起巫性的心灵、心境与心态的巨大快乐，从而憧憬未来而实际是虚幻的梦境。巫术"带给人们同样强烈的吸引力，把美好未来的憧憬化作双翼，去引诱那些疲倦的探索者和追求者，带他穿越密布的乌云和失望的现实，翱翔于碧海蓝天，俯瞰天国（按：这里的所谓"天国"，

① 按：参见卓新平主编：《基督教小辞典》（修订版）关于"八福"的条目，上海辞书出版社，2008，第355页。在基督教教义中，所谓"八福"，也称"真福八瑞"。
② 《阿弥陀经》，鸠摩罗什译，黄智海白话解释，上海古籍出版社，2014，第33、44、47页。

是喻指，并非宗教意义上的）美景。"①

巫术"施法"的失败，总是让人吃尽了苦头，甚而让巫师为此付出生命的代价。尽管人类曾经几乎无有不卜不筮的，总要试试自己的命运究竟如何，企图不费吹灰之力而令人间的一切苦难迎刃而解。可是残酷的现实处境，总是困难无数，生死未卜，举步维艰，苦痛不堪。巫术禁忌的多如牛毛，正是人类所面临之无数艰难困苦如大山压顶的一大明证。基督教《旧约》教义称亚当夏娃偷食禁果，从而犯下天条而所称的"原罪"，实际曾经是人类原巫文化一个重大禁忌的宗教说法。正因人类所遭遇的困难和死灭无有穷时，所以巫术的禁忌是永不可废除的。

与西方相比，中国文化有所不同。中国的"史"文化在这一点上，乐观地继承了原于巫文化等的所谓"乐生"性，而将人生所遭遇的无尽死苦，大致地遗弃在历史的尘埃里。

据不完全检索，甲骨卜辞有"生""乐"②二字，有"死"③字，但未见"苦"字。可见，中国人关于"生""乐"与祈求"不死"的意识意绪发蒙较早。虽然有"死"这个字，而占卜的目的，是希望人自己能够"不死"。至于"苦"的意识意绪，尽管其启蒙也是较早的，但是在卜辞中是否已经存有，可以阙疑。这或许可以证明，在中华原始文化中，初民以"生""乐"为主流意识，而有关"死""苦"一类的意识，不一定已经体会得强烈而深切，或者可以说，在一定程度上，诚然深切地体会到苦难与死灭，却采取了力图回避的人生态度，这也便是所谓巫术的"趋吉避凶"。其原因之一，大约正是由于顽强而持久的巫文化以及巫性意义的盲目自信与乐观所遮蔽的。

作为中国"史"文化的重要文本、大致成篇于战国中后期的《易传》，曾经反复论及有关"生"之"乐"这一关乎中国文化全局性的问题，如"天地之

---

① ［英］詹姆斯·乔治·弗雷泽：《金枝》上册，陕西师范大学出版社有限公司，2010，第55页。
② 按：郭沫若：《殷契粹编》"其获生鹿"；罗振玉：《殷虚书契前编》"乙未卜在乐贞王步亡灾"。
③ 按：郭沫若主编、胡厚宣总编辑，中国社会科学院历史研究所《甲骨文合集》编辑工作组集体编辑：《甲骨文合集》四七〇："贞不死"，中华书局，1978—1982。

大德曰生"① "生生之谓易"② 与 "乐天知命故不忧"③ 等便是。这是将 "生" 与 "乐" 看作易理的根本。其实，如果说 "生生之谓易" 这一命题具有真理性的话，那么，"死死之谓易" 这一命题，也是具有真理性的。可是，《易传》的 "史" 文化意识，是尽可能忌言 "死" 的。为什么？在原巫文化中，"死" 是不吉利的，应当尽力避免，导致在《易传》中，将 "死" 打入了 "另册"。《易传》说到 "生" 的地方甚多，只有一处说到 "死"。此即 "原始反终，故知死生之说"④ 一语。这是将这一问题的逻辑原点设定于 "生"，仅将 "死" 看作天下、家国与人生的群体生命的一种 "暂态"，从人的群体生命来看，"子子孙孙未有穷尽矣"。这一 "死生之说"，确实与文化性格独特的中国巫术文化总也自信地钟情于 "生" 之 "乐"、力避 "死" 之 "苦" 一脉相承的。

世界上，有的民族文化以 "死" 为思之原点；有的以 "生" 为思之原点；有的综合 "生、死"，抑或以 "生" 为主结合于 "死"，或者以 "死" 为主结合于 "生"，来思考生死问题，等等，它们作为民族之不同的文化基因，会在整个民族文化的园地上，开放出各自不同的灿烂之华。中国文化的基型，确是以 "生" 为思之原点的。这种原点，早在原巫文化中，已经存在。中国文化的基因偏重于巫性，巫所做的事情，总在于趋吉避凶即趋生避死，所以这个思之原点，在很大程度上，培育了中国人 "乐生" 的文化性格与传统。所以如西方基督教那样的宗教，就难以在古老的中华大地上诞生。正如梁漱溟先生在近百年前说过的那样，"中国文化在这一面的情形很与印度不同，就是于宗教太微淡"。什么缘故呢？因为中国原巫文化实在太顽强、太持久了。

原巫之灵："科学的'伪兄弟'"

弗雷泽说："巫术最致命的缺陷，在于它错误地认识了控制规律的程序性

---

① 《易传·系辞下》，朱熹：《周易本义》，怡府藏版影印本，天津市古籍书店，1986，第322页。
② 《易传·系辞上》，朱熹：《周易本义》，怡府藏版影印本，天津市古籍书店。1986，第295页。
③ 同上书，第292页。
④ 同上书，第291页。

质，而不在于它假设是客观规律决定事件程序的。""它们是对思维两大基本规律的错误运用，即错误地对空间或时间进行'相似联想'以及'接触联想'。"并说，"联想得合理，科学就有望取得成果。稍有偏差，收获的只是科学的伪兄弟——巫术。"①巫术与科学的关系十分微妙。原巫作为一种"信文化""伪技艺"，本质上无疑是反科学的。巫术总是发生、存在于知识、科学达不到的地方，巫术对于知识与科学，是敌对的。然而，巫术又并非有意要与知识、科学为敌，仅仅因为初民的智力十分低下，却又要试图改变人自身的命运、控制其所处的环境，便只能借助灵力以及在与神灵感应、感召的条件下，通过巫的"法术"，以求达到人自己的目的。

但是巫术文化，一定意义上又往往是知识与科学的同行者，有相邻的地方。两者都尊重经验与因果律，都承认事物运行的规律性，都坚信人类可以把握必然而达到其自己的目的，等等。

巫术与科学的分野在于：

其一，巫术始终处于经验与错误因果律的错误认识之上；科学从经验出发，尊重经验，标立理性，遵循事物之间的本然联系和因果律、矛盾律与排中律等一切原于经验与实验的理性判断，以求达到对于真理的把握。

其二，巫术将事物的规律性，误认为是天命、神灵的既定安排，以及与由神灵、人力相冲突、相结合的巫性意志，实际系于巫者错误的主观"联想"即幻想、臆想等之上；科学认为，一切事物的规律性只能被发现、被把握，而不能被创造出来。正如牟宗三所说，科学所发现的是"外延真理"。"凡是不系属于主体（Subject——原注，下同）而可以客观地肯定（objectively asserted）的那一种真理，统统都是外延真理。科学的真理是可以脱离我们主观的态度的。"②科学研究系于主体，而科学真理本身，是将主体的想象、意志和情感态度等排除在外的，力求排除不利于发现与证明真理的不良人格因素，包括情感等心理对发现和证明真理的干扰与阻碍。这当然不是说，在科学真理的把握中，

---

① ［英］詹姆斯·乔治·弗雷泽：《金枝》上册，陕西师范大学出版总社有限公司，2010，第55页。

② 牟宗三：《中国哲学十九讲》，上海古籍出版社，1997，第20页。

科学家是没有或者不需要富于情感、意志和联想的。

其三，"巫术与科学站在一起的地方，乃在有一个清楚的目的"，"巫术是用来达到实用目的的"①。科学的目的，除了追求其一定的实用价值和实际用途——科学技术的运用等，还有重要的科学理性、科学哲学与科学美学等对于宇宙、生命与人生等无尽奥秘的不息探寻、把握及其人文关怀。

在文化本质上，巫术的反科学性是毋庸置疑的。可是它又在一定条件与程度上，对知识、科学和理性等，采取某些宽容与尊重的人文态度，或者将其放在巫术施行的背景之上。巫师为信巫的病人"施法"治病，有时会成功地祛除病魔，似乎能够证明"通灵"的威力。可是实际是在暗中施行某种有疗效有科学含量的医术使然，这也便是为什么发生于原始时代的"巫医同源"的原因。

这里有对于一定知识、科学技术的把握以及对于客观规律的尊重与运用，或者起码将一定的知识、理性与科学，暗中作为"巫术灵验"的背景，实际是知识、科学的胜利。这种情况，有类于魔术的表演，那些不可思议的魔术表演的大获成功，除了表演者表演技巧的出神入化和大用障眼法等之外，往往还有观赏者所不了解的一定科学技术的暗中运用。这里顺便说一句，今天作为艺术审美的魔术，是起源于原始巫术的。因此，巫师一方面大力渲染巫术的神秘和灵验，好像巫术的力量是超越在科学之上的，实际巫师自己的心里是很清楚的，他们是在暗中请来了科学这一"尊神"，从而博得巫术的"成功"，以便维护、发扬巫术"无有不灵"和巫师本身的权威。在巫性文化中，诡异、神秘的巫的幕布总是低垂着，人们往往难以发现参与其中的知识、科学因素那明丽的面容和灿烂的微笑。巫术，的确是"科学的伪兄弟"。

中国原巫文化，并非绝对拒绝知识与朴素理性的参与，那些在巫术的施行中，给人以不可思议、神出鬼没的地方，往往有科学知识在起实际的作用。清代作家吴研人《二十年目睹之怪现状》第三十一回，记录了一个茅山道士，在大庭广众间所施行的所谓"探油锅"的巫例：

————————————

① ［英］布罗尼斯拉夫·马林诺夫斯基:《巫术科学宗教与神话》，上海社会科学院出版社，2016，第106页。

烧了一锅油，沸腾腾地滚着，放了多少铜钱下去，再伸手一个一个的捞起来，他那只手只当不知。看了他，岂不是仙人了吗？岂知他把些硼砂，暗暗地放在油锅里，只要得了些暖气，硼砂在油里面要化水，化不开，便变了白沫，浮到油面，人家看了，就犹如那油滚了一般，其实还没有大热呢。①

这一骗人的巫术，不就与魔术差不多吗？

不过，原巫文化中的知识理性甚或科学因素，一般并非以其独立的形态出现。中国的"数的巫术"即《周易》占筮中的巫性筮数，作为后世自然科学意义的数学之数的萌芽意识，远不是独立而自存的。"在初民的原始智慧中，不存在纯粹是数的数，也不存在纯粹是现象的自然现象，两者通常总是被某种神秘的氛围所笼罩着。可以这样说，原始初民对数的知识把握，处于半具象半抽象的智慧发育阶段，并且受到某种神秘观念的支配。"②这种情况，用清初王夫之的话来说，叫做"象数相倚"。这也正如法国人类学家列维-布留尔所说，每当初民运用巫文化中的"数"施行法术时，"他就必然把它与那些属于这个数的、而且由于同样神秘的互渗而正是属于这个数的神秘的性质和意义一起来想象"，"因此，每个数都有属于与它自己的个别的面目、某种神秘的氛围、某种'力场'"③

诚然，中国原巫文化中与"象"相倚的"数"，一定意义上固然开启了后世自然科学中数学的历史之门，但是巫术中的"数"，同时有"天命""命理"等思想因素，比如《周易》占卦，是被称为"术数"（按：或称为"数术"）的，而且古人将所有的巫术，都叫做术数，其间的"数"，远不是具有独立的理性品格的。

至于科学，比较而言，中国古代偏重于数理技术的发明与运用。关于这一点，从中国巫文化传统的悠远、强大与普遍性的角度来加以审视，显然是合适的。众所周知，诸如指南针的发明与磁偏角的发现，有赖于古时属巫的堪舆术

---

① 吴研人：《二十年目睹之怪现状》，人民文学出版社，1982，第237页。
② 王振复：《〈周易〉的美学智慧》，湖南出版社，1991，第12页。
③ ［法］列维-布留尔：《原始思维》，丁由译，商务印书馆，1981，第201页。

所谓"辨方正位"，即相土尝水的实践与思考。《周礼·冬官·考工记》有"惟王建国"（按：这里的"国"，指都城），"辨方正位"之说。《韩非子》说过，"故先王立司南，以端朝夕"[①]。"司南"就是指南针的原型。汉代所发明的"栻盘"，用以"端"即辨正"朝夕"之阳光照射的方向与位置。栻盘以二十八宿、二十四向（二十四路）、十天干与十二地支相配，其人文原型，是《周易》八卦九宫方位的观念。东汉王充《论衡·是应篇》说："司南之灼，掷之于地，其柢指南。"[②]指南针的发明和运用，始于风水巫术，尔后才用于航海，在古老的术数的泥淖中，培育了关于空间、方位等技术理性思想的萌芽。北宋沈括《梦溪笔谈》指出，方技家以磁石引针锋，便能起"指南"的效果。实际上，针锋所指，并非正南，而是偏向东7.5度，称为磁偏角。古时金属磁性的发现，与巫文化相系。巫师在行巫的活动中，偶尔发现金属间因为磁性而相互吸引，惊为神异，继而以此"作法"，在知识短浅与信巫的人群中，演出"神秘"的把戏，进而革新了自汉之前的"司南"，成为指南针的技术理性。

技术理性，属于实用理性的范畴。李泽厚曾经说："所谓'实践（实用——原注）理性'，首先指的是一种理性精神或理性态度。""对待传统的宗教（按：实指巫术等），鬼神也如此，不需要外在的上帝的命令，不盲目服从非理性的权威，却仍然可以拯救世界（人道主义——原注）和自我完成（个人人格和使命感——原注）；不厌弃人世，也不自我屈辱、'以德报怨'，一切都放在实用的理性天平上加以衡量和处理。"又说："这种理性具有极端重视现实实用的特点。即它不在理论上去探求、讨论、争辩难以解决的哲学课题，并认为不必要去进行这种纯思辨的抽象。"[③]原巫文化因其重视巫性之灵与原朴实用理性的缘故，一定程度上，遮蔽了形上而纯粹抽象之理性的发蒙和运用。主要始于原巫的实用理性，既接引一定的科学理性、技术理性得以启蒙与发展，又在某种意义上，阻碍了原始时代科学理性的开发。

---

① 《韩非子·有度》，王先慎：《韩非子集解》卷二《有度第六》，《诸子集成》第五册，上海书店，1986，第25页。

② 王充：《论衡·是应篇》，《诸子集成》第七册，上海书店，1986，第173页。

③ 李泽厚：《中国古代思想史论》，人民出版社，1985，第30页。

第五章 "巫史文化"的"中国"

人类原始文化，一般都要经历盛行原始巫术、神话与图腾的漫长历史时期，这一原始文化的温床，是尔后民族与时代文化的孵化器，为后世文化的发展，提供了许多可能。就中国原始文化而言，尽管在其前进的道路上，不是没有可能由原始"信文化"走向宗教的，可是，中国的历史偏偏选择了一条由"巫"向"史"的文化之路，从而把自己与希腊、印度和中东等民族的文化区别开来。李泽厚说，中国文化"在孔子之前，有一个悠久的巫史传统"①。此言是。所谓"巫史传统"的文化，究竟具有哪些文化特质，由"巫"向"史"的文化转嬗，是偶然抑或必然，等等，都是值得我们思考的问题。

第一节 "巫史传统"的文化特质

任何原始"信"文化，都是由巫术、神话与图腾所构成的，三位一体又各具特质与功能，这种文化态势，在世界许多民族都是如此。巫术是一种追求"实用"的"伪技艺"，以控制环境与他人为目的；神话作为"话语"系统，显示了以口头言语所表达和传播的氏族的历史；图腾寻根问祖，将并非是真正的

---

① 李泽厚：《说巫史传统》，《由巫到礼 释礼归仁》，生活·读书·新知三联书店，2015，第4页。按：拙著《中国美学的文脉历程》，曾从中国"巫史文化"角度，论述"巫史传统"与"审美初始"的关系这一学术课题，见该书第1—76页（四川人民出版社，2002），请参阅。

血缘祖先，认作氏族自己的"生身父母"，从而达到群团部落、氏族的目的。作为原始信仰，巫术、神话与图腾，一般都是宗教文化诞生的文化土壤，为宗教的发生提供一般的历史积淀和思想资源。宗教与巫术、神话和图腾相比，在文化性质上是大不一样的，从原始巫术、神话和图腾到宗教，是人类智慧的大步跨越。弗雷泽说：

> 我所谓的宗教，是被认为能够影响和控制自然与人生进程的，超自然力量的信仰或抚慰。这就将宗教分为理论与实践两大方面：一是对超自然力量的信仰，二是讨神欢心、安抚愤怒。显然，信仰是先导，若不相信神的存在，就不会想要取悦于神了。当然，如果这种信仰并没有带来相应的行动，那它便只能被定义为神学，而不是宗教。[1]

宗教与巫术文化等都有对于超自然力量即"神"的"信仰"，都对自然和人生进程有"影响和控制"的功能。两者的区别在于，在巫术等原始文化形态中，所谓神灵是无限多的。天有天的神灵，地有地的神灵，山川动植以及各个部落、氏族，等等，都各有各的神灵，总之"万物有灵"，而且往往具有鲜明的地域和时代特色。当然，这许多的神灵具有共同性，都是部落、氏族成员所崇拜的对象。各个宗教的神，虽然各有不同，然而每一宗教的神及其神谱，实际是由本宗教的教义所组织起来的。一般的宗教必有一个主神，围绕主神组织神谱，这种组织是相对的牢固而持久的，而且出现了各种不同的有系统的教义，便是宗教理论。原始巫术等都有崇拜仪式，仪式的施行，是为了"讨神欢心"。除此以外，巫术仪式施行，还有很重要的"控制"对象的目的。而宗教的"实践"部分，比巫术要单纯而专一，其中便是"讨神欢心，安抚愤怒"。这里所谓"愤怒"，指信徒在未信仰宗教前的主观心灵状态，与净化、平和、虔诚等宗教感情相对立，指尚未经过宗教教育和洗礼的一般民众的精神世界。正如前述，大凡宗教，一般具有五大要素：教主、教义、教团、教规和终极信仰。原

---

[1] ［英］詹姆斯·乔治·弗雷泽：《金枝》上册，陕西师范大学出版社有限公司，2010，第56页。

始巫术等没有主神（教主）；没有教义即没有它自己的"理论"建构的自觉；有大批信众却没有被组织起来成为教团；虽然有无数禁忌，却没有教规，不是成系统的宗教戒律；相对而言，巫术等作为原始"信"文化的信仰，带有原初的、盲目的文化性质。而一般宗教，在理论建构上，总是有一定的自觉性的，因而被西方学者称为"理性的胜利"。

> 德尔图良在2世纪时说道："理性是属神（按：指宗教之神）的事，造物主用理性创造、处理和命令万物，没有什么他不要求用理性去处理和理解的。"亚历山大里亚的克莱门同样在3世纪时告诫道："不要认为这些东西只能用信仰来接受，它们同样为理性所断言。真的，如果排斥理性，将其仅仅归诸信仰，那是靠不住的。真理离不开理性。"
>
> 因此，奥古斯丁主张理性和信仰不可分离，只是说出了当时流行的看法："但愿上帝不会憎恨那使我们超越禽兽的东西。但愿上帝阻止我们的信仰走上不接受、寻求理性的道路，因为如果灵魂不是理性的，我们甚至不能有信仰。"奥古斯丁承认，"信仰必须先于理性，对心灵进行净化，使之做好接受理性的强大光芒的准备。"他接着又说，尽管"在一些不能把握的重大时刻，信仰先于理性，那说服我们相信这一点的一小部分理性，却必须先于信仰"。①

巫术等与宗教相比，虽则同样是"信仰"，而宗教的信仰，往往是与"理性"相联系而不是盲目的。这可以看作巫术等"信文化"与宗教的根本区别之一。宗教信仰一般包含着终极关怀的精神，而巫术等根本没有这一点。在一些宗教中，理性的成分有时表现得很是突出。比如印度佛教，就是一种以宗教哲学为特征的"理性的胜利"。日本学者中村元曾经说过，"事实上，印度的佛教是以哲学的沉思为基础的。而它的哲学与宗教是难以区分的"，"印度民族在传统上是一个宗教民族，同时也是一个哲学民族"②。此言是。

---

① ［美］罗德尼·斯达克：《理性的胜利——基督教与西方文明》，管欣译，复旦大学出版社，2013，第5—6页。按：这一段引文，本书前文曾有部分引录。

② ［日］中村元：《东方民族的思维方法》，林太、马小鹤译，浙江人民出版社，1989，第41页。

从雅斯贝尔斯"轴心时代"说的角度看，中国原始"信文化"，终于没有走上真正成熟的宗教的道路，而是走上了"史"文化的古代东方的独特之路，从而形成了一个"巫史传统"。在笔者看来，所谓"巫史传统"，是一种简约的说法。实际上，形成于中国"轴心时代"（按：大约在公元前800—公元前200年之际）的"巫史"文化，充分接受、消化和提升了原始巫文化的精神资源，而且汲取了原始神话与图腾的文化基因和文化诉求。只是因为在古代中国，原始巫文化的因素尤为重要的缘故，才简约地概括为"巫史文化"及其"巫史传统"，培育其"实用理性"的民族精神。李泽厚谈到"巫史传统"问题时说：

> 我以前曾提出"实用理性""乐感文化""情感本体""儒道互补""儒法互用""一个世界"等概念来话说中国文化思想，今天则拟用"巫史传统"一词统摄之，因为上述我以之来描述中国文化特征的概念，其根源在此处。①

从文化形态学角度看，当原始巫术、神话与图腾文化来到世间，就意味着人类包括中国文化，从此结束了文化的最原始状态，走向一个全新的历史时期。巫术、神话与图腾都是原始意义的"天人合一"，实际是神人合一，用《尚书》的话来说，叫做"神人以和"。不过，其合一、相和的内在机制与指向，巫术与神话、图腾三者，是不尽相同的。三者都与原始先民的生活、生存与生命息息相关，都与先民的狩猎、采集与捕鱼等劳动生产和人自身的生产繁衍相联系。由于巫术与先民"两种生产"的联系尤为密切，由于巫术的施行，即为了控制环境、克服困难，从而可以安身立命，所以它在先民的生活中作为头等大事，是比神话的宣说和图腾的崇拜更为经常而重要的。巫术实际是先民生活、生存与生命活动的一种文化常式。先民除了已经能够把握的，在凡是遭遇困难、感到疑惑、前途渺茫、遇到实际上无力把握的事物时，便有巫术的施行。马林诺夫斯基说：

---

① 李泽厚：《说巫史传统》，《由巫到礼 释礼归仁》，生活·读书·新知三联书店，2015，第3页。

土人没有作芋园而不用巫术的。可是有几等重要的耕作，如养椰子，培植香蕉、檬果与"面包果"（bread fruit，一种树上的果，似桑葚似橘，烧成似面包，故名——原注）等，并没有巫术。渔业这只（种）次于农业的重要经济活动，有的有发展很高的巫术。如打鲨鱼的危险活动，迫不可必得的"迦拉拉"（kalala——原注）或"脱乌兰"（to ulam——原注）等工作都是充满了巫术的。可是用毒获鱼这同样重要但比较容易比较可靠的办法，便甚么巫术也没有。造独木舟，因有技术上的困难，需要有组织的劳动，预备的又是永远危险的事业，所以仪式（按：指巫术仪式）是复杂的，与工作深切地联在一起，而认为绝对必不可少。[1]

中国原始时代的情况也是如此，除了很少已经可以靠知识、技术所把握的领域以外，巫术支配了先民的整个生活与生产。马克思所说"劳动创造美"的"劳动"过程，在上古都是往往贯穿了巫术礼仪、巫术"作法"甚至是神话与图腾因素的。在这方面，殷代占卜的盛行与周代占筮的繁荣，都已经充分说明了问题。比如占卜，我们随意偶拾，便有"癸酉卜巫宁风"[2]"庚戌卜巫帝一羊一犬"[3]"壬午卜巫帝"[4]与"癸亥贞今日帝于巫豕一犬一"[5]等等卜辞的记载。迄今所出土的约16万片甲骨，都是与占卜相系的。我们甚至可以说，原始巫术以及神话与图腾等义化因素，往往成了原始先民进行生产劳动的先导，要是没有这些文化因素，生产劳动便可能无法展开。对于中国原始文化而言，巫术是先民

---

[1] ［英］布罗尼斯拉夫·马林诺夫斯基：《巫术科学宗教与神话》，上海社会科学院出版社，2016，第174—175页。

[2] 罗振玉：《殷虚书契后编》下四二、四；郭沫若主编、胡厚宣总编辑，中国社会科学院历史研究所《甲骨文合集》编辑工作组集体编辑：《甲骨文合集》三三〇七七，中华书局，1978—1982。

[3] 郭沫若主编、胡厚宣总编辑，中国社会科学院历史研究所《甲骨文合集》编辑工作组集体编辑：《甲骨文合集》三三二九一，中华书局，1978—1982。

[4] ［日］贝塚茂树：《京都大学人文科学研究所藏甲骨文字》三二二一，日本京都大学人文科学研究所，1959。

[5] ［日］贝塚茂树：《京都大学人文科学研究所藏甲骨文字》二二九八，日本京都大学人文科学研究所，1959。

生活、生存与生命之文化大舞台上经常演出的"第一提琴手"。

李泽厚将其多年关于中国文化研究的种种见解，以"巫史传统"说来加以归结，无论"实用理性""乐感文化""情感本体""儒道互补""儒法互用"还是所谓"一个世界"等的看法，在他看来都是可以归原于"巫史传统"说的。这是试图追根溯源，从文化根因、根性上来解读中国文化的特质。

关于"实用理性"，以前我们只是将其看作儒家道德精神的根本点。其一，从道德讲善，所谓"善"的，就是好的；任何事物，一旦对人对社会而言是好的，便是有用而实用的。其二，从精神实质来看，所谓"实用理性"，是一种满足于经验层次的"理性"，人的物质生活也罢，精神生活也好，只要是实用或者趋向于实用的，就是值得肯定的。其三，因为这一理性所追求的，只是"实际""实在"的效果，一般不作玄虚的精神向往，仅仅满足于人格道德的自我实现，不像德国康德那样将道德问题，作形上的思辨，从而预设了一个上帝一般的"纯粹理性"。康德将至善的道德，通过"实践理性"而最终上升到"纯粹理性"的高度来加以认识，让至善道德通向神性的天国。康德说：

> 有两样东西，越是经常而持久地对它们进行反复思考，它们就越是使心灵充满常新而日益增长的惊赞和敬畏：我头上的星空和我心中的道德法则。①

这是将我心中的"道德法则"，提升到"我头上的星空"一般崇高而静穆的高度。为什么能够做到这一点？这是因为康德的心中始终有一个上帝存在的缘故。所谓"纯粹理性"（按：知，道德的形上的根因根性），实际是上帝这一尊神的哲学的精致化。比较而言，"实践理性"（按：意，道德的现实的根因根性）在位格上，是比"纯粹理性"要低一层次的。

早年李泽厚谈到儒门仁学即伦理学问题时，曾经将康德的"实践理性"一词移栽到他的论述中。他说："所谓'实践理性'，首先指的是一种理性精神或理

---

① ［德］康德：《实践理性批判 判断力批判》，李秋零主编：《康德著作全集》第五卷，中国人民大学出版社，2007，第169页。按：关于康德的这一段哲学名言，邓晓芒译为："有两样东西，人们越是经常持久地对之凝神思索，它们就越是使内心充满常新而日增的惊奇和敬畏：我头上的星空和我心中的道德律。"（人民出版社，2003，第220页）

性态度。与当时无神论、怀疑论思想兴起相一致，孔子对'礼'做出'仁'的解释，在基本倾向上符合了这一思潮。不是用某种神秘的热狂而是用冷静的、现实的、合理的态度来解说和对待事物和传统；不是禁欲或纵欲式地扼杀或放纵情感欲望，而是用理知来引导、满足、节制情欲；不是对人对己的虚无主义或利己主义，而是在人道和人格的追求中取得某种均衡。对待传统的宗教鬼神也如此，不需要外在的上帝的命令，不盲目服从非理性的权威，却仍然可以拯救世界（人道主义——原注）和自我完成（个体人格和使命感——原注）；不厌弃人世，也不自我屈辱、'以德报怨'，一切都放在实用的理性天平上加以衡量和处理。"①

不久李泽厚发现，康德的"实践理性"与儒家伦理所具有的"实用理性"不是一回事，于是改称"实用理性"。正如前引，李泽厚说：

> 所谓"实用理性"就是它关注于现实生活，不做纯粹抽象的思辨，也不让非理性的情欲横行，事事强调"实用""实际"和"实行"，满足于解决问题的经验论的思维水平，主张以理节情的行为模式，对人生世事采取一种既乐观进取又清醒冷静的生活态度。它由来已久，而以理论形态呈现在先秦儒、道、法、墨诸主要学派中。②

不仅是先秦儒家，而且道家、法家与墨家的基本思想，都不离于道德伦理的"实用理性"。道家的哲学之道，是相当形上的，然而正如前述，"道"是"其中有象""其中有物""其中有精"③的，并非纯粹形上。老庄之道，为"德"寻找和奠定了一个哲学基础，最后还是要现实地下落到"德"上。

"实用理性"的文化之根，主要在于原巫文化。巫就是最讲实用的一种文化。李泽厚将道德的"实用理性"归原于"巫史传统"，是顺理成章的。正如前引，马林诺夫斯基说过，对于原始初民而言，实用之外的世界，是关于实用

---

① 李泽厚：《中国古代思想史论》，人民出版社，1985，第29—30页。

② 李泽厚：《漫谈"西体中用"》，《孔子研究》1987年第1期。按：该文收入李泽厚《中国现代思想史论》一书，东方出版社，1987。

③ 《老子》上篇第二十一章，王弼注：《老子道德经》，《诸子集成》第三册，上海书店，1986，第12页。

的马马虎虎的背景，站在背景以上而显得有地位的，只是有用的东西，它主要是指可吃的动植物。图腾在于寻找和认同"他的亲族"，在"寻找"这一点上，也是具有一定的实用性的，如澳洲原始部落的"图腾宴"，"又表现在吃的仪式上"①。先民把某些作为图腾物的动植物吃了，是慎终追远、认同它们是他们的"祖神"，而且在实际上，也达到了果腹的实用目的，这真是图腾崇拜与实用理性的奇妙的结合与妥协。

在一定意义上，图腾是"实用"的，就更不必说巫术的实用性了。每一个巫术的施行，都有明确的目的（按：不管这目的能不能达到）。驱鬼巫术的目的，是为了通过驱鬼而祛除病魔祈人康复；狩猎前的巫术仪式，是要决定到什么地方去捕获野兽，试试今天的运气究竟如何；造房子前拜祭宅神，是期望房子一旦建成而不至于倒塌；女子生孩子前祭祀鬼神，目的在于母子平安。如果没有实用这一目的，巫术本不可能产生也没有必要。

这个"实用"的意思是说，比如巫医给人看病，以符咒之术"作法"，在于祛除致病的鬼灵、妖孽，那符咒本身实际并无什么驱鬼的实用性，所谓的鬼妖实际也是没有的，不过是"心造的幻影"而已，更不会使人致病。可是由于病人相信人间有妖鬼、相信自己生病是由于妖鬼在作祟，更坚信符咒驱鬼祛病的神异性，以至于在巫医以符咒"作法"驱鬼之后，提高了病者的自信心，有可能导致病人真的康复了，或者这种病即使不请巫师来驱鬼捉妖，本会自然地痊愈，然而这一切的"疗效"，都归原于巫师的"作法"，于是更迷信巫术的神奇无比、法力无比。实际上的情况却是，并不实用的巫术，由于人们相信它的所谓实用性，即将一定的实用目的赋予巫术，于是其结果，可能真的发挥了一种"实用"的功能。

这有点儿类似于医道中的"暗示疗法"。英国学者托马斯曾经说："科学地研究暗示在治疗中的作用只是最近才开始的事情，但是其惊人的效果，已足以使历史学家不敢小视17世纪治疗者仅用符咒而产生的真正神效了。现代医学中称为'心理治疗'的作用早已充分显现出来，尽管其原因还不很清楚，并对此

---

① ［英］布罗尼斯拉夫·马林诺夫斯基:《巫术科学宗教与神话》，李安宅译，上海社会科学院出版社，2016，第38页。

事还有争议。"①巫术给人一种"暗示"的力量，因为相信这种"暗示"（按：信奉者不知道这是"暗示"），于是这"暗示"便可能发挥出神奇的功效。中国古代医家曾经所施行的"祝由"②之术，有与此相通的一面。从字面上来说，所谓"祝由"的"祝"，是巫的别称而已。《说文解字》说："巫，祝也。"③《说文解字》又说："祝，祭主赞词者，从示从人口。"④所谓"从示"的"示"，"天垂象，见（按：现）吉凶，所以示人也。"⑤

　　另一种情况是，正如前文说到，所谓巫术"作法"灵验的背后，可能有一定知识与科学技术的支撑，真正发挥功效的是知识和科技，不过在巫医给人治病的表面上，使人相信是巫术产生了奇效。我们知道，只有在那些知识、科学不能到达的地方和领域，才可能有巫术的用武之地，可是一定的知识和科学技术，在某种场合，也可以在暗地里助巫术一臂之力，让巫术体体面面地获得"成功"，从而维护了巫术、巫师在公众面前的权威，使得人们坚信巫术的"实用"。⑥

----

① ［英］基恩·托马斯：《巫术的兴衰》，上海人民出版社，1992，第40页。

② 按：古时中国医家有所谓"祝由"术，最早载于《黄帝内经·素问》的《移精变气论》。其文云："黄帝问曰：'余闻古之治病，惟其移精变气，可祝由而已。今世治病，毒药治其内，针石治于外，或愈或不愈，何也？'岐伯对曰：'往古人居禽兽之间，动作以避寒，阴居以避暑，内无眷慕之累，外无伸宦之形。此恬澹之世，邪不能深入也。故毒药不能治其内，针石不能治其外，故可移精祝由也。'"（《黄帝内经·素问》，人民卫生出版社，1956，第31—32页。）所谓"祝由"，往往便是对病妖进行巫性的诅咒，这种诅咒可能增强了病人战胜病魔的勇气，有时可能对康复有利。

③ 许慎：《说文解字》，中华书局影印本，1963，第100页。

④ 同上书，第8页。

⑤ 同上书，第7页。

⑥ 按：刘黎明：《灰暗的想象——中国古代民间社会巫术信仰研究》说："巫术虽然是科学的对立面，但二者还是有一些相通之处。它们都追求对'自然规律'的理解与控制，都承认事件的演变是有规律的，都主张依靠自己的力量控制自然过程。巫术与科学的本质区别则是不言而喻的。孟慧英先生说得十分精彩：'巫术乃是在缺乏达到某一目的实际手段的情况下的一种代用品，其功能要么是渲泄性的，要么是激发性的，它给人以勇气、安慰、希望和韧性。'中国古代民间巫术还在自然科学方面深深地留下了自己的印记。即使是沈括也没有摆脱中国古代的科技著作中为巫术保留位置的传统，在那部被今人视为科学巨著的《梦溪笔谈》中，依然为巫术保留了一席之地。《梦溪笔谈》卷二〇、卷二一分别为'神奇''异事'，其中所记之事，有不少与巫术相关。"（《灰暗的想象——中国古代民间社会巫术信仰研究》下册，巴蜀书社，2014，第1205页）

　　"巫史传统"中的"巫",是具有一定的"实用性"的。所谓"实用理性"的"实用",无疑是其人文意义之一。它由非理性的巫术引起,然而其本身却是一种人文理性或者是趋于理性的。"由于民间巫术不是一种系统的宗教,实用主义是其最高的原则,所以,巫师们所通的鬼神也是十分庞杂。归根结蒂,这是由民众对神灵的实用主义态度所决定的。"①

　　那么,"巫"又是如何走向"史"的呢?

　　从文字学角度看,"巫史传统"中的"史",是与"巫"相系的一个字。甲骨文中的"史"这一汉字,写作 (按:[日]贝塚茂树《京都大学人文科学研究所藏甲骨文字》三〇一六),从中从又。这里的"中",表示古时原始晷景的装置;又,指手。"这'中'的中间一竖,表示标杆,中间一竖与方框'□'表示装置,'〜'表示具有方向性的移动的日影。测日影的标杆必须竖得很直,垂直于地面,否则测得的结果就不会准确。标杆垂直于地面说明其方位与形象得'正',测得的结果准确说明得'中'(zhòng——原注)。"②李圃《甲骨文选读·序言》,将这一个"中",解读为"古代晷景装置"之义。尔后在其与臧克和、刘志基合著的《古汉字与中国文化源》一书中,重申了这一见解:甲骨文中已出现'中'这个字形,写作,据学者们考定为测天的仪器:既可辨识风向,也可用来观测日影。且以姜亮夫先生的有关论述作为论据。姜氏说,所谓中,日中之谓。杲而现影,该影子,正可为一日计度的准则,所以中者为正,正者必直。故中字本义,并非指"徽帜"(按:唐兰《殷墟文字记》所持之见),而象巫性测天的晷影装置。

　　所谓晷影,《周髀算经》称周代晷影为,周髀长八尺。夏至之日,晷一尺六寸。髀者,股也。正晷者,勾也。这种晷影方式,用以测日,尔后同时测风。由于原始时期,先民对于日影与风向深感神秘,甚至深感畏怖,所以设立这一个"中",为的是企望从巫的角度,来把握日神与风神的动向,企图以此造福于人类自己。卜辞有"立中"之记,如胡厚宣《甲骨六录》双一五,"无风,易日"、"丙子其立中,无风,八月",王襄《簠室殷契征文》天十:"立中,无风。

---

① 刘黎明:《灰暗的想象——中国古代民间社会巫术信仰研究》上册,巴蜀书社,2014,第223—224页。

② 王振复:《巫术——〈周易〉的文化智慧》,浙江古籍出版社,1990,第21页。

丙子立中，允无风"①等都是。

甲骨文的史字"从又"的"又"，是手的象形。史字从中从又，即表示卜辞所说的"立中"之义。"立中"的目的，是为了要从巫的角度进行预测，以把握日神、风神的神秘动向，而不仅仅内含一定素朴科学意义的测定阴晴与风向以及风力大小的因子。古时巫、史二字连用，或称"巫史"或称"史巫"。陈梦家指出："祝即是巫，故'祝史''巫史'皆是巫也，而史亦是巫也。"②"巫史"是殷人的说法，实际指巫师；"史巫"是周人的说法。

这里提到的"史"是值得注意的。最早的巫的占卜作出占断之后，往往便把占断何事、占断结果和占断时间等，镂刻在甲骨上，这一切都是巫祝的"工作"，这种镂刻，已经是"史"文化的萌芽了。后来有了墨的发明和使用，使得"史"进一步从巫觋那里分化出来，专门做墨涂这一件事情。

尔后随着巫术文化的发展，使得懂得巫的道理、从事巫术活动的"史"（巫史、史巫），再进一步从巫事中渐渐独立出来，专门做那种《尚书》所说的"史乃册"③的"工作"。这里"史"的本义，有记载的意思。"史"者，史官之谓，有了专业的分工，成了记录国家大事、帝王言行的史官。汉代司马谈、司马迁父子，都任朝廷太史令，他们实际是帝王、朝廷的幕僚，也是历史的记录者，尔后成为历史的叙述者，如司马迁。

无疑，后代的史官以及史官文化，起源于巫。

"巫史传统"说揭示了由巫到"史"的历史真实，整个中国古代文化及其传统，都由伴随以神话与图腾、由处于基本而主导地位的巫文化所酝酿、培育和推进。后代的所有社会意识形态，包括哲学、礼学、仁学、史学与美学等，实际都从这样的"巫史文化"等发展而来。别的暂且勿论，大致成篇于战国中后期的《易传》这一以伦理为主而综合的文化意识形态，源自大致成书于《周易》本经的巫性文化，则是毫无疑问的。

---

① 按：以上所述，请参见王振复：《中国美学的文脉历程》，四川人民出版社，2002，第23—26页。

② 陈梦家：《商代的神话与巫术》，《燕京学报》第20期。

③ 《尚书·周书·金縢》，江灏、钱宗武：《今古文尚书全译》，贵州人民出版社，1990，第253页。

　　李泽厚先生曾经提到"乐感文化"这一点，自然是有道理的看法。中国文化在印度佛教尚未东来之前，的确以"乐"为其基本特质之一。所谓"乐感"，实际是一种对待生活、生存与生命的"乐观"情结，也是一种基本的生活态度。《左传·襄公十一年》说："夫乐以安德，义以处之，礼以行之，信以守之，仁以厉之，而后可以殿邦国，同福禄，来远人，所谓乐也。"①处义、行礼、守信、厉仁等，都属于"安德"之"乐"。唯有践行了义、礼、信、仁等道德规范，才能享受"殿邦国，同福禄，来远人"的"乐"。《国语·周语下》说："夫政象乐，乐从和，和从平。""于是乎气无滞阴，亦无散阳，阴阳序次，风雨时至，嘉生繁祉，人民和利，物备而乐成，上下不罢，故曰乐正。"②"乐"是气韵生动，阴阳和谐，生命繁茂，人民安居乐业，上下都是生气勃勃的一种心灵感受。《论语·泰伯篇》记孔子名言，叫作"兴于诗，立于礼，成于乐（按：读yuè）。"③"乐"，兼有三义，指音乐、艺术美与天人、人际关系以及人内心的和谐。《老子》说："是以天下之乐推而不厌，以其不争，故天下莫能与之争。"④人生的大乐，在于玄无、虚静、不争的心境与态度，"是以天下之乐"存矣。《墨子》有"非乐"之说，但是并非"非"一切的"乐"。《墨子》说："是故子墨子之所以非乐者，非以大钟、鸣鼓、琴瑟、竽笙之声，以为不乐也；非以刻镂文章之色，以为不美也；非以刍豢煎炙之味，以为不甘也；非以高台、厚榭、邃野之居，以为不安也。虽身知其安也，口知其甘也，目知其美也，耳知其乐也，然上考之，不中圣王之事，下度之，不中万民之利。是故子墨子曰：为乐非也！"⑤墨子并非反对"乐"本身，他仅仅反对"不中圣王之事""不中万民之利"的那种"乐"。《孟子·离娄上》说："乐之实，乐斯二者（按：指"事

① 《左传·襄公十一年》，《春秋左传集解》，杜预注，上海人民出版社，1977。
② 《国语·周语下》，邬国义、胡果文、李晓路：《国语译注》，上海古籍出版社，1994，第94页。
③ 《论语·泰伯第八》，刘宝楠：《论语正义》卷九，《诸子集成》第一册，上海书店，1986，第160页。
④ 《老子》第六十六章，王弼注：《老子道德经》，《诸子集成》第三册，上海书店，1986，第40页。
⑤ 《墨子·非乐上》，孙诒让：《墨子间诂》卷八《非乐上第三十二》，《诸子集成》第四册，上海书店，1986，第155页。

亲""从兄"），乐则生矣。"①《庄子·天道篇》也非常肯定"乐"的人生与境界。"与人和者，谓之人乐；与天和者，谓之天乐。"②至于在《易传》中，最重要的人文命题之一，便是"乐天知命故不忧"③。

梁漱溟曾经指出，由于先秦儒家十分强调人的生命、人生现实的快乐，而这一快乐的根本，源自对于生命的肯定和歌颂。所以"这一个'生'字是最重要的观念，知道这个就可以知道所有孔家的话。孔家没有别的，就是要顺着自然道理，顶活泼流畅地去生发。"④其实不仅是儒家，道家与墨家等，都是肯定生的快乐的。儒家强调人类群体生命的快乐；道家强调人类个体生命的快乐。墨子讲了那么多关于"死"与"鬼"的话，其目的也是为了更好更快乐地"生"，墨子以"兼爱"为"乐"⑤。

无论儒家、道家与墨家等的思想文化传统，都以"乐"为其题中应有之义。问题是，这种"乐"与"乐感文化"源于什么？一言以蔽之，源于中国巫文化等所崇尚的"生"。

中国人以为，生是人生快乐的渊薮，死是痛苦的根由。因而人生总是向往生而力避死的。人一旦死去，亲族便悲痛欲绝。《易传》说，"天地之大德曰生"⑥，这里的"大"，即"太"的本字，"大"有原始、原本义；这里的"德"，

---

① 《孟子·离娄章句上》，焦循：《孟子正义》卷七，《诸子集成》第一册，上海书店，1986，第313页。

② 《庄子·天道篇第十三》，王先谦：《庄子集解》卷四，《诸子集成》第三册，上海书店，1986，第82页。

③ 《易传·系辞上》，朱熹：《周易本义》，怡府藏版影印本，天津市古籍书店，1986，第292页。

④ 梁漱溟：《东西文化及其哲学》，《梁漱溟全集》第一卷，山东人民出版社，1989，第448页。

⑤ 按：《墨子·法仪第四》说，"天之行广而无私，其施厚而不（丕）德，其明久而不衰。故圣王法之。既以天为法，动作有为，必度于天……天必欲人之相爱相利，而不欲人之相恶相贼也。""文王若日若月，乍照光于四方，于西土。此即言文王之兼爱天下之博大也。譬如日月兼照天下之无有私也。"（见孙诒让：《墨子间诂·法仪第四》《墨子间诂·兼爱天下第十六》，《诸子集成》第四册，上海书店，1986，第12、75—76页）墨子确以"兼爱天下"之"乐"为乐。

⑥ 《易传·系辞下》，朱熹：《周易本义》，怡府藏版影印本，天津市古籍书店，1986，第322页。

通性。"大德"即原德即本性。生是天地的本性，或者可以说，生，是天经地义的。《易传》又说，"生生之谓易"①，易理的根本，指生而有生、生生不息，生是没有穷尽的，因而，与生俱来的快乐，也是没有穷尽的。

难怪《易传》一再强调生，只有一处地方说到死字，"原始反终，故知死生之说"②。意思是，血族家庭的父亲死了，还有儿子；儿子死了，还有孙子，从而绵绵瓜瓞。所以"愚公移山"的伟业，总有一天会实现。人的个体生命总是会死的，而人的血缘群体生命，是不死的。尤其在儒家看来，血族家庭或者从一个氏族、民族来看，死只是一种生命的暂时状态，归根结蒂是"原始反终"，生是永恒的。这种关于中国人的群体生命的"乐观主义"，在世界民族之林中，是独特的。

正如前述，中国文化是以"生"及其"快乐"为原点的。殷墟甲骨卜辞有乐（读lè）字。卜辞说："丙午卜在商贞今日步于乐亡（按：此"亡"，读为"无"）灾。"又，"乙未卜在乐贞王步亡灾。"徐中舒主编《甲骨文字典》指出，"卜辞中乐无用作音乐义之辞例"③，此是。乐，繁体写作樂，罗振玉《增订殷虚书契考释》说："此字（按：指樂）从丝附木上，琴瑟之象也。"《甲骨文字典》称："按罗说可备一说。"④这一个"乐（樂）"，本指乐器，转义为音乐。问题是，殷人是否已经发明了琴瑟这样结构相当复杂的乐器，须有殷代乐器考古实证才是。审视繁体乐字的甲骨文写法，为𮡧（按：见郭沫若主编、胡厚宣总编辑，中国社会科学院历史研究所《甲骨文合集》编辑工作组集体编辑《甲骨文合集》三三一五三），可能是禾稼之上果实累累的象形，转义指丰收的快乐，或者是企望丰收的快乐。所以，前引两条卜辞中的"乐"字，并非指"地名"⑤。

---

① 《易传·系辞上》，朱熹：《周易本义》，怡府藏版影印本，天津市古籍书店，1986，第295页。

② 同上书，第291页。

③ 徐中舒主编，常正光、伍仕谦副主编：《甲骨文字典》，四川辞书出版社，1989，第650页。按：这两条卜辞，又依次见于郭沫若主编、胡厚宣总编辑，中国社会科学院历史研究所《甲骨文合集》编辑工作组集体编辑：《甲骨文合集》三六五〇一；罗振玉：《殷虚书契前编》二、八、一。

④ 徐中舒主编，常正光、伍仕谦副主编：《甲骨文字典》，四川辞书出版社，1989，第650页。

⑤ 同上。

如果这一解读合乎历史与情理的话，那么，卜辞所谓"乐"，可能指快感或者指"乐感"。它是从巫卜文化中培育起来的中国人的快乐的情感。从前引两条卜辞所见，"亡祸""亡灾"，即无祸、无灾。无灾无难，便是殷人所祈求的人生大乐。

关于"一个世界"，李泽厚先生说：

> "巫"的特征是动态、激情、人本和人神不分的"一个世界"。相比较来说，宗教则属于更为静态、理性、主客分明、神人分离的"两个世界"。①

按照李泽厚的逻辑，巫术是"人神不分的'一个世界'"，而宗教是"神人分离的'两个世界'"，由此见出巫术与宗教的根本区别。当李先生称宗教的世界是"两个世界"时，实际说的是两个"一个世界"——一个是神的世界，一个是人的世界，两者"神人分离"，似乎井水不犯河水。当其说巫术的世界是"一个世界"时，实际说的是"人神不分"。这在关于"一个世界"说前后的逻辑上，似乎有些不够统一。宗教所包含的两个"一个世界"，要么是神的世界，要么是人的世界。而巫术的所谓"一个世界"，却是"神人不分"的。

笔者以为，用"人神不分的'一个世界'"与"神人分离的'两个世界'"之说，来区别巫术与宗教，看来值得做进一步的讨论。

实际上，无论巫术还是宗教，都既是"一个世界"又同时是"两个世界"。当我们称巫术是"一个世界"时，是强调了巫术的文化特性具有"人神不分"的一面，然而这种"人神不分"，是建立在人与神相分的基础上的。当我们称宗教是"两个世界"时，又是强调了宗教的文化特质具有"神人分离"的一面，却并非否定宗教的文化实质，也具有"人神不分"的另一面。

实际上，宗教也是"人神不分"的。当一个虔诚的宗教徒的精神世界真正地进入宗教天国——高度的净化或是迷狂状态之时，你不能说他的精神是"人神不分的'一个世界'"。相反，巫术也并非总是在"人神不分的'一个

---

① 李泽厚：《由巫到礼 释礼归仁》，生活·读书·新知三联书店，2015，第13页。

世界'"中。这里暂且不说在巫术活动中,确实有那么一些巫者的精神沉浸在"作法"的迷狂之中,然而通常的情形是,巫觋在"作法"——比如以筮策以古筮法为人算卦时,其精神是那样的既虔诚又冷静,那样的慢条斯理,要经过所谓"十八变"的仪程才能筮得结果,在这相当长的时间内,其精神状态其实是相对清醒的,虽然此时的算卦者并非放弃关于巫筮的神秘信仰。

因而,如果要说此时的巫觋即算卦者的精神已经进入"人神不分的'一个世界'",是缺乏说服力的。更不用说,还有一些巫者在施行"法术"比如为人驱鬼治病、进行扶乩活动时,他们的内心实际往往是很清醒的,他们有些知道这是"骗人"的把戏,所以要他们进入"人神不分的'一个世界'"也难。从受巫者角度分析,其心灵也往往不是"人神不分的'一个世界'"。比方说,一个面临高考的学子,请一位懂得占卦之理的人用一枚镍币为他占卦,要试试自己的运气究竟如何。镍币分正反两面,正为阳反为阴,占卦者随意向桌上连丢六次镍币,可以得到一个六爻的卦,于是根据此卦来占断吉凶。这里所有过程的心灵状态,当然是诚心诚意的(按:他相信占卦是"灵验"的),可是在这占筮过程中的心灵与心态,其实也不是什么"人神不分的'一个世界'"。

巫术与宗教的区别,不在于巫术是"一个世界"而宗教是"两个世界",两者都既是"人神不分"又是"神人分离"的,仅仅两者所谓"一个世界""两个世界"的内在机制、程度与内在结构不同罢了。其中关键的一点,是巫术与宗教在对待"神"的态度上的差别。对于一个虔诚地坚信巫术"灵验"的巫师而言,巫术施行过程中的神灵,一方面是外在于"我"的作为"他者"的崇信的对象,另一方面,又是巫师自己。巫术的"作法"为的是所谓降神,降神靠什么? 不就是因为巫觋坚信自己也是神(按:神灵附体)的缘故吗? 在能够降神这一点上,作为"他者"的神灵与作为巫师自我的神灵,在巫师的"自我感觉"上,实际是同一个神灵,二者是平起平坐的。巫师承认自己的"神通"源自自己对于外在神灵的绝对信仰,然而这一"神通"之所以有效,乃是因为坚信自己的所谓异能,在一定程度上可以支配外在神灵为自己服务的缘故。巫术既然承认"万物有灵",那么,难道巫觋反而不信自己具有灵异之能吗? 因此在一定条件下,比如在巫觋"作法"达到迷狂状态之时,外在的所谓神灵，是可以召之即来挥之即去的，否则，巫觋就不是所谓"神通广大"的了。宗教的情形就有些不同。宗教不承认"万物有灵"这一信条，灵、灵异只是神的属性，信徒是不具备的。基督教的信徒惟有绝对地信奉上帝，才能跟随着来到天国，那也要在"涤罪所"彻底地洗涤自己的罪孽之后。如果说，巫术所宣扬的一半是"自救"一般是"他救"的话，那么，基督教之类的宗教，只是崇尚"他救"而已。

总之，巫术与宗教的区别之一，并非前者是"一个世界"，后者是"两个世界"，它们都既是"一个世界"又是"两个世界"，仅仅在于两者的内在文化机制、结构与程度不同。

第二节　必由之路：从"巫"走向"史"

这里所谓必由之路，指的是中华民族及其历史文化传统的发展趋势的必然性，从"巫"走向"史"，实际主要是由中国原巫文化的性质所决定的。本书已经多次强调，中国原巫文化的性质，在于追求功利的"实用理性"，从原巫的"实用理性"到春秋战国基本完成转嬗的"史"的"实用理性"，仅一步之遥。二者都是讲究功利即"善"的，然而前者的"善"是巫性的，后者则是以道德之善为文化内核。这里所谓道德，指礼与仁。

巫术之善，体现在巫术施行的目的之中，趋吉避凶的巫的目的，只是一种良好的愿望，实际上是虚拟的，由于坚信巫术的施行能够趋吉避凶，因而千百年间，巫术在先民以及古人那里运用得很顺手，成了试图克服生活困难甚至悲剧的一大"法宝"。巫术是一种寄托着良好愿望的盲目而粗鄙的信仰。巫术的善是假设性的，出于相信它是善的，因而是一个巫性的"乌托邦"。巫术的善，有时会引出一个"好"的结果。巫者不仅迷信神灵，同时也迷信巫者自己，极大地提高了巫者的盲目的自信。正如前引，巫术给人以"强烈的吸引力，把对美好未来的憧憬化作双翼，去引诱那些疲倦的探索者和追求者，带他穿越密布的乌云和失望的现实，翱翔于碧海蓝天，俯瞰天国（按：指相信施行巫术所能达到的境界）的美景。"一群原始捕鱼者在出发前，占卜预示是吉利的，预示这次出海终于会顺利而且会捕到很多的鱼，于是渔民们信心百倍迎难而上。尽管实际上在捕鱼时，不期而遇的是风浪的袭击，却由于坚信会平安无事，反而促成自己比以往更加小心谨慎而勇气倍增地驾驭着渔船，敢与风浪搏斗，结果平安地满载而归。一个病人由于坚信巫医的法术是有效的，便提高了病人的自信力，这种心灵上精神性的所谓吉利的"暗示"，确实有利于病人的康复。

中国自古讲究礼与仁。在道德意义上，礼规范了为人处世的一系列"天条"，实质是外在的意志整肃；仁是礼的发展，将被整肃的意志，转化为人或群团的内心自觉要求。礼与仁的文化主题，是道德人格性的。仁是礼的高级形态，道德意义的礼以及仁，在中国古代的十三经中，以《周礼》《论语》和《礼记》说得最全面、最透彻。

道德的礼以及尔后的仁，总有一个文化上的来源处，它主要来自巫术文化的礼。所谓巫性原礼，以祭祀山川、祖先等神灵为最典型。以祭祀为仪式的巫术，在中国古代发展得很是充分。据考古发现，殷墟建筑遗址有所谓"安门墓"，在门下有"人祭"的现象，即建造时将人体埋在门址下，以邀神灵保佑、以图吉利。所谓祭祀，就是向种种神灵献出人自己的爱心。最虔诚的，要数"人牲祭"，或将人活埋以作祭礼，或是杀牲以祭，总之是以"血"为祭，以便感动神灵。有一种巫性的祭礼仪式称为"衅"。许慎说："釁（衅），血祭也。"段注："《周礼·太祝》注云，隋釁谓荐血也，凡血祭曰釁。""凡言釁庙、釁钟、釁鼓、釁宝镇宝器、釁龟策、釁宗庙名器，皆同。以血涂之，因荐而祭之也。"[1]

古时中国的祭祀何其多。"燔柴于泰坛，祭天也。瘗埋于泰折，祭地也。用骍犊。埋少牢于泰昭，祭时也。相近于坎坛，祭寒暑也。王宫，祭日也。夜明，祭月也。幽宗，祭星也。雩宗，祭水旱也。四坎坛，祭四方也。山林川谷丘陵能出云，为风雨，见怪物，皆曰神。有天下者祭百神。诸侯在其地则祭之，亡其地则不祭。"[2]祭名、祭类、祭法与祭祀对象的繁多，一言难尽，这里从略。

礼，本是巫性的，崇高而重要，体现了人对于神灵的献身精神。

---

① 《说文解字注》，许慎著、段玉裁注，上海古籍出版社，1981，第106页。

② 《礼记·祭法第二十三》，杨天宇：《礼记译注》下册，上海古籍出版社，1997，第789页。

　　孔子曰：诵《诗》三百，不足以一献。一献之礼，不足以大飨（按：指太庙祭祖）。大飨之礼，不足以大旅（按：指祭五帝），大旅具矣，不足以飨帝（按：指祭天）。毋轻议礼！①

　　礼，天地间最是神圣②的事业，以祭天为最高。北京作为明清首都有天坛的建造以及帝王的亲祭，断不可抱着轻忽的态度。而且绝不可妄自评议，否则，便是亵渎神圣而得罪于老天神灵。

　　原始巫礼，作为"史"文化道德之礼的原型，它为道德意义的礼，提供了历史与人文资源。

　　道德之礼的神圣性，源自巫性之礼对于天神、山川与鬼灵等的献敬，只是有些改变了献敬的对象，而且往往提升为仁的境界。臣民对于天地、帝王、祖宗、父亲、兄长与导师等的礼敬，作为一种道德行为，分天地君亲师五大阶级。如果说，在巫性之礼实践中的人，对于神性对象的礼拜是全心全意、诚惶诚恐的话，那么，道德之礼的施行，不仅继承了巫性之礼的基因，成为百姓千众日常生活的常式与生活情调，而且往往是自觉的。徐复观说：

　　　　周初所强调的敬的观念，与宗教的虔敬，近似而实不同。宗教的虔敬，是人把自己的消解掉，将自己投掷于神的面前而彻底皈归于神的心理状态。周初所强调的敬，是人的精神，由散漫而集中，并消解自己的官能欲望于自己所负的责任之前，凸显出自己主体的积极性与理性作用。敬字的原来意义，只是对于外来侵害的警戒，这是被动的直接反应的心理状态。周初所提出的敬的观念，则是主动的，反省的，因而是内发的心理状态。③

　　"周初"所"提出"和"强调"的"敬"，大致是巫性意义上的，指巫觋不仅敬神灵，而且自敬。在宗教祭司看来，这种自敬，是完全不能接受的，他们

① 《礼记·礼器第十》，杨天宇：《礼记译注》上册，上海古籍出版社，1997，第412页。
② 同上书，第410页。按：《礼记》说："一献质，三献文，五献察，七献神。"巫礼分四个等级，以献神之礼为最神圣。
③ 徐复观：《中国人性论史·先秦篇》，生活·读书·新知三联书店，2001，第20页。

把它称之为对宗教神灵的狂妄和挑战。宗教"祭司在神面前卑躬屈膝，因此极其厌恶巫师骄傲的态度，和对权力的妄自菲薄。巫师自大地宣称，自己拥有和神灵同样的权力。在崇尚神权的祭司看来，巫师的态度与行为是大不敬的"①。宗教的敬，是敬神主体即"人把自己的消解掉，将自己投掷于神的面前而彻底皈归于神"。可是中国原巫文化等，并没有走到宗教那里去，而是把原巫文化等的敬神精神，转化为对天地君亲师的敬。在这种敬的精神结构中，诚然把天神、地祇、帝王、祖先与师长等，奉为巨大的崇拜对象，不过这些对象毕竟不是西方宗教那样的上帝，因而人在这些中国式的崇拜对象面前，还能保持一点"主动的、反省的"自持与自敬之心。正因如此，才能在心灵上开启由巫礼走向道德伦理而终于"归仁"之门，让"仁者爱人""老吾老以及人之老，幼吾幼以及人之幼"②等伦理信条，成为人在道德伦理意义上的人内心的自觉要求。原先巫术礼敬中的无数巫术禁忌，没有嬗变为宗教的种种戒律，而是被提升为道德伦理之做人的无数规矩。关于这一点，读者只要去读一读《周礼》《礼记》与《论语》之类的古籍，就可明了。

就巫性之礼而言，原先巫觋施行所谓法术时的舞蹈、歌唱之类的"乐"，只是作为巫术"作法"的仪式和手段而存在的。发展到后代道德伦理的"乐"，成为"礼"的有机构成（按：礼也成为"乐"的有机构成），或者可以说，道德伦理中的礼、乐二者的关系，既是二律背反又是合二而一的。

《礼记》有《乐记》篇。《乐记》说，"乐者为同，礼者为异。同则相亲，异则相敬。乐胜则流，礼胜则离。合情饰貌者，礼乐之事也。礼义立，则贵贱等矣。乐文同，则上下和矣。"又说，"大乐与天地同和，大礼与天地同节。""乐者，天地之和也；礼者，天地之序也。和，故百物皆化；序，故群物皆别。乐由天作，礼以地制。过制则乱，过作则暴。明于天地，然后能兴礼乐也。"③礼而

① ［英］詹姆斯·乔治·弗雷泽：《金枝》上册，陕西师范大学出版总社有限公司，2010，第57页。

② 《孟子·梁惠王章句上》，焦循：《孟子正义》卷一，《诸子集成》第一册，上海书店，1986，第51—52页。

③ 《礼记·乐记第十九》，杨天宇：《礼记译注》下册，上海古籍出版社，1997，第634、636、637页。

无乐、乐而无礼或是礼胜乐、乐胜礼，都不是"礼乐"的和谐境界。礼乐二者，作为中国文化在"轴心时代"经过祛魅之后的统治术兼乐心说，既是政治的、伦理的，又是艺术的、审美的，它的文化来源处，便主要是中国式的原巫等文化传统。

道德之善以及与道德相系的中国哲学、美学与艺术学等，作为"史"的文化形态，源于中国上古原巫等文化形态，确实是以所谓"无功利"为其功利的。老子的哲学之道，最终却要落实到"德"上，德者，得也。通行本《老子》第六十二章说："道者，万物之奥，善人之宝。"王弼注云，"奥，犹暖也，可得庇荫之辞。""宝，以为用也。"[①]孔子的仁学之道，实质为仁爱。"君子务本，本立而道生。孝弟（按：悌的本字）也者，其为仁之本与。"注云，"本，基也。基立而后可大成。先能事父兄，然后仁道可大成。"[②]可以说，无论老子的道还是孔孟的仁，都是以德用为目的的。这一人文传统，作为中国"史"文化的这一"生"的根基，在中国美学与艺术学中，是一直没有被撼动过的。中国美学所说的"美"，按照李泽厚的说法，叫做合规律性和合目的性的统一。合规律即真，合目的即善。中国文学艺术所追求的，大抵首先都与合目的性即善的境界攸关。

这在大量的小说作品中，体现得尤为鲜明。中国古代"四大名著"即《红楼梦》《三国演义》《水浒传》与《西游记》等，一般都是讲述"好"的故事，扬善去恶，是其共同主题，唯《红楼梦》因为写到佛教的"色空"观与易理之类而与其余三者大有区别。至于现代的一批武侠小说，一般也是一篇篇"好"的故事，在道德之善上做文章。鲁迅先生说，"我在朦胧中，看见一个好的故事。这故事很美丽，幽雅，有趣。许多美的人和美的事，错综起来像一天云锦，而且万颗奔星似的飞动着，同时又展开去，以至于无穷"，"但我总记得见过这一篇好的故事，在昏沉的夜"[③]。鲁迅的《好的故事》，是一篇著名散文，借用在

---

① 王弼注：《老子道德经》下篇，第六十二章，《诸子集成》第三册，上海书店，1986，第38页。

② 刘宝楠：《论语正义》卷一《学而第一》，《诸子集成》第一册，上海书店，1986，第4页。

③ 鲁迅：《好的故事》，《野草》，人民文学出版社，1979。按：鲁迅该文，写于1925年1月28日，初发于《语丝》第13期（1925.2.9）

这里，以说明绝大多数中国古代文学作品不易的主题。

世界上任何民族的原始文化，都由三位一体、各尽所能的巫术、神话与图腾所构成而无例外，都一般地由这一原始文化形态，尔后可能发育、成长为宗教。无论埃及、印度与希腊等，概莫能外。弗里茨·格拉夫说，往往与神话、图腾相伴的巫术，"在古典时期（classical antiquity——原注），巫术活动无处不在"。仅从所存的资料看，"它们遍布整个古代世界，从古典时代的希腊到希腊-罗马化的埃及"①，都是如此。从印度的吠陀时代看，巫术等的盛行，是不言而喻的。它们都主要地由原始巫文化走向了宗教。不管那些宗教文化的样式、教义、结构与内在机理有多少差别，先于宗教而存在的原始巫术以及神话与图腾等，为宗教的诞生都准备了文化土壤、资源与条件。

中国的情形与此大不一样。尽管中国原始巫文化等似乎为宗教的诞生，准备了丰厚的文化沃土，然而在原始巫文化等盛行数千年之后，却终于并没有真正能够走向宗教，而是走向了一种称为"史"②的文化形态。

为此，德国学者马克斯·韦伯，曾经提供了一个答案，称之为中国的"理性主义"。

> 像中东、伊朗或印度那种在社会上有势力的先知（Prophe-tie——原注），在中国是闻所未闻的。这里从来没有一个以超世的神的名义提出伦理"要求"的先知。中国宗教（按：实际指原始巫文化等）始终如一地不间断性地排除了先知的存在。最高祭司长——政教合一的统治者——所要认真对付的是封建贵族，而非先知。任何让人想到是先知发起的运动，政教合一的政权就会把它视为异端邪教而用暴力有计划地加以扑灭。中国人的"灵魂"从未受到过先知的革命洗礼，也没有私人的"祈祷"。受到礼仪（按：指伦理制度等）及文献教育的官员，尤其是皇帝，照料着一切，而且也只有他们能够如此。

---

① ［瑞士］弗里茨·格拉夫:《古代世界的巫术》，王伟译，华东师范大学出版社，2013，第1、3页。

② 按：这里所谓"史"，正如本书前文论述，主要指从原始巫术文化中所发育而成的政治伦理、礼乐文化系统等，是中国哲学、史学、礼学、仁学与美学等的一个总称。

而理性主义，无论是在中国还是在其他国家（按：指汉文化圈的一些东方国家），从内心深处就蔑视宗教。在中国，这种理性主义不需要宗教作为驯服民众的工具……①

在韦伯看来，中国文化中，没有"先知"而只有中国式的"理性主义"，两者是相辅相成的。那么，这指的是原始巫文化等的"理性主义"，还是"史"文化的"理性主义"？显然是指后者。韦伯说：

在这种实践理性（按：实指"实用理性"）主义的支配下，官吏阶层摆脱了所有的竞争，没有理性的科学，没有理性的技艺训练，没有理性的神学、法律学、医学、自然科学和技术，没有神圣的权威或者势均力敌的人类的权威；而只有一种切合于官僚体系的伦理，而这种伦理，只有在顾及到氏族内部的传统势力时，以及在对鬼神的信仰中，才会受到限制。②

这一论述说得相当绝对，有失公允。在时值春秋战国所谓"轴心时代"，经过"祛魅"而达成的中国"史"文化，的确特别重视政治伦理、礼乐制度。这种文化形态，从天下国家的种种制度，到血亲家族与个人的衣食住行等，没有一项不具有礼的规范，而且用"乐"来作为礼的对应性的调和因素。然而，要说其绝对"没有理性的科学"等，是缺乏说服力的，否则，英国学者李约瑟《中国科学技术史》这样的皇皇大著所写的内容，岂不成了虚构？当然，中国古代的科技文化走了一条不同于西方的路，它偏重于技术而较少科学理论体系的建构，这也是历史的真实。

《中庸》引录孔子之言称，"道不远人。人之为道而远人，不可以为道。"③中国文化根本不承认有什么离开了人而"客观"地独立自存的"好之理型"即"道"。

---

① ［德］马克斯·韦伯：《儒教与道教》，洪天富译，江苏人民出版社，2010，第151、152页。
② 同上书，第160页。
③ 《礼记·中庸第三十一》，杨天宇：《礼记译注》下册，上海古籍出版社，1997，第903页。

这里且不用说先秦儒家所提倡的"人道"，无疑是人作为主体的道，经验层次的，老庄之道，具有一定的形上品格，最后还得回归于"德"的经验层次。所谓形上，不能绝对排除其具有一定的超越性，不过这种超越，由于基本没有外在的、来自彼岸的提拉之力，因而只能说是"内向超越"。

这种"内向超越"的特质在于，如果说在原巫文化等盛行的时代，巫是神与人之间的一个中介的话，那么在"轴心时代"，道德伦理的经验之心，也是神与人之间的一个中介。从先秦孔孟的心性之说，到明代阳明心学的"良知"，都是道德层次的经验之心的"超越"。《左传》称，礼者，天之经也，似乎是"外在超越"，但是这个"天"并不外在于人，否则，所谓"天人合一"就不能成立了。

中国文化之所以只有所谓的"内在超越"，是因为这种文化没有一个"好之理型"即"太阳"即绝对形上之道，高悬于人文精神经验层次之上的缘故。

如果说，古希腊在经历了原始"信文化"漫长时代之后，导致"哲学的突破"而转嬗为宗教时代，如果其根本原因，是因为原始神话、图腾与巫术相比更为发达的话，那么中国原始"信文化"的情况正好相反，中国原始巫文化的文化势力，要远远地强于神话与图腾。尽管原始巫术、神话与图腾，一般都离不开"实用理性"，然而三者相比，最典型、最强有力的"实用理性"，必然体现在原巫文化中。巫术、神话与图腾三者，都具有一定的基于经验层次的向往超验世界的文化品格，可是三者相比，还是以原始神话与图腾更显得空灵些。

中国原始"信文化"由于是以原巫文化为其主角的，因而，唯有求其实用的"实用理性"，具备了基本支配整个文化发展趋势的资格与意义，使得从实用经验飞越到超验世界的文化翅膀，变得相当沉重。

从中国原巫文化所崇拜的神灵来看，神灵的数量是极多的，这可以借用"遍地英雄下夕烟"这一句诗来加以形容，这也便是因为"泛神"而加得愈多等于减得愈多。

正如前述，中国原始文化关于神灵的概念，一向是与鬼的概念紧密地联系在一起的。"宰我曰：'吾闻鬼神之名，不知其所谓。'子曰：'气也者，神之盛也。魄也者，鬼之盛也。合鬼与神，教之至也。众生必死，死必归土，此之谓鬼'"①。神与鬼合一于人的生死。气与魄的区别，仅仅前者为"神之盛"，后者是"鬼之盛"，人活着的时候是"神之盛"，人一旦死去，就变成了"鬼之盛"。"盛"，指气与魄的存在状态。按照庄子的说法，"人之生，气之聚也。聚则为生，散则为死"②。人的生死，仅在气的聚散之际。人活着时精神旺盛，此之谓"神之盛"，一旦死去，就"魂飞魄散"，是所谓"鬼之盛"的状态。《礼记》所强调的，是"鬼之盛"，《礼记》的这一段话，又是针对祭鬼而言的。

卜辞有鬼字，如"庚辰卜贞多鬼梦不至祸"③，就是其中一例。《尚书》称，"鬼神其依，龟筮协从，卜不习吉"④。当"鬼神"二字连用的时候，所强调的实际是鬼。《逸周书》说，昔者崇鬼道，废人事天，龟策是从。在原巫文化观念中，从来没有将神灵与鬼灵两个概念严格区分，正如前述，神字异体为魁，从鬼从申，申是神的本字。在文化理念上，鬼与神是紧密相系的。神的人文意义，不能说绝无一点"外在超越"⑤的意思，它在春秋战国时期，曾经经历过一个"祛魅"过程，只是并未真正走上宗教的"外在超越"之路，而是走上了现实的、现世的"史"文化的道路。中国文化专注于人的实际生存问题的解决，通过礼乐、仁义与孝悌等的认知与践行，试图实现人伦、身心的和谐。天道远，人道迩，这是中国人所坚信的。严格地说，在佛教东渐之前，中国文化没有出现像西方古代那样的宗教神学，一定程度上，仅存在于巫学之中与神的理念相

---

① 《礼记·祭义第二十四》，杨天宇：《礼记译注》下册，上海古籍出版社，1997，第809页。

② 《庄子·知北游第二十二》，王先谦：《庄子集解·外篇》，《诸子集成》第三册，上海书店，1986，第320页。

③ 罗振玉：《殷虚书契后编》下三、一八，1916，见王宇信：《甲骨学通论》增订本，附录二，中国社会科学出版社，1993。

④ 《尚书·虞夏书·大禹谟》，江灏、钱宗武：《今古文尚书全译》，贵州人民出版社，1990，第44页。

⑤ 按：李泽厚：《由巫到礼 释礼归仁》说："在巫术礼仪中，内外、主客、人神浑然一体，不可区辨。特别重要的是，它是身心一体而非灵肉两分，它重活动过程而非重客观对象。"（见该书第12页，生活·读书·新知三联书店，2015）为了证明其巫术文化是"一个世界"的说法，只强调"巫术礼仪"的"内外、主客、人神浑然一体"。其实，所谓"巫术礼仪""非重客观对象"，不等于没有"客观对象"。实际在巫者心目中，总是有一定的预设的，便是天帝、祖神以及其他鬼魅等作为"客观对象"，否则，巫性祭祀等礼仪活动便根本不可能发生。

系的鬼神之学。

斯达克曾经说过，"要完整地评价神学，有必要去研究为什么东方没有产生神学。就拿道家来说吧，道是超自然的本质、潜在的神秘力量，抑或是生命的支配原则。"然而，"其间没有理性（按：指宗教理性）的用武之地"。又说，"东方没有神学家，本该探索此道的人们拒绝了神学的根本前提：一个有意识的、万能的上帝的存在。"①先秦老庄的道，在一定意义上，确实是中国式的"超自然的本质、潜在的神秘力量"的一个哲学的表述，倘然没有一点儿精神、意念上的"超越"的理性品格，则不足以为道家哲学。可是，本原本体之道的哲学理性，仍然不能说是由宗教主神意识转变、提升而来的。老庄之道，不是被精致化了的宗教主神，而是由巫而礼（按：这里指道德伦理）的产物——仅仅以其雄辩的哲学来为道德伦理的合法性提供证明而已，这也便是为何通行本《老子》上篇论"道"而下篇说"德"的缘故。只是由于中国原巫文化的"实用理性"十分顽强之故，才没有让中国文化在经历"哲学的突破"即"轴心祛魅"之时，踏上如西方宗教一般的人文道路，而是让"史"文化即中国式的政治学、伦理学及其哲学、美学等来演出历史的新场面。不用说，中国"史"文化这一放飞的纸鸢，在哲学上究竟能够飞得多高的那根系绳，是牢牢地攥在巫性的"实用理性"的手里的。

除了"实用理性"的顽强，巫性的非理性因素，也是严重影响中国文化没能走上宗教之路的一大原因。

中国原巫文化等，并非没有非理性的文化因素，否则原巫等文化形态就不可能发生。它包括激情、冲动与意志的盲目，还有对于鬼灵、神灵的崇信与礼拜等。可是就中国原巫文化的主流来看，这种非理性的强烈程度，显然是不足的。

中国远古巫术，开始之时也有充沛的非理性因素，如凿齿、刺青、割礼与将人活埋以祭神灵等，神话传说中刑天即使已经没有头颅也能舞动干戚的故事，可以证明其生命力的无比顽强。在巫术活动中，为了讨好神灵，人对自身肉体的摧残以至于作为"牺牲"的残酷，到了何等程度，其中的非理性，是可想而

---

① ［美］罗德尼·斯达克：《理性的胜利——基督教与西方文明》，管欣译，复旦大学出版社，2013，第4页。

知的。人之所以要如此残忍地自我摧残，是为了要感动神灵。

可是时至殷周，作为巫文化主流的占卜与占筮这些巫术仪式的非理性，却不是很剧烈的。无论是殷代占卜还是周代易筮的施法过程，都是虔诚的然而也是平心静气、相对"文雅"的。拿占卜来说，陈梦家曾经据《周礼》卜官的有关记录，将整个占卜过程分为五个阶段。一、龟人——取龟（捉龟）、攻龟（按：杀龟以及将龟版、龟甲进行加工如削、刮与磨等）；二、菙氏——所谓"掌共燋契"（按：所灼材料的准备）；三、卜师——作龟（按：举火烧龟版、龟甲）；四、大卜——作龟、命龟（按：告诉龟灵所卜何事）；五、占人——占龟、系币（按：根据龟兆即裂纹占验吉凶、在龟甲上契刻有关卜辞等）[①]。取龟、衅龟、攻龟、作龟、契龟、灼龟和卜辞镂刻，占卜者的态度无疑是虔诚的，但是其情感的宣泄，又并非激越而迷狂。

周代易筮的情况也是一样。按《周易》古筮法，五十根筮草握在手中，留下一根不用，以象征太极。尔后随意地将四十九根筮草，分成两份而分握于左右手，以象征天地；从右手所持筮草总数中拿出一根夹在左手的小指与无名指之间，以象征人；再以四根为一组来分，直到不能再分，以象征四时。而双手所留下的余数，如果左手余一，右手必余三；左手余二，右手必余二；左手余三，右手必余一；左手余四，右手必余四，再将余数之和，加上原先夹在左手小指与无名指间象征"人"的那一根筮草，不是五根便是九根。再以四十九减去五或四十九减去九，得四十四与四十，到这里，算是完成了算策的"一变"。再将四十四或者四十，拿出一根象征"人"，再进行"二变"的演算。每"三变"可以决定一爻，算出全卦六爻，必须进行"十八变"的演算过程。这用《易传》的话来说，叫作"大衍之数五十，其用四十有九。分而为二以象两，挂一以象人，揲之以四，以象四时，归奇于扐，以象闰。五岁再闰，故再扐而后

---

① 按：参见陈梦家：《殷虚卜辞综述》，中华书局，1988，第17页。可参见王宇信：《甲骨学通论》增订本，中国社会科学出版社，1993，第118页。考这一占卜过程，似需有所调整、补充。一、可将"一"龟人"取龟""攻龟"分为两个阶段，因为取龟、攻龟往往不在一地、一时；二、"三""四"的"作龟""命龟"，实际是同时进行的，可以合为一个阶段；三、在攻龟时，必须衅龟，以唤起龟灵的同意；四、灼龟后还须淬龟，即将已经烧灼的龟甲，趁热水浸，便引起爆裂之声和裂纹，以备根据声、纹而断吉凶。

挂"，"是故四营而成易，十有八变而成卦，八卦而小成。引而伸之，触类而长之，天下之能事毕矣。"①整个算卦过程，既繁复又充满对于易筮的虔诚的信仰。在古人心目中，象与数都是神秘莫测的，其中的数，包含了后代数学的理性因子，但其本身主要是指人之莫测的命运，是劫数的意思。关于数与象的关系，《易传》称"昔者圣人之作易也，幽赞（按：佐助义）于神明而生蓍，参（叁）天两地而倚数，观变于阴阳而立卦"②。这一算卦过程，满是巫性的诚敬，但是从情感情绪上看，是平心静气、相对安默而非理性相对稍弱。

从易筮这一术数看，其"非理性"的被压抑以及理性抽象力的不足，让巫性易筮的"头脑"，难以向真正形上的"先验"之域飞扬，难以将其自己的人文精神，提升到宗教天国中去。中国原巫等文化，不能不说是中国后代哲学、礼学、仁学与美学等产生的沃土，然而由中国原巫文化和神话、图腾等所培育的后代哲学之类，由于缺乏一个如西方那样的宗教环节，一般没有经过宗教风雨的洗礼，从而未能汰洗其从原巫等文化所带来的"实用理性"的人文因子。

从中国的文化意绪看，从原始巫性文化的"娘肚子"里所带来的所谓"趋吉避凶"的文化"病根"，让我们后代的民族哲学等，在印度佛教进入中土之前，大致徘徊于"乐天知命故不忧"的"乐生"和"趋善避恶"的境界，一般地缺乏人之生命本是悲剧的看法。先秦中国人的悲，是生活之悲，并非生命之悲；是人格之悲，不是人性之悲。且由巫性"吉凶"而转嬗的"善恶"伦理，一直是中国文化、艺术的重大主题。

《论语》说，"夫子之言性与天道，不可得而闻也"③；老子说，"无，名天地之始；有，名万物之母"④。在孔夫子讲学时，弟子们几乎听不到老师关于"性与天道"的超验而形上的言说，那是因为在孔子的心目中，本来就没有形上意义的"性与天道"意识的缘故；老子的哲学，确实预设了一个了不起的形上

---

① 《易传·系辞上》，朱熹：《周易本义》，怡府藏版影印本，天津市古籍书店，1986，第304—305、307页。按：关于整个算卦过程的解读，请参见王振复：《周易精读》，复旦大学出版社，2009，第294—303页。

② 《易传·说卦》，朱熹：《周易本义》，怡府藏版影印本，天津市古籍书店，1986，第346页。

③ 《论语·公冶长第五》，刘宝楠：《论语》卷六，《诸子集成》第一册，上海书店，1986，第98页。

④ 《老子》第一章，魏源：《老子本义》上篇，《诸子集成》第三册，上海书店，1986，第1页。

范畴"无",然而这"无",却是与"有"相伴而存的,并没有在逻辑上,与"有"作绝对分割而高悬于绝对超验之域。无、有二者的区别仅仅在于,"无"名天地之"始","有"名万物之"母",仅在哲学位格上,前者稍高于后者而已。中国文化的原始特性,由于此后没有真正地进入宗教天国,严重影响了哲学、伦理学与美学等的结构、机制与内涵的建构。在苦乐问题上,先秦原始所强调的,是人格而非人性本在意义的悲喜,是生活而非生命本在意义的苦乐。关于苦乐,显然大致带有中国原巫等文化的人文烙印。儒家的生死观,所谓"天地之大(按:太之本字)德(性)曰生""杀生成仁"与"舍生取义"等,是道德伦理意义上的价值观;原始道家所强调的,是人的个体生命的长存,过一种"为无为,事无事,味无味"①的"自然"而快乐的生活。既然原巫文化的第一命题,是趋吉避凶——在这里,寄托着中国人的人生理想,那么,所谓的趋吉避凶、趋生避死,同时便是趋乐避苦(趋喜避悲),而且人们坚信这是完全能够做到这一点的。活在"史"文化里的原巫文化的基因,培养了一大批"乐天派",这在哲学、美学上,是缺乏真正悲剧意义的"忧患"意识的原巫文化传统,所必然导致的精神成果。

中国文化所以没有真正地走上宗教道路的另一个原因,是因为在这个主要由原巫文化所培养起来的文化基因中,没有如西方那样的"原罪"意识。基督教教义认为,自从人类始祖亚当夏娃,由于违背上帝的命令、受蛇的诱惑、偷吃禁果而犯下原罪之后,人便是生而有罪的,所以必须绝对地信仰、服膺上帝,才可能得到救赎。西方文化基因中的"人",首先承认其自己本是具有"原罪"的。"原罪"说不啻是说,人的缺失与罪孽,是生而有之的,而且是不可弥补的,这为救世主上帝的"出场",准备了逻辑上的绝对必要性。

中国文化在根本上,只说人性生而有善有恶、或者无善无恶、或者善恶相混,这是经过"轴心时代"祛魅之后所得到的普遍认识。那么,人本身与世界是否有缺陷、有黑暗呢?在先秦时期,这个问题似乎没有为哪位智者所深入思考与解答过,只是在原巫文化中,将人自身所遭遇的命运与处境,分为吉与凶

---

① 《老子》第五十五章,魏源:《老子本义》下篇,《诸子集成》第三册,上海书店,1986,第52页。

两大类，从而分辨出"吉"的世界与"凶"的世界。面对"吉凶"不同的人的命运、前途与世界，原巫文化所意识到的，仅是怎样在善性神灵的帮助下，用"巫"的特殊方式，趋吉避凶。人们相信，种种凶神恶煞与不佳的处境，一般的人是战胜不了的，但是通过巫术可以加以驱除或者回避，认为驱鬼巫术就是其中一种重要而"有效"的法术。即使不能驱除凶险的遭际，也可以做到回避。

在宗教诞生之前，西方原始文化中的巫术等，同样显得很是活跃而重要，承认未与巫术法力相联系的普通人以及巫术本身，都是"命里注定"地有缺陷的，他们所处的世界，也是具有黑暗与丑恶的。人生而有罪，不是"巫"所可以改变的。所以在原始巫术、神话与图腾文化盛行了千百年之后，有必要呼唤宗教上帝的到来。

上帝的原型，大约是西方原巫文化中的大巫、神话中的主角和作为图腾的人类的老父亲，他在原巫等文化中曾经显示的法力，尽管神通广大，可是他的神性兼巫性的法力，尚未来得及在创造世界与人类这一神圣领域，具有绝对而全部的合法地位，因而必须在宗教中加以荡涤干净，尔后上帝才能像模像样地获得十全十美的创造力、支配权和合法性。

中国原始文化中的巫，尽管有种种禁忌却不承认自己是有缺失会犯错误的，它把所谓的无所不能、十全十美的人的理想，十分信任地赋予了原巫这一角色，实际是借"巫"这一文化方式，极大地夸大了人的智慧和能力。所以"愚公移山"的愚公坚信自己以及子子孙孙，终于能够把两座大山搬走，而不指望于神的佑助。所以精卫自信能够将海填平。所以居然能够在原巫身上，虚幻地实现人的全部梦想。这是因为在巫与巫术的内在结构中，已经极大地夸大了巫化的人的智慧和力量。

于是，在古老东方中华的原巫等文化盛行之后，宗教上帝的"出场"就是没有必要的了，其实，在当时的文化仪式中，也不知道什么是宗教的上帝。

于是在古代，将所谓无所不能的巫性、巫力等，赋予了"史"的文化体系，其中起决定作用的是历代的王权。原先，在原巫文化中巫的虚幻的对于他人与环境的控制，变成了在"史"文化中，王权对于天下家国、社会人群及其它方方面面的实际的控制。在古代，所谓"万岁"这一纯粹是巫性的人文命题（按：因为只有在巫术中人活一万岁是可以"实现"的），在漫长的中国封建文化的国度里，一变而为对于皇帝独一而无上的尊称。与此相应的，是那些王爷什么的，也被尊称为"九千岁"之类。

从灵与肉的关系角度看，灵、肉二分是西方基督教教义的基本要点之一。《圣经·创世记》说，起初，上帝创造天地，地是空虚混沌，渊面黑暗。上帝的灵运行在水面上。尽管圣父、圣子与圣灵"三位一体"，而从另一方面看，上帝之灵即所谓圣灵，是绝对地独立而自由的，它是上帝能够创造一切的唯一源泉与机枢。基督教教义说，所谓得救，就是圣徒的灵魂升入天堂，救赎则意味着，圣徒的灵魂分享了上帝至善至真至美的灵。可以说，基督教的"纯灵"说，是对远古巫性之灵肉说的改造与提升。灵、肉二分说的实质在于，唯有肉身才是万恶之源。所以灵魂的得救，意味着起始于灵、肉二分。

德国学者云格尔曾经指出，"因为而且只要他不只是肉体，还是有其他东西，是灵魂或精神，所以，人的不朽的灵魂（或不朽的精神——原注）与其必朽的肉体相对立"[1]。云格尔又说，"在其《哲学箴言》中，青年亚里斯多德就人的灵魂与肉体生命的关系比较了人的灵魂与伊特拉斯坎海盗的俘虏的命运。伊特拉斯坎海盗尤其令人发指，首先因为他们对待俘虏的方式。'为了折磨俘虏，海盗将其活生生地捆绑在死尸上，面对着面。就这样迫使生命与腐尸结合，他们让自己的牺牲品渐渐渴求死去。'亚里士多德认为，人的灵魂生存在肉体之中，就像伊特拉斯坎海盗的俘虏被缚于死尸之上。按照这个令人心悸的譬喻，人的生命仿佛被迫缚于逝世。于是，人的真正的死就可以解释为从这种束缚中解放，这种束缚使灵魂分有肉体的逝性。"[2]

这就是说，如果认可人的灵、肉不分，就好比海盗将活人与腐尸面对面捆绑在一起一样残忍而"令人发指"。只有灵、肉二分，才能使得灵魂从人肉体"这种束缚中解放"出来。西方基督教"上帝的灵"的人文原型，作为西方原始巫术、神话与图腾中的灵，本来没有与肉体分开，这在古希腊的亚里士多德看来，好比海盗无比残忍地把一个活生生的人和死尸面对面地捆绑在一起，是极不正常的不人道的，是必须遭到谴责的。所以在西方文化看来，所谓原始文

---

① ［德］E.云格尔:《死论》，林克译，生活·读书·新知三联书店，1995，第37页。
② 同上书，第38页。

化的灵、肉不分，是不合法的。只有灵、肉二分，像基督教文化一样的灵、肉二分，才是灵魂的真正解放和形上性提升，这的确可以看作是一种所谓"理性的胜利"。由此开辟了从原巫等文化形态向基督教文化形态转嬗的文化新格局，对于原巫等文化而言，它无疑是颠覆性的。

这里将中西文化进行比较，并非意在肯定西方而否定东方的中华，实际上中国文化的优长，正是西方文化包括基督教文化的局限与缺失，只是，在印度佛教文化东渐之前，中国的原生文化，由于原巫等文化的过于强大，由于其"实用理性"意识的根深蒂固，也由于中国远古文化中的神性不足而鬼性的张扬，遂使原巫等文化形态中的灵魂与肉体二维，从一开始就无法分道扬镳。不记得哪位伟大学者曾经说过，中国文化的一大特点，是从来没有剪断它与文化母体的生命的"脐带"。正如神、鬼不分一样，灵、肉不分也是中国文化一个标志。这是因为，无论神鬼、灵肉，都合一于气。正如前述，关于巫灵，作为一种粗鄙的信仰，谈不上有什么高级的人文思考，离真正的宗教尚远。有学者说："巫术对中国传统文化的影响主要是巫术意识对中国人的思想观念或中华民族心理的影响。这种影响在以下两方面表现得尤为突出。首先，巫术的兴盛导致了与巫术密切关联的低级迷信观念的发达，从而抑制了中国古代宗教的发展。其次，巫术的兴盛使中国传统思维方式中保留了更多的原始思维残余，由此形成了一种贬低概念分析、崇尚神秘直觉的风气。"[①]此言是。

---

① 胡新生：《中国古代巫术》（修订本），山东人民出版社，2005，第73页。

第六章　巫术禁忌与心灵感应

　　所谓巫术禁忌，指巫者（按：包括巫觋和一般信巫的人），人为地规定和施行的强制性禁绝，为的是确保施巫的所谓"灵验"与"成功"。为此，中外古今的巫术文化，都有许多必须践行，或者绝对不能说不能做，甚至也不能想的种种规定。禁忌就是巫术观念中一个个心灵的"雷区"；巫术的心灵感应，指巫术的所谓灵验、成功或者失败的心灵根因与人文机制。禁忌和感应二者，是巫术文化长期积淀而约定俗成的两种粗浅的信仰。一主身一主心，一在外一在内，共同关乎巫术的文化原则与内在机理。

　　中国巫文化的巫术禁忌多如牛毛，它们往往是与巫术的心灵感应同时出现的。巫术禁忌，建立在天与人、人与人、物与人以及物与物之间相互感应的假设之上。巫术禁忌的文化底蕴是心灵感应；巫术的心灵感应，又往往表现在巫术禁忌之中。中国巫文化的禁忌与感应，在原则上或甚至有个别实例与世界相通，也具有自己民族文化的鲜明特点。

第一节　巫术禁忌

　　大凡巫术文化，都是有所禁忌的，巫者自以为哪些必须做（按：不做就要"倒楣"），哪些不能做、不敢做甚至也不敢想（按：做了、想了就要"倒楣"）的事项和领域，被称为巫术禁忌。这不是说，既然巫者的言行总是有所顾忌、有所忌讳，那么似乎可以证明，作为"神通广大"的巫术，也有它所不能到达的时候与领地。不是这样的。巫术总是自诩能够遇山开路、逢水搭桥、呼风唤雨、改天换地、无所不能。可是，巫觋无比"异能"的施展与"丰功伟绩"的实现，正如巫者所坚信的那样，是必须要有一定的条件作为保证的。其中之一，便是人为地设立了许许多多的巫术禁忌，并且形成了强大的信仰传统，而断断不可随意玩忽。无论中外的所谓大巫，都是些自命不凡、甚至有些是道德高尚的人。他们相信"天将降大任于是人"①，似乎肩负着管理与支配整个社会甚至自然界的神圣责职。他们相信一旦道德沦落，必然会导致巫术的失败、召神的不灵，而弄得自己颜面全无、灰头土脸，甚至有巫觋因巫术失败而自杀的。因此，他们把那些只是骗人钱财的俗巫，蔑称为"妖巫"，而令人不齿。从受巫者这方面看，也有种种禁忌、规矩必须遵行。当巫觋施行法术时，受巫者必须抱着一颗虔诚的心，他坚信巫术是"灵验"的，"诚则灵""信则灵"。假如三心二意，或者疑惑犹豫，那么巫觋便会告诉你，是你的心不诚、信不坚而导致了巫术的失败，从而维护了巫觋自身的权威。

巫术禁忌，划定了巫者不能进入、不能触碰的禁区。英国文化人类学家弗雷泽的《金枝》一书，较早地记述了人类先民那些奇奇怪怪的巫术禁忌的实例，这里不妨引录一些，以飨读者。比如关于牙齿的巫术禁忌，就颇有趣。

新南威尔士（按：现为澳大利亚的一个州）达林河边的部落，会把敲掉的牙放在水边的（按：树的）树皮下。树皮长起来盖着这颗牙，或牙齿掉到水里，被当做是平安的预兆；但倘若那颗牙露出来，并被蚂蚁爬过，就预示男孩必将受到口腔病的折磨。同样在西南威尔士，默林部落及其他部落则先由一位长者保管被敲掉的牙齿，然后在公社的头人中一个接一个地传递，规定牙齿绝不可以放进已装有某种魔法物件的袋子里，不然此人会遭大劫……

据说德意志人都知道这样一句话——把掉了的牙塞进老鼠洞里。据说这样处理幼儿换下来的乳牙，还可以避免孩子牙疼。为保持牙齿坚固完

---

① 《孟子·告子章句下》，焦循：《孟子正义》，《诸子集成》第一册，上海书店，1986，第510页。

好，也可以走到火炉后面，向后越过头顶扔出牙齿，并说："老鼠啊，我把我的骨牙给你，你把你的铁牙给我吧。"位于太平洋上的拉拉通加岛，幼儿拔掉牙齿后背诵下面的祷文，向老鼠祈福，并把这颗牙扔到孩子家旧屋顶上——据说那里肯定有老鼠窝。①

笔者忽然想起，小时候大概七八岁换乳牙时，母亲告诉我必须把掉下来的牙齿自己亲自扔到自家的屋顶上去，但是没有念祷文这一说。我当时就问为什么，母亲说没有为什么，她说她小时候也是这么做的，老辈所留下的规矩是不能破的。于是，后来我每一次掉牙，都把它扔到屋顶上去了。真想不到在遥远的太平洋拉拉通加岛上，居然也有和我家乡上海浦东大致相同的扔牙风俗。

弗雷泽又记述了澳大利亚土著的母亲，必须将婴儿的脐带扔进河里的巫例，相信这样做会决定"一个人的游泳技巧"。其实人的游泳技巧的养成，与怎样处理婴儿出生时的脐带，根本没有任何关系，然而澳大利亚土著的母亲却坚信两者是攸关的。苏门答腊的巴塔克人，"把胎盘看成是他（她——原注）的兄弟或姐妹"，"它被视为这个孩子体外的灵魂，和孩子一生的幸福"，因此，必须把胎盘"埋在房子下面"。弗雷泽说，"直到今天，许多人仍然相信，一个人的命运或多或少跟他的脐带或胞衣有密切关系"。在法国西北部地区的博斯和帕彻，"人们不能把脐带扔到水里或火中，因为这预示着孩子会溺水或被烧死"。弗雷泽还记述这样一件事，美拉尼西亚人一旦受伤，英国大科学家培根曾说，"只要在致伤的武器上涂油膏，伤口就会自动痊愈"。在英国萨福克郡，"曾有一个男人修篱笆时，手不慎被刺扎，伤口化了脓，他去看医生，还特别强调自己已经在拔出的刺上涂了脂肪，对为何还会化脓表示不解"②。

这里，请读者诸君原谅我有些不厌其烦的引录，其实关于巫术禁忌的书面材料，是不胜枚举的。

---

① ［英］詹姆斯·乔治·弗雷泽：《金枝》上册，陕西师范大学出版总社有限公司，2010，第42—43、43页。按：关于孩子乳牙的祷文是："大大小小的耗子，奉上我的旧牙齿，求你给我新牙齿。"（见该书上册，第43页）
② 按：参见詹姆斯·乔治·弗雷泽：《金枝》上册，陕西师范大学出版总社有限公司，2010，第44—49页。

这种巫术禁忌，在中国古代也是举不胜举的。李零指出，"《隋志》所录五行家书也有专讲各种时令禁忌的历书，如《杂忌历》《百忌大历要钞》《百忌历术》等。可见它们在古代是何等流行"，"这些禁忌涉及极广，几乎包括古代日常生活的一切重要方面"①。

正如前述，首先是作为巫术禁忌，对巫觋本人的"作法"过程来说，有许多的约束和限制。拿《周易》算卦的"筮仪"来说，无论环境、布置、方位以及仪式本身等，都必须端严庄重，一丝不苟，为的是表达对于神灵的诚敬，否则，可能会引起神灵的不悦从而导致巫术的失败。

朱熹《周易本义》一书，记录了一则"筮仪"，相当繁复，择要如次："择地洁处为蓍室，南户，置床于室中央。蓍五十茎，韬以纁帛，贮以皂囊，纳以椟中，置于床北。设木格于椟南，居床二分之北。置香炉一于格南，香合一于炉南，曰炷香致敬。将筮，则洒扫拂拭。涤砚一，注水，及笔一、墨一、黄漆板一，于炉东。东上，筮者齐洁衣冠，北面，盥手焚香致敬。两手奉椟，盖置于格南炉北。出蓍于椟，去囊解韬，置于椟东。合五十策，两手执之，熏于炉上。命之曰：假尔泰筮有常，假尔泰筮有常，某官姓名，今以某事云云，未知可否？爰质所疑于神于灵，吉凶得失，悔吝忧虞，惟尔有神，尚明告之。"②由此可以见出宋代"筮仪"的大概。其虔诚之心一点儿也不亚于和尚诵读佛经，"复次持诵之者，不得太急，亦勿迟缓，使声和畅，勿高勿默；又不得心缘异境及与人杂语，令诵间断；又于真言文句勿使缺失。文句缺失，义理乖违。"③虽然说巫术"作法"的禁忌与宗教诵经并非一回事，到底佛教是从巫术等文化发展而来的，佛徒诵读佛经时，是把佛经看作神灵一般的，所以毕恭毕敬、不敢稍有造次，其中肯定蕴含着巫性文化关于禁忌的因素。

① 李零：《中国方术考》（修订本），东方出版社，2001，第163页。
② 朱熹：《周易本义》，怡府藏版影印本，天津市古籍书店，1986，第28—30页。
③ 《妙臂菩萨所问经·说金刚杵频那夜伽分》，法天译，《大正藏》第18册，第752页。按：《符咒全书》记"书符"有"十戒"云："一戒心有二念，二戒荤口，三戒手秽，四戒笔墨不净，五戒方向不正，六戒造次，七戒复笔，八戒口不应笔，九戒吐痰作恶，十戒改笔。"（见刘黎明：《灰暗的想象——中国古代民间社会巫术信仰研究》上册，巴蜀书社，2014，第368页）这是将巫术禁忌，发展为佛教戒律，巫术禁忌是宗教戒律的人文原型。

在中国道教的许多仪规形制中，也渗透了大量巫性的禁忌。道教尤其注重符箓。为了获得符箓的"灵验"效果，达到"灵契"的境地，道士书写符箓时有种种严格的规矩，不遵守不行，最重要的是收摄心神，不使旁骛，务必"心与神合，神与炁（按：气字异体）合。炁与真合，阴与阳合。阳同日耀，阴同月曜。三天运明，斡旋造化。帝真合灵，洞达杳冥。如日之升，回转无穷。"①一旦心猿意马，便会失去巫的"法力"，纵然是称为"灵符"的东西，据说也便不"灵"了。清代袁枚《新齐谐》记述有云：

> 万近蓬言：闻胡中丞宝瑛病剧时，忽语家人曰："明日慎闭吾户，勿唤勿入也。"如其教。明日日将暮，亦不唤启钥。夫人疑之，自往从穴隙窥，见房内列二桌，南北相向。南向桌上，有一人头大如十石簦，金目巨口，灼灼翕动。北向桌上，中丞坐与相对，桌上列纸笔，方握管，似与问答，欲作书状，第见口动，亦不闻声。遂大惊，排阖入。中丞掷笔而起曰："汝败吾事矣！不然，可得尚延岁月。然此亦天数也，速备我身后事，三日内当死。"已而果然，究不知此大头属何神怪。时张六乾在座，乃曰："此名灵符，文昌宫宿也。凡有文名才德者，喜往依获。昔朱紫阳注《四书》，每见之而文思日进，后能召之来，麾之去，遇疑义辄与剖晰。中丞盖欲召之来以祈禄命，不意为妇女所败。"②

在一个千百年盛行巫文化的古老国度里，这一类虚构故事的出现，并不令人奇怪，无非意在渲染种种巫术禁忌的"神圣不可侵犯"，以维护巫术的神秘性和权威性。为此，种种有关故事的编造，可以荒诞不经，在一种十分迷信巫文化的社会环境与氛围中，似乎话说得越是离谱，便越会让人虔信。"女人入月，恶液腥秽，故君子远之。为其不洁，能损阳生病也。煎膏治药，出痘持

---

① 《灵宝玉鉴》卷一九《合明符》，《正统道藏》第17册，涵芬楼影印本，文物出版社、上海书店、天津市古籍书店，1987，第240页。

② 袁枚：《续新齐谐》卷八《灵符》，《新齐谐·续新齐谐》，沈习康点校，人民文学出版社，1996，第723—724页。

戒，修炼性命者，皆避忌之，以此也。《博物志》：'扶南国有奇术，能令刀斫不入，惟以月水涂刀便死。'此是秽液坏人神气，故合药忌触之。此说甚为有据。"①

说到中药治病的禁忌，亦颇有趣。鲁迅先生的作品中，曾经写到他小时候家道中落，父亲有痨病，中医开的药方中，特地用"蟋蟀一对"来做药引子，而且告诫说，那一对蟋蟀，一定要是"原配"的，否则药效全无。蟋蟀有雌雄大概不假，一旦入药，一定要求一对"原配"的蟋蟀，这种禁忌真的绝了！且不说在荒草瓦砾之间捉到一对蟋蟀已属不易，即使侥幸被你捉到了，又怎么知道是"原配"的呢？笔者读小学时，清早出门往往会看到，早有熬过的中药药渣，已经分散地倒在乡间的小路上，意思是这药渣必须让人践踏才能有药效，却从未见过是何人倾倒在这里的，想来那药渣的倾倒，一定要起身很早、趁四下无人的时候。问大人究竟为什么，得到的回答是，小孩子你不懂的，药汤的渣子，要不是一大清早偷偷拿去倒在路上，让人路过践踏一下，那你喝的药汤还有疗效吗？

古代有"祝由"科，所谓"祝由一科，起于黄帝，禁咒治病，伊古有之。"看来其历史是很悠久的。"祝由"治病，是很讲究巫术禁忌的。

> 今择余所知而验者，录之。治蜈蚣螫，咒云：'止见土地，神知载灵，太上老君急急如律敕。'以右手按螫处，一气念咒七遍，即挥手作撮去之状，顷刻痛止。治蛇缠，咒云：'天蛇蛇地蛇蛇，青地扁，乌梢蛇。三十六蛇，七十二蛇，蛇出蛇进，太上老君急急如律敕。'凡人影为蛇所啄，腰生赤瘰，痛痒延至心，则不可救，名蛇缠，又名缠身龙。治法：以右手持稻秆一枝，其长与腰围同，向患处一气念咒七遍，即挥臂置稻秆门槛上，刀断为七，焚之，其患立愈。②

① 李时珍：《本草纲目·人部·妇人月水》，《本草纲目》卷五十二，商务印书馆，1954，第1930—1931页。
② 《庸闲斋笔记》卷一一，第275—276页。刘黎明：《灰暗的想象——中国古代民间社会巫术信仰研究》下册，巴蜀书社，2014，第1148—1149页。

这是对"蜈蚣螫"与"蛇缠"（"缠身龙"）两种疾病的施法"治疗"，据称"顷刻痛止""其患立愈"，十分有"奇效"的。法术的主要"情节"，是"一气念咒七遍"。"念咒"是为了召唤、胁迫神灵降临。连续念咒七遍这一施法规定，是一点儿也不能改变的，六遍或者八遍，行不行呢？当然不行。这便是严厉的巫术禁忌。

从巫文化角度看，人的生老病死、衣食住行，到处都是禁忌。凡此种种禁忌条规，是万万不能触犯的，一旦触犯，据说人就会倒楣的。

就拿"住"这一点来说吧，东汉王充《论衡》举例说："俗有大讳（按：即大忌）四"，其中之一便是：

> 一曰讳西益宅。西益宅谓之不祥，不祥必有死亡。相惧以此，故世莫敢西益宅。防禁所从来者远矣。传曰："鲁哀公欲西益宅，史争以为不祥。鲁哀公作色而怒，左右数谏而弗听，以问其傅宰质睢曰：'吾欲西益宅，史以为不祥如何？'傅宰质睢曰：'天下有三不祥，西益宅不与焉。'哀公大悦。有顷复问曰：'何谓三不祥？'对曰：'不行礼仪，一不祥也；嗜欲无止，二不祥也；不听规谏，三不祥也。'哀公缪然深惟，慨然自反，遂不益宅。"①

因为迷信其"不祥"，所以所谓"西益宅"的情形，古人是一定要禁止的，从巫文化的观念来看，符合巫术禁忌这一条。

所谓"西益宅"，无非在一个原有宅舍西临的地方，再造一处宅舍时，房子造得比原有宅舍高或者低，都被认为是不吉利的。房子造高了，原有的房主不允许，认为对他不利；房子造低了，自己觉得被人压了一头，也不吉利。在不信风水的今人看来，这是相互争强好胜的邻里矛盾的表现。解决的方法也很简单，在原有宅主宅舍的西邻，如果某人想再造一幢，只要造同样造型、立面、体量和色彩的宅舍就可以了。

可是相信巫术禁忌的古人并不这么看，认为所谓"西益宅"无论对人或者

---

① 王充：《论衡·四讳篇》，《诸子集成》第七册，上海书店，1986，第227页。

对己，都是凶险无比的。^①

在《黄帝宅经》一书中，有许多关于堪舆的巫术禁忌。

《宅经》说，"犯者有灾，镇而祸止，犹药病之效也。""所以，人犯修动，致令造者不居。却毁阴阳，而无据效，岂不痛哉！""作天地之祖，为孕育之尊。顺之则亨，逆之则否。何异公忠受爵、违命变殃者乎。"又如，"再入阴入阳，是名无气。三度重入阴阳，谓之无魂。四入谓之无魄。魂魄既无，即家破逃散，子孙绝后也。""墓宅俱凶，子孙移乡绝种。""失地失宫，绝嗣无踪。行求衣食，客死蒿蓬。"^②这在今人听起来，似乎是有点儿吓人的。

在《葬书》中，同样有不少关于堪舆的巫术禁忌。

《葬书》说，"葬得其法，则为生气；失其道，则为杀（煞）气。""立穴若还裁不正，纵饶吉地也徒然。高低深浅如葬误，福变为灾起祸愆。"墓地"夫干如聚粟，湿如刲肉，水泉砂砾，皆为凶宅（按：这里指阴宅）。"^③

在迷信巫术禁忌的古人看来，无论所谓"阳宅""阴宅"，是不能不重视和施行风水术的，种种巫术禁忌，一言以蔽之，为的是"趋吉避凶"。堪舆术规定了十大煞气，什么"割脚煞"与"孤峰煞"等等，都是要力避的。

在吃的方面，也是禁忌无数，其中除个别颇有营养学依据外，大多出于巫术禁忌。这里试举关于女子妊娠期间不能吃什么的例子，以飨读者。

古代著名医家孙思邈说："儿在胎日月未满，阴阳未备，腑脏骨节皆未成足。故自初迄于将产，饮食居处，皆有禁忌。妊娠食羊肝，令子多厄；食山羊肉，令

---

① 按：坚持唯"物"的王充倒是不信所谓"西益宅"的迷信的。他说："夫宅之四面皆地也，三面不谓之凶，益西面独谓不祥何？西益宅何伤于地体，何害于宅神？西益不祥，损之能善乎？西益不祥，东益能吉乎？夫不祥必有祥者，犹不吉必有吉矣。宅有形体，神有吉凶，动德致福，犯刑起祸？今言西益宅，谓之不祥，何益而祥者，且恶西益宅者谁也，如地恶？益东家之西，损西家之东，何伤于地？如以宅神不欲西益，神犹人也。人之处宅，欲得广大，何故恶之？"（王充：《论衡·四讳篇》，载《诸子集成》第七册，上海书店，1986，第227页）

② 《黄帝宅经》卷上，《风水圣经——〈宅经〉〈葬书〉》，王振复导读、今译，中国台湾恩楷股份有限公司出版发行，2007，第32、34—35、36、40、45、46—47页。

③ 《葬书》内篇、外篇，《风水圣经——〈宅经〉〈葬书〉》，王振复导读、今译，中国台湾恩楷股份有限公司出版发行，2007，第102、110、166—167页。

子多病；妊娠食驴马肉，令子延月；食骡肉，产难；妊娠食兔肉、犬肉，令子无音声并缺唇；妊娠食鸡子及干鲤鱼，令子多疮；妊娠食鸡肉、糯米，令子多生白虫；妊娠食甚并鸭子，令子倒出心寒；妊娠食雀肉并豆酱，令子满面多黑子；妊娠食雀肉、饮酒，令子心淫情乱、不畏羞耻；妊娠食鳖，令子短项。"[1]

时至今日，常常听到一些营养学医生要病者注意，什么食品与什么食品不能同食，比如豆腐与菠菜不能烧在一起、螃蟹与柿子不能同食，等等，否则对身体健康不利，是有一定营养学依据的吧？所谓缺啥补啥，比如"肾虚"者要多食猪腰子，"肺虚"的多食猪肺汤，患有心脏病的，应该多吃炒猪心，等等，这究竟有什么科学根据，还是关于饮食方面的巫术禁忌传统使然，是可以进行探讨的。

在中国古代，迷信命相不一的人关于住房的朝向有所谓"宜"或者"忌"那样，属相不同，比如所穿衣服和所服药物的颜色，也有"宜忌"之分。

刘黎明根据敦煌有关文献，将十二属相的人适宜穿什么颜色的衣服、服用什么颜色的药物的材料，作了归纳和整理：

> 属鼠者，命属北方黑帝，宜著黑衣，有病宜服黑药。属牛者，命属北方黄帝，宜著黄衣，有病宜服黄药。属虎者，命属东方青帝，宜著青衣，有病宜服青药。属兔者，命属北方青帝，宜著青衣，有病宜服青药。属龙者，命属东方黄帝，宜著黄衣，有病宜服黄药。属蛇者，命属南方赤帝，宜著赤衣，有病宜服赤药。属马者，命属南方赤帝，宜著赤衣，有病宜服赤药。属羊者，命属西南方黄帝，宜著黄衣，有病宜服黄药。属猴者，命属西南方白帝，宜著白衣，有病宜服白药。属鸡者，命属西方白帝，宜著白衣，有病宜服白药。属狗者，命属西北方白帝，宜著白衣，有病宜服白药。属猪者，命属北方黑帝，宜著黑衣，有病宜服黑药。[2]

---

[1] 孙思邈：《备急千金要方》卷二，《文津阁四库全书》第735册，商务印书馆，2008，第46页。

[2] 按：参见《敦煌宝藏》第128册，第169—172页。见刘黎明：《灰暗的想象——中国古代民间社会巫术信仰研究》下册，巴蜀书社，2014，第1132页。

根据中国古代五行五方五帝五色相配之理,应为:北方—黑帝—黑衣—黑药;东方—青帝—青衣—青药;南方—赤帝—赤衣—赤药;西方—白帝—白衣—白药;居中—黄帝—黄衣—黄药。这里,根据所整理的敦煌文献的有关资料,可能由于以十二生肖与五方五帝五色相配很难做到处处巧合,便出现了诸如"北方黄帝""东方黄帝""西南方黄帝""西南方白帝"与"西北方白帝",却没有"居中黄帝"等牵强的说法。由于以十二生肖与五方五帝五色相配,总有不周之处,所以不得已,古人也就勉为其难。既然由于属相不同而所宜所忌不一,也就等于说,有所宜而必然有所忌,比如属鼠之人的所宜,仅仅与属猪的人相同,却与其余十种属相的人都不同,可见其所忌的方面是很多的,包括黄衣、黄药,青衣、青药,赤衣、赤药,白衣、白药等,都是应当禁忌的,以此类推。如此苛刻的"宜""忌",一旦实行,究竟还让不让人活?

中国古代还有根据阴阳五行相生相克的道理而讲究饮食宜忌的习俗。如果不折不扣地遵照五行相克的道理,那么所谓命相不同的人,在饮食上一辈子都有许多东西不能吃,那也活得太不自由太艰难了。比如根据"木克土"的道理,那些属于"土命"的人,便似乎永远不能品尝木本植物所长出的水果美味了;依照所谓"土克水"的道理,那么,对于那些属相为"水命"的人来说,凡是从土壤中长出来的植物,就不能吃了;还有,比如按照"火克金"的说法,属相为"金命"的人,就只好一辈子吃生的东西了,因为凡是举火而煮于铁锅的,就一定会对他们不利,等等。这种"命里注定"的所谓法则,让我们的古人没有活路。

还好,古人还是很聪明的,他们一方面说阴阳五行的相生相克之理是一定要遵循的,另一方面又说,遵循古训,不等于说遇到麻烦时不可以有一点点变通,《周易》所说的易理,不就是讲"变通"的吗?种种巫术禁忌既然是人为地规定的,根据巫术禁忌,也有实在绕不过去坎的时候,那么就变通一下,或者久而久之,比如那些属相为"土命"的人不能吃木本食物、"金命"的人不能食经火、锅烧熟食物等的禁忌,就被废止了,也被人遗忘了,所以我们今天就未曾实行过这样的饮食禁忌。

禁忌太多,要不折不扣地实行,实在是一件很困难的事情,于是就遵行得不那么严格了,或者用什么"变通"之法,把自己和旁人蒙混过去,这是禁忌对人的一种妥协。随着时代的发展、知识与科学的进步,多如牛毛的巫术禁忌,在不断地被解构之中。当然，禁忌总是存在的，不会彻底绝迹，这是因为人与自然的本原矛盾，将永远存在，人类克服了旧的矛盾，还会有新的矛盾产生，当新的矛盾新的生存困难产生而无力解决的时候，便有巫术及其禁忌滋生的可能。

正如巫术一样，哪里有巫术的施行，那里便往往有相应巫术禁忌的存在与遵行。巫术禁忌是古人在经历无数次巫术施行的失败之后，才罗列、总结出来的，可惜并没有减少与阻止巫术的失败。正如巫术本身的盲目而稚浅一样，巫术的禁忌，同样是盲目的、稚浅的。因此中国古代无数的巫术禁忌，没有也不可能具有成系统的理论形态。它广泛地存在着并且发挥着实际的作用，这种文化的认知与行为，只是证明了古人生存处境的艰难和艰苦卓绝的努力。有学者说，积极性的是巫术，消极性的便是巫术禁忌，人应该知道自己该做什么，也应该知道不该做什么，前者是巫术，后者是巫术禁忌。

实际上，无论巫术本身还是巫术禁忌，在一定意义上，都是古人没有能够在困难、艰危与悲剧性的遭遇处境中，真正知道人应当做什么、人应该到哪里去与人究竟是什么。

凡此一切也许可以见出，人在巫术境遇中的角色，某种意义还是一个"似主体"甚至是"伪主体"。当然，在漫长的数千年的巫术之苦难的挣扎中，巫的方式也慢慢地逐渐地让人类觉醒，真正能够改变人及其处境的知识与科学，也在潜生暗长，终于使巫术与巫术禁忌趋于解构和消亡，可是巫术与巫术禁忌永远不会绝迹。

第二节　心灵感应

英国文化人类学家弗雷泽指出："巫术的首要原则之一就是相信心灵感应。关于心灵之间具有跨距离感应的说法，很容易使野蛮人信服，因为原始人早就对此深信不疑。"①巫术感应作为"巫术的首要原则之一"，在西方文化人类学关

---

① ［英］詹姆斯·乔治·弗雷泽:《金枝》上册，陕西师范大学出版社有限公司，2010，第27页。

于巫学的研究中，其地位自然是相当重要的。[①]

让我们来看一看弗雷泽《金枝》一书，怎样丰富而有趣地列举了许多根据田野调查所获得的巫性心灵感应的实例。弗雷泽说：

> 在沙捞越的班丁沿海地区，达雅克的男人外出作战时，女人要严格地遵守一系列顺势或者心灵感应原则的规则。有些规则是积极的，有些是消极的。例如，女人必须天一亮就起床，然后立刻打开窗户，否则她们远方的丈夫就会睡过头；女人的头发不可以油，否则她们的丈夫会容易滑倒；女人每天早上都要在走廊上炒玉米，然后分给大家，这样她丈夫的行动才会迅速；女人要把房子收拾得整整齐齐，箱子全部摆放在墙角，避免有人被绊倒，因为那意味着远方的丈夫也会因摔跤而被敌人俘房；每顿饭都要剩下一些，这样远方的丈夫才可以不挨饿；女人绝对不可以坐着织布太久，以至于腿抽筋，否则她丈夫也会因为腿部僵硬、行动不便而被敌人捉住，相反，她们必须在走廊里走来走去，以保证丈夫的行动敏捷；她们（睡时）不允许盖住脸，否则丈夫会因为无法找到草丛和林中的道路而迷路；她们不可以用针缝纫，否则她们的丈夫便会踏上敌人陷阱的尖桩；如果女人在丈夫远征时不忠（贞），她的丈夫就会客死他乡。[②]

---

① 按：弗雷泽关于心灵感应是巫术的"首要原则之一"的见解，曾经受到马塞尔·莫斯的批评。莫斯说："我们必须要把巫术仪式跟宗教仪式加以区别。前面我们已经看到，弗雷泽提出了他自己的标准。第一个标准就是巫术仪式是感应仪式。但事实并不是完全如此。不仅存在着非感应巫术的巫术仪式，而且感应也不是巫术的特权，因为在宗教当中也存在着感应行为。在住棚节期间，当耶路撒冷教堂中的大祭司把双手举过头顶、泼水于神坛的时候，他显然在实施一个求雨的感应仪式。在一个神祭仪式中，在有奠酒相伴的巡游之后，一个印度教的祭司根据自己的意愿延长或缩短祭牲的生命，这也是一个极富感应性的仪式。""所以说，感应仪式既可以是巫术仪式，也可以是宗教仪式。"（马塞尔·莫斯：《巫术的一般理论》，杨渝东译，广西师范大学出版社，2007，第29页）其实，弗雷泽并没有不分巫术与宗教，而莫斯所谓"存在着非感应巫术的巫术仪式"的说法，也是经不起推敲的。实际上，无论中外古今，人类的一切巫术，都是具有"感应"这一文化品格与内在机制的。当然，感应确实并非巫术的"特权"，在原始神话、图腾和宗教中，也都是具有"感应"机制的。

② ［英］詹姆斯·乔治·弗雷泽：《金枝》上册，陕西师范大学出版总社有限公司，2010，第30页。

心灵感应，指的是巫术施行时的一种心灵机制和心灵根因。世界上没有一种巫术是不具有心灵感应的，感应其实是巫文化的生命。感应往往与巫术禁忌结合在一起，然而，远不止只有巫术禁忌才建立在感应的假设之上。感应的普遍性和深邃的心灵底蕴，是巫术所必须具备的。

感应也是原始神话与图腾的心理机制与心灵底蕴之一。当原始酋长、长老与巫师等在集会、祭祀与教育后代向聆听者讲"故事"的时候，他们的心里其实是有神灵存在的。他们的"故事"的确是讲给倾听者（按：比如后辈）听的，同时也是讲给祖神、亡灵等神灵、鬼怪听的，某种意义上，神话是人借神灵说话，说得是神灵要说的话，它是先民与神灵进行思想、情感与意志等交往的一种文化方式，没有心灵感应，这种交往也就不可能。神话不等同于历史，但是神话与历史具有同构的一面，神话是关于人类历史夸张的一种记忆和叙述，这种历史不排斥虚构与想象。只有在允许而且必须进行虚构与想象的神话中，人类的漫长历史才可以被记忆、被延续下来，神话不怕虚构与夸张甚至无中生有，可是在神话中所保留下来的，是人类历史真实的内核。其中所谓感应，是先民讲说神话、叙述历史时与神交流的心灵润滑剂。神话是原始人类进行天马行空式的建立在感应心灵基础上的想象的时空。

原始神话还参与了远古政治机制的建构。当部落的酋长们以神话演说其祖上恢宏而令人自豪的历史的时候，他们实际上是以氏族首领特具"通神"的本领与特权而自居的。远古"政治家们使用神话让公众受制于有力的象征。在风平浪静的日子里，神话确保现状无虞，在风起云涌的日子里，神话则记录变化的过程。在日常政治事务中，神话主导着大多数公众的政策辩论。"①神话参与了远古统治者对于部落、氏族的意识形态意义的建构及其统治。神话与神话文化功能的发挥，如果离开关于神话的心灵感应，是不可设想的。

原始图腾也是离不开心灵感应的。唯有图腾崇拜者与崇拜对象之间建立起彼此感应的通道，才能进行崇拜仪式及其崇拜。虽说图腾崇拜的对象即"祖神"是虚拟的，或者说其"祖神"是以被神化的山川动植等来替代的，真正的祖先其实并不"在场"，然而，图腾崇拜过程中人与神灵的情感交流与心灵体验，

---

① ［美］大卫·科泽：《仪式、政治与权力》，王海洲译，江苏人民出版社，2015，第17页。

却是真实的，而且以心灵感应为机制为底蕴。图腾崇拜仪式中的心灵感应的指向性，明确而专一。它是子孙后代与虚拟的祖先之间所发生的一场心灵与心灵的"对话"，以一定的心灵感应为机枢。因此可以说，心灵感应不是巫术文化的"专利"，它在原始神话与图腾以及宗教中同样存在并发挥作用。

不过与神话、图腾相比较，巫文化的心灵感应，自有其自身的特点。如果说，神话与图腾的心灵感应是在一般的神与人之间进行情感交流，那么，巫术的心灵感应，除具有作为情感交流的功用以外，它还是人与人、人与物以及物与物之间在"灵"意义上的相互应答。这正如前文所引录的发生于丈夫与妻子之间的心灵感应那样。古人相信，丈夫与妻子分隔两地，无论相距多么遥远，他们之间的感应是超越时空的，颠扑不破的，这是发生在人与人之间的心灵感应。

> 马达加斯加的一位老历史家曾经提到："从男人们远赴战场之日起，所有妇女就虔诚地遵循一种习俗，不停地跳舞，既不倒下，也不回房间吃饭。只要丈夫还在战场上，即使她们动了情欲，哪怕再多的宝物也无法诱惑她们去和别的男人通奸。因为她们相信，自己的不忠会让战场上的丈夫非死即伤；她们同样坚信舞蹈可以给丈夫带来好运，所以她们的舞蹈一刻都不能停歇。"[1]

丈夫离家而远赴战场，妻子便处处约束自己的行为，惟恐自己行为的不检点，导致其丈夫在外遭受大难，她们坚信夫妻之间是有心灵感应的。这对于妻子而言，是一种典型的巫术禁忌；对于妻子与丈夫之间所发生的整个"事件"来说，是心灵感应。是的，"当男人在外打仗时，家中的女人要很早起床，假装打仗，要把孩子想象成被俘虏的敌人，抓住孩子摔在地上。仿佛这样就可以帮助自己的丈夫完成同样的任务。如果妻子趁丈夫上战场时对他不忠，那么在外的丈夫就可能丧生。所有的女人都要躺在家里整整十个晚上，头部朝向丈夫征

---

[1] ［英］詹姆斯·乔治·弗雷泽：《金枝》上册，陕西师范大学出版总社有限公司，2010，第31页。

战的方向；然后再掉过头躺着，意味着丈夫正在安全返航"①。

这里所说的巫例，都在叙说男人外出作战，在家女人在行为上所应遵循的种种禁忌，可见这些巫术，都可能发生在远古男权社会而已经有了男尊女卑的伦理观念以后，为了战争的胜利，仿佛只要求女人在巫术禁忌兼道德上不该做什么，而对男人倒是没有什么禁忌似的。然则，巫性的禁忌兼感应，同时是一定的人际道德的孕育。

实际上大凡心灵感应，都是相互、普遍与绝对的。它不仅发生在人与人之间，也同样发生在人与物、物与物之间，而且动物与植物等，都可以拟人化、都是通灵的。②弗雷泽说，"人品质的好坏可以影响植物的发展；但是依据'顺势巫术'原则，这种影响是双向的，即人可以通过传感影响植物，同样的，植物也可以影响人"，"如果你吃了掉在地上的果子，你就会经常摔跤"，"如果一个女人吃了长在同一束香蕉上的两根香蕉，她就会生出双胞胎"③。这便是"灵"的"感应"。

这一切都是真的吗？当然不是。正如巫术禁忌一样，巫术的心灵感应，是一种巫术心灵现象。最原初的心灵感应，是巫师相信自己具有"通神"的"异能"，并且被信巫者信从，而建立起来的一种被公众所信仰的"普遍意识"，实际上其开始，只是巫师心中的一种念想，这种念想，是建立在巫术信仰的心理基础上的。当某个巫师第一个称其自己具有心灵感应这一"特殊能力"的时候，由于整个社会舆论与氛围，都是对巫术的信仰望风披靡的，所以很容易博得大

---

① ［英］詹姆斯·乔治·弗雷泽：《金枝》上册，陕西师范大学出版总社有限公司，2010，第32页。

② 按：李安宅说："'巫术都只在人类手里'，并不完全对。中国的狐狸与黄鼠狼（按：指一些文艺作品中"修炼成精"的狐狸与黄鼠狼），既善变化其形体，又惯于作弄人，又有'隐身草'使人看不见，又可与人事无关而自作把戏，都是靠着自身具有或修炼来的巫术本领。美洲的印第安人更相信许多动物都有祸福人的魔力，都可变化其形体。"因此可以说，"原始社会的信仰之中，本来是人而物物而人闹得一塌糊涂没有逻辑的界限的。狐狸能变人会有'类乎人'的资格，不必说了。然而存'有灵观''有生观''拟人观'很流行的原始社会这一切'观'，又都相去只有一间，可以彼此互通，天下一切被人关心的事物，哪一个不可以'类乎人'呢？"（见［英］布罗尼斯拉夫·马林诺夫斯基：《巫术科学宗教与神话》"译者按"，李安宅译，上海社会科学院出版社，2016，第82—83、83—84页）

③ ［英］詹姆斯·乔治·弗雷泽：《金枝》上册，陕西师范大学出版总社有限公司，2010，第34页。

家的盲目信从。这种心灵感应很容易被普泛化，由信从人自己的心灵感应开始，发展为人与人、人与物、物与物之间的超时空的感应，是顺理成章的事情。

原始初民非常坚信这一切。他们要么把做起来十分困难的事情，想象得很容易可以一蹴而就；要么将在今人看来十分容易做的事情，想象得很困难，认为只有用巫术的方法，才能克服解决，坚信巫术的妙用。在原始初民的心目中，巫术之妙，全赖于"灵"。灵是与所有人攸关的，所有人的生前死后都有灵的存在。虽然原始人深信"万物有灵"，但是灵之所以能够成为"现实"，必须将那些沉睡状态的灵加以唤醒，比如巫师对着某种物件念咒，就是唤灵、迫灵的一种神秘的仪式。为了唤灵、请灵与迫灵，种种限制人的自由的巫术禁忌，就是绝对必要的了。巫之灵，有时被称为"怪"，怪实指恶灵。"巫术常是得自灵与怪，然而灵与怪之于巫术也是得来的，不是自行创作的。所以相信巫术是远在荒古便已天然存在的，乃是普遍的信仰。与这种信仰相当的信条，便是只有在传授的过程中绝对没有改篡，才会保留巫术底效能；差一点原样，便算完了"①。

按照弗雷泽的说法，心灵感应似乎仅仅属于所谓"顺势巫术"的范畴。"在分析巫术思想时，发现可以把它们归纳成两个原则——'相似律'和'接触律'。"这里暂且不说遵循"接触律"的巫术，就遵循"相似律"的巫术来说，"指同类相生，即同果必同因。巫师根据'相似律'推导出，他可以仅通过模仿来达到目的；以此为基础的巫术被称为'模仿巫术'或'顺势巫术'"②弗雷泽的这一说法，可能掩盖了巫术心灵感应的普遍性。

清代袁枚的《新齐谐》一书，讲了一个有趣的所谓求雨的"故事"，叫做"绳拉云"：

> 山东济宁州有役王廷贞，术能求雨。常醉酒高坐本官案桌上，自称天师。刺史怒之，笞二十板。未几，州大旱，祷雨不下。合州绅士都言其神，刺史不得已，召而谢之。良久许诺，令闭城南门，开城北门，选属龙者童

① ［英］布罗尼斯拉夫·马林诺夫斯基：《巫术科学宗教与神话》，李安宅译，上海社会科学院出版社，2016，第82页。
② ［英］詹姆斯·乔治·弗雷泽：《金枝》上册，陕西师范大学出版总社有限公司，2010，第16页。

子八名待差使，搓绳索五十二丈待用。已乃与童子斋戒三日，登坛持咒。自辰至午，云果从东起，重叠如铺锦。王以绳掷空中，似上有持之者，竟不坠落。待绳掷尽，呼八童子曰："速拉！速拉！"八童子竭力拉之，若有千钧之重。云在西则拉之来东，云在南则拉之来北，使绳如使风然。已而大雨滂沱，水深一尺，乃牵绳而下。①

这一巫术"故事"编得相当完整。"天师"何等灵力，竟然能把"五十二丈"长的绳子"掷空中"而不落下来，而且八个"童子""竭力拉之"竟不坠落，不料却把大雨"拉"下来了。这个"故事"所遵循的是巫术的"相似律"，在于"童子"拉绳的"往下"动作，与下雨的"下"是"相似"的。至于必须用八个童子来做这件事，取其元阳未泄的缘故，而且必须是八个，多一个少一个都不行的，大概编"故事"者懂得《周易》八卦之理，八这个数在《周易》文化中，是吉利的。在这个所谓"绳拉云"的巫例中，是不乏心灵感应的。"天师"的所谓"作法"之所以"成功"，是因为在他的念咒、掷绳等行为中，贯穿着一个巫性机制：心灵感应。似乎是"天师"具有"异能"的"心灵"，发挥了类似被说得神乎其神的那种所谓"气功"一般的灵力，迫使那五十二丈长的绳索被投掷到空中而"竟不坠落"，那正待下雨的云，倒是乖乖地听凭"天师"的"作法"而大雨滂沱。这种巫性的"作法"所以"有效"，是因为在这一巫例的每一环节，都存在"灵"而且据说是相互"感应"的缘故。

人类的一切巫术，都无一例外地具备心灵感应这一机制。天与人、人与人、人与物以及物与物之间的相互感应，是具有巫者所信从的所谓合法性与普遍性的。这是因为在巫术的文化观念中，没有一样东西不具有生命力，一切物件，哪怕是山石、湖海与枯枝败叶之类，都是富于"心灵"的，所以都可以相互感应。这用《易传》的话来说，称为"同声相应，同气相求"②。"略闻夏殷欲卜者，乃取蓍龟，已则弃去之，以为龟藏不灵，蓍久则不神。至周室之卜官，常宝藏蓍龟"③。作为"宝藏"之物，之所以值得珍惜，是因为在殷周古人的心目

---

① 袁枚：《新齐谐·续新齐谐》，沈习康点校，人民文学出版社，1996，第259—260页。

② 《易传·文言》，朱熹：《周易本义》，怡府藏版影印本，天津市古籍书店，1986，第48页。

③ 《龟策列传》第六十八，《史记》卷一百二十八，司马迁：《史记》，中华书局，2006，第738页。

中，"蓍龟"是天下第一灵物。就灵龟而言，"元王曰：'龟甚神灵，降于上天，陷于深渊，在患难中。以我为贤，德厚而忠信，故来告寡人。'""灵龟卜祝曰：'假之灵龟，五巫五灵，不如神龟之灵，知人死，知人生。'"①难怪龟卜之术要那般地盛行千百年。

在中国原始先民的心目中，易筮的一切及其仪式，自当也是相互感应的。其感应的根由，在于无处无时不在的"灵"，这也正如《易传》所说"阴阳不测之谓神"②，实际是阴阳不测之谓灵。

《周易》古筮法所用的五十根蓍草（五十策），都被看作是有灵的，拿出一根"勿用"以象征太极，这是根本之灵。朱熹《筮仪》说，"乃以右手取其一策，反（按：即返）于椟中，而以左右手分四十九策"，取"一策，挂于左手之小指间"，这一策象征"人"，也是具有灵气的。再以"四扐之"，即余数"或一或二或三或四"，等等，"三变"定一爻，"十八变"定一卦。③再在这一卦六爻中，分出哪些是变爻、哪些是不变爻。老阳老阴为变爻；少阳少阴为不变爻。一共有七种情况，即一个爻变、两个爻变、三个爻变、四个爻变、五个爻变、六爻全变与六爻全不变，而且在两个爻变到五个爻变的各种情况中，具体指哪一卦，还有许多不同。仅仅一个爻变的情况，可以有第一爻位的爻变、第二爻位的爻变、第三爻位的爻变、第四爻位的爻变、第五爻位的爻变与第六爻位的爻变等六种可能，而且在这六种可能中，还有在爻性上阴变阳抑或阳变阴的不同情况。惟有六爻全变与六爻全不变，分别只有一种可能。拿一卦六爻全变来说，六十四卦的每一卦，都有全变的可能，则有64种变卦。④

通行本《周易》的下经第一卦咸（按：这里的咸，是感的本字）卦，艮下兑（按：这里的兑，是悦的本字）上之象，艮为少男，兑为少女，这是一个少男少女相感的卦。《易传·象辞》说："咸，感也。柔上而刚下。二气感应以相

---

① 《龟策列传》第六十八，《史记》卷一百二十八，司马迁：《史记》，中华书局，2006，第741、744页。

② 《易传·系辞上》，朱熹：《周易本义》，怡府藏版影印本，天津市古籍书店，1986，第294页。

③ 《筮仪》，朱熹：《周易本义》，怡府藏版影印本，天津市古籍书店，1986，第28—34页。

④ 按：请参阅王振复：《周易精读》（修订本），复旦大学出版社，2016，第294—303页。

与。止而说（按：悦），男下女，是以'亨，利贞，娶女吉'也。天地感而万物化生，圣人感人心而天下和平。观其所感，而天地万物之情可见（按：现）矣。"①不仅是咸卦，《周易》全书六十四卦的卦与卦以及每卦六爻之间，都是一个个灵气相感的气的"磁力场"。

这里涉及一个气字。"必是天地间本有这个气，永远弥漫着"，无论在天地人以及一切事物中，都存有这个气，"于是好像通了电流一样，人天一体，与万化同流，求其不充乎天地之间也不可能了。"所以，"巫力（按：即气）是内外都有的"②。这用庄子的话来说，叫做"通天下一气耳"③。这个气，就是灵。无论在自然界还是人类社会及其人的心目中，都毫无例外地存在着，发挥其灵性的作用。"自然现象始终离不开其神灵性，慈雨甘霖是由天神所喷吐的灵气之具象，雷电暴雨也是天神兴奋时喷火吐水的神圣征兆。"④对人而言，这个灵，被《易传》称为"精气"，它指的就是人或物的"心灵"。

中国人所说的气与灵（心灵），在西方文化人类学关于巫学的理论中，称为"摩那"（按：mana，或译为"马那"）。据梁钊韬《中国古代巫术——宗教的起源和发展》，"摩那"一词，来自美拉尼西亚语⑤。这在澳大利亚原始部落，又称为"阿隆吉他"，美洲印第安人叫作"瓦坎""欧伦达"或"摩尼图"。"最

---

① 《易传·彖辞》，朱熹：《周易本义》，怡府藏版影印本，天津市古籍书店，1986，第164—165页。

② ［英］布罗尼斯拉夫·马林诺夫斯基：《巫术科学宗教与神话》译者按，李安宅译，上海社会科学院出版社，2018，第90、90—91页。

③ 《庄子·知北游第二十二》，王先谦：《庄子集解》卷六，《诸子集成》第三册，上海书店，1986，第138页。

④ 郭静云：《天神与天地之道——巫觋信仰与传统思想渊源》上册，上海古籍出版社，2016，第155页。

⑤ 按：高国藩：《中国巫术通史》说："人类学家兼传教士英国人科德林顿（Robert Henry Codrington，1830—1922——原注）到中太平洋诸岛之美拉尼西亚去，他发现当地土人信仰一种无人称的超自然的神秘力量，它们通过客观物体（如水、石、骨等——原注）可以起作用。这种力量一旦被人们通过附着的物体而获得，它就能转移、丢失，甚至可以遗传。"又说，这种神秘力量虽然还没有被命名，"但是能被特殊的人物（即巫师——原注）所沟通，巫师能借助它的力量使别人获福或获灾。"（该书上册，凤凰出版社，2015，第5页。）故命名为"Mana"。

原始的民族与一切落后的野蛮人，都信仰有一种（超）自然的力量作用于一切事物，支配世界上的一切东西，这种力量就是马那"①。"马那"（气、灵）无奇不有、无孔不入，它神秘、神奇而神圣。原始初民对于巫术的崇拜，也就是对于"马那"的崇拜。这种崇拜，起于心灵感应。这便是所谓"夫物类之相应，玄妙深微，知不能论，辩不能解。故东风至而酒湛溢，蚕咡丝而商弦绝，或感之也。昼随灰而月运阙，鲸鱼死而彗星出，或动之也。"②

就巫术而言，"感应是巫术力量传递的路径，它自身并不生成巫术力量"③。心灵感应是普遍存在的，虽然其自身并非巫术力量本身，而感应却是巫术之内在的文化心理机制，而不仅仅是"传递的路径"。这种神秘的感应，当然会发生在人与人、人与物以及物与物之间。

> 湖州有村媪，患臂久不愈，夜梦白衣女子来谒曰："我亦苦此，尔能医我臂，我亦能医尔臂。"媪曰："娘子居何地？"曰："我寄崇宁寺西廊。"媪既寤，即入城，至崇宁寺，以所蒙白西舍僧忠道者。道者思之曰："必观音也。吾室有白衣像，因葺舍误伤其臂。"引至室中瞻礼，果一臂损。媪遂命工修之。佛臂既全，媪病随愈。④

这是一则有如佛教因果报应的"故事"。因果报应的人文原型，是巫术的感应。这位湖州村媪，恐怕是一个虔诚的信佛者亦未可知。因为久病不愈，便寻思是否自己做错了什么事情对不起菩萨。于是夜梦观音，弄出一个佛像之臂损而修复，于是其自己的臂患也随之康复的好事来。

心灵感应是一个可以讨论、可以研究的神学与心理学问题，所谓"心有灵犀一点通"，比如在一母所生的双胞胎、三胞胎与难得一遇的四胞胎之间，可能会有心灵感应，值得脑科学进行研究、探讨。中外古今巫文化中所出现、所谈论、所信从的心灵感应，是盲目的迷信意义上的。古时中国人往往遵循"身

---

① 梁钊韬：《中国古代巫术——宗教的起源和发展》，中山大学出版社，1989，第33页。
② 《淮南子·览冥训》，《淮南子》卷六，《诸子集成》第七册，上海书店，1986，第90页。
③ ［法］马塞尔·莫斯：《巫术的一般理论》，杨渝东译，广西师范大学出版社，2007，第121页。
④ 《夷坚志》第一册，何卓点校，中华书局，1997，第88页。

体发肤，受之父母，不敢有所毁伤"的古训，以为这仅仅是尊敬父母的表现，是从伦理道德意义上来说的，其实从巫术文化角度看，这一古训可能还有另一层意义。人身体的每一部分，是代表这个人的全体的。古人以为，人身体的各部分、各个器官之间，是血肉相连、相互感应的，因而"身体发肤，不敢有所毁伤"，否则人是会倒楣的。

所以中国人一贯的教育是，要善待从自己身上取下的任何东西，包括指甲、牙齿、头发甚至衣物等。在古代，尤其是年轻女子的衣服，不能随便乱丢。如果一个无赖硬要与这个女子成婚，只要在妖巫的"作法"下，将她的衣服偷来，据说那女子就会失魂落魄，被无赖所控制，拍打其衣服，她就会感到浑身疼痛。后来发展到连人在阳光下所投下的影子，都不能随便让人乱踩，否则人便会"倒运"的。凡此，都是巫术关于感应的迷信说辞。

唐代有一种巫术，民众多有信从。"凡欲令夫爱敬，妇人自取目下毛二七枚，烧作灰，和酒服之，验。""凡男子欲令妇爱，取女头发二十茎，烧作灰，以酒和成服之，验。"①一连两个"验"（按：灵验的意思）字，说得非常轻松和肯定。这倒好，一旦遇到夫妻失和，家庭破裂，无论男方还是女方闹离婚，就不必大费周折，弄得鸡犬不宁，甚至对簿公堂，只要"自取"或"他取"自己或对方身上的"目下毛"与"头发"之类，"烧成灰""和酒服之"就会破镜重圆，夫妻复初，真是美丽的异想天开。

中国古时多有信巫之人，有望风披靡之势，有时甚至耸动朝野。但也有不盲目信从的人物在，大概清代的纪晓岚要算一个吧。纪昀《阅微草堂笔记》一书的有关记述，倒是戳穿了巫术的把戏："女巫郝温，村妇之狡黠者也。余幼时，于沧州吕氏姑母家见之。自言狐神附体，言人休咎。凡人家细务，一一周知。故信之者甚众。实则布散徒党，交结婢媪，代为刺探隐事，以售其欺。"②

原来如此。世界上的许多事情，善良的人们总是想不到的，巫术的许多"神奇"，就是其中之一。就纪晓岚这里所说的，试问其神秘的心灵感应究竟在哪里呢？有的所谓巫术的"作法"，实际上是魔术表演；有的巫术好像神乎其

① ［法］伯希和：《攘女子婚人述秘法》（11-7），上海古籍出版社、法国国家图书馆编：《法藏敦煌西域文献》第十七册，上海古籍出版社，2001，第238页。
② 纪昀：《阅微草堂笔记》，上海古籍出版社，1980，第77—78页。

神，实际在巫术的背后，有一定科学因素的支撑，不过民人一时不识罢了。本书前文，曾经举了一个例子，说是清代作家吴研人《二十年目睹之怪现状》第三十一回，写到一个道士装神弄鬼，所谓"探油锅"的玩意儿，真可以把当时的人惊讶得说不出话来，都信这是"大师""神人"的泼天"异能"，如果在今天，大概也会有人相信吧。说那道士当众烧着一锅油，那油看上去沸沸地滚着，那道士把一把铜钱放在油锅里，再从容地伸手将那铜钱一个一个地捞上来，居然不怕他的手被滚油烫烂了。观者看的吓出一身冷汗，惊为天人，以为这辈子真的遇到真正的神仙了。其实是那道士，暗中做了手脚，已经偷偷地放了硼砂在锅底。硼砂沸点低，只要稍微遇到一点热气就开始溶化。于是在油面上，冒出许多白色的泡沫来，让人错以为那一锅油已经沸腾了。

是的，一些魔术的令人拍案惊奇，实际是不知就里的观众被障眼法蒙蔽了，还往往有一定的科学道理在背后起到实际作用的缘故，只是在场的观众不掌握有关科学知识罢了，所以看那些精彩绝伦的魔术节目的时候，常常让人深感惊讶。当然，魔术的精彩，也同时依靠魔术师的种种令人眼花缭乱而技艺高超的手法。

用魔术一般的巫术来障眼，这种巫术对社会倒是没有多大危害，不过骗人罢了。更有一些妖巫，却利用民众对于巫术的迷信，骗人钱财甚至害人性命。凌濛初《初刻拍案惊奇》曾经说到巫觋，"那无知男女，妄称鬼神，假说阴阳，一些影响没有的，也一般会哄动乡民，做张做势的，从古来就有了"。"无过是些乡里村夫油嘴老妪，男称太保，女称师娘，假说降神召鬼，哄骗愚人"。更有甚者，见信巫的求他治病，那妖巫先是拿腔弄板，说这病"救不得""救不得"，先是把人吓的不轻。尔后漫天要价，"口里说出许多牛羊猪狗的愿心来，要这家脱衣典当，杀生害命"，有时把人"治"死了，就推说是病家"愿心"不够，"再不怨他、疑心他"，"不知弄人家费多少钱钞，伤多少性命！"①妖术的可恶之处，于此可知一斑。

---

① 凌濛初：《初刻拍案惊奇》，人民文学出版社，1958，第469页。

第七章　中国巫文化的文化哲学

中国巫文化的文化哲学，作为属于中国巫文化人类学范畴的一种哲学形态，是试图站在哲学高度且以文化学的眼光，关于中国巫文化的一种俯瞰、思考方式与研究路向。

德国学者胡塞尔曾经说过，他的现象学哲学，"首先标志着一种方法和思维态度、特殊的哲学思维态度和特殊的哲学方法"①。胡塞尔的这一论断，对于中国巫文化的文化哲学研究来说，也是适用的。中国巫文化的文化哲学的特殊性，首先体现在它的方法论上，它是站在哲学的高度，将中国巫文化这一研究对象及其文化性质与发展规律等，作为一个特殊的研究对象、特殊的哲学问题来对待。它的"特殊的思维态度"表现在，其一，从思维态度看，它站在哲学批判的立场。这里"批判"一词的意义，可以用澄清前提、划定场域来加以概括；其二，将属于中国巫文化的"气—道—象"这一三维动态的文化结构，作为一个文化整体来加以审视与研究。

许多年前，笔者曾将中国美学范畴史这一学术课题的研究，放在"气—道—象"动态三维的思维框架之中来加以审视。"气—道—象"这一动态的人文结构，是由三大范畴既相互浑契又相互区别而有机构成的。文化人类学意义上的"气"、文化哲学意义上的"道"与审美文化学意义上的"象"，依次作为中国美学范畴史的本原、主干与基本范畴，各自构成范畴与命题群落、且相互渗

---

① ［德］埃德蒙德·胡塞尔：《现象学的观念》，倪梁康译，上海译文出版社，1986，第24页。

透、相互蕴含，共同构建中国美学范畴与命题的历史与人文大厦。①由于中国美学史上的美学范畴与命题有数百个，彼此之间的文脉联系错综复杂，如果不揭示不把握其本原、主干与基本范畴究竟是什么，并且把所有的美学范畴与命题，分别归类于这三大范畴之下，从而构成三大文化美学意义上的美学范畴与命题群落，那么，关于中国美学范畴史的研究，就可能无从下手。这便是关于中国美学史意义的所谓澄清前提、划定场域的学术思维的"批判"。

但是我们这里要研究的是中国原巫文化的气、道、象问题，可以称之为巫之气、巫之道与巫之象，且三者相互蕴含，并非要落实到中国巫性美学，而是落实于其巫性的文化哲学。比较而言，这里所说的澄清前提、划定场域的"批判"，期待呈现出另一种学术面貌。其一，这里所说的"气—道—象"这一动态三维结构，三位一体又各自具有自己的场域；其二，这一人文结构的文化内涵关系到美，却不是一个美不美的问题，首先是巫与巫学的问题；其三，中国巫性的"气—道—象"的文化哲学，自始至终打上了巫与巫性的文化烙印，它实际是"巫气—巫道—巫象"蕴含于一体，又各自具有文化哲学的品格，换言之，它是以巫、巫性之相系的范畴为主体与主题的。

第一节　巫之气

中国的原巫文化起源很早，伴随以原始神话与图腾，得以在漫长的历史中生成、发展。中国文化与哲学中所说的气，在巫术、神话与图腾三者之中，都是存在的。这三者之中的气，又不太一样。最鲜明的不同在于，巫术的气，关系到神话与图腾，它的文化属性始终是巫性的，包含着神性与灵性。巫性、神性与灵性，都是人性的"史前"表达，可以概括为巫气。原始神话与图腾中的气，大抵是与巫性之气相联系的神性兼灵性的气。

正如人类所有的巫术文化那样，凡是巫术都是"有气则灵"的。所谓气机，作为气的内在文化机制，为巫气所须臾不能离开，并且是它的核心。巫术的存

---

① 按：请参见王振复主编且参与撰写：《中国美学范畴史》（三卷本）"导言"，山西教育出版社，2006，第1页。

在与感应，一旦离开了这个气及其气机，是不可设想的。巫术之气，世界上从古至今的称谓不一样，比较常见的有"灵"（灵力）、"摩那"①，甚至是"鬼"与"魔"，等等。

正如前述，甲骨卜辞中有一个"气"字，明义士《殷虚卜辞》"贞佳我气有不若十二月"就是其中一例。卜辞中的"气"字，写作上下两横之间一短横（按：或上下两横之间有一个点）。上下两横，表示河的两岸，中间一短横或者一点，表示这一河流忽而水势滔滔，忽而干涸无有滴水，这一神秘而令人不解的现象，就发生在这里。"气"字的造型，既象形又指意。徐中舒主编《甲骨文字典》说气字"象河床涸竭之形"②，所以气通汔，所言在理。由于先民对这一自然现象大惑不解，就创造了"气"这一汉字，来表达他们自己的心情和神秘的体验。

从气字的创构，可以传递这样一个信息：凡是看不见、摸不着、抓不住却又分明感觉、体验得到它的存在的，便用一个汉字来加以表述：气。气是变幻莫测的，又是到处存在的，而且不听从人的调遣与支配。中国早期人类学家李安宅说，气（摩那）充乎天地之间。"怎样才能充乎天地之间呢？必是天地间本有这个气，永远弥漫着"，"于是好象通了电流一样，人天一体，与万化同流；求其不充乎天地之间也不可能了"③。

气，不是西方基督教所说的神，而是与中国文化中的"神""灵""鬼"之类相联系的，具有某些超自然的属性与文化功能，它的神性位格显然比宗教之神低一层次。中国原始巫术、神话与图腾中的气，实际指土生土长的天帝、鬼神、精灵与巫怪之魂，等等。

---

① 按：英国文化人类学家马林诺夫斯基指出，"大多数初民都信这种势力，有些梅兰内西亚（Melanessia——原注，下同）人管它叫作摩那（Mana），有些澳洲部落管它叫作阿隆吉他（Arungquiltha），许多美洲印第安人管它叫作瓦坎（Wakan）、欧伦达（Orenda），或魔尼图（Manitu）。"（布罗尼斯拉夫·马林诺夫斯基：《巫术科学宗教与神话》，李安宅译，上海社会科学院出版社，2016，第6—7页）

② 徐中舒主编，常正光、伍仕谦副主编：《甲骨文字典》，四川辞书出版社，1989，第38页。

③ ［英］布罗尼斯拉夫·马林诺夫斯基：《巫术科学宗教与神话》，李安宅"译者按"，上海社会科学院出版社，2016，第89—90、90页。

原始人感到自己是被无穷无尽的、几乎永远看不见而且永远可怕的无形存在物包围着：这常常是一些死者的灵魂，是具有或多或少一定的个性的种种神灵。

没有哪座山岩、哪条道路、哪条河、哪座树林没有鬼。

在中国，按照古代的学说，"宇宙到处充满了无数的'神'和'鬼'"。

每一个存在物和每一个客体都因为或者具有"神"的精神，或者具有"鬼"的精神，或者同时具有二者而使自己有灵性。[1]

这种"神灵"与"鬼"之类，无疑是富于灵性的。所谓灵性，实际指巫性的人文内蕴。巫是依靠气来感应的，无气的话，便无所谓巫了，同样，假如无灵，也便没有巫之气。

《易传》有"精气为物，游魂为变，是故知鬼神之情状"[2]之说。所谓"精气"，是气的另一种说法。人活着时"精气"充聚，活力四射；人死则魂飞魄散，成为"游魂""鬼神"。这用庄子的话来说，叫做"聚则为生，散则为死"，"故曰：'通天下一气耳'"[3]。人的生死，仅仅是人体的生死罢了。气无所谓生死而可以永存。气有两种存在状态：气聚，人体则生；气散，人体则死。这是本书一再强调的。所以所谓有"灵性"的"鬼"，仅仅指散在的气罢了。孔颖达在解读这里所引《易传》的话时说：

> "精气为物"者，谓阴阳精灵之气，氤氲积聚而为万物也。"游魂为变"者，物既积聚，积而分散。将散之时，浮游精魂，去离物形，而为改变。则生变为死，成变为败，或未死之间变为异物也。[4]

---

[1] ［法］列维-布留尔：《原始思维》，丁由译，商务印书馆，1981，第58、59页。

[2] 《易传·系辞上》，朱熹：《周易本义》，怡府藏版影印本，天津市古籍书店，1986，第291—292页。

[3] 《庄子·知北游第二十二》，王先谦：《庄子集解》卷六，《诸子集成》第三册，上海书店，1986，第138页。

[4] 《周易正义》，王弼、韩康伯注、孔颖达疏，阮元校刻十三经注疏本，中华书局，1980。

"精气"（聚态之气）作为人体生命的本蕴，便是孔子与《管子》所说的"血气"，它是构成人体生命与精神的一种元质。人体生命由成而败，是从气之聚到气之散的一个自然过程。这是一个文化人类学关于巫学的问题，也是一个关于巫的文化哲学问题，而首先是前者。将气的聚、散，即人体的生死作为思考的对象，这是中国基于原始巫学的文化哲学的一大主题。

中国文化，又将气分为彼此相系的阴、阳二维，统称为"神"。这"神"的秉性令人难以认知与把控，所以《易传》说"阴阳不测之谓神"①。有一个办法可以对"阴阳不测"的"神"（按：气、鬼、魂之类）加以预测，便是被古人说得神乎其神的易筮。可见，"阴阳不测之谓神"，首先是一个巫学命题，尔后才是文化哲学命题。

《老子》说："万物负阴而抱阳。"②这里的阴气阳气，并非从其一开始就是属于哲学的。在原始堪舆学中，所谓阴阳之气，仅仅表示阳光照射不到的为阴、照射得到的为阳而已，都是气在阴阳之际的流变。阴气阳气相互熔蕴、相即而彼此流渐，便是所谓"负阴而抱阳"的本义，其作为一个文化哲学命题，是由原始巫学发展而来的。

巫性的神、鬼与灵，也便是气。气作为一个原始巫学范畴，为尔后中国文化哲学的建构提供了思想与思维的资源，参与了中国文化哲学的建构，它是人类文化史上独特的、属于古代中华的一个文化"事件"。就中国文化的巫术、神话与图腾的动态三维结构来说，有鉴于原巫文化处于基本而主导的地位，因此，它对于中国文化哲学的发生与底蕴，可以说是举足轻重的。

气的文化内涵，本质上是那种尚未被知识、科学所认知、把握的盲目自然与盲目社会的本质规律。它体现在巫术文化中，据说可以不费吹灰之力地去把握它。因而，气就是这样的一种东西，它是既属于鬼神又属于人类之巫性的一

① 《易传·系辞上》，朱熹：《周易本义》，怡府藏版影印本，天津市古籍书店，1986，第295页。按：《周易正义》云："天下万物，皆以阴阳或生或成，本其所有之理，不可测量之谓'神'也。"（《周易正义》，王弼注、孔颖达疏，阮元校刻十三经注疏本，中华书局，1980。）

② 《老子》第四十二章，王弼注：《老子道德经》下篇，《诸子集成》第三册，上海书店，1986，第26页。

种存在；既媚惑于鬼神、又颇为清醒地意识到一点儿人性的力量。"灵"这个与鬼神相系的字眼也是如此，鬼神与人类都是富于灵气的，但是鬼神之灵，实际是散在的气，是人类所未能认知、把握到的客观"自在"；活着的人类之灵，实际是聚在之气，又在一定意义上，意味着人类企图加以认知与把握客观"自在"的主观"自为"。巫性之灵（气），处于散、聚之际，处于鬼神与人类之际。如果仅从人类一方面看，它体现了人类对于鬼神在妥协中有所进击之主体精神的一些文化因素。

气作为一个始于巫文化等文化形态，进而成为文化哲学的人文范畴，因其独特的"中国性"，以至于英国著名学者李约瑟曾经称其几乎难以英译。这是因为，世界上各氏族、民族都有巫术的发生与流布，然而像中国这样在殷周时代卜筮就如此盛行，是独一无二的人类文化现象。偏偏气（鬼神、灵）这一文化范畴，诞生于殷代而成熟于周代，它的文化独特性，造就了其文化哲学的独特性。这里，笔者试将气这一范畴，译为"field"（场），其中含蕴，可供读者诸君品评。气在后世成长为一大文化哲学范畴，而其文化原型，仅仅是初民以巫文化为主、以神话与图腾为辅的中国巫性人文的"神意识""鬼意识""灵意识"与"信意识"。今天，人们在认可气范畴作为中国文化哲学的元范畴的同时，有理由、有责任追问这一元范畴何以发生。作为文化哲学之思的凝聚与深拓，作为本原本体的文化哲学的根因、根性，实际与巫性即灵性相系。

阴阳之气，又称天地之气。《国语·周语上》云："幽王二年，西周三川皆震。伯阳父曰：'周将亡矣！'"什么缘故呢？伯阳父的回答是，"夫天地之气，不失其序。若过其序，民乱之也。阳伏而不能出，阴迫而不能烝，于是有地震。今三川实震，是阳失其所而镇阴也。阳失而在阴，川源必塞；源塞，国必亡。"① 关于这一段引文，以往有些解读认为这是关于地震成因的见解，似乎说得有理，但是没有注意伯阳父说的"周将亡矣""国必亡"等。地震如何导致"国必亡"？不是因为地震严重摧毁了房屋、压死了大量的人，而导致国家衰亡，而是将地震看作"国必亡"的巫术征兆。因此，这里所说的"天地之气"

---

① 《国语·周语上》，邬国义、胡果文、李晓路：《国语译注》，上海古籍出版社，1994，第21页。

（阴阳之气），首先是巫与巫性的，至于探究地震的成因，倒是还在其次。

巫性意义的气，即灵魂与鬼魂，它是充满于天地时空的，首先具有人文时间性。作为巫性的易理，有所谓"时中"说，如"蒙亨，以亨行时中也"①等等。这里"时中"的"中"，并非"中间"之"中"，而是"中的"之"中"，读去声。唐力权说："因为时就是易（变动不居——原注）之历程。《易经》哲学最重时；六十四卦里每一卦的卦义可以说都是被此卦的"时义"所决定的。而时义的基本观念就是'时中'。"②此言是。

王弼说："夫卦者，时也；爻者，适时之变者也。"③《周易》的卦爻系统，实际是以一定的空间存在形态来表示时间的流渐过程。六十四卦的每一卦，都有初、二、三、四、五、上等六个爻位，如第一卦乾卦，依次是："初九：潜龙勿用""九二：见（现）龙在田，利见大人""九三：君子终日乾乾，夕惕若厉，无咎""九四：或跃在渊，无咎""九五：飞龙在天，利见（现）大人"与"上九：亢龙有悔"④等。这里，随着爻位的上升，由于每个爻位与居于其上的爻性不一样，所以算卦时，所显现的吉凶判断也是不一样的。什么缘故呢？因为每一个爻的"时中"不一。

这里所谓"时中"，指算卦时有关吉或凶之兆头瞬时立"见（现）"的一刹那，指一刹那闪现的吉兆或者是凶兆。所谓"时中"，或许可以借用德国哲学家海德格尔时间哲学的一个著名命题来加以表述，称之为"在场"⑤。然而，巫性、灵性与神性的所谓"时中"，仅仅是一种假性的"在场"，虽然其呈现于"当前"。

早在西方海德格尔从现象学哲学角度加以言说之前千百年，在中国原巫文

---

① 《易传·象辞》，朱熹：《周易本义》，怡府藏版影印本，天津市古籍书店，1986，第70页。
② 唐力权：《周易与怀德海之间》，辽宁大学出版社，1997，第2页。
③ 王弼：《周易略例》，楼宇烈：《王弼集校释》下册，中华书局，1980，第604页。
④ 按：《周易》乾卦六爻爻辞，朱熹：《周易本义》，怡府藏版影印本，天津市古籍书店，1986，第38—40页。
⑤ ［德］马丁·海德格尔：《面对思的事情》，陈小文、孙周兴译，商务印书馆，1996，第3页。按：海德格尔的原话是："存在仍然通过时间，通过时间性的东西，而被规定为在场，规定为当前。"

化中，早就从气、灵与象的角度，加以言说与立论，便是《易传》所说的"见（现）乃谓之象"①，此即易筮过程中当下立现的那个"象"，即预兆（吉凶之兆）。它并非文化哲学命题，它是一个巫学命题，它所"见"的，其实是一种带有"假象"因素的"象"。这是因为《周易》占筮，只是将自然与人间万象，分为吉、凶两大类，是将世间万象的意义简化也粗鄙化了，它遮蔽了许多意义，并未指向真理。有时，还作为吉与凶之间一种不吉不凶、又吉又凶的模糊状态出现，可以看作古人筮得此爻时，是吉是凶一时难以作出判断的结果，这种情况在《周易》爻辞中，是颇少见的。

从或吉或凶这两大占断来说，易筮将世上的各种现象都纳入《周易》所规定的思维模式之中。实际上，虽然算卦时，巫觋作出了或吉或凶的判断，但是，事物发展的结果却未必如易筮所占断的那样。这证明，算卦所得到的预兆即"现象"，并没有准确而正确地成为事物本质的"显现"。在此意义上，这种预兆即"现象"，带有"假象"的因素。此其一。

其二，世界万类无限丰富而且意蕴深邃，易筮却将其简化为大致是吉或凶的世界，这对于人对世界万类的认知，反而显得简单化、模式化了。从人类把握世界的基本方式看，求神（按：宗教以及巫术、神话、图腾等）、求善（按：伦理道德）、求知（按：科学技术）与求美（按：以艺术审美为主）等四大实践方式，基本涵盖了人类把握世界的全部。可是，如此丰富而深邃的世界，却被作为求神方式之一的巫术，裁剪为仅仅是吉、凶二维的世界②。无疑，这种专注于巫性预兆且占断吉凶的文化方式，并不能够有效地显现事物的本质规律。就此意义而言，以占验预兆为代表的易筮（按：除此还有甲骨占卜之类），具有一定的"假象"性。易筮预兆本身，的确是一种"现象"的显现，然而其显现的方向，却是错误的，它是对于事物本质的一种巫性意义的遮蔽。海德格尔指出：

---

① 《易传·系辞上》，朱熹：《周易本义》，怡府藏版影印本，天津市古籍书店，1986，第314页。

② 按：这里必须补充一句，巫术在其文化本质上，尽管并非求善、求知与求美这三大人类把握世界的方式，然而，巫术作为一种文化，又是与伦理道德（求善）、科学技术（求知）和艺术审美（求美）相联系的。

这种显现称为显似。

甚至它可能作为就其本身所不是的东西现象。

即现象这个词在希腊文中也有下面的含义：看上去像是的东西，"貌似的东西""假象"。[①]

《易传》所说的"见乃谓之象"，作为具有一定"假象"的因素与性质，将中国古人带进了一个光怪陆离而巫魅四射的世界，曾经让古人趋之若鹜。

"见乃谓之象"，有待于成长为一大文化哲学命题。这是因为在这一命题中，蕴含着有待于转嬗为文化哲学的文化因子的缘故。在巫性的预测比如占卜与易筮中，气的"在"，似乎是气的"在场"，而在《易传》里，大致已被改造与提升为文化哲学意义的"在场"，此即当下"存有"，指气的依"场"而"有"。"场"（field，气），始于原始巫性文化的这一"经验源头"，然后得以建构"形上姿态"的文化哲学。巫性意义的"场"，指当下之时的气、灵的蕴含、氛围与意境。在巫性的预测过程中，指瞬间所把握的巫术预兆。文化哲学意义关于"气"的当下之"在"，便是"过去的不再现在和将来的尚未现在"，而这一"当前"，说的是"气"的"在场状态"。[②]无数当下的"在"的推进，即是时间的不断流渐的连续过程，从而在空间中，构成事物发展的全进程。

因此，所谓"过程哲学"，作为文化哲学的一个分支，重在从事物的时间连续性及其相关角度，来发现、阐析事物的本"在"，这也便是"场性"。"什么是'场性'呢？这里'场'一字所代表的乃是一哲学的观念"，"我们所谓的'场'乃是依事物的相对相关性而言的。简单地说，'场'就是事物的相对相关性的所在。"[③]

"场有哲学"或者说关于"场"的文化哲学，并非凭空产生。这一哲学之"场"，原于甲卜与易筮的巫性之"场"。

---

① ［德］马丁·海德格尔：《存在与时间》，陈嘉映、王庆节合译，熊伟校，生活·读书·新知三联书店，1987，第36页。

② ［德］马丁·海德格尔：《面对思的事情》，陈小文、孙周兴译，商务印书馆，1996，第11页。

③ 唐力权：《周易与怀德海之间》，辽宁大学出版社，1997，第3页。

"场"是到处存在的。中国五行的文化哲学，源自巫性的五行说。

> 五行：一曰水，二曰火，三曰木，四曰金，五曰土。水曰润下，火曰炎上，木曰曲直，金曰从革，土爰稼穑。润下作咸，炎上作苦，曲直作酸，从革作辛，稼穑作甘。[①]

长期以来，学界多从哲学角度加以解读。"五行说以木、火、土、金、水五种元素，作为构成宇宙万物及其现象发生无限变化的基础""是当时（按：指战国时期），关于宇宙生成的理论，发展到后来，成为指导人类行为的基本原理。"[②]这就不啻是说，似乎五行说从其一开始就是一种哲学。其实不是的。阴阳五行的哲学有一个文化源头，它就是中国原始巫文化等，为五行哲学准备了一个历史与人文的温床。

相传夏禹受到洛书的启蒙，将其传授于殷商的箕子。周灭殷而箕子向武王讲授治理天下方略，便是所谓"洪范九畴"。治理天下要做九件大事，推五行为"初一"（按：第一），是最重要的。五行相生相克，是过程性的，主要存在于原巫文化之中，以相生为吉，以相克为凶。五行的生克关系，构成了一个时间性的"场"域。这个"场"，就是气、灵甚或是鬼的互为"感应"，是占卜与占筮"时中"的连续、相关与有机的"当下"。五行说原本就是中国原巫文化的有机构成，其性质、过程，都是巫性的，属于中国原始巫学的范畴，尔后才发展为中国五行的"过程哲学"，或者可以称之为由原始巫性及其文化观所发展的关于文化的时间哲学。它并非如以往有些学人所说，五行说指五种原始物质（金木水火土）并列地成为一切事物现象的本原本体，而是说，五种原始物质的相互联系及其时间性的过程，是一切事物现象的本原本体。它主要是由中国原巫文化发展而来的，是一种何等别致、独特而深刻的关于时间的文化哲学，是由中国原巫文化等所哺育的。

---

① 《尚书·洪范》，江灏、钱宗武：《今古文尚书全译》，贵州人民出版社，1990，第235页。
② 何新：《诸神的起源》，生活·读书·新知三联书店，1986，第232页。

第二节　巫之道

　　道这一观念与范畴，在中国文化中显得很是活跃，在先秦儒、道、墨及其余诸子的哲学中，都可以看到关于道的阐述，发明其微言大义。

　　从文字学角度看，"道"字本义指道路。许慎说："道，所行道也。"又说："一达谓之道。"①在战国楚竹书里，道字别体，写作彳、亍两字之间加一个人字，写作"衍"。彳亍的意思，指人小步行走、走走停停。可见古人在创造道字别体时，是将"行路难"的意思表述在这个汉字的结构中的。《尔雅·释宫第五》说："路、旅，途也。路、场、猷、行，道也。"又称："一达谓之道路，二达谓之歧旁，三达谓之剧旁，四达谓之衢，五达谓之康，六达谓之庄，七达谓之骁，八达谓之崇期，九达谓之逵。"②这是指古代道路种类之多，有好多名称。

　　张岱年先生将道路的"道"字的意义加以引申，他说："具有一定方向的路叫作道。引申为人或物所必须遵循的轨道，统称为道。日月星辰所遵循的轨道称为天道，人类生活所遵循的轨道称为人道。"③显然，这是从哲学角度来解读道字的意义。

　　在中国文化中，关于道的人文意识及其范畴的起源，是相当悠古的。

　　先秦言述道的意义的语例，可谓不胜枚举，大凡不出天道与人道二维或者指两者之间的联系。《尚书·汤诰》称："天道福善祸淫，降灾于夏，以彰厥罪。"④这是指与巫性相联系的天道；《论语》说："子曰：'朝闻道，夕死可矣。'"⑤这是

① 许慎：《说文解字》二下，中华书局影印本，1963，第42页。
② 胡奇光、方环海：《尔雅译注》，上海古籍出版社，1999，第213页。
③ 张岱年：《中国古典哲学概念范畴要论》，中国社会科学出版社，1987，第23页。
④ 《尚书·商书·汤诰》，江灏、钱宗武：《今古文尚书全译》，贵州人民出版社，1990，第123页。
⑤ 《论语·里仁第四》，刘宝楠：《论语正义》卷五，《诸子集成》第一册，上海书店，1986，第78页。

指人道①;《左传·襄公二十二年》:"忠信笃敬,上下同之,天之道也。"这里实指天道与人道的关系,"忠信笃敬",指与天道相契的人道。

在老庄的言述中,大致是将道看作哲学范畴的。在通行本《老子》一书中,论道之语随处可见。"道生一,一生二,二生三,三生万物。万物负阴而抱阳,冲气以为和";"反(按:返)者,道之动";"道生之,德畜之,物形之,势成之。是以万物莫不尊道而贵德";"道可道,非常道。名可名,非常名"②。这四段引文,依次指道作为哲学范畴,是事物的本原、本根;事物的运动及其规律性;形上之道的形下落实就是德,德为道之用;"道可道"的后一个"道"字,是言说的意义,道作为本原、本体是可以言说的,一旦言说,又不是那个作为本原、本体的道。

所以庄子说:"何为道?有天道,有人道。无为而尊者,天道也;有为而累者,人道也。主者,天道也;臣者,人道也。天道之与人道也,相去远矣,不可不察也。"③

"道"字的本义指人所走的道路,礼学、仁学与哲学意义的道,是对于"道"字本义的提升。无论儒家的礼学与仁学,还是道家的哲学,最后的归宿,都在于人生道路,都是为了阐明与解决中国人的人生道路问题。

那么,中国文化又为什么拥有关于"道"的礼学、仁学、名学与哲学呢?它的文化出发点、文化本色又是什么呢?

每一民族与时代的文化及其文化哲学等,都具有一个出发点和文化本色。从文化形态学角度看,中国文化的天道与人道的意识、思想,源自中国原巫文化,并且与原始神话与图腾有密切的人文联系。

仅从字眼上看,中国原巫文化,没有提出"道"这一概念与范畴,所谓巫

---

① 按:这里指人道,有一旁证。《论语》云:"子贡曰:'夫子之文章,可得而闻也。夫子之言性与天道,不可得而闻也。'"(见《论语·公冶长第五》,刘宝楠:《论语正义》卷六,载《诸子集成》第一卷,上海书店,1986,第98页)孔夫子所说的"道",基本为人道。

② 通行本《老子》第四十二、四十、五十一、一章,王弼注:《老子道德经》,《诸子集成》第三册,上海书店,1986,第26—27、25、31、1页。

③ 《庄子·在宥第十一》,王先谦:《庄子集解》卷三,《诸子集成》第三册,上海书店,1986,第69页。

之道，在字面上是找不到的。可是，没有字面的表述，不等于说中国原巫文化在实质上就没有关于巫之道的人文意识。这种情况，与《周易》本经相类似。在《周易》本经中是根本找不到一个"象"字的，然而这并不等于说，在《周易》本经的卦爻之象中，就不存在关于巫筮的象意识。

仅从文本看，所谓巫之道或者巫性之道的说法，可能是难以成立的。本书一再强调，巫文化有一个不成文的目的追求，便是它的实用功利性。所有人类的巫术，都是追求实用的，如果不实用，那么巫术是一定不会产生、不会传播的。与此相关，便是巫术文化的所谓"实用理性"。正如前引，李泽厚先生说："我以前曾提出'实用理性''乐感文化''情感本体''儒道互补''儒法互用''一个世界'等概念来话说中国文化思想，今天则拟用'巫史传统'一词统摄之，因为上述我以之来描述中国文化特征的概念，其根源在此处。"李泽厚将"实用理性"看作是中国文化思想重要的"文化特征"之一，把"实用理性"看作中国"巫史传统"的重要构成。确实，"实用理性"是贯通于由"巫"到"史"（按：哲思、求知、求善与审美等）之中国文化传统的中心主题。

"这种理性具有极端重视现实实用的特点，即它不在理论上去探求讨论、争辩难以解决的哲学问题，并认为不必要去进行这种纯思辨的抽象"，"重要的是在现实生活中如何妥善的处理它"[①]。这一论述，对于中国"史"文化尤其对于儒家文化来说，是说得相当到位的。对于道家哲学而言，可能还要做些修正与补充说明。尽管道家哲学也属于中国"实用理性"的"史"文化范畴——其道的形上哲学的归宿处是形下的德，然而，要说道家哲学"认为不必要去进行这种纯思辨的抽象"，是有点儿说不过去的。就中国原巫文化来说，其"实用理性"的确富于"极端重视现实实用的特点"，可是，它并非统统不"在理论上去探求讨论、争辩难以解决的哲学问题"，并非都"认为不必要去进行这种纯思辨的抽象"，而是其往往没有建构"理论""哲学"，谈不上能够"去探求、争辩难以解决的哲学问题"，而往往无法进行"纯思辨的抽象"。尽管人类巫文化包括中国原巫文化，具有无数巫性的"作法"与禁忌等，但是凡此一切，都是约定俗成而根据传统的。当我们后人回溯、研究原巫文化时，以"实用理性"

---

① 李泽厚：《中国古代思想史论》，人民出版社，1985，第30页。

来概括中国原巫文化的主要特性，自然是妥切的，可是就先民本身而言，他们根本没有自觉地意识到这是"实用理性"问题。对于先民来说，有关巫文化的所谓"哲学""思辨"与"抽象"等，都是不"在场"的。

这不等于说我们今人不能从文化哲学角度对巫之道进行解析。许多年前笔者曾经指出，在认知与把握世界的历程中，关于"道"，在"知道"还是"不知道"的问题上，人类可以而且只有四种情况：一、知道自己知道；二、知道自己不知道；三、不知道自己知道；四、不知道自己不知道。在第一种情况中，人类显得相当自信，对于这个世界，人类以为自己了如指掌、无所不知；第二种情况，具有葱郁而深致的理性精神，认为人类对于世界的认知，是永远无法完成的，"自知其无知"，是人类最高的人文与科学理性；第三种情况，对于某些事物现象，人类确实已经有所知，然而人类自己却不知道这种状况；第四种情况，对于世界万有及其本质规律，人类总是处于没完没了的无知状态之中，可是人类却不知道自己的无知，其心智处于盲目与盲从之中。就原始巫文化而言，在这四种情况中，除了"不知道自己知道"无害于人类以及"知道自己不知道"基本与初民无缘之外，人类总是盲目地坚信"知道自己知道"与"不知道自己不知道"。

可以说，巫之道是这样一种文化状态，明明是初民对于他们所处的那个世界及其环境无知、基本无知或者所知少得可怜，却自信、自豪地向世界宣布，似乎"一切尽在我的掌握之中"。对于被"神奇"巫术所迷惑的初民来说，所谓"知道自己不知道"是不可思议的。他们迷信自己无所不知、无所不能，除了种种巫术禁忌必须遵守之外，似乎一切都可以轻而易举地为巫术所战胜，不费吹灰之力。①

---

① 按：比如"想让仇人哪里疼，就模拟对应的地方，如想让仇人胃疼，就刺模型的肚子；倘若想让他立刻死亡，干脆从头到脚戳穿模型，像包裹真正的尸体一样将它包裹起来，像对真正的死者祈祷一样祷告，然后将它埋在仇人必经的路中间。"又，"当一个柬埔寨猎人守候很久却一无所获时，他便脱光自己的衣服，走出一段距离，然后漫步回到捕猎的网前，假装没看见网，不小心被网捕住，并大叫：'哎呀，这是怎么回事？我被捉住了！'之后就认为这副网可以捕捉到很多猎物了。"（见詹姆斯·乔治·弗雷泽：《金枝》上册，陕西师范大学出版总社有限公司，2010，第19、23页）

胡新生说："现在人们所说的'巫术'，是指运用超自然力量并通过特定仪法控制客观的神秘手段，它追求直接的现实效用，往往表现出不敬神灵的态度和自信自夸的倾向。"①所言甚是。作为原始社会中"控制客观的神秘手段"，巫术的所谓"有效"，必然是建立在"信"的前提下的。这种"信"是两方面的结合，首先是对于神灵、鬼怪等即所谓"超自然力量"的信仰与信赖，同时也是巫觋对于其自身所谓"异能"的自我信仰，也便是巫觋的自信自夸。归根结蒂，巫觋的自信自夸，是以信仰神鬼为前提的。有些巫术似乎在表面上给人以"不敬神灵的态度"，实际上并非如此。巫觋的降神与渎神，在拜神和媚神的前提下才有可能。

可见，所谓原始"信文化"的"信"，就寄托着中国原巫文化的巫之道。这种被今人权且称为"道"的东西，实际是一种原始、浅稚与粗鄙的巫术信仰。这种信仰的文化内涵是倒错地发现了人类自身的巫性的力量，而不管这种发现是怎样地与神灵的信仰结合在一起。人类相信，在讨好神灵的同时，是可以做到与神灵"平起平坐"的。人类坚信世界与人类自己还是有救的，并且往往摆出一种积极的姿态，向蛮野的自然与社会进击，做到"心想事成"，而不靠西方基督教的上帝来拯救自己，也无须通过印度佛教的启迪而觉悟，从而达到成佛的境地。

巫术向蛮野自然与社会积极进取这一点，倒是与中国的某些神话所主张的相通。比方说，太行与王屋两座大山挡住了愚公住地的出路，愚公所坚信的办法是，"每天挖山不止"，因为"子子孙孙无穷匮也"，所以坚信终于有一天会将大山挖尽，并不指望上天把大山搬走，或者将自家搬离大山（按：这比起"移山"来，不知要容易多少，却为愚公所不齿），这便是神话《愚公移山》的人文主题；一位少女淹死在东海之中，便化为立志填海的精灵般的小鸟，衔小石小木来不懈地填海，便是《山海经》里的"精卫填海"的神话故事的主题；还有刑天的神话，虽然被砍了头颅，而依然绝不屈服，仍旧舞动"干戚"去拼命，正如陶潜有诗云，"刑天舞干戚，猛志固常在"。这些中国的神话传说凸显了英雄主义精神。这种精神，在中国原始巫术文化中，是一点儿也不缺乏的，

---

① 胡新生：《中国古代巫术》（修订本），山东人民出版社，2005，第2页。

不过这种"英雄"是虚幻的、虚拟的,而且其人文内核是"实用理性"。

"实用主义"崇尚实际、实在与实用,不做漫无边际的玄思与冥想,它大致忠诚于此岸的经验世界,把形上问题放在"括号"里"悬置"起来,或根本不知道什么"形上"。这以儒家及其传统最为典型。在道家著述中,也时有所见。老子之"道",当然是具有形上性的,而最终还得将形上之道落实到形下之德。"道之为物,惟恍惟惚。惚兮恍兮,其中有象;恍兮惚兮,其中有物。窈兮冥兮,其中有精。其精甚真,其中有信。"①这里值得注意的是,其一,老子所说的道,并非绝对形上,这是因为在这道体中,还保留着"象""物"与"信"等人文因素;其二,就这里的"信"而言,显然指原始"信文化"的巫术因素,还残留在道体之中。王弼说:"信,信验也。物反窈冥,则真精之极得,万物之性定。故曰'其精甚真,其中有信'也。"②这里的"信",是"信验"的意思,显然是就巫术而言的。王弼揭示了老子之道与中国原巫文化的内在联系。老子之道作为哲学的道,之所以显得不那么绝对纯粹而抽象,是因为作为巫学之道的巫,始终带有"实用理性"的缘故;趋于绝对形上的哲学之道,之所以终于未能达到绝对形上,是因为高飞的纸鸢即"道"虽则凌空而起,可是其系绳的一端,总是牢牢地攥在"实用理性"的手里。老子哲学之道的文化原型,主要源自原巫文化。庄子说:

> 夫道,有情有信,无为无形,可传而不可受,可得而不可见。自本自根,未有天地,自古以固存。神鬼神帝,生天生地,在太极之先而不为高,在六极之下而不为深;先天地生而不为久,长于上古而不为老。③

试问,为什么中国的哲学之道具有这么一副品性呢?其答案只能是,它的文化底色主要来自巫的缘故。道确实是"生天生地"的,"在太极之先而不

---

① 《老子》上篇,第二十一章,王弼注:《老子道德经》,载《诸子集成》第三册,上海书店,1986,第12页。

② 王弼注:《老子道德经》,《诸子集成》第三册,上海书店,1986,第12页。

③ 《庄子·大宗师第六》,王先谦:《庄子集解》卷二,《诸子集成》第三册,上海书店,1986,第40页。

为高""在六极之下而不为深"，可是哲学之道的品格，并非是绝对"高"、绝对"深"的。为什么呢？答曰：道是"自本自根"的，似乎与其他文化因素无关，是"自我圆满"的，可是，哲学之道"生天生地"的缘由，在于原巫文化的"神鬼神帝"。什么叫作"神鬼神帝"？这里的"鬼"，是就巫术意义而言的，"鬼"也可以称之为"灵""气"，这是本书前文早就说过的。这里的"帝"，据王先谦称，专指相传始创巫性八卦的伏羲。①

> 郑有神巫曰季咸，知人之生死存亡、祸福寿夭。期以岁、月、旬、日若神。郑人见之，皆弃而走。列子见之而心醉，归以告壶子。曰："始吾以夫子之道为至矣，则又有至焉者矣。"②

这一引文，引自《庄子·内篇·应帝王》。学界一般认为，内篇为庄周本人所撰，最能代表庄子本人的思想。庄子说，无论就岁、月、旬、日而言，"神巫"都是"若神"无不灵验的。郑国人很害怕这样神通广大的巫，都力图避开这样的巫觋，是因为"惟恐言其不吉"、惟恐一言成谶而使得自己倒楣。可是，列子见到巫觋时心里是迷醉得很的，他对壶子说，开始的时候，我以为老聃的哲学之道是至理名言，但真正至高无上的，是"知人之生死存亡、祸福寿夭"而"若神"一样的"神巫"。

无论老子还是庄子的文化哲学及其原始信仰，都离不开中国的原巫文化。原巫文化以及原始神话与图腾，是先秦道家哲学的文化之母。

第三节　巫之象

正如前文所说的气与道那样，象，又是一个在中国文化中显得尤其活跃而重要的人文范畴。某种意义上，象这一范畴来到世间并参与中国文化的辉煌建

---

① 按：见王先谦：《庄子集解》卷二，《诸子集成》第三册，上海书店，1986，第40页。
② 《庄子·应帝王第七》，王先谦：《庄子集解》卷二，《诸子集成》第三册，上海书店，1986，第49页。

构，可能比气与道更早些。这是因为，人类关于世界及其万事万物的接触与感知，首先要依仗于视觉，视觉是人的五官感觉中最活跃、最有效的一维。在五官感觉中，以视觉最重要（按：除此之外还有听觉）。据说这两种感觉，会接收到百分之九十的外来信息，其余的嗅觉、味觉与触觉等，大约总共只占百分之十而已。而以视觉与听觉比较，又自然是前者强于后者。人的眼睛可以看得很远很广，有条件接纳更多的信息。毫无疑问，人的视觉与这里正在讨论的象有更多的直接联系。在人类思维的进化中，如同在物质的进化中一样，最简单的、最原朴的，总是在时间上领先。用眼睛看世界，一般总要比听觉、味觉、嗅觉与触觉直接而容易些。所以就思维而言，与视觉更直接地相联系的形象思维，总是首先来到人间。对于原始初民而言，人首先是视觉的"动物"，同时才是听觉以及味觉、嗅觉与触觉的"动物"。

在人类意识与思维史上，最早有缘登上生活舞台的，必然是那种不分天人、物我、主客的被列维-布留尔称为"集体表象"与"神秘互渗"的"象感觉"。起初人类的原始意象，原始意识与原始情感等对于世界、环境与人自己的主导力与支配力，实际与猿猴等高等动物相差无几。既然对于最原始的人类而言，最初意义的世界与环境，是混沌一片而不分天人、物我与主客的，那么，人类在最早的时候，实际上是无法进行什么像样的感觉，从而产生情感与意志等的，更谈不上有多少理性思维。人类对世界、环境的感觉是朦胧而游移的。或然可以说，人在那时，已经具有一定的感觉及其情绪，却还没有成熟的真正属于人的感受及其情感，但是前者有待于发展为后者。

在中国文化中，正如气、道一样，象是一个有趣而深刻的问题，是一种自然与历史的契机将象召唤到中国文化中来。甲骨卜辞中已经有"象"这个汉字①，其字形是动物大象的象形。本是普通的动物大象，如何才能一变而为中国文化与文化哲学至关重要的一大人文范畴？甲骨学家罗振玉曾经指出：

---

① 按：卜辞："今夕其雨，隻（获）象？"（见《甲骨文合集》一期一〇二二二，郭沫若主编、胡厚宣总编辑，中国社会科学院历史研究所《甲骨文合集》编辑工作组集体编辑，中华书局，1978—1982）

　　《说文解字》："象,长鼻牙,南越大兽,三季一乳,象耳牙四足之形。"
今观篆文,但见长鼻及足尾,不见耳牙之状,卜辞亦但见象长鼻。盖象之
尤异于他兽者,其鼻矣。又象为南越大兽,此为后事。古代则黄河南北亦
有之。为字从手牵象,则象为寻常服御之物。今殷墟遗物有镂象牙,礼器
又有象齿甚多(非伸出口外之二长牙,乃口中之齿——原注)。卜用之骨
有绝大者,殆亦象骨。又卜辞卜田猎有获象之语。知古者中原有象,至殷
世尚盛也。王氏国维曰:"《吕氏春秋·古乐篇》:'商人服象为虐于东夷,
周公乃以师逐之,至于江南。'"此殷代有象之确证矣。①

　　从卜辞、考古与古籍记载,都能证明殷代时期"黄河南北"曾经有大象生
存,只是在后来,由于北方气候由温而寒的骤变,才迫使畏寒的大象不得不南
迁。《甲骨文字诂林》说:"卜辞记田猎获兕象多见。今兕象均热带或亚热带动
物,而殷代中原地区盛产之,此为研究当时地理气象之重要线索。根据卜辞有
关田猎之记载,当时中原地区应是广袤之原始森林,雨量充沛。周代以后,气
候之变易,加上人为之破坏,中原地区之自然环境已完全改观。"②这主要是自
然原因所造成的变易。所以时至战国时期,大象早已在北地绝迹了,中原民众
未能目睹活着的大象起码已有大约五六百年时间。

　　可是,民众依然保持着对于人象曾经在北地出没的遥远而模糊的历史记忆,
这是世代相传的结果。所以,当北地民众偶尔从地下挖出一堆动物残骸,便怀疑
这会不会是大象的遗骨。这用《战国策·魏策》的话来说,叫做"白骨疑象"。

　　《韩非子》称:

　　　　人希见生象也。而得死象之骨,案其图以想其生也。故诸人之所以意
　　想者,皆谓之象也。③

---

① 罗振玉:《殷虚书契考释五种》(上、中、下)中册三十页下,中华书局,2006。
② 于省吾主编,姚孝遂按语编撰:《甲骨文字诂林》第二册,中华书局,1996,第1607页。
③ 《韩非子·解老第二十》,王先谦:《韩非子集解》,《诸子集成》第五册,上海书店,1986,
　　第108页。

　　这里所言"希（稀）见"，实际是指根本见不到大象，但是在世代相传的文化记忆中，还保留着关于大象的印象。于是，一种属于文化的历史性契机便出现了，即由动物大象一变而为人文之象。

　　人文意义上的象是什么意思呢？

　　某人、某物或某境，以往曾经见过、接触过与了解过，可是现在已经不在眼前，却对它一直保持着一定的心灵的记忆，可以被回想、被意想，在此基础上有所想象、幻想和虚构，这便是人文之象及其文化内涵。人文之象，是一定的心灵印记、印迹、印象与氛围的一个总和。它是以人的视觉为主、辅以听觉以及其他感觉在人心灵中所留下的印象、烙印甚而是氛围。

　　人文意义上的象，不是指客观存在的物体，是客观存在的物体现在不在眼前，而在主体心灵上所留下的总体印象，它确实正如《战国策》所说，是一种存在于人心灵中的"意想者"。

　　平时我们常说"事物现象是客观存在的"这一句话，好像并没有什么不妥。其实所谓"事物现象"或者称"物象"，是指显现在人心中的"事物"。这里，值得一提的是《易传》说了一句至理名言，叫作"见乃谓之象"①。这里的"见"，是显现的意思。所谓现象，显现于人心中的，称之为象。

　　以往但凡一说到象，就会马上想到象是艺术审美的中心问题，对于艺术审美而言，象确实是其中心问题之一。值得强调指出，作为象，并非从一开始就是属于艺术的，象首先属于文化，它是一种普遍的文化心灵现象。无论巫术、神话与图腾，都有一个"象问题"，即"象感觉""象意识""象情感""象思维"与"象意志"等。中国最早的原始文化形态，惟有巫术、神话与图腾等动态三维，三位一体而各具特性、各尽所能。中国这种最早的原始文化形态的存在格局，是以原始巫术为基本而主导的，且伴随以神话与图腾。所以这里所说的"象问题"，在原始巫术文化领域表现得最为突出，它便是神性、巫性与灵性之象。

　　古籍《尚书》有许多涉及巫象的论述。比如"象恭滔天""象以典刑""予

---

① 《易传·系辞上》，朱熹：《周易本义》，怡府藏版影印本，天津市古籍书店，1986，第314页。

欲观古人之象""方使象刑""乃审厥象"与"崇德象贤"①，等等。"象恭滔天"的"滔"，通"慆"，有怠慢之义。意思是说，表面上谦恭尊敬，实际对老天是怠慢不尊的。"象以典刑"，意思是，将典型的刑法条款用文字镂刻在器皿上，以表示敬天神敬祖神的庄严。这里的象，是镂刻的意思，名词作动词用。"予欲观古人之象"的"象"，有图案义。其全文是："予欲观古人之象，日月、星辰、山龙、华虫（按：有文采的虫子）、作会（绘）；宗彝（按：宗庙祭祖的彝器）、藻火、粉米、黼黻、絺（缝纳）绣，以五采彰施于五色。作服，汝明。"②意思是说，古人服饰五彩缤纷，绘制在上面的种种图案，都是敬崇日月、星辰等自然神灵和祖宗神灵的形象，并非为了审美为了好看，服饰上的种种五色图案，都有巫术魔法的意义。"方使象刑"的"象刑"，略与前文"典刑"同。意思是，刑法条款的施行是当下就要进行的事。"乃审厥象"的"厥象"，指梦境、梦中之象，意思是，对这一梦境的审察就要进行，这里指巫性的解梦。"崇德象贤"，有尊崇祖德、效仿贤人的意思。在古人看来，效仿贤者尊崇祖德，不仅是道德的，而且是与巫性的祭祀相关的。

凡此图象，富于吉祥意义，如"予欲观古人之象"的"象"，"日月""星辰""山龙"与"华虫"等，都是吉利的符号；或者具有镇妖的巫性功能，如"宗彝"就是一例。这也便是王国维所说的"尊彝"。"尊彝皆礼器之总名也。古人作器，皆云作'宝尊彝'，或云作'宝尊'，或云作'宝彝'。然尊有大共名之尊，有小共名之尊，又有专名之尊。彝则为共名而非专名。"③"尊彝"即祭祀祖神的礼器。祭祖以礼，这礼的施行，恭敬而庄严，为的是企望祖神保佑我，是富于神性与巫性的。"夫礼者，所以定亲疏，决嫌疑，别同异，明是非也。"④

---

① 按：这六处都说到了象。其中前四处依次见于《尚书·虞夏书》的"尧典""舜典""益稷"与"益稷"篇；后两处依次见于《尚书·商书》的"说命上"与"微子之命"篇，见孙星衍、陈沆《尚书今古文注疏》，中华书局，1986。

② 《尚书·虞夏书·益稷》，江灏、钱宗武：《今古文尚书全译》，贵州人民出版社，1990，第59页。

③ 王国维：《说彝》，《观堂集林》卷三，《王国维遗书》第一册，上海古籍书店，1983，第16页。按：《左传·襄公十九年》注云："彝，常也，谓钟鼎为宗庙之常器。"（杨伯峻《春秋左氏传注》，中华书局，1981）

④ 《礼记·曲礼上第一》，杨天宇：《礼记译注》上册，上海古籍出版社，1997，第3页。

对祖神事之以礼，为的是规范、严肃人伦之礼的施行。礼并非仅仅是道德教条，礼与乐一直是同在的。哪里有礼的严谨规矩，哪里就有乐的与之和谐。比如前文所说的"作服"，东汉郑玄《尚书》注，十二章为五服，是天子所备有的。但是，公侯伯子男与卿大夫的服饰图案不同。公自"山龙"而下，侯伯自"华虫"而下，子男自"藻火"而下，卿大夫自"粉米"而下，自古传承的这一"作服"制度，可谓严格得很。而所有服饰的图案，都是富于"象"的，它们在文化品格上，并非审美诗性而首先是神性、巫性与灵性的。这也便是说，等级森严的古代"礼服"制度，和有待于发育为审美的服饰，主要源于巫。

就易筮而言，神性、巫性与灵性之象，是与数相伴相生的。这用清初王夫之的话来说，叫做"象数相倚"。"天下无数外之象，无象外之数。"哪里有象，那里就有数；哪里有数，那里就有象。"是故象数相倚。象生数，数亦生象。象生数，有象而数以为数；数生象，有数而遂成乎其为象。"[1]《周易》卦爻筮符，就最基本的阴爻阳爻来说，爻符来自"数字卦"，尔后才发展为阴阳爻符，其爻符便是与数相契的象。"是故吉凶者，失得之象也；悔吝者，忧虞之象也；变化者，进退之象也；刚柔者，昼夜之象也。"[2]"参伍以变，错综其数。通其变，遂成天地之文。极其数，遂定天下之象。"[3]

神性、巫性与灵性的"象数相倚"，如果用列维-布留尔的话来说，叫做神秘的"互渗"。

> 有一个因素是在这些关系中永远存在的。这些关系全都以不同形式和不同程度包含着那个作为集体表象之一部分的人和物的"互渗"。所以，由于没有更好的术语，我把这个为"原始"思维所特有的支配这些表象的关联和前关联的原则叫做"互渗律"。[4]

---

[1] 王夫之：《尚书引义》卷四，《尚书稗疏·尚书引义》，《船山全书》第二册，岳麓书社，1989。
[2] 《易传·系辞上》，朱熹：《周易本义》，怡府藏版影印本，天津市古籍书店，1986，第288页。
[3] 同上书，第309页。
[4] ［法］列维-布留尔：《原始思维》，丁由译，商务印书馆，1981，第69页。

与原始思维相应的"集体表象"，蕴含着"万物有灵"的神灵因素与初民关于自身命运的敬畏、体会与认同。象数"互渗"的数，具有原始数学的因子，而其根本意义，是指人的命运、劫数。它是神性、巫性与灵性的。中国古时有所谓"劫数"（按：在劫难逃）、"天数"（按：命里注定）与"数奇"[①]等说法，都指命中多灾，无可逃避。《论语》所谓"死生有命，富贵在天"[②]，就是指命里注定的"数"。

所以从一开始，巫性之象就与命运之数"相倚"（互渗）。当下的易学研究中，有一派称为"科学易"，是将原始易学中神性、巫性与灵性之数的数理因子，拿出来进行数学意义的解读，并不等于说原始易学中已经独立存在着近代意义的数学理性。神性、巫性与灵性之数的文化属性，始终是与神秘之象"互渗"的。

> 在这里，被感知的任何东西都同时包含在那些以神秘因素占优势的集体表象的复合中。同样在这里也不存在简单地只是名称的名称，也不存在只是数词的数词。

> 每当他想到作为数的数时，他就必然把它与那些属于这个数的、而且由于同样神秘的互渗正是属于这一个数的什么的性质和意义一起来想象。[③]

"集体表象"的神秘性，与尚未从这种神秘性的象中分化出来的数的融合，由于始终是讲人的命运的，具有先天兼后天意义的文化属性。当我们将神性、巫性与灵性之象（与数相契）进行文化哲学意义的思考与讨论时，这种文化哲学，就一定是关于人类命运的文化人类学意义上的。这里，命是先天的，运是后天的。而巫性便是先天与后天因素的结合或妥协。神性、巫性与灵性之

---

① 按：司马迁：《史记》卷一〇九《李将军列传第四十九》云："大将军青（指卫青）亦阴受上诫，以为李广老，数奇，毋令当单于，恐不得所欲。"（《史记》，中华书局，2006，第632页）

② 《论语·颜渊第十二》，刘宝楠：《论语正义》卷十五，《诸子集成》第一册，上海书店，1986，第264页。

③ ［法］列维-布留尔：《原始思维》，丁由译，商务印书馆，1981，第201页。

象，当然也是如此。盛行于中国古代的巫术，称为"数术"或曰"术数"，都是一方面讲命里注定，另一方面讲人为努力（按：尽管这种努力总是走在错误的道路上）。①"数术"是中国古代"六艺"之一，"六艺"包括"礼、乐、射、御、书、数"，除了数不能自己影响自己以外，其余五项都深受数的影响。"数术"总是与象"相倚"的。测日、测风、望气、甲卜、筮占、五行、历算、形法（堪舆）、扶乩、放蛊、遁甲、祝由、咒术、面具与谶纬等，都是与神秘之象"互渗"的"数术"，在这里，没有哪一项"数术"，不是本具神性、巫性与灵性之象的。"象备而数周，故其精蕴可以阐化原而穷之事物。"②象，是以巫性为研究对象的文化哲学的第一概念。

从文化哲学的高度看，离象之数与离数之象，都是不可思议的。对于象进行文化哲学意义的审视，始终应当树立一个学术观念，即象总是与数在一起，是神性而巫性与灵性的。巫性是神性与人性的结合与妥协。象，不仅与气、道等巫性观念一起，建构起巫术这一阴晴不定，一会儿风一会儿雨，一会儿又阳光灿烂的文化园地，而且由于象是感性的——感性的东西，总是容易煽动人的情感。所以，巫性之象以及存在于神话与图腾中的神性之象，与后世出现的艺术审美之象，具有更多更直接的文脉联系。然而与艺术审美之象相比，巫性、神性与灵性之象，在历史与人文意义上，是具有优先性的。学界以"简易、不易、变易"释读易理，这是舍弃了易理的神性、巫性与灵性之象的因素，而对易做出专门的哲学解读，自当言之成理。然而，从文化人类学关于巫学的文化哲学看问题，这种哲学首先应当从文化根源上去说去理解。尚秉和先生指出：

> 说者以简易、不易、变易释之，皆非。愚案：《史记》《礼》书云，能虑勿易，亦以易为占。简易、不易、变易，皆易之用，非易之本诂。③

---

① 按：《葬书》在谈到风水问题时，既坚信天神、地祇不可违背，又称"葬者"，须"乘其所来，审其所废，择其所相，避其所害，是以君子夺神功改天命。"（《风水圣经——〈宅经〉〈葬书〉》，王振复导读、今译，中国台湾恩楷股份有限公司出版发行，2007，第120—126页）
② 《河洛精蕴·金氏序》，江慎修：《河洛精蕴》，学苑出版社，1989，第9页。
③ 尚秉和：《周易尚氏学·总论》，中华书局，1980。

这里所谓"易之本诂",实际指易理的文化本根。它并非从其一开始就是"哲学"的,这种情况,正如象从一开始并非艺术审美一样,也必须从根上去说。尚秉和同时指出,"易本用以为筮","凡哲学无不根源于是"①。"哲学"有个源头,象也有一个源头,便是巫卜、巫筮等。因此,象原本是一个源自原始"信文化"的人文范畴。象也参与了后世哲学的建构,老子早就明言,他所说的哲学之道,是"其中有象""其中有精(按:这里指气)""其中有物""其中有信"的。这样说,一方面显示了老子的哲学之道,源自"象""精""物"与"信"等;另一方面也说明,在老子的哲学之道中,还残留着其源自"象""精""物"与"信"的文化遗存和文化烙印。

徐复观曾经说过,"老子思想最大贡献之一,在于对自然性的天的生成、创造,提供了新的、有系统的解释。在这一解释下,才把古代原始宗教(按:实指原始巫术、神话与图腾)的残渣,荡涤得一干二净。"②老子哲学的"贡献",的确在于把道这一原生范畴看作事物的本原本体,从而奠定了先秦道家的宇宙论,但是,老子实际并未把原始"信文化"的"残渣","荡涤得一干二净",其哲学思维,在建构其哲学之道的形而上学时,显然深受原始巫文化等"信文化"的影响。

《易传》说:"是故形而上者谓之道,形而下者谓之器。"③那么,在"形而上"与"形而下"之际,究竟还有什么呢?其答案只能是:在形上之道与形下之器之际,还有一个"象"在。

道(按:形而上)、象(按:形而中)与器(按:形而下),是一个动态三维结构。道,抽象;器,具象;象,半抽象半具象。象是从器到道的一个中介。

从动态三维结构来审视"象问题",象究竟是什么意思呢?从时间点来看,象是当下的;从象的显现方式来看,象又是当下立见(现)的。

可以将"象问题",放在存在与时间的关系中来加以考察,现象学文化哲

---

① 尚秉和:《周易尚氏学·总论》,中华书局,1980。
② 徐复观:《中国人性论史·先秦篇》,生活·读书·新知三联书店,2001,第287页。
③ 《易传·系辞上》,朱熹:《周易本义》,怡府藏版影印本,天津市古籍书店,1986,第318页。

学的"象问题",是显得十分重要而意义深刻的。

> 当你们用"存在着"这个词的时候,显然你们早就很熟悉这究竟是什么意思,不过,虽然我们也曾相信领会了它,现在却茫然失措了。"存在着"这个词究竟意指什么?我们今天对这个问题有答案了吗?不。所以现在要重新提出存在这一意义问题。我们今天之所以茫然失措仅仅是因为不领会"存在"这个词吗?不。所以现在首先要重新唤醒对这个问题的意义之领悟。[①]

"存在着"这个词,是个进行词态,表示当下正在进行着的一种存在状态。它无疑具有当下性。海德格尔关于"存在与时间"说的所谓"时间",首先指"当下"这个时间点;所谓"存在",指"当下"存在。

> 我们不知道"存在"说的是什么,然而当我们问道"'存在'是什么?"时,我们已经栖身在对"是"("在"——原注)的某种领悟之中了,尽管我们还不能从概念上确定这个"是"意味着什么。我们一直还未认出该从哪一境域出发来把握和确定存在的意义。但这种通常而模糊的存在之领域是一种实际情形。[②]

毋庸置疑,"当下"即"是"("在"),就是一种属于"当下"的"实际情形"。这种"实际情形",就是现象学所说的直观的"现象"。从现象学的文化哲学看,凡是"现象",都是"现"之于心的"当下"之象。它具有"当下"性。这在神性、巫性与灵性的易筮中,体现得最为典型。当筮者在算卦的过程中,那个期盼的变卦或者变爻作为征兆突然呈现时,则意味着"黑暗的世界"一下子被"照亮"了,它具有当下立见的性质。

这个"照亮",用海德格尔的说来说,叫做"照面"。"现象——就其自身

---

① [德]马丁·海德格尔:《存在与时间》,陈嘉映、王庆节合译,熊伟校,生活·读书·新知三联书店,1987,第1页。
② 同上书,第8页。

显示自身——意味着与某种东西的特具一格的照面方式。"①

《周易》占筮的文化功能，在于彰往知来，尤其重在预测未来，不过它是神性、巫性与灵性的。

《周易》有一个巫性的时间观，如果把这一时间从现象学的文化哲学的角度加以分析，则可以将其看作是一个动态不息的过程。它无始无终、无穷无尽，可以将其分为彼此相系的以往、当下与未来三种时间。这三种时间，构成了一个动态而不息的时间流。

假如用一条直线来表示这一时间流，则可以用负数来表示以往时间；以正数表示未来时间；而当下时间，实际是一个点，其实只是处于不断向前流变的负数与正数之际的一个0。

这个0，在空间上没有长度、宽度与高度，它只是处于不断流变的以往与未来之际的一个暂态，是一种极短极短、短到不能再短而归于0的有效时间点。用所谓"白驹过隙""刹那生灭"来加以形容，似乎还不够妥切。

海德格尔说："我们把如此这般作为曾在的有所当前化的将来而统一起来的现象，称为时间性。"②这一论述，在逻辑上显得很是严密，海德格尔这里所说的"时间性"，包含着彼此相系而永恒流动的三大要素，便是"曾在（按：以往）的有所当前化的将来（按：未来）"而"统一起来的现象"。

因此所谓"现象"性，指的是当下"时间性"。

无疑，在这时间的动态三维中，存在论现象学的文化哲学尤重"当下"的诉求。"当下"或者可称为"当在"，它实际是指处于"曾在"（以往）与"将在"（未来）之际的一个契机。

当我说"我现在正在当下"这句话时，无数个连续的"当在"已经不"在"，它已经飞逝而去，在其成为无数个连续的"曾在"的同时，又有无数个"将在"实现为无数"当在"。时之流，无始无终，奔流不息，"当在"之"在"，总是"在"而不在的。

---

① ［德］马丁·海德格尔：《存在与时间》，陈嘉映、王庆节合译，熊伟校，生活·读书·新知三联书店，1987，第39页。

② ［德］马丁·海德格尔：《存在与时间》（修订译本），陈嘉映、王庆节译，熊伟校，陈嘉映修订，生活·读书·新知三联书店，1999，第372页。

人类是一群善于瞻前顾后的"文化动物"。人十分敏感于过去和未来，这是正当的。瞻前者，向往、理想之谓；顾后者，回忆、恋旧之谓。但人们总是以为，只要将曾在（以往）和将在（未来）紧紧地攥在自己手里，就掌握了自己的命运。然而，人们总也慢待、挥霍当在（当下），总对当下忘乎所以。

这叫作"在的遗忘"，也可以说是"时间遗忘"。

海德格尔关乎时间现象学的文化哲学是说，无论对于曾在的回忆眷顾，还是对于将在的向往憧憬，都决定于人在当下何为。曾在与将在，只有在当下"照面"、开显为真正的"在"（当在），人才是真正的"人"（按：成就真正有意义、有价值的人格）。

这用海德格尔的话来说，叫做"时间到'时'"①

是的，"时间到'时'"这一命题的思想深邃性，体现了现象学文化哲学的理论深度。注重当下而成就当在，便是理解海德格尔现象学文化哲学的一个关键。

中国巫文化在试图彰往察来的同时，也是尤其注重于当下的，易筮显示了古人企图把握当下时间的一种努力。这里还得再次引用《易传》所说的"见乃谓之象"一语。《周易》巫性易筮的全部企望，都在于通过繁复的"作法"，即所谓"十八变"，通过灵的感应，将其全部的"宝"都押在算卦时变卦或变爻出现的"一刹那"，即所谓"时间到'时'"（按：暂且借用海德格尔的话）的呈现上。这里，我们用《易传》的另一句话来说，叫做"知几，其神乎?"②"唯几也，故能成天下之务。"③这里的"几"，即机之本字。指事物、命运变化的契机、机会与机运等。"几"，"动之微，吉（按：这里缺一凶字）之先见者也"④，

---

① ［德］马丁·海德格尔：《存在与时间》（修订译本），陈嘉映、王庆节译，熊伟校，陈嘉映修订，生活·读书·新知三联书店，1999，第375页。

② 《易传·系辞下》，朱熹：《周易本义》，怡府藏版影印本，天津市古籍书店，1986，第332页。按：该书第332页同时说："其知几乎? 几者，动之微，吉（凶）先见（现）者也。君子见几而作，不俟终日。"

③ 《易传·系辞上》，朱熹：《周易本义》，怡府藏版影印本，天津市古籍书店，1986，第311页。

④ 《易传·系辞下》，朱熹：《周易本义》，怡府藏版影印本，天津市古籍书店，1986，第332页。

指的是事物发生变化的珠丝马迹、好比风起于青萍之末，实际便是算卦所呈现的兆象。古人相信，"几"即兆象，昭示出人的命运如何以及努力的方向。所谓"知几"，"知"天命即神性时间而恰逢于人性时间，而且是当下的。这是一种天人合一、天人感应的思维方式。"知几，其神乎"，半尊于天命——是对神性时间的崇拜；半依于人为——是对人性时间的肯定。"知几"者，"知"天命而就人事，是天命与人事、非知与认知、虚假与真实、神灵与人力的二律背反、合二而一。这也便是《易传》所说的，"承天而时行""以亨行于时中也"①的意思。

《周易》文化的根性是神性、巫性与灵性，其"象数"，指人的命运、命理之象，自当不同于西方现象学文化哲学所说的现象。这是因为，正如前述，所谓"趋吉避凶"，不能真实地显现事物的本质，对于真理在实际上是遮蔽的。

《易传》关于"见乃谓之象"与"知几，其神乎"的论述，已经在遥远的东方古代，不意触及了现象学的文化哲学所深蕴的一根神经。这便是所谓"现象直观"。神性、巫性与灵性的易筮，也倚重其自身的"现象直观"，也重视象的"意向性"，可是，中国巫性文化所说的"现象"即象数，毕竟不等于海德格尔所说的"现象"。

海德格尔称，"现象"这一范畴，源自希腊语，它"等于说：显示着自己的东西，显现者，公开者。"②倪梁康的解读是：

> 希腊文的"现象（Phaenomen——原注）"在海德格尔那里有两个含义：（1）自身展示（sich zeigen——原注）——就其自身展示自身；（2）虚现（scheinen——原注）——不就其自身展示自身。第一个含义是原生的，第二个含义是派生的。③

---

① 《易传·文言》《易传·象辞》，朱熹：《周易本义》，怡府藏版影印本，天津市古籍书店，1986，第61、70页。

② ［德］马丁·海德格尔：《存在与时间》，陈嘉映、王庆节合译，熊伟校，生活·读书·新知三联书店，1987，第36页。

③ 倪梁康：《现象学及其效应——胡塞尔与当代德国哲学》，生活·读书·新知三联书店，1994，第194页。

现象学所说的"现象"，大致包含"自身展示"即所谓"开显"与"虚现"即"假象"。

关于"假象"，中译本《存在与时间》将其恰当地译为"现像"或者称为"病理现像"，以此与"现象"一词相区别。海德格尔说：

甚至它可能作为它就其本身所不是的东西呈现。

这种显现称为显似。

即现象这个词在希腊文中也有下面的含义：看上去象（按：像）是的东西，"貌似的东西"，"假象"。

唯当某种东西究其意义来说根本就是假装显现，也就是说，假装是现象，它才可能作为它所不是的东西显现，它才可能"仅仅看上去象（按：像）"。①

真是击中了中国巫性文化的"痛处"。中国易筮所孜孜以求的吉凶预兆，实际是种种"假象"，即"就其自身所不是的东西""看上去象（像）的东西"与"貌似的东西"。

无论龟象还是易象，是作为"假象"的"现像"而出现的。从人类认识、把握世界与真理角度看，巫术作为"伪技艺""倒错的实践"，作为科学的"伪兄弟"，是人类企图认识世界、把握真理的一种属于史前文化智慧水平的"信文化"，由于神灵、鬼怪与命理意识的统御、纠缠与干扰，先民往往错判事理，有如《周易》爻辞"舆说（脱）辐，夫妻反目""枯杨生稊，老夫得其女妻"的误判。大车的木制车轮坏了，作为巫性的预兆，不会导致"夫妻反目"这一恶果；枯杨树生出嫩芽来，也不是老头子娶到美娇娘的原因。现实生活中所发生的比如"夫妻反目""老夫得其女妻"等，一定是另有真实原因的。但是，巫术的占断，是往往与事物发展变化的真正原因相违的，巫术所崇尚的，是一种坚信"打雷必定下雨""只要楼梯响，一定有人下楼""人掉眼泪必然由于内心痛

① ［德］马丁·海德格尔：《存在与时间》，陈嘉映、王庆节合译，熊伟校，生活·读书·新知三联书店，1987，第36、36、36、36—37页。

苦"式的粗鄙的因果论。

巫之象，作为先兆实际往往是"假象"（按："病理现像"），真正的显现事物内在本质规律的表象，其实并不"在场"。《易传》说："象也者，像此者也"①的"像"，过去学界释读为象征之义，似乎并无不妥，其实，这是"病理现像"的"像"，《易传》所说的确实是"假象"。

"病理现像"是"现象"的一种，这种"现像"是真正的现象遮蔽，又有可能在一定条件下趋向于象的"开显"。应当补充一句的是：在文化本涵上，作为"伪技艺""反科学"的中国巫术，由于坚信因果律，便与坚持科学因果论的科学认知，有一点儿不解之缘。由于巫术与科学都强调因果律，便有相通的一面。巫术是"伪技艺""反科学"的，然而在一定程度上，对于科学又采取了某些宽容的态度，它蕴含着某种不自觉的"向往科学"的人文精神，但这是另一个问题，此暂勿论。

---

① 《易传·系辞下》，朱熹：《周易本义》，怡府藏版影印本，天津市古籍书店，1986，第321页。

第八章 中国巫文化的人文思维方式

日本学者中村元曾经指出，所谓思维方式与思维方法，"特别指涉及具体的经验性问题的思维方法，在许多情况下也涉及价值判断，涉及伦理、宗教、美学以及其他诸如此类的人类所关心的事物的价值问题。"同时认为，研究民族文化所应采取的"程序"是，"首先研究他们表述判断与推理的形式，作为研究他们的思维方法的最初线索，然后分析与之有关的各种文化现象，以努力阐明这些思维方法。"① 思维方法或曰思维方式问题之所以显得如此重要而且相当烦难，是因为思维方法（方式），是人类文化或者一个时代、民族文化思想的思考方式与致思过程，而且它直接就是思想存在本身。某种意义上可以说，思维方式及其逻辑、推理与判断等，决定了思想的素质与品格、结构与功能。思想与思维是不同层次的两个问题，相对于思想而言，思维是更具有深度的、隐在的，也显得更为重要。

中国巫文化的思维方式，主要是类比。

第一节 类比：从个别到个别

人类的思维方式，基本有四种：一、归纳：从个别到一般；二、演绎：从一般到个别；三、数理：从一般到一般；四、类比：从个别到个别。

---

① ［日］中村元:《东方民族的思维方法》，林太、马小鹤译，浙江人民出版社，1989，第4、7页。

　　所谓归纳法，是一种从个别、特殊与具体的经验事实出发，概括为一般的、形上的原理与原则的思维方式与方法。这种方式、方法，一定包括对一定经验事实的观察、实验、思考、分析、比较与综合等的思维活动，或者说，它是在对一定经验事实的观察与实验的基础上，所进行的有系统的思考、分析、比较与综合等思维活动。大凡归纳法的思维路向，具有从经验事实到原理原则、从形下到形上、从个别到一般的特征。

　　首先，让我们来审视一下比如《周易》本经巫筮的思维方式，从有关易筮的爻辞试加分析，看看它们是否运用、体现了归纳法。

　　我们看到，如乾卦九二爻："见（按：现）龙在田，利见大人"；乾卦九五爻："飞龙在天，利见大人"；坤卦初六爻："履霜，坚冰至"；需卦九三爻："需于泥，致寇至"；小畜卦九三爻："舆说（脱）辐，夫妻反目"；大过卦九二爻："枯杨生稊，老夫得其女妻，无不利"；大过卦九五爻："枯杨生华，老妇得其士夫，无咎无誉"，等等，确实是一般地从某种经验事实出发，做出了一定的判断。可是，凡此都是原始巫筮文化意义上的因果律的滥用，它从因到果的推理，并不符合科学意义上的逻辑。即其前提（因、前兆）与结论（果、判断）之间，并没有什么科学意义的必然。比如，为什么"见龙在田"这个"因"（前兆），一定导致"利见大人"这个"果"（判断）呢？没有任何必然性。我们假定这些爻辞的内容都是属于所谓"归纳"的，而这种归纳，并不是科学地符合一定逻辑的认知。

　　《周易》的这种人文思维，作为推理之"因"的经验事实，在"量"上显得很不充分，爻辞只是采集了一些零散的经验事实，不能由此概括出符合大量经验事实共性的结论，由此推导出来的结论与判断，不具有一定的科学性与真理性。"履霜"未必导致"坚冰至"，"舆说（脱）辐"，也未必一定会使"夫妻反目"，等等。其实，《周易》全书凡三百八十四爻的每一爻辞，都没有建构起必然的逻辑链。

　　这里作为概括、判断的经验事实的"质"，是值得质疑的。比如"见龙在田""飞龙在天"之类，又是怎样的"经验事实"呢？学界一般认为，其实在自然界与人类社会，并非实际存在过一种称为"龙"的动物，龙是古人在一定的自然物事与现象（按：比如鳄鱼、蛇等）的基础上，通过想象所虚构的一个人文意象，兼具巫术、神话与图腾的文化意义，经验事实的龙，并不存在。既然如此，从经验事实意义上莫须有的"龙"这个"因"，又怎么能够推导出"利见大人"这一个"果"呢？

科学的归纳法，不仅必须从大量同类的经验事实出发，而且更关键的，须有一个真实的实验内容与过程。偏偏巫术文化、巫术占筮的所谓"归纳"，在其思维过程中是排斥实验尤其是科学实验的，往往不具有真实的实验事实与内容，比如龙象，在整部《周易》巫筮的文字中，我们不能找到任何可以证明其具有实验的品格。就易筮来说，所谓真实的实验内容与过程，是不存在的。既然如此，又怎能形成科学的合逻辑的归纳呢？

科学的归纳，不仅须以大量的经验事实为基础，而且是一种合逻辑的理性上升运动，它通过一定的思考、分析、推理、比较与综合，由此抽象出一般的结论甚而可能是一般的原则、原理。《周易》本经的所有爻辞，一般不具备这一思维特点。如前述"利见大人""坚冰至""致寇至""夫妻反目""老夫得其女妻，无不利"与"老妇得其士夫，无咎无誉"等，尽管看上去都是经过一定的"归纳"而得出的判断，但是它们都不是由理性思维的上升运动所结出的思想果实。

其次，我们再来试析《周易》中所谓演绎的思维方法与方式。

演绎是从一般的原则原理推导出经验事实的思维方式，其特点是从形上到形下、从一般到个别。

这种思维方式的体现与运用，有一个智慧前提，即思维主体首先高屋建瓴地预设了一个逻辑原点。唯有这样的逻辑原点的预设，才是演绎的开始，才使得演绎成为可能，否则，任何演绎推理都无法启动。中国文化中的"太极"与先秦老聃哲学本体的"道"，古希腊柏拉图哲学的"理式"、德国康德的"纯粹理性"、黑格尔的"绝对理念"与海德格尔的"存在"等，都是这样的逻辑预设，它们都是其哲学的本根本体。顺便说一句，一个民族，假如能够在哲学上预设某种逻辑原点，是非常了不起的思维与思想成就。

演绎法，是一种可以代表人类哲学或文化哲学高度的思维方法与方式。不仅在哲学或文化哲学中，演绎体现了人类思辨的成果，而且在富于哲学或文化哲学的文化形态中，也有高度的逻辑预设，如基督教文化的"上帝"、印度佛教文化的"空"等预设，也是如此。

演绎法起码有两种。一是正如古希腊亚里士多德《范畴篇》所言，预设的逻辑原点，是一些个别事物的本体，亚氏称为"第一本体"；二是其逻辑原点是世界及其万物的"一般本体"，亚氏称为"第二本体"。

两者的演绎推理，都遵循从原则原理到经验事实的思维径路。区别在于，前者的演绎，因其所预设的仅仅是个别事物的本体，故其推理并未典型地体现"属"概念高于"种"概念的思维特征；后者因为是世界及其万物的"一般本体"，而使得"属"包容而且高于"种"概念，使得从"属"到"种"概念所表达的本体性依次递减。演绎法及其思维方式的思维难度与高度，不在于预设原点前提下的演绎过程，而是该逻辑原点的预设本身。重要的是，其预设的是"第一本体"还是"第二本体"，体现了不同的思维智慧的程度、素质、品格、水准、方法与功能。

《周易》本经究竟有没有演绎法，如果有的话又是怎样的演绎法？

《周易》八卦，指乾坤、震巽、坎离、艮兑，依次象征天地、雷风、水火、山泽。由于八卦的每一卦，都由三个爻符所组成而结构方式不同，因此，所有的八卦之爻，都仅仅是两个基础爻，即阴爻、阳爻。从《周易》的哲学角度审视，世界万物已经被高度概括为阴爻、阳爻的两个彼此相系的符号之中，这种预设已经很不错。阴爻阳爻的爻，确实已经具有"简易、不易、变易"的思维、思想内容与特点。

其实在阴爻阳爻之上，还有进一步抽象的概括，便是"易"。易这个概念，有些类于"道"，道是中国哲学的形上范畴但不够绝对形上。而"易"这一逻辑预设，在哲学上指"简易、不易、变易"，在文化上是巫筮根源的意思，相通于《周易》古筮法所谓"大衍之数五十，其用四十有九"而留下一策不用的那个"太极"。甲骨卜辞中有"易"字，表示巫性占筮意义的"变"。但是其本义的品性还不是哲学的，它仅仅是中国巫文化的一个预设。从全人类文化角度看，"易"是人类巫文化的有机构成，但不能代表人类巫文化的全部，唯有"巫"才能代表人类的一切巫文化。① 所以，文化哲学意义上的"巫"，才是人

---

① 按：《易传·系辞上》云："是故易有太极，是生两仪，两仪生四象，四象生八卦，八卦定吉凶，吉凶生大业。"（朱熹：《周易本义》，怡府藏版影印本，天津市古籍书店，1986，第314—315页）这里明确指出，可以"生大业"、可以"定吉凶"的是"八卦""四象""两仪""太极"，而归根结蒂是"易"。"易"是从属于"巫"这一"属"概念的。

类巫文化的最高预设，其文化属性称为"巫性"。

总之，关于《周易》八卦的巫性人文思维，尚未典型地体现从一般到个别的演绎推理的特点，但是蕴含着一定的形上哲学因素。

在八卦逐渐上推到阴爻阳爻、再上推到易、直至于巫的思维过程中，根据"数字卦"①之说，阴阳爻的文化原型是"数字"，但它不同于数学意义的"数"，而是兼有数学人文因子的巫性的"数"，表示人的命理、劫数等意义。这正可从《易传》所说的"极其数，遂定天下之象"②加以佐证。这里所说的"象"，指"四象"，即巫性的春夏秋冬的季节特征，可见"数"这一人文理念，始终渗透在从八卦、四象、两仪、太极到易到巫的逻辑链之中，并参与易、巫的建构，但是"象"本身，并非哲学意义的最高预设。中国巫文化的"数"，也并非完全等同于古希腊毕达哥拉斯所说的作为万物本原的"数"，它主要指筮数，一种与神秘之"象"尚未分离的、混沌的、具有巫性的"数"，指先天意义的劫数，但不可否认，它同时具有参与并可能提升为哲学本根本体因素的素质与功能。

正如列维-布留尔《原始思维》所说，它是"数"的"神秘的互渗"（按：王夫之称为"象数相倚"），所以不能说它是哲学的本原本体，也不能说是数学意义上的"数"，但是又不能排除其具有参与、提升到哲学和数学的某种素质与功能因素。

恩斯特·卡西尔指出，在人类文明刚刚开始出现的时候，数学思想绝不可能以其真正的逻辑形态出现，它被笼罩在神话思维、巫术思维的氛围之中。③列维-布留尔举例说，原始印第安人是这样数数的：

　　　　这里是地尼丁杰（Dene-dindjie——原注，下同）族印第安人（加拿大）计数方法的一个例子。"他伸出左手，把手掌对着自己的脸，弯起小指，说1；接着他弯起无名指，说2，又弯一下指尖。接下去弯起中指，说3；他

---

① 按：参见张政烺：《易辨》，《中国哲学》第十四辑，人民出版社，1988。

② 《易传·系辞上》，朱熹：《周易本义》，怡府藏版影印本，1986，第309页。

③ 按：参见恩斯特·卡西尔：《人论》有关论述，上海译文出版社，1985。

弯起食指来指着拇指,说4;只数到这个手指为止。然后,他伸开拳,说5;这就是我的(或者一只,或者这只)手完了。接着,印第安人继续伸着左手,并起左手三个手指,使它们与拇指和食指分开,然后,把左手的拇指和食指移拢来靠着右手的拇指,说6;亦即每边三个,3和3。接着他把左手的4个手指并在一起,把左手的拇指移拢来靠着右手的拇指和食指,说7(一边是4,或者还有3个弯起的,或者每边3个和中间1个)。他把右手的3个手指碰一碰左手拇指,这就成了两对4个手指,他说8(4和4或者每边4)。接着,他出示那个唯一弯着的右手小指,说9(还有1个在底下,或者差1个,或者小指留在底下)。最后,印第安人拍一下手,把双手合在一起,说10,亦即每边都完了,或者数好了,数完了。接着他又开始同样一番手续,说:全数加1,数好的再加1,等等。"①

这种计数的原始方法,有点儿类似幼童扳指头数数的方法。体现在这里的"数",与数学之数的因素有关,但并非数学的数,而与一定神秘的具象事物"互渗"在一起。"当数已经有了名称,当社会集体拥有了计数法时,还不能得出结论说数就因此而开始在事实上被抽象地想象了。相反的,它们大都仍然与关于最常被计算的事物的观念连结着。"②

列维-布留尔的《原始思维》一书,说到了中国"原始思维"中的"数":

在中国,包括数在内的对应和互渗的复杂程度达到无穷无尽。而这一切又是错综复杂甚至互相矛盾的,但这丝毫不扰乱中国人的逻辑(按:即布留尔所说的"原逻辑思维")判断力。③

《周易》的"易(巫)"与"数"之类,具有一定的融渗在巫性思维中的原

① [法]列维-布留尔:《原始思维》,丁由译,商务印书馆,1981,第199页。按:这一段引文中,加双引号的一长段话是印第安人计数法的文字叙述,译自Petitot, Dictionnaire de la langue Dènè-dindjie, p.lv.(《原始思维》原注)。
② [法]列维-布留尔:《原始思维》,丁由译,商务印书馆,1981,第200页。
③ 同上书,第212页。

逻辑因子。被记录在通行本《周易》中的古筮法，就是这样的"错综复杂"的神秘之数的运演。《易传》说：

> 天一地二，天三地四，天五地六，天七地八，天九地十。天数五，地数五，五位相得而各有合。天数二十有五，地数三十。凡天地之数，五十有五，此所以成变化而行鬼神也。大衍之数五十，其用四十有九。分而为二，以象两，挂一以象三，揲之以四以象四时，归奇于扐以象闰，五岁再闰，故再扐而后挂。乾之策二百一十有六，坤之策百四十有四，凡三百有六十，当期之日。二篇之策，万有一千五百二十，当万物之数也。是故四营而成易，十有八变而成卦。八卦而小成，引而伸之，触类而长之，天下之能事毕矣。①

这是一个繁复的数的运演过程。恕不在此赘述，请参阅拙著《周易精读》（按：复旦大学出版社，2009年版）第294—303页。正如前述，这里"大衍之数"的"数"，指著数，象喻命数，其中蕴含着后代数学的数理因子，并非数学本身。或者可以说，即使是数学的数理因子，也是被神秘化、巫术化了的。

据《易传》古筮法，"大衍之数五十，其用四十有九"，那留下的不"用"的一策，象征太极。这个太极，出现在占筮过程之中，其实并非哲学意义上的，它是巫性意义的太极，而不是哲学思性的。这开启了由巫性通向思性的道路。可以说，这一太极，正处于从神秘的易之巫性向理性哲思的嬗变之中。

因而，从属于"易"的"太极"，也是一个关于逻辑原点的预设。不过这一预设，两栖于巫性与哲性之间。

太极这一逻辑预设，究竟是《易传》还是《庄子》首先提出②，这一问题可

---

① 《易传·系辞上》，朱熹：《周易本义》，怡府藏版影印本，天津市古籍书店，1986，第303—307页。

② 按：《庄子·内篇·大宗师》提出"太极"这一概念范畴，其文云："夫道，有情有信，无为无形。可传而不可受，可得而不可见。自本自根，未有天地，自古以固存。神鬼神帝，生天生地。在太极之先（上）而不为高，在六极之下而不为深。"（王先谦：《庄子集解》，《诸子集成》第三册，上海书店，1986，第40页），录此以备参阅。

以待考。《易传》包括七篇大文共十个部分，古代称为"十翼"，并非由孔子一人撰作，可能是孔子后学所为，也并非短时期所能写成的，学界较为一致的看法是，大概陆续成篇于战国中后期。此暂勿论。这里仅从"是故易有太极，是生两仪，两仪生四象，四象生八卦"这半句话来作简析。这里所谓"太极"，粗看似乎是关于世界万物生成的本原本体，它太"哲学"了。可是，我们读书不能只看上半句不顾下半句。不可忽略的是，这一段有关太极的论述还有下半句，即"八卦定吉凶，吉凶生大业。"所以这里所说的太极，显然并非纯粹哲学意义上的。《易传》关于太极问题的整个论述的意思是明晰的。这里的太极，不是一个纯粹的哲学范畴，而处于从巫性太极向哲性太极的转变之中。从其思维方式看，它既指一种原则原理甚至本原本体，又实际指《周易》占筮法所谓"大衍之数五十，其用四十有九"所剩下的那一根筮策。须知不能作为"用"的这一筮策，是第一重要的，如果没有作为不"用"的这一策，整个算卦就无法进行。不"用"者，"体"也。它象征太极。它首先是巫性的，却存在着从巫性走向哲性的人文契机。

《易传》所说的"太极"，巫学意义与哲学意义兼而有之。在人文思维上，《易传》所强调的，是从巫学思维向哲学思维的转递，从巫术文化向哲学文化的历史性生成。当然，这一有关太极的逻辑推理，一般地具有演绎的思维特征，由于它首先是具有巫性的，所以依然与纯粹的哲学意义、从一般到个别的演绎法大有区别。《易传》固然建构了"太极"这一概念与范畴，作为《周易》巫筮兼哲学逻辑的始原性的原则原理，太极的形上属性正在从巫学思维之中突围而生成哲性思维，其纯粹形上的思维品格，未臻于完成。

又次，从一般到一般，即从抽象到抽象的思维方法与方式，或者可以说，作为一种抽象的逻辑思维，以数理抽象为典型。它是运用抽象概念来进行判断与推理的思维方式。

现当代中国的易学研究倾向，有所谓"科学易"这一径路，属于现当代七个易学研究路向之一。[①]在近代易学史上，所谓"科学易"，试图从自然科学角度来看待与研究《周易》所蕴含的朴素的自然科学思想因子，与数理、生化、

---

① 按：王振复：《易文化研究之现状》（发表于《上海文化》1995年第1期）将中国当代易学研究的主要路向，分为"传统易"（或者称为"注释易"）"考古易""科学易""历史易""预测易"与"文化易"等六种，后来笔者以为，还可以加一个"思维易"。

天文等科学的内在联系。以杭辛斋《学易笔谈》（1919）开其端，尔后有沈仲涛《易卦与代数之定律》（1924）、《易卦与科学》（1934）、薛学潜《易与物质波量子力学》（1937）与丁超五《科学的易》（1941）等发表。"科学易"，实际主要是关于易筮符号系统的数理抽象思维的研究及其成果，它的学理前提，是暂将易理的巫性因素剔除，专注于蕴含在易理之中的数理因素。

易学在中国古代属于术数或曰数术学范畴，简称"数学"，这种"数学"本是命理意义上的。但是其中包含着可以被抽象出来的数理因子。《四库术数类丛书》"出版说明"，曾引录《四库全书·术数类·叙》有关"物生有象，象生有数，乘除推阐，务究造化之源者，是为数学"的见解，指出这里所谓"数学"，"实际是据《周易》阴阳奇偶之数，推衍出来的象数学说"①。正如前述，这里所说的"象数学说"即"数学"，主要是巫性的。"科学易"在理论上人为地努力剔除其巫性文化的实质，仅从易筮符号系统的抽象形式结构，进行抽象的数理逻辑思维的研究，自可成一说。

所谓"科学易"，是对于古老易学的科学现代化。《周易》本为"占筮之书"，并非一个数理科学的文本。《周易》的占筮迷信是"反科学"的，然而用于占筮的巫筮符号的系统与结构，却蕴含着一定的数理因子，从而显现出关于数理以及其他科学因素的形式逻辑思维的特色。

这里，我们不想夸大或抹煞"科学易"的某些学理上的合理性。然而，那种以为整部《周易》都是"科学"的、以为其思维方式是科学的抽象思维的看法，是不可取的。

前文我们已经由思维从个别到一般、一般到个别与一般到一般等三种思维方式，对易筮的思维特征进行了简约的评说。这里，我们再将《周易》的思维方式，进行第四种简约的探讨，即认为从《周易》经、传全局性的、基本的思维方法与方式来看，是类比法。

类比是一种从个别到个别、从具体到具体的思维方式与方法。它是《周易》本经巫性思维的主要方法。所谓类比法，大致可分形式类比、功能类比与幻想类比三种。体现在《周易》本经中的类比，基本属于形式类比与幻想类比。

---

① 《四库术数类丛书》"出版说明"，《四库术数类丛书》（一），上海古籍出版社，1990，第2页。

类比思维的方法与方式的例证，在《周易》本经中，可谓俯拾皆是。诸多爻辞，如渐卦九三"鸿渐于陆，夫征不复，妇孕不育"，旅卦上九"鸟焚其巢，旅人先笑后号咷"，否卦九五"休否，大人吉。其亡！其亡！系于苞桑"，谦卦上六"鸣谦，利用行师征邑国"，贲卦初九"贲其趾。舍车而徒"，剥卦初六"剥床以足，蔑贞凶"，损卦六三"三人行则损一人，一人行则得其友"与中孚卦九二"鸣鹤在阴，其子和之。我有好爵，吾与尔靡之"，等等，其思维方法与方式，一概都是形式类比、幻想类比。

类比法在逻辑上预设了一个前提，即要么发现同一类事物的时空存在方式与属性彼此相同，故集合为"类"，这便是《易传》所说的"方以类聚"[1]；要么认同个别事物之间具有相似或相通的属性，可以把它们归为一类。如果是前者，因为绝对"类"同而无"比"可言，因此类比法总是就后者而言的。绝对"类"同者，无"比"；相对"类"同者，才有"比"的可能与必要。凡是运用类比法来企图认识、把握事物属性的，必须有一个"前理解"，便是自觉或不自觉地承认两种或两种以上事物的某些性质同"类"，这便是《墨子·经下》所谓"异类不比"[2]，意思是说，绝对不同类的，不能相比；绝对雷同者不比，此之所谓"同类无比"。

类比法也称类比推理，指思维主体根据两种、两种以上对象的某种或某些属性的相似与相通，从而推导出它们其他属性也能有所相似与相通的思维方法。类比法的科学性与真理性，取决于类比的双方或者多方之间在前提中所确认的共通属性，与有待于类推的属性关系是否密切。重要的是，这一方法运用得是否科学，决定于思维主体的类比推理是否建立在自觉、正确的心智基础上。西

---

① 《易传·系辞上》，朱熹：《周易本义》，怡府藏版影印本，天津市古籍书店，1986，第284页。按：《易传》所说的"方以类聚"原文为："方以类聚，人以群分。"其中"方以类聚"一语，今人往往说成"物以类聚"。拙著《周易精读》（修订本）指出，这里的"方"，指"地道方而静"，"方"有"事物发展的方所、方向"的意义，所以"以品类之同而相聚"。"方，《九家易》云：'道也。谓阳道施生，万物各聚其所也。'指坤、地方而静，故'以类聚'。《周易本义》'谓事情所向'，《周易浅述》（按：清代陈梦雷撰）卷七从之。因而方有方所、方向义。"（该书第279页，复旦大学出版社，2016）

② 《墨子·经下第四十一》，孙诒让：《墨子间诂》卷十，《诸子集成》第四册，上海书店，1986，第196页。

方自然科学史上，比如荷兰物理学家惠更斯关于"光可能有波动性质"这一光学结论，就是根据光与声之间具有直线传播、反射、折射和干扰等共性而推导出来的科学结论。

思维主体的心智素质、品格与水平，决定了类比法的素质、品格与水平。正因如此，类比推理所遵循的，只能是或然律而并非必然律。可以说，类比思维具有很大的或然性。也正因如此，中国逻辑史上先秦墨家强调思维主体"察类""知类"与"明类"的重要性，是十分必要的。

《周易》卦爻辞的思维方法与方式，基本属于类比推理，即认为在两个感性（个别）的事物之间——而且只要有两个个别事物的存在之间，具有某些或者某一点上的相似性、相通性，由于"神秘的互渗"的神性与巫性思想的存在，便认为可以通过幻想与联想，就可以随意地进行类比。它并非科学意义上的类比，而是类比的滥用。

比方前文所引渐卦九三爻辞，从巫术文化思维分析，以"鸿渐于陆"为兆（按：这里是凶兆）、为因，以"夫征不复，妇孕不育"为判词、为恶果，是一种典型的形式类比、幻想类比。意思是说，妻子看到大雁离开它自己的窝巢而停落在陆地，作为凶兆，就预示了出征在外的丈夫不得回家，导致妻子不会怀孕生育的恶果。这一爻辞的内容，将这种恶果归因于那个凶兆。在这一巫性的类比中，大雁的离巢远飞，与丈夫的离家远征两者之间，具有形式上的相似性。由于巫性幻想的缘故，就把"鸿渐于陆"与"夫征不复"两个个别即具体的意象组接起来了。又如前文所引所谓"鸟焚其巢，旅人先笑后号咷"，这一爻辞的意思是说，远离故乡的旅者，看见鸟巢被天火焚烧，先是觉得好笑，转而一想，这是自己无家可归的凶兆，于是就哭起来了。这一爻辞所叙述的内容，包含着一个类比思维，鸟巢被焚导致无巢可居，与旅者远游在外没法回家之间，是相通相似的。同样，前文所说到的"舆说（脱）辐，夫妻反目"一例也是如此。大车木轮上的辐条脱散车轮坏了与夫妻反目成仇家庭败落，这两者之间有形式上的相通相似处。

这种因为在某一点上，两种事物或者两种情况之间的相通相似性，使得类比成立的巫例，在巫术文化中不胜枚举。本书前文所谓"绳拉云"导致所谓老天下雨的求雨巫术，也是其中典型的一例。巫师用力将绳子抛向空中，并请八个童男用力往下拉绳，与让久旱的老天降下大雨这二者之间，具有共通之处，拉绳的用力向下与雨水的下落两者之间，有形式上的相通相似性，所以这里有类比思维的特点。"蜀有妖巫，展裙坐江，飞渡不濡，而稳于舟。行人惑之，晓夜环聚投教者，日以百数。薛真人知之，曰：'日月之下，可容青磷鬼焰惑人心？'乃颂咒律己，将一纸裙分裂。其巫正坐江欲渡，即时两股劈开，浮江而毙，妖遂息。"[①]这是所谓"以巫制巫"的一个巫例。"妖巫"施行法术，"展裙坐江，飞渡不濡，而稳于舟"，可谓耀武扬威、不可一世。于是，有"薛真人"（按：道士，实际是巫觋）前来"作法"，"乃颂咒律己，将一纸裙分裂"。结果导致"妖巫"立刻"两股劈开，浮江而毙"。这里的类比思维，体现在道士的"将一裙分裂"与"妖巫""两股劈开"二者之间有形式上的一点儿同构性。

总之，类比思维之所以能够在巫文化中大有用武之地，是由于巫性的幻想与联想，可以任意将两个仅有一点形式上相似、相通的事物加以类比的缘故。宋兆麟说，"弗雷泽的两种分类法（按：弗雷泽曾将巫术分为"相似"联想与"接触"联想两类）还是普遍存在于巫术之中的，它们是由原始人的特定思维善于联想而产生的，并且认为客观事物与人类一样，都是有意志、有灵魂的互相影响，彼此作用，其中的类比巫术属于相似型"[②]。此言是。

第二节　矛盾律的滥用

巫术文化的思维，属于原始思维的范畴。它究竟是一种什么样的人文思维？人类学家列维-布留尔将其称为符合神秘"互渗律"与"原逻辑"的原始思维。列维-布留尔说：

> 我们最好是按照这些关联的本来面目来考察它们，来看看它们是不是决定于那些常常被原始人的意识在存在物和客体的关系中发觉的神秘关系所依据的一般定律、共同基础。这里，有一个因素是在这些关系中永远存在的。

---

① 李中馥：《贤博编·粤剑编·原李耳载》，凌毅点校，中华书局，2008，第146—147页。
② 宋兆麟：《巫与巫术》，四川民族出版社，1989，第240页。

这些关系全都以不同形式和不同程度包含着那个作为集体表象之一部分的人和物之间的"互渗"。所以，由于没有更好的术语，我把这个为"原始"思维所特有的支配这些表象的关联和前关联的原则叫做"互渗律"。①

所谓"人和物之间的'互渗'"，即天人、人人、物我、主客与物物之间的"互渗"，便是我们中国人所说的原始意义上的"天人合一""天人感应"。"在原始人的思维的集体表象中，客体、存在物、现象能够以我们不可思议的方式同时是它们自身，又是其他什么东西。它们也以差不多同样不可思议的方式发出和接受那些在它们之外被感觉的、继续留在它们里面的神秘的力量、能力、性质、作用。"②既是"它们自身"，同时"又是其他什么东西"，而且能够"发出和接受"外在"被感觉的、继续留在它们里面的神秘的力量、能力、性质、作用"，真是"不可思议"！

这种"不可思议"的人文思维，被布留尔称为"原逻辑"思维。其特点是：一、"它不是反逻辑的，也不是非逻辑的"，所以只能是"原逻辑"的；二、"它不像我们的思维那样必须避免矛盾"，"它往往是以安全不关心的态度来对待矛盾的"③。确切地说，原始初民不懂什么叫作"逻辑"，因而不能称之为"反逻辑"或"非逻辑"；在最初的认知活动中，也不知道什么是事物的"矛盾"，因而也谈不上怎样去"避免"它。所谓对于"矛盾"的"完全不关心"，只是证明其心智处于基本无知的状态而已。科学意义上心智觉醒的滞后，正是原巫文化兴盛的一个重要原因，所以不能理性地区分天人、物我与主客。

---

① ［法］列维-布留尔：《原始思维》，丁由译，商务印书馆，1981，第69页。按：这一段引文，首先关系到"集体表象"这一人类学概念，列维-布留尔《原始思维》"绪论"的第一句话就说，"所谓集体表象，如果只从大体上下定义"，"则可根据所与社会集体的全部成员所共有的下列各特征来加以识别：这些表象在该集体中是世代相传；它们在集体中的每个成员身上留下深刻的烙印，同时根据不同情况，引起该集体中每个成员对有关客体产生尊敬、恐惧、崇拜等感情。"（该书第5页）"集体表象"，类似荣格所说的"种族记忆"。

② ［法］列维-布留尔：《原始思维》，丁由译，商务印书馆，1981，第69—70页。

③ 同上书，第71页。

列维-布留尔举例说，原始初民不认为、也不相信人与其肖像之间有什么不一样，他们坚信，"由于原型和肖像之间的神秘结合，由于那种用互渗律来表现的结合，肖像就是原型"，"这意味着，从肖像那里可以得到如同从原型那里得到的一样的东西；可以通过对肖像的影响来影响原型"。[1]这就是说，在人与其肖像之间，有一种叫作"灵"的东西是"互渗"之"能"，同时是促成"互渗"的。列维-布留尔举例说，在中国古代，人的灵魂与肉体不分。非生物的灵经常以预告灾祸的方式来表现自己的存在，对于那些简单的不合逻辑的头脑来说，这等于是灾祸的准备和起因。典籍常常告诉我们，在没有显见的原因而摔倒东西以后，接着必定发生死亡、火灾或者其他灾祸。这是因为，中国先民相信在"摔倒东西"的时候，也把隐藏在这件东西里的"灵"一起"摔倒"了，而且作为凶兆的"灵"，由于作祟（按：好像要报复人类似的），导致人的死亡、火灾或者其他灾祸。

虽然英国人类学家爱德华·泰勒所首倡的"万物有灵论"，曾经受到列维-布留尔的批评，他说，"这里，我不来详细讨论万物有灵论学说，我将在后面详细讨论它，我敢认为泰勒的公式（'神灵是人格化了的原因'——原注）不足以解释原始人的集体表象中神灵是什么东西"，"按这种理论，原始人由于自发的和必然的采用神人同形同性论类比，所以在自然界中处处看到了与他们自己相象的意志、神灵、灵魂"。又说，"事实不许我们给原始人硬加上那种无论如何在起源上必须是万物有灵论的合乎逻辑而又首尾一贯的自然'哲学'"[2]但是布留尔并非否认神灵本身，也不是从根本上否认"万物有灵"，布留尔的所谓"集体表象"、所谓"原逻辑思维"的内在蕴涵和机制的说法，仍然是一种变相的"万物有灵"论。正是因为"万物有灵"，在"有灵"这一点上，天人、人人、物我、主客以及物物之间等，在形式与某些性质上都是相似相通的，所以在巫文化中，类比性的思维，是通用而经常出现的。有一点列维-布留尔是说得对的，泰勒在说"万物有灵"时，似乎原始初民是懂得那是巫性的"意志、神灵、灵魂"似的，实际初民那时并不知道什么叫作"万物有灵"，"万物有灵"

---

① ［法］列维-布留尔：《原始思维》，丁由译，商务印书馆，1981，第73页。

② 同上书，第18、94页。

是近现代人对于原巫文化属性的一个概括，所以他们的人文思维只能是"原逻辑"的。

"原逻辑"思维所依仗的，作为存在与运行于万物之间的一个东西，便是"灵"，"灵"是"原逻辑"思维的生命。对于中国文化的原初性而言，天人合一于什么？合一于灵。天人感应靠什么？以灵感应。

> 心与神合，神与炁（气）合，炁与真合，阴与阳合。阳同日曜，阴同月曜。……帝真合灵，洞达杳冥。如日之升，回转无穷。①

布留尔则说：

> 灵魂（按：灵）是一种稀薄的没有实体的人形，本质上是一种气息、薄膜或影子；灵魂是它使之生的那个个体中的生命和思想的本原，它独立地占有它的从前或现在的肉体拥有者的个人意识和意志；它能够离开身体很远，并且还能突然在各种不同的地方出现；它往往（按：这里的"往往"两字应删去）是不可触和看不见的，但它能够表现物质力量，特别是能够作为一个脱离了身体的、与身体在外貌上相像的幻象而出现在睡着的或醒着的人们面前；它能够在这个身体死后继续存在并在人们面前出现；它能够钻进其他人、动物甚至物品的体中，控制着它们，在它们里面行动……②

虽然这一关于灵即灵魂的描述并不十分准确，然而由此可以看出，灵是无所不能、神通广大的，灵的运行，没有任何可遇的矛盾与阻碍。灵这一范畴，使得巫性的"原逻辑"思维通行无阻，它回避了一切本已存在的矛盾与冲突，不需要任何真正的科学逻辑的力量，只要依靠巫文化的强大传统，似乎就可以"打遍天下无敌手"。

---

① 《灵宝玉鉴》卷一九，《正统道藏》第十七册，中国台湾新文丰出版公司，1977，第240页。
② ［法］列维-布留尔：《原始思维》，丁由译，商务印书馆，1981，第74页。

崇尚巫性灵力的"原逻辑"思维的另一特点，是将一些偶然事件或情况的出现即所谓预兆，看成是导致某种结果的一种"必然"。"在朗丹（"在下刚果"——原注），有一次旱灾被归咎于传教士们在祈祷仪式中戴上了一种特别的帽子：土人们说这妨碍了下雨，他们大声喊叫，要求传教士们离开他们的国家"；"在巴卡族（Bakaa——原注）那里，或许也在巴克温族（Bakwains——原注）那里，上乳牙比下乳牙先掉的孩子被杀死。在某些部落那里，两个孪生子中只留一个活着（可能这里还有其他原因——原注）。躺在牧场上用尾击地的公牛也被杀死，因为土人们相信它是在邀请死神来访问部族。当李文斯通的送信人路过伦大回来时，带了一些特大种的母鸡，假如其中有哪只鸡在半夜前叫起来，它就是犯了'蒂洛洛'罪而被杀死"①。

笔者六七岁的时候，不知怎么搞的，常常喜欢不停地和大人说话，大人都笑我"话痨"（按：到长大，倒变得沉默起来了）。有一次过端午节，节前一天，家家户户要包粽子。当母亲包好粽子，将粽子一只一只放到锅里煮的时候，我在旁边不断地与她说话，她就是默默地不肯搭理我。直到把所有的粽子都放进一口大锅，放满水，盖上锅盖之后，才长舒了一口气对我说，"叫你不要说话不要说话，你还是要不停地说，真是！粽子放在锅里的时候，是绝对不能与我说话的。"我问为什么。她说："这个时候你在旁边与我说话，煮粽子的水沸腾的时候，水是会溢出来的。"再问为什么，她不回答我，究竟是什么缘故，其实她也不知道，无非是老辈留下来的什么传统。这件小事已经过去了七十年。现在想来，不也是一种巫术禁忌么？如果犯忌的话，虽然导致的结果不像巴克温族那样要把那个可怜的孩子杀死，但是对于遵循习俗规矩的我的母亲来说，那是绝对不想触犯老规矩的。

巫术的"原逻辑"思维的特点就是如此。它总是对于那些无穷无尽的偶然出现的事件与情况敬若神明。它是在漫长岁月里不断积淀而留下的传统习俗，而传统的力量总是强大的，只有在经过社会革命之后，这种传统才有可能被打破、被废止，但是，巫术永远不会彻底消亡。

"原逻辑"思维还有一个特点，就是不重理性分析，或者说，原始初民根本

---

① ［法］列维-布留尔：《原始思维》，丁由译，商务印书馆，1981，第64、279页。

不懂什么叫作理性分析。

布留尔说，"首先使人惊异的是原逻辑思维很不喜欢分析"。凡是分析，必然要运用一定的语言和概念、逻辑与推理，并且一般要有一个"前理解"作为前提，否则，任何分析都是不可能进行的；凡是思维，都是必须具有一定的理性的，否则便不是思维。"原逻辑"思维既然也是一种"思维"，因而对它而言，不是理性的有或无的问题、而是理性因素在"原逻辑"思维中的地位、机制与多寡、强弱的问题。

毫无疑问，"原逻辑"思维也是必须"通过语言和概念来传达的，离开语言和概念，它简直是寸步难行的，原逻辑思维也要求一种预先完成的工作，要求一种世代相传的遗产"。可是，"原逻辑思维本质上是综合的思维"，这一"综合"，"表现出几乎永远是不分析的和不可分析的。由于同样的原因，原始人的思维在很多场合中都显示了经验行不通和对矛盾的不关心"[①]。

在笔者看来，"原逻辑"思维的这一特点的形成，大约出于三个原因。一是原始初民的思维并非"经验行不通"，也不是不受经验的控制，而是经验积累得极为少、弱；二是因经验的少、弱与作为"社会器官"的头脑思考能力的幼稚，从而导致理性抽象的极为少、欠；三是在其"综合的思维"中，人的理性及其概括能力，并未很好地从感觉、表象、意志与激情等所构成的"围城"中突围出来，从而得以有效地提升，那些无序而狂野的情绪、激情、意志及其对于神灵、鬼怪的迷信，往往成为"思"的障碍。

原始初民常常具有惊人的记忆能力，让文明昌盛的今人深感汗颜。原始初民之所以记忆力惊人，是因为他们还没有发明文字，还不能将事件、经验与思想等生活的一切，记载下来的缘故。他们只能努力地将自己所经历的一切，以及所思所想所感与种种神话、历史传说等，统统装在脑子里，而且不断地加以重构。为了尽可能地不遗忘，便锻炼成令今人十分惊讶的记忆力，并且不断地以口头传播的方式，进行宣说和传达。无数的原始巫术、神话与图腾等的人物、事件、情、仪式、规矩，与情感、意绪、意志、评判等，成了他们脑子里多少万年的积淀和生发，在文字诞生之前，形成了叶舒宪所说的人类文化"大传统"

---

① ［法］列维-布留尔：《原始思维》，丁由译，商务印书馆，1981，第101、102页。

（按：相比而言，自有文字以来的，称为"小传统"文化）①。无数巫术的仪式、禁忌和规矩，都是靠初民始终不离于表象的"记忆"，才能够传之后世而不衰；无数原始神话的人物、事件的细枝末节，都被初民装在"记忆"的头脑之中而"历历在心"；无数图腾的"祖神"意象及其前因后果，都在"记忆"的仓库里一件不落地储存着。总是在世代的"记忆"之中，让巫术、神话与图腾，得到不断地重构和完善。古印度的梵天神话，中国古代藏族的恢弘叙事如格萨尔王的传说，与古希腊的悲剧、喜剧，等等，在得到其各自的文字记载之前，都是依靠头脑与话语世世代代地流传下来的。西汉史学家司马迁当时撰写巨著《史记》，其中无比丰富的资料，由于已经时至汉代，自当可以依据丰富的文字记载，但是史前的文字记载，在文字发明之前，大都是活在民族头脑中的传说。中国文化历来十分重视修史的伟大事业，这可以看作史前祖祖辈辈"记忆"传统的继承和发扬。

值得强调指出的是，中华民族与其他民族的原始记忆力之所以如此超常无比，是因为初民坚信，假如不这样做的话，对于巫文化而言，是会必遭灾祸的；就神话来说，是对祖先、英雄等与自然神灵的不敬；在图腾中，这一份无比神圣的崇拜，总是专门献给"祖神"的，所以必须永远记在心里。总之，初民记住万物的表象与细节，也是对于神秘意象的神性、巫性与灵性的敬畏与忠诚。

---

① 按：叶舒宪说："我们将文字书写的知识传统认定为小传统，与之相对的则是先于和外于文字记录的大传统。"又说，关于人类文化的研究，"大小传统之分本来出于美国人类学家雷德菲尔德1956年的著作《乡民社会与文化》。他出于文化精英的立场，把文字书写传统视为大传统，把无文字的乡民社会看作小传统"。（叶舒宪、谭佳：《比较神话学在中国》，社会科学文献出版社，2016，第291、292页）

第九章　巫、医的人文亲缘与"对话"

从文化人类学关于巫学的角度审视医与巫的关系，两者之间存在着人文亲缘，这是毋庸置疑的。从原始意义上说，医起源于巫，巫、医一体，因而在古代中国，有时甚至到了"信巫不信医"①的程度。然而，医由于其所依仗的终究是知识与科学，它对于巫术而言，无疑具有不可比拟的优越性。即使在巫术大行其道的年代，巫也不得不在暗中容忍和利用一定的医疗知识与科学，来为人治病，从而树立与加强其所谓"巫能治病"的权威性。

人类生存的莫大磨难之一，是疾病对于人之生命的侵害而直至夺取人的生命。原始初民食五谷荤腥，食物粗糙生硬，尤其在发现火、利用火之前，初民生食一切能吃的东西。人类发现了火，并且加以利用，这是文明的跨越性进步。但是如果不善于用火，尤其不懂饮食及日常生活的卫生，就极有可能导致生病与死亡。人在蛮野的环境中生活，患上种种疾病，是不可避免的。而无论寿命有多长，人的生命总是有限的，健康地活着，只是一个相对无病而安宁的人生历程。

虽然如此，人类却从来没有放弃对于疾病的干预，及与疾病的抗争。人类本来应当依靠有关的知识、技术，来"救死扶伤"。可是问题是，知识与科学都很执拗，总是不会让你很轻易地去把握它们。倘若智力低下，那么有关医疗

---

① 按：据《宋会要辑稿》，"近来淫祠稍行，江浙之间，此风尤炽。一有疾病，唯妖巫之言是听。……不求治于医药，而屠宰牲口以祷邪魅，至于罄竭家资略无效验而终不悔"。（《宋会要辑稿》第七册，徐松辑，中华书局影印本，1957，第6571页）

的知识与科学，必然基本上是与人无缘的。这时，一种建立在幻想与想象基础上的文化方式，便应运而起，它就是原始巫术。凡是知识与科学不能到达的地方，那里就大有巫术的用武之地。巫术，确实是知识、科学的史前替代，或者说是对于人类的一种有趣而出于无知的惩罚。

人类各氏族、各民族，都大致经历过以巫测病、治病而巫、医不分的漫长岁月，也才有可能将真正能够治病的知识、科学"唤上前来"，使得医疗知识、技术，从此代替了长期硬充为治病"伪主角"的巫术的地位。

可是，医疗知识与科学理性的成长，并不意味着有关巫术治病的方法从此彻底地退出人类的历史舞台。巫、医的人文亲缘、"对话"与纠缠的人文联系，在至今生活在地球上的一些原始部落那里，还依然维系着，不过随着整个人类文明的进步，愈来愈显得微弱，这是其必然的发展趋势。

从字源学看，"医"这个汉字，繁体写作"醫"或"毉"。"醫"字下部从酉，酉是酒的本字。《周礼·天官·酒正》说："辨四饮之物：一曰清；二曰医；三曰浆；四曰酏，掌其厚薄之齐。"所谓"四饮"，指酿酒之初由五粮所制成的稀状物（按：初步发酵而成）①，如其中的"酏"，指为制酒所用经发酵的米糊。《礼记·曲礼》有"医（醫）不三世，不服其药"②的记载。毉字下部从巫，作为醫字异体，很明确地揭示了医与巫的人文联系。西汉扬雄《太玄经》中，有"疾其疾，能自医（毉）也"的记载。

原始初民与人自身疾病打交道的最原始方式，首先就是巫的方法。在甲骨文化中，有许多卜辞，是关于初民向天帝、祖神、精灵或鬼神等询问病患的。"贞弗祟王惟巫"③ "祟"，指致病的瘟神疫鬼之类。初民不懂得导致人生病的真正原因究竟是什么，便只好归咎于鬼魅作祟。这里的"贞"，是卜问的意思。"贞告疾于且丁"④。古时重者为"病"，轻者称"疾"。"且丁"即祖丁，且是祖

---

① 按：《辞源》云，"酿酒为醴曰医"，"一说，医同醷，即梅浆"。（《辞源》修订本，第四册，商务印书馆，1979，第3140页。）

② 《礼记·曲礼下第二》，杨天宇：《礼记译注》上册，上海古籍出版社，1997，第62页。

③ 《甲骨文合集》四〇九七三，郭沫若主编、胡厚宣总编辑，中国社会科学院历史研究所《甲骨文合集》编辑工作组集体编辑，中华书局，1978—1982。

④ 《甲骨文合集》一三八五三，郭沫若主编、胡厚宣总编辑，中国社会科学院历史研究所《甲骨文合集》编辑工作组集体编辑，中华书局，1978—1982。

的本字。祖丁是商朝第十七代帝王，祖辛之子，盘庚之父。"卜王梦子亡疾"①
这是一条关于"梦"的卜辞。君王晚上做梦，怕得要命，以为做梦尤其是噩梦，
就是有病魔作祟所导致的。这里的"亡"，即"无"。张光直先生曾说，由卜辞
可以得知：商王在筑造城池、打仗征伐、围田野猎、巡观游乐以及举行特别祭
典之前，都要求得到祖先、神的认可或赞同。他会请神灵预测自己当天夜里或
者之后生活的吉凶，为他占梦，告诉他王妃的生育，看他会不会生病，甚至会
不会牙疼。对于这些，殷商时期的人，总是放在心上的。他们笃信占卜，占卜
的对象几乎涉及生活的一切领域，人们把鬼怪、神灵的所谓作祟，看作人生病
的根本原因，对自己、家人或者帝王生病与否十分关切。可见其"生存状态"
真的很不好，大概，他们常常是战战兢兢、诚惶诚恐地过日子的。许进雄《中
国古代社会——文字与人类学的透视》一书指出：

> 从甲骨卜辞可看出，商人把得病归咎于四种成因：一是鬼神作祟。如
> "唯帝肇王疾？"，"不唯上下肇王疾？"（《合》14222——原注，下同），"有
> 疾止（趾），唯黄尹它（壱）？"（《合》13682）。其能降下病疾的神灵包括
> 上帝、自然界众神及祖先。可以说所有的鬼神都能降下灾祟致病。二是突
> 变的气候。如"雀祸风有疾？"（《合》13869）。表明商人认为身体衰弱也
> 能因不适应气候的变化而致病。三是饮食的不慎。如"有疾齿，唯蛊？"
> （《合》13658）。甲骨文"蛊（𧍧）"字，作皿中有很多小虫的样子。菜蔬
> 之中有虫，或腐肉生蛆是古人常见的事。古人很容易想象诸如蚵虫、肚泻、
> 牙痛等，是饮食不慎、吞下小虫所致。四是梦魇所致。如"亚多鬼梦，唯
> 疾见？"（《合》17448），"王梦，子亡疾？"（《合》17384）。商人相信梦是
> 精灵引起的。精灵能降下灾祸，所以也相信能招致病疾。②

实际上，在初民的心目中，所谓"气候"的"突变"以及"有疾齿"与

---

① 《甲骨文合集》一七三八四，郭沫若主编、胡厚宣总编辑，中国社会科学院历史研究所
　《甲骨文合集》编辑工作组集体编辑，中华书局，1978—1982。
② 许进雄：《中国古代社会——文字与人类学的透视》（修订本），中国台湾商务印书馆，
　1995，第500页。

"腐肉生蛆"等，正如夜"多鬼梦"一样，都被认为是鬼灵作祟、捣乱的缘故。初民坚信，在自然界和人类社会的每个角落与每时每刻，都存在着鬼神、灵怪的活动，这便是所谓"神出鬼没"一词的本义，仅仅是有的为善有的作恶罢了。还好，除了作恶的鬼怪之外，还有与人为善、和人友好的鬼灵的保佑，否则，人真的很难活下去。

据《三才图会》"身体卷"（按：明代王圻、王思义编）所载，人体的各个器官，都是由其相应的"神"所掌控的。如"心神""肺神""肾神""肝神"与"胆神""脾神"等，它们各司其职又相互合作。其五行的属性依次是火、金、水、木、土；其五方的位置依次是南、西、北、东、中；五色依次是赤、白、黑、青、黄。五"神"彼此之间的关系是相生相克的。火生土、土生金、金生水、水生木、木生火；火克金、金克木、木克土、土克水、水克火。两者相生，意味着身体安和；两者相克，就麻烦了。从相生看，如果脾有病，可以从治疗心气着手（火生土）。如果肺有病，可以兼治于脾（土生金），等等；两者相克，意味着疾病的来袭。比如，心火过旺，就会犯肺（火克金）；肺气有疾，就会犯于肝木（金克木），等等。

《三才图会》说，"心神"者"神名丹元，字守灵。心之状如朱雀，主藏神。象如莲花下垂，色如缟映绛。""肺神""神名皓华，字虚成。肺之状为虎，主藏魄，象如悬磬，色如缟映红。""肾神""神名玄冥，字育婴。肾之状如元鹿两头，主藏志，象如圆石子二，色如缟映紫。""肝神""神名龙烟，字含明。肝之状为龙，主藏魂。象如悬匏，色如缟映绀。"与"肝神"关系尤其密切的"胆神""神名龙耀，字威明。胆之状如龟蛇混形，其象如悬匏，色青紫，附于肝中。""脾神"者"神名常在，字魂庭。脾之状如神凤，主藏魂，象如覆盆，色如缟映黄。"①这里，以"心神"为最重要，所谓"灵明"②是也。而

---

① 王圻、王思义编：《三才图会》"身体"一卷，中册，第1363、1352、1372页；《三才图会》"身体"二卷第1380、1377页；《三才图会》"身体"一卷，中册，第1357页。上海古籍出版社，1988年版（影印本）。按：据《易传》，所谓"三才"，指天、地、人，也称"三极"。

② 按：《黄帝内经·灵枢》说："心者，五脏六腑之大主也，精神之所舍也。其藏坚固，邪弗能容也。容之则心伤，心伤则神去，神去则死矣。故诸邪之在于心者，皆在于心之包络。包络者，心主之脉也，故独无输焉。"（人民卫生出版社，1956）

"脾神"守中①，"肝神"与"胆神"为表里，"肝神""主藏魂"，"胆神""附于肝中"。

人体五脏即心与肺、肾、肝（按：胆属于腑脏系统，故"附于肝中"）、脾等，都是由神灵所守持的，依次为朱雀、白虎、玄武、青龙与神凤，各主一方，共同守护着人体的健康。

在治病之前，首先要测病。中医诊病有"望闻问切"四要。一是望体形、望容色与望舌象等；二是闻音声之高低与嗅体味之有无等；三是问一切该问的病象，而且要仔细，尽可能不要有遗漏；四是所谓切，就是指号脉，按寸、关、尺部位准确把切，比如浮脉还是沉脉、洪脉抑或细脉，等等。据说中医分脉象凡二十八种，分舌象又有多少种，不是笔者这样的"门外"可以了然的。不管是望诊、闻诊、问诊还是切诊，在现在看来，都是医生诊治疾病首先要辨明种种病象。而在巫文化的根本意义上，种种病象，其实就是指巫性意义的人体与心理变化的先兆。把握先兆，就是抓住治病的先机。所以说，中国古代最早的医家，实际上都是些懂得一定医理的巫师。

明代《广博物志》卷二十二引录《事物纪原》说："神农始究息脉。辨药性，制针灸，作医方。"相传神农尝百草，实际是在亲自体验"百草"的药性，以便治病救人。

> 古者民茹草饮水，采树木之实，食蠃蠬之肉，时多疾病毒伤之害。于是，神农乃始教民播种五谷，相土地，宜燥湿肥饶高下，尝百草之滋味，水泉之甘苦，令民知所辟就。当此之时，一日而遇七十毒。②

神农之所以能"尝百草"，大概是自以为有异能的缘故。即使"一日遇七十毒"而没有丝毫妨碍，神农岂不是身兼巫师与药师二职么？这也说明神农氏

---

① 按：清代高士宗：《黄帝内经·素问直解》说："脾者，仓廪之本，荣之居也。其华在唇，其充在肌，其味甘，其色黄，此至阴之类，通于土气。胃、大肠、小肠、三焦、膀胱，名曰器，能化糟粕，转味而入出者也。"

② 《淮南子》卷十九《修务训》，高诱注：《淮南子》，《诸子集成》第七册，上海书店，1986，第331页。

确有献身精神。除了"尝百草",相传神农还是"究息脉""制针灸"与"作医方"的第一人。

巫、医原本一体。以巫占病的记载,比《淮南子》更早的,还有许多,这里试举一例。

> 既克商二年,王有疾,弗豫。二公曰:"我其为王穆卜。"周公曰:"未可以戚我先王?"公乃自以为功,为三坛同墠。为坛于南方,北面,周公立焉。植璧秉珪,乃告太王、王季、文王。
>
> 史乃册。祝曰:"惟尔元孙某,遘厉虐疾。若尔三王是有丕子之责于天,以旦代某之身。予仁若考能,多材多艺,能事鬼神。乃元孙不若旦多材多艺,不能事鬼神。乃命于帝庭,敷佑四方,用能定尔子孙于下地。四方之民罔不祗畏。呜呼!无坠天之降宝命,我先王亦永有依归。今我即命于元龟,尔之许我,我其以璧与珪归俟尔命;尔不许我,我乃屏璧与珪。"
>
> 乃卜三龟,一习吉。启籥见书,乃并是吉。公曰:"体!王其罔害。予小子新命于三王,惟永终是图;兹攸俟,能念予一人。"公归,乃纳册于金滕之匮中。王翌日乃瘳。[①]

这是一则著名的巫例。占卜巫术之所以"应验",据说是因为周公亲自为武王占卜的一片诚意感动了先王,可谓"诚则灵"矣。其实即使周公不为武王占卜,周武王的病,也一样会很快痊愈,与占卜与否没有关系。

古代中国,巫术横行。有一种所谓驱鬼术,就属于驱病的巫术。古人相信,人生病,都是鬼魅捣乱、作祟的缘故。笔者年幼时,有一个堂弟年仅四岁,与他的母亲住在我家隔壁,堂弟得了肺炎,发高烧,呼吸困难,生命垂危。于是他母亲便请来了一个巫婆(按:乡下人俗称"仙人")。记得她穿着黑色布衫,用黑布包着满头白发。一进门就面南坐在已经为她安排好的供桌前(按:桌上

[①] 《尚书·周书·金滕》,江灏、钱宗武:《今古文尚书全译》,贵州人民出版社,1990,第252—253页。

点着香烛，供了几碗菜肴和一口小盅、一双筷子，盅里盛了一点儿糖水，权作酒）。一会儿，那老太婆喉咙里"呃、呃"地发出怪叫声（按：乡下人叫作"扎仙"），口里又嘟嘟哝哝的，不知念了些什么。一会儿，又站起身来，一张满是皱纹的老脸涨得像猪肝一样紫红，一会儿，全身就乱抖起来，手舞足蹈，满是眼泪鼻涕，一塌糊涂！她跑到堂弟躺着的卧室里，大声呵斥，又敲床板又跺脚，嘴里喊着："你走吧！不要在这里！我们是'好人家'，到别家去吧！"最后在门口烧了一堆折成元宝模样的锡箔，算是把病魔瘟神"送"走了，闹得鸡飞狗跳，让人心惊胆战。可是第二天，我那可怜的堂弟就死了，直到如今，我仿佛还能听到他母亲的哭声。驱鬼术，纯粹是一种迷信。

驱鬼术源远流长，其传统势力是很顽强的。

> 湖人笃信鬼神，有病不事医药，惟召巫禳灾。巫之术不一，而以上刀梯一事为尤奇。大抵梯用直木两根，各长三丈余，矗立于大木盘内，而以大索系于木杪，四周牵住，使不动摇，旋用利刃百二十柄，横架两木，刀锋向上，次第层级而上，皆以绳缠系，直到其颠。届时巫童披发仗剑，跣足拾级而上，视蹈白刃如履平地然。及至绝顶，垂缒而下，取病者之衣，在梯上焚符念咒，播弄神通，呼其名而招之，名曰"赎魂"。然后仍将衣继下，即令病者衣之，旋在梯上以二竹竿挂红布于上如旗帜状，两手执旗拈毡而舞，盘旋天桥，做种种之变态，恍若金镜法鼓之声相吻合，观时者皆曰：神灵保护，故无失足颠仆之虑也。①

这一巫术，有如杂技，只是添加了些"焚符念咒，播弄神通，呼其名而召之，名曰'赎魂'"的把戏。

《红楼梦》也讲了一个在大观园驱鬼的巫例。自从晴雯冤死，荣宁二府鸡犬不宁，都怕不慎碰见了鬼妖而生病丢了小命。"贾珍方好，贾蓉等相继而病。如此接连数月，闹得两府俱怕。""于是老太太着急的了不得，替另派了好些人将

① 张自明、王富臣纂修：《马关县志》，凤凰出版社、上海书店、巴蜀书社，2010，第211—212页。

宝玉的住房围住，巡逻打更。"独有那仗其胆大的贾赦不信，带了几个家丁，手拿器械，来到园中，觉得"果然阴气逼人"，"便也有些胆怯"。

> 贾赦没法，只得请道士（按：实际是巫师）到园作法事驱邪逐妖。择吉日先在省亲正殿上铺排起坛场，上供三清圣像，旁设二十八宿并马、赵、温、周四大将（按：道教四大灵官即护法神将），下排三十六天将图像。香花灯烛设满一堂，钟鼓法器排两边，插着五方旗号。道纪司派定四十九位道众的执事，净了一天的坛。三位法官行香取水毕，然后擂起法鼓，法师们俱戴上七星冠，批上九宫八卦的法衣，踏着登云履，手执牙笏，便拜表请圣。又念了一天的消灾驱邪接福的《洞元经》（按：道教《洞玄经》，《太上洞玄灵宝无量度人上品妙经》简称），以后便出榜召将。榜上大书"太乙混元上清三境灵宝符箓演教大法师行文敕令本境诸神到坛听用。"
>
> 那日两府上下爷们仗着法师擒妖，都到园中观看，都说："好大法令！呼神遣将的闹起来，不管有多少妖怪也唬跑了。"大家都挤到坛前。只见小道士们将旗幡举起，按定五方站住，伺候法师号令。三位法师，一位手提宝剑拿着法水，一位捧着七星皂旗，一位举着桃木打妖鞭，立在坛前。只听法器一停，上头令牌三下，口中念念有词，那五方旗便团团散布。法师下坛，叫本家领着到各处楼阁殿亭房廊屋舍山崖水畔洒了法水，将剑指画了一回，回来连击牌令，将七星旗祭起，众道士将旗幡一聚，接着打怪鞭望空打了三下。本家众人都道拿住妖怪，争着要看，及到跟前，并不见有什么形响。只见法师叫众道士拿取瓶罐，将妖收下，加上封条。法师朱笔书符收禁，令人带回在本观塔下镇住，一面撤坛谢将。①

虽然《红楼梦》是小说，允许有虚构、夸张，然则这里所写，一定起码有相当的事实依据，不会纯粹出于艺术虚构。中国历史上，曾经有"信巫不信医"的风俗，想来读者可以由此看到古人的愚昧无知。"江汉间，其俗尚巫，有疾不

---

① 曹雪芹、高鹗：《红楼梦》第一〇二回，《红楼梦》下册，人民文学出版社，1982，第1429、1430—1431页。

事医，唯走巫求祷焉。侥幸以治，载醪牲实篚，造谢巫之庭，唯恐后。即不治不咎巫，必自反曰：'我之弗虔。'"①因而，尽管用巫的方法"驱鬼"，结果还是死了人，可是相信巫能治病的信条，不是可以轻易破除的。人们相信，死人的原因，只怪自己对鬼神还不够虔诚罢了。

正如本书前文提及，古代中医设有祝由科，它是中医"十三科"之一②。

《黄帝内经·素问·移精变气论第十三》说："黄帝问曰：'余问古之治病，惟其移精变气，可祝由而已。今世治病，毒药治其内，针石治其外，或愈或不愈，何也？'岐伯对曰：'往古人居禽兽之间，动作以避寒，阴居以避暑，内无眷慕之累，外无伸宦之形。此恬憺之世，邪不能深入也。故毒药不能治其内，针石不能治其外，故可移精祝由也。'"③

《轩辕黄帝祝由科叙》说，"太古先贤，治传医家十三科。内有祝由科，乃轩辕氏秘制符章，以治男女大小诸般疾病。凡医学针灸所不及者，以此佐治，无不投之立效，并能驱邪缚魅。有疾病者，对天祝告其由，故名曰祝由科。"④所谓"祝由"，指包括运用某些中草药在内，主要运用所谓禁法、咒法、祝法与符法等以图治病的方法。祝者，咒也；由，疾病原由之谓。以"祝"的方法，追究疾病的根由，从而试图达到所谓治病的目的，称为祝由。祝由术，历来被说成百病可治而神乎其神，实际是一种巫性的诅咒术，其大事迷信的性质是可以肯定的。但如对病者施行祝由之术，有时会收到一定的"疗效"，也是可以肯定的，这如现当代所谓"心理疗法"在起作用的缘故。

对于坚信祝由之术能够将自己的疾病治好的病人来说，祝由术的一切"作法"，可能在一定程度上，具有"心理暗示"的积极意义，对健康的恢复有利。

① 杨士奇：《赠医士名道序》，《东里文集》卷三，文渊阁《四库全书》第1238册，第28页。
② 按：据有关资料，中国元代的医疗官署开始设"十三科"：大方脉科（按：相当于成人内科）、杂医科、小方脉科（按：小儿科）、风科、产科、眼科、口齿科、咽喉科、正骨科、金疮肿科、针灸科、祝由科、禁科。明代设有大方脉科、小方脉科、妇人科、疮疡科、针灸科、眼科、口齿科、接骨科、伤寒科、咽喉科、金镞科、按摩科、祝由科。
③ 《黄帝内经·素问》，人民卫生出版社，1956，第31~32页。
④ 按：此书书名为《轩辕碑记医学祝由十三科》，西蜀青城山空青洞天藏板（版），上海锦章图书局印行，民国二年（1913）。

这正如英国文化人类学家马林诺夫斯基所说，"巫术的经验上的真实性可以由它的心理上的效力来担保，因为它的形式、构造和意态都与人类身体上的自然历程相呼应。""也许这就是巫术信仰的最深固的根蒂。如果你能把全身的力量，来维持你胜利的信心——这就是说，如果你相信你的巫术的价值，不论它是自然的或是传统的、标准化的——你一定会更勇往直前。如果你在疾病的时候能靠巫术——常识的，术士的，精神治疗的，或其他江湖上专家的——而自信你总会健康，你的身体也可能会比较健康，如果你的整个心思是趋向胜利而不顾失败，在事业上你成功的机会亦会较多。"①

刘黎明说，"首先，巫术以一种自我欺骗的方式，可以'解决'某些人生理方面的某些问题，它有些类似'暗示疗法'。英国学者基思·托马斯说：'科学地研究暗示在治疗中的作用只是最近才开始的事情，但是其惊人的效果，已足以使历史学家不敢小视17世纪治疗者仅用符咒而产生的真正神效了。现代医学中称为"心理治疗"的作用早已充分显示出来，尽管其原因还不清楚，并对此事还有争议。'"②

医学上的"心理治疗"，首先针对的是病人的"心理问题"，通过治疗有关"心理问题"，从而达到对于生理疾病的治疗。如果心理上没有问题，所谓的"心理治疗"是不起任何作用也是没有必要的。原始先民就是一批文化"心理"上患"病"的"病人"。比如，有一个人总是疑心自己得了很严重的疾病，到处找医生诊治，就是治不了，弄得面容憔悴，茶饭不思，寝食难安。许多医生都告诉他没有病，他就是一百个不信。最后一位医生对他说，你确实是有病的，这种病我肯定是能治的，你必须信我的，你可以一百个放心。医生知道他得了焦虑症，说是有一种药水有奇效，不是"百忧解"之类可以比拟的。接着只是一连几天给他注射了蒸馏盐水，那病人居然很快就康复了。这一病例的"神奇"之处，就是因为精神焦虑者对于这个医生的绝对信任。当然，先民的"病"，

---

① ［英］布罗尼斯拉夫·马林诺夫斯基：《文化论》，费孝通译，中国民间文艺出版社，1987，第69页。

② 刘黎明：《灰暗的想象——中国古代民间社会巫术信仰研究》上册，巴蜀书社，2014，第4页。按：关于基思·托马斯的引文，见英国基思·托马斯：《巫术的兴衰》，芮传明译，上海人民出版社，1992，第40页。

大多实际并非出于什么"焦虑"，而是知识不够、智力有限的缘故。所以，"心理疗法"般的巫术对他们来说就是必要而有效的了。

巫术与知识、科学是相悖的，换言之，巫术在本质上是反知识、反科学的。正是因为先民知识的匮乏，才有巫术的起源与流行。可是凡是相悖的，都会有相合的一面。巫术站在知识与科学的对立面，但是巫术对于知识、科学，确有某些接引之功。就巫与医的亲缘关系来说，许多的医学知识和科学技术，都是在原始巫文化的温床中孕育的，并且正是一定的医学知识和科学，在暗地里支撑和维护所谓巫术"无有不灵"的权威及其"美好"形象。巫与医的纠缠不清的人文联系，自古就有。假巫真医，真巫假医，亦巫亦医，亦医亦巫，这种种情况，在古代的中国文化中都是存在的。

明代李时珍《本草纲目》一书，约190余万字，凡五十二卷，所载录药物1892种，收载医方11096个，分六十大类，可谓中国古代医药之大全，是古代采药、选药与用药的经验与知识的总结。从总体看，其关于中医药的知识是成系统的，具有一定的建立在经验之上的科学意义，不妨称之为"假巫真医"。如果仅从杂糅于整个中医药系统的个别"疗法"来看，又可以称之为"假医真巫"。比如，说到怎样治狐臭的方法，就有点儿巫术的意味："鸡子两枚，煮熟去壳，热夹，待冷，弃之三叉路口，勿顾。如此三次，效。""炊饭，热拭腋下，与犬食之，七日一次，愈乃止。"这里，有巫术的"作法"与禁忌，称其是医药知识，实在也难。又如治不育的病，就更是奇怪了。"立春日雨水，夫妻各饮一杯。还房，当获有子，神效。"[1]原来治疗不育的病症，竟然这么容易，确实是巫性的异想天开。

但是，中国的古代医药，又确实是由巫文化的发生、开展为起源的，这在神话传说中可以找到证据。

> 开明东有巫彭、巫抵、巫阳、巫履、巫凡、巫相，夹窫窳之尸，皆操不死之药以距之。窫窳者，蛇身人面，贰负臣所杀也。[2]

---

[1] 李时珍：《本草纲目》，四川大学出版社，2014，第911、135、170页。
[2] 《山海经》卷十一《海内西经》，陈成：《山海经译注》，上海古籍出版社，2014，第297页。

意思是说，开明的东部住着巫彭、巫抵、巫阳、巫履、巫凡与巫相这些大巫，他们围绕在窫窳的尸体周围，手上都拿着不死之药想要救活他。窫窳有蛇的身体、人的面孔，被贰负这一神灵和他的臣子合伙杀害。所谓巫彭等，东晋时代的郭璞《山海经注》释为"皆神医也"，并以《世本》"巫彭作医"来做其立论的依据。窫窳是一种神兽，《山海经·北山经》说："又北二百里，曰少咸之山，无草木，多青碧。有兽焉，其状如牛，而赤身、人面、马足，名曰窫窳。其音如婴儿，是食人。"[①]

> 大荒之中，有山名曰丰沮玉门，日月所入。有灵山，巫咸、巫即、巫盼、巫彭、巫姑、巫真、巫礼、巫抵、巫谢、巫罗十巫，从此升降，百药爰在。[②]

意思是说，在大荒之中，有座山叫丰沮玉门山，太阳和月亮在此降落。有一座灵山，巫咸、巫即、巫盼、巫彭、巫姑、巫真、巫礼、巫抵、巫谢、巫罗等十大巫师，在这里上下飞行，无数的药物都产在这里。

可见，上古时代不仅有时医与巫同在，药也可能是与巫同在的。

① 《山海经》卷三《北山经》，陈成：《山海经译注》，上海古籍出版社，2014，第87页。
② 《山海经》卷十六《大荒西经》，陈成：《山海经译注》，上海古籍出版社，2014，第347页。

第十章　从巫性崇拜到诗性审美

　　从文化人类学角度看，无论原始神话、原始图腾还是原始巫术，都有一个从原始神性、巫性和灵性，必然地走向诗性审美的历史与人文的根因和契机。这里，且让我们来简略地加以论述中国原始巫性文化向诗性审美文化转嬗这一问题。

　　从性质上加以分析，人类文化可以分为神性文化、人性文化与巫性文化三大类。其相应的人类美学，也具有神性美学、人性美学与巫性美学三类。神性文化的第一要义，是人对于神灵的虔诚崇拜，同时是以神性面貌出现的，寄托在神性之中的人的精神理想。人性文化的第一要义，具有为人类的社会实践所生成的人性及其人格的真善美与假恶丑，并且从人的本体兼主体出发，肯定与实现自然与科学技术等的美；巫性文化的第一要义，是在神性与人性二者之间，在神性与人性的互回之中，既肯定又否定神性文化与人性文化，从而以"倒错的实践"方式，开出妖艳而令人惊讶的属于巫性的历史与人文之华。它的文化智慧，既迷乱又清醒；既属于神灵又属于人为；既拜倒在神灵脚下，又在一定程度上，张扬了人格的力量（按：巫性人格，实际便是巫格）；既媚惑于神鬼的所谓灵力，又在神与巫的文化内核中，有限地保留了属于人为与人格的文化因素，且以前者为主。两者既二律背反，又合二而一，且以神灵、灵力为主导，以人为、人格为辅次。

　　巫性的灵与灵的巫性走向诗性审美之所以可能，是因为巫性文化的历史和人文机制，早已孕育与蕴含着原始诗性审美的人文根因。它是由"巫"向"史"

转递的一个有机构成，标志着中华民族的群体人性、人格，从必受原始巫文化的种种牵累、强制与不自由，到本在地获得一定意义的精神的自由和解放。在巫性文化中，蕴含着神性兼人性的人文因素。美的意蕴，既可体现于神性，又同时可以体现于人性以及神性与人性的结合或妥协之中。

在巫术文化中，正如德国诗人歌德所说，十全十美是神的尺度，而要达到十全十美的努力，却是人的尺度。由于巫性蕴含着神性的文化因子，因此在巫与巫性文化中，虚妄地寄托着人类对于十全十美的生活与生存环境的向往，又时时处处体现出人与人性的稚浅和丑陋。它同时还表明，作为神灵的蛮野的自然界与社会环境对于人类的压迫、支配甚至戕害。巫术，既是人对于神灵的俯首与抗争，也是其不得已的妥协。一定程度上，它是降神与媚神结合，人智和巫灵统一，审美偕崇拜同行。

巫术的巫性品格，不同于宗教的神性。尽管宗教神性也寄寓着体现为神性的人的审美理想，但在宗教的神性面前，信徒是彻底地、全人格地向神拜倒的，这意味着人性的不自由。人唯有通过修持，才有可能进入天国、彼岸。基督教所宣扬的人的自由、幸福及其美，唯有人成为上帝之忠诚的信徒，才有可能"实现"。基督教说，"所谓美，就是上帝的在场"，"只有在宗教里才存在着真正的美"①。人类的宗教文化如果有美，则意味着信徒彻底地服膺上帝及诸神，此时人性的美仅仅是上帝之美的"分享"。宗教本身以及人类在宗教文化中，恰恰是属于人与人性的所谓"理性的胜利"。

对于巫术文化来说，那些巫师和信巫的人们，倒并非是"目中无神"，不是绝对地不把神灵放在眼里的。他们对于神灵、鬼怪等的崇拜，是巫术文化的题中应有之义，如果缺乏这一前提，巫文化便不能够诞生与成立。可是在巫文化中，巫作为人的另一面貌，仅仅是向神灵等跪倒了一条腿，并非巫在神灵面前不够真诚而三心二意，而是保持了属于人的原始意义的一点儿人格尊严，虽然这一人格尊严少得可怜。巫术文化处境中的人、人性与人格，正如本书前述，作为基本上的"似主体""伪主体"，并非是真正的自由的主体。

① ［瑞士］巴尔塔萨：《神学美学导论》，曹卫东、刁承俊译，生活·读书·新知三联书店，2002，第79、11—12页。

然而人在蛮野的自然、社会及其环境面前，显示了作为"人"的一种扭曲而可怜的支配力量，这里包括通过施行法术而企图实现对于神灵的支配，尽管其方法是错误的。因此在巫文化中，某种意义上诞生与保留了作为人的原始主体的一些精神因素。这也便是原始诗性审美萌起的文化因缘。问题的关键在于，从巫性崇拜走向诗性审美如何可能与成为必然。

第一节　巫术与艺术的文化因缘

中国巫术，正如人类所有的巫术那样，与艺术存在着文化上的不解之缘。

正如前引，在词源学上，关于艺术（art）这个词，英国学者柯林伍德曾经说过，"中古拉丁文中的Ars，很像早期英语中的Art"，"中古拉丁语中的Ars，类似希腊语中的'技艺'"[①]。朱光潜先生也说："Art（艺术——原注）这个词在西文里本义是'人为'或'人工造作'。"[②]所谓"艺术"，与本来意义上的"技艺"相类。"技艺"，实际指人类文化。凡是"人为""人工造作"的主体、行为、过程、方式、工具与成果等，都可以用"技艺"（ars）即"艺术"（art）这个词来加以表述，它实际指人类的整个文化即"人化的自然""自然的人化"。

就此而言，今天我们所说的审美性"艺术"，在古代并没有从一般的"技艺""文化"概念中独立出来。艺术这一概念，既然实际指整个人类文化，那么文化这一概念，当然也包括"巫术""法术""魔术"等在内。

在西方，直到文艺复兴时期，art这个词，依然兼有"巫术"的意思。在莎士比亚的历史剧《暴风雨》中，普罗斯庇罗在舞台上脱下身上的法衣时所说的台词是："Lie there, my art!"（按："躺在这儿吧，我的法衣！"）这是说，他的法衣是具有巫性的，英语中用"art"这个词来加以表达。在中国，《汉书》卷二六《伏湛传》称："永和元年，诏无忌与议郎黄景校定中书《五经》、诸子百家、艺术。"注："艺，谓书、数、射、御；术，谓医、方、卜、筮。"这里所谓艺术，

---

① ［英］罗宾·乔治·柯林伍德:《艺术原理》，王至元、陈华中译，中国社会科学出版社，1985，第6、7页。

② 朱光潜:《谈美书简》，上海文艺出版社，1980，第10页。

是包括"卜、筮"在内的。《晋书·艺术传序》也使用"艺术"这个词，来表示巫术："艺术之兴，由来尚矣。先王以是决犹豫、定吉凶、审存亡、省祸福。曰神与智，藏往知来；幽赞冥符，弼成人事；既兴利而除害……变态谅非一绪，真虽存矣，伪亦凭焉。"①

可见在概念与意义上，"艺术"与"巫术"这两个词汇，具有亲缘的人文联系。否则，西方与中国的一些古代文本，就不会用"艺术"这个词来称呼"巫术"了。梁钊韬说："我们今天每每看见耍弄魔术把戏的人，惯用手来招拏天空，很像取得了不可见的神秘力量。魔术师向道具吹一口气，道具里面似乎就会感应这种气而发生什么幻变，无疑这是魔术师的手法，但我们不能不承认这是原始巫术的遗留。"又说："魔术是一门艺术，属审美范畴，却以'手来招拏天空'（采气——原注）或是'向道具吹一口气'来增加魔术的艺术魅力，这种艺术手法显然来源于原始巫术关于'气'的文化观念。"②某种意义上可以说，原始巫术与神话、图腾等，都是人类艺术得以发生的人文温床。比如中国的原始歌舞，起初并非是娱人而是娱鬼神的。

《吕氏春秋》说："昔葛天氏之乐，三人操牛尾，投足以歌八阕。一曰《载民》；二曰《玄鸟》；三曰《遂草木》；四曰《奋五谷》；五曰《敬天常》；六曰《建帝功》；七曰《依地德》；八曰《总禽兽之极》。"东汉高诱注："上皆乐之八篇名也。旧本'建帝功'作'达帝功'。案《文选·上林赋》注张揖引，作'彻帝功'。李善谓以'建'为'彻'，误。则当作'建'也。又，旧本作'总万物之极'，校云：一作'禽兽之极'，今案《初学记》十五，《史记·司马相如传》索引及选注，皆作'总禽兽之极'，今据改正。"③

今天，我们难以考定"葛天氏之乐"所"歌""八阕"的文字内容，以及舞蹈的动作究竟是些什么，然而有三点是可以肯定的：一、这八阕古远的歌辞，涉及初民所崇拜的自然神灵和被神化的人王的功绩，与其说是娱人的审美性歌

① 房玄龄等：《晋书·艺术传序》，上海古籍出版社，1986。
② 梁钊韬：《中国古代巫术——宗教的起源和发展》，第52、46页。见王振复：《周易的美学智慧》，湖南出版社，1991，第99—100页。
③ 《吕氏春秋》卷第五《仲夏纪第五》，高诱注：《吕氏春秋》，《诸子集成》第六册，上海书店，1986，第51页。

辞，倒不如说是献给神灵的祝辞，原本是属于巫性的。二、这种载歌载舞的方式和场面以及气氛，实际上是一种娱神、请神和降神的巫术仪式，从降神角度看，歌辞八阕，具有咒语的成分。三、与歌辞、歌唱相配的，是乐、舞。初民在歌唱时之所以要手舞足蹈，为的是尽量宣泄媚神、迫神的迷狂。而其手中的"牛尾"，是作为灵物来看待的，它是通灵、通神的神异的法器。

这种巫术仪式源远流长。直到战国时期，我们还可以从战国楚竹书《性自命出》篇中，觅得它的遗影。试看载歌载舞的集体场面和情绪氛围："喜斯陶，陶斯奋，奋斯咏，咏斯犹，犹斯作。作，喜之终也。愠斯忧，忧斯戚，戚斯叹，叹斯辟，辟斯通。通，愠之终也。"[①]这里，描述了两种巫术情感。前者亢奋，以"喜"为特点，有迎神、媚神的功能；后者怒气冲冲，是迫神、降服神灵的神秘仪式。两者都是巫舞。在跳巫舞时，歌唱或者口中念念有词，是免不了的。古人坚信"作法"时身口并用，是最能感动神灵或者胁迫其为人服务的。在古代信巫者看来，神灵、鬼怪，都是同人一样是有情绪、有感情、有期许、有意志的，有的与人友好地相处，能够"助人为乐"；有的与人为恶，专门捣乱，让人不得安宁。大凡巫术，分两大类，一类是娱神的，一类是迫神的。如果善意娱神的歌舞仪式，不为神灵所动，那就来点儿恶意的，企图强迫神灵、鬼魅就范。这倒有点儿后世的所谓"胡萝卜加大棒""先礼后兵"的意味了。

古人之所以施行法术依仗歌舞这一形式，是因为他们迷信，唯有歌舞，才能与鬼神沟通，也就是说，只有歌舞，才是巫觋与鬼神彼此"读得懂"的神秘性"语言"。巫性歌舞，是巫觋与鬼神交通的中介。初民不断持续，甚至通宵达旦地歌唱舞蹈，只要达到迷狂的地步，巫觋和一般的信巫者便坚信，自己已经神灵附体，可以和神灵"对话"了，或者贿赂它，或者恐吓它。

《尚书》说："敢有恒舞于宫，酣歌于室，时谓巫风。"[②]这说明，时至商代，有人在宫廷举行巫舞。至于整个社会，直到清代，巫舞酣歌，依然绵绵不绝，甚至耸动朝野。尤其在天大旱而举行求雨仪式的时候，大规模的巫舞活动是免不了的，而且很有规矩。以舞龙为主，青龙、赤龙、白龙、黑龙，按大旱的

---

① 《性自命出》上篇，文物出版社，2003。
② 《尚书·商书·伊训》，江灏、钱宗武:《今古文尚书全译》，贵州人民出版社，1990，第132页。

年份季节不同，各司其职。舞龙的人，春旱为东方"小童"，夏旱为南方"壮者"，秋旱为西方"老人"，冬旱为北方"老人"，其中有诸多禁忌。比如所谓女流之辈，是不允许在场的，这是一贯重男轻女的道德信条在起作用。这样施行法术之后，如果还不下雨，就要做出种种"牺牲"，包括"取人骨"掩埋；"命巫祝"在烈日底下暴晒；甚至将巫师（"神仙"）放在一堆干柴上焚烧，等等，情景之惨烈，不忍目睹。正如清代马骕所记述的那样：

> 春夏雨日而不雨，甲乙命为青龙，又为火龙，东方小童舞之；丙丁不雨，命为赤龙，南方壮者舞之；戊己不雨，命为黄龙，壮者舞之；庚辛不雨，命为白龙，又为火龙，西方老人舞之；壬癸不雨，命为黑龙，北方老人舞之。如此不雨，潜处闭南门，置水其外，开北门，取人骨埋之。如此不雨，命巫祝而暴之；如此不雨，神仙积薪击鼓而焚之。①

巫性歌舞，原本是为了通神而发生、存在的。然而时至后世，有一种原本蕴含在原始巫性中的诗性因素，从巫术仪式中成长、独立出来，成为具有审美价值的诗、歌与舞。

以往读屈原《九歌》等诗篇的时候，我们往往总是将它作为审美性诗歌的文本来对待的，而把那些所谓"迷信"的成分，在主观上排除出去，以为既然是"迷信""糟粕"，是没有任何文化与审美价值的，所以必须抛弃；或者将其"悬置"起来，放在"括号"里；或者至多称其为奇特的"浪漫"，进而把屈原称为"浪漫主义大诗人"，云云。实际上，这些被说成所谓"迷信"的诗句，并不能将它们从整个诗境、诗格中孤立出来，它们是整个诗的意境的有机构成，体现了《楚辞》意义上的巫性的文化根脉。《九歌》一再写到的"灵"，如"灵偃蹇兮姣服""灵连蜷兮既留""灵皇皇兮既降""灵之来兮如云""灵之来兮敝日"与"东风飘兮神灵雨"等，平添了《九歌》的神秘氛围，使得诗的意境楚风森森而巫氛郁郁，它显示了诗之美与巫术文化的文脉联系，具有魔幻的意味。

---

① 马骕：《绎史》卷四《神农求雨书》，文渊阁《四库全书》第365册，第86页。

顺便说一句，中国的诗歌之所以发源很早，源远流长，而且势头很猛，尤其像唐代诗歌，可以说整个唐朝，是“浸”在诗海里的一个时代①。宋词作为诗余，也是其势宏大，并非是什么诗的强弩之末，而是新的开拓。究其原因自当是多方面的，其中之一，便是古巫文化的传统十分强大的缘故。

王国维曾经说到中国戏曲、歌舞的源流问题，也追溯到中国原巫文化这一源头。他举例说：

> 《周礼》既废，巫风大兴。楚越之间，其风尤盛。王逸《楚辞章句》谓：“楚国南部之邑，沅湘之间，其俗信鬼而好祠。其祠必作歌乐鼓舞，以乐诸神。屈原见俗人祭祀之礼、歌舞之乐，其词鄙俚，因而作《九歌》之曲。”古之所谓巫，楚人谓之曰灵。《东皇太一》（按：《九歌》之一，下同）曰：“灵偃蹇兮姣服，芳菲菲兮满堂”，《云中君》曰：“灵连蜷兮既留，烂昭昭兮未央”。此二者，王逸皆训为“巫”，而他（按：其他）灵字，则训为“神”。案：《说文》（一）：“灵，巫也……”②

王国维的结论是：

> 歌舞之兴，其始于古之巫乎！巫之兴也，盖在上古之世。③

歌舞、戏曲与诗词等的文化源头之一，是巫。

---

① 按：在唐诗中，著名诗人李贺的诗作，时人大都评价其诗风“悖俗反常”“险怪”“阴郁”云云，有的将其诗风的形成，归于其体弱多病等原因，并非没有道理。而假如与中国巫文化传统联系起来考虑，则不能不说，李贺的诗格，是与同样富于巫性品格的战国屈原的《九歌》与《招魂》等传统相系的，即在诗性中往往富于巫性。在李贺的诗篇中，还有以“巫”为主题的诗。如：“女巫浇酒云满空，玉炉炭火香鼕鼕。海神山鬼来座中，纸钱窸窣鸣旋风。相思木帖金舞鸾。攒蛾一啑重一弹。呼星召鬼歆杯盘，山魅食时人森寒。终南日色低平湾，神兮长在有无间。神嗔神喜师更颜，送神万骑还青山。”

② 王国维：《宋元戏曲考》，《王国维遗书》第十五册，上海古籍书店，1983，第1页。

③ 同上。

巫舞即后代巫觋所谓"跳神"[1]，是舞蹈艺术的前身；巫觋的祝词、咒语，是歌词艺术的渊薮；巫性歌舞的种种表演的仪式与过程，逐渐发展为具有一些故事情节因素，从而开启了中国的戏曲之门；巫性歌舞表演的场所即神坛、祭坛，为后世剧场的诞生，提供了可能；原先巫觋的装扮，就是后世演员化妆的滥觞，如此等等。

比如面具，最早的时候，是巫师为了举行驱鬼仪式所必需的一种装扮，为的是提高巫师驱鬼的巫性魔力。面具往往是面目狰狞的形象，具有以恶制恶的"异能"（按：当然也有"面善"的，比如仰韶文化时期彩陶盆内侧的"鱼纹"，可能是一种面具上的纹饰）。面对恶鬼，巫师必须将自己的本来面目隐藏起来，让恶鬼见了也会感到害怕。"人们相信，鬼惧怕恶事物。巫师只要戴上鬼神之状的面具，就表示他在与鬼神交通的同时，能够控制鬼神。这是因为，戴上面具，巫师就完成了自我改变，从非实施巫术状态下的凡人转化为类似于神灵的超人，但他也并不因此成为神人。这样，他恰好成为神与人之间的中介。"[2]

"美"这一汉字，其字形从羊从大。《说文解字》称为"羊大为美"。日本学者笠原仲二因此写了一本书，叫做《中国人的美意识》，称中国人的审美意识，源自羊肉味道鲜美的感受，在美学界迄今还有影响。实际上，美字"从羊从大"的"大"，甲骨文中是一个成年男子正面站立的形象，他是一位巫师或者是图腾崇拜者。他头上的所谓"羊"，是羊角的装饰，此之所谓"头上长角"是也。羊在先民的心目中，是吉利的象征，羊是祥的本字。祥者，吉祥也。[3]

---

① 按：姚元之：《竹叶亭杂记》云："萨吗（按：萨满）即古之巫祝也。其跳舞即婆娑乐神之意。帽上插翎，盖即鹭羽鹭翻之意也。必跳舞，故曰跳神。"（《竹叶亭杂记》，李解民点校，中华书局，1997，第60页。见刘黎明：《灰暗的想象——中国古代民间社会巫术信仰研究》上册，巴蜀书社，2014，第157页）

② 刘黎明：《灰暗的想象——中国古代民间社会巫术信仰研究》上册，巴蜀书社，2014，第177页。

③ 按：高国藩指出："古代巫师的装扮最主要的特征是'头上长角'"。"迄今见到最早的巫师形象，是欧洲奥瑞纳文化时期史前人所绘岩画上的巫师，这是欧洲石器时代晚期的岩画，岩画上的巫师头上戴着鹿角，身上披着兽皮，颏下留着长须，臀部安着马尾，赤着双脚正在那里跳巫舞。""出自秦汉间的《山海经》记载的原始巫，头上也有长角的，也是兽角。"《山海经·海内北经》云：'戎，其为人人首三角'。"（高国藩：《中国巫术通史》上册，凤凰出版社，2015，第63、64—65页）

被后世称为审美的美字及其意义，源于原始巫术与图腾这一点，是毫无疑问的。

在原始巫术活动中，最早的时候，巫师与一切原始狩猎者一样，大致是赤身露体、赤手空拳的，可能只用一些茅草与植物叶片之类围系在腰间。继而，正如狩猎者手中有了工具，比如石块、木棒与尔后的长矛等一样，巫师施行法术时，也是要有"法器"的，比如前文所引述的手舞的"牛尾"之类。再而，巫术的法器丰富起来，便陆续有了鼓、锣、磬与笙等，凡是能够发出声响、能够壮威而吓唬鬼神的，都是神秘的法器。在施法"操牛尾"之类的仪式时代过去之后，先民首先发明与使用的，可能是木鼓或者皮鼓等。现代基诺族巫师所用的木鼓，是数千年前木鼓的遗存与发展。考古发现中国西南地区少数民族的铜鼓，硕大而铜锈斑斑，那是多少年以前的古物，然而铜鼓的发明与使用，一定是在青铜时代，它们一律都是巫鼓。

鼓的发明，是在先民感觉到敲打有空腔物体可以引起声音共鸣之后。比如敲打粗大竹筒引起声响、以手掌拍打河水可以引起声响，等等。原始先民实际上是不理解共鸣的科学原理的，他们把它看得非常神秘莫测，相信它与让人恐惧万分的雷震的巨大声响是一样的。《周易》有一个震卦，卦象为震上震下，即上下卦都是震卦，象征雷震。其卦辞说："亨。震来虩虩，笑言哑哑。震惊百里，不丧匕鬯。"天上电闪雷鸣，"震惊百里"，而正在举行隆重祭祖仪式的人倒是并不害怕，因为他们坚信，只要虔诚地祭祖敬宗，就能获得祖神的福祐。可是，在初民懂得并且举行祭祖仪式之前，初民对于雷震威力的惊恐敬惧，一定是不可避免的。他们迷信，雷震是天上雷神的发怒，要降灾于人间。所以在原巫文化的催激下，发明了一种法器，称之为鼓，也称雷鼓[①]。虽然雷鼓的声响，还不能与惊天动地的雷鸣相比，但是，鼓的声响与乱人心智的作用，是最接近于雷鸣的。鼓作为巫师的法器，当其被擂响的时候，是能够与雷震一比而鼓舞人心的。

还有皮鼓的发明与使用。它是木鼓的改造，即将木鼓的两面，改成蒙上兽皮的构造。这一改造，一则使得擂鼓时的声响更为洪大；二是所蒙的兽皮，取

---

① 按：《周礼》"鼓人"篇云："以雷鼓鼓神祀，以灵鼓鼓社祭，以路鼓鼓鬼享。"（《周礼注疏》卷十二，载阮元校刻《十三经注疏》影印本上册，中华书局，1980，第720页）

自动物。在初民的心目中，一切事物和事件都是有灵的，然则动物与木石之类相比，是更具灵气的。在知识意义上，由木鼓而皮鼓，是技术的进步；在文化意义上，皮鼓又是先民对于动物与人尤为亲缘的认同。先民有时觉得自己的能力不够，认为为了镇压恶魔，借助于动物之灵的威力，是更为必须的。《山海经》说：

> 东海中有流波山，入海七千里。其上有兽，状如牛，苍身而无角，一足，出入水则必风雨，其光如日月，其声如雷，其名曰夔。黄帝得之，以其皮为鼓，橛以雷兽之骨，声闻五百里，以威天下。[①]

击鼓以镇妖，是巫师"作法"的把戏。岂料巫鼓等法器，后世变为作为审美的艺术演奏的乐器。现在的剧场演唱会或者戏曲演出等，在乐池中进行艺术伴奏的那些人，其实都是些古代巫师的"后代"，不过他们的心目中，已经没有对于神灵的祈祷、感激或胁迫的感情了。远古初民关于神性兼巫性、灵性的体验，在今天早已成了对于艺术魅力的感动了。当然，他们的演奏并非是神性、巫性与灵性的，而是富于审美性的艺术魅力与张力。然而，艺术魅力的前身，难道不是远古巫师"作法"的所谓魔力吗？

还有所谓"照妖镜"，它实际是现当代少女闺房里那些相当"艺术"的玻璃小圆镜的原型。也许读者诸君不会想到，今天常见的镜子的文化出处，竟然是巫性的照妖镜，它原先不是玻璃镜，而是铜镜什么的。

原始初民发明与使用照妖镜的文化契机，来源于他们艰难的生活实践。初民有一次偶尔见到平静水面里的自己的倒影，想必是吃惊不小的。错以为水中的自己，一定是水妖把自己的魂魄和身影都摄去了，所以清澈的水面被错认为具有摄魂的魔力。试想，某人落水被淹死的悲剧，又一定加深了关于水怪的恐怖体验。但是，初民也在生活实践中同时体会到了水的好处，承蒙它的恩泽。

[①] 《山海经·大荒东经》，《山海经》卷十四，陈成：《山海经译注》，上海古籍出版社，2014，第333页。按：所谓"雷兽"，晋代郭璞："雷兽即雷神也，人面龙身，鼓其腹者，橛犹击也。"（该书，第333页）

人、牲可以用水来解渴，植物因下雨而生长，从而开花结果而使人得以果腹。因此，初民对于水与水神是又恐惧又感激的。初民一方面有一种冲动，想要利用水为自己服务，另一方面，又想把握、利用水的神秘、可怖的一面，去攻击"敌人"，从而力图使得人自己处在比较安全的境遇之中。同样，平静的水面固然似乎将人的魂灵摄走了，然而，这种自己在水中的照影经历得多了，竟发现其实在水边照照自己，未必是一件可怖的事情，而且因为有了平静的水面，人才第一次看见自己的长相和衣着打扮，这与以前只能从别人口中知道自己长得怎么样是不一样的。这更加增添了初民想要了解、支配江海湖泊及其平静水面的自信和努力，虽然人自己依然以为水及水面是神秘的。

这种情况，好比一则寓言，一群猴子偶尔看到月亮掉在井里了，始而惊恐万状。于是想出一个办法，要"水中捞月"。其中智慧最高力量最大的一只猴子，首先倒挂在井口上空横出的树干上，接着第二第三第四……许多只猴子，前脚勾紧另一只的后脚，直到够得着井水的水面，进行捞月这件从未做过的事情。结果当然是失败的，不要说猴子，即使是人，也不能将水中的月影捞起来。但这是体现了猴子"主观努力"的真实、真诚与真切性，正好可以用来隐喻初民的巫性的主观努力。

先民从"水面照影"得到启发，发明并且使用一种叫作铜镜的巫术法器，利用其如"水面摄魂"一般的魔力，去对付他们所遭遇的"敌人"。铜镜正如平静的水面，对于自己却是秋毫无犯、很安全的。一旦有敌当前，初民就用照妖镜一照，对方就被收摄在镜中而显出原形，似乎无可逃遁了。所谓照妖镜，在古代中国的堪舆文化中，是有施用的。比如在房舍的主脊或戗脊或者在门楣的上方，安放一面照妖镜，为的是照出妖的原形，而使人相信自己住在屋子里面是很安全的。据《太平御览》所录，"望蟾阁上有青金镜，广四尺，元光中波祇（波斯）国献此镜，照见魑魅百鬼，不能隐形。"这面"青金镜"，居然还是泊来品，可见在风水"照妖"上，中外的文化创造与文化"心情"倒是相同的。

铜镜的发明，不可能早于青铜器时代。

从审美性艺术装饰纹样来看，有些是被李泽厚先生借用西方形式美论称之为"有意味的形式"的，有些是动物形象的简化，这种审美性的美术图案，在需要装饰的建筑、园林文化等领域中，表现得相当活跃。种种几何纹、水波纹、冰棱纹、云纹与夔纹等，都是我们所熟悉和欣赏的。它们主要的审美特征，是简洁、有条理，显出特异的理性的"美"，有的也同时显出神秘的余韵。这些装饰性纹样的生成，有赖于原巫的文化土壤。张光直先生说，比如"动物纹样是殷商和西周初期青铜装饰艺术的典型特征"。

> 容庚所罗列的动物纹样有：饕餮纹、蕉叶饕餮纹、夔纹、两头夔纹、三角夔纹、两尾龙纹、蟠龙纹、龙纹、虬纹、犀纹、鸮纹、兔纹、蝉纹、蚕纹、龟纹、鱼纹、鸟纹、凤纹、象纹、鹿纹、蟠夔纹、仰叶夔纹、蛙藻纹等。①

这里，实际包括了动物、昆虫、植物与虚构的动物比如龙等多种纹样，而不仅仅是动物纹样。这些纹样，都是因原始巫术、神话与图腾而起的。就中国原始文化而言，主要因巫术而起，比如饕餮纹就是如此。

饕餮者，食人兽也。《吕氏春秋》说："周鼎著饕餮，有首无身，食人未咽，害及其身，以言报更也。"②饕餮以"食人未咽"为特性特征。食人者，巫也。饕餮这种神兽的纹样，大都面目狰狞，似乎怪吓人的，实际它是专门用来吓鬼的，其功能有如钟馗打鬼，而且是成对呈现的。

郭静云说："因饕餮神都是以成对的神兽表现，故在神兽混合的殷商文化中，双龙或双虎食人构图亦可以称之为饕餮食人图案。"③这是说，与饕餮一起的龙、虎等纹样，起初也是巫性的图案。所谓"成对的神兽表现"，笔者拟称其为"折半"。比方将一张方形的白纸对折，其中间的折痕，把白纸对称地分成两半。

> 商周青铜器上的动物纹样常常是（虽然并非总是——原注）成双成对、

---

① 张光直：《美术、神话与祭祀》，生活·读书·新知三联书店，2013，第47页。
② 《吕氏春秋》卷第十六《先识览第四》，高诱注：《吕氏春秋》，《诸子集成》第六册，上海书店，1986，第180页。
③ 郭静云：《天神与天地之道——巫觋信仰与传统思想渊源》上册，上海古籍出版社，2016，第119页。

左右对称的。

如果一个动物向左，其左面相邻单元中的动物便通常向右。这样，兽头的两个面就连在一起，以角鲹为分界线。从中线上看，左右的兽形可视为一个兽从中一分为二再向两边展开，也可以说是两个动物纹样在面部中央接在一起的结果。所以，饕餮和肥遗既可看作两个动物的结合体，也可看作被剖为两半的一个动物。①

这种"一分为二"的"折半"构图，并非殷周文化的一个孤例，可以说是一种普遍的文化现象。在上古风水文化中，有阴阳的观念。本始意义上的所谓阴，指阳光照不到的地方及其人的巫性体验；所谓阳，是阳光照射到的地方及其人的巫性体验。阴阳的原始意义，显示了阳光照射与地形、地理的关系，阴为凶而阳为吉，是先民心目中两个不同的"世界"，一则"黑暗"，一则"光明"。但是它原本并非是"一分为二"的哲学，虽然其中包含着尔后可以发展为哲学的文化胚素。

早在河南二里头文化遗址（按：年代属于晚夏早商时期）的发掘中，早已发现其宫殿遗址平面有许多柱洞，"其柱洞数南北两边各九、东西两边为四，间距3.8米，呈东西、南北对称排列态势。可见，这座晚夏早商宫殿建筑遗址的平面是具有中轴线的。其中轴线就处在其南北两边第五柱洞之上且与宫殿遗址东西两侧为四的柱洞线平行。"②

这种有中轴线的建筑平面布局，好比饕餮纹"一分为二"的"折半"构图，两者出于同一个文化理念。但看殷代小屯都城宫殿群的平面："（1）小屯商代都城的宫殿——宗庙基址分为东西两列，沿南北轴向一线排列。（2）据信埋葬着最后十一位商王的王陵分为东西两区"，"（3）卜辞在龟版上的排列左右对称，一边的贞问采取'正面'口气，另一边采取'反面'口气。""（4）据董作宾对甲骨卜辞的研究，安阳商代诸王礼制可分旧派和新派。（5）据高本汉

---

① 张光直：《美术、神话与祭祀》，生活·读书·新知三联书店，2013，第51页。按：肥遗也是巫性的动物纹样。《山海经·北山经》说："有蛇一首两身，名曰肥遗，见则其国大旱。"录此以备参阅。

② 王振复：《中华古代文化中的建筑美》，学林出版社，1989，第19页。

（Bernhard Karlgren——原注）统计，从青铜器装饰纹样在同一器物上结合的方式来看，它们应分作A、B两种风格。"①

这种"一分为二"（按：同时是"合二而一"的）的文化理念，开始是巫性的，也就是说，它既是神性的，又是出于人性的，是神性与人性的结合，且以神性为主。它有一个原型，有如原始的饕餮纹样。在原始文化中，它起源很早，应该是在初民开始意识到人分男女的时候。《易传》说，"近取诸身，远取诸物"，由自身到他物，自近及远，人类对于世界的感觉路径往往是这样的。初民对于世界是"一分为二"的感觉，大概也是如此。人有两只手、两条腿与两只眼睛等，在初民开始感觉到这一点时，一定是觉得非常惊讶而不能理解的，凡是不能理解的地方，就有神灵意识出现的可能。《周易》算卦，始于阴爻、阳爻的发明。阴阳爻既是"一分为二"又是"合二而一"的，似乎其一开始就是"很哲学"的。其实不是。阴阳爻的本始是巫术，是巫性的。这里，用得着一个易学命题："原始易学是巫学"②，而并非哲学、美学，然而它有待于由此生成其相应的哲学、美学。

饕餮纹样这一情形，只是远古无数"一分为二"又"合二而一"文化现象中的一例，由此发展为哲学、美学和崇尚对称之美的艺术等。它始于初民关于男女、雌雄与天地、昼夜、大小、上下、冷暖等的巫性感觉。

考古发现于新疆、内蒙古与四川等地区的岩画，透露了强烈的远古巫术与绘画艺术的文脉联系。

中国岩画的分布较广，大致可分南派与北派两大类，还有西藏，也有岩画的遗存，可能是一个独立发展的岩画样式。在地域上，属于南派的，比如四川、云南、贵州和福建等的岩画，其成画的年代较晚，是先秦战国甚至东汉时的作品。在岩画形象的创造上，南派岩画在岩石上涂绘而成，所施用的涂绘材料，多数以赤铁矿粉与牛血之类混合而成，呈褐红色，所以比较醒目。由于大致是以涂绘方法绘制的，与北派岩画相比，可以称为"软性"岩画。

所谓"硬性"岩画，是就北派岩画而言的。北派的岩画，以内蒙古阴山、

① 张光直：《美术、神话与祭祀》，生活·读书·新知三联书店，2013，第70、70—72页。
② 王振复：《〈周易〉的美学智慧》，湖南出版社，1991，第1页。按：这一命题，为该书第一章标题。请参见该书第1—34页。

黑山与新疆阿尔泰山等地为重要。其岩画形象由在岩石面上经过凿制、磨制和线刻而成。其作品的年代，最早属于新石器晚期，最晚大致在元代。内蒙古的阴山岩画，最初发现于1976年8月，迄今已经由内蒙古考古人员清理出千余幅，分布的地区相当广。其题材与主题，涉及神界与人间两个世界，动物与人类两个族类，刻画了天神地祇、日月星辰与祖神等形象；有关于初民日常生活场景的表现，比如打仗、狩猎与游牧迁徙等。

显得比较突出的，是描摹在岩石上的巫舞场面，有的巫舞是集体性的，舞者的手中，好像都拿着绳索在舞蹈，有一种神秘的氛围。有的巫舞，是与初民的近缘生物即动物在一起的。许多动物，不仅是初民食物的来源，而且被看作具有通灵的功能。内蒙古岩画中有一幅"牧羊图"，是一支由18只羊所组成的平面为梭子形状的"队伍"，正在头羊的带领下，轻盈而有序地前行。其画面的左上方，有一只牧羊犬。对于初民来说，羊是吉利的动物，这种文化观念，出自羊的性情温和、对人无害。可以肯定的是，这一幅"牧羊图"年代较晚，因为这一岩画上已经出现了放牧的场面。

把最早的岩画看作是新石器晚期的作品，大约是比较妥帖的结论。新疆地区的岩画，发现于新疆的十多个地区，比如伊犁的裕民县城西南的红石泉岩画、伊犁尼勒克穷科克岩画与皮山桑株岩画等。有的岩画，如发现于1987年的位于呼图壁县城西南约75公里天山深处的一幅岩画，所表现的是生殖崇拜的文化主题。"岩画所在的山体，东西长14米，上下高9米，在岩壁上布满着二三百个大小不等的人物形象，大者过于真人，小者只有一二十厘米。这些男女人物或卧或立，手舞足蹈之状显示出求神巫师的特征。他（她——原注）们或衣或裸，生殖部位都做了艺术性的夸张，显然带有巫术的魔力，男女旁边有许多小人及小老虎、小猴子等动物，他们（按：它们）都有勃起的阳具。这些都非常明显地反映出用巫术祈求生殖繁衍，祈求生活繁荣。"[①]

按照恩格斯"两种生产"的理论，人类文化建立在"两种生产"即"物质生活资料的生产"和"人自身的生产"的基础之上。前者维持和发展人的个体生命，后者则维持和发展人的群体生命，两者相辅相成，缺一不可。关于人的

---

① 高国藩：《中国巫术通史》上册，凤凰出版社，2015，第31页。

生殖崇拜这一母题，之所以是岩画所表现的一大重点，正是因为人的自身繁衍对于人类而言，显得尤为重要的缘故。生殖崇拜，体现了人类包括中华先民企望传种接代、绵绵瓜瓞的紧迫性与神圣性。

北派岩画画面比较粗犷而古拙。因为是在岩石上刻凿出来的，想必比较艰难。先民之所以会那般虔诚而艰苦地创造这样的艺术，没有一点儿神性或巫性、灵性的幻想和精神的追求，是不可设想的。一般的岩画刻凿在山岩的阳面山坡上，也有刻划于高高而临水的悬崖上，好比古代的一种丧葬，即将"悬棺"安放在半山崖，先民在当时如何"作业"而成，实在是一个千古之谜。由于它的临水性，因而，有的学者便推想它是为了"祭水"（祭祀水神）这一目的。

岩画中有许多的动物形象，可以推知那是出于动物崇拜的人文动机。一般而言，表现植物崇拜主题的比较少见。不过，有一种被称作所谓"向日葵现象"的，显得特别。向日葵花的自然特性是永远向着太阳开放，体现了先民的太阳神崇拜的人文意绪。还有一种"荒漠漆现象"，也是很有意思的。所谓"荒漠漆"，好比在向阳的岩面上，涂了一层褐色的漆。它虽然并不能真的像油漆那样有光泽，但是只要根据构思，用性质更坚硬的石刀、石斧等工具在其上面刻划就可以了。一些线刻岩画，就是这样出现的，它们实际上是石刀、石斧"作业"所留下的刻痕。由于"荒漠漆"是暗褐色的——它是石山千万年风化的结果，所以这种刻痕就显得相当清晰。在常年干燥的沙漠地区，比如巴丹吉林沙漠东部的曼德拉山的岩画，就是这样形成的。

不能武断地说，起于新石器晚期的岩画，就是后世绘画、雕刻艺术的祖型。因为早在这种岩画出现之前许多个世纪，原始初民早已有可能用石刀之类，在地面上、在大树的树干上等地方与物件上，刻刻划划，但这些"作品"由于载体性质的缘故，早已不见踪迹。这种情形，好比一个小孩天性里总有一种生命的冲动，他路过一条河，可能会随手捡起一块小石子"咚"的一声投进河水，他惊讶地或者欣喜地注视着这一声响和泛起的涟漪，感到莫名其妙的大欢喜。这用马克思《1844年经济学哲学手稿》中的话来说，叫作"人的本质对象化"。积极性的"对象化"创造美与艺术，那么巫性意义上的"对象化"又怎么样呢？那一定是兼具神性与人性的一个结果，它为初民从神性崇拜走向人性（人格）的审美，提供了种种可能。就此而言，审美性艺术的登场，便有待于实现。

第二节　从原始巫性走向诗性

从文化人类学关于巫学的理念试加分析，原巫文化的基本范畴即"吉凶"及其人文意识，是诗性审美范畴"美丑"及其意识、精神的历史与人文前提。它同时也是真假、善恶意识及精神的历史与人文前提。在历史与人文的长期陶冶中，属于诗性的美丑，正是由原始巫性的吉凶而转嬗、升华的结果。换言之，巫性的吉凶，是诗性美丑的历史与人文根因。

试以"五经之首"的《周易》巫筮如何走向诗性审美为例。

《周易》本经乾卦卦辞有云："乾：元亨，利贞。"这里的"元"是"太"（按：原始，这里指祖神）的意思；"亨"，通"享"，有享祭祖神的意思。高亨先生说，这里的"亨即享字，祭也"①；"利"，吉利的意思；"贞"，这里指贞字的本义，是占问、卜问的意思。东汉许慎《说文解字》说："贞，卜问也。从卜贝。"②而"卜"，灼龟的结果，像炙龟的裂纹，其字的读音又如龟裂之声响。《尚书·洪范》说："稽疑：择建立卜筮人，乃命卜筮。曰雨，曰霁，曰蒙，曰驿，曰克，曰贞，曰悔，凡七。"③大意是说，为了稽查、考辨心中的疑问，就选择和任用管理甲骨占卜和《周易》占筮的巫史进行卜筮活动。就龟卜来说，可以分为五种兆象：有的像大雨纷纷；有的像雨后升腾的云霓；有的像雾气漫漫；有的像晴天的云似有若无；有的像阴气阳气相互侵克。就易筮而言，它的卦象可以分内卦和外卦两种。所以卜筮的基本兆象一共有七种。这里暂且不继续言说甲骨占卜，《周易》乾卦卦辞的大意是：筮遇乾卦，占筮的结果是，可以举行祖神祭祀，这是吉利的占问。

这是距今大约3100年属于殷周之际的一个著名卦例。在殷周之际的古人看来，所占筮的这一乾卦，是一个吉卦，它与本经其余63个卦象一样，是纯粹用于占筮的。

① 高亨：《周易大传今注》，齐鲁书社，1979，第53页。
② 许慎：《说文解字》，中华书局影印本，1963，第69页。
③ 《尚书·洪范》，江灏、钱宗武：《今古文尚书全译》，贵州人民出版社，1990，第241页。

在大约成篇于战国中后期的《易传·文言》中，原本"元亨，利贞"这一卦辞，却应读为"元、亨、利、贞"，实现了其人文意蕴的时代转嬗。《文言》这样解读："元者，善之长也；亨者，嘉之会也；利者，义之和也；贞者，事之干。"朱熹的解读是，"元者，生物之始。天地之德（按：性）莫先于此。故于时为春，于人则为仁，而众善之长也。亨者，生物之通。物至于此，莫不嘉美。故于时为夏，于人则为礼，而众美之会也。利者，生物之遂。物各得宜，不相妨害。故于时为秋，于人则为义，而得其分之和。贞者，生物之成。实理具备，随在各足。故于时为冬，于人则为智，而为众事之干。干，木之身，而枝叶所依以立者也。"①《易传》与朱熹关于"元、亨、利、贞"的解说，颠覆也引申了本经的原始意义，历史地实现了从原始巫性向"史"文化包括哲学、伦理学和美学意义（诗性审美）的转换。

《文言》所说"元者，善之长"的"善"，通"美"。战国时期，往往善、美不分；"长"，首的意思。这是指由乾卦所象征的乾天具有元始造物之美，也象征帝王、圣人美德的一种极致境界。所谓亨者"嘉之会"，"连斗山云：'两美相合为嘉，众物相聚为会。''亨'，是说万物始生之后苗壮成长，繁茂亨通，有如大享之礼（按：此指本经中"元亨"一词的本来意义），诸物皆会聚而非常丰盛，故称之为'嘉之会'。"②这是说，乾与坤是天与地的"两美"，其中乾是亨通、嘉会的元始。所谓"利者，义之和"的"义"，通"宜"。《说文解字》说，"和，相应也"。"荀爽云：'阴阳相和各得其宜，然后利矣。''利'，是说阴阳虽然是对立的，但却相和得很适宜，万物才能生，生而能茂通，从而各得其利。"③乾与坤相和而各得其宜，有利事和谐的意思，这是赞颂乾天的性质具有与坤地和谐至美的品格。所谓贞者"事之干"，"李道平《诗诂》云：'木旁生者为枝，正出者为干。是干有正义。'贞字训为正，干字也训为正。'贞'字之正是指阴阳相和中正而不偏，由于阴阳相和中正而不偏，万事万物才能正固而持久。"④《易传·象辞》说："贞，正也。"朱熹说："贞，正而固也。文王以为乾道

① 《易传·文言》，朱熹：《周易本义》，怡府藏版影印本，天津市古籍书店，1986，第44页。
② 徐志锐：《周易大传新注》，齐鲁书社，1986，第7页。
③ 同上。
④ 同上。

大通而至正。"①《易传》中的"贞"，正如"元""亨""利"三者一样，已经不是本经所指的意义，而是将"贞"作为乾卦所象征的乾天的美德，具有正固难摧、正大光明的人文特性的意思。

可见，原本作为筮卦的乾，经过《易传》的改造和提升，已经由原始巫学意义上的"吉"，转换成"史"文化意义的哲学、伦理学与美学意义的善与美。

其中的"贞"字，在本经中的本义为"卜问""占问"，而在《易传》中，其本义已经转递为引申意义上的道德的"正固"。从《周易》本经到《易传》的成篇，时间大约相距七八百年。《易传》的引申义，是本经有关巫学意义符合历史与逻辑的发展，但是我们不能反过来，用《易传》的引申义来解读本经的本义。②

由原始巫性的占筮之象，走向诗性的审美之象，是可能而必然的。从巫筮之象转换为诗性审美之象的角度加以审视，两者是"异质同构"的关系。这里所谓"异质同构"，指巫性与诗性的人文性质不一，而其各自具有的关于"象"的四个动态环节的转换与方式，却又是同一的。既"异质"又"同构"，便实现从巫性占筮之象，走向诗性审美之象的历史与人文的动态转换。

试看《周易》巫筮，具有相系而动态的四个环节。这便是，从神秘物事（实），占筮者的巫筮心灵之象（虚），卦爻巫筮符号系统的创立与用于占筮（实），再到受筮者信筮的心灵之象，从而成为巫术吉凶的占断（虚）。这一巫性意象转换的动态结构，恰恰与诗性审美的四个环节的动态结构构成了"异质同构"的对应的文脉关系。

诗性审美之象也具有四个环节的动态结构：一是作为诗性审美创造的唯一源泉即社会现实生活（实），二是作为心灵的现实即作者审美心灵之象（虚），三是作为符号系统的现实即作品文字符号系统（实），四是作为审美接受即接

---

① 朱熹：《周易本义》，怡府藏版影印本，天津市古籍书店，1986，第37页。

② 按：梁启超曾经指出，为学，"凡立一义，必凭证据，无证据而以臆度者，在所必摒"，"选择证据，以古为尚。以汉唐证据难宋明，不以宋明证据难汉唐"，"以经证经，可以难一切传记"。（《梁启超论清学史二种》，朱维铮校注，复旦大学出版社，1985，第39页）可是，在易学的一些注释性著作中，我们常常会发现，总是会以《易传》关于一些字义的解释，用来解释《周易》本经的相应字义。比如关于"贞"这个汉字，在本经中释为"卜问"（按：原始巫学意义上的），而在《易传》中应释为"正固"（按：道德伦理意义上的）。可是，一些学人总以道德"正固"义解释本经中的"贞"。

受者的心灵之象兼审美判断（虚）。凡此一切，构成了诗性审美之象的动态之链。

将巫性占筮的全过程与诗性审美的全过程加以比较，就可以看出两者的"异质同构"关系。异质：一是巫性占筮，一是诗性审美；同构：二者都具有"象"这一要素（但是，象的性质是不相同的），都有四个环节，都是动态的，都具有"实—虚—实—虚"四个环节及其转换机制。

《周易》晋卦，原是用于巫性占筮的，其筮符为坤下离上，坤为地，离为火（为日），晋卦为旭日东升之象，用汉字来加以表达，就是一个"旦"字，旦字的甲骨文写法，像旭日初升。晋卦作为巫筮之象转换之链的四个环节，一是初民所见到的东升的一轮朝阳，是客观存在的朝晖实景；二是旭日喷薄的外在形态显现在初民的心灵中，坚信其无比神奇神秘，就构成拜日而属巫的心灵虚象；三是初民为了推断命运的吉凶休咎，进而画出晋卦卦象，用以占筮答疑，这是属巫的筮符实形；四是以晋卦卦符进行占筮而受筮者据此受筮于心灵，获得所谓吉凶祸福的体会与判断，这又是一个心灵虚象。

在历史与人文的熔铸中，原本作为巫性崇拜对象的东方旭日，终于发育成为一大诗性的审美之象。这一审美过程，同样具有动态的四个环节，便是从艺术作者看到旭日喷薄、云蒸霞蔚（外在实景），于是诗情勃发而有所感兴（构成审美的心灵虚象），进而写成歌诗、谱成乐曲或者绘成画作等作品，最后，投入审美过程为接受者所欣赏、领悟（审美虚象）。这一诗性审美的全过程，恰与巫性占筮的全过程构成"异质同构"的关系。

诗性审美的人文根因、根性之一，在于原巫文化等。诗性之一，根植于原始巫性。

诗性审美，以感觉、想象、情感与灵感等及其相互联系为要。这种审美心灵主要元素的酝酿、培育和生成，对于中国文化而言，除了源于原始神话与图腾，主要是原巫文化的赐予，对于中国的诗性审美而言，尤其如此。

列维-布留尔曾经指出："原始人所居住的那个世界却包含着无穷无尽的神秘联系和互渗。"[1]天人、物我与主客之间的神秘联系与互渗，始于主体对于客

---

① ［法］列维-布留尔：《原始思维》，丁由译，商务印书馆，1981，第280页。

观世界形相的感觉以及想象、情感与灵感。初民惊讶地打量着令其深感敬畏甚而恐惧的那个世界，首先培育、锻炼了对于神秘物象的初浅感觉。初民所感觉的世界，是一个到处存在神灵、鬼怪与精灵的世界。他们觉得并且坚信人自己有能力控制、支配这个世界，这便是所谓巫术的诞生、施行以及巫之灵力的所谓"无所不能"。弗雷泽说："我们已经了解到，原始人尚不清楚自己控制自然能力的局限性，他们认为自己和其他人具有某种超能力。除了普遍相信受神的支配，人们还认为人在某一时期，可以在神灵的感召下，暂时拥有神祇的知识和能力。这种信念很容易演变成人们认为某些人（按：指巫师）身上会永恒地降临神灵，或者某些人接受了神灵以秘密方式赐予的超能力。"[1]初民对于自己所谓"超能力"的自我信仰如痴如醉，往往建立在对于世界的错误判断之上。这里之所以称为往往"错误"，是因为初民的头脑中，伴随以错误的感觉与判断的同时，毕竟还有关于世界、环境和人自己的一些真实与正确的认知因素在，但初民对于世界、环境和人自己的认知，是相当艰难而缓慢的。

初民的感觉与"象意识"相联系。原始巫术之象，正如原始神话、图腾之象那样，开启了初民心灵的初步的缘象、审象的智慧能力。对于原巫文化而言，象之感觉与感觉之象，实际上是显现于心灵的。这以《易传》的话来说，可以称之为"见（按：现的本字）乃谓之象"。因而所谓巫象，既是心之象，又是灵之象。《易传》所说的"观物取象"，充满了属于巫性的想象、幻想与情感因素。与实际存在的事物形相尤其不一样的巫象，是灵异之象。这种象，便是《易传》所说的"兆"，即预兆：吉兆、凶兆，也便是巫象、灵象，《易传》称为"几"[2]。由于初民对于世界、环境与人自己的知解，往往出现实际上的误判，

---

[1]　[英]詹姆斯·乔治·弗雷泽:《金枝》上册，陕西师范大学出版总社有限公司，2010，第106页。

[2]　按：在《易传》中，古人多次说到这个"几"，"几"的"机"的本字，机会、机缘、机运与时机、时运等的意思。如《易传》说，"夫易，圣人之所以极深而研几也。唯深也，故能通天下之志；唯几也，故能成天下之务。""子曰：'知几，其神乎？'君子上交不谄，下交不渎，其知几乎。几者，动之微，吉（按：原文缺一凶字）之先见者也。君子见几而作，不俟终日。"（《易传·系辞上》，第311页；《易传·系辞下》，第332页。朱熹:《周易本义》，怡府藏版影印本，天津市古籍书店，1986）

遂使其建立在这一误判基础上的想象与幻想，犹如脱缰的野马，天上地下到处奔突，虚构了无数奇奇怪怪的"想法"。此时原始理性固然早已诞生，并且正在发挥持久而颇为深刻的作用与影响，可总是往往被神性、巫性与灵性中的非理性因素所裹挟，同时有原始神话和图腾等原始文化的非理性因素，推波助澜。

原巫等文化中的想象、幻想、联想与虚构，甚至胡思乱想等"怪念头"充满了初民的头脑，却又发展、丰富了信神、信巫与信灵的初民的想象能力、情感世界和意志力。原始巫术作为企图破解生活种种难题的"伪技艺"，对于初民的命运、处境来说，是休戚相关的。巫术的所谓成功和失败，使得初民的情感、意志与幻想跌宕起伏、波涌浪激。所谓巫术的成败，可能给中华古人忽而带来巨大的利益或者意外的收获；忽而又莫名其妙地被突然推入无底的深渊，一切化为乌有；忽而大喜过望，只是一心念叨老天的好处，从而感激莫名；忽而惊恐万状，满腹狐疑又不敢诅咒天神、鬼灵的惩罚。正因如此，初民企图通过测天、占候、望气、占梦、占卜与占筮等巫性手段，试图抓住世界、事物的瞬息万变的这个"几"（兆），它是直观的、当下发生的。这个"几"虽则具有巫性，从现象学的角度看，却与"现象直观"相通。"现象直观"，又与审美相通。因此可以说，正如原始神话与图腾那样，巫术文化为原始审美提供了"异质同构"的历史与人文契机。

在漫长的历史演变中，无数方术、"伪技艺"的崇信与施行，诞生与发展了属神、属巫的"象意识""象感觉""象思维""象想象""象情感"与"象意志"，凡此等等，都开启和蕴含着原始审美的心灵因子。没有人可以怀疑，在古老的占星术、望气术、占梦术、堪舆术、扶乩术与诅咒术等，以及尤为盛行于殷周时期的卜筮等巫术文化的漫长实践中，在到处是富于迷信成分的巫性虚构、夸张、想象、幻想与非理性的、粗鄙的、污浊的文化泥淖中，偏偏有一些洁净、精致的诗性审美的萌芽得以孕育其间。好比莲华亭亭净植，必须出于污泥又不染于此。这是人类文化包括中华文化的奇妙之处。原巫文化，正如原始神话与图腾一样，是诗性审美的一大文化温床。其根本原因是巫性与诗性之间，具有本然的"异质同构"关系。

值得注意的是，在原始文化中，巫的意志活动和功用需求是很强烈的，这原本有碍于原始诗性审美因子的生成。然而，原巫的"象意志"倒是有些特别，它作为灵巫的"意志"，与巫性的感觉、想象、情感与灵感等一起形成了一股合力，共同实现巫的目的，似乎是"无所不能"的、"绝对自由"的，而实际上，正因初民的智力十分低下，面对无数生存难题而无法破解才有了巫术的诞生与施行——这是初民真正的不自由。即使在原始初民如此狼狈与困难的生存、生活的境遇中，依然不乏对人性、人格及其所处环境之自由的向往，这也便是孕育于原始巫术等文化形态中的原始诗性审美的不息因子，在一定意义上，成为原巫意志解构的精神动力，从而使得从灵之巫性走向原始诗性的审美成为可能。

诗性的审美，并非与人的意志绝缘。不过，与诗性审美相系的意志，在多大程度上成长为"自由意志"，还是很难把握的。这是因为，一方面，毕竟在原始社会文化中，关于人的趋向于全面审美的审美器官，是很幼稚而远远尚未发育成熟的缘故。原巫的"象意志"，因为与"象"相联系，使得它不可能不与审美相联系，而且仅从"意志"方面来看，它对于原始审美具有一定的"灭活"作用。另一方面，又因为在原始巫文化中，意志作为一种执拗的信仰及巫者的绝对自信，可能蕴含着人对于人性、人格及其所处环境之真正自由的向往和期盼。巫性的"象意志"，并非"自由意志"，却倒错地开启了与诗性审美相系的"自由意志"的历史与人文之门。

诗性审美作为天人、物我与主客之间的浑契和谐，作为天人合一的一种人文境界，孕育于原巫文化等的天人合一。巫性之灵的心理结构，是史前性质的一种"天人合一"，它是诗性审美的天人合一的前期形态，它的内在人文机制是灵的感应。弗雷泽说："巫术的首要原则之一就是相信心灵感应。"这正如《葬书》所说"铜山西崩，灵钟东应"①。这是被古人看得十分神秘而灵异的感应。所谓阴阳五行的相生相克，都是灵的感应。西蜀铜山崩塌，实际是由地震所引起的，未央宫内的钟响起来，是由地震的余波所造成的。可是，东方朔却

---

① 《风水圣经——〈宅经〉〈葬书〉》，王振复今译、导读，中国台湾恩楷股份有限公司出版发行，2007，第89页。按：这一段原文为："是以铜山西崩，灵钟东应。"《葬书》注云："汉未央宫一日无故钟自鸣。东方朔曰：'必主铜山崩应。'未几，西蜀果奏铜山崩。以日揆之，正未央宫钟鸣之日也。帝问东方朔：'何以知之？'对曰：'铜出于山气相感应，犹人受体于父母也。'帝叹曰：'物尚尔，况于人乎！'"

解释为"铜出于山气相感应"是由于山属土而铜属金,因而"土生金"的缘故。这里,融渗以巫性的感觉、想象与情感等心灵因素,实际是巫性的灵感问题。

诗性审美,起于巫性等的灵感。灵感,首先指人对于神灵的感应。《西游记》载:"敝处通天河,有一灵感,每岁要一男一女祭奉。"神与人之间,似乎可以有灵意义上的感应,这种感应,以"一男一女祭奉"于神灵,便是神性、巫性的灵感。这灵感,是诗性审美的史前呈现。人的诗性灵感,实际起源于神性、巫性等灵感。

与诗性灵感相联系的,是王阳明所说的"我的灵明"。弟子问老师,"人心与物同体……禽兽草木益远矣,而何谓之同体?"阳明先生说,"你只在感应之几(按:这里指《易传》所说的"知几,其神乎"的"几",即巫筮之兆)上看,岂但禽兽草木,虽天地也与我同体的,鬼神也与我同体的。"这个"同体",指神性、巫性与灵性的天人合一。接着,王阳明先从巫性感应和灵感的主观角度作了解答。他说:"我的灵明,便是天地鬼神的主宰。天没有我的灵明,谁去仰它高?地没有我的灵明,谁去俯它深?鬼神没有我的灵明,谁去辨它吉凶灾祥?天地鬼神万物离却我的灵明,便没有天地鬼神万物了。我的灵明离却天地鬼神万物,亦没有我的灵明。"[①]无疑,这里所谓"我的灵明",指巫性灵感兼诗性灵感的文脉联系,两者也是"异质同构"的。总之,从巫性灵感走向诗性灵感,是可能而必然的。

---

① 王守仁:《王阳明全集》上卷,吴光、钱明、董平、姚延福编校,上海古籍出版社,1992,第124页。

第十一章　"风水"的理性批判

《汉书·艺文志》将中国术数文化概括为六大类：一、天文；二、历谱；三、五行；四、蓍龟；五、杂占；六、形法。这六大类术数，都属于巫文化范畴，都是具有神性、巫性与灵性的。

分而言之。"天文者，序二十八宿，步五星日月，以纪吉凶之象，圣王所以参政也"；"历谱者，序四时之位，正分至之节，会日月五星之辰，以考寒暑杀生之实"；"五行者，五常之形气也。《书》云：'初一曰五行，次二曰羞用五事'，言进用五事以顺五行也"；"蓍龟者，圣人之所用也。《书》曰：'女（汝）则有大疑，谋及卜筮。'《易》曰：'定天下之吉凶，成天下之亹亹者，莫善于蓍龟。'"；"杂占者，纪百事之象，候善恶之征。《易》曰：'占事知来。'众占非一，而梦为大，故周有其官"；"形法者，大举九州之势以立城郭室舍形，人及六畜骨法之度数、器物之形容以求其声气贵贱吉凶"①。

这里所说的"形法"，指的就是风水，亦称堪舆。中国古代风水，有许多别称，"形法"只是其中之一。形法，典出于《周易》一书。《易传》说，"形而下者谓之器"，形者，器也。山川草木，地理环境，是自然万类中的型类。《易传·系辞下》说："古者庖牺氏之王天下也，仰则观象于天，俯则观法于地，观

---

① 班固：《汉书·艺文志第十》，《汉书》卷三十，中华书局，2007，第345、346、347、348、349、349页。

鸟兽之文与地之宜，近取诸身，远取诸物。"①这里所谓"观法于地"与观"地之宜"，指"看风水"。大地是有形的，所以称风水术为"形法"。中国风水文化，基本有"形法（形势）"与"理气"两大类，以前者的源起较早。

风水的另一别称，叫作"堪舆"。古人说，堪，天道；舆，地道。称堪为天道，有些令人难以理会。堪字从土，应指地土才是。许慎《说文解字》说，"堪，地突也"②。这是堪字正解。《淮南子》有"堪舆徐行"之记。舆，本指车箱，这里泛指车舆。《易传》有"坤为地""为大舆"之说，是"舆"象征大地的佐证。"堪"和"舆"，都指大地。

风水的又一别称，叫做"地理"。典出《易传·系辞上》。"易与天地准，故能弥纶天地之道，仰以观乎天文，俯以察于地理，是故知幽明之故。"③所谓"仰以观乎天文"，是天文学的原始；"俯以察乎地理"，是地理学的原始，但是它们原本都属于巫文化范畴，其中"俯察地理"，实际指风水术。所以，风水又称"地理"。《管子·形势解》有"上逆天道，下绝地理，故天不予时，地不生财"的说法，意思是，假如上逆天道，下忤风水，人是会倒楣的。风水术称为"相地术"。

风水还有一个别称，称为"阴阳"。这一风水别名，较为流行于元代之后，典出于先秦。殷代卜辞中，至今尚未发现有"阴"这个字，但是有阳字。阴字见于《虢季子·白盘》等青铜铭文。许慎《说文解字》释"阴也，水之南山之北也"；"阳"，"高明也，从阜，易声"④。阴、阳二字，都从阜。阜，指高起的坡地。阴、阳的本义，阳光照射不到的为阴，照射得到的是阳，都本指大地与光照的关系。古人迷信，以阴为凶，以阳为吉。所以阴阳二字的本义，本与风水有关。难怪后代风水术称为阴阳术，风水家称为阴阳家。《诗经》有"既景（按：影的本字）乃冈，相其阴阳，观其流泉"的歌吟。《周礼》说，"惟王建国（按：这里指城邑），辨方正位"，此指修筑都城时，必须察阴阳、看风水的意

---

① 《易传·系辞下》，朱熹：《周易本义》，怡府藏版影印本，天津市古籍书店，1986，第322—323页。

② 许慎：《说文解字第十三下·土部》，中华书局影印本，1963，第287页。

③ 《易传·系辞上》，朱熹：《周易本义》，怡府藏版影印本，天津市古籍书店，1986，第291页。

④ 许慎：《说文解字第十四下·阜部》，中华书局影印本，1963，第304页。

思。《汉书·爰盎晁错传》写道，"相其阴阳之和，尝其水泉之味，审其土地之宜，观其草木之饶，然后营邑立城，制里割宅，通田作之道，正阡陌之界"[①]。这里所说的"阴阳"，指风水，是清楚不过的。

风水还有其他别名，如相宅、相墓、图宅、卜宅与青乌等。

第一节 "风水"的易理之原

所谓风水，是中国古人以命理的理念和方法，认识、处理人与环境的关系。风水学，属于风水的理念范畴；风水术，属于风水的方法问题。风水，同时指原本未经改造的地理环境。古人迷信风水，体现了人们对于所处巫性环境的敬畏和试图把握环境的努力。

风水有一个人文来源处，它就是易理。这一问题，可以从两方面来加以认识与分析。

一、气的理念：中国古代风水学与风水术的人文之原与立论之本

风水学与风水术，是古代中华所独具的一种关于人与环境关系的命理文化。它起源悠久，在中国文化中影响深远。

相传晋代郭璞所撰《葬书》说：

> 经曰："气乘风则散，界水则止。"古人聚之使不散，行之使有止，故谓之风水。风水之法，得水为上，藏风次之。[②]

---

① 班固：《汉书·爰盎晁错传第十九》，《汉书》卷四十九，中华书局，2007，第503页。

② 按：《葬书·内篇》。《风水圣经——〈宅经〉〈葬书〉》（王振复导读、今译，中国台湾恩楷股份有限公司出版发行，2007。）云：《葬书》"托名郭璞所撰"，是因为"宋代之前有关郭璞著述的记载中，我们未见该书著录，直到《宋史·艺文志》才有记载。由此似能推定，该书当为宋时托名之作。有方家、好事者粉饰、增华成一卷二十篇，南宋蔡元定病其芜杂，删为八篇，元人吴澄又嫌蔡氏未尽蕴奥，于是择其要义、至纯者为内篇，粗精、驳纯相半者为外篇，粗驳当去而姑存者为杂篇。《葬书》通行本内、外、杂篇体例，仿通行本《庄子》体例，可能源自吴澄旧本"（该书"导读"之七"关于《葬书》"）。（转下页注）

这一风水定义，将古人对风水文化的认识概括在里面，大致揭示了古代风水学、风水术的文化本蕴，关系到风与水以及风、水之聚散、乘界与行止的命理、环境的意义及其联系。如果仅从"术"的角度看，以"得水"为第一，其次是"藏风"。然而，关键是"气"的"聚之使不散，行之使有止"。从"学"的方面看，中国风水文化的人文原型，归根结蒂是"气"。

《周易》本经有一个井卦，其卦象的下卦为巽，巽为风；上卦为坎，坎为水。巽风坎水，这是《易传》所说巽卦象征风而坎卦象征水的意思。井卦的卦象结构，似与风水有关。《周易》本经的涣卦，下卦为坎，上卦为巽，也是一个风水结构。涣卦九五爻辞有云："王居，无咎。"《易传》在发挥其爻义时说："王居，无咎，正位也。"涣卦九五爻为阳爻居于阳位，是一个得位、得中、得正的吉爻。因而王者筮得此爻，指王者的居所恰遇"好风水"，是大吉大利的。

《易传》明确提出"同声相应，同气相求"[1]这一人文命题，又说，"仰以观乎天文，俯以察于地理，是故知幽明之故"[2]。所谓"同气相求"，指风水学意义的气。风水所依仗的气的本质是相同的，所以相互感应。所谓"仰观""俯察"云云，指风水术意义的"看风水"。

《周易》所说的"气"，奠定了古代中华风水学、风水术的学理基础。

气是什么？

正如前述，甲骨卜辞有"气"这一汉字。气字的字形，写为上下两画之间加一点或者加一短画。上下两画，象征河的两岸，中间一点或一短画，表示这里忽而流涛汹涌，忽而干涸见底，以及先民对于这一自然现象深感困惑与神秘的心理体验。先民的智力何其低下，他们对河流的那种突然汹涌、又突然干涸，深感恐惧和敬畏，觉得实在难以理解，便迷信有一种超自然、超人为的神灵与神秘的感应之力在起作用，并且决定人类的生存际遇。

这种气，往往首先被先民想象成鬼神、鬼怪、精灵之类。这河流忽然水势

（接上页注）《宅经》，旧题"黄帝宅经"，托名黄帝，实为唐人所撰。本书下文所引《宅经》和《葬书》诸多资料，都引自《风水圣经——〈宅经〉〈葬书〉》，不另注明。

[1] 《易传·文言》，朱熹：《周易本义》，怡府藏版影印本，天津市古籍书店，1986，第48页。

[2] 《易传·系辞上》，朱熹：《周易本义》，怡府藏版影印本，天津市古籍书店，1986，第291页。

滔滔，忽然无有涓滴的现象，是令人生畏的，相信一定是有什么鬼灵、鬼魂在此作祟的缘故。这种"神出鬼没"的所谓鬼灵、鬼魂，先民用一个汉字来加以表达，叫做"气"。

列维-布留尔曾经说过：

> 在中国人那里，巩固地确立了这样一种信仰、学说、公理，即似乎死人的鬼魂与活人保持着最密切的接触，其密切的程度差不多就跟活人彼此的接触一样。当然，在活人与死人之间是划着分界线的，但这个分界线非常模糊，几乎分辨不出来。不论从哪方面来看，这两个世界之间的交往都是十分活跃的。这种交往既是福之源，也是祸之根，因而鬼魂实际上支配着活人的命运。[①]

死人与活人这"两个世界"之间怎么能够"交往"呢？靠气来交往。气是两个世界之间进行"交往"的媒介。如果没有气，在活人与死人之间是没法"对话"的。也正是因为有气这一个神妙而神秘[②]的存在，"两个世界"的界限就变得有些"模糊"起来。

在最早的时候，先民曾经长期未弄清气的脾性究竟如何，它对人类的态度又到底怎样，所以总是恐惧在先，这便是《易传》为什么说"阴阳不测之谓神"[③]的缘故。慢慢地先民便知道，气，既是"祸之根"，也可以是"福之源"。于是对于气，总是献媚、讨好、崇拜在前，尔后，才同时试图通过某种"法术"，来控制、支配这个气（按：鬼神、精灵、鬼魂），让它为人服务，这便是巫术的"作法"。

这一后代成为整个中华文化元范畴的气，自古至今，其字形的写法，经历了许多变化。先是由最原始的字形，即上下两画加中间一点或者一短画，演变成今天我们正在使用的简体的"气"字；接着转变为繁体的"氣"字，称精

---

① ［法］列维-布留尔：《原始思维》，丁由译，1981，第296—297页。

② 按：与其说初民心目中的神秘是不可思议的，倒不如说，没有这种神秘是不可思议的。

③ 《易传·系辞上》，朱熹：《周易本义》，怡府藏版影印本，天津市古籍书店，1986，第295页。

氣。^①这个"氣"字之所以在原先的气字上加了一个米字，是因为先民发现，气不仅指鬼神、鬼魂之类，而且同时还是人的生命之元，孔子叫作"血气"，它是靠人每天进食米谷之类得以养成的。^②后来又从这个"氣"字，衍生出一个"炁"字，意思是煮东西的时候，水被烧干的一种状态。水究竟到哪里去了呢？先民不知道，所以很惊讶，就用这个汉字来表示。当先民发现阳光可以晒干水分时，又造出一个"暣"字，表示水不知去了哪里，这真是神秘莫测。与此相关的，是"汔"字的创造，等等。而且，先民总也觉得，气是与神鬼相关的，就用"魊""魊"等字来加以表示。

中国古代的气字集群，其意思是相当丰富的。然而万变不离其宗，气作为本字，干涸是其基本的含义，所以"气"通"汔"。集群中的每一个气字的意思，都是神妙难辨、莫名其妙的。

"气"这一范畴，从其一开始表示初民所体验到的神秘感应，发展为重要的文化学范畴，中国哲学、美学的本原本体范畴之一，给予中国文化、哲学与美学以深巨影响。

以往有的关于气的研究，从哲学、美学或文学等进入，自无不可，所获成果值得肯定，但是往往限于哲思或美蕴的阈限，并未追溯哲学、美学等气范畴意义的文化源头。如果不从原始巫文化及其风水角度看问题，就有一些取流而舍源的遗憾。

从文本看，大约成书于殷周之际（按：距今约3100年）的《周易》卦爻辞中，未见一个气字。这不等于说，在先民的原始易筮文化中，没有对于神秘之气的领悟、认同与敬畏。易筮、算卦之所以被信为"灵验"，不就是初民迷信气的本来存在及其感应功能的明证么？

蕴含于易理的中国古代风水学与风水术的文化理念，无论在形法派还是理气派的风水学说中，都是以气为其人文之原与人文之魂的。

---

① 按：《易传·系辞上》说："精氣为物，游魂为变，是故知鬼神之情状。"（朱熹：《周易本义》，怡府藏版影印本，天津市古籍书店，1986，第291—292页）
② 按："孔子曰：'君子有三戒。少之时，血气未定，戒之在色；及其壮也，血气方刚，戒之在斗；及其老也，血气既衰，戒之在得。'"（《论语·季氏第十六》，刘宝楠：《论语正义》卷十九，《诸子集成》第一册，上海书店，1986，第359页）

旧题黄帝所撰《宅经》①卷上说："是和阴阳者，气也。"这气指的便是处于和谐状态的生气勃勃的气。《葬书·内篇》也说："葬者，乘生气也。"②也在证明，气是中国风水学、风水术的人文之原。风水"聚气"之说的关键在于，气是"聚之使不散，行之使有止"的。古人所谓"好风水"的第一个条件，是气的大化流行，气韵生动。

《葬书·内篇》有"盖生者，气之聚"的说法。学界有学人据此以为，风水学、风水术的所谓"聚气"说，首倡于《葬书》。其实并非如此。

战国时期的《庄子·知北游》中早就指出："人之生，气之聚也。聚则为生，散则为死"，"故曰：'通天下一气耳'。"③这就说明，《葬书》的"生者，气聚"之说，源自《庄子》。我们研读《庄子》，习惯性的思路与理念可能是，既然庄子是道家哲学家，那么其一切言说，似乎便一定是"哲学"而无其他的了。其实不然。庄子在这里所说的"气"，实际是由文化学意义的"风水"从而提升为哲学。庄子关于哲学及美学的人文基因，起码在一定意义上，是源于原始风水与神话、图腾说的。否则，《庄子》的哲学"聚气"说，又为什么会有《葬书》的风水学的"聚气"说与其遥相呼应呢？从文本上看，《庄子》的哲学"聚气"说，要远远早于《葬书》的"聚气"说。从文化品格上分析，总是文化意义的"聚气"说在前，哲学意义的"聚气"说在后。有了文化意义的"聚气"说，才有哲学提升的可能。

---

① 按："《宅经》，又称《黄帝宅经》，分卷上、卷下两部分，旧题黄帝撰。托名黄帝，以提高此书的权威性和经典性，又强调了此书的原始性。根据此书出现唐人李淳风、吕才等人名，以及对《宅极经》《三玄宅经》等古籍内容的引用，疑为唐代或唐以后的人所著。作者托名黄帝，意在自重。该书主要版本有：《道藏·洞真部众术类》《道藏举要》《四库全书·子部·术数类》《小十三经》《崇文书局汇刻本》《民俗丛书》本以及《宅经》敦煌本等。本书取材的版本，为《四库全书·子部七·术数类三》所收录《宅经》。"（《风水圣经——〈宅经〉〈葬书〉》"六、关于《宅经》"，王振复导读、今译，中国台湾恩楷股份有限公司出版发行，2007）

② 按：《葬书》注云，所谓"生气"，"故磅礴于大化，贯通乎品汇，无处无之，而无时不运也"。这便是"一元运化之气"。（王振复导读、今译《风水圣经——〈宅经〉〈葬书〉》，中国台湾恩楷股份有限公司出版发行，2007，第81页）

③ 《庄子·知北游第二十二》，王先谦：《庄子集解》卷六，《诸子集成》第三册，上海书店，1986，第138页。

据考古发掘，早在庄子时代前许多个世纪，中国中原地区的庭院式宫室制度已经形成，这种宫室制度的显著特点就是必须设有一个庭院。庭院，不仅是整座建筑的公共空间，是交通的汇聚处，而且在理念上，它是一个可以"聚气"的建筑的"呼吸器官"。庭不在大，有"气"则"灵"，灵不灵就凭这一口"气"。

诚然，较《庄子》晚出许多个世纪的《葬书》，主要说的固然是风水学、风水术意义的气，却也同时特具一定的哲学意蕴。哲学与属于巫学范畴的风水学、风水术，是一种"异质同构"的文脉关系。[①]

《葬书·内篇》的"盖生者，气之聚"这一风水命题是成立的。其反命题便是"盖死者，气之散"。"气之聚"是生的状态，"气之散"是死的状态。"聚生"而"散死"，正是《庄子》的哲学气论。《庄子》所谓"通天下一气耳"的哲学本蕴，指"天下"万类，仅仅是"生"与"死"以及二者的联系而已，生命形态意义上的"生"与"死"，实际指气的"聚"和"散"。

《庄子》不仅言说哲学的气以及气的哲学，而且，还有关于人"受命"于"天地"的巫性思想。《庄子》说："受命于地，唯松柏独也在，冬夏青青；受命于天，唯舜独也正"。[②]所谓"命"，人是"无所逃于天地之间"[③]的。

试问这是什么缘故呢？因为人的生死，是气的聚散，这是无可逃避的，也无法抗拒。所以，天地的"命"根，就是"通天下一气耳"的"气"。人对于气所应有的态度，好比"父母于子，东西南北，惟命是从"[④]。这里所说的"从"，是适然于时势的意思。《庄子》又说，"《易》以道阴阳"[⑤]。就其哲学层

---

① 按：《葬书》体例深受《庄子》影响。《庄子》全书分"内篇""外篇"与"杂篇"三部分，《葬书》亦是。

② 《庄子·德充符第五》，王先谦：《庄子集解》卷二，《诸子集成》第三册，上海书店，1986，第32页。

③ 《庄子·人间世第四》，王先谦：《庄子集解》卷一，《诸子集成》第三册，上海书店，1986，第25页。按：庄子此言全文为："仲尼曰：'天下有大戒二。其一，命也；其一，义也。子之爱亲，命也，不可解于心。臣之事君，义也，无适而非君也，无所逃于天地之间。是之谓大戒。'"（该书第25页）

④ 《庄子·大宗师第六》，王先谦：《庄子集解》卷二，《诸子集成》第三册，上海书店，1986，第43页。

⑤ 《庄子·天下第三十三》，王先谦：《庄子集解》卷八，《诸子集成》第三册，上海书店，1986，第216页。按：庄子此言全文为："《诗》以道志，《书》以道事，《礼》以道行，《乐》以道和，《易》以道阴阳，《春秋》以道名分。"（该书第216页）

面来看，"阴阳"二者是对偶性范畴，指世界万类存在相反相成、互对互逆的两面，这也便是前文所引《易传》所谓"阴阳不测之谓神"。从这一哲学思想的文化基因看，阴与阳，本指地理环境与阳光照射的关系，这里已经具有风水说的初始的人文意义了。阴阳与气相联系，在巫学上便是阴气为凶而阳气为吉。

无论是神秘兮兮的风水文化，还是在理性葱郁的哲学意义上，所谓气，只有聚或散两种存在形态。聚态之气的存在与发展，指生命正在"活"着；散态之气的存在与发展，指生命已经"死"去。

可是，气本身是无所谓生或死的。或者可以说，气永远不死。否则，哪还是具有神秘、神奇莫测的"感应"功能和本原、本体的气呢？

因此，肉体的生死，仅仅意味着气的"聚""散"罢了。人的肉身一旦死亡，那散在的气，在古人的迷信观念中，实际指鬼怪、鬼魂。这里值得注意的是，诸多风水学著述，包括这里所说的《宅经》《葬书》，往往有"无气"或者"死气"提法，对此，我们不要望文生义，误以为气本身有"无"或者"死"去的时候。古人坚信，气是永恒的、不死的，所谓"无气""死气"，是指"气"的"散"在状态；气是到处都存在的，没有"无"的时候。气是人的命脉，是第一重要的。

可以从《易传》所说的"原始反终，故知死生之说。精气为物，游魂为变，是故知鬼神之情状"①一语得以佐证。这里的"精气"即指"气"，它是唯一的一种元素。人活着的时候，是"精气"的聚在；人死去了，便是"精气"的散在，变成所谓的孤魂野鬼。妻子死了，庄子一点儿也没有悲伤，反而"鼓盆而歌"②，让惠子很不理解。这在哲学上，表现出庄周的放达；在文化上，又是庄周把人的从生到死，仅仅看作是气的由散而聚、由聚而散，如此而已。庄子是

① 《易传·系辞上》，朱熹：《周易本义》，怡府藏版影印本，天津市古籍书店，1986，第291—292页。
② 《庄子·至乐第十八》，王先谦：《庄子集解》卷五，《诸子集成》第三册，上海书店，1986，第110页。按：关于"鼓盆而歌"的原文为："庄子妻死，惠子吊之。庄子则方箕踞鼓盆而歌。惠子曰：'与人居长子。老身死，不哭亦足矣。又鼓盆而歌，不亦甚乎？'庄子曰：'不然。是其始死也，我独何能无概（慨）然？察其始而本无生，非徒无生也，而本无形；非徒无形也，而本无气（按：意思是，气是本在的，仅仅因为没有成为人的形体，故感觉不到气的存在），杂乎芒芴之间。变而有气，气变而有形，形变而有生。今又变而之死，是相与为春秋冬夏四时行也。'"

深谙气的聚散之理的。

因此，所谓"阴宅""阳宅"的风水术施行的目的，都是企图以"得水""藏风"的手段与方式，让已经散去的"游魂"（按：散在的气），重新"聚生"于"吉壤"之域，让所谓"生气"（按：聚在的气）永驻人间，以企望荫庇于血族后人，这便是前文所引《葬书》"葬者，乘（按：随顺、驾驭义）生气也"和《宅经》卷上所说"阳气抱阴""阴气抱阳"的意思。

二、《周易》八卦方位理念，是古代中国风水学、风水术的理想模式

《周易》八卦方位，有"先天"（伏羲）与"后天"（文王）之分。先天八卦方位的平面布局：乾南、坤北、离东、坎西、震东北、巽西南、兑东南、艮西北；后天八卦方位的平面布局：离南、坎北、震东、兑西、艮东北、坤西南、巽东南、乾西北。

读者切不可以为，这两大八卦方位，仅仅体现了古人对平面、对空间的一种方位认识，其实，它们更是关于时间流程的表达方式，是以空间方位的安排，来表达对于时间流程的认知，也是两大如封似闭、气韵生动之气不同的和谐模式。

这两大八卦方位模式，在中国古代都城、乡村、宫殿、寺观、民居与陵墓等一切规划、建筑以及环境的风水设计与营造中，都有实际的运用。

明清北京紫禁城（今北京故宫），自乾南正阳门（前门）到坤北景山是一条笔直的中轴线，7.8千米长。其中，从其南门即承天门（今天安门）、到北门即厚载门（今地安门）之间，耸立着一大批重要建筑，如天安门、端门、午门、太和门、太和殿、中和殿、保和殿等，形成一个自南向北的中轴。在这条中轴的两端，几乎对称地排列着诸多副建筑。而天安门、地安门的平面形制与称谓，无疑源自先天八卦方位的"乾南""坤北"原则。

有学者说，这条中轴线，是由一系列重要建筑所排列而成的"龙脉"[①]，这一问题可以讨论。《易传》说，"乾为天""坤为地"。又说："至哉坤元，万物

---

① 按：有学人以为，这一从南到北由一系列重要建筑所排列而成的空间中轴，是明清北京紫禁城的龙脉。此说从龙脉的广义角度看，并无不妥。从关于龙脉的狭义即本来意义的角度看，所谓龙脉，一般都是指建筑环境作为"靠山"的那种自然形成的气势磅礴、植被富于生气的山峦形势。

资生，乃顺承天。坤厚载物，德合无疆，含弘光大，品物咸亨。"①所以才有紫禁城的"承天"（天安）、"厚载"（地安）的名称。明清原北京内城的四郊设有四坛，以供郊祀的需要。其南为天坛、北为地坛、东为日坛、西为月坛，源于"先天"方位的四正卦理念，即乾南、坤北、离东、坎西，依次相应于乾天、坤地、离火（日）与坎水（月）的易理。

比较而言，后天八卦方位，比先天八卦方位的理念在风水实践中的运用更为广泛。

形法派风水术，以西北为龙脉的起始、血族祖脉的源头和元气的本原，其北为主山（按：靠山），东南为水口，前有案山、朝山等。《葬书·外篇》有"左为青龙，右为白虎，前为朱雀，后为玄武"说，而且有以案山、朝山为朱雀、以穴（按：即主题建筑物所在处）之前为明堂②的说法。

那么在地理方位上，为什么要如此安排呢？

根据后天八卦方位的布局，西北作为乾位，源自《易传》"乾为天""乾为父""乾为龙"之说。因此，西北乾位，是整个建筑环境的龙脉的起始。《葬书·内篇》注对此曾经大加渲染，称龙脉"若水之波，若马之驰"，"若器之贮，若龙若鸾，或腾或盘。禽伏兽蹲，若万乘之尊也"，等等。

风水术的第一要义，是所谓"觅龙"③，即寻找龙脉的起始与走向在哪里。龙脉始于西北，是按照后天八卦方位的理念而给定的逻辑预设，是对血族祖先之旺盛生命、生殖力即生命之元气的肯定、崇拜与歌颂。这一条龙脉，在风水术上称为正脉，由太祖山、少祖山、祖山与主山依次自西北向北的方位蜿蜒而来，构成一个雄浑、恢弘与葱茏的山脉连绵的"大好形势"。④

---

① 《易传·象辞》，朱熹：《周易本义》，怡府藏版影印本，天津市古籍书店，1986，第55—56页。

② 按：明堂，原指古代帝王宣明政教之所，是举行朝会、祭祀、犒赏与选士的地方。这里作为风水学术语，指建筑及其环境的地基之前的空地以及水域等，古人以为有聚气的神秘功能。

③ 按：风水术有五要：觅龙、观水、察砂、点穴、正位。

④ 按：《葬书·内篇》说："千尺为势，百尺为形。"意思是说，远的地方是看不分明的，所以"势"指龙脉的远观效果；近的地方可以看出山的形状与走向以及山上的植被。《葬书·内篇》注，"千尺言其远"，"百尺言其近"。从字源看，形字从井从彡。彡，表示阳光。从井从彡，意思是阳光照临井田而留下的日影。势字从执从力，指强大的雄性生殖力，所以古时候的太监，其生殖力被阉割，称"去势"。

　　据后天八卦方位，东南巽与西北乾是相应的，风水术要求"入山首观水口"，意思是说，所谓看风水时，在龙脉确定之后，"观水"是很重要的。水口位于东南巽位。《易传》说，"巽为入"。所以东南方位，是整座建筑（按：比如民居、寺庙等）首选的入口。

　　典型的明清北京四合院，四周院墙封闭，仅仅在东南一隅开辟一个院门，以供出入。这是应在"吉利"的巽位上。大而言之，中华大地西北高而东南低，大江大河，基本从西北或西方流向东南或东方，因而东南方是所谓"水口"的所在。北京曾经是明清两朝的都城，其风水地理的所谓"吉利"，不仅从西北方向北方绵延不断的山势，磅礴而雄伟，龙脉自西北向北奔腾而来，而且以北京东南的天津卫为"水口"。北京背靠的燕山山脉，是作为靠山的主山；北京的南面即其前方，是华北大平原，这在风水上是"明堂"的所在；大平原的东边是泰岱（青龙山），西边是华山（白虎山），南边即其前面又有嵩山（案山），这种地理形势，合于《周易》后天八卦方位的坎北、震东、兑西、离南四正卦与中位的原则，实为难得。

　　《易传》称，东"震为龙"，这里的五方、五行、五色是相对应的。所以，东为木为青又"左为青龙"。《易传》说，"云从龙，风从虎"。龙虎相应，既然"左"为东为龙，则"右"为西必为虎。据考古，距今大约六千年的河南濮阳西水坡45号墓出土有"龙虎蚌塑"的图案。从图案的形制看，在墓主遗骸的左（东）侧是龙形蚌塑，右（西）侧是虎形蚌塑，正好与风水学关于"左青龙，右白虎"的说法相同。可见，所谓"左青龙，右白虎"这一风水理念的起源，是十分古老的。《易传》又说，南"离为火"，在五色上，南方属赤（朱），这里是"朱雀"的方位。"雀"（凤）是"四灵"之一，居于南方，所以"前（南）为朱雀"。朱雀与玄武相对应，北"坎为水"。玄武（蚨龟）属水，在五色上属黑，所以"后（北）为玄武"。

　　这里有一个问题。既然北"坎为水"，玄武属水，为什么风水学、风水术偏偏要以北为主山（靠山）为"吉"呢？笔者以为，按照阴阳五行相克的理念，山的属性为土，之所以以北方有"山"为"吉利"，是因为在五行说中"土克水"的缘故。中国风水学强调阴阳调和，按后天八卦方位，北"坎为水"，水势太旺，是不吉利的，所以要有属土的山，来达到所谓"土克水"的效果。在后天八卦方位上，北方本为"坎水"，不"吉利"，现在恰好或者要求北方有山（土），正合"土克水"的道理。这也正如南"离为火"，火势太旺也是不"吉利"的，所以必须有"水"来与它中和。所以在风水学、风水术上，一个乡镇以及一个民居、寺庙与陵墓的前面（南），必须有水系。如果本来没有，也要人工挖出一个湖泊或者水塘来，取"水克火"的所谓"吉利"。比如在一个寺庙的前面，挖一个水池，称为"汇龙潭"。总之，风水学以阴阳五行的调和为"理想"，北坎水旺而过度，所以以土山克之；南离火旺而过度，又以水克之。这里的所谓"克"，是达到、实现的意思。也就是说，达到、实现了土、水平衡与水、火相济。

要之，中国古人笃信明清北京的风水地理之所以"吉利"，是因为它符契了《周易》八卦方位原则。从后天八卦方位看，北京之所以是理想的都城之地，是因为正如南宋朱熹所说，"冀州好一风水。云中诸山，来龙也。岱岳，青龙也。华山，白虎也。嵩山，案（案山）也。淮南诸山，案外山（朝山）也"[①]。可见，北京被定为明清时期王朝的都城，是由于讲究风水的缘故。正如本书前文所注，中国古代的风水学、风水术有五要：一、"觅龙"。寻找龙脉的所在与走向。二、"观水"。观照水系的位置、曲直、流向、大小、清浊与多寡。如果本来的地理环境中没有水系，就需要经过人工挖掘。三、"察砂"。这里的"砂"，是山的意思。这个山，在体量上不能大于建筑物北方的所谓"靠山"。"察砂"，就是察看东方青龙山和西方白虎山的大小、位置、体量和形势究竟如何，以青龙山稍大于白虎山为宜。四、"点穴"。所谓"点穴"，指确立"阳宅""阴宅"的准确的地理位置，以及与龙脉、水系、砂山的位置关系，风水学、风水术认为，"穴"要点得准，才是所谓"好风水"。五、"正向"。便是勘定"阳宅""阴宅"的"吉利"或者不"吉利"的朝向。《周易》八卦方位理念认为，有八个方位可供选择，以正南（坐北朝南）的方位最为"吉利"。其次是坐西北朝东南与坐西朝东为比较"吉利"，一般认为坐南朝北、坐西南朝东北等，是"不吉利"的。但也有例外，比如清代浙江有一个阁老，姓陈，他的宅邸，大门是向北开的，什么缘故呢？因为帝王在北京，自己作为忠臣，取无

---

① 按：见《朱文公集·地理》。冀州，位于今华北大平原的腹地，属于河北衡水地域，北距现在的北京大约300公里，在古代风水学中，北京与冀州属于同一个风水地理范围。

时不在向北朝拜帝王的意思。

可将风水术要义，归结为所谓"三纲五常"。三纲：一、气脉，为富贵贫贱之纲；二、明堂，为砂水美恶之纲；三、水口，为生旺死绝之纲。五常：一曰龙，龙要真；二曰穴，穴要的；三曰水，水要抱；四曰砂，砂要秀；五曰向，向要正。

第二节 "畏天"与"知命"

中国风水文化，无疑浸透了宣扬迷信的命理思想，这种迷信，是应当摒弃的东西。风水学著作的诸多言述，首先是对神性的"天"以及人居环境的崇拜、歌颂、感激甚或是无奈、焦虑与恐惧。古人敬畏风水地理，具有朴素的环境学与生态学的意识，这是存在于古代风水学、风水术文化中的一些合理的成分。而风水学、风水术的起因，是初民在很不了解地理环境的前提下，对于环境的且敬且畏，甚至充满了畏惧的情感。他们迷信，在人所居住的或者是旷野中无人所居的地方，都是由神灵、精魂、鬼怪所掌控的，而且时时处处都与人类的命运相联系。为了克服人类居住的困难，甚而是灾难与悲剧，于是他们在相信神灵、鬼怪的前提下，企望通过人为的努力——而不管这种努力是正当的还是无效的，来试图改变人的生存处境。于是，充满神神鬼鬼、命理迷信的风水学、风水术，就这样产生了。

试看《宅经》的人文主题，我们可以从其卷上第一句"夫宅者，乃阴阳之枢纽"见出。这里的所谓"阴阳"，指宅居的阴气、阳气，实际指风水学、风水术，"风水"别称阴阳。而从阴气、阳气的角度看，有阴阳相和、阴阳失调两种形态、两种情况。无论自然界或者人居环境，从"命"这个角度看，是先天的、命定的；无论阴阳之气的相合还是失调，都是出于"天意"。《论语·颜渊》说："死生有命，富贵在天。"[1]董仲舒说，"人受命于天也"[2]。"命者，天之

---

① 《论语·颜渊第十二》，刘宝楠：《论语正义》卷十五，《诸子集成》第一册，上海书店，1986，第264页。

② 董仲舒：《春秋繁露·人副天数》，上海古籍出版社，1989。

令也"①。天之令不可违逆，天命不可亵渎，这便是命，所以仅由这一点可以说，古代风水学是一种典型的宿命论。

天人关系既原本相合又原本相分，既合一又悖反。否则，古人为什么会那般虔诚地崇拜天命或者恶毒地发出对于天的诅咒呢？这里所说的天，应当是神性之天，否则，天就不能等同于天命。

中国古代的风水文化，具有对于天命意义的阴阳相合（吉）与阴阳失调（凶）之气的崇信。仅仅就所谓风水的凶煞来说，凶煞有多种，它们对于人，都是"心怀恶意"的，可见人类的生存是多么艰难，环境是何等恶劣。

《宅经》卷上说："再入阴入阳，是名无气。三度重入阴阳，谓之无魂。四入谓之无魄。魂魄既无，即家破逃散，子孙绝后也。"意思是，人居环境再三再四地阴气过盛而犯阳、阳气过盛而犯阴，是一种阴阳失调的不吉状态，人无气无魂无魄，连小命也难保了，落得个家破人亡、断子绝孙的下场。如此耸人听闻、近乎恫吓的迷妄之言，是中国古代风水文化之典型的崇信天命的思想表现之一。

《宅经》卷上又说，"墓宅俱凶，子孙移乡绝种"，"失地失宫，绝嗣无踪。行求衣食，客死蒿蓬"。《宅经》卷下也说，"凡修筑垣墙，建造宅宇，土气所冲之方，人家即有灾殃"。须知五行之中除了土，还有金、木、水、火之气，都是各有"所冲之方"的，可见"灾殃"的多如牛毛。如此种种言述，让笃信风水命理的人，难以承受，简直惶惶不可终日。《宅经》卷下又将八卦方位的"八方"，一共分为"二十四路"，每一路方，或者是"刑祸方"（凶），或者是"福德方"（吉），依运而互转，反复阐述所谓天命难违，命里注定的穷、通的道理。

《葬书》又热衷于渲染所谓生者死者、生气死气之间的神秘感应。正如前述，《葬书·内篇》编造了一个引人入胜的关于"感应"的故事，所谓"铜山西崩，灵钟东应"，无非是在渲染风水地理的气的神秘，气的传导与感应，是超时空的，不可捉摸的，这也加深了古人对于风水地理的敬畏甚至恐惧。无论《宅经》还是《葬书》，都不遗余力地宣说"风水"的所谓"灵验"以及冒犯风水原则的可怕。

---

① 班固：《汉书·董仲舒传第二十六》，《汉书》卷五十六，中华书局，2007，第562页。

可是，这仅仅是问题的一个方面。中国风水学、风水术，除了宣扬风水地理命里注定和风水阴阳失调的可怕、可悲之外，又强调了人可以通过风水术的实践，来试图把握自己的命运，企望让自己"活"得好一点。不能把中国的风水学、风水术仅仅看作天命、命理的一种迷信，除了迷信的东西，它还有一些朴素的环境学、生态学的思想因素值得肯定。

这就是说，中国古人不仅迷信风水地理，其身心曾经沐于阴阳相和之气而乐其所成，或者畏惧于阴阳失调而寝食难安，而且，无论面对何种风水地理，又相信人自身并非绝对地无能为力，相信只要"审时度势"，就能够"遵天命就人事"，达到所谓"逢凶化吉"的效果，尽管其方术是错误的而且最后总是落空。

《葬书·内篇》说，如果人处于逆境、遭到宅舍风水之害时，人可以做到：

> 乘其所来，审其所废，择其所相，避其所害，是以君子夺神功而改天命。

《葬书》注引述陈抟的话做了这样的解读：

> 圣人执其枢机，秘其妙用，运己于心，行之于世，天命可移，神功可夺，历数可变也。

人所遭遇的风水地理是凶险的，但是，人可以随顺、驾驭生气的来势，审察煞气的散废，选择阴阳之宅基址的吉善，而回避死气的残害，求得生气的再度凝聚。所以，圣人、君子讲究风水学、风水术，可以把握神秘的自然造化之功，改移先天之命的安排。这就是说，古人有时候并非绝对地将天命权威放在眼里，也并未彻底地执迷于命理的系累，尽管其方术与理念有错误的一面。

这便是中国古代风水学、风水术之中值得关注的所谓"知命"的思想。"知命"者，知天命、知命理之谓也。所谓命理，指人命运中所存在的天命成分。命运二字，是一个复合的范畴结构。命，属于先天；运，属于后天。"知命"的意思，指人试图认知与把握神秘的天命，用以改移人的后天处境。诚然，这一"知命"，其实是所"知"极为有限。

"知命"与"畏天"是相对的。在中国古代文化史、哲学史上，孔子既有"畏天命"又有"五十而知天命"①的双兼的思想。"樊迟问知。子曰：'务民之义，敬鬼神而远之，可谓知矣。'"②孔子对于鬼神的态度，是且"敬"且"远"的。这也是孔子对待蕴含鬼神、命理意识的风水文化的基本人文态度。孟子心目中的"天"，实际指"本善"的"人性"。"尽其心者，知其性也。知其性，则知天矣。"③孟子的逻辑是，"尽心"即充分的心灵道德修为，即"知性"，"知性"即"知天"。所谓"知天"，实际指"知命"。荀子又以"本恶"的"人性"为"天"。他从"明于天人之分"说出发，提出"从天而颂之，孰与制天命而用之"④的思想，不仅要求"知天命"而且要"制天命"。《易传》则说，"乐天知命故不忧"⑤。

凡此都为我们思考、认知与评价古代中国风水文化"畏天"与"知命"诉求，提供了一个可取的人文视角和文化视野。作为传统文化的有机构成与一大另类，风水文化的"畏天"兼"知命"的思想，不过是原始中华文化及其哲学关于天人关系问题的延伸与辐射而已。我们不妨可以将古代风水学看作一个"畏天"（按：从命、认命）与"知命"（按：主命、把握命运），且以"畏天"为主的既背反又合一的人文动态结构。它是神与人、神性与人性、神格与人格的二律背反又合二而一。在人居问题上，中国风水文化具有双重文化性格：既

---

① 《论语·季氏第十六》，刘宝楠：《论语正义》卷十九，第359页；《论语·为政第二》，刘宝楠：《论语正义》卷二，第23页。《诸子集成》第一册，上海书店，1986。按：前者原文为："孔子曰：'君子有三畏：畏天命，畏大人，畏圣人之言。'"后者原文为："子曰：'吾十有五而志于学，三十而立，四十而不惑，五十而知天命，六十而耳顺，七十而从心所欲不逾矩。'"

② 《论语·雍也第六》，刘宝楠：《论语正义》卷七，《诸子集成》第一册，上海书店，1986，第126页。

③ 《孟子·尽心章句上》，焦循：《孟子正义》卷十三，《诸子集成》第一册，上海书店，1986，第517页。

④ 《荀子·天论篇第十七》，王先谦：《荀子集解》卷十一，《诸子集成》第二册，上海书店，1986，第205、211页。

⑤ 《易传·系辞上》，朱熹：《周易本义》，怡府藏版影印本，天津市古籍书店，1986，第292页。

听天由命，又认为在尊重天命的前提下，人可以改移天命、有所作为，从而试图改变人自身的生存处境，但作为方法的风水术，是错误的。

在这一复杂的人文结构中，人是多么有趣而尴尬的一个角色：糊涂与清醒同在，迷信同理智并存，猥琐和尊严兼有，崇拜与审美偕行，且以前者为主。

以文化人类学关于巫学的眼光来加以审视，风水的"畏天"兼"知命"，便是一种所谓的"巫性"[①]境界。风水学、风水术是属巫的，巫既通于人，又通于神，是人与神之际的一个中介。巫性是人性与神性之际的一个中介，它是从文化人类学从巫学的角度，理解中国古代风水学、风水术文化本蕴的关键。

巫性关乎神性与人性。而神性这一人文概念与范畴，在中国原始文化中具有独特的人文内涵。梁漱溟先生曾经指出：

> 中国文化在这一面的情形很与印度不同，就是于宗教太微淡。[②]

中国文化之所以"于宗教太微淡"，是因为，从最早所出现的文化形态，即原始巫术、神话与图腾看，中国文化中的原始巫术，尤其强盛而且历史弥久。在一个原巫文化如此发达的国度里，所谓神、神性，从来没有西方上帝（God）那般的形上意义。从字源学考辨，神字的初文为申。《说文解字》说："申，电也。"申（神）字的甲骨卜辞写作天上闪电的象形。[③]先民惊恐于老天雷电的闪耀，而创构了"申"（神）这个汉字，其本义属于原始天命观的自然崇拜。申字演变为神字，始于战国。"战国时期的《行气铭》上面'神'字的写法，已从申作𥘅，与后来的字书如《秦汉魏晋篆隶》等所录的'神'字写作'神'，已无二致，从电取象，显而易见。"[④]《说文解字》又收录一个"魓"字，称"神也，从鬼申声"[⑤]。"魓"作为神字别体，充分证明在先民的人文观念中，是神、鬼不

---

① 按：请参见王振复：《〈周易〉的美学智慧》第九章第一节"从巫到圣：在神与人之际"，湖南出版社，1991，第367—386页。

② 梁漱溟：《东西文化及其哲学》，《梁漱溟全集》第一卷，山东人民出版社，1989，第441页。

③ 按：参见胡厚宣：《战后京津新获甲骨集》四七六，群联出版社，1954。

④ 李玲璞、臧克和、刘志基：《古汉字与中国文化源》，贵州人民出版社，1997，第237页。

⑤ 许慎：《说文解字》，中华书局影印本，1963，第188页。

分的。钱锺书先生说，中国古时"'鬼神'浑用而无区别，古例甚夥，如《论语·先进》：'季路问事鬼神，子曰：未能事人焉能事鬼?'《管子·心术》：'思之思之，思之不得，鬼神教之'，而《吕氏春秋·博志》：'精而熟之，鬼将告之。'"①可见，在人文品格上，中国文化中的鬼观念与神观念，浑而不分，甚至是鬼在前而神在后，鬼比神显得更为重要。否则，为什么直到今天我们的日常用语中，还是往往但称"鬼神"而只是偶尔称"神鬼"呢?

中国风水文化，具有漫长而顽强的"信巫鬼"的"鬼治主义"。朱自清先生曾经指出："其实《尚书》里的主要思想，该是"鬼治主义"，像《盘庚》等篇所表现的。"②

《盘庚》篇属于《尚书》的《商书》部分，分上、中、下三篇。历史上有"盘庚五迁"，为的是迁居于"风水宝地"。《盘庚》中篇说："明听朕言，无荒失朕命!呜呼!古我前后，罔不惟民之承保。后胥戚鲜，以不浮于天时。殷降大虐，先王不怀厥攸作。视民利用迁。汝曷弗念我古后之闻?承汝俾汝惟喜康共，非汝有咎比于罚。予若吁怀兹新邑，亦惟汝故，以丕从厥志。今予将试以汝迁，安定厥邦。汝不忧朕心之攸困，乃咸大不宣乃心，钦念以忱动予一人。尔惟自鞠自苦，若乘舟，汝弗济，臭厥载。尔忱不属，惟胥以沈。不其或稽，自怒曷瘳?汝不谋长以思乃灾，汝诞劝忧。今其有今罔后，汝何生在上?"③这一长段话，是盘庚为了迁都而做的动员。主要是说：大家要听话，不要把我的话当作耳边风。我们的先王，没有谁不愿子民平安度日的。无论帝王还是臣民，都要明白这个道理。所以老天不惩罚我们。殷朝历史上，曾经遭受大难，先王知道我们的都邑风水不好，考虑到老百姓的生活安宁而迁移了都城。大家为什么不记住这些历史教训呢?我是为了大家共同的康乐，并非你们犯错故意惩罚你们。呼吁大家到新的都邑安居吧，这是丕显先王的优良传统。我带领大家迁都，为的是安邦定国。可是，你们都不理解我的一片苦心，总是用一些怪念头来动摇

① 钱锺书：《管锥编》第一册，中华书局，1979，第183页。
② 朱自清：《经典常谈》，《朱自清古典文学论文集》下册，上海古籍出版社，1981，第620页。
③ 《尚书·商书·盘庚中》，江灏、钱宗武：《今古文尚书全译》，贵州人民出版社，1990，第164—166页。

我的心志。你们自己走上了穷途末路，自怨自叹。好比大家坐在一条船上，渡不了河，不诚心诚意地合作，就只能一起沉下去了。如果不讲究风水地理的灾害，只管今天，明天该怎么生存呢？

在盘庚的言辞中，分明可以见出盘庚对于风水的崇信。迷信风水地理的核心，是笃信神灵会对人不友好甚至捣乱。而所谓神灵，实际是鬼灵，总觉得鬼灵是人所得罪不起的。因此，朱自清说《尚书》的思想是"鬼治主义"，是说得一点儿也不过分的。

值得强调的是，作为中国古代巫文化的风水学、风水术，具有鲜明的"信巫鬼"的文化基因，这在中国的所谓"阴宅"文化中尤其突出。《葬书·内篇》说，"盖生者，气之聚。凝结者，成骨，死而独留。故葬者，反（返）气入骨，以荫所生之法也"。这也便是所谓"气感而应，鬼福及人"。凡此，都是迷妄之言。有趣的是，中国古人居然相信人的"保护者"，是善"鬼"而不是上帝那样的"神"，这正是中国原巫文化及其风水文化的一大特色。《易传》有"故神无方而易无体""阴阳不测之谓神"①等说法，这"神"的意思，显然与"鬼"的人文理念纠缠在一起。实际无论"鬼"还是"神"，都不能佑助于人。人类只有靠自己，自己解放自己才是。

中国风水地理的所谓神秘性，"无方""无体""阴阳不测"等，因为原巫文化的根植，而愈见其根深蒂固。与其说，神秘是中国的风水地理与风水术所不可思议的，倒不如说，如果没有这种神秘，风水地理与风水术就是不可思议的。要古人不迷信风水也难，否则就不是古人了。当今的一些老百姓，不是也很迷信风水么？一些所谓"风水先生"，手里拿了一个罗盘，到处为人"看风水"，他们往往总是把风水说得十分神秘，什么"东青龙西白虎前朱雀后玄武"啊，什么"宜"啊"忌"啊，什么"天机不可泄露"啊，等等，说得头头是道，似乎不由人不信的。他们之所以将风水问题说得愈神秘愈好，是因为有利于开拓其市场，说白一点，就是有利可图。中国风水文化中，的确存有一些朴素生态学与环境学的思想成分，作为一种文化现象，研究它有其必要性，但不是要渲

---

① 《易传·系辞上》，朱熹：《周易本义》，怡府藏版影印本，天津市古籍书店，1986，第293、295页。

染风水的神秘。讲一点风水学、风水术，让今天的人们知道是怎么一回事，有其必要。然而，我们不要迷信风水的所谓"灵验"。比如，"风水先生"说要在河流上架桥，使得桥下的一家商店立刻生意兴隆起来，其实这是疏通了交通，使得经过这家商店的人众增加的缘故，不是因为风水术的所谓"法力"，改变了神秘的"局"与"势"，应了什么"灵验"的"地神"的缘故，没有必要将此归于所谓天神、地祇的功劳。讲究风水地理的改变，有时会导致事情向一个好的方向转变，那是因为这种改变，符合了风水学中朴素生态学与环境学的原理因素，没有必要将其归功于所谓神灵的佑助及其"万能"。风水术如果"万能"，如果能够治理、安平天下，那么具有数千年历史的中华古国，早就一贯地成为天下强国了，何至于时至清末那样一个很是相信风水的时代，居然悲剧性地遭受西方列强的侵略和欺凌，从而丧权辱国呢？

风水问题勾起人们代代相传的神秘感，是与"鬼神""吉凶""福佑"和"惩罚"的人文意念联系在一起的。这是人与环境既亲和又对抗的双重关系中所衍生的主观感觉。它体现了人对于天、天命以及对于环境感到畏惧但又试图"窥视"、把握的复杂心态，尽管这一把握是错误的。古老的、在人文深处苏醒的易，造就了风水学、风水术的"信巫鬼"的终身"毛病"，这是从中国原始文化的母胎里带来的，它确实具有巫性的"畏天""敬鬼"即"媚神"的一面。

从"知命"一面看，风水文化的"天空"，并非绝对地狞厉而阴郁，在浓重的迷信的阴霾中，也有一缕阳光透射出来，它其实就是具有一点儿原始理性因素之朴素的环境与生态的意识，尽管这一意识无足轻重。

《葬书·内篇》说："夫阴阳之气，噫而为风，升而为云，降而为雨，行乎地中，而为生气。"这大致是以《庄子》的口吻[①]，来述说大地"生气"之域的所谓"好风水"。实际所指的，与风水地理相谐的天气，尤其由地气所氤氲而成的风调雨顺，恐怕难以一概地斥之为迷信。正如本书前面所归纳的那样，风水术关于所谓"龙真、水抱、砂秀、穴的、向正"的追求，因与现代环境学、

---

① 按：《庄子·齐物论》有"夫大块噫气，其名为风。是唯无作，作则万窍怒号"之言，"大块"指大地。见王先谦：《庄子集解》卷一《齐物论第二》，《诸子集成》第三册，上海书店，1986，第6页。

生态学的思想，具有相通、相契的一面，而有一点儿朴素理性因素。在明清北京紫禁城的平面规划中，如果我们剔除其命理诉求，那么，在这一风水选址、平面布局中所显现的有条理的知识理性或某些科学理性因子，是应该肯定的。从原始巫学与所谓"看风水"的角度看，其"灵验"之类，是非理性而迷信的，然则那些巫文化施行者、算卦人或"风水先生"，却为了这神秘的"灵验"，而不得不熟知相关的一些知识，让一定的知识理性来做占验、测勘的背景，以便树立、维护其"灵验"的公众形象的权威。可以说，所谓"天机不可泄露"的"天机"，有时实际是在暗中发挥作用的一定的知识理性。一点儿也不夸张，如果盲目崇信风水之类，那显然是非理性的、不值得的，而有些"风水先生"，倒反而可能是理性的，他们知道所谓"看风水"究竟是怎么一回事，这真是巫术、巫性的文化本色。

然而这里还得强调一句，从总体看，中国古代风水学、风水术一般地缺乏科学理性，是可以肯定的。

首先，科学理性承认，世界是可知的，作为人的理性是可以认知与把握的对象，不会也不能是迷妄信仰的偶像；其次，科学理性所揭示的真理，经得起反复的实验证明或证伪，及逻辑推理的考验。这显然为一般古代风水学与风水术所未备。

多少年来，有些学人甚至"研究"风水的大学教授，居然声称风水学"也是一门严谨的科学"，而不问是怎样的风水学。说中国古代的风水学是"严谨的科学"，这是没有什么说服力的。读者只要去读一读《宅经》《葬书》这样的古代风水学著作就可以明白，其内容是何等的芜杂。如果指当代学者站在理性的立场所撰写的风水学著作，那也要辨析它究竟"科学"到何等程度。笼统地说风水学是什么"严谨的科学"是不可取的。应当说，目前风水问题作为"国学"的一部分进入学者的视野甚至是大学讲台，可以说是学术与教学的一个推进，但是问题的关键不在于发表的有关论文与讲台上讲不讲风水，而是看其讲些什么、怎么讲以及讲得怎样。至于有的假言"时髦"，拿西方的所谓信息论、系统论等，来简单地比附于源自《周易》的风水"感应"说，宣称"气"的"感应"，就是科学理性意义上的"信息传递"及其科学的生态思想，云云，是否有理，倒是值得再作讨论的。

应当指出，在长期的风水信仰的哺育下，那些风水的非理性与神秘性，往往能够使得风水文化在社会上绽放"诗意狂欢"的"灿烂之华"，但是其一般无助于理性地阅读、解释与揭示风水的文化本质。正如科学一样，理性有它自己的盲点，可是笔者还是愿意在此强调，理性尤其是科学理性，无疑是人性与人格中最高贵的部分。古代风水文化中并非没有朴素的理性因素，然而，比如其"知命"之思，因其执着于趋吉避凶、求其实用，也仅仅属于实用理性、工具理性的范畴而已，或者是一些人文理性，如《宅经》卷上所言，"举一千从，运变无形，而能化物。大矣哉，阴阳之理也"，等等，也仅仅是一些人文理性罢了。人文理性与科学理性，品位无分高下，事实是，千百年来，风水学、风水术作为一般的民俗与民间信仰，固然具有一定的哲理与诗情的人文因素，可是其芜杂与粗鄙，是有目共睹的。它未经深度科学理性的熏陶和精微的哲学理性的批判，因而，当我们今天重新试图拾取其可能的一些合理因素的同时，严肃而严格地剔除其糟粕，是十分必要的。

第三节　居住：何以变得如此困难

风水文化所涉及的，是人的居住问题。古人大都笃信风水，在人居问题上有太多的牵累。今人如果也执信于风水命理，这关系到我们究竟要不要、愿不愿意像古人那样艰难地生活。

古人执信于风水之理，出于对风水地理的敬畏甚而是敬惧。中国文化一向提倡与自然相亲和，也就是说，自然是我们的"血亲"，二者的地位是对等的、互爱的，好似具有亲缘联系一般。中国风水学、风水术之所以诞生，是在承认人与自然相亲和的前提下，进一步把自然、环境神灵化、鬼灵化，它分明让古人感受到了神化、巫化与灵化的自然与人居环境对人的巨大压力并且加以崇拜。由此出发，人还试图成为自然与环境的主人，不过其所采取的方式方法即风水术，当然是错误的。

执信于古代的风水命理，便不能不讲所谓阴阳五行、干支与命卦等说。

阴阳五行之理，主要指五行的相生相克。相生：水生木、木生火、火生土、土生金、金生水；相克：水克火、火克金、金克木、木克土、土克水。如果通俗地解释五行生克的道理，便是：所谓相生，水可以养育草木，草木可以引来火的燃烧，经过火的燃烧草木便成了烬土，土中储藏着金属，金属经过冶炼便成液体。所谓相克，水能够灭火，火能够熔化金属，金属制造的工具能够削竹断木，木制的农具能够掘土，土能够掩水即阻断水流。可见五行生克的思想，源自先民的生活生产实践。五行生克，将世界万物的本始与运化，看作是既相互依存、又相互制约的一种动态联系。在生克的联系中，五行平等，没有什么高高在上，独领风骚，也没有什么卑微低下，任由主宰，一切依时机时运而定。五行生克，构成环环相扣的动态联系及其平衡，实际上是一种将事物之间的联系看成必然的。这种必然的联系，有赖于所谓的"气"的感应与"时"的推进，是一种在春秋战国时期发育而成的思维方式非常别致的"过程哲学"。在哲学上，就是将五行生克的动态关系与过程，看作事物变化的本原本体。

这种哲学，并非自古就有。它孕育于中国原始巫术、神话与图腾的文化形态，其中尤其在原巫文化中，包含着巫性的生克之理。它把世界万类的动态联系，预设为线性而循环往复，人处于阴阳五行的生克联系之中，首先是"命里注定"，然后才可能在"命"的前定与轮回之中，通过后天修为，来试图改善人自身的生存处境。

与阴阳五行说相关的，是干支之说。干支作为一种时间、时运的人文模式，包括十天干、十二地支及其相配。这完全是古代中国人认知与把握时间、时运的方式，在人类文化史上是独一无二的。十天干：甲、乙、丙、丁、戊、己、庚、辛、壬、癸。其中，甲、丙、戊、庚、壬属阳；乙、丁、己、辛、癸属阴。十二地支：子、丑、寅、卯、辰、巳、午、未、申、酉、戌、亥。其中，子、寅、辰、午、申、戌属阳；丑、卯、巳、未、酉、亥属阴。古人将天干与地支相配，把自然时间变成人文时间，用以记时以及测定人的时辰流迁、命运遭际，体现了中国古人计时的一种独特方法，以及企图把握时间的努力。

关于阴阳五行、干支与地理方位的关系，据《周易》后天八卦方位，其中的北坎、南离、东震、西兑的四正卦与中宫方位，是主要的。《易传》说，北坎为水、南离为火、东震为木、西兑为金，而中必为土，以此对应于五行。后天八卦方位又与河图相应：为一、六属水（北）；二、七属火（南）；三、八属木

（东）；四、九属金（西）；五、十属土（中）。

干支与五行、五方的对应是：甲乙在东，属木；丙丁在南，属火；戊己在中，属土；庚辛在西，属金；壬癸在北，属水。作为天干与五行、五方的对应模式，由于五行生克，故在风水学、风水术中，不可避免地构成十天干与五行、五方两两相配的所谓"冲合"关系。如：相冲，甲庚、乙辛（西金克东木）等；相合，庚壬、辛癸（西金生北水）等。十二地支与五行、五方的对应，简言之，寅卯属木居东，辰属土；巳午属火居南，未属土；申酉属金居西，戌属土；亥子属水居北，丑属土。

值得注意的是，辰未戌丑四支皆属土，是对风水之土气的强调。以地支与五行相配，十二地支两两之间，也具有所谓"冲合"关系。相冲：子午、丑未、寅申、卯酉、辰戌、巳亥。这是因为，它们各自为阳阳或阴阴的关系，是阴阳失调的缘故。相合：子丑合为土；寅亥合为木；卯戌合为火；辰酉合为金；巳申合为水。什么缘故呢？阴阳之气相合也。如：子属阳而丑属阴，故其气合谐。以每二支合于一行，共十支相配于五行，余下午未二支不好安排，只得以午未也合于火。于是，卯戌与午未都属火，表面上是对火的强调，实质是强调土。按五行相生之理，火有培土之功，火生土耳。风水学、风水术中，土气是主题。

古人讲究风水学、风水术的目的，归根结蒂是企图解决人的居住问题。而人的生年不同，五行有别，因而其所配应的所谓"九星"也自有差异。九星依次是："一白水星""二黑土星""三碧木星""四绿木星""五黄土星""六白金星""七赤金星""八白土星""九紫火星"。比如，某生于1980年，星运属于"二黑土星"；某生于1981年，星运为"一白水星"，等等。人的生年不能自己选择，这便是"宿命"。

古代风水学、风水术还有所谓"男女命卦、方位宜忌"[1]的说法。如某为男性，生于1950年，星运属"五黄土星"，"命卦"为坤。根据《易传》的"坤为

---

① 按：笔者曾经列出自1870—2049年间人的所谓"九星"与五行、生年"运程"对照表，兼采录所谓"男女命卦、方位宜忌"说（参见黄家言、张建平、高博、刘国庆：《风水胜典·风水谋局篇》，百花文艺出版社，2007）等。古代风水学、风水术的命理、命卦与居住方位问题的迷信与烦琐，超乎想象。为约简文字篇幅，这里不拟展开，恕勿赘析。

地"之说，地具有土气，可见其"九星星运"与"命卦"相合，宜；某为女性，也生于1950年，星运属"五黄土星"，"命卦"为坎。根据"易传"的"坎为水"之说，可见其"九星星运"与"命卦"不合，忌。

从所谓"男女命卦"看，古人又预设了所谓的"东四命""西四命"与"东四宅""西四宅"的宜忌、对应关系说。设定："东四命"者居"东四宅"，吉（宜）；"西四命"者居"西四宅"，吉（宜）。反之则凶（忌）。古代风水学、风水术又有所谓男女"八命"之说。其中，属于坎离震巽的，因为这四个卦中的震、巽二卦，位于《周易》后天八卦方位的东与东南，所以命卦称为"东四命"；属于乾坤艮兑的，因为这四个卦中的乾、坤、兑三个卦，依次居于《周易》后天八卦方位的西北、西南与西，所以其命卦称为"西四命"。与此相应的，便有所谓吉凶、宜忌的说法。

举例来说，一名男性生于1975年，他的所谓"命卦"为兑，其宜居的方位是西南（坤）、西（兑）、西北（乾）与东北（艮）；其忌居的方位，是东（震）、东南（巽）、南（离）与北（坎）。一名女性也生于1975年，她的所谓"命卦"是艮，其宜居的方位是西北（乾）、东北（艮）、西南（坤）与西（兑）；其忌居的方位，是东南（巽）、南（离）、北（坎）、东（震）。两相对照，他们两位居住的宜和忌这两方面，是分别相同的，仅仅是宜忌方位的排序不同而已，所以在讲究风水命理的古人看来，可以成为夫妻，可以居住在一起。

这有什么根据呢？是因为该男性的"命卦"为兑而女性的"命卦"是艮的缘故。据《易传》，"兑为泽"而"艮为山"，"山泽通气"，吉利。《易传》又说，"兑为少女"，"艮为少男"，少男少女相悦，是相配的一对。实际上，这二人都属于"西四命"，所以可以共同宜居于"西四宅"而忌居于"东四宅"。

相反的情况是，如果一名男性生于1976年，他的"命卦"为乾，命里注定宜居于东北、西南、西、西北，忌居于南、北、东、东南。一名女性也生于1976年，"命卦"为离，命里注定宜居于东、东南、南、北，忌居于西北、东北、西南、西。无论从宜还是忌两方面来看，这两人总是格格不入、背道而驰的，二人"命卦"相冲，男命乾而女命离，属于"西四命"冲"东四命"。

这就等于说，凡是1976年所生的所有男女，不能配成夫妻，因为命相不合，不能居住在同一个房间。又如，根据所谓"男女命卦、方位宜忌"说，那些同时生于1977年、1978年与1980年的一男一女，或者是一个男生的生年为1977年，一个女生的生年是1986年；或者一为1980年，而一为1989年，等等，其"宜""忌"各有不同。根据"男女命卦、方位宜忌"的说法，上述两人的所谓"命卦"，都是彼此相冲的，两人不能结为夫妻，居住也成了一个严重问题。

为了弄清所谓"命卦"与宅居风水方位的宜忌与吉凶，笔者曾经就1912—2016年共104年的数据进行统计与分析，发现宅居的所谓吉与凶、宜与忌之比，大约为一比二。这一随机的检索可以说明：如果人们笃信古代风水地理之说，时时处处严格地按照古代风水学、风水术的"规矩"去做，那么，人类的居住就会变得十分困难。我们研究中国的风水学、风水术，并非要今人和未来的人们，像中国古代人那样去艰难地生活，而是在说理的前提下，破除风水的迷信，让我们的人性与人格获得进一步解放，让居住生活安宁、幸福。

古代中国风水学、风水术禁忌多如牛毛，正可证明我们古人的居住生活是何等不自由。那时的人们，往往对居住在所谓的"凶宅"而深感恐惧，所以要绝对地逃避。虽然有种种所谓"辟邪"的办法，但总也疑神疑鬼、不得安宁。由于每一个人的生年之"命"是前定的，而且同样前定的，还有人的关于生年的月、日与时（辰）等三大因素，如果将八卦、五行、五方、干支与人的生年的月、日、时诸多因素一一相配，那么，人类在居住问题上所遭遇的凶险与禁忌，不知究竟又有多少！值得说一句的是，这里所说的，仅仅涉及中国古代以"命理"为主题的风水学、风水术中，所谓"觅龙""观水""察砂""点穴"与"正向"这风水五要中的"正向"一维，要是严格地按照古代风水学、风水术的无数的清规戒律去做，那么，真不知道在居住问题上的困难还有多少。

古人笃信、讲究风水，本来是要"趋吉避凶"，企望生活得更加美好，岂料事与愿违、南辕北辙，反而弄得人更焦虑、更痛苦、更不自由。这究竟是人性、人格在居住问题上的解放，还是更受困扰与束缚？值得深思之。

当然，笔者并非要把关于居住的风水学、风水术贬得一无是处。它一方面讲所谓的"命里注定"，即《论语》所谓"死生由命，富贵在天"（"畏天"），另一方面，又强调"天命可移，神功可夺，历数可变"（按：只是其做法是错误的）。如果我们把古代风水学、风水术的"命理"思想去除，那么所剩下的，大约便是朴素的环境学与生态学的思想因素。

第四节　技术理性与朴素的生态环境意识

尽管在文化总体与本涵上，古代风水学、风水术是一种以易理为人文底蕴的巫性文化，它并非是什么"科学系统"，其中不乏迷信、迷妄的思想成分，可是这不等于说，中国古代风水学绝对是人文糟粕。一些技术理性与朴素的环境生态意识等，与中国风水学、风水术存在着不解之缘。我们今天对待风水问题，值得加以尊重与肯定的态度应该是，披砂沥金，汲取合理因素而汰其糟粕。

指南针的发明与磁偏角的发现，有赖于古代堪舆学、堪舆术所谓"辨方正位"的相土尝水的思考与实践。

《周礼·地官》有"惟王建国，辨方正位"的说法。意思是说，帝王营建都城，是一定要"看风水"即辨正都城的城址与方位的。这里的"国"字，指其本义，是都邑的意思。甲骨卜辞中的"国"字，象形，像人手持武器守卫着一个区域。国字的繁体为"國"，从囗（按：读wéi）从或。囗，像四周围合；或，域的本字。班固《西都赋》说："其宫室也，体象乎天地，经纬乎阴阳，居坤灵之正位，仿太紫之圆方。"这里所说的宫室制度，合于风水之理。尤其"居坤灵之正位"一句，揭示了宫室的平面布局，须依循先天八卦方位，以坐北朝南（乾南坤北）为"正位"。这"正位"，汉代是用指南针的前身即司南（或称为栻盘）来测定的。《韩非子》说，先王立司南，以端（按：正）朝夕。可见早在汉代以前，中国已经有了测方位的司南，用于风水术的"辨方正位"。汉代的栻盘，其上有图案，以二十八宿、二十四向（路）、十天干与十二地支相对应。它的人文原型是《周易》的八卦九宫方位说。据考古，距今大约5000年的安徽含山凌家滩新石器晚期墓葬遗址所出土的方形玉版，"正面有刻琢的复杂图纹。在其中心有小圆圈，内绘八角星形。外面又有大圆圈，以直线准确地分割为八等份，每份中有一饰叶脉纹的矢形。大圆圈外有四饰叶脉纹的矢形，指向玉版四角"[①]。这显然体现了有关天圆地方、八卦九宫方位与四正四隅思想的前意识，实际上是汉代司南、栻盘的人文之原。

---

① 李学勤：《走出疑古时代》，辽宁大学出版社，1997，第115页。

东汉王充《论衡·是应》说："司南之杓，投之于地，其柢指南。"[1]这里的"杓"与"柢"，是后代指南针的雏形。指南针的发明，源自中国古代风水术，用于堪舆测定，然后才应用于航海。确实在这古老数术的人文"泥淖"之中，培育了些关于空间、方位之技术理性的萌芽。时至北宋，沈括发现磁偏角。《梦溪笔谈》一书说，方家以磁石磨针锋，则能指南，然而偏东而不指向正南。这提高了"指南"的科学准确性，不啻是始源于远古巫术及风水学、风水术的一个朴素理性的贡献。

这里，将指南针的发明和磁偏角的发现，归之于中国古代风水学、风水术"辨方正位"的理论与实践，称之为"技术理性"，并无任何想要贬低指南针作为中国"四大发明"之一的巨大科技成就和世界性贡献的意思。自从马克斯·韦伯、马尔库塞与哈贝马斯等人提出与确立"技术理性"这一概念以来，人们往往将技术理性与价值理性、科学理性相对立，并等同于工具理性。其实，技术理性是以一定的技术来遵循、征服自然的一种理性及其精神，它是自古就有的。从远古中华晷景（按：影字初文）、司南、栻盘到指南针，就是一个技术理性不断成长与完善的历史过程。由于它不可避免地与中国远古巫文化、风水堪舆之术相联系，所以每前进一步，总是伴随以非理性、反理性与非科学、反科学的若干文化因素。这一技术理性，的确与古代的风水术数相纠缠，具有一定的目的性与工具性，可是又不同于目的理性、工具理性。技术理性的决定性因素之一，无疑是一定的科学理性，否则这种技术，如指南针这样的伟大技术，又何以能够诞生？当然，始于而且用于古代风水术的罗盘（按：又称罗经）作为技术，在理性品格的纯粹性上，又不能等同于科学理性。

它是技术理性的因素存在于一定的风水实践，是对它的同时迎对与排拒、肯定与否定，它并非纯粹理论意义的技术理性系统本身。而且，这种以一定技术理性因素为人文基因的文化，总是与风水学、风水术既"畏天"又"知命"的巫性相联系。与气、八卦的理念相辅相成，具有一定的人文理性与人文诉求，不可避免地存在着对天命与鬼神的信仰。

正如前述，古代理想的风水地理与居住环境，必须具备"龙真，水抱，砂

---

[1] 王充：《论衡·是应篇》，《诸子集成》第七册，上海书店，1986，第173页。

秀，穴的，向正"五要素。这种朴素的生态环境理念的核心，是天命、命理观所支配下的人与环境的亲和。亲和即生态，其间包含着人与环境的和谐因素。所谓和谐，可以存在、发展于自然与自然、自然与社会、社会与社会、自然与人、社会与人、人与人以及人的内心之中，以人内心的和谐为最高境界。《周易》兑（按：读yuè）卦初九爻辞说："和兑，吉。"《易传》对此解读为，"兑，说（按：悦）也"。因而，"和兑"的意思，可以指因"和"而"说"（悦）。

人的精神"和兑"，可以来自求真（科学）、求善（道德）、求美（艺术）与求神（宗教、巫术等）等四大类。古代风水学、风水术自然不同于求神的宗教，但是它是宗教之前所出现的原始巫文化。它给人的可能的快乐（兑），可以来自人与环境对立关系的妥协甚至是和谐，在"畏天"与"知命"之际所求得的所谓吉利，正是这一巫性文化可以令人"和兑"的人文之原。这种"和兑"，不同于又相融于宗教求神、科学求真、道德求善和艺术求美之和谐的愉悦，是可以肯定的。

剔除古代风水学、风水术"和兑"五要素中的天命与命理的人文因素，那么，风水文化格局中的"和兑"，可能体现人居环境的和谐。

人们发现，人的"理想"居所自西北"来龙"而趋于北方的主山，雄伟而葱茏，形成坐北朝南、背山面水的基本形势。就水趣而言，居所之前水系曲致，清缓而流长，或者澄潭净碧，游鱼历历；就气候来说，冬天背寒冽而迎暖阳，夏日祛暑气又沐凉风；加上居所有青山左拱右卫；水系以南，又有案山、朝山俯伏在前；人的所居之所，既近水又高爽，视野开阔，处处植被丰富，生机盎然。这岂不是古人所向往的"好风水"么？负阴抱阳，如封似闭，气韵生动，景物宜人，这用风水学的术语来说，叫做气场（field）充沛；从美学看，叫作有"意境"。

《葬书·外篇》形容所谓风水"四灵"的方位时说："玄武（按：处于居所之北）垂头，朱雀（按：处于居所之南）翔舞，青龙（按：处于居所之东）蜿蜒，白虎（按：处于居所之西）驯俯。"从对"四灵"的崇拜中，可以体会古人对村落、市镇、民居、宫殿、寺观与陵寝等基本平面布局制度的期许。尚廓《中国风水格局的构成、生态环境与景观》一文指出，典型的风水平面结构，应有围合封闭、中轴对称、富于层次与富于曲线等特点。

然而，围合封闭（按：准确地说，是如封似闭）云云，固然生气灌注，山水和谐，也未必是一种超时空的生态环境的"理想国"。这是因为，这一如封似闭的"气场"，固然其间秩序井然，人天互答，曲致有情，其生态营构的理念与环境诉求毕竟还有与神秘之气、八卦方位以及天命命理等思想相联系的一面。它与当代和未来建构于一定科学理性、实用兼审美的生态环境的格局及其意蕴，自然是不一样的。生态之制与生态之美，其品类、其样式是无限丰富的，总在不断地运化与演替之中，因而，不必也不能固守于某一个固定的模式。即使这里所面对的，是"和兑（悦）"的五要素的生态之美，也应该做到因时而宜，与时偕行，不必泥古，更不应该加以神化。

况且，这一如封似闭的风水生态格局，在一些民居中，往往以《周易》后天八卦方位为其平面形制，典型的明清北京四合院的平面布局，仅仅在东南一隅的巽位，设立一个门户，以便供人出入。这一巽位，实际是风水学、风水术所说的"水口"。因此，即便就它的实用意义的交通来说，也可能会令人感到不那么方便。

英国著名学者李约瑟曾经指出：

> 许多方面，风水对中国人是有益的，如它提出种植树木和竹林以防风，强调流水近于房屋的价值。虽然在其他方面十分迷信，但它总是包含着一种美学成分，遍布中国农田、居室、乡村之美，不可胜收，都可借此得以说明。①

这里所说的风水的"美学成分"，实际指在浓重的风水迷信的氛围中，所蕴含的古代朴素环境学与生态学的意识与理念的因素，它们有如莲华，"出淤泥而不染"，亭亭净植。

钱锺书先生曾经说过，"至吾国堪舆之学，虽荒诞无稽，而其论山水血脉形势，亦与绘画之同感无异，特为术数所掩耳"，"堪舆之通于艺术，犹八股之通

---

① 按：《李约瑟论风水》，节译于"*Science and Civilization in China*"（《中国的科学与文明》），范为编译，见《风水理论研究》，天津大学出版社，2005，第336页。

于戏剧"①。风水形势，讲究动静结合。钱锺书引录李巨来《穆堂别稿》卷四十四《秋山论文》"'相冢书云：山静物也，欲其动；水动物也，欲其静'。此语妙得文家之秘"②。

古代中国的诸多画论，深受风水意识理念的濡染。这里试举一例。北宋时期，工画山石寒林、宗于李成画法而画技独具一格的著名画家郭熙，撰成画论《林泉高致》（按：后为其子郭思整理而成），提倡"画亦有相法"之说。他指出："大山堂堂，为众山之主。所以分布以冈阜林壑，为远近大小之宗主也。其象若大君赫然当阳，而百辟（避）奔走朝会，无偃蹇背却之势也。"③显然，这里所说的画山之理，受启于古代风水学、风水术的"龙脉"说。龙脉山势从西北方（按：应在《周易》后天八卦方位的乾位上，乾象征父）向北方奔涌而来，"赫然当阳"，确实"为远近大小之宗主也"，画作之中山峦的空间意象，也是"大山堂堂，为众山之主"，然后才得主次、大小、远近、显隐和揖让之美。这正如南朝谢赫《古画品录》所说，"位置，经营是也"④，这是中国传统绘画的"六法"之一。《林泉高致》又说，"山以水为血脉，以草木为毛发，以烟云为神彩，故山得水而活，得草木而华，得烟云而秀媚"⑤。《宅经》卷上则引《搜神记》说，"宅以形势为身体，以泉水为血脉，以土地为皮肉，以草木为毛发，以屋舍为衣服，以门户为冠带"。两相对照，不难见出，是《林泉高致》的画论活用了《宅经》的风水学思想。《林泉高致》这一说法，渲染画作山水意象的灵蕴葱郁，化用了《宅经》风水学中的生态之思。这又正如谢赫《古画品录》六法之一的"气韵，生动是也"⑥的思想。

不仅如此，古代风水学、风水术与审美的人文联姻，是在作为《周易》后

① 钱锺书：《谈艺录》修订本，中华书局，1984，第57页。
② 钱锺书：《谈艺录》修订本，中华书局，1984，第57页。按：钱先生原注："《青乌先生葬经》：'山欲其凝，水欲其澄'两句下旧注云：'山本乎平静欲其动，水本乎动欲其静。'穆堂引语殆本此。实则山水画之理，亦不外是。"（该书第57页）
③ 郭熙：《林泉高致·山水训》，沈子丞编：《历代论画名著汇编》，文物出版社，1982，第70页。
④ 谢赫：《古画品录》，沈子丞编：《历代论画名著汇编》，文物出版社，1982，第17页。
⑤ 郭熙：《林泉高致·山水训》，沈子丞编：《历代论画名著汇编》，文物出版社，1982，第70页。
⑥ 谢赫：《古画品录》，沈子丞编：《历代论画名著汇编》，文物出版社，1982，第17页。

天八卦方位的祖型即洛书九数的和谐与均衡之中。正如前文论及，后天八卦方位的人文理念，在古代风水学、风水术中，显得尤为活跃与重要。后天八卦方位的祖型，是洛书。洛书的平面布局是：一（北）、三（东）、五（中）、七（西）、九（南）与二（西南）、四（东南）、六（西北）、八（东北）等九个数的集群。朱熹《周易本义·图说》说："洛书盖取龟象。故其数，戴九履一，左三右七，二四为肩，六八为足"①，此之谓也。清代著名易学家胡渭《易图明辨》卷二，据后天八卦方位，列出一个图表，在八卦九宫方位上相应地配以九个数。这九个数在方位上的位置关系，正与洛书相同。这便是：离（九）、坎（一）、震（三）、兑（七）、坤（二）、巽（四）、乾（六）、艮（八）、中（五）。

这里，值得强调的是，洛书九数集群，具有一个奇妙的数的结构，就是无论横向、竖向还是斜向的三个数字相加，它们的和都是相等的，都是十五。这也便是西方学者所说的 "magic square"（魔方）。三十多年前笔者发现这一九数集群结构的奇妙②时，顿时充满了对洛书与后天八卦方位的敬畏与感动。

在古人那里，无论河图、洛书以及以先天八卦方位、后天八卦方位为人文之原的风水地理之学，都是一个和谐且均衡的"气场"。其中作为中国风水学、风水术人文原型的后天八卦方位，是可以用这一九数集群中横、竖与斜向三数的和都相等于十五来加以表达的，它实际上是"生气"灌注的动态平衡。在古人崇信的风水地理中，所谓理想的地理环境，必然先天造就而人力不为，天生符契该数群的和谐与均衡，这便是所谓"命"；理想的人文环境，是尊先天而以后天成之，这后天成之的数群，同样达成了数群的和谐与均衡，这便是"运"。人们对"运"的认识与把握，便是所谓"知命"。"畏天"（命）和"知命"（运）二者的文化本涵，在于文化人类学关于巫学意义的"数"，既是尊"数"又是成"数"的。《左传·僖公十五年》说："筮，数也。"《易传》说："昔者圣人之作易也，幽赞于神明而生蓍，参天两地而倚数，观变于阴阳而立卦，发挥于刚柔而生爻，和顺于道德而理于义，穷理尽性以至于命。"③这里的

---

① 朱熹：《周易本义·图说》，怡府藏版影印本，天津市古籍书店，1986，第1—2页。

② 按：请参见王振复：《巫术——〈周易〉的文化智慧》，浙江古籍出版社，1990，第74—78页。

③ 《易传·说卦》，朱熹：《周易本义》，怡府藏版影印本，天津市古籍书店，1986，第346—447页。

"数"，既指先天的"宿命"，又指后天人为即"知命"。在易筮文化及其风水学中，"数"是巫性，也就是"畏天"（命）兼"知命"（运），且以"畏天"为主的人文符号，不同于数理意义的"数"。它是理性意义的数学的一个人文渊源，却并非理性数学本身。它是一种非理性兼原始理性、筮数与人文意象的"神秘的互渗"，或者可以称之为"某种神秘的氛围、某种'力场'"[①]可是，这一"数"的"阴影"结构，又在文化美学意义上开启了关于数的审美性和谐，其中尤其是关于事物均衡性的审美。后天八卦方位图，共九个方位（包括中位），分别对应于洛书九数：离南（九）、坎北（一）、震东（三）、兑西（七）；艮东北（八）、巽东南（四）、坤西南（二）、乾西北（六）；中位（五）。4+9+2=3+5+7=8+1+6=4+3+8=9+5+1=2+7+6=4+5+6=8+5+2=15。

当我们摒弃中国古代风水学、风水术及风水地理的命理与迷信因素时，蕴含于其间的审美因素，就会凸显出来。数与数的关系的和谐，达成形式上的均衡之美，存在于以洛书为人文原型、以《周易》后天八卦方位为人文之原的古代风水学、风水术的文化之中。

关于数，古希腊毕达哥拉斯学派认为，数是"更高一级的实在"。除了数，"一切其他事物，就其整个本性来说，都是以数为范型的"[②]。这主要是就哲学、美学来谈"数"的问题，与古代中国的洛书、后天八卦方位理念及风水巫性意义的"数"，在人文品格上有所区别。可是，古希腊这一学派所说的哲学与美学的"数"的原型，是建构在关于"数"的绝对崇拜与种种"数"的禁忌基础之上的，实际上并未走出关于"数"的神性、灵性与巫性的历史与人文"阴影"。就此而言，西方古希腊与东方古代中国风水的"数"，又无疑具有相通的一面。

当我们坚持认为古希腊关于美在于数的和谐与均衡这一美学原则时，同时也包含着对于中国风水文化九数集群的数的和谐、均衡的审美因素的认同。就审美来说，和谐可以是一种美。作为风水地理的人文基础的数的和谐，虽然总

① ［法］列维-布留尔：《原始思维》，商务印书馆，1981，第201页。

② ［希腊］亚里士多德：《形而上学》，99b29—990a12、985b9-33，引自范明生：《古希腊罗马美学》，蒋孔阳、朱立元主编：《西方美学通史》第一卷，上海文艺出版社，1999，第62、62—63页。

是处于命理的笼罩与纠缠之中，但是九数集群的每一个数，与它数个个不同，却"和兑（悦）"地处在同一"气场"之中。这种来自数的"和而不同"的系统与结构，包含一定的审美因素。至于说到均衡，是指系统、结构的一种由多因素所构成的平衡。平衡可以是对称的，也可以是非对称的。不对称的动态平衡，就是均衡。古人说："升明之纪，正阳而治。德施周普，五化均衡。"①这里所说的"升明"，指五行属火之夏②；"德"，品性义；"五化"，指在中医养生中，按五行生克律而随时序、季节变化所施行的适人、适时的调治。关于身心调治，古人依五行运替的道理、时气演化的原则与"四维八纲"③而作"与时偕行"的把握，这种把握是整体而系统的，从而随顺与追求身心养护的平衡，即均衡的境界。

这种均衡，固然与这里正在解读的风水审美的均衡有所不同，但是，这里所说的"五化均衡"，可能是均衡这一范畴在中华典籍中最早的文本出处，它因"五化"的时空性而与风水审美的均衡之义，具有一定的人文联系。人居风水文化，同样崇信而且要求达到环境的均衡，其中显然包含均衡之美的审美因素，其理想模式与人文之根，便是一定的风水地理格局，可以上溯于《周易》后天八卦九宫方位、洛书九数集群中每三数之和都等于十五的均衡，其实也是大化流行的郁勃生气的均衡。

在审美上，均衡之美，是一种事物系统、整体存在的动态平衡。艺术审美的语言、文字、线条、块面、色彩、质地、音质、音色、节奏、旋律以及大小、主次、高下、远近、明暗、显隐与动静等因素所构成的一定的系统、结构与意象，如果能够生成一定的动态平衡，那么均衡之美，便是普遍地存有与运化，普遍地可创造与传达的。由于均衡之美，总是在那种"和而不同"的前提下才可能生成的，因而，它是一定系统、结构与意象的多样的整一兼整一的多样。多样而不整一是杂乱，整一而不多样是单调。它是对"同而不和"以及杂乱甚

---

① 《黄帝内经·素问·五常政大论》（影印本），人民卫生出版社，2013。

② 按：《黄帝内经·素问·五常政大论》（影印本）有"火曰升明"语，人民卫生出版社，2013

③ 按：四维：营、卫、气、血；八纲：阴阳、虚实、寒热、表里。四维八纲，是中医的基础医理之一。

至因为对称性平衡而可能引起的呆板与蠢笨的断然拒绝。它也与单调、死寂等无缘。它其实便是那种生气洋溢、超然于物性的诗趣空灵的意境之美。就风水地理的生态环境及建筑美的创造来说，蕴含于洛书、后天八卦九宫方位的数的均衡，在拂去其历史尘埃与巫性人文氛围的前提下，确实可以为一座城市、一个村落或者社区、民居等生态环境的均衡之美的规划与设计、创造和欣赏，提供有益的启示。

附录一 巫文化考释

关于中国文化中的"巫"字之义，有学者以为，"亦不外下列十义：第一，可释为卜筮之'筮'字；第二，可释为一种祭祀的名称，类似'方祀、望祀'；第三，可释为国名；第四，可释为地名；第五，可释为一种神名；第六，可释为一种人；第七，可释为四方的方位；第八，可释为舞；第九，可释为规矩形；第十，可释为一种巫行法工具。"[1]

这里所说的巫的"十义"，归纳甚为妥善。

笔者以为，前列"十义"，其中"第三""第四"与"第七"义，可能与"巫"字本义关系不大。比如，甲骨卜辞被释读为巫字的那个字[2]，《甲骨文字典》释为"地名"，称其"字形结构不明，形近于巫"[3]，这一释读是比较谨慎的。又如，关于巫指"四方的方位"读解，看来也难以肯定。巫并非指"四方的方位"，而是指巫居于"四方"。古代有"四方巫"之说。饶宗颐说，"为巫字，东即东巫，四方巫之一"[4]。

或许可以说，并不是"巫"字具有"十义"，而是学界关于巫字意义尚有

---

[1] ［韩］赵容俊：《殷商甲骨卜辞所见之巫术》（增订本），中华书局，2011，第60—61页。

[2] 参见郭沫若主编、胡厚宣总编辑，中国社会科学院历史研究所《甲骨文合集》编辑工作组集体编辑：《甲骨文合集》二九五，中华书局，1978—1982。

[3] 徐中舒主编、常正光、伍仕谦副主编：《甲骨文字典》，四川辞书出版社，1989，第497、496页。

[4] 饶宗颐：《殷代贞卜人物通考》，香港大学出版社，1959，第287页。

十种不同的解读。

关于"巫"作为卜筮的"工具""道具"之说，首先关系到对于"工"字意义的理解。

关于工字，学界已有诸多解说。其中最权威的，大概莫过于东汉许慎《说文解字》所说，"巫，祝也。女能事无形，以舞降神者也。象人两袖舞形，与工同意"①。工，《说文解字》称，"巧饰也，象人有规矩也，与巫同意，凡工之属皆从工"②。

这就是说，巫，"与工同意"；工，"与巫同意"。

似乎可以说巫即工、工即巫。因而，今人多将"工"解释为"工具"（道具），这近似许慎所说。今人之所以释巫为巫术工具，是因为许慎解释巫字意义"象人有规矩也"的缘故。正如李孝定所说，"许云'象人有规矩也'，因疑工乃象矩形。规矩为工具，故其义引申为工作、为事功、为工巧、为能事。"③

可以将巫术称为巫性的"工作"而并非现当代人所指的一般的工作。在此意义上，工字是巫字的本字，所以许慎既说巫"与工同意"，又说工"与巫同意"，在巫性意义上，"巫"与"工"字可以互训。

然而考工字本义，学界歧义互见。除"规矩""工具"等说外，还有以"工"为"玉""斧""示""贡""功"④等解读。

早有学者指明，将"工"释为"工具"（道具）之类，虽则与巫有涉，却可能并非巫字本义。

---

① 许慎：《说文解字》，中华书局影印本，1963，第100页。

② 同上。

③ 李孝定编述：《甲骨文字集释》（凡八册），中国台湾中研院历史语言研究所，1970，第1594页。

④ 按：孙海波：《卜辞文字小记》（《考古学社社刊》第3期）认为，卜辞中的巫字，"象巫在神幄，两手奉玉以祀神，是知工即玉也。引申之治玉之人曰工。"姜亮夫《汉字结构的基本精神》（《浙江学刊》1963年第1期）："譬如能代表石器时代所遗留的生产工具的文字，只有一个'工'字，此应是石器时代所遗的斧形工具"。饶宗颐：《殷代贞卜人物通考》（香港大学出版社，1959，第582页。）指出，"'寅卜，事贞：多工亡尤'。（《粹编》一二八四）按，多工即多宗。他辞云：'于多工'（《粹编》一二七一）与此同"。于省吾《骈续》十一《释工典》："郭沫若引《诗》'工祝致告'为说，不知工，官也，系名词，典亦名词，于文理实不可解。工应读作贡"，"《易·系辞》：'六爻之义易以贡'。注：'贡，告也'《释文》：'贡，京陆虞作工，荀作功'。是其证。"

许君训工"巧饰也，象人有规矩也，与巫同意，非其溯也"。[①]

吴氏（按：吴其昌）谓工之夙义为斧恐未必，然以时代言，契文之工、舌应早于吴氏所举金文诸器之作工者，则金文之作工者乃由舌所讹变，非本象斧形也。[②]

《甲骨文字诂林》云，此字（按：工）形体来源，迄无定论。孙海波谓象玉形，吴其昌谓象斧形，诸家皆已辩其误。《说文解字》以为"巨"字即规矩之象，乃据篆文形体立说，验之商周古文字皆不合。[③]

所言是。许子称工"与巫同意"或巫"与工同意"都是对的。然而他把"工"解读为"巧饰也，象人有规矩也"则未妥。所谓"巧饰""规矩"义，为工字后起义。

考巫字本义的关键处，在于厘清"巫"字与"筮"字的文义联系。

学者为求证明"巫"字之义作为巫术"工具"的言说，力倡巫字是筮字"本字"之见。饶宗颐先生说，"巫与筮通。《周礼·簭（按：筮）人》有'九簭'，曰巫更巫咸等，郑注：'巫读皆当为筮。'"[④]张日昇曰："窃疑，字（按：指巫）象布策为筮之形，乃筮之本字。《易·蒙卦》'初筮吉'注云：'筮者，决疑之物也。'筮为巫之道具，犹规矩之于工匠，故云'与工同意'。"[⑤]

这里，值得进一步讨论的问题是：

考甲骨卜辞，几乎随处可见巫字，如"巫帝一犬一豕"[⑥]"戊寅卜巫又伐"[⑦]与"甲子卜巫帝"[⑧]，等等。迄今尚未检索到甲骨文字"筮"。这可以证明筮字可

① 孙海波：《卜辞文字小记》，《考古学社社刊》第3期，1935，第73页。

② 李孝定编：《甲骨文字集释》，中国台湾中研院历史语言研究所，1970，第1593页。

③ 于省吾主编，姚孝遂按语编撰：《甲骨文字诂林》第四册，中华书局，1996，第2918页。

④ 饶宗颐：《殷代贞卜人物通考》，香港大学出版社，1959，第41页。

⑤ 李孝定、周法高、张日昇等编著：《金文诂林》，香港中文大学出版社，1977，第2893页。

⑥ 郭沫若主编、胡厚宣总编辑，中国社会科学院历史研究所《甲骨文合集》编辑工作组集体编辑：《甲骨文合集》二一〇七八，中华书局，1978—1982。

⑦ 郭沫若主编、胡厚宣总编辑，中国社会科学院历史研究所《甲骨文合集》编辑工作组集体编辑：《甲骨文合集》四〇八六六，中华书局，1978—1982。

⑧ 郭沫若主编、胡厚宣总编辑，中国社会科学院历史研究所《甲骨文合集》编辑工作组集体编辑：《甲骨文合集》三四一五八，中华书局，1978—1982。

能是后起字。巫字从工。而关于筮，《说文解字》说，"筮，易卦用蓍也"①。筮的操作仪式是以蓍竹为算术的，《周易》古筮法的"十八变"，"布策为筮"，称为"算策"。金文有"筭"（即算）字，"筭字从竹从弄，而弄字从玉"②，不从工。

假如像饶宗颐先生所认为的那样，卜辞中的巫字"读皆当为筮"，这就不啻是说，甲骨卜辞所说的"巫"，都是以"筮"来占卜的。这与史实不符。固然筮属于巫术的一种，"筮"通"巫"，但是正如《广韵》所云，"龟曰卜，蓍为筮"；《礼记·曲礼》也说，"龟为卜，筴（算，筭）为策"；《诗·氓》也有"尔卜尔筮"的诗句，卜与筮是两种不尽相同的预测方法。筮（筭，算）与卜都属于巫，饶宗颐先生也说，"龟（按：卜）与策（按：筮，算）之异其事，昭然若揭"③。虽然在周代易筮盛行的时候，同时以卜为占，而卜在前而筮在后，这是于史有证的。从文字学角度，或者可以证明"巫"是"筮"的本字，相反，则难以证明"筮"是"巫"的本字。

如果将筮字释为巫的本字，于义未通。有学者以为，比如"丙戌卜贞巫曰集贝于帚用若（诺）一月④的"巫曰"，释为"筮曰"亦可。这是没有历史理据的。卜辞中作为主语的"巫"，如果释为"筮"，那就等于认为甲骨占卜所用的材料，并非是牛胛骨、羊胛骨与龟甲之类，而是蓍草、筮竹等。

在卜辞中，巫指那些所谓通阴阳、天地、神人的"巫人"，这样的辞例尚为多见，如"乙酉卜巫帝犬"⑤等。正如前述，这里"巫帝"的"帝"，应读为"禘"（按：祭名，夏祭曰禘），名词作动词用。这类"巫"字，是"巫人"，指从事巫术活动的人，并非指巫术方式或结果。卜辞有"东巫""西巫"等"四方巫"之说，如"帝东巫"⑥这一卜辞就是如此。"为巫字，东即东巫，四方巫之一"⑦。

① 许慎：《说文解字》，中华书局影印本，1963，第96页。
② 杨树达：《积微居金文说》卷二，科学出版社，1959，第383页。
③ 饶宗颐：《殷代贞卜人物通考》，香港大学出版社，1959，第40页。
④ 李旦丘：《铁云藏龟零拾》二三，中法文化出版委员会，1939。
⑤ 郭沫若主编、胡厚宣总编辑，中国社会科学院历史研究所《甲骨文合集》编辑工作组集体编辑：《甲骨文合集》四〇三九九，中华书局，1978—1982。
⑥ 郭沫若主编、胡厚宣总编辑，中国社会科学院历史研究所《甲骨文合集》编辑工作组集体编辑：《甲骨文合集》五六六二，中华书局，1978—1982。
⑦ 饶宗颐：《殷代贞卜人物通考》，香港大学出版社，1959，第287页。

　　总之，"巫"，显然指"巫人"而并非指"筮"。将卜辞中的"巫"字读作"筮"，等于承认殷周之时，中国原巫文化只有易筮而没有甲骨占卜。

　　再说巫字从工这一问题。何金松说："工字在甲骨文中有两种形体。《甲骨文编》曰：'武丁时期工字作𠙹'，'祖庚祖甲以后工字作工'。金文大致有三形：𠙹、工、工。都由繁而简地进行演变。"①古时有"百工"。《尚书·尧典》："允厘百工，庶绩咸熙。"伪孔传："工，官也。"《周礼·冬官·考工记》："国有六职，百工与居一焉。"《周礼》注，"百工，司空事官之属"，"司空掌营城廓，建都邑，立社稷宗庙，造宫室车服器械百工者"。在中国文化中，后代"百工"，显然由殷周之"巫"（按：先卜后筮）而非仅为"筮"发展而来。除了"筮"，更古远的，还有"卜"。②掌管都邑、宫室营造的官职之所以称"百工"，都因原古的巫字从"工"之故。"百工"所从事的营造活动，时时处处离不开古代风水学、风水术。"风水"的文化属性是巫术的巫性。这是与现当代的营造活动有所不同的。当然，从宫室营造的环境学、生态学角度看，古代风水（堪舆）术除了讲命理迷信，同时包含着朴素的环境与生态的理念，这一部分，又与现当代的建筑与环境的设计、建造相通。

　　巫作为通阴阳、参天地、应神人的特殊人物。他（她）以所谓"神通广大""无所不能"为能事。巫，既是人又是神，自称既"通神"又"降神"，其人文属性，处在人与神之际。这便是陈梦家"若以巫为主词，则他是一种人；若以巫为间接宾词，则他是一种神"的意思。

　　关于"巫"的神话传说，实际许多是有关巫师或图腾崇拜的"故事"，这被马林诺夫斯基称为"巫术神话"或"图腾神话"。正如前述，神话是一种"话语"方式，神话的内容，往往是关于巫术与图腾的。那些神话中的祖神、英雄等，都是"神通广大"的人，实际是大巫师之类的人物。

　　巫的神话，又与历史相关。中华原始文化中神话和历史的关系，是一个有趣而似乎有点儿纠缠不清的"话题"。在一贯崇尚历史的古老国度里，神话传

---

① 何金松：《汉字形义考源》，武汉出版社，1996，第179页。

② 按：尽管殷周往往卜、筮互具，作为中国巫术文化的两大形态，倘论起源，毕竟卜在前而筮于后。《左传·僖公四年》云："筮短龟长，不如从长。"即为明证。见《左传》（全二册），上海古籍出版社，2015。

说往往被打扮成"历史"。《尚书》这一历史典籍，免不了有神话传说的"积极参与"。法国汉学家马伯乐的《书经中的神话》，曾经不妥地称《尚书》纯为"冒牌历史"。其要求在此"冒牌历史"的记述中，"寻求神话的底子"①的意见，倒还是不错的。关于巫的起源，《尚书·吕刑》有关记载值得引录：

> 若古有训。蚩尤惟始作乱，延及于平民。罔不寇贼，鸱义奸宄，夺攘矫虔。苗民弗用灵，制以刑，惟作五虐之刑曰法。杀戮无辜，爰始淫为劓刵椓黥。②

> 上帝监民，罔有馨香德，刑发闻惟腥。皇帝哀矜庶戮之不辜，报虐以威，遏绝苗民。无世在下。乃命重黎，绝地天通，罔有降格。③

这一引录的内容，是两段周穆王的诰词。其一说，往古蚩尤作乱，祸及平民百姓。无不偷盗横行，巧取豪夺，纲纪不振。苗民不遵政令，便以"五虐"酷刑以代法纪，滥杀无辜。其二又说，上帝察视苗民社会，知晓此处无有花一般芬芳之德政，刑法滥用，到处为血腥之气。颛顼哀怜无罪而被杀戮之人，以德政威权审判忤虐苗蛮，让其断子绝孙，于是，命令传说中作为颛顼之孙而通天的重，主持天上之事；又命其另一孙子管人事的黎，来治理地上之细民百姓，禁止百姓和神灵相通。由此，天与地、神与民之间，再也不能升降交通，此之谓"绝地天通"。周穆王说，此乃古代治理天下之教训。

两段引文，最重要的是"乃命重、黎，绝地天通，罔有降格"这一句话。

在中国原始神话传说和原始人文意识中，鸿蒙初开，人智极其低下。在人的意识中，天地、神人原本未分，即无所谓天、地，也无所谓神、人。《庄子》有云："南海之帝为儵，北海之帝为忽，中央之帝为浑沌"，此之谓也。文明始起，意识觉悟便有所谓"儵"和"忽"（指时空）"谋报浑沌之德"，面对"浑

---

① ［法］马伯乐：《书经中的神话》，商务印书馆，1936，第1页。

② 《尚书·周书·吕刑》，江灏、钱宗武：《今古文尚书全译》，贵州人民出版社，1990，第434页。

③ 同上。

沌"而"尝试凿之","日凿一窍，七日而浑沌死"①。就原巫文化的发生而言，所谓"浑沌死"究竟意味着什么？

它意味着这一世界，原本无所谓天上地下、神界人间，它原本浑沌一片，是不分彼此的。由于人智大进而茅塞顿开，便在人文意识中分出天地、神人之类。这有如古印度《梨俱吠陀》（按：印度吠陀经之一）的"宇宙树"（Cosmic Tree）一般。一旦"宇宙树"这一神话"奇迹"被创造完成，就意味着人类已经具有智慧能力，将世界分为天地、神人两极而相互不得交通。作为两极之际的一个中介与联系，这种"宇宙树"便应运而生。但在古印度文化中，"宇宙树"并非通天地、神人的一个"原巫"。

中国文化本无"宇宙树"的人文理念，有些相似的，是所谓"扶桑""建木"。《玄中记》称，天下之高者，有扶桑，无枝木焉。上至于天，盘蜿而下屈，通三泉。《山海经·海内南经》云："有木，其状如牛，引之有皮，若缨、黄蛇。其叶如罗，其实如栾，其木如芑，其名曰建木。"②上至于天而下通三泉者，扶桑也；而"建木在都广，众帝所自上下。日中无景（按：影之本字），呼而无响，盖天地之中也。"③其人文之功，在于交通于天地、神人、物我。这是一种新起的"天人合一"的人文意识，亘古而始有，与"浑沌死"之前的"原始混沌"不同，也便是"浑沌死"之后所建构的"天人合一"的新人文模式。它剥夺了绝大多数人"通天""通神"的智慧、能力和权利，并将其作为可以由"建木"等"所自上下"的所谓"众帝"的专权。

《尚书》所说的司天以属神即重与司地以属民即黎"通神""通人"的情形，便是如此。所谓"绝地天通"，是将"浑沌死"前的"原始混沌"格局打破，变成在"浑沌死"之后重、黎专司的权能。

> "绝地天通"借口苗民作乱取消苗黎族的通天之权，改变"九黎乱德，神民杂糅"的境况，是为了使天地、神人之间的秩序有条有理，而并非绝

---

① 《庄子·应帝王》，王先谦：《庄子集解》卷二，《诸子集成》第三册，上海书店，1986，第51页。

② 《山海经·海内南经》，陈成：《山海经译注》，上海古籍出版社，2014，第287页。

③ 《淮南子·坠形训》，《淮南子》卷四，《诸子集成》第七册，上海书店，1986，第57页。

对地断绝天地、神人之间的一切联系与交往。于是，一个新的问题就提出来了。此即究竟由什么（谁——原注）来维系天地、神人之间的联系与交往呢？民当然仍想有"登天"之举，这一目的可以通过巫（觋——原注）来完成。①

可见重、黎者，便是中国古代神话传说中的"原巫"，重与黎，是中华原巫文化理念意义上的人文原祖。

关于中国原巫文化的古籍记载，浩如烟海，这里所说的，可谓瀚海拾贝。且不说殷周甲骨卜辞实为巫辞，且不说金文所记载的巫例俯拾皆是，亦不说《周易》通行本、帛书本与楚竹书本等，都是与巫筮相涉的，以笔者仅见，如《四库术数类丛书》②，收录于文渊阁本《四库全书》术数类古籍五十种。据袁树珊编著《中国历代卜人传》一书，凡"三十九卷，表一卷，索引一卷。自上古羲农，至民国初先贤，凡三千八百余人"③。所载"大都对于阴阳术数，卜筮星相，多所发明。或具特长，或大圣大贤，忠孝节义，儒林文苑，隐士方外，兼研此术"④。可谓搜罗宏富，其实并未搜罗无遗。

中国古籍有关中国巫术文化的记载文字，远远超过同样重要的原始神话与图腾资料。这是有目共睹的。

《山海经》说：

有灵山，巫咸、巫即、巫盼、巫彭、巫姑、巫真、巫礼、巫抵、巫谢、巫罗十巫，从此升降，百药爰在。⑤

巫咸国在女丑北。右手操青蛇，左手操赤蛇。在登葆山，群巫所从上下也。⑥

---

① 王振复：《中国美学的文脉历程》，四川人民出版社，2002，第12—13页。

② 按：《四库术数类丛书》，凡九卷，上海古籍出版社，1990。

③ 袁树珊编著：《中国历代卜人传·中国历代卜人传提要》，中国台湾新文丰出版公司，1998。

④ 袁树珊编著：《中国历代卜人传·例言》，中国台湾新文丰出版公司，1998。

⑤ 《山海经·大荒西经》，陈成：《山海经译注》，上海古籍出版社，2014，第347页。

⑥ 《山海经·海外西经》，陈成：《山海经译注》，上海古籍出版社，2014，第264页。

作为"古之巫书"①的《山海经》，以巫咸为"十巫"之首，这是神话传说中的大巫、原巫的共名。《说文》据《世本》有云："古者巫咸初作巫。"②称巫咸"初作巫"，或为有据。后世《太平御览》卷七九引《归藏》则进一步将此坐实，其文曰："黄神（按：黄帝）与炎神（按：炎帝）争斗涿鹿之野，将战，筮于巫咸。曰：果哉，而有咎？"根据这一记述，巫咸与炎黄是同时的，岁时极其古远。根据《左传》"筮短龟长，不如从长"的言述，龟卜的始起较巫筮为悠久。先有卜骨，主要是羊胛骨与牛胛骨，羊者祥也；牛性力蛮而勤劳，二者首先被选为卜骨，是很有道理的。韩国学者朴载福说，从目前的材料看，中国最早的卜用甲骨发现于河南仰韶文化时期的文化层中。在甘肃马家窑、内蒙古富河文化考古中所发现的，都是卜骨。而发现的卜甲，目前最早的属于商代河南郑州二里岗文化。③

易筮的智慧水平远在龟卜之上，传说与炎黄同时的巫咸居然已能"筮"，可能于史无据。然而《山海经》中的这两则材料，一则指明原巫以巫咸为首；二则说明巫所从事的是"升降"之术，所谓"群巫所从上下"；三则点明巫的"作法"方式，是"右手操青蛇，左手操赤蛇"。《山海经》多言神怪故事，记录诸多神话传说，神话的内容大多属于原巫文化范畴。

先秦古籍，作为"五经之首"的《周易》通行本卦爻辞，大都是易筮记录。其中有些卦爻辞，如蒙卦卦辞"初筮告，再三渎，渎则不告，利贞"与巽卦九二爻辞"用史巫，纷若吉，无咎"等，是直接言述"筮"与"史巫"的记录。

《尚书》有云：

> 禹曰："枚卜功臣，惟吉之从。"帝曰："禹！官占惟先蔽志，昆命于元龟。朕志先定，询谋佥同，鬼神其依，龟筮协从，卜不习吉。"④

---

① 鲁迅：《中国小说史略》云，《山海经》"记海内外山川神祇异物及祭祀所宜"，"所载祠神之物多用糈与巫术合，盖古之巫书也"。（《鲁迅全集》第九卷，人民文学出版社，1957，第31页）

② 许慎：《说文解字》，中华书局影印本，1963，第100页。

③ 按：参见韩国朴载福：《先秦卜法研究》，上海古籍出版社，2011，第16、32页。该书由作者以汉语写成。

④ 《尚书·虞夏书·大禹谟》，江灏、钱宗武：《今古文尚书全译》，贵州人民出版社，1990，第43—44页。

　　七、稽疑：择建立卜筮人，乃命卜筮。曰雨，曰霁，曰蒙，曰驿，曰克，曰贞，曰悔，凡七。卜五，占用二，衍忒。立时人作卜筮。[1]

　　作为"上世帝王遗书也"[2]的《尚书》，所载上古巫术材料甚多。所录"鬼筮"即卜筮，其功在于"稽疑"。巫者，循天则以断人事也。而且指明龟兆、卦象凡七。[3]《尚书》又说，"伊陟相大戊，亳有祥桑谷共生于朝，伊陟赞于巫咸"[4]。正如前述，巫咸是原古大巫。《离骚》："巫咸将夕降兮，怀椒糈而要之。"王逸《离骚》注："巫咸，古神医也。当殷中宗之世。"是为证。

　　《左传》《国语》所涉巫例亦甚多。《左传》有云，"秋，齐侯伐我北鄙。中行献子将伐齐，梦与厉公讼，弗胜"，"公以戈击之，首坠于前，跪而戴之，奉之以走，见梗阳之巫皋"，"巫皋曰：'今兹主必死。若有事于东方，则可以逞。'献子许诺"[5]。巫皋之言，斩钉截铁，似乎不由人不信，巫之权威大矣哉。《国语》："明王圣人能制议百物，以辅相国家，则宝之；玉足以庇荫嘉谷，使无水旱之灾，则宝之；龟足以宪臧否，则宝之"[6]。楚有五宝，"玉""龟""珠""金"和"山林薮泽"。其中尤重者为玉、龟，两者皆通灵之物，其中龟者，为巫术灵具。《周礼》云："国有六灾。则帅巫而造巫恒。"[7]《楚辞》曰："帝告巫阳曰：

① 《尚书·周书·洪范》，江灏、钱宗武：《今古文尚书全译》，贵州人民出版社，1990，第241页。

② 《尚书·序》，江灏、钱宗武：《今古文尚书全译》，贵州人民出版社，1990，第2页。

③ 按：《尚书·商书·盘庚》有"盘庚五迁"之记。其云，"明听朕言，无荒失朕命"，"非敢违卜，用宏兹贲"。《盘庚》上下篇告于群臣、中篇告于庶民。以诰文号令天下，动员迁都。原因是，旧都邑风水有凶，未敢违逆"卜"命，而据占卜，新都安阳风水吉利。古时风水术，为巫术之一种。

④ 《尚书·商书·咸义》，江灏、钱宗武：《今古文尚书全译》，贵州人民出版社，1990，第152页。

⑤ 《左传·襄公十八年》，《春秋左传正义》，杜预注、孔颖达正义，阮刻《十三经注疏》本。

⑥ 《国语·楚语下》，邬国义、胡果文、李晓路：《国语译注》，上海古籍出版社，1994，第548页。

⑦ 《周礼·春官·司巫》。按："恒，久也。"孙诒让：《周礼正义》五十"司巫"云，清人汪中以为"恒"为"咸"之"转语"，故此"巫恒"即指"巫咸"。

'有人在下，我欲辅之。魂魄离散，汝筮予之。'"①《庄子》素以先秦道家哲学名，书中言及"不材之木""以至于此其大也"时，却写到巫："故未终其天年，而中道之夭于斧斤，此材之患也。故解之以牛之白颡者与豚之亢鼻者，与人有痔病者，不可以适河。此皆巫祝以知之矣，所以为不祥也。此乃神人之所以为大祥也。"②《韩非子》又说，"今巫祝之祝人曰：'使若千秋万岁！'千秋万岁之声恬耳，而一日之寿无征于人，此人所以简巫祝也。"③

上古巫与觋、祝有别。《国语·楚语下》云："在男曰觋，在女曰巫。"④可能反映了上古之巫的文化实际。此主要非以性别而以职能分类。《国语》注："觋，见鬼者也。""见鬼"似为男觋之专职。而一般与鬼神交通之事，为男觋女巫之共同职能。其间，女巫似更擅长于以歌舞召唤鬼神以通人事。"而敬恭明神者，以之为祝"⑤，其职能似侧重于通鬼神之祭祀。《周礼》有"司祝"之称谓。殷代甲骨卜辞有"祝"字。卜辞有"贞祝于祖辛"⑥等记。《说文》云："祝，祭主赞词者。"徐中舒等云，祝，"象人跪于神主前有所祷告之形"⑦。祝者，一说"男巫"。所据为《诗·小雅·楚茨》"工祝致告，徂赉孝孙"之记。"工祝"者，巫祝也。因"工祝"祭于祖神（按：宗庙之祭），故释"祝"为"男巫"。

巫、觋和祝三者的区别其实不大，都是通鬼神以就人事的人物。之所以有些区别，除时代因素，恐多为地域有异使然。否则，为什么《国语》称"在男曰

① 《楚辞·招魂》，董楚平：《楚辞译注·招魂》，上海古籍出版社，2003，第244页。
② 《庄子·内篇·人间世第四》，王先谦：《庄子集解》卷一，《诸子集成》第三册，上海书店，1986，第29页。
③ 《韩非子·显学第五十》，王先慎：《韩非子集解》，《诸子集成》第五册，上海书店，1986，第356页。
④ 《国语·楚语下》云："古者民神不杂。民之精爽不携贰者，而又能齐肃衷正，其智能上下比义，其圣能光远宣朗，其明能光照之，其聪能听彻之。如是则明神降之，在男曰觋，在女曰巫。"（邬国义、胡果文、李晓路：《国语译注》卷十八，上海古籍出版社，1994，第529页）
⑤ 《国语·楚语下》，邬国义、胡果文、李晓路：《国语译注》卷十八，上海古籍出版社，1994，第529页。
⑥ 郭沫若主编、胡厚宣总编辑，中国社会科学院历史研究所《甲骨文合集》编辑工作组集体编辑：《甲骨文合集》七八七，中华书局，1978—1982。
⑦ 徐中舒主编，常正光、伍仕谦副主编：《甲骨文字典》，四川辞书出版社，1989，第24页。

觋，在女曰巫"，而《周礼》则称"男亦曰巫"？古籍往往巫觋[1]、巫祝[2]并称。

司马迁《史记》一书中，也不乏卜筮的记录。《五帝本纪》称，"有土德之瑞，故号黄帝"，"土德"就是属土的祥瑞，传说中的黄帝是具有巫性的。"帝颛顼高阳者，黄帝之孙而昌意之子也。静渊以有谋，疏通而知事；养材以任地，载时以象天，依鬼神以制义，治气以教化，絜诚以祭祀。"[3]"祭祀"，是巫师的本业之一。至于该书《龟策列传》（按：此篇由西汉元、成年间褚少孙所增补），因为"言辞最鄙陋"而受到唐人的批评，毕竟其所记载的，是诸多巫术文化的资料。[4]

张光直认为，中国古时的巫，类于"萨满"（Shamman），其实"萨满"便是巫师的一种。张先生曾引述亚当·瓦立之言有云：

> 在古代中国，祭祀鬼神时充当中介的人称为巫。据古文献的描述，他们专门驱邪、预言、卜卦、造雨（按：即所谓"呼风唤雨"）、占梦。有的巫师能歌善舞。有时，巫就被释为以舞降神之人。他们也以巫术行医。在作法之后，他们会像西伯利亚的萨满那样，把一种医术遣到阴间，以寻求慰解死神的办法。可见，中国的巫与西伯利亚和通古斯地区的萨满有着极为相近的功能。因此，把"巫"释为萨满是……合适的。[5]

考虑到中国原巫文化及其沿承如此繁荣这一点，应当说，并非中国的巫类于萨满，而是萨满类于中国巫师。据古籍记载，中国古代关于巫师的别称很多，有"巫""祝""觋""巫觋""巫祝""灵巫""巫人""龟人""筮师""祝

① 按：《荀子·正论》："出户而巫觋有事。"王符：《潜夫论·正论》："巫觋祝（按："祝"为动词，祝福神灵之义）请，亦其助也。"
② 按：杜甫：《杜工部草堂诗笺》二十《南池》："南有汉王祠，终朝走巫祝。"
③ 司马迁：《史记·五帝本纪第一》，《史记》卷一，中华书局，2006，第1页。
④ 按：见《史记·龟策列传第六十八》，《史记》卷一百二十八，中华书局，2006，第738—750页。
⑤ Arthur Waley, *The Nine Songs: A Study of Shammanism in Ancient China* (London: Allen and Unwin, 1955), p.9.见张光直：《美术、神话与祭祀》，生活·读书·新知三联书店，2013，第38页。

师""萨满""巫公""魔公""神汉""巫婆"与"日者"等多种。中国地域广阔、历史悠久，巫文化现象随处可见。《周礼·春官·龟人》："龟人，掌六龟之属，各有名物。"墨子《迎敌祠第六十八》："从外宅诸名大祠，灵巫或祷焉，给祷牲。"此是。

长期以来，一些西方文化人类学家出于"西方文化中心"论，也因为中西文化研究的隔阂，关于中国巫文化，在西方大量的人类学著述中涉及不多。英国弗雷泽的《金枝》与马林诺夫斯基的《巫术科学宗教与神话》等著作所记录的中国巫文化资料，仅是一鳞半爪。法国列维-布留尔的《原始思维》所涉及的中国巫文化资料，相比之下略微多一些，但是该书作为原始思维的历史与人文理据，远不是以中国有关资料为主的。这种文化人类学关于中国资料与研究基本缺席的情况，正在改变之中。

古籍记述诸多属巫的卜、筮之法甚多。这里仅以《礼仪》一书的卜法与筮法为例。卜法，涉及陈龟、为位、奠龟、示高、命龟、作龟、占卜、旅占、彻龟与袭卜等十类；筮法，涉及地点、为位、陈蓍、布席、命筮、作筮、旅占、重筮与彻筮席等九项。[①]卜法与筮法间的名称有所重复，但是具体操作方法不一。《仪礼》有云：卜日，既朝，哭。皆复外位。卜人先奠龟于西塾上，南首，有席。筮人许诺，右还。即席坐，西面，卦者在左。卒筮。书卦，执以示主人。主人受眡，反之。《史记·龟策列传》说："灵龟卜祝曰：'假之灵龟，五巫五灵，不如神龟之灵，知人死，知人生。'"[②]这一类记述不胜枚举。

古中华巫事极盛，想来古籍所记，亦仅万一。测日、测风、卜筮、扶乩、驱鬼、堪舆与占梦之类，都显示了先民企图认知、把握世界与人自己的不解努力。试想仅仅是殷代的卜文化和周代的筮文化，就曾经繁荣了多少岁月。只要是人的知识、理性所达不到的地方，事无巨细，古人几乎无事不卜、不筮。这证明，人类以及中华古人对于世界与人自身的认知，曾经在浓重的巫的文化围城及其"黑暗"之中，徘徊和摸索了多少个世纪，原巫文化的繁盛，正值人类智力稚浅的"童年"。

---

① 按：参见［韩］朴载福：《先秦卜法研究》，上海古籍出版社，2011，第199—201页。

② 司马迁：《史记·龟策列传第六十八》，《史记》卷一百二十八，中华书局，2006，第744页。

附录二　与巫相系的神

关于"神"这一文化人类学的重要概念，中西文化对于它的理解与解释是大相径庭的，这是由于中西文化理念及传统迥然有别的缘故。

相传，基督教由犹太的拿撒勒人耶稣所创立，起源于公元1世纪的现巴勒斯坦、以色列地区。基督教所尊奉的唯一主神是上帝（God），据《旧约圣经》，传统犹太教将上帝看作世界和人类的唯一创造者和救世主。上帝万能，而他的"臣民"是生而具有原罪的。关于上帝，任何美好的语言，似乎都无法形容。

"我是自有永有的"（按：《出埃及记》三章14节；《启示录》一章4、8节——原注，下同），"生命"（《约翰福音》十一章25节，十四章6节，一章4节，五章26节）、"光"（《约翰福音》八章12节，一章4—9节，九章5节；《约翰一书》一章5节）、"神"（《创世记》二十八章13节；《出埃及记》三章6、15节）、"真理"（《约翰福音》十四章6节）。同样还是这些智慧的著述者（"上帝的智慧的人"theosophs，在本书中指《圣经》著述者），当他们赞颂各种存在物的原因时，他们运用了从结果方面构造的名字：善（《马太福音》十九章17节；《路加福音》十八章19节）、美（《雅歌》一章16节）、智慧（《约伯记》九章4节；《罗马书》十六章27节）、我所亲爱的（《以赛亚书》五章1节）、众神之神（《申命记》十章17节）、万主之主（《申命记》十章17节；《诗篇》一三六篇3节；《提摩太前书》六章15节）、至圣者（《但以理书》九章24节）、永恒（《以赛亚书》四十章28节）、存在（《出埃及记》三章14节）、永世的原因（《希伯来书》一章2节；《提摩太前书》一章17节）。他们还称祂为生命的泉源（《马卡比后书》

一章25节）、智慧（《箴言》八章22—31节；《哥林多前书》一章30节）、心灵（《以赛亚书》四十章13节）、道（《约翰福音》一章1节；《希伯来书》四章12节）、知者（《苏珊拿传》四十二章）、拥有一切知识宝藏者（《歌罗西书》二章3节）、权能（《启示录》十九章1节；《哥林多前书》一章18节；《诗篇》二十四篇8节）、强大的万王之王（《提摩太前书》六章15节；《启示录》十七章14节，十九章16节）、比时间古老的（《但以理书》七章9、13、22节）、不会变老亦不会改变的（《玛拉基书》三章6节）、拯救（《出埃及记》十五章2节；《启示录》十九章1节）、公义（《哥林多前书》一章30节）、圣洁（同上）、救赎（同上）、万事中最伟大者，然而又在宁静的微风中（《列王纪上》十九章12节）。他们说祂在我们的心中、灵中（《所罗门智训》次经七章27节）、身中（《哥林多前书》六章19节），在天上地下（《诗篇》一一五篇3节；《以赛亚书》六十六章1节；《耶利米书》二十三章24节），虽然总在自身之中（《诗篇》一○二篇27节），祂也在世界之中（《约翰福音》一章10节），环绕世界并超出世界，祂比天高（《诗篇》一一三篇4节），比一切存在都高，祂是太阳（《玛拉基书》四章2节）、是星星（《彼得后书》一章19节）、是火（《出埃及记》三章2节）、水（《约翰福音》七章38节）、风（《约翰福音》三章5—8节，四章24节）和露水（《以赛亚书》十八章4节；《何西阿书》十四章5节），是云（《出埃及记》十三章21节，二十四章16节，三章9节；《约伯记》三十六章27节）、房角的头块石（《诗篇》一一八篇22节；《马可福音》十二章10节；《使徒行传》四章11节）、磐石（《出埃及记》十七章6节；《民数记》二十章7—11节），祂是一切，祂又不是任何具体事物。①

在信徒看来，无论怎样形容、描述与赞美上帝，都是永远不够的，一切语言都显得十分笨拙，上帝是说不尽的。在宇宙间，上帝的创造无所不能，而且独一无二。"上帝之创造（Creation of God——原注，下同），一译'天主之造化'。认为世界是由上帝所创造，为基督教教义之一。《圣经·创世记》曾说：'起初上帝创造天地，地是空虚混沌，渊面黑暗。上帝的灵运行在水面上。'"从这一句话可以看出，上帝创世时，并非一无所有，仅仅是大地"空虚混沌"

① （伪）狄奥尼修斯：《神秘神学》，包利民译，商务印书馆，2012，第7—9页。

而已。中世纪初，奥古斯丁等神学家却宣称，"上帝乃是从完全的'无'中创造出一切（拉丁文作exnihilo）；即宇宙被造出之前，没有任何物质存在，连时间和空间也没有，而只有上帝，以及他的'道'（按：希腊文Logos）和他的'灵'。他以发出'话语'（按：亦即通过'道'），创造出一切。"①

除了基督教的上帝，其它宗教的主神，也与上帝有类似的神性品格。印度教这样描述它们的神。

> 神将是创造者（大梵天，Brahma——原注，下同），维持者（毗湿奴，Vishnu）和毁灭者（湿婆，Shiva），最终将会把一切有限的形象，解体回到他们所自来的原初性质。而另一方面，从超人格性来想，神处于斗争之上，在每一方面都与有限分离。"由于太阳是不会颤抖的，因此主也不会感觉到痛苦，虽然当你摇摆盛满水的杯子，里面所折射的太阳的影像会颤抖；虽然痛苦会被他那叫作'个人灵魂'的部分所感受到。"世界将仍然是依赖神的。它会从神圣的充满中，以某种不可测的方式涌现出来，并以它的力量来支持。"它照亮着，太阳、月亮和星辰跟着它照亮；因着它的光一切都照亮了。它是耳朵的耳朵，眼睛的眼睛，心灵的心灵，语言的语言，生命的生命。"②

神、上帝之所以永恒存在，那是因为作为存在，是一种不可能不存在的存在。上帝的存在，是不需要任何理由的，上帝是"第一存在"。古罗马的西塞罗曾经言说上帝的存在：

> 如果自然中存在着人的心灵、人的理智，以及人的能力和力量所不能创造的事物，那么这些事物的造物主必然是一个比人还要卓越的存在者。因为，人不可能创造永恒运行的天体，因此，它们必然是由一个比人更加伟大的存在者创造的。这个更加伟大的存在者除了神以外还能是别的什么

① 《基督教小辞典》（修订版），任继愈总主编，卓新平主编，上海辞书出版社，2008，第348页。
② ［美］休斯顿·史密斯：《人的宗教》，刘安云译，刘述先校订，海南出版社，2013，第62页。

吗？如果神不存在，那么自然中比人更伟大的会是什么呢？唯有神才具有至高无上的理性天赋。只有傲慢的傻瓜才会认为世界上没有比他自己更伟大的东西了。因此，必定有某物比人更加伟大。而这个某物就是神。①

自然界天设地造，非凡卓越，非人的智慧和人的力量所能为之。宇宙天体的存在及其运行和物理时间的存在与向前推移，早在人类这一自然界最杰出的生灵诞生之前无数个世纪就已经存在，不是人类所能够创造和改变的。在科学不发达的古代，先民想象和肯定一个无所不能的"造物主"即"神"（上帝），是可以理解的。

关于上帝与诸神的研究，西塞罗《论神性》一书第二卷，曾引用巴尔布斯阐述斯多亚学派的见解时称：

> 一般说来，我们这个学派的哲学家把整个神学问题分为四部分。第一，我们认为神圣的存在者是存在的。第二，我们解释它们的本性。第三，我们描述它们如何统治世界。最后，我们表明它们如何关心人类。②

关于西方哲学与神学的关系，与其说哲学可以证明"神圣的存在者"即上帝及其诸神的确"存在"，倒不如说，是哲学对于神学信仰的一种妥协，或者不啻是说，对于信仰采取了宽容的哲学态度。哲学才可以"解释它们的本性"，绝对"至上""永生""全能""创造"，还有"契约"精神，并证明是上帝的"本性"。上帝"唯一"，具有"圣父""圣子""圣灵"三大"位格"。上帝本来先与挪亚及其后裔以"虹"立约，尔后与犹太先祖亚伯拉罕立约，最后与摩西立"十诫"之约，《圣经》便是上帝与信徒所订立的"契约"。上帝与犹太人所订立的称"旧约"；耶稣的降世，是上帝与信众订立"新约"的明证。③上帝作

---

① ［古罗马］西塞罗：《论神性》，石敏敏译，商务印书馆，2012，第68页。
② ［古罗马］西塞罗：《论神性》，石敏敏译，商务印书馆，2012，第61页。
③ 按：参见《基督教小辞典》（修订版），任继愈总主编、卓新平主编，上海辞书出版社，2008，第349页。

为绝对"存在"的价值，一是创造世界及其一切；二是拯救生活在"原罪"苦海中的人类，上帝派遣耶稣救赎人类。

关于神学，狄奥尼修斯《神秘神学》一书指出：

> 神学传统有双重方面，一方面是不可言说的和神秘的，另一方面是公开的与明显的。前者诉诸象征法，并以入教为前提；后者是哲学式的，并援用证明方法。不过，不可表述者与能被说出者是结合在一起的。一方使用说服并使人接受所断言者的真实性；另一方行动，并且借助无法教授的神秘而使灵魂稳定地面对上帝的临在。这就是为什么我们传统的圣洁引导人和律法传统的圣洁引导人无所禁忌地运用与上帝相宜的象征法描述最神圣奥秘之圣事。而且我们也看到有福的天使用谜语介绍神圣奥秘。耶稣自己用寓言言说上帝，而且用了一系列象征法将祂的神圣作为的奥秘传告于我们。[①]

西方基督教文化的核心主题是"上帝的临在"。它的"双重"性，是"不可表述者与能被说出者是结合在一起的"。《圣经》说，"上帝的临在"，是光、关怀、幸福和真善美的不竭源泉。在《圣经》中，上帝已经仁慈地教导我们：上帝是"至善"（按：这有点儿类似中国先秦儒家伦理文化观以及明代王阳明所说的"至善"）。因而，关于基督教的神学研究，是不离于这一"神学传统"的"双重方面"的。具体而言，基督教及其宗教学科的神学，可以分出若干分支。如以教派分类，可分天主教、东正教与新教神学三支；以研究主题与方法分类，可分为自然神学与启示神学。自然神学以理性从自然现象来推导上帝存在及其神性的真实性；启示神学根据上帝的启示来研究上帝创世、救世及其奥秘。由于研究方法和角度的不同，还可以将基督教神学分为哲理神学、奥秘神学、实定神学、否定神学、论证神学与论争神学等多种。

作为一个学科，神学研究的范围十分广泛。这里还不包括作为世界三大宗教的佛教与伊斯兰教等在内。无论哪一种神学的研究主题，大都离不开宗教主神的异在性以及神性的"大爱"精神。休斯顿·史密斯指出："神是非人格性

---

① （伪）狄奥尼修斯：《神秘神学》，包利民译，商务印书馆，2012，第242—243页。

的，或者说是超人格性的，因为人格由于是某种确定性的东西，似乎是有限性的，而知（按：全知全能）的神性却是无限的。"①神赐人以"大爱"，但神是异在的，这是因为神性无限而人性有限的缘故。休斯顿·史密斯在论述印度教的教义时引录Tukaram所撰一首"计歌"有云：

> 水能把自己喝干吗？树能尝到它们自己生长的果实吗？崇拜神的人必须跟它分得一清二楚，只有这样他才能知道神欢乐的爱；因为如果他说他跟神是一，那欢乐、那爱，就将即刻消失掉。不要再祈求与神为一了，倘若珠宝和镶嵌是一的话，那么美丽何在？热和荫是二，若非如此，哪来荫的舒适；母亲和孩子是二，若非如此，哪来的爱？当分割开来之后，他们相遇，他们感到多么的欢乐呀，母亲和孩子！倘若两者是一，何来的欢乐？那么，不要祈求完全与神合一了。②

人不能与神合一，所以只能与神相似。因而人只能崇拜神，人对神的崇拜是必然的。

> 啊，神啦，请原谅我因为人性的限制而来的三种罪：你无所不在，而我却在此处崇拜你；你无形象，而我却以这些形象崇拜你；你无须赞美，而我却对你献上这些祈祷的礼敬。神啊，请原谅因为我人性的限制而来的三种罪。③

在这一类宗教文化中，神是他在的，是"导乎先路"，可望而不可即的。因为神的他在性和至上性，让信众对于神祇产生由衷的依附和感激。由此人的局限性，可以在无限的神那里，得到补偿，从而"与神相似"。

当然在世界许多宗教文化中，唯有佛教可能与一般宗教有所不同。

---

① ［美］休斯顿·史密斯：《人的宗教》，刘安云译，刘述先校订，海南出版社，2013，第33页。
② 同上书，第34页。
③ 同上书，第35页。

当人们怀着疑惑来到佛面前,他给的回答为他整个的教义提供了一个身份。

"你是神吗?"他们问他。

"不是。"

"一个天使?一个圣人?"

"不是。"

"那么你是什么呢?"

佛回答说:"我醒悟了。"

他的回答变成了他的头衔,因为这就是佛的意思。梵文字根budh含有醒来和知道双重意思。①

佛陀自以为自己不是"神"是一回事(按:他原本确实并非"神"),信徒"谬称知己",将佛看作是"神"却是另一回事。作为世界宗教之一,印度佛教既具有其自己的文化个性,又具有一般宗教的文化共性。从其文化共性看,印度佛学依然属于世界神学这一大范畴。日本学者中村元曾经指出:

> 事实上,印度的宗教(按:这里指佛教)是以哲学的沉思为基础的。而它的哲学与宗教是难以区分的……印度民族在传统上是一个宗教民族,同时也是一个哲学民族。②

在思维方式上,正如中国先秦道家讲"德"时不像儒家直接讲"德"而先要大讲其"道"(哲学)那样,印度佛教也是先从其哲学(道)讲起,同时宣说了一种以哲学理论打好基础的宗教信仰。金克木先生曾经说过:"一切宗教,不论名义,都以信仰为主,但又都要多少讲一些道理(理论——原注)。佛教徒特别喜欢讲道理,越讲越多,几乎喧宾夺主……佛教徒重视讲道理和传统经传著论,其中的非宗教甚至反宗教(与信仰矛盾——原注)的成分之多恐怕其它

---

① [美]休斯顿·史密斯:《人的宗教》,刘安云译,刘述先校订,海南出版社,2013,第79页。
② [日]中村元:《东方民族的思维方法》,林太、马小鹤译,浙江人民出版社,1989,第41页。

宗教都比不上。"①

在中国原始文化的典籍中，不乏"神"这一汉字及其所表达的文化理念，可是在理念上，中国的"神"与基督教、佛教、伊斯兰教的"神"大不相同。

神字起始很早。甲骨卜辞有多处提到这个神字。如，"贞，兹神不若（按：诺，允诺之义）"与"不（按：丕，大之义）其神"②，等等。预测战争胜负、迁移王都、祭祀祖神、农事丰歉、治病驱鬼和营造都城等，都要巫师、祭师或者帝王亲自向鬼神进行卜问。从殷墟发掘的大量卜辞中，往往会出现这一个神字。

在《尚书·虞夏书》中，关于神字的文辞有多处，如：

> 正月上日，受终于文祖。在璇玑玉衡，以齐七政。肆类于上帝，禋于六宗，望于山川，遍于群神。
>
> 诗言志，歌永言，声依永，律和声。八音克谐，无相夺伦，神人以和。
>
> 禹曰："枚卜功臣，惟吉之从。"帝曰："禹！官占惟先蔽志，昆命于元龟。朕志先定，询谋佥同，鬼神其依，龟筮协从，卜不习吉。"③

东汉许慎《说文》云："天神引，出万物者也。"段玉裁《说文注》："'天神引'三字，同在古音第十二部。"与神字相应的，许子《说文》又收录了一个"祇"字。说："地祇提，出万物者也。"段玉裁："'地祇提'三字，同在古音第十六部。"与神、祇二字相应的有"祕"字，许子说："祕，神也。"④神、祕二字可以互训。

---

① 《再阅〈楞伽〉》，金克木：《梵竺庐集·梵佛探》，江西教育出版社，1999，第428页。

② 郭沫若主编、胡厚宣总编辑，中国社会科学院历史研究所《甲骨文合集》编辑工作组集体编辑：《甲骨文合集》一九五二一、一三六九六，中华书局，1978—1982。

③ 《尚书·虞夏书·舜典》《尚书·虞夏书·大禹谟》，江灏、钱宗武：《今古文尚书全译》，贵州人民出版社，1990，第24、33、43—44页。按：《大禹谟》一篇，存于古文《尚书》，今文《尚书》无。

④ 许慎：《说文解字·示部》，段玉裁：《说文解字注》一篇上、示部，上海古籍出版社，1981，第3页。

但是，许慎释神、祇之义，所谓"天神""地祇"而"出万物者也"，大致是哲学角度的文字学理解，将神、祇看作"万物"的原始，并非神字本义。

郭静云从金文、甲骨文释"申"（神）字之义，以为"金文中的'申'通常用作'神'义，而其结构和双嘴龙相仿佛。甲骨的'申'字写作'ζ'，虽然与金文接近，但在目前所见的卜辞中，'ζ'仅作为干支的'申'，对此罗振玉的见解实为精确，他指出：'ζ'仅作干支而无神义。"①郭文又说："简言之，透过字形与符号之分析，笔者推测早期的双嘴龙神秘符号在历史发展下，一边继续作为礼器上的纹饰，一边则用作字形，甲骨文的'ζ'字，可能就是来自双嘴龙符号的'神'字雏形。"其结论是，"双嘴龙信仰，既是神灵观念的源头，亦是'神'字原来的象形本义。"②

这里，有一个问题值得再作考辨，即殷周青铜礼器上曾经大量出现的双嘴夔龙形象，主要是殷代出现的礼器双嘴龙的刻画图案，与甲骨文字"ζ"相比，究竟孰先孰后？而且，称干支文化中的"申"与"神"字是两回事，这一见解也值得再作讨论。从一般意义看，所谓天干地支文化，是与中国原始文化的神性、巫性与灵性相联系的。

《说文》有申字。许慎云："申，神也。"③申，卜辞写作ζ，叶玉森解读为，"像电耀曲折"。又说"余谓像电形为溯谊，神乃引申谊。"④姚孝遂称：

> "神"的原始形体作"ζ"，像闪电之形，是"电"的本字。由于古代的人们对于"电"这种自然现象感到神秘，认为这是由"神"所主宰，或者是"神"的化身。因此，"ζ"又用作"神"，可以认为是引申义。至于干支的"申"，则纯粹是"依声托事"，与本形、本义均无关，是假借义。

① 郭静云：《天神与天地之道——巫觋信仰与传统思想渊源》上册，上海古籍出版社，2016，第136页。按：关于罗振玉的见解，可参阅郭静云该书原注六：罗振玉：《殷虚书契考释五种》中册，北京图书馆出版社，2000，第4、5页。

② 同上书，第137、140页。

③ 许慎：《说文解字·申部》，段玉裁：《说文解字注》十四篇下、申部，上海古籍出版社，1981，第746页。

④ 于省吾主编，姚孝遂按语编撰：《甲骨文字诂林》第二册，中华书局，1996，第1171页。

随着人类社会的发展，有必要对某些概念作进一步明确的区分，文字逐渐孳乳分化，"申"久假不归，专用作干支字，另加上"示"作"神"，加上"雨"作"电"（按：电字繁体，从雨从申），以作区分的标志，这是附加偏旁的主导作用。[①]

正如前引，郭静云说礼器上的双嘴龙符号，作为甲骨文神字的"雏形"，仅仅是一种"可能"，后文却作出"结论"，称"双嘴龙信仰"是"神"字的"象形本义"，似颇缺乏确凿理据，这一问题尚可作继续的讨论。

中国文化体系中的神祇是很多的，是一个所谓"众神喧哗"的"神殿"。帝、上帝、五帝是神，天、地、日、月、风、雨、山、川以及尧、舜、禹、女娲、后土、祝融、西王母是神，四方有神，连"四凶"也是神。丁山称："舜所放逐的四凶，多半是天神，而且是都能直接影响农业生产的水旱之神，与社稷五祀所加于人民者利害适相反。在地为'五祀'，在天为'五厉'。五厉的一切神话……是以风雨雷霆虹霓天火之神，降灾于人民，当然不如'舜有臣五人而天下治'了。"[②]土地有土地神，门有门神，灶有灶神等，不一而足，举不胜举。各民族、各地域还有许多杂神。连有些历史人物也会变成神祇。三国关羽死后就被尊称为"关帝"，诸葛孔明也被作为神来供奉。20世纪90年代初，笔者应邀去吉林出席一个国际学术会议。主持会持方请与会者去游访当地的一处庙宇。在庙宇中，见到了许多神的塑像。除了佛陀、菩萨和道教的天尊、道童等外，还有当地的一些叫不出名的杂神，还有李时珍泥塑之像。会议主持者看我呆在那里，就问"先生如何感想"。我随口说了一句："加得愈多减得愈多。"因为很多，所以很少。

中国自古所崇拜的神灵很多。出土的西周一个簋盖上，有一句铭文，叫作"其用各百神，用妥（按：绥的本字）多福，世孙子宝"[③]。"在古人的想象中，

---

① 于省吾主编，姚孝遂按语编撰：《甲骨文字诂林》第二册，中华书局，1996，第1172页。

② 丁山：《中国古代宗教与神话考》，上海书店出版社，2011，第310页。

③ 按：见郭静云：《天神与天地之道——巫觋信仰与传统思想渊源》上册，上海古籍出版社，2016，第148页。

天上充满龙形的百神，'神'概念乃系群体的多灵'百神'信仰"①，所言是。

丁山先生曾经引录陈翔道所说，"周礼有言'祀天'，有言'祀昊天上帝'，有言'上帝'，有言'五帝'。言天则百神皆预，言昊天上帝则统乎天者，言五帝则无预乎昊天上帝，言上帝则五帝兼存焉。"又说，"此总天之百神言之也"，"则上帝非一帝也。上帝非一帝，而周礼所称帝者，昊天、上帝与五帝而已，则上帝为昊天上帝与五帝明矣。"丁山又称，"其实，天只是一个天，天神合该是一个"。"这个至高无上的天神，夏后氏曰天，殷商曰上帝，周人尚文，初乃混合天与上帝为一名曰'皇天上帝'，音或讹为'昊天上帝'，省称曰'皇天'，或'昊天'。晚周以来所传说的'五帝'，则演变自殷商的'帝五臣'，其祀典自应下'昊天上帝'一等。"②

帝、上帝与天上百神的神谱之所以如此繁复而称呼繁多，其原因在于，除了中国地域广大、历史悠久之外，虽然被丁山先生称为"至高无上"，而实际作为"帝"（上帝），并非绝对尊神，其神性并非绝对至尊。自古以来，中国所有的神灵的神性，是很不充分的。

虽然天上而地下，天帝与地祇有等级的区别，然而如果与其他神祇比较，天神地祇又是同一级别的，这正如通行本《周易》将乾卦（天）与坤卦（地）作为六十四卦的最初两卦一样，处于同等重要的地位。天与人固然有差别，但是"孤家寡人"即人间帝王，是可以代表"天"的，所以称为"天子"。更重要的是，正如前文所引，《尚书》有"神人以和"这一名言，道出了中国文化与西方基督教文化的重要区别。中国文化非常重视神灵与人之间的和谐，讲"天人合一"。《易传》的《文言》篇在解读通行本《周易》乾卦之义时曾说：

> 夫大人者，与天地合其德，与日月合其明，与四时合其序，与鬼神合其吉凶。③

---

① 郭静云：《天神与天地之道——巫觋信仰与传统思想渊源》上册，上海古籍出版社，2016，第147页。

② 丁山：《中国古代宗教与神话考》，上海书店出版社，2011，第189、190页。

③ 《易传·文言》，王振复：《周易精读》（修订本），复旦大学出版社，2016，第69页。

这里的"大人"，统指帝王、圣贤。有意思的是，这一论述指出"大人"与"鬼神合其吉凶"的关系。"吉凶"是一个巫性范畴，可以证明"大人"在人格上与"天地""日月""四时"的"合"，是与"巫"相关的，"天人合一"，确实是中国哲学的一个著名命题与重要问题。然而，最原始的"天人合一"，并非发生于哲学，哲学或政治学或伦理学或美学等的"天人合一"，起始于原始巫文化以及原始神话与图腾等。原始时代，如果从成为文化形态的文化算起，原始巫术、神话与图腾，其中蕴含着哲学等社会意识形态的文化因子，却并非哲学等本身。就巫文化而言，它是神（天）与人的结合，它的神性之所以不充分，是因为其神性是与人性相系的神性，不啻是与人"分享"的神性，不是绝对的、独立的神性。

神这个汉字，最初出现于殷商的甲骨卜辞。

　　贞：神不（按：否）？[1]
　　癸巳卜。古（按：故）贞，雨。神，十月。[2]
　　卜贞：告神于河？[3]

这些神字，由于出现在卜辞之中，都是具有一定的巫性的，是为巫觋占卜所召唤的"神"。"神"既然与巫文化相联系，就不是如西方上帝那样绝对而独立的主神，而是与人相系的神灵，这是因为，巫是神与人的结合。既是人化的神，又是神化的人，不黑不白、又黑又白，是处于黑、白之际的一个"模糊"状态。

在原始意义上，关于神的文化意识、理念与思想，首先与巫术、神话、图腾文化相联系，而并非宗教意义上的，那时还没有成熟的宗教。

---

[1] 郭沫若主编、胡厚宣总编辑，中国社会科学院历史研究所《甲骨文合集》编辑工作组集体编辑：《甲骨文合集》一三四一五，中华书局，1978—1982。

[2] 郭沫若主编、胡厚宣总编辑，中国社会科学院历史研究所《甲骨文合集》编辑工作组集体编辑：《甲骨文合集》一三四〇六，中华书局，1978—1982。

[3] 郭沫若主编、胡厚宣总编辑，中国社会科学院历史研究所《甲骨文合集》编辑工作组集体编辑：《甲骨文合集》一三四一三，中华书局，1978—1982。

在甲骨卜辞中，与神的意识理念相系的，是"帝"，"象华蒂之形"。"蒂落而成果，即草木之所由生，枝叶之所由发，生物之始，与天地合德，故帝足以配天"①。甲骨文的帝字，是花蒂的象形，来自原始自然崇拜的文化意识。由于花蒂是植物的生殖器官，因而在这一原始自然崇拜中，又包含着生殖崇拜的萌芽意识。帝（按：中国式上帝）成为卜辞中相当活跃的汉字，首先是由于原始巫文化的孕育和培养。在甲骨卜辞中，帝这个汉字，往往与巫字连缀，称"巫帝"。"巫帝一犬一豕。"②"庚戌卜巫帝一羊一犬。"③这里的帝字，作动词，指"禘"，是祭祀的意思。两条巫辞，说的都是巫师用犬、小猪和羊作牺牲来祭神。

与巫相系的神的意识理念，与原始巫文化具有文化血缘的联系，不是独立的、绝对形上性的神，也并非独立于人性的神。这个神，往往总是与鬼的意识理念结合在一起。在中国文化典籍中，鬼、神二字连缀，但称"鬼神"，

　　王（按：占）。曰：佳（按：唯）甲兹鬼？佳介，四日，甲子，允雨，神。④

这一卜辞，是甲骨文时代中国已经有"鬼"的意识理念的一个明证，而且与"神"相联系。当然，鬼与神在概念上是有区别的。

东汉许慎《说文》说："鬼，人所归为鬼。"⑤《礼记·祭义》云：宰我曰："吾闻鬼神之名，不知其所谓。"子曰："气也者，神之盛也。魄也者，鬼之盛也。合鬼与神，教之至也。众生必死，死必归土，此之谓鬼。"⑥这是将鬼

① 丁山：《中国古代宗教与神话考》，上海书店出版社，2011，第191页。

② 郭沫若主编、胡厚宣总编辑，中国社会科学院历史研究所《甲骨文合集》编辑工作组集体编辑：《甲骨文合集》二七〇七八，中华书局，1978—1982。

③ 郭沫若主编、胡厚宣总编辑，中国社会科学院历史研究所《甲骨文合集》编辑工作组集体编辑：《甲骨文合集》三三二九一，中华书局，1978—1982。

④ 郭沫若主编、胡厚宣总编辑，中国社会科学院历史研究所《甲骨文合集》编辑工作组集体编辑：《甲骨文合集》一〇一八，中华书局，1978—1982。

⑤ 许慎：《说文解字》，中华书局影印本，1963，第188页。

⑥ 《礼记·祭义第二十四》，杨天宇：《礼记译注》下册，上海古籍出版社，1997，第809页。

（魄）、神分开来进行解读。人的生命之气在人体的充沛，此之谓"神"；人之魄，就是鬼这个东西在人体中的充沛状态。这样解释"鬼"，与后代将"鬼"迷信地解读为阴森可怕的"鬼魂""魂灵"等不同，它是用"鬼"这一精灵来解说人的气魄。《诗·小雅·何人斯》有"为鬼为蜮，则不可得"的吟唱。《左传·昭公七年》云："人生始化为魄，既生魄，阳曰魂。"《左传》疏："附形（按：形指人体）之灵为魄，附气之神为魂。"既然"阳曰魂"，则阴为"魄"是矣。因为"魄"是阴性的，所以"鬼"也是阴性的。这为后世关于"鬼"的意识理念逐渐走向迷信准备了条件。"鬼"这个汉字，是因为原始巫术的诞生而创造的。"'鬼'实即取象于人，这个人的身份为巫师，巫师或披头散发，或戴了面具进入事神弄鬼的状态；或者说'鬼'字取象就是巫师事神作鬼的奇异状态。这位事神作鬼的巫师在招祭死者灵魂之际，自身又是所招祭之鬼；在进行驱鬼的巫术礼仪中，自身又必须扮成怪异可怖之鬼，也就是被驱赶之异物：是一是二，亦此亦彼；人鬼同体，神怪一源。"①先秦墨子"鬼"论甚多，有《明鬼》篇问世。墨子是有鬼论者，墨子说：

> 昔者，武王之攻殷诛纣也，使诸侯分其祭。曰：使亲者受内祀，疏者受外祀。故武王必以鬼神为有。是故攻殷伐纣，使诸侯分其祭，若鬼神无有，则武王何祭分哉？
> 故古圣王治天下也，故必先鬼神而后人者，此也。②

周武王是因为相信有鬼，所以在讨伐商纣时进行祭鬼活动。墨子的论证逻辑是，既然武王祭鬼，并且分"内祀""外祀"，就是阴间有鬼的一个明证。墨子的结论是："是故子墨子曰：今天下之王公大人士君子，实将欲求兴天下之利，除天下之害，当若鬼神之有也，将不可不尊明也，圣王之道也。"③中国古代，在鬼神问题上大多持"有鬼"论。《庄子》以为，人体的生与死，在气的

---

① 臧克和：《说文解字的文化说解》，湖北人民出版社，1994，第336—337页。
② 《墨子·明鬼下第三十一》，《墨子间诂》卷八，《诸子集成》第四册，上海书店，1986，第145—146、147页。
③ 同上书，第154页。

聚、散之际，"聚则为生，散则为死。"而气是永远不死的。《易传》说："原始反终，故知死生之说。精气为物，游魂为变。"人体从生到死，只是气的存在状态发生了改变，即从气聚的状态变成了气散的状态。散在的气，就是"游魂"，即"鬼"。所以所谓鬼，也是有生命的，不过，它是一种气散状态的生命。

古人迷信，认为活着的人如果慢待这种鬼，是会遭到鬼的报复的。关于鬼，人对待它的办法一般有两种：其一，讨好鬼，祭鬼是也。对鬼灵说好话，上祭品，下跪，等等。"天下之礼，致反始也，致鬼神也，致和用也，致义也，致让也。致反始，以厚其本也；致鬼神，以尊上也。"①祭祀鬼神，是古礼的一种，鬼神分多种，这里所说的"鬼神"，指祖神，所以说"致鬼神，以尊上也"。致，致敬、报答的意思。其二，驱鬼。这是一种以"强迫"的方式，让鬼不要为害于人。常见的法术是诅咒（按：念咒语）、符箓（按：如贴符于门楣之类）、厌胜甚至举行"法事"（按：道教、佛教仪式）等。这种驱鬼术，建立在虽然鬼有时无法无天、为非作歹，但也有惧怕"巫"的弱点的假想逻辑之上。比如"你滚吧""你不得好死"这一类骂人的恶言秽语，起初是巫术咒语。有人病魔缠身，迷信有鬼作祟，于是巫师便来"作法"，口中大声呵斥，甚至谩骂，还做出可怖的鬼脸，做出驱赶的动作。病孩每天夜半啼哭不得安宁，以为有鬼捣乱，于是巫师或家长写几句话在一张红纸上，字要写得"妖形怪状"，趁半夜无人，贴在人必须路过的桥上。"天皇皇地皇皇，我家有个夜啼郎。路过君子念一遍，一夜睡到大天光。"这是很简单的一个字符。民间做红白之事，便大放鞭炮，炮声震天，为的是驱邪驱鬼。至于那些道士所画的符箓几乎人人不能识别，显得十分神秘，他们有时也用《周易》中的八卦符号来作为符箓吓唬恶鬼（按：实际也是唬人）。民俗中认为"年"是一个恶鬼，所以过年要驱鬼、祭祀、烧纸。造房建屋"风水不好"，就在宅基里埋一块石头，称"泰山石敢当"，称为厌胜之法，其"功效"有类于在大门上贴一张门神或一张纸，上书："姜太公在此，百无禁忌"。小说《红楼梦》写黛玉、晴雯去世，大观园阴气沉

---

① 《礼记·祭义第二十四》，杨天宇：《礼记译注》下册，上海古籍出版社，1997，第808—809页。

沉，恐怖至极，尤其是在夜晚，隐隐可闻啼哭之声。于是请"神通广大"的道士（按：实际是巫师）来"作法"。

> 择吉日，先在省亲正殿上铺排起坛场，上供三清圣像，旁设二十八宿并马、赵、温、周（按：指道教四大灵官）四大将，下排三十六天将图像。香花灯烛设满一堂，钟鼓法器排两边，插着五方旗号。道纪司派定四十九位道众的执事，净了一天的坛。三位法官（按：这里指道士）行香取水毕，然后擂起法鼓，法师们俱戴上七星冠，披上九宫八卦的法衣，踏上登云履，手执牙笏，便拜表请圣。又念了一天的消灾驱邪接福的《洞元经》（即《洞玄经》），以后便出榜召将……那日两府上下爷们仗着法师擒妖，都到园中观看，都说："好大法令！呼神遣将的闹起来，不管有多少妖怪也唬跑了。"①

这便是巫的所谓"作法"。所谓驱鬼，就是以一种或多种巫事仪式，强迫性地驱除作祟的鬼，还人安宁或者驱除病魔等，是巫师、术士或从事道教法事的道士等，以所谓"控制"鬼神的方式，来达到摆脱鬼神的"控制"的目的。驱鬼的巫术，在西方称为"黑巫术"，带有"攻击性"。

在古希腊，盛行一种"黑巫术"，是通过咒语以及其他一些"灵物"和巫性的行为方式，强迫被"捆绑"的对象不得动弹，有点儿类似中国古代的所谓"定身法"。"他不能说话、不反对、既不能看我也不能说话反对我，只要这个指环被埋葬着，他就顺从我。我绑着他的理智和心灵、思想、行为，这样他就对所有人无能为力。"其中所谓"捆绑咒语"（Katadesmos——原注，下同），分五类：一、"审判咒语"（judicial spells）："一个人试图在法庭上对其敌人造成伤害。虽然这些咒语大多来自公元前5世纪到前4世纪的雅典，但所有时代和地区都有这样的例子；"二、"情爱咒语"（erotic spells）："目的为了在所爱的人身上引起回报和疯狂的爱。索福克勒斯的《特拉基斯妇女》（Trachiniae）中早就有这样的文学主题，这种情爱巫术也相当普遍；"三、"竞技咒语"（agonistic spells）："在圆形露天剧场或者其他竞技场，尤其在帝国时期多有证

---

① 曹雪芹、高鹗：《红楼梦》下册，第一〇二回，人民文学出版社，1982，第1430—1431页。

实；"四、"反对中伤者和窃贼的咒语"："克尼多斯（Cnidox）的德墨忒尔神殿有为数众多的此类例子，但在其他地方和其他时期也有这类例子的存在；"五、"反对经济竞争者的咒语"："从公元前4世纪直到帝国时期（在纸莎草巫术中）都有证实。"[1]

　　我们现在捡取一种标例的巫术行为，选择上谁都知道、谁都认为是标准巫术的的黑巫术。在蛮野社会所见的几种型类之中，作"巫术标"底投掷姿势的黑巫术恐怕要算最流行了。将一个有尖的骨或棍、箭头或某种动物底脊骨，用模仿的仪式向所要加害的人底方向刺去、投去或指着，便算要将那个人弄死。[2]

黑巫术在中国巫文化中是颇为重要的一支。在曹禺的《原野》中有一个情节，那瞎眼婆婆眼睛看不见，却心里明白，自己的儿媳金子正与仇虎私通，恨得咬牙切齿而没有其他办法，就做了一个布偶，用尖锐的针猛扎布偶的心脏部位，就等于扎进了金子的心脏。邻居吵架而仇恨不已，就在自家的房屋某处，暗暗装上尖锐的刀剑之类，直指仇家的大门或窗户，这是一种很恶毒的巫术。马林诺夫斯基有云：

　　譬如说，用一个像或旁的东西来象征所要加害的人，然后加以损伤或毁坏；这种巫术也是最显然地要表示恨与怒。举旁的例子来说，执行恋爱巫术的时候，执行者要将真人或象征物来真地或假装地捉住，拍打着，抚摸着，表演出害相思病的情人"眼里出西施"的颠三倒四的样子。战争巫术要表演的是愤怒，是攻取的凶猛，是斗争的热情。被襄黑暗与祸殃的巫术，要表演的是怖畏的情绪，至少也是与怖畏情绪相挣扎得很厉害的状态；

① ［瑞士］弗里茨·格拉夫：《古代世界的巫术》，王伟译，华东师范大学出版社，2013，第137、137—138页。

② ［英］布罗尼斯拉夫·马林诺夫斯基：《巫术科学宗教与神话》，李安宅译，上海社会科学院出版社，2016，第76页。

所以这种仪式底基本动作常是呼号、擦磨武器、燃举火把，或者像著者自己记载起来的一种被禳黑暗底恶势力的巫术那样，需要术师战栗起来，很艰难迟慢地念着咒，好像吓瘫了的样子，而且另一个巫觋走近前来，被这恐怖的围氛所镇慑，以致退缩回去。①

国外巫术文化也有"鬼神"一说。黑巫术的文化机制，是巫术与鬼灵之间的一场"搏斗"，是"控制"和"反控制"的"较量"。其文化内涵，是中外一致的。其一致之处，就是所谓"感应"。"感应"是所有巫术的文化内核。这个"感应"，是"气"，是"灵"，是"神"或者可称为"鬼"。中国先秦楚地尤重所谓"巫风鬼气"，就是就此而言的。

中国与巫相系的神的观念，与其说是神，不如说是鬼。这里的神的观念，不是绝对形上的神，而是与鬼相系的神，它是充满巫性的神。所谓鬼神，就是不灭的"灵魂"。

根据考古资料，在我国至迟在新石器时代人们已有灵魂不灭的观念，当时埋葬死者还随葬着生活用具和饮料食物，以便他们死后仍可享用。……新石器时代晚期已有占卜术，我们在各地发现有卜骨和卜甲。到了殷商时代，占卜术更为盛行，政府中有专职的贞人，卜骨或卜甲上还刻有文字。周代占卜术衰落，但仍有少数占卜的甲骨出土。战国时代楚墓中的"镇墓兽"和漆器花纹上的怪兽，是楚人"信巫鬼"的表现。②

中国古代文化由于"信巫鬼"，所以关于"神"这一文化理念，从西方基督教文化角度来衡量，不啻可以说，是尚未发育成熟的"神"的理念。当然，在西方基督教文化中，也并未摒除一切巫术的意识和理念，西方宗教也是从原始巫术、神话与图腾中发展而来。西方宗教文化的信仰体系一旦建立，人们就

---

① ［英］布罗尼斯拉夫·马林诺夫斯基：《巫术科学宗教与神话》，李安宅译，上海社会科学院出版社，2016，第77—78页。

② 夏鼐：《敦煌考古漫记》，百花文艺出版社，2002，第147页。

把迄今而且将永远存在的巫术文化，称为"宗教的堕落"。

与巫相系的神，是鬼，也是灵。

灵，繁体写作靈，从霝从巫，是与巫相系的一个汉字。与灵字相关的，有一个䰠字，从霝从巫从鬼，可见所谓灵，又与鬼相系。还有一个禮字，从霝从巫从示，示是表示祭祀神灵的意思。

迄今所发现的甲骨卜辞未见"灵"字。于省吾主编《甲骨文字诂林》与徐中舒主编《甲骨文字典》等，都未见收录"灵"字，便是明证。何金松《汉字形义考源》一书，曾经把郭沫若主编、胡厚宣总编辑的《甲骨文合集》八九九六卜辞"从龟从雨"的"雨"读为"灵"，但是这一文字是否确是"灵"字，学界意见不一。

这不等于说中国原巫文化不是以"灵"为人文底蕴与灵枢的。东汉许慎认为，"灵或从玉"，称"灵，巫以玉事神。"①玉具有灵性，自古信从。这种灵性实际是巫性。还有一个懂字，从霝从巫从心。所谓"心灵"，现在是一个平白的词汇，在原始时代，却是巫鬼的专称。战国屈原《九歌·东皇太一》："灵偃蹇兮姣服，芳菲菲兮满堂。"此"灵"指女巫。《九歌·湘夫人》有"九疑（嶷）缤兮并迎，灵之来兮如云"之吟，这个"灵"，指的是巫性的神祇。《诗·大雅·灵台》有"经始灵台，经之营之"的记叙。灵台在先秦是祭祀天神的建筑物，要建造得尽可叫能高大，以应天也。灵台在古人心目中，是极富灵气和巫性的建筑。龟在殷商是一种灵物。龟所以被信从为"有灵"，是因为龟的生命力尤为长久而强盛。在原始狩猎时代，狩猎者捕获野羊要比捕获狮子、老虎等容易得多，野羊为初民提供了丰富而优良的食物，羊在初民心目中，自古留下了好印象。因而在殷商之前，用于占卜的主要是羊骨和牛骨。羊在历史上很早就被驯养，羊性温顺，羊者祥也。牛具有非凡的蛮力，也很早被驯养，成为农耕的"能手"，所以它们的骨作为原始占卜的材料，是必然的。对于初民来说，无论羊、牛还是龟，都是善的、吉祥的灵性之物。在周代，甲骨占卜继续流行，但更盛行的是易筮，即《周易》占筮。这是一种神秘的数术或称术数，其文化机制是"象数"，用筮草五十根，所谓"大衍之数五十"进行演算，经过

---

① 许慎：《说文解字》，中华书局影印本，1963，第13页。

繁复的"十八变",得出"变爻",根据"变爻"来进行推断和预测。这是一种"数的巫术",是很高级的一种巫术。无论占卜抑或占筮,都是很善性的,只是为了"趋吉避凶",预测未来,保护自己,并不攻击别人,是中国典型的所谓"白巫术",或者可以称为"善的巫术"。它们都有一种文化内涵,便是所谓"灵"。"灵"是一种神秘的"感应力"。

与"灵"相应的汉字,有"雩"。《甲骨文合集》六七四〇有"戊戌雩示九屯"之语。许慎释"雩",称"夏祭乐于赤帝,以祈甘雨也。"①《左传·桓公五年》有"龙见(按:现)而雩"之记。《礼记·月令》说,"仲夏之月","大雩帝(禘),用盛乐。"②东汉郑玄注云:"雩,吁嗟求雨之祭也。""作法"以求雨,是巫灵的作为。

关于灵的意识,可能发生于中华"万物有灵"观之前。总是先应有"灵"的初步意识,才能从一物有灵发展到万物有灵,从某一地域文化的"有灵"观发展到整个地域、整个世界文化的"有灵"观。在原始时代,原始氏族人群的活动范围有限,从一物、一时、一地的"有灵",进而扩展到整个古代世界,一定经过了许多个世纪。"万物有灵"观之所以能够捕获人心,是因为一切原始部落、氏族,都面临着同样的生存困难和挑战,都智力低下而又盲目自信人类自己能够"战无不胜"。这是信仰的力量,也是传统的力量。"灵"是中国人的称谓,或者可以称之为"气"。"灵"是一种看不见、摸不着、抓不住,却永远在发挥作用的神秘的性能和势力。"有些梅兰内西亚"(Melanesia——原注,下同)人管它叫作摩那(Mana),有些澳洲部落管它叫作阿隆吉他(Arungquiltha),许多美洲印第安人管它叫作瓦坎(Wakan)、欧伦达(Orenda),或摩尼图(Manitu)。"③尽管名称不一,其文化实质是同一的。关于这种"灵","有的地方没有一定名称,然在巫术流行的地方,据说都是几乎普遍的观念"。"最原始的民族与一切低级蛮野人,都相信一种超自然而非个人的势力来运行蛮野人底

① 许慎:《说文解字》,中华书局影印本,1963,第242页。
② 《礼记·月令第六》,杨天宇:《礼记译注》上册,上海古籍出版社,1997,第256、259页。
③ 〔英〕布罗尼斯拉夫·马林诺夫斯基:《巫术科学宗教与神话》,李安宅译,上海社会科学院出版社,2016,第6—7页。

一切事物,来支配神圣的范围里面一切真正重要的东西。"①

　　人类的灵思维、灵想象、灵情感、灵意志等,都成于原巫文化。

　　灵,充满了原始初民的整个心灵,人的情感、想象、联想、幻想、意志和愿望之中,都有"灵"的作用。因为深信"灵"的莫测的精神之力,世上许多事情,在初民看来哪怕最困难的,也变得很容易了。"灵"培育了原始歌舞、文学神话和一切离不开想象、幻想、联想和情感性意识形态。巫术的一切仪式、技艺与操作,都离不开这个"灵"。巫术一旦施行,便坚信必然是"灵验"的,不会怀疑其真假。信仰的力量是无敌的,这是因为"灵"是无敌的缘故。即使巫术一旦失灵,也不怀疑,而是归咎于自己对于巫术之神即灵力不够虔诚。严格、虔敬的种种巫术仪式、过程以及咒语、巫舞、巫歌、禁忌等,是中外巫术的基本形态与特征,其中"灵"是关键,在中国还同时称为气。中国原始巫性文化是讲"天人合一"的,"天人合一"于何处?"合一"于"灵",无"灵"岂能"合一"?巫性的中国"风水"有所谓"四灵",左青龙、右白虎、前朱雀、后玄武,它们原先都是初民所钟爱的图腾对象,在"风水"这一巫性文化形态中,成为"阴宅""阳宅"的保护神。地上"四灵"与天上二十八宿相对应,二十八宿即二十八星象,与人的命运息息相关,此《易传》之所以称"天垂象,见(现)吉凶"。在巫性世界中,灵是普在的。自我之灵与他物之灵,实际是同一个灵。请灵、问灵、媚灵或迫灵,是一切巫术的重要仪式。其中所谓请灵即是请神,有时神汉巫婆邀请神灵下凡,其"作法"过程,有点儿所谓"神灵附体":"只见赵大娘(按:巫婆)打呵欠,伸懒腰。须臾,眼儿合着,手儿捏着,浑身乱颤起来。口中哼哼,说出的话,无理无解,却又有腔有韵。似唱非唱似歌非歌的道:'香烟渺渺上九天,又请我东顶老母落凡间。拨开云头往下看,又只见迷世众生跪面前。'……赵巫婆又哼起来:'昨日我从南天门上过,遇见太白李金星,拿出缘簿叫我看,谭乡绅簿上早有名。他生来不是凡间子,他是天上左金童。只因打碎了玉石盏,一袍袖打落下天宫。'"②这巫性的请神,

① [英]布罗尼斯拉夫·马林诺夫斯基:《巫术科学宗教与神话》,李安宅译,上海社会科学院出版社,2016,第7页。
② 李绿园:《歧路灯》,中州古籍出版社,1980,第127—128页。

有点儿强迫的意思。作为"礼"的巫祭，则重在对于"灵"的献媚。原始的"礼"，是中国巫性文化的一种。《礼记》说："燔柴于泰坛（按：即灵台），祭天也。瘗埋于泰折，祭地也，用骍犊。埋少牢于泰昭，祭时也。相近于坎坛，祭寒暑也。王宫，祭日也。夜明，祭月也。幽宗，祭星也。雩宗，祭水旱也。四坎坛，祭四方也。山林川谷丘陵，能出云，为风雨，见怪物，皆曰神。有天下者祭百神。诸侯，在其地则祭之，亡其地则不祭。"①中国古代的祭法多如牛毛，所有的祭祀，都属于巫性文化的范畴。

由于中国文化中的"神"的意识理念，总与"巫"相系，所以"神"，总与"鬼"（灵）的意识理念联系在一起。《说文解字》收录了一个"神"字别体，写作"魁"。许慎解读为"神也，从鬼申声。"②而"申"，即神之本字。由这一魁字，可见古时神、鬼不分。钱锺书曾经指出，中国古代"皆以'鬼''神''鬼神'浑用而无区别，古例甚夥，如《论语·先进》：'子路问事鬼神。子曰：未能事人，焉能事鬼?'《管子·心术》：'思之思之，思之不得，鬼神教之。'而《吕氏春秋·博志》：'精而熟之，鬼将告之。'《史记·秦本纪》由余对缪公曰：'使鬼为之，则劳神矣……'盖谓'神'出身于'鬼'，'鬼'发迹为'神'"③朱自清说："其实，《尚书》里的主要思想，该是'鬼治主义'，像《盘庚》等篇所表现的。"④德国学者马克斯·韦伯说："像中东、伊朗或印度那种在社会上有势力的先知（Prophetie——原注），在中国是闻所未闻的。这里从来没有一个以超世的神的名义提出伦理'要求'的先知。中国宗教始终如一地不间断性地排除了先知的存在。"⑤所言是。中国之所以"从来没有"一个"超世的神"即"先知"的"存在"，是因为中国文化自古主要是原巫文化过于强大而持久的缘故。

① 《礼记·祭法第二十三》，杨天宇：《礼记译注》下册，上海古籍出版社，1997，第789页。
② （汉）许慎：《说文解字》，中华书局影印本，1963，第188页。
③ 钱锺书：《管锥编》第一册，中华书局，1979，第183—184页。
④ 朱自清：《经典常谈》，《朱自清古典文学论文集》下册，上海古籍出版社，1981，第620页。
⑤ ［德］马克斯·韦伯：《儒教与道教》，洪天富译，江苏人民出版社，2010，第151页。

附录三 巫术：宗教的"文化之母"

为求解读中国文化的所谓"巫史传统"，首先有必要对原巫文化与宗教的一般关系以及从巫术如何走向宗教等问题，加以简略的辨析。

关于巫术与宗教的关系，首先涉及的是两者的联系与区别及其孰先孰后诸问题。

这里的问题在于，人们往往自觉不自觉地将巫术与宗教混为一谈，不适当地将巫术归属于宗教。法国学者马塞尔·莫斯说，"巫术是一种宗教类型"①。有学者以为，"在韦伯（按：指德国学者马克斯·韦伯）的认识中，巫术现象是原始宗教的产物或内容"，"由此，它便决定了中国宗教的性质"。韦伯的这一见解，"后来也成为张光直的文明观或历史观的一个重要甚至是支柱部分"②。

韦伯曾经自称是"宗教上的不合拍者"与"缺乏宗教共鸣的人"。这一点儿也不影响他以西方基督教那把"标准"的"尺子"来衡估中国文化及其"宗教"。韦伯说，"中国的宗教——无论其本质为巫术性或祭典性的——保持着一种此世的心灵倾向。这种倾向此世的态度较诸其他一般性的例子，都要远为强烈并具原则性"。并说中国"一般民间的宗教信仰，原则上仍停留在巫术性与

①　［法］马塞尔·莫斯：《巫术的一般理论》，杨渝东译，广西师范大学出版社，2007。
②　吾敬东：《中国宗教的巫术孑遗——韦伯论中国宗教与巫术的"亲和"关系》，《文史哲》2008年第3期。

英雄主义的一种毫无系统性的多元崇拜上"①。

将巫术等同于宗教的看法，是否有碍于巫术文化研究得以深入的一个"思维"障碍，值得做进一步的探讨。这里的问题或许是：

一、称"巫术是一种宗教类型"，无异于抹煞巫术的独立文化品性。难怪长期以来，学界总是"习惯"性地将原始巫术等"信"文化，归类于"原始宗教"这一范畴，这一范畴一旦被认同，就在无意间抹煞了巫术、神话、图腾与宗教的文化差异。

二、韦伯将"本质为巫术性或祭典性的"这一类文化现象，归类于"中国的宗教"，这一归类是否欠妥，答案无疑是肯定性的。巫术与祭祀，固然与宗教具有本然的文化亲缘联系，或者可以说，在宗教文化的成熟时代，由于在诸多宗教文化中，包含了太多的巫术因素，我们可以把巫术称为宗教的孑遗。可是，这并不等于可以将巫术及其祭祀等同于宗教，更不能把"中国的宗教"，统统说成是巫术及其祭祀。在文化现象上，宗教保留或发展了一部分巫术与祭祀文化的遗存，但是"中国的宗教"，远不是仅仅具有"巫术性或祭典性"的一种文化。

三、既然承认中国的巫术与祭祀"保持着一种此世的心灵倾向"，那么仅仅根据这个"此世"性，还不能说这就是"中国的宗教"的全部。"中国的宗教"的文化属性，固然具有"此世"性，而除了"此世"性，则还有其他，其文化意蕴，显得丰繁而深邃。再说，巫术与祭祀的所谓"此世"性，也不同于一般宗教的此世性。前者多功利意义的"实用理性"，对应于巫性；后者是经历了宗教神性所蕴涵、锻炼与积淀的那种"此世"性，对应于宗教神性。

四、认为中国巫术文化属于"一种毫无系统性的多元崇拜"的看法，看来也有些欠妥。比如甲骨占卜与《周易》占筮文化等，其实是相当具有系统性的，而不仅仅是"多元崇拜"。这也恰好能够说明，它并非一般宗教文化。世界上可以严格地称为"一神教"的，有犹太教与伊斯兰教等；可以称为"准一神教"

---

① ［德］马克斯·韦伯：《中国的宗教　宗教与世界》，康乐、简惠美译，广西师范大学出版社，2004，第210、208页。参见吾敬东：《中国宗教的巫术孑遗——韦伯论中国宗教与巫术的"亲和"关系》，《文史哲》2008年第3期。

的，有印度佛教与基督教等。大凡宗教尤其是成熟的宗教，都有一个主神作为崇拜对象，伴随主神的还可能有属于同一神祇谱系的诸神崇拜。就此而言，中国巫术文化离真正的宗教的距离是很远的。

正如张光直先生那样，韦伯对巫术以及中国巫术文化问题是相当重视的，他的学术见解往往给人以启示。然而我们依然有理由指出，如果将原始巫术与神话、图腾等，归之于"原始宗教"范畴，其实只是看到了巫术、神话、图腾等与宗教的某些人文共性，却没有抓住巫术与神话、图腾之类区别于宗教的人文特性。

站在西方宗教神学的传统的学术立场，难以凸显中国巫术文化真正独特的人文根因、根性与特质。固然可以拿"神秘主义""非理性"与"信仰"等范畴，来说明巫术等与宗教文化的共性，但由于难以区分甚或无视其不同的人文成因、本涵与功能等，所以我们可以将这一研究做进一步的推进。即使同样从"神秘主义""非理性"与"信仰"等方面来进行衡量，依然能够看到巫术之类与宗教底蕴等方面是不一样的。用"原始宗教"这一概念来概括原始巫术与神话、图腾等，并不能了解中国原巫文化之类真正的文化本根、机制与价值，也有碍于扪摸与把握巫术之灵以及从原始巫术、神话、图腾走向宗教那跳动的人文"脉搏"。

这里，先让我们来谈谈"原始宗教"。

"原始宗教"这一概念究竟起始于何人何时何地，一时难以稽考。应当说，"原始宗教"这一概念在以往的学术研究中，是相当活跃的，或者可以说是一个不幸被滥用的学术概念。我们习惯性的学术思维，往往将人类的远古文化，等同于"原始宗教"，或者称人类史前就是"原始宗教"的文化阶段，等等。

首先应当指出，正如列维-布留尔所言，"'原始'一语纯粹是个有条件的术语，对它不应当从字面上来理解。我们是把澳大利亚土著居民、菲吉人（Fuegians——汉译者注：太平洋菲吉群岛的土著居民）、安达曼群岛（汉译者注：在西太平洋，属印度）的土著居民等这样一些民族叫做原始民族。当白种人开始和这些民族接触的时候，他们还不知道金属，他们的文明相当于石器时代的社会制度"。"他们之所以被叫作原始民族，其原因也就在这里"。布留尔说，"但是，'原始'之意是极为相对的。如果考虑到地球上人类（历史）的悠久，那么，石器时代的人就根本不比我们原始多少。严格说来，关于原始人，我们几乎是一无所知的。因此，必须注意，我们之所以仍旧采用'原始'一词，是因为它已经通用，便于使用，而且难于替换。"①即便如此，当我们称"原始民族""原始宗教"时，仍然应当警惕这一概念的模糊性。原因是"原始"一词的所指，是"极为相对"的。

其次，当将"原始"与"宗教"二词相构为"原始宗教"这一概念时，便可以由此推知，从宗教学角度看，可以把整个人类社会及其文化，划分为原始宗教和成熟宗教两个历史时期。

可是，"原始宗教"既然是宗教——你总不能说它不是宗教，正如人的一生，有童年、少年、青年、壮年和老年那样，那个童年的人，你总不能说他不是人吧？那么，宗教所本具的诸多文化要素，"原始宗教"应当基本具备——只是处于雏形阶段而已，否则，怎么能说那是所谓的"原始宗教"呢？

假定"原始宗教"这一提法可以成立，必须同时具备四大基本文化要素与文化特征。

一、供信众崇拜的主神偶像及伴随主神的诸神谱系。正如佛教、犹太教与基督教那样，都有一个主神，"伊斯兰教的一切都以其宗教的根本——神为中心"②；

二、教义。即宗教所宣扬与坚持的宗教理论、理想与信仰系统。基督教的《圣经》、伊斯兰教的《可兰经》与佛陀所说且由其弟子传承的佛教经典等，都是如此。其教义的根本，是其宗教哲学。而信仰，则意味着信众对于主神及其诸神的绝对崇拜，有如麦加朝圣那样；

三、宗教组织，即信众集团。正如印度佛教，"它传入中国不仅意味着某种宗教观念的传播，而且是一种新的社会组织形式——修行团体即僧伽（sangha——原注）的传入"③；

四、严格的生活修持制度。如印度佛教尤其小乘佛教，其信徒修为的戒律多如牛毛。

---

① ［法］列维-布留尔：《原始思维·作者给俄文版的序》，丁由译，商务印书馆，1981，
② ［美］休斯顿·史密斯：《人的宗教》，刘安云译，刘述先校订，海南出版社，2013，第223页。
③ ［荷兰］许里和：《佛教征服中国》，李四龙等译，江苏人民出版社，1998，第2页。

美国学者休斯顿·史密斯曾经说，可以从六个方面，考订一个文化形态是不是宗教。"宗教经常出现的六个特征，提示了它们的因子存在于人的构造中，其中之一是权威"；"宗教的第二个通常特色是仪式"；"因之玄想就成为宗教的第三个特色"；"第四个宗教的特征是传统"；"宗教的第五个特色是恩宠，亦即信仰"；"最后，宗教在奥秘中出入"。总之，"这六者——权威、仪式、玄想、传统、恩宠、以及奥秘——每一种对宗教都非常重要"①。然而，仅仅从这六个方面来评判一种文化是不是宗教，其实并不妥帖。除第一项"权威"类于主神（诸神）的崇拜与信仰比较接近于宗教标准外，其余五项"仪式、玄想、传统、恩宠、以及奥秘"等，在非宗教的文化比如巫术、神话与图腾文化中，也是存在的。即使这里所说的"权威"，固然是宗教的一大文化特征，但也不能否认比如原始巫术之类，其实也是讲"权威"的，只是没有如宗教那样把主神奉为"绝对权威"而已。或者可以说，加上"权威"这一项，这全部六项，也是原始巫术、神话与图腾文化的基本特质。仅仅凭此"六者"，还不能够将宗教与伴随以神话、图腾的中华巫术这两者严格地区别开来。当然，"这六者"也并非仅仅是"原始宗教"的基本文化特质。

被称为"原始宗教"的那种文化，它既然被称为"宗教"，则无疑应当满足前述有关主神（诸神）、教义（信仰）、组织（僧团）与修为（制度）这四大判断的基本条件。可是很显然，长期以来被说成"原始宗教"的那种原始文化，是既无主神、教义，又无组织、修为的文化现象，我们怎么可以称其为属于宗教学范畴的"原始宗教"文化呢？

就中华原始文化而言，其一，殷周之时确有关于帝的崇拜，但是"通检武丁时代的甲骨文，天神单称为'帝'，尚未见'上帝'之号者"。这"帝"，实际是"巫帝"②。"巫帝，盖巫觋之神"，不同于比如基督教的上帝（God）这一绝对形上的概念。其二，作为中华原始"信文化"，即伴随以神话、图腾的原巫文化，固然具有种种传统信条，有些千百年口口相传，有些甚至见诸文字，但都不是像宗教那样构成了理论系统或体系的教义。其三，尽管有巫、大巫、

---

① ［法］休斯顿·史密斯：《人的宗教》，刘安云译，刘述先校订，海南出版社，2013，第89、90页。

② 丁山：《中国古代宗教与神话考》，上海书店出版社，2011，第194、195页。

巫祝、巫史、史巫与小巫等巫职人员以及大批信众，但是始终没有如宗教那样严格的僧团组织。其四，在巫术文化形态的生活中，确实有大量的由传统所因袭的巫术禁忌，可是这些禁忌，只是为了保证巫术的成功与"灵验"而存在的，并且一般处在非系统的散漫状态，不像宗教戒律那般有严格的系统或体系，信徒一旦触犯宗教戒律，必然受到惩处，并承担一定的道德甚至法律责任。

除此以外，在所谓"理性"问题上，巫术与宗教也有严格区别。毫无疑问，巫术与宗教都具有一定的理性因素，可是二者对于理性的文化立场与态度，又是有所不同的。

"所有宗教都提供一些普遍的有关存在的陈述，而巫术则关注特别的和立即的结果，忽略意义问题——它通常甚至不能提供对于它的自身机制为什么和怎么样运作的解释。"[①]巫术文化中所蕴含的理性，一般是指向巫术的功利、目的的原始"实用理性"；宗教所蕴含的理性，一般都是关于神的形上理性，这种理性所追求的，是精神的超越和解脱，触及存在的意义。基督教主神即上帝本身所具有的文化品格是非理性的，否则就不会有大批信徒对于上帝的绝对崇拜，可是作为世界与人的本因本体的上帝这一宗教偶像之所以被创造出来，是由于理性而并非由"实用理性"之类所促成的缘故。这说明，活跃在宗教领域中的理性，要比原始巫术以及神话、图腾文化中的原始理性高级得多。从宗教之神本身看，"德尔图良在2世纪时说道：'理性是属神的事，造物主用理性创造、处理和命令万物，没有什么他不要求用理性去处理和理解的。'亚历山大里亚的克莱门同样在3世纪时告诫道：'不要认为这些东西只能用信仰来接受，它们同样为理性所断言。真的，如果排斥理性，将其仅仅归诸信仰，那是靠不住的。'"从信徒的宗教信仰角度看，"奥古斯丁承认，'信仰必须先于理性，对心灵进行净化，使之做好接受理性的强大光芒的准备。'"尽管"在一些不能把握的重大时刻，信仰先于理性"，可是，"那说服我们相信这一点的一小部分理性，却必须先于信仰"[②]。

---

① 《信仰的法则——解释宗教之人的方面》，引自刘黎明：《灰暗的想象——中国古代民间社会巫术信仰研究》上册，巴蜀书社，2014，第47页。

② ［美］罗德尼·斯达克：《理性的胜利——基督教与西方文明》，管欣译，复旦大学出版社，2013，第5、6页。

在学术概念上，以"原始宗教"来言说和替代巫术、神话与图腾为主的原始文化形态的看法，尽管由来已久，却是值得商榷的。

"那么巫术与宗教之间又是什么关系呢？"弗雷泽在这一发问之后，又称人们"总是先提出他自己独特的宗教概念，然后才开始探讨宗教与巫术的关系。世界上最具争议的课题大概就是宗教的性质了。"

> 我所谓的宗教，是被认为能够影响和控制自然与人生进程的，超自然力量的信仰或抚慰。这就将宗教分为理论与实践两大方面：一是对超自然力量的信仰，二是讨神欢心、安抚愤怒。显然，信仰是先导，若不相信神的存在，就不会想要取悦于神了。当然，如果这种信仰并没有带来相应的行动，那它便只能被定义为神学，而不是宗教。①

弗雷泽对于宗教文化的理解，其要点在于："对超自然力量的信仰"；"讨神欢心、安抚愤怒"；"被认为能够影响和控制自然与人生进程"；有"信仰"且有"相应的行动"。弗雷泽将宗教与神学作了区分。

这四个要点，与前述宗教四大要素并不矛盾，确实是宗教文化的人文特质及其特征。可是弗雷泽所说的这四个要点，其实也是巫术文化的特质与特征，两者都属于"信文化"范畴，都必须取悦于"神"，都企图"影响和控制自然与人生进程"，都有理念上的"信仰"而且具有"行动"即践行。因此仅从这四点看，实际也没有能够将宗教与巫术加以区别。

正如前述，诸神尤其主神的预设及其信仰观的树立，对于宗教来说是特别重要的。主神的绝对权威，是整个宗教大厦的"顶梁柱"。惟其如此，才"能够影响和控制自然与人生进程"。只有在绝对"信仰"的前提下，信众的无尽潜力与智慧，才能够得以激发与肯定。而信众即僧团的组成，主神、诸神与信众的精神"感应"、信众的绝对信仰，是神与信众相互"感应"的本因与源泉，这便是所谓"信则灵"。至于具有系统或体系的理论形态即教义与生活制度、

---

① ［英］詹姆斯·乔治·弗雷泽：《金枝》上册，陕西师范大学出版社总公司有限公司，2010，第55、56页。

秩序的建立与践行等，是对于宗教理想的诉求与神性之人格的达成。

"原始宗教"这一学术范畴的设立，难以正确地概括人类原始文化的特质、机制、价值与特征。在逻辑上，人们在对成熟的宗教文化有了一定的认知之后，认为既然有成熟的宗教，那就一定还应当有不成熟的"原始宗教"，这好比人既然有青年、中年与老年时期，那就必然有他的童年一样。

可是我们现在要追溯的，是宗教文化的根因、根性即其"文化之母"而并非宗教"童年"的问题。毫无疑问，宗教的"文化之母"，不是"原始宗教"（按：处于"童年"时期的宗教），而是以原始巫术、神话与图腾为主的原始"信文化"。

如果在理念与逻辑上，认同"原始宗教"是人类最古老的一种文化形态，那就等于承认人类的原始文化一开始就进入了宗教文化阶段而仅仅"原始"罢了。这一预设是否符合人类原始文化的实际，是值得做进一步的思考与讨论的。

宗教当然有其"原始"阶段，如印度佛教，学者就将大约公元前5世纪由佛陀所创立的佛教，称为"原始佛教"，继而将大约公元前4世纪至公元前1世纪经三次"结集"而成的佛教，称为"部派佛教"等等，从而揭示印度佛教历史相当清晰的发展线索。假如把释迦牟尼创立佛教之前的历史，也称为"原始佛教"时期，显然是欠妥而相当滑稽的事情。又如关于中国儒学史，学界一般将其分为三期，即以孔孟为"第一期"，宋明为"第二期"，自"五四"至今为"第三期"。其中，孔孟的"第一期儒学"，又称"原始儒学"，这在逻辑上显得相当妥切。如果将孔孟之前称为"原始儒学"时期，显然是欠妥的。

毋庸置疑，在宗教诞生前，原始氏族社会与时代的文化形态，一般都曾经存在原始巫术、神话与图腾三要素及其动态结构，只是这一文化动态结构在不同时代、不同氏族中的构成方式与程度有所不同罢了。对于中华原始文化而言，是一个以巫术文化为主同时伴随以神话、图腾的动态三维结构。尽管在原始巫术、神话与图腾文化中，确实蕴含以未来可能发生、发展为宗教的人文因子，但是笔者以为，不必因此而称这种中华原始文化属于什么"原始宗教"范畴。与其说原始文化是"原始宗教"，倒不如说原始文化是巫术、神话与图腾的"动态三维"。否则，学术研究还得面临"原始宗教"与原始巫术、神话、图腾三者纠缠不清的尴尬。

从发生学角度分析，我们不难见出，原始巫术、神话与图腾等文化的发生，显然是先于宗教文化的。

弗雷泽说：

> 巫术要早于宗教登上历史的舞台。巫术仅仅是对人类最简单、最基本的相似联想或接触联想的错误运用；而宗教却假设自然的背后还存在着一个强大的神。很显然，前者要比后者的认识简陋得多，后者认定自然进程取决于有意识的力量（按：指宗教的上帝、诸神），这种理论比那种认为事物的发生只是由于互相接触，或彼此相似的观点深奥得多。[①]

梁钊韬说：

> 简言之，在质的方面巫术是动作，是技艺，宗教则是信仰，是崇拜；就起源的年代而言，巫术比宗教为先；就演变系统而言，巫术统属于宗教之内；就发展程度而言，宗教当然高于巫术，是属于人类文化较高一级的表现。[②]

巫术与宗教相比，虽然都属于"信文化"，但是巫术的智慧程度较为初浅当为历史之真实。一般而言，宗教尤其成熟形态的宗教文化，其教义的形上部分，实际属于哲学范畴，如犹太教、基督教、伊斯兰教与佛教，都对世界与人如何、为何以及人如何可能、走向何处、应当如何等"存在"问题表现出浓厚兴趣，格外关注、努力发现有关规律并且寻找答案。"教父神学把基督教的学说

---

① ［英］詹姆斯·乔治·弗雷泽：《金枝》上册，陕西师范大学出版社总社有限公司，2010，第60页。按：这里所谓"互相接触""彼此相似"，指巫术"感应"的两大类型。弗雷泽说，"在分析巫术思想时，发现可以把它们归纳成两个原则——'相似律'和'接触律'。前者是指同类相生，即同果必同因。巫师根据'相似律'推导出，他可以仅通过模仿来达到目的，以此为基础的巫术被称为'模拟巫术'或'顺势巫术'"；"后者是指相互接触的物质实体，哪怕被分开，仍然可以跨越距离发生相互作用"（《金枝》上册，第16页）。
② 梁钊韬：《中国古代巫术——宗教的起源和发展》，中山大学出版社，1999，第16页。

本身理解为真哲学"①。在西方中世纪，哲学曾为神学之"婢女"。潘能伯格曾引用达米安主教《论上帝的全能》一书说，神学家对于哲学，"首先，他剃掉哲学的头发，亦即无用的理论；然后，他修剪哲学的指甲（迷信的作品——原注，下同）；再后脱去她的旧衣服（异教的传说和神话），只有这时才拿她做妻子。但即使这样，她也必须依然是仆人，不是走在作为其主人的信仰前面，而是追随在信仰的后面"②。尽管西方的中世纪哲学曾历经说不尽的"屈辱"与"苦难"，而宗教、神学的智慧内核，依然是高贵的哲学。其原因在于宗教、神学所尤为关注的，始终关乎人的灵魂与精神的超越问题。

巫术直接针对人的实际利益，如"趋吉避凶"等，专注于力图改变人自身的命运、处境，其信仰、想象与幻想的翅膀，是"沉重的翅膀"，尚未象宗教文化那般高扬起来。巫术总是对事物之间种种矛盾实在，表现出普遍的忽视与不关心，凡是所遇到的困境甚至是死亡的悲剧，都企图倚重"无所不在""不可战胜"的"感应"与"灵力"，来轻易地加以"解决"，缺乏对世界意义尤其存在本身的形上探究。巫术甚至不能提供其自身成因、品格、机制、功能与价值等的合理解释。巫术固然往往是有"理想"的，然而它仅仅是信仰鬼神、精灵与吉凶等，没有像宗教那样预设一个天国、彼岸，没有教主以及诸神谱系，自始至终所信仰的是一个"灵"字。所以说，一般宗教的信仰，具有绝对性；一般巫术的信仰，具有相对性。正如前述，一般宗教所蕴含的理性因素，显然高于巫术，所以宗教往往具有一种自我解构的力量。

当然这不等于说，大凡巫术及其巫学，一概与世界意义与哲学本体论绝然无涉。中国原始巫术，无论殷代的甲骨占卜抑或周代的占筮，大量的卜辞与卦爻辞本身，尽管只是些与吉凶、休咎、灵验与否相关的断言与判词，并非本体意义的哲学，可是原古卜筮的巫学意义，却在历史与人文的长期酝酿和陶冶之中，从"巫"走向"史"，由巫文化而嬗变、提升为一定的中国式的哲学、伦理学与美学，等等，它们是复繁而深邃的"史"的本身。"史"，确实由"巫"等文化转嬗而来，可是就原巫文化本身来说，并不是人类的高级智慧本身。

① ［德］潘能伯格:《神学与哲学》，李秋零译，商务印书馆，2013，第21页。
② 同上书，第16页。

这里值得再次强调的是，"巫术与宗教都严格地根据传统，都存在奇迹底氛围中，都存在奇迹能力可以随时表现的过程中。巫术与宗教都被禁忌与规条所包括，以使它们底行动不与世俗界相同。"指明和论证巫术与宗教的区别是必须的。"在神圣领域以内，巫术是实用的技术，所有的动作只是达到目的的手段；宗教则是包括一套行为本身便是目的的行为，此外别无目的。""巫术这实用的技术，有受限定的手段：咒、仪式、术士底遵守一切条件，更永远是巫术底三位一体。宗教因为方面多，目的复杂，没有这样单纯的手段。宗教底统一性，不在行为底形式，也不在题材底相同，乃在它所尽的功能，不在它底信仰与仪式所有的价值。再说，巫术里面的信仰，因为合乎它那明白实用的性质，是极其简单的；永远是说，人是有用某种咒与仪式便可产生某种结果的。在宗教里的信仰，则有整个的超自然界作对象：灵与魔、图腾底善力、保卫神、部落万有之父、来生的想望（向往），等等，足给原始人创造一个自然界以外的超自然的实体。"①巫术与宗教的区别是很显然的。

原始巫术等文化作为传统，它与原始神话、图腾一起，为人类文化从原始形态走向宗教，提供了可能。

巫文化等的神灵信仰，为宗教信仰"贡献"了一个历史与人文先导。虽然原巫文化尚未"历史地生成"关于信仰的主神意识，但无论巫术信仰之神鬼、精灵抑或宗教之主神，都是"超自然力量"的化身。"超自然力量"的文化意识与理念，首先是原巫文化与神话、图腾等早已具备的。阿奎那的《神学大全》，曾经将宗教信仰及其神学，称为"一种基于超自然启示的学说"，其"超自然"的原型根植于原巫等文化形态之中。

原巫文化等的"原始理性"，为宗教大张旗鼓地登上历史舞台，准备了一个思维基础。从巫术等原始文化形态走向宗教，让人类的理智与理性经受了深度的考验和提升。宗教信仰本身，属于非理性范畴，而宗教信仰观的建立以及何以建立，却是人类思维、理智与理性的历史性推进。这一推进有一个出发点，便是原巫文化等所奠基的"原始理性"。"所以它需要一种提升来超越受制于

---

① ［英］布罗尼斯拉夫·马林诺夫斯基：《巫术科学宗教与神话》，李安宅译，上海社会科学院出版社，2016，第109页。

他（按：指人类）的理智的本性的限制，而这样的提升他是通过信仰之光来分享的。因此，人按照自己的本性着眼于一种超越其界限的知识，所以在托马斯（按：即托马斯·阿奎那）看来，在自然和超自然之间，在哲学和神学之间，不存在任何对立或者矛盾，而是超自然的恩典成全人的本性。这也就意味着，自然的理性是以服侍的方式指向信仰的。"①所谓人类"理智的本性"，是指人本在地存在着一种生而有之的本性，即人的精神有一种与生俱来的"嗜好"，本在地趋向于"形上"的向往。这种向往，首先历史地实现为"原始理性"。这种"原始理性"本身，具有一定的"形上"性，它本来在原巫等文化中深受"限制"，由于这种"限制"，反而为人的精神的进一步提升和超越提供了空间，有可能促使"宗教之理性"登上历史舞台并且逐渐走向成熟。理性而且唯有理性及其思维，才为原巫等文化形态走向宗教即宗教的诞生，开辟了历史的契机与道路。

"所有宗教都提供一些普遍的有关存在的陈述，而巫术则关注特别的和立即的结果，忽略意义问题——它通常甚至不能提供对于它的自身机制为什么和怎么样运作的解释。"②原始初民在巫术等文化环境中生活，开始只是以为，"超自然的力量，如果确实超越于人的力量，也超越得不多，因为人可以恐吓和迫使超自然按人的意愿行事。在人类思想发展的这一阶段，世界被视为一个伟大的平等的社会，所有的人，无论自然的或超自然的，都被认为是处于相当平等的地位。"③由原始巫术与神话、图腾文化所"教育"出来的原始初民，有一种盲目的自信，以为自己与"神灵"可以平起平坐，人犹神灵而神灵犹人，是不分彼此的。经过许多个世纪以后，人类才从无数个巫术的失败之中慢慢抬起头来，开始怀疑自己是否走错了路，从而意识到自然界的无比强大，而人自己却是渺小的。

> 我们的原始哲学家（按：弗雷泽对巫师的称呼），当他的思维之船从
> 其古老的停泊处被砍断系绳而颠簸在怀疑和不确定的艰难海上时，在他原

---

① ［德］潘能伯格：《神学与哲学》，李秋零译，商务印书馆，2013，第22页。
② 《信仰的法则——解释宗教之人的方面》，引自刘黎明《灰暗的想象——中国古代民间社会巫术信仰研究》上册，巴蜀书社，2014，第47页。
③ ［英］詹姆斯·乔治·弗雷泽：《金枝》上册，中国民间文艺出版社，1987，第139页。

来那种对自身以及对他的权力的愉快信心被粗暴地动摇之后，他必曾为此悲哀、困惑和激动不已，直到他那思维之船，如同在充满风暴的航行之后进入一个安静的避风港一样，进入一个新的信仰和实践的体系为止。①

在《金枝》的另一译本中，弗雷泽指出，"在巫术时代结束后，宗教时代才开始"。这当然不等于说，在宗教时代巫术等已经绝迹。然而，原巫文化实际上的归于失败甚而酿成死亡的悲剧让人警醒，"聪明的人们自然会发现，他们过去所依靠的巫术，其仪式和咒语并不能帮助他们完成心愿——尽管当时大多数头脑简单的人仍然对巫术深信不疑。巫术无效的重大发现，必然会给那些聪明且坚定的人带来一场缓慢而彻底的思想革命。"②这种"革命"，便是由"原始理性"的觉醒或曰"祛魅"所促成的人类文化的成长即宗教时代的到来。

原巫等文化传统，在"原始信仰"与"原始理性"氤氲、积淀的前提下，为宗教的发蒙，奠定了一以贯之的情感与意志的基质与表达方式。

古人云，"性之好恶喜怒哀乐谓之情"③；"天地感，而万物化生；圣人感人心，而天下和平。观其所感，而天下万物之情可见矣"④。情是性的起伏摇荡。"情生于性"而"喜怒哀悲之气，性也"，这便是"喜斯陶，陶斯奋，奋斯咏，咏斯犹，犹斯作。作，喜之终也；愠斯忧，忧斯戚，戚斯叹，叹斯辟，辟斯通。通，愠之终也"⑤。情的本在就是性，性是生命之气。情，是主体心灵、心理对外在事物、环境变化的一种意绪反应，情即情感。情感，就是内在之心应外在因素而感动之。情、性不能分拆。中国儒家文化有"性、情、欲"三重观。做个比喻。情，好比大海之水的微波荡漾；欲，犹如浊浪排空；而无论微波还是

① ［英］詹姆斯·乔治·弗雷泽:《金枝》上册，中国民间文艺出版社，1987，第88页。
② ［英］詹姆斯·乔治·弗雷泽:《金枝》上册，陕西师范大学出版总社有限公司，2010，第62页。
③ 《荀子·正名篇第二十二》，王先谦:《荀子集解》卷十六，《诸子集成》第二册，上海书店，1986，第274页。
④ 《易传·彖辞》，朱熹:《周易本义》，怡府藏版影印本，天津市古籍书店，1986，第165页。
⑤ 《性自命出》上篇，文物出版社，2003。

浊浪，作为海水的"湿性"，是始终不变的，这便是性。意志，指人的意图、意向、心力等执着、敬畏于某一目的理想。意志总与一定的人生目的相联系，让人为此而不懈追求。

在不同的宗教文化中，信众的情感与意志的表现、功能与价值判断等，自然是不一样的。"信"（信仰）、"望"（希望）与"爱"（上帝之爱），作为基督教所践行的三大纲要，无一不体现了上帝的"太上无情"。对上帝及其"道成肉身"即基督的绝对信从，对上帝之启示与普世救赎持无条件的绝对期盼，对上帝爱人、人爱上帝及人际博爱之信条的深信不疑，这三者，是无处不在、无时不在的基督教的三大准则，其间充溢着情感与意志因素。基督教的"原罪"说，称亚当、夏娃惑于一己之私欲、偷食禁果而违背人生来就与上帝所立的契约，遂使恶俗之欲纠缠终身。"人本有罪"，情欲是人性邪恶、堕落的根由，由此奠定了基督教文化的"罪感"意识与"忏悔"精神。但是基督教说，世人不能自救，只有上帝作为"万能之天父"，派遣其"独生子"耶稣血染十字架、舍身"救赎"而"复活"，从而"救赎"人类于水火。这里，情感与意志的强烈自不待言。而在情感与意志问题上，基督教的基本精神却是"抑情"的。上帝作为"冷峻之理性"，以"太上无情"立最高神格。信众的俗情与意志，当在被"祛魅"与"洗涤"之列。这不等于说，信众是绝对无情感、无意志的。其意志与情感，在于在俗世间这一"涤罪所"进行"洗涤""原罪"之时，无限地追随上帝而达成天堂的理想境界。印度与中国佛教主张抑"情"抑"意"，视俗情、俗志为解脱、涅槃的大敌，佛教称眼、耳、鼻、舌、身、意为"六根"（按：亦名"六尘""六情"，下同），俱当否弃。佛教有"情累"说，指"六情"为妄情妄念，人则堕于"苦海"，便是"滞累"。因而成佛就是拔离诸苦、回头是岸。陆机《吊魏武帝文序》云，"若乃系情累于外物，留曲念于闺房，亦贤俊之所宜废乎"。陆士衡此言，受佛教的影响是无疑的。"情累"又称"情尘""情猿"。《大慈恩寺三藏法师传》卷九有云："制情猿之逸悍，系意象之奔驰。"心猿意马，胡思乱想，是理当"制"（抑制）、"系"（管控）的。佛教称此岸为"欲界"，没有成佛的，称为"有情众生"。"情"为首恶，所以修行先得"制"俗世妄情。佛教有"三缚"说。《俱舍论》卷二一有云，"缚有三种。一贪缚，二嗔缚，三痴缚"，都说众生因"缚"于妄"情"（情感）、妄"意"

（意志）而生无穷烦恼。佛教有"三识性"说，称为"遍计所执性"（妄有）、"依他起性"（假有）与"圆成实性"（实相）。凡夫俗子，妄执于因缘假合。妄情惑念，计度一切，执依因缘而烦恼不已，都为情、志所迷而滞累无度。因而惟有离妄情、祛妄执，才能离妄得真，圆成真如法性之境。成佛"圆成"之谓，无所执著的意思。一切佛教教义是以消解人的世间情感与意志，以求成佛、解脱为人文主题的。

作为宗教前驱的原始巫术、神话与图腾文化等，为宗教历史地生成了"原始情感""原始意志"以及前文所说的"原始理性"等心灵、心理条件。这种心灵、心理，正是人类稚浅的童年文化心灵。当时，由于人类还没有真正深切地体验到，改造自然和社会是何等艰苦卓绝，人类不知"天高地厚"，有点儿初生牛犊不怕虎的劲头，但又不懂得如何去真正掌握改造自然和社会的有效方法与途径，加上"万物有灵"文化观念的熏染，于是将巫术认作中华古人心目中的"有效"工具。由于相信巫术的有效性而总是对巫术本身、对人自身的前途充满信心，头脑里都是些盲目乐观的奇思异想，似乎在肥皂泡里看到了美丽的彩虹。没有哪一种人类文化所包含的情感因素与方式，像原巫文化这样充满盲目的自信，因信心满满而表现出"盲目的乐观"。人们坚信，巫师"作法"能无中生有，呼风唤雨，改天换地，巫师灵力无限，无所不能。在原巫文化观念中，简直没有不可克服的困难，时时处处，显得轻而易举，不费吹灰之力。北美印第安人"要想伤害一个人，就可以在代替他本人的东西上，如沙土、灰烬等，画出这个人的像，然后用削尖的棍子来刺画像，或用其他方法伤害它。比如，当一个奥基波维印第安人试图害仇人时，就会制作一个仇人模样的小木偶，然后用针刺木偶的头部和心脏，或者把箭头射进木偶体内，因为他相信仇人的这一部位也会痛；他如果想马上杀死仇人，只要一面将这个木偶焚烧或埋葬，一面念动咒语即可"[①]。由于要渲染巫术的神秘与"灵验"，巫师总是以夸张而超常的表情、动作、歌吟、舞蹈示人，甚至呼天抢地、寻死觅活，所谓"灵魂附体"而进入身心的迷狂状态，"将世界转变成一个魔法乖张的园地"。而中国

[①] ［英］詹姆斯·乔治·弗雷泽:《金枝》上册，陕西师范大学出版总社有限公司，2010，第18页。

"巫术活动，此处也和世界各地一样，仍免不了出现狂喜和纵情的场面"①。

由于巫术崇信原始的"乐观主义"，在其"原始情感"与"原始意志"中，也蕴含着一些"理想主义"。人们坚信，这世界和人都是有救的而且前途终究是美好的。人可以通过巫术，来预测未来从而指示前进的方向；可以决犹豫、判吉凶，预测自己以至于整个氏族、民族与国家该走什么路；可以克服艰难困苦以达到目的。基督教将"救赎"世界与人的希望，寄托于上帝及其"圣子"耶稣身上，而佛教寄望于佛陀启示人的觉悟。在巫术弥漫的世界里，在尚未来得及创造宗教主神的境遇与语境中，人们坚信巫能够统治与改造这个苦难深重的世界，不承认帝、上天与天命的绝对权威。巫通神通鬼又通人，既通天又辖地，自以为"我"就是真正的"神圣"、真正的"大人"。巫似乎肩负着虚妄而无上的荣耀与希望，脚踏大地而昂首向天，显得踌躇满志，所向披靡，尤其是那些大巫，往往同时兼任氏族酋长。巫术"把对美好未来的憧憬化作双翼，去引诱那些疲倦的探索者和追求者，带他穿越密布的乌云和失望的现实，翱翔于碧海蓝天，俯瞰天国美景"②。

这一"理想"表面上的"乐观"，却是与其底蕴的悲剧性相辅相成的。说到底，任何巫术都是一种"倒错的实践""伪技艺"，它是对于原始初民智力极其低下、生产力极其低下的一种"补偿"和"惩罚"。这一文化的历史性"遭遇"，经历漫长、曲折的积淀与创造，便为宗教时代的到来准备了条件。伴随以"原始情感""原始意志"和"原始理性"的逐渐觉醒，成为宗教文化起源的根本动因，人类在无比强大而盲目的自然力及其化身即神灵面前，从极度的盲目自信变成了彻底地向神灵跪下，信仰的文化机制终于开始改变了。

于是他坚信，既然这个世界不是在他和他的同伴们的帮助下正常运行的，那就必然有更强大的人物指挥着世界的运行，进而衍生出世界的千变万化。尽管他曾经一度认为这些事是凭借巫术实现的！但现在他相信：正是那些人物，使暴风肆虐、闪电耀眼、雷声轰鸣；是他们奠定了坚固的大地，

① ［德］马克斯·韦伯：《儒教与道教》，洪天富译，江苏人民出版社，2010，第206、189页。
② ［英］詹姆斯·乔治·弗雷泽：《金枝》上册，陕西师范大学出版总社有限公司，2010，第55页。

限制了波涛汹涌的大海，点亮了天上光辉闪耀的星辰；是他们赐予飞禽与野兽食物，是他们令大地结出累累硕果，是他们让森林覆盖高山，是他们让泉水喷涌出山石，是他们让宁静的水边长满青翠的牧草；是他们把赋予人类的生命，通过饥荒、瘟疫和战争收回。他已通过大自然辉煌壮观的万千景象，看到了这些强大的人的能力。于是人们垂下了高昂的头，开始谦卑地承认，自己需要依赖他们的权力；于是开始恳求并祈求他们在最后的痛苦和悲哀来临之前，把他的灵魂从躯体中解脱出来，将其带到一个可以享受安宁与幸福的更为欢乐的世界，在那里他将与一切好人的灵魂同在。①

弗雷泽以诗赋一般的语言，铺陈、阐述人类从原巫文化走向宗教的这一路向，可谓清晰而富有诗意。巫术实际上的无效，让"他"即巫师的自信受挫，随之"思维之船"驶入了一种新的信仰和实践体系即宗教，企望宗教能够"将其带到一个可以享受安宁与幸福的更为欢乐的世界"。宗教作为人类精神"安静的避风港"，意味着巫文化从此"放弃对自然的统治权"，即放弃"通神"兼"降神"的对于巫术世界的"统治"。这里所说的"强大的人"，指宗教的诸神尤其是宗教主神。宗教主神，创生而改变一切。巫让位于宗教之神，从此信徒皈依宗教，灵魂得以"解脱"，实现了自巫术到宗教的"伟大转变"。宗教的神性、神格与偶像上升为绝对权威，必然是巫性、巫格的日益堕落，于是宗教时代的巫术，失去往日的主导地位与辉煌，沦为只能依附于宗教的一种遗存和补充。

总之，原始巫术是宗教的历史文化先导，作为人类"信文化"的初级阶段，巫术与神话、图腾等文化形态一起，是宗教的"文化之母"。巫术信仰各种神灵、精灵、鬼神甚或天帝，但它不具有宗教那般的主神意识；巫术具有一般应予遵循的信条，但是没有成系统的知识体系和教义；巫术时代不乏无数的信众，但是它的信众并非是抱成团的种种教团；巫术有无数的禁忌，却不是宗教那样成系统的戒律；巫术总是不倦地追求"实用"目的，试图通过种种"伪技艺"操纵自然和社会以图回报，却对人与世界的"存在"问题不感兴趣而缺乏觉悟。

---

① ［英］詹姆斯·乔治·弗雷泽:《金枝》上册，陕西师范大学出版社有限公司，2010，第63页。

参考文献

（1）《诸子集成》（全八册），上海书店，1986

（2）《四库术数类丛书》（全九册），上海古籍出版社，1990

（3）郭沫若主编、胡厚宣总编辑，中国社会科学院历史研究所《甲骨文合集》编辑工作组集体编辑《甲骨文合集》（全十三册），中华书局，1978—1982

（4）于省吾主编，姚孝遂按语编撰《甲骨文字诂林》（全四册），中华书局，1996

（5）徐中舒主编，常正光、伍仕谦副主编《甲骨文字典》，四川辞书出版社，1989

（6）朱熹《周易本义》，怡府藏版影印本，天津市古籍书店，1986

（7）尚秉和《周易尚氏学》，中华书局，1980

（8）高亨《周易大传今注》，齐鲁书社，1979

（9）刘鹗辑《铁云藏龟》，上虞罗振常蟫隐庐石印本（1931），北京图书馆出版社，2008

（10）罗振玉《殷虚书契考释三种》，中华书局，2006

（11）陈梦家《殷虚卜辞综述》，科学出版社，1956

（12）胡厚宣《甲骨续存》，群联出版社，1955

（13）丁山《甲骨文所见氏族及其制度》，科学出版社，1956

（14）李圃《甲骨文字学》，学林出版社，1995

（15）王宇信《甲骨学通论》（增订本），中国社会科学出版社，1993

（16）何金松《汉字形义考源》，武汉出版社，1996

（17）江灏、钱宗武《今古文尚书全译》，周秉钧审校，贵州人民出版社，1990

（18）邬国义、胡果文、李晓路《国语译注》，上海古籍出版社，1994

（19）《王阳明全集》（全二册），吴光、钱明、董平、姚延福编校，上海古籍出版社，1992

（20）饶宗颐《殷代贞卜人物通考》（上、下），香港大学出版社，1959

（21）李泽厚《由巫到礼 释礼归仁》，生活·读书·新知三联书店，2015

（22）张光直《中国青铜时代》，生活·读书·新知三联书店，1999

（23）张光直《美术、神话与祭祀》，生活·读书·新知三联书店，2013

（24）李学勤《走出疑古时代》，辽宁大学出版社，1997

（25）丁山《中国古代宗教与神话考》，上海书店出版社，2011

（26）袁树珊《中国历代卜人传》，中国台湾新文丰出版公司，1998

（27）闻一多《伏羲考》，《闻一多全集》第一册，生活·读书·新知三联书店，1982

（28）林惠祥《文化人类学》，商务印书馆，1934

（29）许进雄《中国古代社会——文字与人类学的透视》（修订本），中国台湾商务印书馆，1995

（30）宋兆麟《巫与巫术》，四川民族出版社，1989

（31）刘黎明《灰暗的想象——中国古代民间社会巫术信仰研究》（上、下），巴蜀书社，2014

（32）郭静云《天神与天地之道——巫觋信仰与传统思想渊源》（上、下），上海古籍出版社，2016

（33）高国藩《中国巫术通史》（上、下），凤凰出版社，2015

（34）何新《诸神的起源——中国远古神话与历史》，生活·读书·新知三联书店，1986

（35）周策纵《古巫医与"六诗"考——中国浪漫文学探源》，上海古籍出版社，2009

（36）陈成《山海经译注》，上海古籍出版社，2014

（37）叶舒宪、萧兵、[韩]郑在书《山海经文化寻踪》，湖北人民出版社，2004

（38）叶舒宪等《比较神话学在中国》，社会科学文献出版社，2016

（39）王振复《巫术：周易的文化智慧》，浙江古籍出版社，1990

（40）王振复《周易的美学智慧》，湖南出版社，1991

（41）王振复《中国美学的文脉历程》，四川人民出版社，2002

（42）王振复《风水圣经——〈宅经〉〈葬书〉》，中国台湾恩楷股份有限公司出版发行，2007

（43） 王振复《周易精读》（修订本），复旦大学出版社，2016

（44） 王振复《王振复自选集》，复旦大学出版社，2015

（45） 杨天宇《礼记译注》（上、下），上海古籍出版社，1997

（46） 胡奇光、方环海《尔雅译注》，上海古籍出版社，1999

（47） 陈鼓应《老子注译及评介》，中华书局，1984

（48） 陈鼓应《庄子今注今译》，中华书局，1983

（49） 杨伯峻《孟子译注》，中华书局，1960

（50） 许慎《说文解字》，中华书局影印本，1963

（51） 梁漱溟《东西文化及其哲学》，《梁漱溟全集》第一卷，山东人民出版社，1989

（52） 张岱年《中国古典哲学概念范畴要论》，中国社会科学出版社，1987

（53） 牟宗三《中国哲学十九讲》，上海古籍出版社，1997

（54） 荆门市博物馆《郭店楚墓竹简》，文物出版社，1998

（55） 武汉大学中国文化研究院《郭店楚简国际学术研讨会论文集》，湖北人民出版社，
2000

（56） 冯时《中国天文考古学》，社会科学文献出版社，2001

（57） 倪梁康《现象学及其效应——胡塞尔与当代德国哲学》，生活·读书·新知三联书
店，1994

（58） ［古罗马］西塞罗：《论神性》，商务印书馆，2012

（59） （伪）狄奥尼修斯：《神秘神学》，商务印书馆，2012

（60） ［英］詹姆斯·乔治·弗雷泽《金枝》（上、下），陕西师范大学出版总社有限公
司，2010

（61） ［英］布罗尼斯拉夫·马林诺夫斯基《文化论》，中国民间文艺出版社，1987

（62） ［英］布罗尼斯拉夫·马林诺夫斯基《巫术科学宗教与神话》，上海社会科学院出
版社，2016

（63） ［法］列维-布留尔《原始思维》，商务印书馆，1981

（64） ［法］列维-斯特劳斯《野性的思维》，商务印书馆，1987

（65） ［俄］尼古拉·别尔嘉耶夫《文化的哲学》，上海人民出版社，2007

（66） ［德］马丁·海德格尔《存在与时间》，生活·读书·新知三联书店，1987

（67） ［德］马克斯·韦伯《儒教与道教》，江苏人民出版社，2010

（68） ［瑞士］弗里茨·格拉夫《古代世界的巫术》，华东师范大学出版社，2013

（69）［苏］谢·亚·托卡列夫《世界各民族历史与宗教》，中国科学出版社，1985

（70）［瑞士］巴尔塔萨《神学美学导论》，生活·读书·新知三联书店，2002

（71）［法］马塞尔·莫斯《巫术的一般理论》，广西师范大学出版社，2007

（72）［法］马塞尔·莫斯《社会学与人类学》，上海译文出版社，2003

（73）［德］潘能伯格《神学与哲学》，商务印书馆，2013

（74）［美］罗德尼·斯达克《理性的胜利——基督教与西方文明》，复旦大学出版社，
　　2013

（75）［美］休斯顿·史密斯《人的宗教》，海南出版社，2013

（76）［韩］赵荣俊《殷商甲骨卜辞所见之巫术》（增订本），中华书局，2011

（77）［韩］朴载福《先秦卜法研究》，上海古籍出版社，2011

秦汉美学范畴的酝酿

概 述

中国美学范畴的酝酿，在先秦的基础上，发展到秦汉，有一个历史与人文的转折。秦汉，造就了天下一统之空前的封建帝国和宏阔、浑雄的文化格局。这首先在其器物文化及其制度方面表现得很鲜明。秦统一天下修筑长城与咸阳以及汉代修造的长安等伟大建筑与城市，是其典型的实例。秦汉时代的中华民族的精神时空，也有了新的巨大的拓展。作为高蹈的精神世界，这一古老民族的审美意识与理想，经过先秦的祛魅，此时已从纷争走向综合，从百家争鸣走向儒术独尊，有一种包举宇内的伟大气度。经学及其发展之谶纬神学，是两汉时代的巨大精神事件，使得始于秦、终于汉之时代的审美及其美学范畴的酝酿，大都处于儒学文化的"阴影"之下，初步奠定了中华民族此后两千年往往以儒学为文化主干与背景的审美素质。

这一历史时期中国美学范畴的酝酿，大致经历了这样几个阶段：一、秦统一天下到秦的覆灭，由于时间的短暂（公元前221年——公元前206年），秦代美学范畴的酝酿，尚来不及历史地展开。然而，比如秦统一全国之前吕不韦曾命其门客编著的《吕氏春秋》，为战国末年之作，汇集先秦诸子之学，有"兼儒墨，合名法"的"杂家"之特点。该书所言，对秦汉美学范畴的酝酿，具有重要价值。二、汉初到汉武帝推行"罢黜百家，独尊儒术"时期，除了《毛诗序》等文本，《淮南子》一书的出现，体现出始于战国末期、经秦代到西汉初期愈演愈烈之思想世界趋于一统的时代潮流。《淮南子》的思想主旨，"托名黄帝，渊于老子"，推重黄老之学，有"牢笼天地，博极古今"（刘知几《史通》）

之特色。《淮南子》的基本美学精神是属"道"的，与先秦原始道家相比，是一种新道学无疑。《淮南子》对于汉代美学范畴的酝酿，具有重要意义。这正如高诱所云："学者不论《淮南》，则不知大道之深也。"（《淮南子·叙目》）三、从汉武帝采纳董仲舒"天人三策"之第三策所谓"诸不在六艺之科、孔子之术者，皆绝其道，勿使并进"（《汉书·董仲舒传》）的"罢黜百家，独尊儒术"之见，推行该政治、文化政策到东汉覆亡，是一个儒学经学化、经学谶纬化时期，其间还有印度佛学入传中原与东汉时期本土宗教道教的创立两大文化与精神事件的发生。凡此，都对两汉美学范畴的酝酿，起了重要作用。这一时期，从文本角度看，《春秋繁露》、《史记》、《盐铁论》、《乐记》、《说苑》、《太玄》、《法言》、《新论》、《论衡》、《汉书·礼乐志》、《汉书·艺文志》、《白虎通德论》、《潜夫论》、《草书势》、《楚辞章句序》与《理惑论》等，记录了两汉美学范畴酝酿的历史与人文轨迹。

综观秦汉美学范畴史的三个阶段，其美学洪流，体现为自先秦之原始理性，到秦汉以经学为代表的思想、理念的综合与统一。即使在黄老之学那里，儒学也显示了活跃的生命力量。入渐的印度佛学与新创的道教，尚待进一步的社会传播与深入人心。因此，作为"主流意识形态"的儒学，体现出它的刚健与强大，它的"感性"的丰富由于时代的催激，尤其到了东汉，便无可逃遁地走向谶纬神学。谶纬的非理性，是原始巫学在汉代的人文遗响，体现为这一伟大民族之心智一时的"糊涂"与"眩晕"。

秦汉人文思想时空，便是它的宇宙论。从先秦的天人合一与心性论，发展到秦汉的宇宙论，中华民族的文化、哲学思想与思维，的确有了转递，并且空前拓展了。总的特点是，它从先秦人"心"的专注于社会（儒家）与人"心"的回归于自然（道家）发展到人们已经有能力、有兴趣去抬头仰望苍穹与星空，并试图将人间种种规范、典则、理想与幸福的合理性与神圣性，拿到"天"上去加以证明。天人关系，依然是自先秦以来所关注的第一问题。然而，秦汉两代对这一问题的发问，是与先秦不同的。先秦诸子，总体上关注天人关系中的"人"，是做怎样的人以及怎样做人的问题，这也便是人的心性问题。所谓天人合一之"天"，是为了解读"人"而预设的一个人文符号；在秦汉尤其汉代，天人合一，天人感应，依然是天人关系的核心问题。但是汉人关于"天"、

"人"的解读与追问，是分两方面去进行的。一是此时"天"是被进一步发现的，"天"的神性、善性与审美性，进入了人们的视野。"天"有时具有客观性。所以尤其在汉代，外在世界被大量地发现与被肯定。"天"的美成为"人"之美的一个标准。二是汉代美学所言述的"人"，依然被限定在自先秦以来所肯定的做怎样的人以及怎样做人这一人文命题之中，由于汉代儒家思想终于取得"独尊"的地位，道家人文思想一般处于被遮蔽的状态之中，所以，所谓做怎样的人以及怎样做人几乎成了儒家的人生信条与实践道路。两汉经学、美学及其艺术是贯穿着这一人生理想与实践理念的。并且，秦汉进一步发现了"天"，"天"便成了"人"的一个客观标准，或者说"天"是"人"的形上表达。而此时，人的"情性"问题被进一步儒学、经学化，道德的"人"、伦理的"人"如何才能是一个"完人"，其衡量的标尺在"天"。

在"天"的"阴影"之下，两汉所言之"道"，大致属于儒家所倡言的政治教化层次。两汉所言之"气"，沿袭了先秦关于巫术之"气"的理念，同时发展了先秦有关"精气"、"血气"的思想，并最后将此人文、美学观念，初步贯彻到艺术审美之中。两汉又是言"象"的时代，这在汉代经学之重要一翼即易学及其美学思想之中表现得很典型。汉儒所说的"道"，因为在政治教化层次，与"象"关系不大。但"象"与"天"是密切关联的。须知这"天"就是秦汉尤其汉代所大为肯定的巨大"意象"。由于汉代所推重的"道"，大致指政治教化层次的人生道路，指政治伦理的标准与践履，（注：汉初《淮南子》所言之"道"与此有别，应当别论。）所以，哲学、美学意义上的形而上之"道"，在汉代有被"天"取代的趋势，此"天"具有一定的形上意义，这在董仲舒的《春秋繁露》中体现出来。

秦汉美学范畴的酝酿，大致是在弘大的宇宙论之中进行的。秦汉所谓"宇宙"，在先秦庄子"宇宙"观的基础上，可以说拓展了它的时空领域，原先先秦晴朗的审美之晨曦，转递为秦汉浑朴而辉煌的日出，有时却难免飘浮几朵乌云——时代变了。

第一章　天、人理念与宇宙论

第一节　天的宇宙论意义

在秦汉美学范畴史上，天作为一大基本范畴，一方面是从先秦沿袭而来的人文理念，另一方面又打上了它那个时代的精神与思想的烙印。

天在先秦文化中具有六大意义：其一，指神性的天，《论语》所言"天丧予，天丧予"之"天"即是，指人不可违逆的命运。其二，指自然界的天空、苍穹。《尔雅·释天》云："穹苍，苍天也。"《诗·大雅》云："靡有旅力，以念穹苍。"毛传："穹苍，苍天。"《尔雅·释天》并有"春为苍天，夏为昊天，秋为旻天，冬为上天"之说。此所言"天"，均为自然界意义上的"天"。《礼记·中庸》云："今夫天，斯昭昭之多，及其无穷也，明星辰系焉，万物覆焉。今夫地，一撮土之多及其广厚，载华岳而不重，振河海而不泄，万物载焉。"《庄子·逍遥游》又说："天之苍苍，其正色耶？其远而无所至极耶？"此所言"天"，与"地"相对，都指自然界之"天"。其三，指伦理之"天"。《墨子》有所谓"天志"说，此"天"，指意志之"天"。《墨子》云："顺天意者，兼相爱交相利，必得赏；反天意者，别相恶交相贼，必得罚。"给人以赏罚的"天"，上指神性之天，下指伦理之"天"。伦理之"天"，即"天子"之"天"。《孟子》说："尧以天下与舜，有诸？孟子曰：否！天子不能以天下与人。然则舜有天下也，孰与之？曰：天与之。天与之者，谆谆然命之乎？曰：否。天不言，以行与事示之而已矣。"这里的"天子"之"天"，既具神性，又有伦理意义。"天"是君权神性的依据与表述。其四，指自然、本然、天然，指原本如此。《庄子·秋水》云："何谓天？何谓人？""牛马四足，是谓天。落马首，穿牛鼻，是谓人。"此"天"，显然指自然而然的一种状态、素质与品格。其五，指本原，《孟子·尽心上》云："尽其心者，知其性也；知其性，则知天矣。"朱熹《四书章句》注云："心者，人之神明，所以具众理而应万事者也；性则心之所具之理；而天又理之所从以出者也。"其六，指天气、气候，《礼记·月令》云："季春之月行秋令，则天多沉阴。"

应当说，先秦时期关于"天"的理解，已经相当丰富、深刻。

时至秦汉，关于"天"的解读，基本上依袭先秦的思想与理念，又有一些新发展。

成书于战国末年由秦相吕不韦集门客编著的《吕氏春秋》，作为秦汉美学范畴之酝酿的背景性文本，这里值得一提。

徐复观曾说："《吕氏春秋》，是对先秦经典及诸子百家的大综合。"其书"引《诗》者十五，引《逸诗》者一。引《书》者十，其中称《夏书》者一，称《商书》者二，称《仲虺》者一，称《洪范》者二，称《周书》者三，称《书》而不明所出者一。引《商箴》、《周箴》者各一。引《易》者四。述《春秋》者一。与政治有关之礼，则皆组入《十二纪》中。《仲夏纪》、《季夏纪》诸乐，多与《礼记》中之《乐记》相通。引《论语》者一，引《孝经》者一。在诸子百家方面，《吕氏春秋》全书，系统合儒、道、墨、阴阳等五家思想而成；因含有反对秦国当时所行法家之治的深刻意味，故一字不提法家外，其余被它个别提到的，孔子者二十四，墨子者六，孔墨并称者八。又多次提到孔墨的许多弟子。提到老子者四，孔老并称者一。提到庄子者二，列子者二，詹何者三，子华子者五，田骈者二，尹文、慎子、田子方、管子者各一。提到出于邹衍之后，与邹衍系统有密切关联之黄帝者十一。提到邓析者一，惠施者六，公孙龙者四。提到白圭者三，提到农家的神农、后稷者各二。里面还有采用了他人的思想而未出其名者更多，有如孟子、荀子即其一例"[1]。这里所记述的，尽管必有遗漏，到底由此可以见出其思想之大致来源及构成。

---

① 徐复观：《两汉思想史》第2卷，华东师范大学出版社，2001，第1—2页。

　　关于"天"，《吕氏春秋》大致继承了《易传》所谓"有天地，然后万物生焉"的思想。《吕氏春秋》云："凡人物者，阴阳之化也。阴阳者，造乎天而成者也。""人"由"天"所成而不是"天地"所成，这是接续了郭店楚简《性自命出》"性自命出，命自天降"的理念。性的本义为生，性命者，生命也。生命之最高级的存在是人。所以，郭店楚简的这一著名命题，其大意是说，人的生命是天生的。这样，关于人之本原的思想，与《易传》关于"天地"生"万物"，故也生"人"的思想同类，但只称"天"而非"天地"并称，实际上体现了比《易传》更为古老的天人关系说。在孔子、老子与墨子时代，由于原始父系社会男性生殖崇拜兼男性祖先崇拜的历史、人文影响之深巨，当时并非男女、父母、天地并提，比如在楚简《老子》中，就仅称"道"是"大"，而"大"在文字学中是"太"的本字，"大"在甲骨文中写作👤（如郭沫若等《甲骨文合集》一四二一），东汉许慎《说文解字》称，"大象人形"，可谓的解。裘锡圭指出："古汉字用成年男子的图形👤表示（大）"，"大的字形像一个成年大人"①。"大"之本义，像正面站立的成年男性。而郭店楚简《老子》以"大"释"道"，是以男性生殖崇拜的文化思想来讲"道"这一事物本原、本体及规律性。这与编纂于战国中期的通行本《老子》"大"与"玄牝"并提即男女并提是不同的。男女并提与天地并提在逻辑上处于同一平台。《易传》关于"天地"生"人"的思想，确不同于《吕氏春秋》中"天"生"人"的思想。《易传》与通行本《老子》所言相同，都是男女、天地并称，而《吕氏春秋》所言，直接接续了一般认为成篇于孔、孟之际的郭店楚简《性自命出》。孔、孟之际这一时期，大致在春秋末年到战国初期。杨荣国曾经指出："有一点是不可忽视的，孔墨虽言'天'而不言'地'。"②这从《论语》与《墨子》两书可以得到证明。

　　在天与人的关系问题上，《吕氏春秋》依然沿袭了先秦天人合一、天人相通的思路。该书在谈到"全德之人"时指出，何谓"全德之人"？答云："天全则神和矣，目明矣，耳聪矣，鼻臭矣，口敏矣，三百六十节（引者注：指人体骨骼）皆通利矣。""全德之人"，乃是与"天""神和"之人。所谓"神

---

① 裘锡圭：《文字学概要》，商务印书馆，1988，第3页。

② 杨荣国：《中国古代思想史》，人民出版社，1954，第155页。

和"者,《吕氏春秋》称,"若此人者,不言而信,不谋而当,不虑而得"。所谓"精通乎天地,神覆乎宇宙"。所谓"其于物,无不受也,无不裹也,若天地然"。因而,"神和"者,即为"精通"。人之"神""和"于"天"、人之"精""通"于"天",便是天人合一、天人相通。这里有一点值得注意,就是前文指出,《吕氏春秋》在谈"人"之本原问题时,言"天"而不言"天地",确实体现了孔墨与老聃之春秋末期的思想实际,这不等于这部著作在任何篇章中都是如此表述的。比如在其《本生篇》谈"天全则神和"即天人合一、天人相通问题时,却是"天地"并称的。这与该书卷二《情欲篇》与卷十三《有始览》所言相一致。前者说:"人之与天地也同";后者云:"天地万物,一人之身也。"这种文本现象,体现了《吕氏春秋》所谓"杂家"思想的特色。"人之与天地也同",是天人合一之精炼的表述。"天地万物,一人之身也",是说人之生命(肉身为基础),是天地生万物且是天地万物的最高的成果与精华。

关于"天"的理念以及天人关系问题,一直是先秦到秦汉中国美学范畴酝酿之文脉历程的中心问题。甲骨文有"天"字,一般写作人(董作宾《小屯·殷虚文字乙编》九〇九二)、人(罗振玉《殷虚书契后编》下一八、七)等,可见在殷代,中华古人已具有关于"天"的意识与观念。但当殷人表达最高人格神理念时,多称"帝"而少称"天",这便是说,在殷人心目中,"帝"的神性与崇高更甚于"天"。甲骨文有"帝"字,写作柔(董作宾《小屯·殷虚文字乙编》六四〇六)、柔(董作宾《小屯·殷虚文字乙编》一一六四)。帝之本义,学界曾释为蒂之初文,从生殖思想角度,以为帝是植物花蒂之义。徐中舒主编《甲骨文字典》云,帝"象架木或束木燔以祭天之形,为禘之初文,后由祭天引申为天帝之帝及商王称号"[①]。帝,是殷人文化心灵中的神明,亦称上帝,是人间祸福、灾祥的主宰者。由于人间帝王即殷帝政治势力的强大与权威性,殷代人文理念中,"帝"之神性甚于"天"是可以理解的。

但是时至西周初年,随着人文精神、人文意识的进一步觉醒,"帝"的神权被削弱。《尚书·微子》就记载有殷人偷吃祭神、祭帝"牺牷牲"的事。这或许

---

① 徐中舒主编:《甲骨文字典》,四川辞书出版社,1989,第7页。

是一种巫术仪式，但殷人渐渐地不将"帝"放在眼里，也是自然的。殷周之际、西周初年，文王、周公之类人王的崇高的人文精神及其世俗形象本身，是对极具神性之"帝"及其理念的消解。在祭神尤其大祭时，主祭者是人王而不是那些巫师，所以到了西周，原先帝的权威便渐渐让位于人王的权威。然而人王之权威又必须而且只有拿到"天"上去加以证明，才能成为新的权威，于是时至西周初年，称"天"者便逐渐甚于称"帝"。所谓"天子"一词出现于何时，今天无可确考，然人间之王不称"帝子"而称"天子"已能说明问题。春秋时代，"天"的观念进一步强化。今天我们读《论语》有关孔子的那些言述，知道孔子关于"天"的理念中有"畏天"的宿命意识，但是他全不把资格比"天"更古老的"帝"放在眼里。而且春秋末年的孔子思想中尽管有"畏天"即承认"天"之神性与权威性的一面，但孔子心目中，真正伟大且具有本体、实体意义的，是"仁"以及与"仁"相契相关的"天"。孔子虽然没有如西汉董仲舒那样有"仁者，天也"的思想，然而在他的心目中，确乎已将"仁"看得如"天"一般的崇高。孔子是强调人为、人事与人世的，他的"天命"之"命"，很具有些"规律"的意思，要不，孔子就不会说"五十而知天命"的话了。"五十而知天命"，即在于认为，"天命"到底还是可"知"的。孔子的仁学具有一个"天命"思想的人文背景。但这个背景，一般确乎可以理解为"天命"乃是仁学的本原。鉴于此，我们才能理解，《论语》所言"子不语怪、力、乱、神"与"祭如在，祭神如神在"之类的话，实际是对神性之"天"理念的解构。如"祭神如神在"，可以换一个说法，大约也符合孔子的思想，即"祭天如天在"。那么不"祭"呢，"天"就不"在"了。当然，这里所言"天"，指神性之"天"。

徐复观说："因而孔子一方面肯定了天，同时又在人的定位上摆脱了天。顺着这一方向发展，出自子思的《中庸》，说了'天命之谓性，率性之谓道'的两句话，正是既肯定而又同时摆脱的表现。""人性是由天所命，这是对天的肯定；性乃在人的生命之中，道由率性而来，道直接出于性，这实际是对天的摆脱。"[1]此言中肯。

由此当我们读到《吕氏春秋》卷一《本生篇》所言："始生之者，天也"与

---

① 徐复观：《两汉思想史》第2卷，华东师范大学出版社，2001，第49页。

卷五《大乐篇》所言"始生人者,天也",便不会感到突然。这里的"天",是万物与人之始生的本原,是蕴含着一定审美意识的哲学范畴。

《吕氏春秋》关于"天"的人文思想,在汉代又呈现怎样的人文面貌呢?我们在此尤应注意汉代重要文本董仲舒的《春秋繁露》。这里先摘引一些有关思想资料:

> 《春秋》之法,以人随君,以君随天。
>
> 故屈民而伸君,屈君而伸天,《春秋》之大义也。
>
> 人受命于天,有善善恶恶之性,可养而不可改,可豫而不可去,若形体之可肥臞,而不可得革也。(以上见《春秋繁露·玉杯》)
>
> 仁之美者,在于天。天,仁也。
>
> 天覆育万物,既化而生之,有养而成之,事功无已,终而复始。
>
> 凡举归之以奉人,察于天之意,无穷极之仁也。人之受命于天,取仁于天而仁也。
>
> 唯人道为可以参天。
>
> 天常以爱利为意,以养长为事,春夏秋冬皆其用也。
>
> 天出此物者,时则岁美,不时则岁恶。
>
> 天地,人主一也。然则人主之好恶喜怒,乃天之暖清寒暑也,不可不审其处而出也。
>
> 人主掌此而无失,使乃好恶喜怒未尝差也,如春秋冬夏之未尝过也,可谓参天矣。深藏此四者,而勿使妄发,可谓天矣。(以上见《春秋繁露·王道通三》)
>
> 天有阴阳,人亦有阴阳,天地之阴气起,而人之阴气应之而起。人之阴气起,而天地之阴气亦宜应之而起,其道一也。(《春秋繁露·同类相动》)
>
> 循天之道以养其身,谓之道也。
>
> 然则天地之美恶,在两和(引者注:指中春、中秋)之处。
>
> 天地之道,虽有不和者,必归之于和,而所为有功。
>
> 中者,天地之大极也。

举天地之道，而美于和。

天地之气，不致盛满，不交阴阳。（以上见《春秋繁露·循天之道》）

天地之行，美也。

春秋杂物其和，而冬夏代服其宜，则当得天地之美，四时和矣。凡择味之大体，各因其时之所美，而违天不远矣。（以上见《春秋繁露·天地之行》）

阴阳之气，在上天，亦在人。在人者为好恶喜怒，在天者为暖清寒暑。在人者亦天也。

是故志意随天地，缓急仿阴阳，然而人事之宜行者，无所郁滞。且恕于人，顺于天，天人之道兼举，此谓执其中。

故人气调和，而天地之化美。（以上见《春秋繁露·如天之为》）

察天人之分，观道命之异，可以知礼之说矣。（《春秋繁露·天地阴阳》）

如前所引录，相信并非《春秋繁露》一书所言"天"（天地）的全部言述，但董仲舒关于"天"的思想，大致都记录在此了。

第一，在汉代"天"的意识、理念与思想中，董仲舒是有代表性的。《春秋繁露》在论述这一点时，在文本表达上，是"天"与"天地"两个概念、名词兼用的。这可以看作自先秦以来先人往往杂用"天"与"天地"两个概念、名词的继续。如果以挑剔的目光审视，这里所言之"天"，毕竟不同于"天地"，因为据所摘引，董子所言"天"，有时指"上天"，那是不包括"地"的。但是在《易传》的"天人合一"思想中，以六十四卦每卦六爻结构中的五、上爻象天，初、二爻象地，三、四爻象人而言，这里的所谓天、地，在"天人合一"这一命题中，是以"天"来表述的，"天"即"天地"。所以汉儒董仲舒以"天"与"天地"混用，尽管有时在逻辑上有不严不周之处，而大致符合传自先秦的汉人的习惯用法。

第二，当董仲舒说"天"时，他往往是同时说到"人"的。这"人"，具体指君、臣、民等。考虑到中华自古人学思想源远流长这一点，董仲舒说"天"之时往往谈及"人"及与"人"之关系，这是可以理解的。从人学角度分析，这里所谓"天"说，实际是人学、"人"说的另一表达。"天"的思想，实际是人学思想的一个天学背景，这也便是"唯人道为可以参天"的一方面的意思。但是值得注意的是，这里董氏所说的"天"（天地），又往往并非"人"的附庸，"人"不能包含"天"，"天"也不能挤兑"人"。天是天，人是人，所谓"天有阴阳，人亦有阴阳"，两者在合一之前是分立的。仅仅两者合一，相通于"阴阳"，此"阴阳"，指贯于天人的阴阳之气。因此在董仲舒心目中，天（天地）的存在与运动（所谓"天地之行"），具有所谓"客观"的属性。

第三，董仲舒的"天"说与前人不同的地方，是他基于先秦天人合一说基础上的天人同构说。董子云：

> 人有三百六十节，偶天之数也；形体骨肉，偶地之厚也；上有耳目聪明，日月之象也；体有空窍理脉，川谷之象也；心有哀乐喜怒，神气之类也。观人之体，一何高物之甚而类于天也。
>
> 人之身，首妢而员，象天容也。发，象星辰也。耳目戾戾，象日月也。鼻口呼吸，象风气也。胸中达知，象神明也。腹胞实虚，象百物也。……颈以上者，精神尊严明，天类之状也。颈而下者，丰厚卑辱，土壤之比也。足布四方，地形之象也。
>
> 故小节三百六十六，副日数也。大节十二分，副月数也。内有五脏，副五行数也。外有四肢，副四时数也。乍视乍暝，副昼夜也。乍刚乍柔，副冬夏也。乍哀乍乐，副阴阳也。心有计虑，副度数也。行有伦理，副天地也。（均见《春秋繁露·人副天数》）

在董仲舒看来，所谓天人合一，不仅合一于精神、合一于气、合一于生，而且人的肉身，也是与天相合的。这种见解，似乎荒唐可笑，但它在美学上而非科学上揭示了一个道理，即作为"有气有生有知亦且有义"的"人"（《荀子·王制》）之肉身，实际是"天"的最高的进化之成果。

第四，既然在物质意义上，天人同构，那么在精神与行为意义上，天人也一定是相应的。董仲舒首先为天人同构、天人合一中的人之伦理行为规范与精神寻找、预设了一个本原，这个本原就是"天"。董仲舒认为，作为人之伦理行为规范与精神的"仁"的原型，是"天"。这便是所谓"天，仁也"的思想。先秦孔子以仁释礼，是将外在意志整肃的礼的内因（即仁）解读为人性的内在要求。仁者，爱人，克己复礼曰仁，仁是人性之内在的美善的本在。因而，孔子虽然并未明确提出"人性本善"的思想，实际是包含这一思想萌芽的。在郭店楚简中，仁字往往被写作愳，"仁"便是人的身心的统一。由于先秦儒家的思想，主要是伦理教化思想，因此，这种身心的统一的"仁"，用《礼记》的话来说，叫做"澡身而浴德"，是道德意义上的人之身心的澡雪。汉代大儒（属公羊学派）董仲舒的"仁"之思想，一方面继承了《论语》所谓"仁"者，血亲之和、之爱的思想，另一方面，也与郭店楚简所谓"仁"（愳）者，身心同和的理念相一致。并且，它将这种"仁"的人文之原型、本原归之于"天"。

第五，不仅"天"是人之"仁"的原型与本原，而且"天"本身便是"美"的。"仁之美者，在于天。""仁"是"美"，而不仅仅是"善"，这是汉人特有的思想。那么"天"本身"美"吗？如果"天"本身不"美"，何来仁之"美"？既然"仁之美者，在于天"，那么，起码可以说，作为本原、原型的"天"，具有"美"的质素与种子。《春秋繁露》又说"天地之行，美也"。这是肯定天地之运化的"美"，这"美"应是独立于"人"的。这里值得加以注意的有两点：一是强调天地之运化为美，与其所谓"天不变，道亦不变"之思有矛盾；二是董仲舒的总体思想倾向，是强调天人合一、天人感应、天人同构，但当他论美时，却将"天地之行"看作是与"人"相分的。他说，"春秋杂物其和，而冬夏代服其宜，则当得天地之美"，这是天人相分的关于"天地之美"的思想。因此，我们在研究董仲舒的美学范畴酝酿之理论贡献问题时，不应死抱住他的天人合一之类思想，而还应看到他深受先秦荀子"明于天人之分"思想的影响。

第六，"天"作为一个哲学范畴与伦理学范畴，在董仲舒这里是毋庸置疑的。那么这"天"，是不是一个美学范畴呢？从"天地之行，美也"这一命题看，美者，"天地之行"而非天地本身，但倘无"天地"则何来"天地之行"？因此，"天地之行"的"美"，必与"天地"本身相关，没有"天地"的"天地之行"是不存在的。《春秋繁露》又说："举天地之道，而美于和。"这是说，美在于"和"，而美不等于"和"，美的根因是"和"，这"和"是"举天地之道"的结果，而不是"天地之道"。"天地之道"又不等于"天地"，然而，无论"和"也罢，"举天地之道"也好，都是不能离开"天地"这一母体的。因此可以说，这里的"天"（天地）这一范畴，实际上正走在从哲学、伦理学向美学转递且表达一定审美意识的文脉之路上。

第二节　人　论

秦汉时代，天人关系问题一直是重要的哲学、经学命题，以《吕氏春秋》与《春秋繁露》论述尤为集中。关于"天"，本书前文已有所论及。由于秦汉之时，人们说天人关系一般主张天人合一、天人感应之说，因此说"天"时必关乎说"人"，天命、天道与人伦、人道往往并提。但是"天"说并不等于"人"论，毕竟天是天，人是人，何况在秦汉，与天人合一、天人感应之思想同时存在的，还有为今天学界所忽视的天人相分思想。

人的问题，是"人生论之开端的问题，是天人关系的问题。天人关系论之开端的问题，是人在宇宙中之位置的问题。人在宇宙中之位置的问题，也可以说便是人生之意义的问题"[1]。人在天人关系、在宇宙中的"位置"，是由人类实践之历史、人文水平决定的，也与人的人文觉醒程度相关。

在先秦，孔子关于"人"在宇宙中的位置这一问题似乎没有提供多少意见。他只是说"仁者，人也"（《中庸》引孔子言）与"为仁由己"（《论语·颜渊》）之类，并将人分为"君子"、"小人"、"中人以上"、"中人以下"以及"上智"、"下愚"等。孔子说，"己所不欲，勿施于人"、"己欲立而立人，己欲达而达人"，孔子注重与关切的，主要是人与人即人际、人伦的关系而不是天人关系问题。

郭店楚简《老子》云："天大，地大，道大，王亦大。域中有四大，王居一焉。"而"人法地，地法天，天法道，道法自然"。这里，"大"为"太"之本字，"大"有原始原本之义。故天、地、道、王（人）四者，在《老子》看来，在本原问题上是平等、无分高下贵贱的，这是从哲学本原说王（人）在宇宙中

---

① 张岱年：《中国哲学大纲》，中国社会科学出版社，1982，第167页。

的"位置"问题。但在本原的"四大"之中，人只能以地为"法"，且只能通过天这一中介去"法"道（自然）。这说明，在本原问题上，人与地、天与道（自然）是平等的，而在谁"法"谁的问题上，又是有区别的。

《庄子》云："吾在天地之间，犹小石小木之在大山也。"又说："汝身非汝有也。……孰有之哉，曰：是天地之委形也。生非汝有，是天地之委和也。性命非汝有，是天地之委顺也。子孙非汝有，是天地之委蜕也。"《庄子》以"小石小木"与"大山"作比，来说人在宇宙中的位置，且将人之生命的本原归之于"天地"。不能说这是认为人在"天地"中的"渺小"，[①]但认为人的肉身与精神在"天地"面前并不高扬，倒也确是如此。

这不等于说，先秦的思想家、哲学家一概没有看到人的力量、精神与地位的崇高。《管子·霸言》云："夫霸王之所始也，以人为本。本理则国固，本乱则国危。"虽从霸业于天下这一政治角度，提出"以人为本"这一惊世骇俗的人文、人本主义命题，但终于喊出了"以人为本"这一响彻云霄的口号，它意味着先秦人学思想的觉醒。

孟子的人学思想也很灿烂。他也讲"天命"、"天意"，不过更不将这些放在眼里，却也是真的。孟子曾说，比方禅让，是由"天意"来决定的，天子得天下，是"天与之"而不得不为之。似乎是"天与贤，则与贤；天与子，则与子"，"天"有权来决定"人"的命运。然而《孟子》一书，更多的是记录了孟子强调人之崇高、伟力的一面。"夫天未欲平治天下也，如欲平治天下，当今之世，舍我其谁也？"（《孟子·公孙丑下》）在"天"面前，"人"具有"舍我其谁"的气概。孟子确曾说过如"顺天者存，逆天者亡"（《孟子·尽心上》）如此重"天"的话，但此所言"天"，已不是一种主宰人的神秘、神性之力，而是人"知"的对象。在孟子看来，"天"主要不是崇拜的对象，而是可"知"、可"事"的。这里，体现了"人"的主体意识及其审美意识。孟子提倡"大丈夫"精神，是高扬了人的主体人格。

荀子之学，"明于天人之分"，说："水火有气而无生，草木有生而无知，禽兽有知而无义，人有气有生有知亦且有义，故最为天下贵也。"（《荀子·王

---

① 张岱年：《中国哲学大纲》，中国社会科学出版社，1982，第167页。

制》)这种人学思想，早在郭店楚简《穷达以时》中已有表述："有天有人，天下相分。察天人之分，而知所行矣。""人"与"天"的分立，是人文意识同天命意识的分立，此时，"人"已大致告别了"天"这一"人"的精神故乡，而独立于天下。

先秦的人文、人学理念，为秦汉"人"论准备了思想与思维资源。本书在这里要考察的是，秦汉时期与审美意识、美学范畴之酝酿密切相关的"人"论，与先秦相比，究竟有些什么新的开展与时代特点。

在此，有关论述依然可以从战国末期、属于秦国的《吕氏春秋》开始。

《吕氏春秋》云："始生之者，天也；养成之者，人也。"天乃生之本根；人乃天之所"养成"，这里所言天人关系，是"始生"与"养成"的关系。

"天"不仅为"人"之"始生"，而且"天"作为根因，规定、决定了"人"的"欲"、"恶"。"始生人者，天也，人无事焉。天使人有欲，人弗得不求；天使人有恶，人弗得不辟。欲与恶所受于天也，人不得与焉，不可变，不可易。"（《吕氏春秋·大乐》）人之欲、恶为人之情性的构成部分，是天之根性所定。这是基于天人合一之理念的"人"论。

但《吕氏春秋》在天人关系问题上，有时也主张天人相分说。"人莫不以其生生，而不知其所以生。人莫不以其知知，而不知其所以知。知其所以知之谓知道，不知其所以知之谓弃宝。"（《吕氏春秋·侈乐》）人"不知其所以生"、"不知其所以知"，这是人缺乏其反思自身的能力，不知生之原由，也不知知之原由，这正是人的混沌。然而，"知其所以知之谓知道"，既然人已进入"知道"境界，那么，实际在人的人文意识中，人已有主体之能力将主体自身与对象分开，否则何以为"知"？"知"是天人相分的一个确证。这里《吕氏春秋》体现了与荀子"知天"相应的思想。所不同的，《吕氏春秋》既表达了"知天"也表达了"知人"的观念，这便是所谓"知道"。"知道"是一种探寻"知其所以知"的境界，是一种具有知识论色彩的人文理性的觉悟。作为人文理性之主体意识的觉悟，基于天人相分之人文理念。学界长期以来，一方面大谈"天人合一"的美学问题，另一方面又认为中国先秦及此后的所谓"主体意识"又如何如何"强烈"、"成熟"等等，其实在笔者看来，这是很矛盾的。"天人合一"有两种境界，一是指不分天人的原始混沌；二是指经过"知"的阶段，从天人相分走向天人合一。在原始混沌状态中，天人原本未分，何来强烈、成熟的"主体意识"？然而如果连"主体意识"这一主体条件尚不具备，又何言"审美"？因此，原始混沌意义上的所以"天人合一"，其实不是一个美学命题，而是文化学命题，它只是蕴含了审美的根因与种子。当然，中国美学史上所谓的"主体意识"有时确实相当"强烈"与"成熟"，但只有当人历史地打破原始混沌之时才能使人的"主体意识"萌生、发展与成熟。然而一旦如此，则审美之"原始"即出发点，倒反而是天人相分而非原始混沌。可是在长期的中国美学史、美学范畴的研究中，学界又偏偏大谈"天人合一"而忽视、无视"天人相分"问题，①这是需要反思的。

至于说到人格审美问题，《吕氏春秋·论人》有一段论述值得注意：

> 凡论人，通则观其所礼，贵则观其所进，富则观其所养，听则观其所行，止则观其所好，习则观其所言，穷则观其所不受，贱则观其所不为。喜之以验其守，乐之以验其僻，怒之以验其节，惧之以验其特，哀之以验其人，苦之以验其志。八观六验，此贤主之所以论人也。论人者，又必以六戚四隐。何谓六戚？父母、兄弟、妻子。何谓四隐？交友、故旧、邑里、门郭。内则用六戚四隐，外则用八观六验，人之情伪、贪鄙、美恶无所失矣。

论及人的"情伪、贪鄙、美恶"问题，须"内则用六戚四隐，外则用八观六验"。这是提出并讨论了道德人格、审美人格观察之法及其标准。其中所谓人格之"美恶"，当与审美相关，又不仅属于审美，它处于道德与审美之际，可以说是道德的审美，审美的道德，是相关于美学范畴之人文内容得以滋生与酝酿的温床。

时至汉代，天人关系中的"人"的问题继续得到了关注。陆贾《新语·道基》说："天人合策，原道悉备。"贾谊《新书》云："人之戚属，以六为法。人

---

① 按：朱立元教授主编、王振复副主编《天人合一：中华审美文化之魂》（1998），对"天人合一"与中国美学史之审美文化之魂问题，进行了较早与有一得之见的研究，其缺失，是忽视"天人相分"与中国审美之灵魂关系的研究。

有六亲，六亲始曰父；父有二子，二子为昆弟；昆弟又有子，子从父而昆弟，故为从父昆弟；从父昆弟又有子，子从祖而昆弟，故为从祖昆弟；从祖昆弟又有子，子从曾祖而昆弟，故为从曾祖昆弟；曾祖昆弟又有子，子为族兄弟，备于六，此之谓六亲。"虽言天人，而此处所强调的人伦关系，以"六亲"为圆满。"六亲"，在汉人看来是温馨的血亲大家族。这样的"人"的理念，重在伦理。其思维模式，又显然受《周易》一卦六爻之结构说影响，古人重"六"，犹今人所信从之"六六大顺"，采自易理。这种"人"论，总也"儒"味太浓。

《淮南子·原道训》的"人"论又当别论。它在中国美学史上，第一次从"生"的角度，描述了一个生命完整意义上的"人"：

> 故形者，生之舍也；气者，生之充也；神者，生之制也。一失位而三者伤矣。是故圣人使人各处其位，守其职，而不得相干也。故夫形者，非其所安也而处之，则废；气不当其所充而用之，则泄；神非其所宜而行之，则昧。此三者，不可不慎守也。

这里，《淮南子》从形、气、神之统一角度，论述了人之生命的三维结构，揭示了从肉身到灵魂（精神）的人之生命的美。其美学意义在于：

> 人的外在形体（形）、内在精神气质才识智慧（神）与人的生命底蕴（气）三者统一构成一个完美的人的形象，缺一则其美自损或无美可言。但三者的关系不是对等的，分别呈现人"生"、进而是人生之美的三层次、三境界：外在形体之美是"气"（精气）的完满的物质性外化；内在精神气质之美是"气"的心灵升华；"气"则是外在形体、内在精神（形神）两美的根源，这是人的本质之美。如果说，古希腊所推崇的完美的"人"，是由柏拉图所谓的"理式"之"上帝"所创造（生命底蕴）、体魄强健（形）而且智慧超拔（神），那么，东方中华所倾美的"人"，则是以"气"为本始、生气勃勃、神采奕奕、形神兼备的祖先生殖力的"杰作"。[①]

---

① 王振复：《〈周易〉的美学智慧》，湖南出版社，1991，第245—246页。

《淮南子》的"人"论在汉代是别具一格的，它少有沾溉有关伦理型人格学说的深巨影响，体现出"旨近老子"的思想与思维特色。它将形、气、神作为生命之肉身与精神统一的三元，而以"气"为生命之根因。并指出，"形"，"非其所安"者，"废"。"气"，"不当其所充"者，"泄"。"神"，"非其所宜"者，"昧"。形废、气泄、神昧，人之生命的丑。《淮南子》作为黄老之学的一个文本，有时会将人之生命的三维说成四维，便是所谓"形神气志"说："形神气志，各居其宜，以随天地之所为。"（《淮南子·原道训》）此处所言"志"，理性、意志之谓，显现出《淮南子》虽则"旨近老子"却又不同于先秦老子，在人学与美学问题上，渗融着兼"儒"的生命意识与理念。

第二章　性、情、欲之辨

先秦美学范畴之酝酿，与先秦心性之说关系尤为密切。此心性之说，以郭店楚简《性自命出》、上海博物馆藏楚竹书（一）《性情论》与《孟子》、《荀子》最为典型。先秦心性问题的提出，体现了先民在追问审美何以可能之问题时对"人"自身的关注，"反观自身"、"近取诸身"，是其入思的方式。性的本字是生。清代著名学者阮元云："性字本从心从生，先有生字，后造性字。"[①]可见，性之本义，不仅指生命，而且在释生命之时，包含了"心"的意蕴，是从"心"来释"性"。故先秦心性之说，心学的因素是很丰富的。然孔子仁学的心性思想尚不明显。孔子倡言"性相近也，习相远也。唯上智与下愚不移"（《论语·阳货》），至于性是什么，性与心有无关系以及有什么关系，孔子未曾明言。子贡曰："夫子之言性与天道，不可得而闻也。"（《论语·公冶长》），孔子罕言性与天道，亦一般不从"心"的角度释"性"。《论语》有"心"字六处，如"七十而从心所欲，不逾矩"，然不以"心"说"性"。《孟子·告子上》则大谈"恻隐之心，仁也；羞恶之心，义也；恭敬之心，礼也；是非之心，智也"的道理，这是以"心"释仁、义、礼、智，是先秦典型的心性说。在孔子与孟子之际，体现心性说的重要文本，是郭店楚简《性自命出》与上博馆藏战国楚竹书《性情论》。如《性自命出》有"心"字二十二处，比如"心亡奠志"、"虽有性，心弗取不出"、"凡心有志也"、"其用心各异，教使然也"、"凡道，

---

① 阮元：《性命古训》，见《揅经室集》，中华书局，1983，第230页。

心术为主"、"其性相近也，是故其心不远"，等等，大抵在说明"性相近"之根因，是"其心不远"。又如在《性自命出》里，有不少字有一个"心"的组字结构，如叹，写作上难下心；过，上化下心；仁，上身下心；爱，上无下心；侮，上矛下心；德，上直下心；勇，上甬下心等。又如哀，写作竖心左偏旁，右从衣；伪，写作竖心左偏旁，右从为等，这说明中华民族的审美意识与观念，曾在孔、孟之际，经历过一个文化心灵觉悟的以"心"释"性"的时代。

那么，先秦与审美攸关的心性说，到了秦汉时期，又是如何呢？也就是说，秦汉的心灵世界以及关于人性的认识、体认与觉悟程度到底怎样呢？并且，秦汉时期的中国人又究竟怎样认识、对待与心相契的"性"、"欲"诸问题呢？性、情、欲作为美学的前范畴，又是如何富于美学意义的？这一章的讨论，将围绕着这些问题来展开。

第一节　性：从"全生"到"凡人之性，莫贵于仁，莫急于智"

关于"性"的问题，本书的讨论还得从战国末年的《吕氏春秋》谈起。该书独辟《本生》、《贵生》篇，延续了《易传》重生与《庄子·养生主》的话题，它谈的是"生"，实际是与"性"的问题相关的。

"性"是什么？"性"的本蕴是"生"。《吕氏春秋》首先提出："始生之者，天也。""性"是天生的。天生的"性"所本然需要的，是一种自然状态。逆"自然"而行，《吕氏春秋·本生》以为不可。

> 出则以车，入则以辇，务以自佚，命之曰"招蹶之机"。肥肉厚酒，务以自强，命之曰"烂肠之食"。靡曼皓齿，郑卫之音，务以自乐，命之曰"伐性之斧"。三患者，贵富之所致也。故古之人有不肯贵富者矣，由重生故也。

就人之养性而言，"贵富"的处境与地位导致"生"（性）的"三患"，这是一种"贵富而不知道"的很糟糕的生存状态。所以《吕氏春秋·本生》便说"适足以为患，不如贫贱"。进而，《吕氏春秋·本生》提出了一个所谓"全性之道"的思想：

> 是故圣人之于声色滋味也，利于性则取之，害于性则舍之，此全性之道也。

"全性之道"，也便是"全生"之道：

> 子华子曰："全生为上，亏生次之，死次之，迫生为下。"故所谓尊生者，全生之谓；所谓全生者，六欲皆得其宜也。所谓亏生者，六欲分得其宜也。亏生则于其尊之者薄矣。其亏弥甚者也，其尊弥薄。所谓死者，无有所以知，复其未生也。所谓迫生者，六欲莫得其宜也，皆获其所甚恶者，服（注：屈从）是也，辱是也。辱莫大于不义，故不义，迫生也。而迫生非独不义也，故曰迫生不若死。（《吕氏春秋·贵生》）

这种"全生为上，亏生次之，死次之，迫生为下"的思想，在美学上，有《易传》"生生之谓易"、"天地之大德曰生"的生命之思；而"全生"（全性）[①]这一概念，采自《庄子·养生主》所谓"缘督以为经，可以保身，可以全生，可以养亲，可以尽年"。此接续于先秦道家美学，在自先秦到秦汉美学范畴的酝酿中具有重要意义。

这种"全生"（全性）之论，在汉代枚乘（？—前140）《七发》中再次被重申：

> 故曰：纵耳目之欲，恣支体之安者，伤血脉之和。且夫出舆入辇，命曰蹷痿之机；洞房清宫，命曰寒热之媒；皓齿蛾眉，命曰伐性之斧；甘脆肥脓，命曰腐肠之药。

---

① 按：吴汝纶：《庄子点勘》："生，读为性。"参见陈鼓应：《庄子今注今译》，中华书局，1983，第95页。

显然，从这一段言述来看，枚乘是读过《吕氏春秋》的，因为，其中有些言词如"伐性之斧"、"腐肠之药"（《吕氏春秋》此处称"烂肠之食"）等亦与《吕氏春秋》大同小异。

《七发》说："于是澡概（注：同溉）胸中，洒练五藏；澹澈手足，颏濯发齿。"这一论述及其思想，又明显是《老子》"致虚极，守静笃"与《庄子》"心斋"、"坐忘"说之历史、人文遗响，又是南朝齐梁之际刘勰《文心雕龙》所谓"陶钧文思，贵在虚静。疏瀹五藏，澡雪精神"的文脉前奏。它将老庄之学关于"全生"、"养生"的文脉沿革，表达得很清晰，是心性说美学的道家一路。

这道家一路的思想沿续，在宗于黄老之学的《淮南子》里，也有所体现。不过，它不是纯粹的先秦老庄之学，而是作为"治术"的老庄，是由新时代改造过、发展了的老庄。《淮南子·精神训》云：

> 所谓真人者，性合于道也。

这是提出了一个"真人"的人格标准以及论述"真人"的人格内容。"真人"的"性"，是"合于道"之"性"，而"道者，一立而万物生矣"（《淮南子·原道训》）。此所言"道"，即"一"，"道"是万物之"根"。从"真人"之"性""合于道"，到"道"为"一"即为万物之本根，这是以道家的思维方式，说"真人"人格"合于道"的人性论。而且，说"真人"而不说"圣人"，这是典型的道家而非儒家人性说与人格说。问题是，当《淮南子》在谈论这一点时对"道"的解读值得注意。通行本《老子》曾说："道生一，一生二，二生三，三生万物。"这种宇宙生成论的逻辑原点是"道"，而既然"道生一"，那么倘以数字表示"道"，则此"道"必为零，道是无。然而，此《淮南子》所言"道"，为"一"，"一"为有。可见，《淮南子》的"道"，尽管同样作为"万物"与美之本根，但不同于先秦《老子》。《淮南子》所谓"性合于道"的"性"，也不同于先秦《老子》所说的"性"。《淮南子·缪称训》说："性者，所受于天也。"人性的自然部分是天生的，这自然的人化，便是人性的社会内容，而无论人性的自然性与社会性，归根结底是"天"生的。《淮南子·人间训》提倡的人性，是回归于肉身兼精神之故乡的人性，此之谓"清静恬愉，人之性也"的意思，则似乎完全是先秦道家的口吻。

> 夫世之所以丧性命，有衰渐以然，所由来者久矣。是故圣人（引者注：道家有时称"真人"为"圣人"）之学也，欲以返性于初，而游心于虚也。达人之学也，欲以通性于辽廓，而觉于寂漠（寞）也。若夫俗世之学也则不然，攫德塞性，内愁五脏，外劳耳目，乃始招蜕振缗物之毫芒，摇消掉捎仁义礼乐，暴行越智于天下，以招号名声于世。此我所羞而不为也。（《淮南子·俶真训》）

这种"丧性命"的状态，是"我"所"羞而不为"的，故要求"返性于初"、"游心于虚"。此为"真人"境界：

> 心无所载，通洞条达，恬漠无事，无所凝滞，虚寂以待，势利不能诱也，辩者不能说也，声色不能淫也，美者不能滥也，智者不能动也，勇者不能恐也，此真人之道也。（《淮南子·俶真训》）

为此，《淮南子·俶真训》主张"养性"、"养德"：

> 静漠恬澹，所以养性也；和愉虚无，所以养德也。外不滑内，则性得其宜；性不动和，则德安其位。

"养性"即"养生"。而"养性"者，实乃"养德"之本。凡此，《淮南子》的"全生"说，都大致走在先秦老庄人性、人格说的传统理路之上。

《淮南子》黄老之学不同于先秦老庄的重要一点，是其"养生（性）以经世"的思想，它说：

> 养生以经世，抱德以终年，可谓能体道矣。（《淮南子·俶真训》）

如此说来，"养生"的人生目的，不是"独善其身"、追求个体生命的解放，而是"经世"，即安天下、序人伦、敦教化，完善群体人格。这样的"养生"，已从道家境界走向了儒学之域。而此时"性"的锤炼，也从审美向道德认知与实践转递。"由此观之，体道者，不专在于我，亦有系于世矣。"（《淮南子·俶真训》）

> 凡人之性，莫贵于仁，莫急于智。仁以为质，智以行之。两者为本，而加之以勇力辩慧，捷疾劬录，巧敏迟利，聪明审察，尽众益也。身材未修，伎艺曲备，而无仁智以为表干，而加之以众美，则益其损。故不仁而有勇力果敢，则狂而操利剑，不智而辩慧怀给，则弃骥而不式。（《淮南子·主术训》）

这里，所谓"怀给"与"不式"，"怀，王念孙云，当为'懁'字之误。懁与儇同，《说文》：'儇，慧也。'又云，'弃'疑为'乘'之误，'式'为'或'（惑）之误，衍'不'字，末句当作'乘骥而或'。按，怀给，当是'獧给'之误。《说文》：'獧，疾跳。'獧读为狷，义为狷介。獧给，即狷介、狷急也。"①此说可从。

从"性""合于"道家之"道"，从以"静漠恬澹"释"养性"、"和愉虚无"释"养德"，到主张"养生（性）以经世"，到认为"凡人之性，莫贵于仁，莫急于智"，《淮南子》的"全生"之论，确实具有"渊于黄帝，旨近老子"的思想与思维特色。的确，"旨近老子"者，非即"老子"，仅"旨近"而已。在《淮南子》看来，释人性、人格之美学问题，说"全生"，倘"无仁智以为表干，而加之以众美，则益其损"。《淮南子》将儒家所主张与践行的"仁智"作为"表干"、为美之根由，这是将道德伦理审美化，并且以其余"众美"（比如道家所倡言的道之"美"）为依存之美，证明《淮南子》的"全生"说即"性合于道"论，是一种儒学化了的人性与人格美论。

---

① 叶朗总主编：《中国历代美学文库》秦汉卷，高等教育出版社，2003，第64—65页。

第二节　情:"人欲谓之情"与"心适"的提倡

作为人性之有机构成,情是人与自然、人与社会交往时,主体对自然、人文环境的心灵反应,它体现为人的"表情",体现为属于时代、民族、种族与阶级等的人性的独特素质与品格,因为人性有"共同性",所以情也必具"共同性"。情既是人性之有机构成,也是人的心灵反应及其外在表现。《孟子·告子》云,"生之谓性"。《庄子·庚桑楚》云,"性者,生之质也"。既然如此,那么,情也是一种人的生命素质及其体现。"何谓人情? 喜怒哀惧爱恶欲,七者弗学而能。"(《礼记·礼运》)情又是与欲联系在一起的,或者正如汉代大儒董仲舒《对策三》所云,"人欲之谓情"。

无疑,凡审美必关乎"情",所以"情"的问题,与美学问题、美学范畴直接攸关。无"情"焉得审美? 但"情"的问题,未必是美学问题,因为在宗教、伦理等领域,"情"也是很活跃、很重要的。

这里,且让我们再回溯到先秦。

据统计,《论语》上的"情"字仅有两处,所谓"上好信,则民莫敢不用情"与"如得其情,则哀矜而勿喜"的"情",均作"情实"即"实际情况"解,非指审美情感。《孟子》有"情"字四处,如"夫物之不齐,物之情也"的"情",亦指"实际情况";"乃若其情,则可以为善矣"的"情",实指人的本性。可见,孔孟对与审美相关的"情"这一问题,一般未有过多关注。

但郭店楚简《性自命出》篇却大谈其"情",全篇短小而有"情"字凡十九处,大都关乎审美。

第一,该篇云"道始于情,情生于性",指出"情"的生命之根因是"性",这正如《性自命出》所言,"喜怒哀悲之气,性也"。"性"也是生命之气,在"气"之根因上,情、性未可分拆。这是因为性气之中本在地、生命洋溢地存在"喜怒哀悲"的"情"素,这等于承认此"性"、此"气"之中具有"心"(情、欲)的人文因素。因此可以说,性乃潜在之情、内在之情、静态之情;情则为实现之性、外显之性、动态之性。情、性统一于气、表现于心。《性自命出》这里关乎情性、心气之关系的言述,之所以与审美具有不解之缘,是因为它一般地具备了哲思的深度。同时，所谓"道始于情"之"道"，指人道，这是将"情"理解为"人道"之本原，体现了郭店楚简重"情"之特色。一是承认"道"（人道）的文化原型是"情"；二是承认"情"可贯通于"道"，是道德伦理之人情化与人情之道德伦理化同时兼备，体现了先秦原始儒家在"情"、"道"关系问题上一种颇为宽容的文化、审美态度，颇不同于汉代《诗大序》所谓"发乎情，止乎礼义（人道）"。

第二，《性自命出》篇又说："凡声，其出于情也信。""凡人情为可悦也。苟以其情，虽过不恶；不以其情，虽难不贵。苟有其情，虽未之为，斯人信之矣。未言而信，有美情者也。"这是从人之心性、情感角度进一步阐述实现审美的诸多必要条件。

首先，审美的实现，固然根因于心性（情），却有赖于"声"。此"声"，指音乐艺术，有如《论语》所谓"恶郑声之乱雅乐也"。不同于嵇康所言"声无哀乐"论的"声"。古人云，"声成文谓之音"，音乐意义的"声"，是"成文"之声，具有审美意义。其次，"声"所以"成文"，不仅因外显之音响、节奏与韵律的表达，根本上决定于内在的心气与性气之"情"，并且主体对"情"达到了"可信"的程度。"信"，诚实无欺之谓。"信"乃音乐及其审美的真实、真切、真诚境界与审美标准。无"情"不能实现为审美，然有"情"而无"信"亦必非审美。此之谓"未言而信，有美情者也"。又次，"声"之美，"因其出于情也信"，而且是"可悦"的。"可悦"之"可"，适度，指主、客之间达成的和谐；"悦"，这里指审美愉悦。审美一般有三大境界与功能：惊异、净化与愉悦，均指主体的美感。因此，"可悦"者，适度之审美愉悦也。孔子曾有"闻韶乐而三月不知肉味"的审美经验，但孔子反对因"崇德"而"爱之欲其生，恶之欲其死"（《论语·颜渊》）的激烈的审美态度与审美境界。相比之下，《性自命出》贡献了既相同又不同于孔子的深刻见解。它提倡"可悦"，更富于生命原始冲动之美感与野性的况味。"可悦"者，不仅指适度的审美愉悦，而且关键在于，什么才是"适度"的、平淡的审美愉悦？欣喜与幸福是"可悦"；激烈、剧烈的内心之激荡、大喜大悲，也是一种"可悦"。因而《性自命出》在谈"美情"问题时，有如下论述与描述。

> 喜斯陶，陶斯奋，奋斯咏，咏斯摇，摇斯舞。舞，喜之终也。
>
> 愠斯忧，忧斯戚，戚斯叹，叹斯抚，抚斯踊。踊，愠之终也。

这便是说，无论"喜"、"愠"或是"喜之终"、"愠之终"（喜怒、忧伤到极点），只要是艺术（音乐）中人的心性、情感的"信"（真）的表达，无论这表达的情感平和抑或激烈，都是"可悦"的审美之境界，这既可以是喜剧性的也可以是悲剧性的。而且，这审美愉悦与悲伤可以互转，关键是"凡至乐必悲，哭亦悲，皆至其情也"[1]。乐极生悲也罢，由悲哭到喜笑也罢，只要"至其情"而且是"美情者"，便是艺术审美之佳境。

《性自命出》的"美情"之论，是中国美学范畴史上的重要篇什，它的重"情"而"可悦"的美学精神，应对后世具有巨大的影响，而实际由于其早在战国之时已被埋藏于地下，当然不能在后世的文本中看到其直接的思想与思维的沿承。但是，在讨论秦汉与审美相关的人性、人情与人欲问题时，忽略其在秦汉之时关于"情"之审美范畴的酝酿中的理论地位与价值，显然是欠妥的。[2]

那么，秦汉之时，审美意义的"情"的问题，人们又是如何认识、讨论的呢？

且先来看看《吕氏春秋·重己》如何谈论"情"（欲）的问题。该书提出一个"性命之情"的命题，并且与"欲"相联系：

> 昔先圣王之为苑囿园池也，足以观望劳形而已矣；其为宫室台榭也，足以辟燥湿而已矣；其为舆马衣裘也，足以逸身暖骸而已矣；其为饮食酏醴也，足以适味充虚而已矣；其为声色音乐也，足以安性自娱而已矣。五者，圣王之所以养性也，非好俭而恶费也，节乎性也。

---

[1] 李零：《郭店楚简校读记》，北京大学出版社，2002，第106页。

[2] 按：以上关于《性自命出》之"可悦"、"美情"的论述，可参见王振复：《中国美学史教程》，复旦大学出版社，2004，第75—76页。

此所言"养性"，即"节乎性"，也便是使"性命之情"在现实中达到"可悦"的程度。但这里《吕氏春秋》所主张的"节乎性"、"养性"境界，已经缺少《性自命出》那种自然本在之人的欲望随"心"所欲之境界（大喜、大悲）的提倡而变得有所节制，"由此观之，耳目鼻口不得擅行，必有所制"（《吕氏春秋·贵生》）。这是什么审美境界？趋"儒"也。"节乎性"，实际是"节乎情"、"节乎欲"，是提倡以礼义管住人情（人欲）不使泛滥的境界。

《吕氏春秋·情欲》有云：

> 天生人而使有贪有欲。欲有情，情有节。圣人修节以止欲，故不过行其情也。故耳之欲五声，目之欲五色，口之欲五味，情也。此三者，贵贱、愚智、贤不肖，欲之若一，虽神农、黄帝，其与桀、纣同。圣人之所以异者，得其情也。由贵生动，则得其情矣。不由贵生动，则失其情矣。此二者，死生存亡之本也。

这里，《吕氏春秋》承认人的"耳之欲"、"目之欲"、"口之欲"的"合法性"，此之谓"天生人而使有贪有欲"。这里的意思，在该书《大乐》篇中又重申了一遍："天使人有欲，人弗得不求"，但"天使人有恶，人弗得不辟"。虽然"欲与恶所受于天也"，但是《吕氏春秋》实际只承认"欲"的合理性，而反对"恶"。"恶"是"情"（欲）之过度，所以无论人格、艺术审美，必须"辟"（避）"恶"，这也便是所谓"得其情"。

在这一点上，《吕氏春秋·适音》进而提及"心适"之美。

> 夫乐有适，心亦有适。人之情：欲寿而恶夭，欲安而恶危，欲荣而恶辱，欲逸而恶劳。四欲得，四恶除，则心适矣。
> 夫音亦有适：太巨则志荡，以荡听巨则耳不容，不容则横塞，横塞则振。太小则志嫌，以嫌听小则耳不充，不充则不詹，不詹则窕。太清则志危，以危听清则耳谿极，谿极则不鉴，不鉴则竭。太浊则志下，以下听浊则耳不收，不收则不搏，不搏则怒。故太巨、太小、太清、太浊、皆非适也。何谓适？衷。音之适也。何谓衷？大不出钧，重不过石，大小轻重之

> 衰也。黄钟之宫，音之本也，清浊之衰也。衰也者，适也。以适听适则和
> 矣。乐无太，平和者是也。

这里，《吕氏春秋》将"心适"理解为"四欲得，四恶除"的一种生命状态与境界，认为"适"是"衰"，并且既谈"心适"，又谈"音亦有适"，揭示两者在美学上的意义关联与"和"之境。

"适"这一范畴，早在先秦战国《庄子·达生》中已提出并加以论述：

> 忘足，屦（引者按：麻葛制成的单底鞋）之适也；忘要（注：腰），
> 带之适也；忘是非，心之适也；不内变，不外从，事会之适也。始乎适而
> 未尝不适者，忘适之适也。

"庄子这一见解，并不专意在美学，却实在是很'美学'的。审美便是'忘己'、'无己'的'适'。'适'是物、我没有矛盾与阻隔，是人之生命及其精神对环境没有'摩擦'，反之亦然。一旦达到'忘适之适'，便是审美的最高境界了。"①

在笔者看来，"适"有多种境界，比方赤足比穿鞋者，更接近于人的自然本性；道家以赤足为自然、为自由；儒家以穿鞋为"自由"。人不穿鞋，这在"儒"看来，是不行的，必穿上那双合脚之鞋，才可能"适"（当然如果不合脚，便不"适"），这不同于道家的主张。道家所主张的"适"，有两种，一是赤足本"适"于自然；二是"忘足"之"适"，虽穿了鞋，意识、理念消解了鞋对足的束缚与改造，不管其合脚还是不合脚。而儒家所倡言的"适"，是承认鞋子对"足"的束缚、改造之前提下合脚的"适"。还有一种"适"，便是佛家所提倡的。在"佛"看来，无论儒、道所说的"适"，其实都是不"适"的。穿鞋也好，不穿鞋也好，都是人生烦恼、人生的"苦海无比"状态，必看"空"一切，四大皆空，空者，适也。

从《庄子》，到《吕氏春秋》，再到清代袁枚《随园诗话》等所谓"忘足，

---

① 王振复：《中国美学的文脉历程》，四川人民出版社，2002，第245页。

履之适"之论，大致可以看出"适"作为一个美学范畴的早熟，《吕氏春秋》称之为"衷"与"心适"之"适"，此颇值得注意。

而《吕氏春秋》之后，秦汉时期的美论与文论等，似乎对"适"这一问题缺乏必要的关注，或者以其他话语方式来表达，这亦当注意。

第三节 "发乎情，止乎礼义"与"文情理通"

正如前述，"节乎性"即"得其情"。"得其情"，"心适"之谓，故"情亦性也"。在汉代，大儒董仲舒有"性三品"说，其《春秋繁露·实性》指出，人性可分三品：其一，"圣人之性"，善性不教而先天生成，实际指"仁性"；其二，"斗筲之性"，情欲泛滥，虽教而终难成"善"；其三，"中民之性"，善性与情欲兼具。值得注意的是董仲舒"性三品"说的立论之逻辑。其文云："圣人之性，不可以名性；斗筲之性，又不可以名性；名性者，中民之性。"虽说"性"有三品，实际只有"中民之性"，才可以称之为"性"；而所谓"圣人之性"，是彻底消解了"斗筲"、超越了"中民"的仁、善。"斗筲之性"，是彻底无仁、无善、唯具丑恶情欲的东西。董仲舒综合了先秦孟子的"性善"说与荀子的"性恶"说，在这两者之际，加上"中民之性"。而"中民之性"，即《春秋繁露·深察名号》所谓"人之诚有贪有仁，仁贪之气，两在于身"。因此，董仲舒的"性三品"说所大为肯定的是"圣人之性"，一种基本消解了"情欲"（恶）的至善；所大为否定的是"斗筲之性"，一种彻底消解了"仁"、"善"的至恶，实际指"情欲"。至于"中民之性"说，是善恶互对、互递之性，一种"贪仁之气，两在于身"的生命状态。董仲舒基本是站在先秦孟子"性善"说的人文立场上的。而所谓"中民之性"说，后来被扬雄加以接受与略作改造，认为"人之性也，善恶混"，"修其善则为善人，修其恶则为恶人"。（《法言·修身》）这是将先秦孟子、荀子之见作了折衷，颇类于董仲舒的"中民之性"说，强调后天的修为。"修"是人生之途，"修"可以决定人的品性，人的品性并非天成，而是后天选择、践履的结果。扬雄《法言·修身》又说："天下有三门，由于情欲，入自禽门；由于礼义，入自人门；由于独智，入自圣门。"说"禽门"，这是骂人的话，并且骂得很重，等于是说，有"情欲"之人，不是人而是禽兽。入"人门"者讲"礼义",可见在扬雄看来,讲"礼义"不等于入"圣门"。而入"圣门"者,"独智"之圣人。称"圣人"为"独智"而不称"仁义"之人,可见扬雄的"儒"论,不同于传统的孔孟之说。东汉王充持唯"物"之说,谈到"情性"问题,王充云,"情性者,人治之本,礼乐所由生也"。此言"情性"而不说"性情",可见以"情"为主旨。在王充看来,"情性"之所以为"人治之本",证明了"礼乐"所以产生、需要的根因。倘人无"情性",则"礼乐"何为?他说:"礼为之防,乐为之节。""礼"的功用,用以"防""情欲"之泛滥;"乐"的功用,用以"节"制"情欲"。"性有卑谦辞让,故制礼以适其宜;情有好恶喜怒哀乐,故作乐以通其敬。礼所以制,乐所为作者,情与性也。"(《论衡·本性》)因此可见,"礼"是管头管脚的东西。但说到"乐"的功用,王充说是"作乐以通其敬",此"其"者,"好恶喜怒哀乐"之"情"也。这种"情"在王充以前,除郭店楚简《性自命出》篇以审美之眼光、从美学角度加以论述与《吕氏春秋》谈"情"具有审美意识之外,余皆一般从"礼"的角度切入。如《毛诗序》就有一个著名命题,叫做"发乎情,止乎礼义"。"情"乃非实用理性的"感性"与"恶",必须以"礼"(义)去克制它。但王充作为儒门中人,却将"乐"看作人之"情"的宣泄、表达的一种方式、手段,是疏通人"情"且为其"敬"的艺术。但王充的"情性"之说与其前人相比,似无多大推进。我们知道,自先秦孔子罕言"性与天道",自孟子主"性善"、荀子主"性恶"之说,自世子(世硕)主"性""有善有恶"、告子称"性""无善无恶",一直到董仲舒、扬雄等辈,人性问题,是他们所尤为关注的。而"情"(欲)的问题,又一直是儒家学说中的一个敏感问题。王充逐一总结历史上诸多有代表性的人性论,并提出自己的看法,此即"余固以孟轲言人性善者,中人以上者也;孙卿言人性恶者,中人以下者也;扬雄言人性善恶混者,中人也"。王充不过拼凑了孟、荀与扬(雄)的人性三说,在思想、思维方式上没有什么发展。

自先秦人性论到秦汉人性论,其思维方式如出一辙,而且是封闭的、不开放的,属于实用理性范围的同一思路。当时的中华哲人,大致都从道德之"善""恶"来看待人性及情欲问题,他们提不出真正形上的哲学命题,他们也不能站在宗教这预设的"彼岸"来反观、反思与追问现实的人性及情欲问题,这是本书必须指明的。

但王充的人性及情欲之说，有一个哲学特点，就是试图以物之阴阳之说来加以论述。王充在评价刘子政所谓"性，生而然者也，在于身而不发。情，接于物而然者也，出形于外。形外则谓之阳，不发者则谓之阴"时指出：

> 夫子政之言，谓性在身而不发。情接于物，形出于外，故谓之阳；性不发，不与物接，故谓之阴。夫如子政之言，乃谓情为阳、性为阴也。
>
> 谓性在内不与物接，恐非其实。不论性之善恶，徒议外内阴阳，理难以知。且从子政之言，以性为阴，情为阳，夫人禀情，竟有善恶不也？（《论衡·本性》）

"谓性在内不与物接，恐非其实"，王充的批评，一针见血，体现了其唯"物"的思辨特色，而且以阴阳说之。

情与艺术审美的关系问题，也是汉代美学范畴历史、人文之酝酿的一个重要问题。《毛诗序》云：

> 诗者，志之所之也，在心为志，发言为诗。

这是与《尚书》所言"诗言志，歌咏言"说相一致的。此所言"志"，意也，情也，心灵之谓。《毛诗序》又说：

> 情动于中而形于言，言之不足，故嗟叹之。嗟叹之不足，故永歌之。永歌之不足，不知手之舞之、足之蹈之也。

这立刻使我们想起郭店楚简《性自命出》那两段关于"喜斯陶"、"愠斯忧"的论述与描述，其间的文脉联系不难理解。

《毛诗序》又说，"情发于声，声成文谓之音"。按一般理解，这里所谓"情发于声"，是不通的。怎么能说"情发于声"呢？难道"声"是"情"的原型或本原么？难道是先有"声"然后才有"情"么？但换一个角度来理解，比如可以将"声"理解为与人之肉身联系且从肉身发出的声响，那么，肉身及人的声响、声音，便是人之"情"的生理家园，是"情"的人类"祖地"。那么所谓"情发于声"，是指人的心理包括审美心理意义上的情绪、情感，源于人的肉身，而且以"声"的方式表达出来。一般而言，"声"表达"情"，此"情"主要指人的情绪。情绪是情感的原始形态。从情绪转递为情感尤其是纯粹的审美情感，仅凭"声"是难以表达的，比方说婴儿坠地之第一声啼哭，是"声"，虽然蕴含着有待于发展为情感包括审美情感的心理因素，但此"声"基本上是一种生理性反应，大致属于情绪范畴。所以只有当人的"声""成文"为"音"时，此"情"才可能是审美的。"音"不同于"声"。"音"是"成文"之"声"。"文"者，何也?《礼记·乐记》云:"礼减而进，以进为文;乐盈而反，以反为文。"郑玄注:"文，犹美也，善也。"这里所谓"声成文谓之音"的"文"，显然具有美、善的意义。"文"又指"礼乐制度"，如《论语·子罕》:"文王既没，文不在兹乎!""文"的"美善"之义与"礼乐"是相通的。同时，此"文"，还指音乐的声调、音节与旋律等。所以"音"作为"成文"之"声"，是一种文雅的、美善的、具有礼乐统一意义的"声"。这种"声"所表达的"情"是什么? 难道不就是儒家以"诗"的文本所表达的"先王以是经夫妇，成孝敬，厚人伦，美教化，移风俗"(《毛诗序》)之"情"吗? 此"情"的复杂与丰富在于，它不离审美而兼道德之教化，它的出发点是伦理，经审美而最终归结为伦理。这里的"情"论，是兼具道德伦理与艺术审美的"情"论，是指道德的审美化与审美的道德目的论。《毛诗序》指出，诗者，"吟咏情性，以风其上"，"故变风发乎情，止乎礼义。发乎情，民之性也;止乎礼义，先王之泽也"。诗是"吟咏情性"的，但它以道德为"终极关怀"。诗源于"情"、表达"情"，却始终守望着"礼义"。从表面看，"发乎情"为"民之性"，"止乎礼义"为"先王之泽"，似乎一个钟"情"，一个重"礼义"，其实不然，"民"的"发乎情"，须以"礼义"为限，也便是"礼义"的"情"化。秦汉儒者所倡导的"礼义"并不否定"情"，而是主张"节其情"、"得其情"。

因此，"礼义"并非无"情"，只是"情"须以"礼义"来规范，不使滥"情"。这便是说，"礼义"与"情"之间应有一个适度的张力。此《淮南子·缪称训》所谓"情系于中，行形于外。凡行戴情，虽过无怨;不戴其情，虽忠来恶"。此之谓也。《淮南子·精神训》又说：

> 达至道者则不然，理情性，治心术，养以和，持以适，乐道而忘贱，
> 安德而忘贫，性有不欲，无欲而不得。心有不乐，无乐而不为。无益情者，
> 不以累德；而便性者，不以滑和。故纵体肆意，而度制可以为天下仪。①

这是说，以认识、实践之方式把握"至道"的人，他对性、情、欲三者治理得
很有条理。他心术端正，心气平和，内适外和，在"道"的境界得到了快乐，
在"德"的田园中安下心来，从而忘去卑贱与贫困。守护自己的清静本性而不
求过度欲望的实现，那么，便没有正当的欲望不能得到；心正而不慕淫乐，那
么，还有什么人间快乐不能获取。对于那种损害正情的思想、行为，不以道德
的滞累为终；对于那种戕害人之本性的思想、行为，不以人性和顺的丧失为止。
因此，如果人性、人情与人欲的自然、本然的解放不使遭到损害的话，那么，
"至道者"所树立的思想准则与典章制度，就可以成为天下的表率。

《淮南子》又说到"文"与"情"的关系。

> 文者所以接物也。情系于中而欲发外者也。以文灭情，则失情；以情
> 灭文，则失文。文情理通，则凤麟极矣，言至德之怀远也。

此"失情"、"失文"之说，提出了情与文的辩证关系，是南朝齐、梁之际刘
勰《文心雕龙》反对"为文而造情"、主张"为情而造文"之说的历史、人文
先河。

在性、情、欲问题上，汉代的美学没有宋明理学所谓"存天理，灭人欲"
那般严厉的思想教条，而是在其生命思想中，承认情、欲适度之活泼的生命意
义，人有权追求适度的情、欲的满足。《淮南子·泰族训》要求"直行性命之
情，而制度可以为万民仪"。它反对"今目悦五色，口嚼滋味，耳淫五声，七

---

① 按："无益"两句，庄逵吉云：诸本作"无益于情者不以累德，不便于性者不以滑和。"参
见叶朗总主编：《中国历代美学文库》秦汉卷，高等教育出版社，2003，第52页。

窍交争，以害其性，日引邪欲，而浇其身”的倾向，主张“自养得其节”。它指出，“今夫雅颂之声，皆发于词，本于情”，情（欲）是“雅颂”审美的本因。这正如《春秋繁露》所言：

> 夫礼，体情而防乱者也。民之情，不能制其欲。使之度礼，目视正色，耳听正声，口食正味，身行正道，非夺之情也，所以安其情也。

“礼”不仅“防乱”，而且“体情”，“情”本身不能制“欲”，须以“礼”为“制”。五官感觉以“正色”、“正声”、“正味”、“正道”为对象，这才是“正”的审美，这种境界并非“夺之情”，而是“安其情”，“正”情。“正”情者，“防”世之“乱”与“情”之“乱”，“防”“欲”之横行，这也便是“正”性。

这里一个“正”字，道出了汉代审美的典型特征。

《淮南子》之后，目前学界一般认为撰述于西汉的《乐记》，继续对艺术审美与性、情、欲三者之关系问题发表见解，尤其关注人“欲”与艺术审美（乐）的关系问题。《乐记·乐本篇》云：

> 夫物之感人无穷，而人之好恶无节，则是物至而人化物也。人化物也者，灭天理而穷人欲者也。于是有悖逆诈伪之心，有淫佚作乱之事。是故强者胁弱，众者暴寡，知者诈愚，勇者苦怯，疾病不养，老幼孤独不得其所：此大乱之道也。[①]

这里，“好恶无节”者，欲；“人化物”者，人为物役，故“灭天理而穷人欲”。这是宋明理学“存天理，灭人欲”的先在命题，是汉人所反对的。

这种反对“人化物”即人为物役的思想，在东汉后期蔡邕《笔论》中又得以重申：

---

① 按：孔颖达：《礼记正义》，阮元《十三经注疏》本。《乐记》较完整地保存于《礼记》与《史记》中，文字、次序稍有不同。《乐记》作者，一为“战国公孙尼子”说，一为“西汉刘德”说，本书采用“西汉”说。

　　书者，散也。欲书先散怀抱，任情恣性，然后书之；若迫于事，虽中
　山兔豪不能佳也。夫书，先默坐静思，随意所适，言不出口，气不盈息，
　沉密神彩，如对至尊，则无不善矣。

这里所言"散"，指心灵、心境放松、宁和、澹泊、自由之谓。"任情恣性"，
指人的本性、天性、本情的自由疏放，是生命的本在状态，也可以说是"文情
理通"的境界。

第三章　气范畴的文脉流渐

气是中国美学史的本原范畴，其重要性不言而喻。在中国美学范畴史上，气的人文、哲学、美学意义与价值，是举足轻重的。

本章所要论述的，是秦汉之时中国美学范畴史之气论的文脉流渐问题。

第一节　秦汉之前气论的简略回顾

关于秦汉之前的气论，可见本书第一卷前文。这里再稍作补充，作为讨论秦汉气范畴文脉流渐问题的一个学术背景。

最早的气字，可以在甲骨文与金文中检索到。

气，董作宾《小屯·殷虚文字甲编》二一〇三写作三，明义士《殷虚卜辞》有"贞佳我气有不若十二月"之记。在尔后的西周金文里，气亦写作三（《大丰簋》）；东周金文写作三（《洹子孟姜壶》）与三（《齐侯壶》）。

较原始意义上的气，有乞、迄至等义。东汉许慎《说文》说，气，"云气也，象形"，这是汉人的思想。罗振玉《殷虚书契前编》云，"贞今日其□（引者注：疑为雨字）。王占曰：疑兹气雨，之日允雨，三月"。该气字有乞求之义。气还表示水气蒸发之干涸状态。气，"象河床涸竭之形，━象河之两岸，加·于其中表示水流已尽，即汽之本字。《说文》：'汽，水涸也'"①。笔者以为，

---

① 徐中舒主编：《甲骨文字典》，四川辞书出版社，1989，第38页。

这可能是气之初义。这里本来水势滔滔或流水潺潺，不料未久水象俱失，河床见底，这在智力十分低下的原始先民心目中，必激起巨大的心灵的震撼、猜疑与恐惧，他们百思不得其解，莫名其妙，遂以气字来象形、来表示。较原始意义上的"云气"、"乞求"等解，因为其义偏于理性，可能较"象河床涸竭之形"的解读为晚，或为其引申义。

气这一范畴，从其产生一开始就具有文化人类学的意义，它是一个神学范畴。人们将那种看不见、摸不着或虽看得见、摸得着却难以为人所把握的事物、现象与功能等等，理解为"气"。这正体现了原始先民面对自然之盲目力量的惊诧、困惑与追问。

传为春秋左丘明所撰的《国语》、《左传》，最重要的关于气的记载有两处：

> 幽王二年，西周三川皆震。伯阳父曰：周将亡矣！夫天地之气，不失其序；若过其序，民乱之也。阳伏而不能出，阴迫而不能蒸，于是有地震。今三川实震，是阳失其所而镇阴也。阳失而在阴，川源必塞；源塞，国必亡。（《国语·周语上》）

这是谈"天地之气"与地震的关系，且迷信地震之发生是"国必亡"的凶兆，可见其间包含原始巫术的理念，而所谓"天地之气"，即指阳气，阴气。

《左传·昭公元年》则提出"天生六气"说：

> 六气曰阴、阳、风、雨、晦、明也。分为四时，序为五节。过则为灾，阴淫寒疾，阳淫热疾，风淫末疾，雨淫腹疾，晦淫惑疾，明淫心疾。

这是说"天生六气"的"气"之"过"与人之疾病发生的关系。《国语》"远取诸物"，从解读自然现象始到对家国社稷的关切；《左传》"近取诸身"，从解读"六气"之自然现象到讨论"六气"之"淫"（过度）与导致人身疾患之关系。这两者都是从"气"出发，来探讨自然、社会与人的命运。从智慧程度、思维水平来分析,"天地之气"与"天生六气",大致处于同一人文、历史水平。而比较而言,"天生六气"说可能比"天地之气"说更为古朴、原始些。因为"天生六气"之"气",在思维属性上比较形而下,它甚至指"风、雨"这样具体的事物。而阴、阳与风、雨、晦、明之类,并非处于同一思维逻辑平台,证明"天生六气"说的作者的思维能力尚不善于作较有深度的哲学抽象,不同于《国语》"天地之气"说的思维水平。而且,所谓"天生六气"这一命题,是以"天"而不是"气"为元范畴,这体现了比较原始的思维方式。我们知道,在哲学之本原思辨方面,殷人以"帝"为本原,周人以"天"、"天命"为本原,是以"天"、"天命"取代了"帝",这是本书前文曾经论及的。而"气"作为本原的思考,大致是在"天"、"天命"之后。当然,《国语》所谓"天地之气"说,尚不是纯粹的哲学思想与思辨,而是基本属于巫学的范畴,是巫学思维框架中的哲学思想与思维因素,这是必须注意的。

《国语》、《左传》之后,春秋末期的孔子的"血气"说影响较大。《论语·季氏》记孔子言有云:

> 君子有三戒:少之时,血气未定,戒之在色;及其壮也,血气方刚,戒之在斗;及其老也,血气既衰,戒之在得。

此"血气"之谓,指人的生命之气,它决定了人之生命的存在与健全。孔子论"血气",是从人的伦理生命进入的。所谓"三戒",基本属于伦理学、仁学范畴,而不是从哲学、美学进入,但也关乎人的肉身与精神问题。

然而,"血气"说的始作俑者,不是孔子,而是《国语·鲁语上》。该文论及昭穆制度时,称坚持"昭穆之常"是必须的"礼"。倘夏父弗忌冬祭时使鲁僖公僭礼,则"必有殃"(这是巫术理念的体现)。那么,"殃"在何处?

> 侍者曰:"若有殃焉在?抑刑戮也,其天札(引者注:瘟疫之谓)也?"曰:"未可知也。若血气强固,将寿宠得没,虽寿而没,不为无殃。"(《国语·鲁语上》之《夏父弗忌改昭穆之常》篇)

这是"血气"此词、此术语首见于中国典籍。据考，夏父弗忌任宗伯冬祭时使僖公僭礼之事，时间大约在鲁文公二年，即公元前625年。[①]

《管子·中匡》也有"血气"之说：

> 公曰："请问为身。"对曰："道血气以求长年、长心、长德，此为身也。"

这里所言"公"，指齐桓公；所谓"对曰"者，为管仲；道，即导。"道血气以求长生、长心、长德"，是说疏通人的"血气"，不仅使人的肉身长久，而且也是修"心"、践"德"之谓，"道血气"，实乃身心（德）兼修。它是后代庄子"养生"说与中医经络、营卫气血之说的前期文本表述。

因此，孔子论及"血气"问题，实乃采前人与时贤之思，且一般地用于其道德修养之说，孔子论气，是与其仁学思想相一致的。

战国前期《孟子》认为，气是一个关乎人之生命的人格美（包括道德与审美）的问题，孟子云："我善养吾浩然之气。"公孙丑请教其何为"浩然之气"，孟子回答：

> 难言也。其为气也，至大至刚，以直养而无害，则塞于天地之间。其为气也，配义与道；无是，馁也。（《孟子·公孙丑上》）

孟子所言"气"，从生命角度看，乃阳刚之气，它"塞于天地之间"，这是从生命角度将"气"看作存在、流渐、充满于天地之间的一种东西，不同于《国语·周语上》的"天地之气"。孟子又将"塞于天地之间"的"气"看作是与"义"、"道"相"配"的，如果不是这样，如果没有这气，那么所谓"义"与"道"，就是萎靡不振的，无生命的。孟子的"气"论，具有较浓重的道德人格内容，当然也关乎审美。

学界一般认为编纂于战国中期的《老子》（实为太史儋所编纂）通行本，一方面继承了郭店楚简《老子》的思想，另一方面也体现了战国中期关于"气"

---

① 李存山：《中国气论探源与发微》，中国社会科学出版社，1990，第45页。

的理念。《老子·四十二章》说：

> 道生一，一生二，二生三，三生万物。万物负阴而抱阳，冲气以为和。

这是中国美学范畴史上，第一次从哲学生成论角度论气，但它不是哲学本原论意义上的最高范畴、元范畴，而是由"道"生成的、蕴于万物之阴阳调和的生命状态，《老子》称为"冲气"。道为无、虚、静，气的品格与素质本也是如此的。但是，道虽本为无、虚、静，却是与有、实、动处于内在矛盾运动之中的。道之生成万物的逻辑原点，是无、是虚、是静，而正因如此，才是无为有根、虚为实用、静为躁（动）君。道在本原上不是其他什么别的，而是万物之何以生成的无限的可能性。因此，这里所谓"冲气"，不是指道本身，而是道之生成的、阴阳调和之处于永恒运动的一种生命状态、美的状态。可见，通行本《老子》论气，在思维上，已与美学相关。

《庄子·知北游》论气，最著名的是所谓"人之生，气之聚也。聚则为生，散则为死。"《庄子》此篇又说："故万物一也，是其所美者为神奇，其所恶者为臭腐，臭腐复化为神奇，神奇复化为臭腐。故曰：'通天下一气耳。'圣人故贵一。"

这里，庄子将气之聚、散看作人之生、死的分界，这在后世成为风水理论的一个哲学基础。[1]在庄子看来，生、死之界并不严峻，仅仅气之聚、散而已。气无所谓生、无所谓死，它是永在、永存的，亦即它总是"在场"的，不"缺席"的。万事万物从现象看，千差万别，而在"气"上看，都是"一"。气本在地有"所美"、有"所恶"，且具有使万物之"臭腐"、"神奇"互转的原始推动力，"气"本身则"一"，故"通天下一气耳"。

《庄子》此言，已将"气"看作是与万物之本原、本体相联系的，与通行本《老子》、《庄子》内篇仅将道看作万物本原、本体的思想不一致。好在《庄子》内篇凡七为庄周本人所撰，而其外篇包括《庄子·知北游》，学界一般认为可

---

[1] 按：旧题晋郭璞：《葬书》："葬者，乘生气也。"认为风水之术，"气乘风则散，界水则止。古人聚之使不散，行之使有止，故谓之风水。"参见《风水圣经：宅经·葬书》（王振复导读、白话翻译），中国台湾恩楷出版有限公司，2003。

能为庄子后学所撰，因此，这里关于"气"为本原、本体的论述，不同于庄周本人的思想与思维，是可以理解的。

比较而言，撰成于战国中后期的《易传·系辞上》关于气论的最大特点，是以"精气"代"气"。其文云：

> 原始反终，故知死生之说。精气为物，游魂为变，是故知鬼神之情状。

其一，从一般所谓"气"转而为"精气"之说，是"气"这一范畴在思想、思维意义上的历史与人文之推进。

《国语·周语中》云，"五味实气，五色精心，五声昭德，五义纪宜，饮食可享，和同可观，财用可嘉，则顺而德建。"精，从米，是从饮食文化发展而来的文字现象。这里所谓"五味实气"，已有"精"义存焉。而气的繁体为"氣"，也是从宴饮而成的文字现象，体现出古人对人之食五谷之类、人生命血气、精气生成与维持的一种理解。《易传·系辞上》的这个"精气"之说，是将"气"认作精微、幽灵与神奇之"物"。唐《周易正义》："云精气为物者，谓阴阳精灵之气，氤氲积聚而为万物也。"《管子·内业》认为"精气"乃"下生五谷，上为列星"之本原。

其二，此所谓"精气为物"之"物"，是一"生"的状态，它永恒地生存，但它是"变"的，生"物"变而为"游魂"，并非"精气"之亡，而是人之肉身之死，所谓人身之死的"游魂"，是"精气"的另一生存状态。由此埋伏着属于迷信的"鬼神"观念，此类于墨子的鬼神观，然而也由此开出关于"精气"的哲学、美学之华。

先秦气的思想与思维发展到战国末年的荀子，坚持庄子关于"通天下一气耳"的思路。《荀子·修身》云：

> 水火有气而无生，草木有生而无知，禽兽有知而无义，人有气有生有知亦且有义，故最为天下贵也。

这里，荀子尤为推重人的崇高地位，称其"有气有生有知亦且有义"，因而

"最为天下贵"。而所谓"水火有气",是指一切事物均"有气"的意思。荀子以气为万物之始基。荀子接受并发展了孔子关于"血气"与"三戒"的思想:

> 治气养心之术,血气刚强,则柔之以调合;知虑渐深,则一之以易良;勇毅猛戾,则辅之以道顺。……凡治气养心之术,莫径由礼,莫要得师,莫神一好。夫是之谓治气养心之术也。^①

所谓"治气养心",类于"治气养生"。"养生"之"生",性之本字。故"养生"者,"养性"也。而"养性",乃身、心兼"养"。故"养生"包含了"养心"。"治气养心",如何"治"?如何"养"?《荀子·性恶》说:"今人之性恶,必将待师法然后正,得礼义然后治。"人性本恶。恶者,情、欲是也。去情、欲而"正"即"得礼义然后治。"这是荀子的答案。孟子说:"我善养吾浩然之气。""志壹则动气,气壹则动志也。今夫蹶者趋者,是气也,而反动其心。"(《孟子·公孙丑上》)故荀子"性恶"虽不同于孟子"性善"说,但荀子的"治气养心"、"治气养生"之论,又显然接续了孟子的思想。

先秦之时的"气"论,大致具有三个特点:

其一,气范畴产生之始,具有原始巫学意义。

其二,气范畴的历史、人文的推进,一是主要作为哲学本原性范畴,一般活跃在道家学说中;一是主要作为道德论范畴,一般活跃在儒家学说中。

其三,虽然儒、道的气的思想与思维有仁学与道学的区别,但两者统一于生命之学,所谓"血气"、"精气"的美学意蕴在于生命。

第二节　秦汉时期的气范畴

第一,首先来分析《吕氏春秋·尽数》如何论气:

> 精气之集也,必有入也。集于羽鸟,与为飞扬;集于走兽,与为流行;

---

① 按:《荀子·修身》又云:"扁善之度:以治气养生,则身后彭祖。"

> 集于珠玉，与为精朗；集于树木，与为茂长；集于圣人，与为夐明。精气之来也，因轻而扬之，因走而行之，因美而良之，因长而养之，因智而明之。

这里所言精气之"集"、"来"，令我们立刻想起庄子的"气聚则生"之说，生命是气的聚、集。羽鸟、走兽、珠玉、树木与圣人，都是一种精气的"集"、"来"状态。比如"珠玉"之"美"，精气"集"、"来"使然。这里所谓精气，是一哲学、美学本原范畴而无疑。

> 流水不腐，户枢不蝼，动也。形气亦然，形不动则精不流，精不流则气郁。郁处头则为肿为风，处耳则为挶为聋，处目则为䁾为盲，处鼻则为鼽为窒，处腹则为张为疛，处足则为痿为蹶。(《吕氏春秋·尽数》)

这里，《吕氏春秋》提出了一个"动气"的原则。"动"气犹如流水，"动"气是生命的健康。而"气郁"则死。而且，这里又提出了一个"形气精"的生命三维结构，是汉代《淮南子》"形气神"生命三维结构说的前期表述。《吕氏春秋·达郁》说：

> 凡人三百六十节，九窍、五藏、六府。肌肤欲其比也，血脉欲其通也，筋骨欲其固也，心志欲其和也，精气欲其行也。若此则病无所居而恶无由生矣。病之留，恶之生也，精气郁也。

血脉"通"、筋骨"固"、心志"和"、精气"行"，都是生命的健康状态。唯将精气"行"与血脉"通"、筋骨"固"并立，于逻辑上可见逻辑思辨能力的软弱，降低了"精气"生人及其身心健康的本原意义。这里所言"精气郁"，即前述所谓"气郁"。而"凡人三百六十节"之说，又是汉代董仲舒之天人相应说的前期表述。

《吕氏春秋·明理》又说："凡生，非一气之化也。长，非一物之任也。成，非一形之功也。故众正之所积，其福无不及也。众邪之所积，其祸无不逮也。"

此颇值得注意。倘说"凡生，非一气之化也"，那么，生命应由何者所"化"呢?《吕氏春秋》没有给出明确的答案。先秦时期，《庄子》倡言"通天下一气耳"，又说"万物一"也。对照之下，可见《吕氏春秋》所言，是《庄子》的反命题。如从哲学、美学本原论角度分析，则《吕氏春秋》比《庄子》后退。

第二，学界一般认为成书于战国与西汉之际的《黄帝内经·素问》(与此相关的还有《黄帝内经·灵枢》)，为中国最早的医书，其内容基于易理，基于生命学说，自然不能不论及"气"的问题。在先秦《易传》看来，气(精气)是原型意义上的人之生命的原始物质，所谓"精气为物"。《黄帝内经·素问》在讨论人之生命(包括肉身与精神)与自然、环境之关系问题时，亦持如是之说。它是糅合阴阳与寒热等理念来谈论"气"这一问题的:

寒极生热，热极生寒;寒气生浊，热气生清。清气在下，则生飧泄;浊气在上，则生䐜胀。

地气上为云，天气下为雨;雨出地气，云出天气。

阳为气，阴为味。味归形，形归气，气归精，精归化。精食气，形食味，化生精，气生形。味伤形，气伤精，精化为气，气伤于味。阴味出下窍，阳气出上窍。

人有五藏，化五气，以生喜怒悲忧恐。故喜怒伤气，寒暑伤形。暴怒伤阴，暴喜伤阳。厥气上行，满脉去形。喜怒不节，寒暑过度，生乃不固。

阴阳者，血气之男女也。

天气通于肺，地气通于嗌，风气通于肝，雷气通于心，谷气通于脾，雨气通于肾。

岐伯曰:心者，生之本，神之变也，其华在面，其充在血脉，为阳中之太阳，通于夏气。肺者，气之本，魄之处也，其华在毛，其充在皮，为阴中之少阴，通于秋气。肾者，主蛰封藏之本，精之处也，其华在发，其充在骨，为阴中之太阴，通于冬气。肝者，罢极之本，魂之居也，其华在爪，其充在筋，以生血气，其味酸，其色苍，此为阳中之少阳，通于春气。脾胃大肠小肠三焦膀胱者，仓廪之本，营之居也，名曰器，能化糟粕，转味而入出者也；其华在唇四白，其充在肌，其味甘，其色黄，此至阴之类，通于土气。

综上所引录，可以见出《黄帝内经·素问》论"气"的思想与思维特点。

其一，此所言"气"，是传统中医理论的核心。也便是说，自从先秦诞生"气"论，发展到《黄帝内经》的时代[①]，中国文化史上的"气"的思想，已是贯彻于传统医学领域，并达到了理论的成熟。"气"是易理的根本，作为本原的思想，"气"论在中医理论中得到了真正的展开与应用，形成了较系统的理论体系。在思维方式上，它表现为遵循天人合一的思维模式。一是将人与自然看作是统一于"生"的"合一"关系；二是在"天人合一"的"生"之大系统中，人之肉身包括五脏六腑等，被认为是"生"之有机整体；三是就人而言，人之肉身与精神也是有机统一的。它们均统一于气。这个统一就是《黄帝内经》所常常说到的"通"。

其二，在具体论证"气"的本性与功用问题时，《黄帝内经·素问》在一般地结合阴阳思想时，还兼容了天地、男女、形神、精化、寒热等思想，并渗融以五行即金木水火土的思想与四时之思。中医基础理论即所谓"四维八纲"[②]之说，在此已奠定了基石。论及"气"时，《内经》将它细密化、具体化了。如"清气"、"浊气"、"天气"、"地气"、"风气"、"雷气"、"谷气"、"雨气"、"夏气"、"秋气"、"冬气"、"春气"、"土气"与"血气"等，似乎世界有多少事物、现象，便有多少气。尽管有许多关于"气"的提法，在思维上显然是分析能力（知性能力）提高了的表现。然而，有些逻辑上的欠周是存在的。比如，按中国古代五行与五脏与四时的对应说，五行与五脏的对应是：火—心；金—肺；水—肾；木—肝；土—脾。然而，这里的论述，并未完整地呈现五行说的理念，它仅提到了一个"土气"，其余以"夏气"代火；"秋气"代金；"冬气"

---

① 按：关于《黄帝内经》的成书年代，本书主战国末至西汉黄老之学盛行之际说。马伯英说："我因此推测《黄帝内经》非先秦撰成之书。更具体些，其成书至早在《吕氏春秋》（公元前239年）之后，至迟在《淮南子》（公元前179年）之前。成于汉初黄老之学风行的时代。"此说可从。见马伯英《中国医学文化史》，上海人民出版社，1994，第249页。

② 按：四维：营、卫、气、血；八纲：阴阳、虚实、表里、寒热。

代水;"春气"代木。如果按"夏秋冬春"之"气"代火金水木的话,那么,这里的所谓"土气",可能代表一年四季(四时)中的什么呢?想来,这是一个逻辑上的困难。这个困难是无法逾越的。因为四时本来就无法与五行一一对应。作为勉强的补救,古人曾想出"季夏"一词,让它与土对应。而在这里"季夏"一词未能出现,于是只好勉强以"土气"与"夏气"、"秋气"、"冬气"、"春气"相联系。可见,这种关于"气"的理论,是形而下的,经验层次的思维特点比较鲜明。

其三,关于"气"与"精气"、"精"的关系问题。正如前述,《易传》所谓"精气",即"气"。然而这里所言"精",似乎要比"气"更接近人"生"的本质、本原。所谓"味归形,形归气,气归精,精归化",形成了一个逻辑之链。人的味觉决定于人的生命之形体,生命之形体受制于生命之气,生命之气来源于精,而精又归原于化。可见在《黄帝内经》中,化是人"生"的本原终极,指生命的时间历程及时间性;化乃精之化,离开了化,精不能独存与实现;而气仅是受制于精的,精乃气之精华。可见这里所说的"气",已不是一本原性范畴。就这"气"论而言,显然比《易传》等"气"论有一个逻辑向经验层次转递的特点。同时,《黄帝内经》又说,"阳为气,阴为味"。这在逻辑上将"气"与"味"相提并论。先秦时早有阴阳统一于气的思想,所谓阴阳,往往指阴气、阳气,阴阳均为生命之气。可是这里仅阳为生命之气而阴仅为味,在哲学思辨上,可以说是倒退的表现。同样的问题还可以从"血气"这一范畴见出。先秦孔子、管子等谈"血气",指整个人之生命的根本之气,《黄帝内经》虽有"阴阳者,血气之男女也"的论述,而所谓"肝"者,"以生血气",这里,"血气"仅指肝气而已,已是缩减了"血气"的人文、哲思之内蕴。

其四,就美学角度分析,由于《黄帝内经》关于"气"的思想与思维比起先秦来具有从某种深度退出的特点,所以其美学所指向的哲学思性显然并不葱郁;然而,其思想与思维的向经验世界的下落,却与"象"论接近,难怪《黄帝内经·素问》比如"阴阳应象大论"与"六节藏象论"诸篇,均有一个"象"字。"象"的问题,是秦汉美学及其基本范畴的中心问题,这一点本编的下文自会论及。而"象"及"象"论的丰富,可以说是秦汉美学范畴之酝酿的一半歉收、一半丰收。

　　第三，那么在汉代的有关典籍中，气的思想与思维又是如何表现的呢？

　　首先，在《毛诗序》里，"气"的问题少有涉及，这是因为该文本的主题，集中在诗学的道德教化理论与伦理心理问题层次。枚乘《七发》之旨，自"楚太子有疾"这一话题谈起，故一般地涉及于"气"。此文本说，"吴客""说七事以起发太子也。"太子听得高兴，"然阳气见于眉宇之间"。又问"客"云："然则涛何气哉？""客"仅回答"不记也"。接着是大段的关于"此天下怪异诡观也"的描述，却闭口不谈"气"究竟是什么的问题。

　　《淮南子》说"气"，最重要、最精彩的是有关"形神气"及"志"之关系的那段论述（本书前文已有引录和分析，此勿赘）。有意思的是，《淮南子·原道训》论"气"，明显与"美"联系在一起：

> 　　今人之所以眭然能视，臀然能听，形体能抗，而百节可屈伸，察能分白黑、视丑美，而知能别同异、明是非者，何也？气为之充而神为之使也。

　　毋庸置疑，"气"是审美主体"视丑美"的生命之本蕴。

　　《淮南子·精神训》又重提《黄帝内经》的老话题，所谓"胆为云，肺为气，肝为风，肾为雨，脾为雷，以为天地相参也。"而提法较前有所不同。其中"肺为气"的说法，是将"气"这一范畴的广延性缩减为仅指肺的一种属性，在思维方式上类于《黄帝内经》。《淮南子·精神训》论"血气"也有其自己的思维方式："是故血气者，人之华也；而五脏者，人之精也。夫血气能专于五脏而不外越，则胸腹充而嗜欲省矣。"按照直捷的理解，似乎"血气"等于"人之华"，即人外貌形体的美丽健全。实际此言是说，因为人的生命之底蕴是"血气"，所以才具"人之华"。而五脏乃"精气"之所在，此"精气"亦即"血气"潜蕴于五脏，竟具有"胸腹充而嗜欲省"之功用，这有点将"血气"说伦理化了。《淮南子·泰族训》又说：

> 　　黄帝曰："芒芒昧昧，因天之威，与元同气。"故同气者帝，同义者王，同力者霸，无一焉者亡。

读者只要理解作为表达黄老之学之文本的《淮南子》的主旨是以"道"为治术这一点，就不难理解这里所言"同气者帝"是什么意思了。"气"本为人之生命之底蕴，这里却被说成是帝王生命一人之"专利"，这是将"气"改造为伦理范畴了，通于先秦孟子的"我善养吾浩然之气"。孟子这里所言"气"，也具有一定的伦理色彩。

联系到董仲舒《春秋繁露·阳尊阴卑》，又论阴气、阳气问题，称"阳气暖而阴气寒，阳气予而阴气夺，阳气仁而阴气戾，阳气宽而阴气急，阳气爱而阴气恶，阳气生而阴气杀，是故阳常居实位而行于盛，阴常居空位而行于末。"

本来，阴气、阳气统一于气，在文化人类学意义上阴阳之气乃生命之根因，可以说无分高下、正反、贵贱，《易传》就曾说过，"大哉乾元"，"至哉坤元"，乾元、坤元实际是阳气、阴气的另一种说法。《易传》又说，"一阴一阳之谓道"。这是说，唯阴无阳，或唯阳无阴，均不成其"道"。本来，道便是阴、阳及阴阳之气的互对互应。然而时至秦汉，在阴气、阳气之关系问题上，逐渐渗融了愈来愈浓重的政治教化与伦理说教的内容。随着大一统的中央集权之伟大帝国的建立，其哲学、美学便向这种强有力的政治、伦理倾斜，是可以理解的。但是，匍匐在如此浓重之阴影中的哲学、美学，又会是怎样的一种命运呢？

正如前述，《黄帝内经》已有所谓"清气"（阳气）、"浊气"（阴气）的分类，发展到《淮南子》，甚至喊出"同气者帝"的官方哲学式的口号。而在《春秋繁露》中，则在理念上将阳气、阴气相对立，甚至敌对起来。如所谓"阳气爱而阴气恶，阳气生而阴气杀"之类，竟是如此贬损阴气而高歌阳气，可以看作是在为汉代"独尊儒术"这一文化主题与文化策略作哲学、美学意义上的舆论准备。

不过，《淮南子》毕竟是"旨近老子"的黄老之学的著作，它有关"气"的哲学、美学的意识与意蕴，仍是很鲜明的。

> 天地未形，冯冯翼翼，洞洞灟灟，故曰太昭。道始于虚郭，虚郭生宇宙，宇宙生气。（《淮南子·天文训》）

在《黄帝内经》中，气主要是人之肉身与精神的根元。《素问·金匮真言论》云："夫精者，身之本也。"这等于是说，"夫气者，身之本也。"但《淮南子》却从"远取诸物"立论，考虑并试图解说天地宇宙之始生与气的关系。"天地未形"即天地未能生成的混沌世界的原始状态，称为"太昭"。"道"则"始于虚郭"；"虚郭"生成"宇宙"；"宇宙"生成"气"。那么，这"虚郭"与"太昭"是什么逻辑关系？这里没有揭示。"道"始于"虚郭"，又是否等于是"道"始于"太昭"呢？这里也没有揭示。既然"道始于虚郭"，可见"道"并非万物之本原。汉代的这一"道"论，已从先秦老子哲学形上之高度向下坠落。而"宇宙生气"这一命题，绝对不等于"气生宇宙"。可见，这里所说"气"的形上素质还是相当稀淡的。但它毕竟已将"气"与宇宙的生成在逻辑上建构了联系，毋宁看作是关于哲学、美学之思辨的一个展开。

这便是与"气"相关的"宇宙"论。

> 天地之袭精为阴阳，阴阳之专精为四时，四时之散精为万物。(《淮南子·天文训》)

所谓"袭精"，集中之精气。所谓"专精"之"专"，通"抟"，故"专精"，指聚合之精气。所谓"散精"，四散之精气。所谓"天地之袭精"，并非"袭精"生"天地"，而是"天地"含"袭精"。可见，这里所言"袭精"，也不是一个生天生地的哲学本原范畴。

虽然如此，《淮南子·氾论训》毕竟能从天地、宇宙角度来谈论"气"的问题：

> 天地之气，莫大于和。和者，阴阳调。

虽然并非"气"生"天地"，而"天地"本在之"气"，最根本的是"和"，"和"乃阴气、阳气的调和。这一"气"论，是将和谐之美，认作"天地之气"的本在、自然的素质与品格，已是走到"气"之美学的入口处。

那么，汉代大儒董仲舒（治公羊学，属于今文经学）的"气"论，对于秦汉美学范畴的酝酿有什么理论上的推进呢？

学界一般认为"元气"说始于汉初的董仲舒，其《春秋繁露·天地之行》云：

> 布恩施惠，若元气之流，皮毛腠理也。百姓皆得其所，若血气和平，形体无所苦也。无为致太平，若神气自通于渊也。

此所言"元气"，指人之肉身、精神的生理根元，且与"血气"、"神气"同时论及。这是董仲舒在《春秋繁露·天地之行》中谈"一国之君其犹一体之心也"这一问题时所提出的。认为国君统领"官人上士"，"任群臣无所亲"，"内有四辅"，"外有百官"，"亲圣近贤"，"上下相承顺"和"布恩施惠"这种政治清明状态，就好比"元气"、"血气"与"神气"各得其宜，人之躯体、精神健全一样。

> 道，王道也。王者，人之始也。王正则元气和顺。（《春秋繁露·王道》）

董仲舒的这一论述，是谈论"王道"、王事时才涉及"元气"这一范畴。所谓"王正"，即帝王政治、道德人格持"正"，那就好比人之机体、精神"元气和顺"。就"元气"这一范畴而言，确比"气"、"血气"、"精"、"精气"等更富于哲学、美学意蕴。

元，甲骨文写作 𣎆（罗振玉《殷虚书契前编》四·三二·四），或 𠂇（林泰辅《龟甲兽骨文字》二·二八·二）等，徐中舒主编《甲骨文字典》云："甲骨文元字皆从 ☺（上）从人，人之上会意为首。"[1]首为人之神明之所在，神明乃人之所以为人、人区别于动物、生物的根本，故称"元"。《左传》僖公三十

---

[1] 徐中舒主编：《甲骨文字典》，四川辞书出版社，1989，第2页。

三年，有"狄人归其元"之记，《孟子·滕文公下》说"勇士不忘丧其元"。而《易传》则称"乾元"、"坤元"之"元"，已具哲学、伦理学本根的意义，显然与美学相关联。就中国哲学、美学而言，元者，本原之谓。

董仲舒所谓"元气"，是将"气"作为哲学、美学之"元"。实际在理论上，是将"气"本根化、本原化。也便是说，自从"元气"这一范畴在中国哲学、美学史上出现，则意味着"气"论正在历史、人文地向哲学、美学之本原论方向推进。从"气"、"血气"、"精"、"精气"等向"元气"说的推进，是中国哲学、美学及其本原论范畴的文脉意义的进步。

然而，汉代董仲舒其实并非"元气"思想的首倡者。

战国末期秦国吕不韦集其门人编纂的《吕氏春秋·应同》有"与元同气"这一命题，虽未首倡"元气"这一范畴，却是以"元"与"气"相对应。这一命题，在《淮南子·缪称训》中又重复了一次，不过它写作"与玄同气"，此"玄"，通于"元"。此句为："黄帝曰：'芒芒昧昧，从天之道，与玄同气。'"这句话在《淮南子·泰族训》中，又大致重复了一下，全文是："黄帝曰：'芒芒昧昧，因天之威，与元同气。'"

据吴光《黄老之学通论》考证，写成于战国末期的《鹖冠子·泰录》有"元气"之论，其文云："精微者，天地之始也。""故天地成于元气，万物乘于天地。"李存山说："这可能是史籍所见最早的'元气'概念。"[1]这里所言"精微者"，实大致是"精气"之别一表述。"精微者"即为"天地之始"，可见此"精气"已具"元气"之意，故"精微者"略同于"元气"。

董仲舒是明确地将"气"与"美"联系在一起加以讨论的一位儒者，在他的论述中，引入了"中"、"和"这些范畴：

> 中者，天地之大极也，日月之所至而却也。长短之隆，不得过中，天地之制也。兼和与不和，中与不中，而时用之，尽以为功。……阳者，天之宽也，阴者，天之急也，中者，天之用也，和者，天之功也。举天地之道而美于和，是故物生，皆贵气而迎养之。（《春秋繁露·循天之道》）

---

[1] 李存山：《中国气论探源与发微》，中国社会科学出版社，1990，第204页。

"中"乃"天之用","和"乃"天之功","中"又是"大极","大极"含"气","大极"与"中"、"和",都是"气"的展开与实现,因此,这里所言"美于和"实即"美于气"。(注:"大极",即太极。大是太的本字。)

董仲舒又说:"中者,天地之终始也;而和者,天地之所生成也。夫德莫大于和,而道莫正于中。中者,天地之美达理也,圣人之所保守也。"(《春秋繁露·循天之道》)正如前引,既然"中者,天地之大极",那么,中,当然就是"天地之终始"。而所谓"中者,天地之美达理也"之说,是"天地之道而美于和"的另一说法。

从天人合一、天人感应之理念出发,董仲舒又说:

> 人生有喜怒哀乐之答,春秋冬夏之类也。喜,春之答也;怒,秋之答也;乐,夏之答也;哀,冬之答也。天之副在乎人,人之性情有由天者矣。(《春秋繁露·为人者天》)
>
> 夫喜怒哀乐之发,与清暖寒暑,其实一贯也。喜气为暖而当春,怒气为清而当秋,乐气为太阳而当夏,哀气为太阴而当冬。……人生于天,而取化于天。喜气者取诸春,乐气者取诸夏,怒气取者诸秋,哀气取者诸冬,四气之心也。(《春秋繁露·王道通三》)
>
> 天亦有喜怒之气、哀乐之心,与人相副。以类合之,天人一也。(《春秋繁露·阴阳义》)

天、人互"答",是何缘故?气使之然也。在董仲舒看来,因为"气"通贯于天地、宇宙,通贯于天人之际,故天、人互"答"、互应是必然的、不可避免的。天、人本为"一","一"者,气也。气是天人合一、天人感应的本因。这里的天、人互"答",已不自觉地触及了审美主体、客体,主观、客观的审美关系问题,关于这一点,让我们下文论"美"时再谈。

西汉末年扬雄的"气"论,通常是以其"玄"说来表述的。"玄"是扬雄哲学与美学思想的本原性范畴。"玄"是什么?扬雄《太玄·玄摛》云:

> 莹天功明万物之谓阳也,幽无形深不测之谓阴也,阳知阳而不知阴,

阴知阴而不知阳，知阴知阳知止知行知晦知明者，其唯玄乎。

这里，扬雄所言"玄"，指一种"知"阴阳、止行、晦明的根因与本原，也可以说是一种境界。然扬雄对"玄"与阴阳之关系的理解，具有其自己的逻辑特点，便是所谓"玄"，指"幽无形深不测"的那种与"阳"相"知"的"阴"的状态。即认为"阳"是浅在而"阴"是幽邃的。

> 玄者，幽摛万类而不见其形者也。资陶虚无而生乎规，攔神明而定摹，通天地古今以开类，摛措阴阳而发气，一判一合天地备矣，天日回行刚柔接矣，还复其所终始定矣，一生一死性命莹矣。（《太玄·玄摛》）

"幽摛万类"、"不见其形"、"资陶虚无"而"摛措阴阳而发气"，可见"玄"乃本原而"气"由"玄"而发，"气"是从属于"玄"的。扬雄《橄灵赋》又说："自今推古，至于元气始化。"这是以"元气"代"玄"来说万物与时间历程的"始化"。

与扬雄几乎同时的刘向《说苑》有关于"血气"与"生气"之关系问题的讨论，其《说苑·修文》云：

> 夫民有血气心知之性，而无哀乐喜怒之常，应感起物而动，然后心术形焉。是故感激憔悴之音作，而民思忧；啴奔慢易繁文简节之音作，而民康乐；粗厉猛奋广贲之音作，而民刚毅；廉直劲正庄诚之音作，而民肃敬；宽裕内好顺成和动之音作，而民慈爱；流僻邪散狄成涤滥之音作，而民淫乱。是故先王本之情性，稽之度数，制之礼义，含生气之和，道五常之行，使阳而不散，阴而不密，刚气不怒，柔气不慑，四畅交于中而发作于外，皆安其位不相夺也。

刘向的这一论述，抄自《乐记·乐言》，仅略改个别字、词，如原本为"志微噍杀之音作"，刘向改为"感激憔悴之音作"，等等，此勿赘述。这里所论，有一点值得注意，即将"民"与"先王"加以对比。在《乐记》与《说苑》看来，"民有血气之心知之性"，但"无哀乐喜怒之常"，因此，当"民"对"音"进行审美、欣赏时，便不得不情性振荡、随"音"而喜怒、忧乐、刚肃、爱恨、淫乱无节；"先王"则不同，因其"稽之度数，制之礼义"，却可以做到"阳而不散"、"阴而不密"等等，呈现一种美的人格状态。那是什么缘故呢？因为"民"之"情性"仅存"血气心知"，而"先王"之情性含"生气之和"。"血气心知"与"生气之和"二者，难道有什么区别与高下吗？刘向以"血气心知"为"民"之基于生理性的、粗陋的心灵；以"生气之和"为"先王"先天而成的人性、人格之基因。这是贬"血气"而扬"生气"，实际是从伦理观念出发对"血气"、"生气"两者作了新的解说。

这与其《说苑·修文》的另一处说法正相一致："故古者天子诸侯听钟声，未尝离于庭，卿大夫听琴瑟，未尝离于前，所以养正心而灭淫气也。乐之动于内，使人易道而好良；乐之动于外，使人温恭而文雅。雅颂之声动人而正气应之，和成容好之声动人而和气应之，粗厉猛贲之声动人而怒气应之，郑卫之声动人而淫气应之。""天子诸侯"内存"正气"，所谓"养正心而灭淫气也"，这是根本的。"气"这一范畴发展到此，已经浸润了汉代儒家伦理道德、政治教化与官方哲学的人文气息。

在《论衡》中，王充的"气"论，无疑具有唯"物"的思想与思维特点。"气"这一范畴的重新解读，是王充面对东汉之尘嚣的谶纬神学的一种对抗，所谓"疾虚妄"的思想武器，是其唯"物"的"气"之学说。王充《论衡·物势》说：

> 儒者论曰："天地故生人。"此言妄也。夫天地合气，人偶自生也。犹夫妇合气，子则自生也。

王充从"夫妇"之"合"说"气"，这是先秦《易传》所谓"男女构精，天地絪缊"的东汉版。"精"即"气"也。但王充改变了《易传》所谓"有天地然后有万物，有万物然后有男女"的说法，称"'天地故生人'，此言妄也"。他的意思是说，天地不是人之"自生"的根因，人之所以"自生"，是"天地合气"之故，而不是"天地"。可见"天地"不等于"天地合气"；"气"有依存于"天地"的一面却不是天地之附庸，"气"是独立于天地的。这在思维中提升了"气"的哲学本体、本原的品格。

王充又说，"人，物也"，"其受命于天，禀气于元，与物无异"（《论衡·辨祟》）。这里的"天"，可以释为天然、自然。"命"，制约之谓。"人"不是与"天"无涉，然而"人"的生命之气，是生命的根元。所谓"天禀元气，人受元精"（《论衡·超奇》），就"天"而言，"元气"是天生的；就"人"而言，"元精""受"之于"人"，却根因于"天"，说明了王充"元气"说的天学背景。故王充《论衡·四讳》云："元气，天地之精微也。"又说："天不变易，气不改更。上世之民，下世之民也，俱禀元气。元气纯和，古今不异，则禀以为形体者。"（《论衡·齐世》）"人未生，在元气之中；既死，复归元气。"（《论衡·论死》）人之生死是人的两种形态。生前，人絪缊于"元气"；死后，人又回归于"元气"，"元气"是"人"的本原意义上的"故乡"。在王充之前，张衡的"元气"说接承了扬雄的"玄"论，又下启王充之"元气"论，称"玄者，无形之类，自然之根，作于太始，莫之与先，包含道德，撝掩乾坤，橐籥元气，禀受无原"[①]。张衡此言"无"即"道"，即"玄"。"玄"，"元气"之谓。所谓"太素之前，幽清玄静，寂寞冥默，不可为象，厥中惟虚，厥外惟无，如是者永久焉"[②]。这是"道"、"玄"之阶段，可称为"太素之前"。那么"太素"指什么？张衡说："道根既建，自无生有，太素始萌，萌而未兆，并气同色，浑沦不分。"可见"太素"即"气"。在逻辑上，张衡所言"气"，不同于"元气"。这不等于说在"太素"阶段，"元气"不存在。这便是王符（约85—162）《潜夫论笺·本训》的"元气"说。"上古之世，太素之时，元气窈冥，未有形兆，万精合并，混而为一，莫制莫御。"王符又说："道者，气之根也。气者，道之使也。必有其根，其气乃生；必有其使，变化乃成。"张衡与王符的"元气"说，宗于先秦道家。

---

① 张衡：《玄图》，严可均辑：《全上古三代秦汉三国六朝文》，中华书局，1958，第779页。
② 张衡：《灵宪》，严可均辑：《全上古三代秦汉三国六朝文》，中华书局，1958，第776页。

王充所批判的，是谶纬神学的"虚妄"与迷信。谶纬盛于两汉之际及东汉时期，并流遗后世。在东汉纬书中，"元气"说也是一种活跃而有一定哲学、美学意蕴的思想。

《易纬·孝经钩命诀》云："天地未分之前，有太易，有太初，有太始，有太素，有太极，是为五运。形象未分，谓之太易；元气始萌，谓之太初；气形之端，谓之太始；形变有质，谓之太素；质形已具，谓之太极。五气渐变，谓之五运。"这是以"气"之学说论天地之生成。此说认为，天地生成必经五个阶段，称为"五气"之"五运"。此即太易→太初→太始→太素→太极。此以"太易"为天地生成之根因的逻辑原点，说明纬书尤其《易纬》的天地生成论，深受易学之影响。而"太初"者，"元气始萌也"，不同于王符《潜夫论笺·本训》所言"太素之时，元气窈冥"与更早之张衡"太素始萌""元气"的说法。《易纬·乾凿度》又说："夫有形者生于无形，则乾坤安从生？故曰：有太易，有太初，有太始，有太素也。"这里没有提到第五阶段的"太极"。关于"太极"，始见于先秦《易传》所谓"是故易有太极，是生两仪，两仪生四象，四象生八卦，八卦定吉凶，吉凶生大业"。这里的"太极"，是"两仪"即天地的本原。然而发展到东汉纬书那里，已被降格为天地生成的第五环节，是比较形而下的。

纬书还保存了基于易学的卦气说。《周易》八卦方位无论先天、后天图，均是"气"的流转，象征"气"之时空。《易纬·是类谋》有"一曰震气"、"二曰离气"、"三曰坤气"、"四曰兑气"、"五曰坎气"、"六曰巽气"、"七曰艮气"、"八曰乾气"。这八"气"即指八卦的生命之气。《易传》云，"生生之谓易"，实乃"生生之谓气"。

班固《汉书·儒林传》云："气，依于天地，则有上下之分；依于男女性别，则有刚柔；依于色泽，则有五色；依于味，则有五味；依于声，则有五声；依于人体性情，则有动静。"气是无时无处不在的，作为本原它便是"元气"。"元气自然，共为天地之性也。"（《太平经·名为神诀书》）东汉后期，作为道教之经典的《太平经》的"气"范畴，有云：

气者，乃言天气悦喜下生，地气顺喜上养。气之法行于天下地上，阴阳相得，交而为和，兴中和气三合，共养凡物，三气相爱相通，无复有害者。太者，大也。平者，正也。气者，主养以通和也。得此以治，太平而和，且大正也，故言太平气至也。(《太平经·三合相通诀》)

天地开辟贵本根，乃气之元也。欲致太平，念本根也。(《太平经·修一却邪法》)

总之，秦汉之"气"论的发展线索，大致经过从"血气"、"精气"到"元气"说的文脉历程，从人之生命的根因到将其解读为天地之"本根"，从而为"气"的美论开辟了文化、哲学之途。秦汉儒、道两家在诸多问题上意见分歧，但其"气"论，却是基本一致的。

第三节 "精神"之旅

秦汉之时，气的思想与思维的历史性展开已如前述。气这一范畴，凝结了这一伟大时代的时代精神，体现出辉煌而灿烂、磅礴而深沉的民族、时代的文化生命力。气是人之肉身、精神二元及其统一的人性、人格之根元，也是宇宙、天地、自然的本根。

在秦汉气范畴的流渐中，气与生这一范畴相联，也与精、精气与神气这些范畴相联，在历史的陶冶之中，秦汉时期便有"精神"这一范畴的出现与流变。精神是与肉身相对应的人的心灵，大致包括意识、意念、意志、情感、想象、思想与思维等等。整体意义上的精神，是人之肉身的高蹈部分，与"物质"相对。审美必关乎物质、肉身，但审美在文化本质上是人的精神的自由。因而精神问题以及作为范畴，必然是美学的重要问题之一，它在思维与思想之素质、品格上，实际是气这一范畴的衍生，精神是气的人之肉身的心灵升华。

精神这一范畴的出现，大约在秦国的《吕氏春秋·尽数》一书中。

天生阴阳，寒暑，燥湿，四时之化，万物之变，莫不为利，莫不为害。圣人察阴阳之宜，辨万物之利以便生，故精神安乎形，而年寿得长焉。

这是说，"圣人"之养生顺应天时，能"察"、"辨"阴阳、万物之化，便能做到"精神安乎形"、"年寿得长"。"精神安乎形"的意思，是说人的心灵、灵明、灵府，安宁地栖居于肉身，不使横恣无度。

《淮南子》之前，贾谊（前200—前168）《新书·道德说》谈论性、道、德、气、精、神之关系，实际已在讨论精神问题。

> 道者无形，平和而神。
>
> 道、德施物，精微而为目。是故物之始形也，分先而为目，目成也形乃从。是以人及有因之在气，莫精于目。
>
> 道冰疑（凝）而为德，神载于德。德者，道之泽也。道虽神，必载于德。
>
> 气皆集焉，故谓之性。性，神气之所会也。性立，则神气晓晓然发而通行于外矣，与外物之感相应。（《新书·道德说》）

这里引录贾长沙《新书》的四段言述，体现了当时对人之精神结构的整体性理解：得"道"之人在人格上虽不留"道"的痕迹，而道之自然、平和，使人的精神进入"神"的境界。得"道"者"莫精于目"，目传"神"，而"神载于德"，德是道的体现与实现，所谓"德者，道之泽也"。而得"道"者之品性，"神气之所会也"。因而在贾谊看来，所谓得"道"者，就是生命之气充沛、心灵平和而自然、目光炯然而性德健全之人。

枚乘《七发》"说七事，以起发太子也"，乃劝善之言。全文写出"客"的言辨之才，滔滔雄辞，终使"有疾"的"楚太子""涩然汗出，霍然病已"，也体现了枚乘的生命思想。文中描述人之病体支离一段："久耽安乐，日夜无极；邪气袭逆，中若结轖（引者注：心胸郁结）。纷屯澹淡，嘘唏烦酲（引者注：酲，酒醒之后精神困顿、情绪低落），惕惕怵怵，卧不得瞑。虚中重听，恶闻人声。精神越渫（引者注：渫，此处为"散"），百病咸生。聪明眩曜，悦怒不平。久执不废，大命乃倾。""邪气袭逆"，"精神越渫"，便病体不支。此言精神，指人的神志、神态及生命之气的体现。所谓"精神越渫"，即"纵耳目之欲,恣支体之安者,伤血脉之和"。

在《淮南子》里,精神这一范畴频频出现。《淮南子》有《精神训》一篇,试引录于此:

> 烦气为虫,精气为人。是故精神,天之有也,而骨骸者,地之有也。精神入其门,而骨骸反其根。
>
> 夫精神者,所受于天也;而形体者,所禀于地也。
>
> 人之耳目,曷能久熏劳而不息乎?精神何能久驰骋而不既乎?是故血气者,人之华也。
>
> 夫孔窍者,精神之户牖也;而气志者,五藏之使候也。耳目淫于声色之乐,则五藏摇动而不定矣。五藏摇动而不定,则血气滔荡而不休矣。血气滔荡而不休,则精神驰骋于外而不守矣。精神驰骋于外而不守,则祸福之至,虽如丘山,无由识之矣。
>
> 精神澹然无极,不与物散而天下自服。
>
> 魂魄处其宅,而精神守其根,死生无变于己,故曰致神。
>
> 沦于不测,入于无间,以不同形相嬗也。终始若环,莫得其伦。此精神之所以能登假于道也,是故真人之所游。

据笔者统计,仅《淮南子·精神训》有十二处谈到"精神",这里引录十处。其余,又如该书《原道训》云:"精神乱营,不得须臾平。""圣人处之,不足以营精神,乱其气志,使心怵然失其情性。"《俶真训》云:"是故圣人内修道术,而不外饰仁义,不知耳目之宜,而游于精神之和。""精神已越于外,而事复返之,是失之于本,而求之于末也。"《本经训》云:"是故神明藏于无形,精神反于至真。""夫声色五味,远国珍怪,瑰异奇物,足以变心易志,摇荡精神,感动血气者,不可胜计也。"

《淮南子》所言精神,有些颇值得注意:

其一,精神,"天之有也",与"地之有"的骨骸相对,这是以"有"为精神之本原。《淮南子》乃属黄老之学的著述,它整部书的"道"说,是其哲学、美学本原、本体论。但其精神之论,却以"天"(与"地"相对)为精神之一般意义上的本原。这种思想与思维现象，是先秦"天"论的时代遗响。陈梦家《殷虚卜辞综述》云："卜辞的天没有作上天之义的。天之观念是周人提出来的。"此可以信从。卜辞虽有"天"字，而一般作"大"解，如所言"天邑商"，实为"大邑商"。"天"是周人对商人"帝"之观念的替代与超越，"天"的哲学、美学意味自当甚于"帝"。《尚书》自《大诰》到《立政》十一篇，"天"字106见而"帝"字仅33见，反映了周初的思想与思维。"天"与"道"的历史、人文联系，一般是从"天"到"天道"、"人道"，最后凝结为如通行本《老子》所言的哲学本原、本体、规律性与生活准则、境界意义上的"道"，经历了一个颇为漫长、复杂的历史、文脉过程。先秦时期当"天"这一范畴产生时，"地"的范畴也就出现了。一般认为成书于殷、周之际（距今约3100年）的《周易》本经中，就是"天"、"地"相对、相应出现的，如明夷卦上六爻辞："初登于天，后入于地。"据张立文统计，"在《左传》和《国语》中，天地70见，天道27见。这说明，天不仅仅是指至上神或它的意志、命令，且有多种涵义，如天道，既指天意、天理，亦指天体运行的规律，四时的流转等。这是天的涵义的扩展"①。此言极是。而"天道"范畴一旦出现，"人道"的范畴便不能不出现，因为在思维上，天、人是相对应的。"天道"与"人道"两范畴，后来有了分别的历史、人文意义的发展，此即"人道"，一般专指儒家所倡言的仁义道德及其人生道路，而"天道"与老庄之"道"具有更直接的历史、人文联系。"天道"之所以为道家之"道"所超越，是由于中华民族的人文头脑、哲学与美学智慧的进步。根本的历史原因，是因为疑天、问天、怨天思想的发展且与春秋、战国时期周天子权威的坠落相应，《诗经》的诸多诗篇体现了这一点。②老子以"道"为形上之本原、本体，这是对殷"帝"、周"天"、"天命"、"天道"之类的理念、思辨上无神论的超越。

　　《淮南子》论精神这一范畴时一般以"无"为本原说，正说明了汉代美学的思辨特点。我们知道，整个汉代的文化及其美学除了汉初黄老思想有"原"于（宗于）由先秦承传而来的老庄之"道"以外，一般具有从先秦老庄之思想深度

---

① 张立文：《中国哲学范畴发展史·天道篇》，中国人民大学出版社，1988，第70页。

② 王振复：《〈周易〉的美学智慧》，湖南出版社，1991，第57—60页。

退出而宗"儒"的倾向。也便是说，以汉代经学为主流学说的汉文化及其美学，走的是"儒"的一路，它不善于也不喜愿从老庄之"道"来谈论精神问题与酝酿精神这一范畴，而"天"在形上性上不及"道"，这正如汉代哲学、美学的思想口味与思维习惯，汉代在仰望苍穹之时，是比较实在而重视"人道"经验的。因而，《淮南子》精神范畴一般以"天"为本原，是不奇怪的。

其二，此精神，不是指客观精神，而是指主体、人文精神，它是基于人之"血气"的。这说明，主体的精神，不能离开人的形体而独存，而形体"禀于地"。此"地"作为"人道"的象征与故乡、家园，有一种自恋"大地"，且将"天"及"天道"向下拉动的力量。因此，此精神并非匍匐于"地"，但也并非飞翔得十分高远，精神的哲学意蕴相对隐在而道德力量却十分宏大，精神的道德素质与道德内容还是很丰富的，这便是为什么汉人谈及精神时，一般总要言说"性情"或"情性"的缘故。精神似乎"澹然无极"，完全是道家的口吻，可是，如果主体一旦在道德意义上"失其情性"，便是"乱其气志"，"使心怵然"。所以《淮南子·原道训》说："若背风而驰，是谓至德。至德则乐矣。"以"至德"为"乐"而不是以"至道"为"乐"，已是说明问题。须知《淮南子》是以"道"为"治世之术"，而不仅仅是世界的本原、本体。《淮南子·俶真训》推重"仁义"，所谓"今夫积惠重厚，累爱袭恩，以声华呕符，呕掩万民百姓，使知之欣欣然人乐其性者，仁也。举大功，立显名，体君臣，正上下，明亲疏，等贵贱，存危国，继绝世，决挐治烦，兴毁宗，立无后者，义也"。

但这仅是问题的一个方面。如果《淮南子》的思想与思维仅止于"仁义"，岂非与先秦孔孟无有两样？当然不是这样的。须知《淮南子》所宗的黄老之说，又是以源于先秦的老庄之"道"为其人文底色的，因而它所倡言的精神这一范畴就不是传统儒家的精神学说，而是宗于"道"，走向"儒"的道、儒两家精神学说的对接。"圣人内修道术"、外践"仁义"而非仅仅将"仁义"看作是"饰"，那么"圣人"便"游于精神之和"。因此，这里所言精神，是"内"、"外"统一、兼修的。与先秦道家、儒家各自所倡言的精神相比，这无疑是一个具有新的历史、人文内容的精神范畴。

并且，由于精神的人文底蕴始于"血气"的"澹然无极"，因此，精神既"驰骋于外",又能"守其根",此之谓"是故神明藏于无形,精神反于至真"。

在中国美学范畴史上,精神并不是一个真正纯粹而成熟的美学范畴,但其作为一个历史、人文范畴,它在秦汉美学范畴的历史性酝酿中,无疑具有重要意义。虽然在中国美学范畴的"辞典"里,没有精神这一范畴的位置,然而,它与一系列美学范畴如精气、神气、清气、逸气、气韵与神韵等血肉相联,并且遗响于后代美学。精气、神气等前文已有所论及。这里再作补充。就精气而言,《子华子》云:"精气之合,是生十物:精、神、魂、魄、心、意、志、思、智、虑是也。"精气在《易传》中,本指生命之气,这里将其外延极大地扩充了,变成了一个心神、心魂、心灵、心志、心境与心智的代用词,凡此,均可称之为精神。就神气而言,时至南朝谢赫《古画品录》,称晋明帝之画,"虽略于形色,颇得神气。"又如唐张怀瓘《文字论》云,"不由灵台,必乏神气。"又如神韵,虽始见于《宋书·王敬弘传》所谓"敬弘神韵冲简"之说,而其思想、思维之根,可以追溯到"气"及其衍变范畴"精神"。再如气韵,自谢赫《古画品录》倡言"六法"之第一法为"气韵生动"之后,唐张彦远《历代名画记》说"气韵不周,空陈形似,笔力未道,空善赋彩,谓非妙也",历代书论、画论均以"气韵"为重要美学范畴。而气韵云云,其思想、思维之出发点,当在自先秦发展到秦汉的"气"及其"精气"与"精神"。

在始于东汉的道教典籍中,"气"及"精气神"的思想是道教哲学立论的依据。《太平经·圣君秘旨》说:"夫人本生混沌之气,气生精,精生神,神生明。本于阴阳之气,气转为精,精转为神,神转为明。"西晋葛洪《抱朴子·畅玄》说,"胞胎元一,范畴两仪,吐纳大始,鼓冶亿类,回旋四七(引者注:指二十八宿),匠成草昧",给出了一个自玄到元气(元一)、到两仪(天地)、到太始、到亿类(万物)的宇宙生成历程,关于精神的思想与思维贯注于其间。而道教所谓"精气神"当是精神一词的演变。指人体元精、元神、元气(统称元明),有别于交感之精、思虑之神与吐纳呼吸之气。据其内丹之说,以为神乃生命之宰,依精生成而充养;气为生命之元,依精而化生;精是生命之粹,气养也,神成之。因之,《太平经·圣君秘旨》说,"守气而合神,精不去其形,念此三合为一"。"一"者,"精气神"合一之谓。

第四节 "阴阳"之思

秦汉时代"气"的思想与思维，总是与"阴阳"理念联系在一起的。气有阴阳，阴阳指阴气、阳气。因而论"气"之范畴问题，不能不涉及阴阳。

正如本书前述，作为对偶范畴，阴阳原指地形与阳光照射之关系的一种属性与状态，指山的向背，南为阳而北为阴。《周易》所谓"鸣鹤在阴，其子和之"的"阴"，即指背阳之处。《说文》云："阴也，水之南山之北也。"徐锴曰："山北水南，日所不及。"因"日所不及"，故曰"阴"。阳，《说文》说："高明也"。桂馥《说文解字义疏》云："高明也者，对阴而言也。"

阴阳对偶范畴的出现，始于西周。《尚书》言阴或阳各三，未有连用。《诗经》言阴凡九，言阳十八，阴阳连用仅一见。《诗·大雅·公刘》所云：

> 笃公刘，既溥既长，既景乃冈。相其阴阳，观其流泉。其军三单，度其隰原。彻田为粮，度其夕阳，豳居允荒。

此所言"相其阴阳，观其流泉"，为中国最早风水思想之记录。"阴阳"指山的向背，"流泉"指水系及其流向。"古人相信'风水'，这是毋庸置疑的。公刘来到豳地，选择'佳壤'营造，'风水'是不能不注意的，故'相其阴阳，观其流泉'，即观察山势向背、水流的方向与位置，做一件'相土咀水'在古人看来十分重要的事情，这毫不奇怪。所谓'阴阳'，正是'风水'的别名。"①风水术中的"阴阳"，是一个具有迷信思想色彩的地理、方位概念，原指山水地形与日光照射的关系及其人文属性。《周礼·考工记》称"惟王建国（城），辨方正位"，这是王者建城时察阴阳、看风水的意思。《汉书·晁错传》写道："相其阴阳之和，尝其水泉之味，审其土地之宜，观其草木之饶，然后营邑立城，制里割宅，正阡陌之界。"这说明：直至汉代，"阴阳"仍是风水的别称。风水称

---

① 《风水圣经:〈宅经〉·〈葬书〉》，王振复导读、今译，中国台湾恩楷出版有限公司，2003，第13页。

为"阴阳",是指风水的文化内蕴与决定因素,是古人将其看得十分神秘的阴气、阳气。

从先秦到秦汉,风水之术在中华大地已颇流行。《周易》所谓"古者包牺氏之王天下也,仰则观象于天,俯则观法于地",其本义指看风水;又说:"易与天地准,故能弥纶天地之道。仰以观乎天文,俯以察于地理,是故知幽明之故。"这自然也是指看风水。《易传》论"阴阳"之处甚多,如"潜龙勿用,阳气潜藏","履霜坚冰,阴始疑也",等等,已经论说了以"阴阳"之"气"为观念与文化底蕴的中国风水术的缘起。所以后代风水但称"阴阳",风水家但称"阴阳家"不是偶然的。"阴阳"在《易传》中同时是一哲学、伦理学范畴,不过其原始意义,确是本指风水。风水术中具有丰富而复杂的阴阳思想,而阴阳思想之最关键的是"气"与"气"之感应的思想。李约瑟《中国的科学与文明》一书曾引西方学者查理的话说,中国风水之术,"是使生者与死者之所处与宇宙气息中的地气取得和合的艺术",可谓一语中的。风水观念的根本,是"气"的理念,其中最重要的是关于人的命理思想。如果剔除此"命理"迷信,那么,"风水"就中国古代并且影响至今的朴素的环境学而言,是古人试图运用阴阳之气的理念,看待与处理人与环境(其中主要是建筑)之关系问题的一种文化方式,风水关乎"阴阳"。

秦汉是风水阴阳之理论奠基的时代。在易理的基础上,秦汉时人很关注并在生活实践中实施风水之术。据《史记·淮阴侯列传》:"韩信虽为布衣时,其志与众异。其母死,贫无以葬,然乃行营高敞地,令其旁可置万家。"韩信"布衣",葬母"乃行营高敞地",这是选择了好风水。什么缘故?因为风水专讲阴阳,"高敞地"阳气旺。所以司马迁在记载这一件事时,称"吾如(到)淮阴","余视其母冢,良久"。大史笔的"良久"之"视",正可作为赞许韩信葬母讲究风水的证明。

在汉代,班固《汉书·艺文志》将风水之作《堪舆金匮》十四卷与《宫宅地形》分别列于五行类与形法类。两书均已亡佚。东汉王充《论衡》有《诘术》篇,其中谈到"图宅术"时说,"图宅术曰:商家门不宜南向,征家门不宜北向",是何缘故?因为"则商金,南方火也。征火,北方水也。水胜火,火贼金,五行之气不相得,故五姓之宅门有宜向,向得其宜,富贵吉昌,向失其宜，贫贱衰耗"。显然，这种风水理论，是以阴阳之气加五行之说为理论基础的。但王充唯"物"而"疾虚妄"，对此颇表怀疑。所谓"诘术"，就是诘问风水之术的意思。《论衡·四讳》云："俗有大讳四：一曰讳西益宅，西益宅谓之不祥，不祥必有死亡，相懼以此，故世莫敢西益宅。"王充对此不以为然，他追问："夫宅之四面皆地也，三面不谓之凶，益西面独谓不祥，何哉？西益宅，何伤于地体？何害于宅神？西益不祥，损之能善乎？西益不祥，东益能吉乎？"所谓"西益宅"，指在原有宅舍西面扩建新宅，被认为不吉；且"西益"之"宅"的高度，不得超过原宅舍之高，否则，凶。"西益宅"之凶，依据在所谓东"阳"、西"阴"之方位观，而既然"西益"，岂非抑东扬西、阴盛阳衰？这一点，王充是不信的。他说，"西益不祥，损之能善乎？""西益不祥，东益能吉乎？"问得尖锐。但王充的思想，一方面在尖锐地诘问，另一方面又承认所谓"宅神"的存在，他说："西益宅，何伤于地体？何害于宅神？"可见，他的唯"物"的阴阳之气的理念、思想，并不是彻底唯物的。

虽然表现在秦汉风水之术中的阴阳思想，似乎与美学意义上的阴阳对偶范畴的关系不是很直接，但是，凡一个时代、一个民族的文化思想总是统一的、整体性的。须知，体现于审美的"气"与体现于风水之术中的"气"的理念，是同一个文化理念，两者的深层意识及其结构是同一的，仅仅前者的"气"经过了历史、人文意义上的"祛魅"，后者却一直被笼罩在"命理"的阴影之中，保持原始的文化面貌。因此，在论及哲学、美学意义基于"气"之学说的"阴阳"对偶范畴之前，简略地回溯、讨论风水术的"阴阳"（气）问题，是有益而必要的。

风水之术的"阴阳"，是一文化人类学问题而不是哲学、美学问题，因此，原始风水之术中的"阴阳"，如《诗·大雅·公刘》所言，是一文化人类学范畴。而在学界一般认为基于汉人整理编定的《国语》二十一卷本中，所谓"阴阳"范畴之含蕴，已逐渐具备了一些哲理、美思的意义：

> 阳至而阴，阴至而阳。日困而还，月盈而匡。古之善用兵者，因天地之常，与之俱行，后则用阴，先则用阳。近则用柔，远则用刚。后无阴蔽，先王阳察。用人无艺，往从其所。刚强以御，阳节不尽，不死其野。（《国语·越语下》）

这是说用兵之道，须懂得与遵循"阳至而阴，阴至而阳"的道理。事物总是发展变化的，阳之极必转而为阴；阴之极必转而为阳。可见这里所言"阴阳"，已初步具有辩证的思想，认识到在一定条件下，事物的对立面会向对方转化。这是记范蠡的兵学思想，范蠡从日月之困还、盈匮、战事之攻守、蔽密与强弱形势中，所申述的，却是具有一定哲学意味的阴阳范畴，这范畴不同于前文所述比如《诗·大雅·公刘》所说的"阴阳"。《论语》不见"阴阳"对偶范畴，而《墨子》却有"阴阳之和，莫不有也"、"四时也，则曰阴阳"之记，此"阴阳"的思想与思维，因哲学意味稍弱，看来较为古朴。《易传》并未"阴阳"连用，而说阴、论阳之处甚多，如"一阴一阳之谓道"等。《庄子·天运》说"一清一浊，阴阳调和"、"吾又奏之以阴阳之和，烛之以日月之明。"《庄子·知北游》云，"阴阳四时运行，多得其宜。"而《庄子·则阳》说，"阴阳者，气之大者也。"这些，都是表达在《庄子》外篇、杂篇里的思想，一般以为非庄子本人而为庄子后学的思想。一般具有哲学意味，因而离美学之思稍微直接些。《庄子·人间世》云，"事若成，则必有阴阳之患。"此篇属《庄子》内篇，学界一般以为为庄子本人所撰，而此所体现的"阴阳"观，属于文化人类学而非哲学更非美学层次。

凡此，都为秦汉之时与哲学、美学意义上的"阴阳"相关的范畴，提供了思想与思维的历史、人文背景。

那么，秦汉时期的"阴阳"范畴，又如何演变呢？

《吕氏春秋·重己》云：

> 室大则多阴；台高则多阳，多阴则蹶，多阳则痿，此阴阳不适之患也。

"室"之"大"必"多阴"，"台"之"高"必"多阳"，此"阴阳不适"，对人体与人的心理不好。这里一个"患"字，有巫术意义上的"凶"的意味兼具养生、重己的心理学意义。

> 天生阴阳、寒暑、燥湿，四时之化，万物之变，莫不为利，莫不为害。圣人察阴阳之宜，辨万物之利以便生，故精神安乎形，而年寿长焉。（《吕氏春秋·尽数》)

这段引文，本书前文在论述"精神"问题时已有引录。这里再度引用，是在证明阴阳与精神、年寿之关系，这关系在主、客之际。而值得注意的一点，是此所言"阴阳"与"寒暑，燥湿"并列，可见在其思维、逻辑上，一般未具哲学、美学品格，偏于经验层次。

> 音乐之所由来者远矣，生于度量，本于太一。太一出两仪，两仪出阴阳。阴阳变化，一上一下，合而成章。……万物所出，造于太一，化于阴阳。（《吕氏春秋·大乐》）

这是讨论音乐及其美（大乐）之精彩而重要的一段言述。"度量"，此指产生音乐及其美的原型。《尚书·舜典》云，"同律度量衡"。郑玄注："阴吕阳律也。""阴吕阳律"即六吕六律，古人以此为音乐的原型。太一，太极，通于道。《易传》云："是故易有太极，是生两仪，两仪生四象，四象生八卦，八卦定吉凶，吉凶生大业。"《吕氏春秋》所言与《易传》有别。所谓"太一出两仪"，即太极（道）生天地；所谓"两仪出阴阳"，指天地生阴阳二气。可见这"阴阳"，隶属于太一、天地，残留着"天有六气"（其中二气为阴阳）说的历史、人文因素。而音乐之美（章），是"阴阳变化，一上一下，合而成章"，这是中国音乐史上较早从"阴阳"论音乐美问题。

> 凡乐，天地之和，阴阳之调也。（《吕氏春秋·大乐》）

这是从音乐及其美之立场出发，扩而论一切"乐"，即论艺术及其审美，认为所有的"乐"，都本原于"天地"、"阴阳"之调和。这是《吕氏春秋》所能达到的关于"阴阳"之"气"论的美学思想与思维的一个高度。

> 阴阳失次，四时易节，人民淫乐不固，禽兽胎消不殖，草木庳小不滋，五谷萎败不成，其以为乐也，若之何哉！（《吕氏春秋·明理》）

这里，"阴阳失次"是"阴阳之调"的反命题，是说"阴阳失次"不仅失音乐之美、艺术之美，而且无社会之美，所谓"人民淫乐不固"也；亦无自然之美，所谓"禽兽"、"草木"、"五谷"之类，均无美矣。《吕氏春秋》体现于此的"阴阳"观，应该说已是踏进了关于"乐"的美学之门槛，是一种相对比较早熟的阴阳美学观。

《黄帝内经·素问》云："黄帝曰：'阴阳者，天地之道也，万物之纲纪，变化之父母，生杀之本始，神明之府也。'"将"阴阳"看作"天地之道"等，正好与《吕氏春秋》所言"太一生两仪，两仪出阴阳"相反。"阴阳"乃"天地之道"而非"天地（两仪）"生"阴阳"，此"阴阳"的思想素质与逻辑品位提升了。

"阴阳者，血气之男女也；左右者，阴阳之道路也；水火者，阴阳之征兆也；阴阳者，万物之能始也。故曰：阴在内，阳之守也；阳在外，阴之使也。"（《黄帝内经·素问·阴阳应象大论》）《黄帝内经》毕竟是中医著述，因而它在哲学上将"阴阳"理解为"天地之道"的同时，又从"血气之男女"角度说"阴阳"。就人之肉身、精神而言，"阴阳"便是其生成、存有与发展的基本生命结构。作为人之肉身、精神对立，对应与转换的两种素质、生命力、基因与功能的"阴阳"，是亦左亦右、或水或火的。阴气、阳气是万物之本原（始），但比较而言，《黄帝内经》却说"阴在内，阳之守"、"阳在外，阴之使"，这是以"阴"为本原之"内"，且以"阳之守"为条件；以"阳在外"为万物本原（始）之外显，"阴之使"为本因。这种"阴阳"哲学本原结构说，具有重"阴"的先秦道家思想与思维遗存的特色，是具有一定美学意味的"阴阳"之"气"论。

> 帝曰：法阴阳奈何？岐伯曰：阳胜则身热，腠理闭，喘粗为之俯仰，汗不出而热，齿干以烦冤，腹满，死；能冬不能夏。阴胜则身寒，汗出身常清，数栗而寒，寒则厥，厥则腹满，死；能夏不能冬。此阴阳更胜之变，病之形態（态）也。（《黄帝内经·素问·阴阳应象大论》）

既然"阴阳者，天地之道"即阴阳为天地根本之大法，那么，人又如何"法阴阳"呢？这里指出，人"病"的根因，是"阴阳更胜之变"即阴阳失调。无论"阳胜"还是"阴胜"，都能置人于"死"地。

那么出路何在？"帝曰：调此二者奈何？岐伯曰：能知七损八益，则二者可调，不知用此，则早衰之节也。"（同上书）所谓"七损八益"，清张志聪《黄帝内经·素问集注》云："女子以七为纪，男子以八为纪。七损八益者，言阳常有余，而阴常不足也。"所谓"二者可调"，张志聪又说，"然阳气生于阴精，知阴精之不足，而勿使其亏损，则二者可调。"也便是阴阳调和，阴虚则阳之，阳虚则阴之。这种关于"气"之"阴阳"的人之生命思想与养生、祛病之道，对中国美学"阴阳"对偶范畴的历史、人文的展开，起了推动的作用。

《吕氏春秋》与《黄帝内经》论"阴阳"，除《吕氏春秋》论音乐及其美学之问题倡说"阴阳者，天地之道"具哲学、美学意蕴外，一般是养生与中医理论。虽然养生与中医理论不是没有一点哲思与美学的理念，而毕竟谈论具体问题较多，其形上素质，一般并未具有真正哲学的高度。如《黄帝内经·素问·阴阳应象大论》有云，"阴味出下窍，阳气出上窍。味厚者为阴，薄为阴之阳；气厚者为阳，薄为阳之阴"，"气味辛甘发散为阳，酸苦涌泄为阴"，"阴胜则阳病，阳胜则阴病"等等，又如"地之湿气，感则害皮肉筋脉。故善用针者，从阴引阳，从阳引阴"，"善诊者，察色按脉，先别阴阳"与"审其阴阳，以别柔刚，阳病治阴，阴病治阳"之类，其思维，大凡均倾向于经验层次。

然而从汉初流渐的黄老之学的"阴阳"观看，由于它的历史、人文之根因是先秦道家的"道"论，关于"道"的形上之思想与思维的品格，必然影响其"阴阳"思想的逻辑意义上的酝酿。《黄老帛书·称》云：

> 凡论必以阴阳大义。天阳地阴，春阳秋阴，夏阳冬阴，昼阳夜阴。大国阳，小国阴，重国阳，轻国阴。有事阳而无事阴，信（引者注：伸）者阳而屈者阴。主阳臣阴，上阳下阴，男阳女阴，父阳子阴，兄阳弟阴，长阳少阴。贵阳贱阴，达阳穷阴。取（娶）妇姓（生）子阳，有丧阴。制人者阳，制于人者阴。客阳，主阴。师阳役阴。言阳黑（默）阴。予阳受阴。

这里的阴阳对偶范畴，实际已成为一切事物、现象与状态之哲学的"共名"，认识到万事万物都是阴阳对待的。先说"凡论必以阴阳大义"（"大义"者，根本之义也），是一哲学的概括。接着列举许多事物、现象与状态来加以证明，所采用的，是演绎的方法。然而这种演绎举例之法，在逻辑上并非是最有力的，因为世界万事万物的"阴阳"，可谓举不胜举。所以列举再多，逻辑上也还是有薄弱之处。但其毕竟说出了"凡论必以阴阳大义"这样有意思的话。

《淮南子》兼综儒、法、阴阳与道家之说，而主要是哲学意义上的"道"与政治教化意义上的"儒"的结合。它对阴阳学说的贡献，是颇为辩证地将阴阳学说与气化之说结合在一起。

《淮南子》的阴阳范畴的论述，比较集中于《天文训》篇，这里且检索于此，也许难免有遗漏：

> 天地之袭精为阴阳，阴阳之专精为四时，四时之散精为万物。（注：此前有引述。）
>
> 天之偏气，怒者为风；地之含气，和者为雨。阴阳相薄，感而为雷，激而为霆，乱而为雾。阳气胜则散而为雨露，阴气胜则凝而为霜雪。
>
> 毛羽者，飞行之类也，故属于阳。介鳞者，蛰伏之类也，故属于阴。日者阳之主也，是故春夏则群兽除，日至而麋鹿解。月者阴之宗也，是以月虚而鱼脑流，月死而蠃蜁膲。
>
> 日冬至则北斗中绳，阴气极，阳气萌。故曰冬至为德。日夏至则斗南中绳，阳气极，阴气萌，故曰夏至为刑。……阴气极则北至北极，……阳气极则南至南极，……阳气为火，阴气为水。……景修则阴气胜，景短则阳气胜。阴气胜则为水，阳气胜则为旱。
>
> 阴阳刑德有七舍。
>
> 阴阳相德，则刑德合门。
>
> 阴阳气均，日夜分平，故曰刑德合门。
>
> 一阴一阳，成气二；二阳一阴，成气三。合气而为音。合阴而为阳，合阳而为律。
>
> 夏日至则阴乘阳，是以万物就而死。冬日至则阳乘阴，是以万物仰而生。昼者，阳之分；夜者，阴之分。是以阳气胜则日修而夜短，阴气胜则日短而夜长。
>
> 其加卯、酉，则阴阳分，日夜平矣。

故分而为阴阳，阴阳合和而万物生。

太阴元始，建于甲寅。

太阴在甲子，刑德合东方宫，常徙所不胜。

凡用太阴，左前刑、右背德。

太阴治春，则欲行柔惠温凉。太阴治夏，则欲布施宣明。太阴治秋，则欲修备缮兵。太阳治冬，则欲猛毅刚强。

天地以设，分而为阴阳。阳生于阴，阴生于阳，阴阳相错，四维乃通。

以上所有引录，稍作分析，大凡可以概括为五点：

其一，这里所言"阴阳"，立论之基础是"气"，所谓"袭精"、"专精"与"散精"，乃"袭气"、"专气"与"散气"之谓。这都是"气"的存在状态。"偏气"、"含气"与"气均"云云亦然。"气"是阴阳的人文素质与底蕴。故"阴阳"之说是"气"论的逻辑展开。

其二，大凡自然现象与社会现象，都始于、源于阴、阳及其调和。天地、日月、四时、风雨、雷霆、雾露、霜雪、毛骨、介鳞、昼夜，等等，都是阴阳之气、气之阴阳的衍生，都具阴阳之属性。

其三，"阴阳合和而万物生"、"阴阳相错，四维乃通"，与几乎所有中华文化典籍所宣说的一样，万物始生，均生于"和"、生于"通"。这里《淮南子》继承了先秦战国末期荀子关于"阴阳接而变化起"的哲思之理路，自当无甚特别之处。问题是，为什么万物必生于"和"、生于"通"而不生于"分"、生于"塞"呢？大约这正是中国文化、美学与艺术的人文特性。中国文化及其哲学总是自觉不自觉地以"和"（或曰阴阳调和）来解说所谓宇宙自然、社会人生及其艺术美的最佳的生存与存在。但是就审美而言，倘说"美在于和"，我们马上可用"美在于不和"的例证来否定这一命题，反之亦然。因此，"美在于和"与"美在于不和"这两个命题既是背谬的、又是同时成立的，其逻辑便是A=-A，是一悖论。

其四，这里值得注意的，是"太阴"这一范畴的提出与论证。

考"太阴"一说，始于《易经》关于"四象"的解说。《易传》有"是故易有太极，是生两仪，两仪生四象"之说，所谓"四象"，指冬夏春秋，亦即太阴太阳少阴少阳。如以四时、四方与其相配，则冬—太阴—北；夏—太阳—南；春—少阳—东；秋—少阴—西。因此，太阴是相对于太阳而言的。《史记·天官书》云，"北方水，太阴之精，主冬。"以四象与五行相配，则太阴、北、冬、水相配；太阳、南、夏、火相配；少阳、东、春、木相配；少阴、西、秋、金相配。蔡邕《独断》："冬为太阴。"太阴也指月亮。《说文》："月，阙也。太阴之精。"太阴还有"太岁"之义，"太岁"为"岁星"。《淮南子》云，"太阴元始，建于甲寅"，此"太阴"，显然并非指"太岁"、"月亮"之类，而是与北、水、冬相配的"太阴"，这也是《淮南子》所言"太阴所建，蛰虫首定而处，鹊巢乡而为户"的"太阴"。这句话的意思是说，太阴建元时，正值冬天，冬眠的虫兽之脑袋正埋在土穴之中，鹊类筑巢向着居室的门户。这就可以证明，此"太阴"已具有"本原"、"本始"的逻辑意义，所谓"太阴建元"，此之谓也。"太阴"者，"阴"之"太"也，故为本原、本始。据此，才能理解所谓"太阴治春"、"太阴治夏"、"太阴治秋"与"太阴治冬"的哲理意义。作为本原、本始，"太阴"永恒地处于与"太阳"的阴、阳消长之中，四象的运行，是一个阴、阳消长的时间过程，但以"太阴"为逻辑原点。

其五，《淮南子》不仅以"阴阳"说自然、社会万事万象，而尤为注重艺术中的"音乐"，以"阴阳"来解读音乐及其美。所谓"合气而为音"这一命题，是一个有思想深度与思维特色的命题。这里所谓"合气"，合阴、合阳之气。"气"之阴阳之"合"可"一阴一阳，成气二"，即阴气粗浅，故得气少；阳气精微，故得气多，此一份阴、一份阳，组成二份混合之气；亦可"二阳一阴，成气三"，指二份阳气、一份阴气，构成三份混合之气。二份加三份混合之气，是谓"合气"，也即五行金木水火土之气，团合而为"和"的乐音。而"合阴而为阳，合阳而为律"的意思，是说"二分阴气加一份阳气，反转成为阳气，与三份阳气组成而成六律"[1]。于是《淮南子》接着说，"故曰：五音六律。"又接着说，"音自倍而为日，律自倍而为辰。故日十而辰十二。"原来，《淮南子》以"气"的阴阳之"合"说，来解释"五音六律"的生成以及与日干（天干）、十二辰（地支）的逻辑关系。五音者，宫商角徵羽，源自金木水火土五行之气；

① 陈广忠：《淮南子译注》，吉林文史出版社，1990，第128页。

六律者，指十二律之中的阳律。十二律，中国古代音乐的律制，以三分损益法将一个八度分为十二个不完全相等的半音的一种律制。从低到高各律的排列依次为：黄钟、大吕、太簇、夹钟、姑洗、仲吕、蕤宾、林钟、夷则、南吕、无射、应钟。这十二律排序中，以奇位为六律（阳律）、偶位为六吕（阴律），故亦称六律六吕。而五音之"倍"为日干（天干）；六律之"倍"为十二辰（地支）。由此不难理解，《淮南子》在此所要阐说的，无非在说明音乐及其美的"自然"之原。以天干十、地支十二对应于五音六律，便是找到了音乐及其美、原于天地、阴阳之调和的根因，称之为"合气而为音"。这种关于音乐及其美的原型说的逻辑自然是美丽的，但是笔者依然要问一句：为什么一定是"一阴一阳、成气二"，"二阳一阴，成气三"？又为什么一定是"合阴而为阳，合阳而为律"并且"音自倍而为日，律自倍而为辰"呢？这种"逻辑"到底是由天地之"气"自然生成的、还是人为预设的？显然，这答案是很清楚的。这便是《淮南子》关于音乐及其美的气的"阴阳"说。明明是中华古人的逻辑预设，偏偏要说成是阴阳之气、天地自然之道使然而不关人事，这便是中国人的人文智慧及其哲学、美学"伎俩"。

《淮南子》之后，董仲舒主要体现于《春秋繁露》的"阴阳"思想与思维又如何呢？

董仲舒的"阴阳"说，是受制于天人合一、天人感应思维框架的阴阳说。《春秋繁露》云：

> 天有阴阳，人亦有阴阳。（《同类相动》）
>
> 天地之阴阳当男女，人之男女当阴阳。阴阳亦可以谓男女，男女亦可以谓阴阳。（《循天之道》）
>
> 阴阳之气，在上天，亦在人。在人者，为好恶喜怒。在天者，为暖清寒暑。出入上下左右前后平行而不止，未尝有所稽留滞郁也。其在人者，亦宜行而无留，若四时之条条然也。（《如天之为》）

在董仲舒的逻辑中，既然"天有阴阳，人亦有阴阳"，天人均有"阴阳"，天、人自然是合一的。而"天地"犹如"男女","男女"犹如"天地",共通于"阴阳"之故。而"阴阳"者,"阴阳之气,在上天,亦在人"。因而"以类合之,天人一也。"(《阴阳义》)

"天人"何以"感应"?董子以为,那是"同类相动"之故,他举例说:

> 试调琴瑟而错之,鼓其宫则他宫应之,鼓其商而他商应之。五官相比而自鸣,非有神,其数然也。美事召美类,恶事召恶类,类之相应而起也。如马鸣则马应之,牛鸣则牛应之。(《同类相动》)

此《春秋繁露·同类相动》所谓"故气同则会,声比则应,其验皦然也。"归根结底,是阴阳之气同。

董仲舒的"阴阳"理念思路较其前贤清晰,观点也比较鲜明。这理念在逻辑上,是先将事物分为阴阳二元,再从二元之中找出"同类"之属性与本质,此即"气"。因此,在阴阳之对偶、对待的这一总范畴之下,隶属一系列对应性范畴与术语。它们主要是:天气、地气、男女、父子、君臣、夫妻、上下、左右、东西、顺逆、益损、经权、暖寒、动静、贵贱、德刑、生杀、予夺、仁戾、宽急、爱恶,等等。"是故天以阳为权,以阴为经。阳出而南,阴出而北,经用于盛,权用于末。……阳气暖而阴气寒,……阳气生而阴气杀"。(《春秋繁露·阳尊阴卑》)这种关于事物对立、对应的二元思维,早在先秦《左传》与通行本《老子》那里,就已经体现出来,而董仲舒不过将其纳入其"天人合一"之"气"论的学说中。因此,较前富于哲学意味。

董仲舒之后,值得注意的"阴阳"之说,首先来自大史笔司马迁。他援引贾谊《鵩鸟赋》,"且夫天地为炉兮,造化为工;阴阳为炭兮,万物为铜。"(《史记·屈原贾生列传》)这是以炉炼作比,富于经验性思维的特点。"天地为炉""造化为工"、"万物为铜"而"阴阳为炭",即"阴阳"为燃料,这燃料之与炉炼,当然是至关重要的,无"阴阳"之"炭",其余一切都失去意义,但仅有此"炭"而其余皆无,"炭"亦无任何意义,可见,"阴阳"并非一对本原性对待范畴。

司马迁又引其父司马谈《论六家之要旨》：

> 尝窃观阴阳之术，大祥而众忌讳，使人拘而多所畏；然其序四时之大
> 顺，不可失也。（《史记·太史公自序》）

这是说，"阴阳"不仅属意识、理念、思想与思维，而且是一种"术"，"术"
是与实践相联系的。早在上古社会、上古文化中，原始巫术作为"术"，就是
"阴阳"人文意识得以滋生的文化土壤，因而说"阴阳之术"而不称"阴阳之
思"，一方面让人回想"阴阳"思想的文化来源；另一方面也体现汉人重"术"
的文化特点。汉初黄老之学，可以将原本思想、思维意义上先秦纯粹玄虚的
老庄之"道"，改变为治世之"术"，原先道家所谓"无为而无不为"，变成了
"无治而无不治"。以"道"治世，"道"便变为"术"。这体现了汉人重实际
的一种文化心灵与思想。所以称"阴阳之术"，并不奇怪。然而，虽称"阴阳"
为"术"，并非回到原始、上古去，"阴阳"虽为"术"，却是具有哲学之关怀
的"术"。这一段话之后，继而总结了"儒者"、"墨者"、"法家"、"名家"、
"道家"等"阴阳"哲学意义上的人文特点。接着又总结说：

> 夫阴阳、四时、八位、十二度、二十四节，各有教令，顺之者昌，逆
> 之者，不死则亡。未必然也，故曰："使人拘而多畏。"夫春生夏长，秋收
> 冬藏，此天道之大经也，弗顺则无以为天下纲纪，故曰"四时之大顺，不
> 可失也"。（《史记·太史公自序》）

"阴阳"与"四时、八位、十二度、二十四节"并提，并非降低"阴阳"的人文
素质与哲学意蕴，而是意味着"阴阳"并非人为预设，它是本然、自然的，不
由人为的，因此，它"使人拘而多畏"，体现出对天地"阴阳"消息的敬畏之
情。"阴阳"是事物本在，人不可违逆，以其为"天道之大经"，必"以为天下
纲纪"，这是司马迁之"阴阳"的"天道"、"天下"观。

在西汉末年扬雄所撰《太玄》中，扬雄又是这样论述"阴阳"的：

> 立天之经曰阴与阳，形地之纬曰纵与横，表人之行曰晦与明。阴阳曰合其判，纵横曰纬其经，晦明曰别其材。阴阳该极也，经纬所遇也，晦明质性也。阳不阴无以合其施，经不纬无以成其谊，明不晦无以别其德。阴阳所以抽啧也，纵横所以莹理也，明晦所以昭事也。啧情也，抽理也，莹事也，昭君子之道也。

先秦有"天有六气"说，六气，阴阳、风雨、晦明。扬雄此言，由"天有六气"说承继而来，且有所发展。首先，他改变了"六气"所指，由"阴阳、风雨、晦明"变为"阴阳、纵横、晦明"，这可以说是思维品格上的一点进步。因为原先所言"风雨"这对范畴的具象性，与"阴阳"、"晦明"不在一个逻辑平台上。以"纵横"代"风雨"，就克服了逻辑上的不对应性。其次，扬雄生当西汉之末，正是谶讳神学尘嚣之初，因而其"阴阳"说引入"经"、"纬"概念是不奇怪的。即以"天"为"经"，以"地"为"纬"。"天之经"为"阴阳"，"地之纬"为"纵横"，加上"人之行"为"晦明"。这种"天地人"三维结构，始于先秦《易传》。《易传》云，"是以立天之道曰阴与阳，立地之道曰柔与刚，立人之道曰仁与义。"扬雄将先秦所言"立天之道"、"立地之道"与"立人之道"三者，依次改为"立天之经"、"立地之纬"与"立人之行"，在思想与思维上，显然已从"道"的深度退出，以"经"、"纬"与"行"代之，体现了汉代思想文化的实在倾向，当时人们所思考与热衷的，已经不是形上之"道"，而是汉儒所推重的"经"、"纬"与"行"。然而作为一个有思想且一定意义上继承、发展了易学的学者，扬雄依然具有相当哲学、美学意蕴的思性头脑，其所谓"君子之道"的论述，坚持了朴素而辩证的"唯""物"之思维，所谓"阴阳"合、判，"纵横"纬、经，"晦明"别、材（裁），把所谓"阴阳该极"、"经纬所遇"、"晦明质性"以及"阴阳"之所以"抽啧（赜）"、"纵横"之所以"莹理"、"阴晦"之所以"昭事"的关系揭示、表达出来。而比如"啧情"之谓，体现了汉儒关于"情"的态度。"情"本为感性，此却云"啧情"。啧者，赜也，《易传》称"探赜索微，钩深致远"之"赜"，有"玄奥"、"幽微"之义，故所谓"啧情"有深藏未露之情的意思，体现了汉代经学文化笼罩之下，以理节"情"、抑"情"的审美态度。

正因如此,当扬雄以"阴阳"观解读文、质关系问题时,就这样说道:"文:阴敛其质,阳散其文,文质班班,万物粲然。"(《太玄》卷四)文、质乃阴、阳之合契,它们是"敛"、"散"的关系。"敛"、"散"即先秦庄子关于"气聚则生,气散则死"吗?当然不是。扬雄将庄生的"气"之"聚"、"散",改造为"敛"(阴)、"散"(阳)而剔去"死"的意义,从而用以解说文、质之关系,其文脉的流向是很清楚的。汉代一般的"阴阳"伦理文化,继承了先秦阳尊阴卑的思想,这里所言,显然不属于道德伦理范畴,它将"质"理解为"阴敛","文"理解为"阳散",是"阴"重、深而"阳"轻、浅理念的体现。

扬雄之后,汉代"阴阳"说在王充那里有了新的文脉发展。王充《论衡·本性》说:

> 董仲舒览孙、孟之书,作"情性"之说曰:"天之大经,一阴一阳。人之大经,一情一性。性生于阳,情生于阴。阴气鄙,阳气仁。曰性善者,是见其阳也。谓恶者,是见其阴也。"若仲舒之言,谓孟子见其阳,孙卿见其阴也。处二家各有见,可也。不处人情性,情性有善有恶,未也。夫人情性同生于阴阳,其生于阴阳,有渥有泊。玉生于石,有纯有驳,情性生于阴阳,安能纯善?仲舒之言,未能得实。

这是王充对董仲舒"情性"论的一个批判。董子以为"性生于阳,情生于阴",且以这样的"阴阳"观解说孟子"性善"、荀子"性恶"说。王充以为不然,他的见解是,"夫人情性同生于阴阳",虽然"其生于阴阳",但是"有渥有泊",好比"玉生于石,有纯有驳"。可见,王充"阴阳"说用以解读"情性"问题时的逻辑是这样的:"情性"乃生命之整体、"阴阳"也是整体,是一个事物彼此联系的两个方面,但"阴阳"、"情性"犹如玉石"有纯有驳"、"有渥有泊","情"的本原为"阴阳"之"驳"、"渥";"性"的本原为"阴阳"之"纯"、"泊",这种逻辑倒挺有意思。

　　同时，王充《论衡·道虚》在讨论人之生死问题时，提出了一个著名命题，称为"天地不生，故不死；阴阳不生，故不死。"王充的逻辑是，有生才有死，有始才有终。"唯无终始者，乃长生不死。""人之生，其犹冰也。水凝而为冰，气积而为人。冰极一冬而释，人竟百岁而死。人可令不死，冰可令不释乎？"在他看来，天地是"不死"的，因为它"不生"，没有一个"生"的开始；"阴阳"是"不死"的，因为它"不生"，也没有一个"生"的开始。但是"人"不同，人是有"生"的开始的，所以人必有一个"死"，这叫做"夫有始者必有终"，这是王充站在唯"物"的立场，批判"道家"的"服食药物"以求长生的说教。其中值得注意的，是"阴阳不生，故不死"这一见解。虽然王充称"天地不生，故不死"，此言有谬，实际"天地"有"生"也有"死"；有"始"必有"终"。但是"阴阳"呢？"阴阳"是天地从生成到毁灭之际，万事万物对立、对待、对应、转化的双兼属性与运动态势，在这期间它是"不死"的，然天地生成之前，或天地毁灭之后，试问"阴阳"又在何处呢？故"阴阳"在此意义而言，它也不是"不死"的。这可以证明，王充的唯"物"、"阴阳"观，并非是辩证的。

　　在《汉书·礼乐志》中，班固又用"阴阳"说来解读伦理"德刑"：

> 天道，大者，在于阴阳。阳为德，阴为刑。天使阳常居大夏而以生育长养为事，阴常居大冬而积于空虚不用之处，以此见天之任德不任刑也。阳出布施于上而主岁功，阴入伏藏于下而时出佐阳。阳不得阴之助，亦不能独成岁功。王者承天意以从事，故务德教而省刑罚。刑罚不可任以治世，犹阴之不可任以成岁也。

请读者注意，这里的逻辑原点，是"天道"，而不是作为哲学本原、本位的"道"。这使我们想起先秦《易传》所言"立天之道曰阴与阳"的思想。班固以"天道，大者，在于阴阳"为立论依据。此言"大"，即"太"之本字，有"本原"之义。班固以"天道"而不是以"道"为本原，此说入于传统儒家一路是很显然的。自从先秦老庄以"道"说万物之本原、本体，"天道"这一人文资格比道家之"道"还要古老的范畴，就成了传统儒学用以解说其政治教化思想、规范的本原、本体论范畴。(儒家有时也说"道",不过它实际指"人道",如先秦孔子云,"朝闻道,夕死可矣","道不行,乘桴浮于海"等,均实指"人道"。)这里既然说"天道,大者",那么此"天道",当指政治伦理的哲学本原。从这本原所展开的,是阴阳。而其属性不同,"阳为德,阴为刑"。"天道"虽孕育了阴阳,但"天之任德不任刑",犹重"阳"不重"阴"。所以"阳出"而"主岁功";"阴入"而仅"佐阳",这是为阳尊阴卑的道德说寻找哲学依据,道德所以尊阳抑阴,乃"天道""重阳"使然。故王者尊"天道",必"务德教,而省刑罚"。称"刑罚不可任以治世",这是典型的以"阴阳"说为哲学基础的道德教化论。

在汉代,以"阴阳"说讨论艺术及其美的文本不是常见的,但也不是没有。蔡邕《九势》云:

> 夫书肇于自然,自然既立,阴阳生焉。阴阳既生,形势出矣。藏头护尾,力在字中,下笔用力,肌肤之丽。故曰:"势来不可止,势去不可遏,惟笔软则奇怪生焉。"

这是汉代关于以"阴阳"论书法艺术的一段不可多得的言述。在其《笔赋》中,蔡邕说:"昔仓颉创业,翰墨用作,书契兴焉。夫制作上圣,立则宪者,莫隆于笔。"并说"书乾坤之阴阳,赞三皇之洪勋。"蔡邕又在《释诲》中说过:"且我闻之,日南至则黄钟应,融风动而鱼上冰。蕤宾统则微阴萌,兼葭苍而白露凝。寒暑相催,阴阳代兴,运极则化,理乱相承。"这两段引文中都说到了"阴阳",前者"乾坤之阴阳",后者"阴阳代兴",正与《九势》所言"阴阳"之义相同。此所谓"阴阳",乃"自然既立"之后的产物或曰"自然"之成果,而"书","肇于自然",那么"书"与"阴阳"是什么关系呢?自然,本然之谓,即本来如此未经人为加工的一种状态,如道家以"道"为"自然",即为"无","无"是与"有"相关而生成万物的无限可能性。《九势》强调这"自然"为"书"之本原,是说"书"及其美作为艺术美之一种的客观存有之性质;又指"书"及其美的主体心灵现实之依据,即心灵"自然"。蔡邕曾在《笔论》

中提出一个著名的书法美学命题："书者，散也。欲书先散怀抱，任情恣性，然后书之。"书法者作为主体，倘"欲书"不是"先散怀抱，任情恣性"，即心灵不回归于"自然"，"若迫于事，虽中山兔毫，不能佳也。"这种理论，已经揭示了书法美的本质，即无论对象、主体心灵还是书法创作过程中的主、客审美关系，都应是合于"自然"的。

问题是，为什么说"自然既立，阴阳生焉"？所谓"自然"，与"人"相对。地球上当无"人"时，亦无"自然"，或者可以称之为"准自然"。"自然"是就"人"而言的。因而，"自然"的"人文"性与"人"的"自然"本性是相辅相成的。但是当"人"诞生于地球之时，当然并不意味"人"已经把握到了所有的"自然"，因此，"自然"又与"人工"相对。非"人工"者，即"自然"，或人工之技艺臻于圆熟之境，如《庄子》所言"庖丁解牛"那般，虽始于技却终契于道，便是回归于"自然"。因此，书艺之美，美在自然。

而"阴阳"，并非在"自然"之外可由人工外加的，"阴阳"是与"自然"并立、并生的。"阴阳"是"自然"本然的存有，否则还是"自然"吗？"自然"是"阴阳"存之本色，否则还是"阴阳"吗？自然者，元气；阴阳者，元气的内在矛盾、对待与动势（或曰冲动）。所以，自然与阴阳是同时存有、同时运化、异构同质，只是"阴阳"实现了"自然"的生成根因即展开、即体现生之态势而已。"自然"自立，则意味着"阴阳"同时"自生"。

既然"阴阳"是"自然"的展开与态势，那么，书艺之美的人文根因只能是"阴阳"以及由"阴阳"所实现的"形势"。"形势"一词之本义，在风水。形乃地形、地理、地貌；势指山势，一种远山的远观效果。山势郁郁、气象万千，所谓好风水。地形之类南向，后有靠山，左右有小山围护、拱卫，前有流泉，谓之"佳壤"。但这里的"形势"，指书法艺术的字形构造与气势、力度。所谓"藏头"，"逆势入笔为藏头"；所谓"护尾"，"逆势收笔为护尾"。所谓"笔软则奇怪生"，刘熙载《书概》云："余按此一'软'字，有独而无对。盖能柔能刚之谓软，非有柔无刚之谓软。"这是说得不错的。所谓"形势"之美，"势来不可止，势去不可遏"，其阴阳之生气、骨力淋漓灌注，《易传》所言"一阴一阳之谓道"也，"道"在道家美学中，即指"自然"。

第五节 "五行"与"气"

讨论"阴阳"问题之后，有必要继而谈"五行"。"阴阳"关乎"五行"，又不等于"五行"。秦汉时代，阴阳五行思想往往是同时出现的，然而这并不是说"阴阳"与"五行"说没有区别。在文化理念上，两者并非总是相互纠缠在一起，在先秦《易传》中，就仅有"阴阳"而没有"五行"思想。

"五行"一词，学界一般认为始见于《尚书·甘誓》与《尚书·洪范》。前者云："有扈氏威侮五行，怠弃三正，天用剿绝其命，今予惟恭天之罚。"后者说：

> 鲧陻洪水，汩陈其五行。帝乃震怒，不畀洪范九畴，彝伦攸斁。鲧则殛死，禹乃嗣兴，天乃锡禹洪范九畴，彝伦攸叙。初一曰五行，次二曰敬用五事，次三曰农用八政、次四曰协用五纪，次五曰建用皇极，次六曰乂用三德，次七曰明用稽疑，次八曰念用庶征，次九曰向用五福，威用六极。
>
> 一、五行：一曰水，二曰火，三曰木，四曰金，五曰土。水曰润下，火曰炎上，木曰曲直，金曰从革，土爰稼穑。润下作咸，炎上作苦，曲直作酸，从革作辛，稼穑作甘。

这里所言"五行"，意指已明，不必再作解说。

本书前文探讨"阴阳"问题时，读者一定看到，"阴阳"往往属于古代天学范畴。《左传》有"天生六气"说，"六气"者，"曰阴阳、风雨、晦明也"，是说"阴阳"的本原为天。《左传》接着又说，天"分为四时，序为五节"，此所言"五节"，即五行金木水火土。《国语·周语下》说："天六地五，数之常也"。"天六"，即《左传》所指"天有六气"；"地五"，指与地相应的五行。《孙子·虚实》有"五行无常胜"之说，以为"五行"构成相"胜"关系，又有相"生"关系。此即水胜火，火胜金，金胜木，木胜土，土胜水；水生木，木生火，火生土，土生金，金生水。《管子·侈靡》说："天地精气有五，不必为沮，其亟而反，其重陔动毁之进退，即此数之难得也。"这是从"精气"说"五"行。郭店战国楚简与马王堆帛书均有《五行》篇。如郭店楚简《五行》云："五行：仁形于内，谓之德之行，不形于内，谓之行。义形于内，谓之德之行，不形于内，谓之行。礼形于内，谓之德之行，不形于内，谓之行。口形于内，谓之德之行，不形于内，谓之行。圣形于内，谓之德之行，不形于内，谓之行。"又说："德之行五，和谓之德，四行和谓之善。善，人道也；德，天道也。"这是说，"形于内"者，称为"德之行"；"不形于内"者，称为"行"。可见，"德之行"与"行"是不同的。不同在于形内、形外之别。这里所言"内"，心之谓。《礼记·礼器》云："君子曰：无节于内者，观物弗之察也。"此"内"，唐《礼记正义》称："内，犹心也。"因此，"德"是内心的一种修为之本原。而"行"与"德"之关系，即"德"为人格之内在依据而"行"乃"德"之外在呈现。这里，郭店楚简以仁义礼口（引者注：竹简在此缺字，从上下文关系看，应为智）圣为"五行"，又以仁义礼智为"四行"。就五"行"而言，是"五行"说在道德人格领域的运用。

郭店楚简《五行》所谓"德之行五，和，谓之德"，包含了"和"为"德"性的见解。可见"德之行五"，乃"和之行五"的意思。故而，"德"之五"行"的哲学、美学意义在于这五"行"即仁义礼智圣之间的关系是"和"，"和"乃"乐"之审美特性，因此，所谓"德之行正"的人文意蕴，在于礼乐和谐与德智和谐。

秦汉时期，"五行"说偕与"阴阳"，一定意义上推动美学范畴的历史与人文的酝酿。《吕氏春秋·孝行览》云：

> 曾子曰：身者，父母之遗体也。行父母之遗体，敢不敬乎？居处不庄，非孝也。事君不忠，非孝也。莅官不敬，非孝也。朋友不笃，非孝也。战陈无勇，非孝也。五行不遂，灾及乎亲，敢不敬乎？

此所谓"五行"，指"居处"、"事君"、"莅官"、"朋友"与"战陈（阵）"，如果"不庄"、"不忠"、"不敬"、"不笃"、"无勇"，便是"五行不遂"。这是以

"五行"思想的新的解读，来说人"身"的道德生命问题。金木水火土本为构成世界万物之本原的五种自然物质，在这里却被理解为安身立命的道德本在。这是企图从哲学角度为儒家的道德人格问题寻找一个自然哲学依据。

"五行"说在《黄帝内经·素问》的体现，是将五行与五方、五脏、五味与五志等相配，来论说养生与治病的准则。

> 岐伯对曰：东方生风，风生木，木生酸，酸生肝，肝生筋，筋生心；肝主目，其在天为玄，在人为道，在地为化。化生五味，道生智，玄生神。神在天为风，在地为木，在体为筋，在藏为肝，在色为苍，在音为角，在声为呼，在变动为握，在窍为目，在味为酸，在志为怒。怒伤肝，悲胜怒；风伤筋，燥胜风；酸伤筋，辛胜酸。南方生热，热生火，火生苦，苦生心，心生血，血生脾；心主舌，其在天为热，在地为火，在体为脉，在藏为心，在色为赤，在音为徵，在声为笑，在变动为忧，在窍为舌，在味为苦，在志为喜。喜伤心，恐胜喜；热伤气，寒胜热；苦伤气，咸胜苦。中央生湿，湿生土，土生甘，甘生脾，脾生肉，肉生肺；脾主口，其在天为湿，在地为土，在体为肉，在藏为脾，在色为黄，在音为宫，在声为歌，在变动为哕，在窍为口，在味为甘，在志为思。思伤脾，怒胜思；湿伤肉，风胜湿；甘伤肉，酸胜甘。西方生燥，燥生金，金生辛，辛生肺，肺生皮毛，皮毛生肾；肺生鼻，其在天为燥，在地为金，在体为皮毛，在藏为肺，在色为白，在音为商，在声为哭，在变动为咳，在窍为鼻，在味为辛，在志为忧。忧伤肺，喜胜忧；热伤皮毛，寒胜热；辛伤皮毛，苦胜辛。北方生寒，寒生水，水生咸，咸生肾，肾生骨髓，髓生肝；肾主耳，其在天为寒，在地为水，在体为骨，在藏为肾，在色为黑，在音为羽，在声为呻，在变动为栗，在窍为耳，在味为咸，在志为恐。恐伤肾，思胜恐；寒伤血，燥胜寒；咸伤血，甘胜咸。故曰：天地者，万物之上下也；阴阳者，血气之男女也；左右者，阴阳之道路也；水火者，阴阳之征兆也；阴阳者，万物之能始也。

这一大段论述，且用一个图表来表示：

五行	木	火	土	金	水
五方	东	南	中	西	北
五脏	肝	心	脾	肺	肾
五味	酸	苦	甘	辛	咸
五音	角	徵	宫	商	羽
五声	呼	笑	歌	哭	呻
五色	苍	赤	黄	白	黑
五志	怒	喜	思	忧	恐
五窍	目	舌	口	鼻	耳
五变	握	忧	哕	咳	栗
五体	筋	脉	肉	皮毛	骨
五生	风	热	湿	燥	寒

这是《黄帝内经·素问》以"五行"说为主的、基于天人合一的中国古代生命文化及其审美的"系统论"。从其逻辑角度看，一是基于生活、生命经验。二是重"五"。中国古代文化崇"五"，"五"这一数字处于河图、洛书的中央，故而崇"五"有崇"中"的意义。三是在中国传统文化的理念中，时空意识渗融其间，是极重要的。这里所示，是只有空间意识而缺时间意识。其原因，可能是因为，凡云时间，只有"四时"即春夏秋冬，难与"五"相配。中国文化史及其审美史上，亦有勉强以五方之类配"时"的做法，便是东—春、南—夏、中—"季夏"、西—秋、北—冬。然而"季夏"是一个什么概念，大约只能含糊其义，季者，季节之谓，亦可称一个季节的末了，如季春，如季夏。可见季夏云者，指夏季之末。倘论其时段，是很短暂的，能否与"中"相配，是一个问题，所以《黄帝内经》里，未出现五行之类与四时（季夏）相配的人文景观与人文意识，体现了《黄帝内经》五行说的偏于原始的思维面貌，也证明基于生活、生命之经验基础上的"五"的系统，在逻辑上未能贯彻到底。四是就这一大段论述而言，所体现的是一个自然与人文的合一的思想与思维结构，主要表现为五行、五方等"自然"与五脏、五窍、五体、五味、五志等"人文"的统一，并且着重点在于论述人的生命（肉身、精神）之陶养问题。人之生命是

"自然"的伟大成果，所以生命的陶养不能离开"自然"，而这种合一的根本，是"阴阳"，"阴阳"的根本，是气。气是这一"系统"的根因，气灌注其间。五是就这一"系统"的局部逻辑而言，还有它自己的逻辑特点。在中国文化及其审美的总体中，五音即指五声，但这里是将两者分开的。五音：角徵宫商羽；五声：呼笑歌哭呻，两个系列依次一一对应，五音之外另有五声，固然就"五声"而言，体现了较为丰富的感性逻辑思想与思维，而抽象能力稍弱，然而这种"五声"及其余有关人之肉身与精神的"五"的系统，因其感性而与审美直接攸关。当然，在表达这一感性问题时，由于基于经验及其思维的局限，有时便弄出一些令人难堪的矛盾，如这里五志的"忧"与五变的"忧"，就是重复的。六是《黄帝内经》的这一大段"系统"论述，是纯粹的天人及人之生命问题的论述，它没有将"五常"即仁义礼智信等伦理内容列于其间，值得注意。

在汉初的《淮南子》中，"五行"说较《黄帝内经》有了一些推进。《淮南子·精神训》云：

> 天有四时、五行、九解，三百六十六日。人亦有四肢、五脏、九窍，三百六十六节。天有风雨寒暑，人亦有取与喜怒。故胆为云，肺为气，肝为风，肾为雨，脾为雷，以与天地相参也，而心为之主。是故耳目者，日月也；血气者，风雨也。

其一，《淮南子》的这一论述，体现了天人合一的思维模式。

其二，在言述"五行"说时，引入了"四时"（春夏秋冬）与"九解"的思想概念。这里所谓"九解"，意指东、南、西、北、东南、西南、东北、西北与中九个方位。这种九方说，无疑是五方说的发展，实际是易学的"八卦"加"中宫"为九之说。

其三，所谓人之"四肢"、"九窍"、"三百六十六节"等，都是《淮南子》增添的内容。它将"五脏"解读为胆、肺、肝、肾、脾而不是心、肺、肝、肾、脾，且依次与云、气、风、雨、雷相配，显然不同于《黄帝内经》。它将"气"这一范畴降格为与云、风、雨、雷同列，失却了"气"的形上意义。

其四，整个论述，天、人之际的经验比附的思维更明显、更刻板、更勉强，如说"血气者，风雨也"是然。这可以看作是董仲舒《春秋繁露》的某些思想的先期表述，但突出了原五脏说中的"心"，将"心"放在五脏之外，而说"心为之主"。就审美而言，这是关于"心"的审美意识的觉醒。

《史记·律书》云："律历，天所以通五行八正之气。"这是从天、地之关系说"五行"。"五行"之始原于天，亦关乎地。《史记·历书》称："黄帝考定星历，建立五行。"因此，"五行"首先与天时相应，这与《淮南子》的"五行"说相通。但早在《左传》与《国语》那里，已有"五行"即"五材"之说。①《国语》所谓"地之五行"，即"五材"，《周礼·考工记》："以饬五材。"郑玄注："此五材：金、木、皮、玉、土。"指地之产物。"五材"又指人的五种德性，《六韬·论将》："所谓五材者，勇智仁信忠也。""五材"说是从天之五行向地之五行说转递的中介。早在战国末期，邹衍的"五德终始"说即运用五行相克之说，论述朝代更迭。这开启了从"五行"经"五材"向"五德"说转嬗的历史与人文先河。"五德"亦称"五常"，或曰"德之五行"、"五常之行"。如《礼记·乐记》有"五常之行"说，郑玄注云："五常，五行也。"于是，原为文化与自然哲学意义上的"五行"说，变成了道德"五行"说。

时至东汉王充，又重提《春秋繁露》的"五行"说②，他称为"五行之气"。其《论衡·物势篇》云：

> 或曰："五行之气，天生万物。以万物含五行之气，五行之气更相贼害。"曰："天自当以一行之气生万物，令之相亲爱，不当令五行之气反使相贼害也。"或曰："欲为之用，故令相贼害，贼害相成也。故天用五行之气生万物，人用万物作万事。不能相制、不能相使；不能贼害，不成为用。金不贼木，木不成用。火不烁金，金不成器。故诸物相贼相利，含血之虫相胜服、相啮噬、相啖食者，皆五行之气使之然也。"曰："天生万物欲令相为用，不得不相贼害也。则生虎狼蝮蛇及蜂虿之虫，皆贼害人，天又欲

---

① 按：参见《左传》襄公二十七年、昭公十一年、三十二年有关论述。又，《国语·鲁语上·展禽论祭爱居非政之宜》云："及地之五行，所以生殖也。及九州名山川泽，所以出财用也。"

② 按：《春秋繁露·五行相生》云："天地之气，合而为一，分为阴阳，判为四时，列为五行。行者，行也，其行不同，故谓之五行。"

　　使人为之用邪？且一人之身，含五行之气，故一人之行，有五常之操。五常，五行之道也。五藏在内，五行气俱。"

　　王充站在唯"物"的人文立场，重新解说了五行相生相克的道理。相克者，王充称之为"相贼害"；相生者，"相利"。王充认为，"天生万物欲令相为用，不得不相贼害也"，犹如"含血之虫相胜服、相啮噬、相啖食者"。这在无意之中揭示了动植物"生态链"的问题，是中国古代朴素生态美学思想的表述。而"生态链"之所以存在，是"皆五行之气使之然也"，这立论是从逻辑出发，而不是从历史出发，说明王充的唯"物"论，是不彻底的。王充又论述人之"五常之操"的合理性，以为"且一人之身，含五行之气"之故，这是为儒家的"五常"说奠一个"五行"的哲学之基。

　　王充之后，汉代"五行"说依然走着一条传统的人文思路，虽稍有新见，到底还是相生相克那一点道理。《白虎通》有"五行篇"，其文有云："五行所以相害者，天地之性。众胜寡，故水胜火也；精胜坚，故火胜金；刚胜柔，故金胜木；专胜散，故木胜土；实胜虚，故土胜水。"这是为五行相胜（克）寻找根据，认为"水胜火"之根因，乃"众胜寡"之故；"火胜金"，是因为"精胜坚"；"金胜木"者，由于"刚胜柔"；"木胜土"，出于"专胜散"；而"土胜水"，其因在"实胜虚"。在思维逻辑上，仍是以"相胜"说解读"相胜"。《淮南子》高诱注又这样解说"五行"："五行，金木水火土也。水为阴行，火为阳行，木为燠行，金为寒行，土为风行。五气常行，故曰五行。"将"五行"分别称为"阴行"、"阳行"、"燠行"、"寒行"与"风行"，依次与水、火、木、金、土对应，这确是高诱的创造。然而这里将"阴"、"阳"与"燠"、"寒"、"风"相提并论，岂非降低了"阴"、"阳"的哲学品格，对于哲学阴阳说而言，实际是思维水准的倒退。高诱又重新给"五行"下了一个定义，称"五气常行，故曰五行。"将"五行"之"行"的名词性质，改变为动词性质。如此而言，五行，并非指金木水火土五种生成万物的自然物质，而是生成万物的金气、木气、水气、火气与土气这"五行之气"的流行，从指自然之物，变成指自然之物的运动及其功能。

　　就秦汉美学范畴的酝酿来说，"五行"这一概念、范畴首先是文化人类学意义上的，兼具有自然哲学生成论的意义，进而发展为道德层次的问题，同时，它还用以解说朝代的更替，尤其是黄帝这一"人文初祖"之伟大形象的塑造。在汉代，汉人利用"五德终始"说，来推演黄帝何以诞生并成为中华民族之"人文初祖"的必然性，其间不无深巨的美学意义。其思维逻辑源自战国末年秦国的《吕氏春秋·名类》：

> 凡帝王之将兴也，天必先见祥乎下民。黄帝之时，天先见大螾大蝼。黄帝曰：土气胜。土气胜，故其色尚黄，其事则土。及禹之时，天先见草木，秋冬不杀。禹曰：木气胜。木气胜，故其色尚青，其事则木。及汤之时，天先见金刃生于水。汤曰：金气胜。金气胜，故其色尚白，其事则金。及文王之时，天先见火，赤乌衔丹书，集于周社。文王曰：火气胜。火气胜，故其色尚赤，其事则火。代火者必将水，天且先见水气胜。水气胜，故其色尚黑，其事则水。水气至而不知数，备将徙于土。

这里所言"祥"，祥瑞、吉兆；"见"，吉兆之呈现，说明整段论述及其思想，依然是文化人类学意义上的"巫"。"天""见"祥端，五德终始即"五行终始"，朝代更替。依《吕氏春秋》此言述，可排出五行相胜（克）的朝代更迭历程：

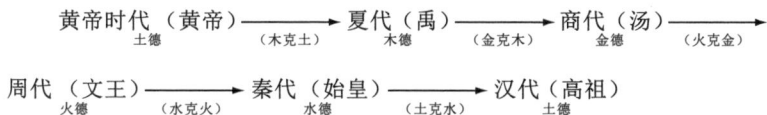

黄帝时代（黄帝）———→ 夏代（禹）———→ 商代（汤）———→
　土德　　　　　（木克土）　木德　　　（金克木）　金德　　　（火克金）

周代（文王）———→ 秦代（始皇）———→ 汉代（高祖）
　火德　　　（水克火）　水德　　　（土克水）　土德

显然，按"五行"说，自传说中的黄帝时代到汉代恰好经历了一个"五德终始"的循环。按五行相胜（克）之原理，大汉时代与黄帝时代同为土德。"因此，这以华夏族为主、融合各民族的汉族的汉代，便理所当然、理直气壮、无可逃避地追认黄帝为'人文初祖'了。在审美上，黄帝作为先祖，成为崇高、伟大之汉民族与汉代群体人格的光辉象征。"[①]黄帝是否确有其人，不是本书所要讨论的问题。这一问题，可以让历史研究者去解答。然而这里所说的黄帝，确是基于"五行"的"五德终始"说推演的结果。

---

① 王振复：《中国美学的文脉历程》，四川人民出版社，2002，第316页。

第四章　象范畴的人文踪迹

正如本书第一卷第一编（一）（二）所言，象这一范畴走过了从实指动物之"象"，到人文心理之"象"的文脉历程，在"群经之首"《周易》中，象这一范畴的思想内蕴与思维轨迹，曾经得到了充分的展开与展现。象是中国易学也是文化人类学、哲学与美学的基本范畴。时至秦汉，象继续是中国美学范畴史的最活跃、最富于哲理美蕴的基本范畴之一。

第一节　汉易与象思维、象思想

《易传》云："易者，象也。"象与数乃易理之根本，易的本蕴在于象，象数互渗，是易之原始。汉人治易，尤重象数，故汉易大致是象数易，这是学界共识。汉易重象数，宋易重义理。宋易是汉易的反拨，也是其发展。惟其如此，汉易重象数的人文传统，在宋易中几为历史所淹没。但易，本象、本数、象以及数，是易之生命。汉代象数易学的基本特点，通过对卦爻象的研究、探问，试图揭示卦爻象与卦爻辞以至于《易传》所述义理之间的必然联系。汉易对象数抱着充分信任的人文态度。汉人以为，《周易》本经与《易传》的所言所述，无一没有象数之根据。汉易对易象以及易数的推重及研究是空前的。作为经学盛行的汉代，推重《周易》及其象数学，是可以理解的。而正是在如此的推重与研究之中，在先秦易学的时代之基上，汉易进一步培养与锻炼了象意识、象情感、象理念与象思想，其间关键的是进一步发展了象思维，成为中国美学范畴关于"象"这一基本范畴之酝酿的重要历史阶段。

象数易在汉代得到了充分的发展。两汉治易均尤重象数问题。比较而言，西汉时期的象数易，以卦气说为代表，重在探问卦爻之象与阴阳五行、天文历法之间的易理关系，以易学家孟喜、焦延寿与京房等易学理论为中坚；东汉及三国时期的象数易，注易是其特色。易学家马融、荀爽、郑玄与虞翻等曾在此做出过重要贡献。另一特色，是始于西汉的阴阳灾异、天人感应说在东汉依然得到了发展。东汉的谶纬神学，扎根于两汉之际的丰厚的人文土壤而变得"神神鬼鬼"，它继承了来自西汉的卦气之论，在纬书尤其《易纬》中有重要表现。

汉易重象，是整个秦汉阶段中国美学范畴酝酿意义上的象思维、象思想的重要一环。

一、西汉时期的易象之说

西汉时期，董仲舒上奏武帝，朝廷推行"罢黜百家，独尊儒术"之政治、文化政策，经学成为官方哲学，于是作为"群经之首"的《周易》及易学，尤被推重。儒学的经学化与经学的谶纬化，是整个汉代政治、思想与学术的基本走向。作为经学之最重要构成的易学，倚重象数。象数问题的复杂与烦难，直至今日依然困惑着大批治易者聪明的头脑。汉人宗于《易传》，又重新解说《易传》，发明其微言大义。卦气说、纳甲说、八宫说、互体说、爻辰说、飞伏说、阴阳说、五行说与十二消息卦说，等等，铺天盖地，充溢于汉代易学家富于奇思异想的文化心灵。所有这些易说，中心问题是象（以及数）问题。

首先是著名易学家孟喜的卦气说。孟喜是卦气说的首倡者。所谓卦气说，卦者，指《周易》六十四卦、八卦及每卦六爻这一卦爻符号系统；气，指通于天人尤指消息、进退的阴阳之气。卦气，即以《周易》六十四卦配一年四时、十二月、二十四节气、七十二候。孟喜易章句部分，仅保存于唐僧一行《卦议》之中（余皆亡佚）。《卦议》引孟喜卦气说有云：

> 自冬至初，中孚用事。一月之策，九六七八，是为三十。而卦以地六，候以天五，五六相乘，消息一变。十有二变而岁复初。坎、震、离、兑，二十四节气，次主一爻。坎以阴包阳，故自北正。微阳动于下，升而未达，极

于二月，凝固之气消，坎运终焉。春分出于震，始据万物之元，为主于内，则群阴化而从之。极于正南，而丰大之变穷，震功究焉。离以阳包阴，故自南正，微阴生于地下，积而未章，至于八月，文明之质衰，离运终焉。仲秋阴形于兑，始循万物之末，为主于内，则群阳降而承之。极于正北，而天泽之施穷，兑功究焉。故阳七之静始于坎，阳九之动始于震；阴八之静始于离，阴六之动始于兑。故四象之变，皆兼六爻，而中节之应备矣。

朱伯崑这样解读孟喜的这一卦气说，认为所谓"中孚用事"，指自冬至为初候开始，配以中孚卦。所谓"是为三十"，指一月日数，等于《周易》古筮法九六七八（引者注：九为老阳、六为老阴、七为少阳、八为少阴）之和。所谓"卦以地六"，指每月配五卦，每卦主六日余。所谓"候以天五"，指一年七十二候，每候五日。所谓"五六相乘"，指五乘以六为三十日，为一个月的节气。所谓"十有二变而岁复初"，指一年十二月之节气变化，分十二阶段，往复循环，又回到原初。所谓"坎、震、离、兑，二十四节气"，指《周易》后天八卦方位四正卦，各主二十四节气中的六个节气，具体为：从冬至到惊蛰为坎；从春分到芒种为震；从夏至到白露为离；从秋冬到大雪为兑。所谓"次主一爻"，指一卦六爻，每爻主一个节气，如坎卦初六为冬至，九二为小寒，六三为大寒，六四为立春，九五为雨水，上六为惊蛰。余皆类推。所谓"其初则二至二分"，指四正卦初爻，分别为冬至、夏至、春分、秋分。朱伯崑又对孟喜卦气说所言四正卦所以主四时的逻辑原因作了解读。这种解读，揭示了孟喜卦气说的卦气运行与四时运转相应的思想，最后归结为对"故四象之变，皆兼六爻，而中节之应备矣"的解说。[①]

可见，孟喜卦气说的关键点，在于言说四正卦之卦气与"四象之变"，十二月、二十四节气、七十二候之对应的道理，它既不离易象（卦象、爻象），也不离自然之象，而且易象与自然之象是对应的。

我们再来看唐僧一行《卦议》按孟喜卦气说所发挥的象思维、象思想，其间通于审美意象。这里转引如下：

---

① 朱伯崑：《易学哲学史》第一卷，华夏出版社，1995，第117—118页。

卦气表示

常气	月中节 四正卦	初候 始卦	次候 中卦	末候 终卦
冬至	十一月中 坎初六	蚯蚓结 公中孚	麋角解 辟复	水泉动 侯屯内
小寒	十二月节 坎九二	雁北乡 侯屯外	鹊始巢 大夫谦	野鸡始鸲 卿睽
大寒	十二月中 坎六三	鸡始乳 公升	鸷鸟厉疾 辟临	水泽腹坚 侯小过内
立春	正月节 坎六四	东风解冻 侯小过外	蛰虫始振 大夫蒙	鱼上冰 卿益
雨水	正月中 坎九五	獭祭鱼 公渐	鸿雁来 辟泰	草木萌动 侯需内
惊蛰	二月节 坎上六	桃始华 侯需外	仓庚鸣 大夫随	鹰化为鸠 卿晋
春分	二月中 震初九	玄鸟至 公解	雷乃发声 辟大壮	始电 侯豫内
清明	三月节 震六二	桐始华 侯豫外	田鼠化为驾 大夫讼	虹始见 卿蛊
谷雨	三月中 震六三	萍始生 公革	鸣鸠拂其羽 辟夬	戴胜降于桑 侯旅内
立夏	四月节 震九四	蝼蝈鸣 侯旅外	蚯蚓生 大夫师	王瓜生 卿比
小满	四月中 震六五	苦菜秀 公小畜	靡草死 辟乾	小暑至 侯大有内
芒种	五月节 震上六	螳螂生 侯大有外	鵙始鸣 大夫家人	反舌无声 卿井
夏至	五月中 离初九	鹿角解 公咸	蜩始鸣 辟夬	半夏生 侯鼎内
小暑	六月节 离六二	温风至 侯鼎外	蟋蟀居壁 大夫丰	鹰乃学习 卿涣

常气	月中节 四正卦	初候 始卦	次候 中卦	末候 终卦
大暑	六月中 离九三	腐草为萤 公履	土润溽暑 辟遁	大雨时行 侯恒内
立秋	七月节 离九四	凉风至 侯恒外	白露降 大夫节	寒蝉鸣 卿同人
处暑	七月中 离六五	鹰祭马 公损	天地始肃 辟否	禾乃登 侯巽内
白露	八月节 离上九	鸿雁来 侯巽外	玄鸟归 大夫萃	群鸟养羞 卿大畜
秋分	八月中 兑初九	雷乃收声 公贲	蛰户 辟观	水始涸 侯归妹内
寒露	九月节 兑九二	鸿雁来宾 侯归妹外	雀入大水为蛤 大夫无妄	菊有黄华 卿明夷
霜降	九月中 兑六三	豹乃祭兽 公困	草木黄落 辟剥	蛰虫咸俯 侯艮内
立冬	十月节 兑九四	水始冰 侯艮外	地始冻 大夫既济	野鸡入水为蜃 卿噬嗑
小雪	十月中 兑九五	虹藏不见 公大过	天气上腾地气下降 辟坤	闭塞而成冬 侯未济内
大雪	十一月节 兑上六	鹖鸟不鸣 侯未济外	虎始交 大夫蹇	荔枝生 卿颐

　　从这一卦气表可见，四正卦坎震离兑及各自六爻，对应于一年、四季、十二月、二十四节气与七十二候的，都是自然之象。如冬至，对应于十一月中，坎卦初六，其候象依次为，初候"蚯蚓结"、次候"麋角解"、终候"水泉动"。又如小寒，对应于十二月节，坎卦九二，其候象依次为，初候"雁北乡（向）"、次候"鹊始巢"、末候"野鸡始鸲"。余皆类推。虽然在古人心目中，这一年七十二候的自然之象，一般是作为征兆来看待的，有的说法是有些奇异而神秘的，如"鹰化为鸠"、"田鼠化为鴽"与"野鸡入水为蜃"等，然而总体

上，这七十二候的"象"，都是自然界的自然现象的呈现与变迁，体现了汉人对自然现象的敏感观察与心灵的觉悟，其间渗融着关于自然的审美意识。七十二候说起源尤早。"七十二候，原于周公《时训》，《月令》虽颇有增益，然先后之次则同。自后魏始载于历，乃依《易轨》所传，不含经义，今改从古。"（《卦议》）七十二候说是否"原于周公"，史无定论，不过在《吕氏春秋·十二纪》、《礼记·月令》中，确有此说。可证早在战国末期或至少在汉初，已有七十二候之说。七十二候者，谓一年四季十二月，每月分两个节气，每个节气十五日，这十五日又分三候即初候、次候、末候（每候五日）。三候又称三气。今人所谓"气候"云云，实源于此。七十二候的每一候均有"候物"象征，可见古人对相应自然现象的细致观察与长期生活经验的总结，其间便是象意识、理念的丰富与趋于成熟以及象思维的积淀与锻炼。

同时，汉初又有所谓"十二月消息卦"说。此说以一年、四时、十二月配十二个卦，这里且先列表如下：

复	十一月　中	冬
临	十二月　中	冬
泰	正月　中	春
大壮	二月　中	春
夬	三月　中	春
乾	四月　中	夏
姤	五月　中	夏
遁	六月　中	夏
否	七月　中	秋
观	八月　中	秋
剥	九月　中	秋
坤	十月　中	冬

关于"十二月消息卦"说，有五点颇值得注意：

其一，以《周易》六十四卦中的十二个卦配一年四时即十二月，这十二个卦的选择与排列，绝不是随意的，而是遵循"阴消阳息"的规律。所谓消，指阴进阳退，就卦而言，指阴爻进而阳爻退，这里的姤卦由乾卦的极阳（六个爻皆为阳爻）生阴（一阴始生于初），经遁卦二阴生、否卦三阴生、观卦四阴生、剥卦五阴生到坤卦而至于极阴（六个爻皆为阴爻），为消之历程；所谓息，指阳进阴退，就卦而言，指阳爻进而阴爻退。这里的复卦由坤卦的极阴（六个爻皆为阴爻）生阳（一阳始生于初），经临卦二阳生、泰卦三阳生、大壮卦四阳生、夬卦五阳生到乾卦而至于极阳（六个爻皆为阳爻），为息之历程。"十二消息卦"体现了消与息的全过程。在古人看来，世上每一事物包括整个世界，都永恒地处于阴进阳退、阳进阴退的建构兼消解历程之中。这种历程，是一往复的循环，是一个圆圈运动。

其二，唐僧一行《卦议》曾云："十二月卦出于孟氏章句，其说'易'本于气，而后以人事明之。"又说："消息一变，十有二变而岁复初。"这里，"孟氏"指孟喜。据《新唐书》卷二十八上，孟喜曾将"十二月卦"称为"十二辟卦"，并明言十二月卦各主每月"中气"中的"中候"。[①]但此所谓"中候"系何指，不甚明了。从一月六候而言，上半月十五日为一个节气，分初、次、末三候；下半月亦然。那么，此所谓"中气"、"中候"之"中"，是否指自上半月之"末候"到下半月之"初候"那一段时日呢？倘如此，则此"中气"、"中候"说的逻辑，是一个关于"气"、"候"的上、中、下结构。一般而言，每月均为两个节气，节指月首，中指月中，倘如此，那么，月尾又指什么，或曰古人以何称名来指月尾那十日时间？可见，所谓"中气"、"中候"的说法，逻辑上不甚严密。

其三，"十二月消息卦"说本于"气"论，自孟喜开始便"其说'易'本于气"的。故而所谓"消息"，均为气之消息，气之阴进阳退、阳进阴退。而气必有象，象必有气，气与象不能分拆，否则何以为气，又何以为象？这里所谓"本于气"，亦即"本于象"。所以，"十二月消息卦"，是"气"之循环往复的历程，也是"象"的历程。

① 刘玉建：《两汉象数易学研究》（上），广西教育出版社，1996，第130页。

其四，"十二月消息卦"的系列，自复卦始到坤卦止，一阳始生于初到一阳消尽，而不是比如从坤卦之极阴到复卦一阳始生于初，再发展到剥卦孤阳在上。因为按一般概念，似乎坤卦对应于冬的开始，剥卦是秋之结束的象征，这样也未尝不可。但这里从复卦对应于十一月中、对应于冬之中，确是体现出古人关于阴阳、关于气、关于象、关于时令的朴素的辩证思维，十月中尚值初冬，却以极阴的坤卦来象征；十二月中冬之至也，而以二阳四阴结构的临卦来象征；十一月中在冬之中，又以一阳始生于初的复卦象之，这是古人关于气、象思维的高明与可爱处。

其五，这里的"十二月消息卦"说，正如前文所言"七十二候"说一样，都生动地、深刻地体现了古人基于"气"、"象"的时间意识。首先是自然时间意识，而由于同时"以人事明之"，实际也指人文时间，是时间的自然与人文的统一，是自然时间与人文时间在"气"、"象"的统一。凡此，均体现了汉代具有历史、人文深度与广度的"气"、"象"观及其"象"思维的美学特征。

西汉时期的另一重要的易象之说的代表人物，是师从西汉重要易学家焦延寿的京房（京君明）。其师焦延寿之易学，出于孟喜易学。故孟氏、焦氏与京氏之易学，有继承、发展的历史、人文联系。焦氏治易，尤重象数是显然的。其解读易象，运用"反对"、"旁通"与"互体"等理论。这里，所谓"反对"，指两卦卦象上下颠倒，如屯、蒙，其卦象䷂与䷃；如需、讼，其卦象䷄与䷅，均两相"反对"。亦称综卦，反易、倒象。《周易》六十四卦中，除乾、坤、离、坎、小过、中孚、大过、颐等八个卦不相综、不反对之外，其余五十六个卦，都两相综。所谓"旁通"，指两卦卦象之相同爻位上的爻符相反，呈此阴彼阳、此阳彼阴之态势的对应。如乾、坤，䷀、䷁，如离、坎，䷝、䷜等，《周易》六十四卦，两两相反，共有三十二对，即明代来知德《周易集注》所言错卦。所谓"互体"，指一卦六爻二至四、三至五爻，各成一个八卦之象，《易·系辞传》云，"二与四同功而异位"，"三与五同功而异位"，这是易学史上最早的"互体"说。汉人治易，多讲"互体"。一卦六爻，本来仅上卦、下卦或云外卦、内卦，含两个八卦之象，运用"互体"说，变成一卦含四个八卦之象。如离䷝，上卦为离、下卦为离，说明有两个八卦之象，从"互体"分析，则应加上由二至四爻构成的一个巽卦与三至五爻构成的一个兑卦。

焦氏易象之说，是自孟喜到京房的一个中介。京房治易，以大谈阴阳灾异之说而闻名，此所谓"京房受《易》梁人焦延寿。延寿云，尝从孟喜问《易》"（《汉书·儒林传》）。京房的学问做得不错，多有创获。其中以纳甲说为重要。所谓"纳甲"，指将十天干纳入易卦之中。天干，甲乙丙丁戊己庚辛壬癸，以甲为首，故云"纳甲"。《京氏易传》云：

> 分天地乾坤之象，益之以甲乙壬癸。震巽之象配庚辛，坎离之象配戊巳，艮兑之象配丙丁。八卦分阴阳，六位配五行，光明四通，变易立节。

这意思很清楚。乾坤两卦，各有内、外卦。乾卦内卦（下卦）三爻纳甲，外卦（上卦）三爻纳壬；坤卦内卦三爻纳乙，外卦三爻纳癸。其余六卦，依次为震、巽、坎、离、艮、兑配以庚、辛、戊、己、丙、丁。依易理、乾父、坤母、震长男、巽长女、坎中男、离中女、艮少男、兑少女。京房以甲壬配以乾，乙癸配以坤，其余六干依次配以六子。

京房又以十二地支配八卦。此即乾卦六爻，从初爻至上爻，配子、寅、辰、午、申、戌。坤卦六爻，配未、巳、卯、丑、亥、酉。震卦六爻，配子、寅、辰、午、申、戌（注：这同于乾卦，原因是因为，震为长男，故地位同于乾父。此说在逻辑上是勉强的）。巽卦六爻，配丑、亥、酉、未、巳、卯。坎卦六爻，配寅、辰、午、申、戌、子。离卦六爻，配卯、丑、亥、酉、未、巳。艮卦六爻，配辰、午、申、戌、子、寅。兑卦六爻，配巳、卯、丑、亥、酉、未。此所谓"纳支"说。

由于天干、地支自古未分，故传统"纳甲"说，将"纳支"说包容于其中。

"纳甲（纳支）"说并不始于汉代，而完整意义上的"纳甲"之说，当自汉代京房始。

学界一般以为，天干地支说本与《周易》无涉，故而认为，纳甲之说，未契易理。但《周易》蛊卦卦辞有"先甲三日，后甲三日"与巽卦九五爻辞有"先庚三日，后庚三日"之说，这里的"甲"、"庚"之类，指天干。可见，易理与天干说是有些人文联系的。

"纳甲"说以卦符配天干地支，是卦气、卦象的逻辑展开，可以看作有关象思维的一种具体表达方式。

同时，在京房易学的所谓"飞伏"说中，也潜藏着葱郁的象意识、象思维。

飞伏者，指易象的两种状态，飞为象之见；伏为象之隐。朱震《汉上易传》云，"伏爻何也？曰京房所传飞伏也。见者为飞，不可见者为伏。飞方来也，伏既往也。"如《史记·律书》云："冬至一阴下藏，一阳上舒。此论复卦初爻之伏巽也。"复卦卦象为䷗，其初九爻为一阳生，其下卦为震，震为决躁，恰与巽之初六爻相对，而巽为顺。顺为平和。因此就复卦下卦而言，其震卦为象之见，为飞；震卦的对立、对应之卦为巽，为象之隐，为伏。此所谓"一阳上舒"者，飞；"一阴下藏"者，伏。复卦的初九与巽卦的初六，构成飞伏之态势。又如乾与坤相互为飞伏。无论飞还是伏，都是象的见隐、象之运化与象之动静。

又如"当位"说，是《京氏易传》的重要思想。简略地说，此便是每卦六爻之中，以一、三、五爻位为阳，二、四、六爻位为阴。如果阳位上居阳爻，阴位上居阴爻，称为"得位"。由于每卦六爻之二爻位为下卦之中位、五爻位为上卦之中位，所以，如果阴爻居于下卦之中位、阳爻居于上卦之中位，便是所谓"得中"、"得正"。否则便是不"得位"或不"得中"（"得正"），这就是"当位"说。如乾卦九二爻，因阳爻居于阴位，不"得中"也；乾卦九五爻，因阳爻居于阳位，"得中"之爻。如坤卦六二爻，"得中"；六五爻，不"得中"也。此"当位"说，关键亦在象之阴阳、气之阴阳与爻位之阴阳的当或不当。

再如，如果两爻关系中阴爻在下、阳爻在上，为阴承阳；如果两爻关系中的阳爻在下，阴爻在上，为阴据阳；如果初爻与四爻、二爻与五爻、三爻与上爻都各为阴、阳爻，便构成初应四、二应五、三应上之关系，如果初爻为阴爻，四爻为阳爻，为顺应，反之为逆应。如果二爻为阴爻，五爻为阳爻，为顺应，反之为逆应，如果三爻为阴爻，上爻为阳爻，为顺应，反之为逆应。还有所谓比，也有顺比（正比）、逆比（反比）之别。以初与二、二与三、三与四、四与五、五与上为比，又以阳爻在上、阴爻在下为顺比，反之为逆比。

凡此云云，都基于爻象之间的动态联系，关键是象的运化，象的时间性。魏王弼曾说，"卦者，时也"，千古至理名言耳。

二、东汉时期的易象说

如果西汉易学在文化理念上较严重地受到易筮、占验、阴阳灾异思想的影响，那么东汉易学经西汉之际及东汉初期谶纬神学濡染之后，发展到东汉中后期，则转而注重对《周易》本经的注释。就此意义而言，这一历史时期的易学及其易象之学，是从注释易经之中发展起来的。

但易纬的理念与思维方式，对汉代美学范畴——象的酝酿的影响，仍不容抹煞。

早在西汉之末，谶纬的思潮已在流行之中。西汉末年"王莽改制"，是从制造大量符谶着手的。《汉书·王莽传》称其依"白雉之瑞"这一谶语而被册封为"安汉公"，又靠所谓"白石丹书"而成为权倾天下的"摄政王"，终于，竟以"天帝行玺金匮图"与"赤帝行玺某传予黄帝全策书"这图谶符命而登上了皇位。东汉光武帝刘秀未做皇帝时先发谶语："刘秀发兵捕不道，卯金修德为天子。"（《后汉书·光武帝纪》）又于汉中元年（56），宣布"图谶于天下"。皇帝倡导，天下风靡。凡言五经，皆凭谶为说，纬书的地位提高，尊为"秘经"，似乎地位反在经之上。东汉建初四年（79），汉章帝集群臣于白虎观，以讲述五经之异同为名，行图谶、纬说以宣说"君权神授"之实。纬书大为神化孔子，说孔丘乃孔母梦中与黑帝交媾而生，故为"黑帝之子"，《春秋纬·演孔图》曾称孔夫子"长十尺，大九围"，是谓"玄圣"。

谶纬神学是经学的必然发展与末流，作为汉代文化、思想的一大景观，由于重新承认外在绝对权威与偶像，无异于又一次摧残这一伟大民族的自由意识，使审美遭受挫折。

谶，"诡为隐语，预决吉凶"（《四库全书总目提要·易类六》），乃大至天下、小到人物命运之预言。《说文》云："谶，验也。有征验之书，河洛所出书，曰谶。"谶属于巫术文化范畴。纬，与经相对应之术语，是对经义作神秘而迷信之解读。纬书出现晚于谶。《汉书·李寻传》有所谓"五经六纬"之说，称孔子虽作五经而恐后人未谙经义，故撰六种纬书加以阐说。这种伪托孔子之言，在于树立纬书权威。这"六纬"包括《易纬》、《诗纬》、《书纬》、《礼纬》、《春秋纬》与《乐纬》。纬与谶之迷信的文化基质，在灾异（凶）与符瑞（吉）之说。其思想之源，远自上古原始巫术，近接两汉董仲舒之论。董氏《春秋繁露·必仁且智》云：

> 天地之物，有不常之变者，谓之异，小者谓之灾。灾常先至而异乃随之。灾者，天之谴也；异者，天之威也。谴之而不知，乃畏之以威。凡灾异之本，尽生于国家之失。国家之失乃始萌芽，而天出灾异以谴告之。谴告之而不知变，乃见怪异以惊骇之。惊骇之尚不知畏恐，其殃咎乃至。

纬者，以谶之理念来阐解经义。

自西汉末年到东汉初期，从扬雄、刘向、刘歆到班彪、班固与傅毅诸多学者文士，其自幼通习儒术，也有从迷信"天之谴告"出发，颂天而崇天，来劝诫天子。刘向《说苑·敬慎》说："为善者天报以福，为不善者天报以祸。"其天学观念不乏迷信之色彩。

这种天学理念，必包容象意识、象思维与象情感。

《易纬·乾凿度》云："变易者其气也。天地不变，不能通气。五行迭终，四时更废，君子取象，季节相移（和），能消者息，必专者败。"又："孔子曰：阳三阴四，位之正也。故易卦六十四分而为上下，象阴阳也。"又："孔子曰：方上古之时，人民无别，群物无殊，未有衣食器用之利。于是伏羲乃仰观象于天，俯观法于地，中观万物之宜，始作八卦，以通神明之德，以类万物之情。""是故八卦以建，五气以立，五常以之行，象法乾坤，顺阴阳，以正君臣父子夫妇之义。"又："阳动而进，阴动而退。故阳以七、阴以八为象。易一阴一阳，合而为十五之谓道。阳变七之九，阴变八之六，亦合于十五，则象变之数若一也。阳动而进，变七之九，象其气之息也，阴动而退，变八之六，象其气之消也。"

这里值得注意的，其一，《易纬·乾凿度》的象意识、象思维，基本宗于先秦《周易》，如关于"变易者其气也"、"故易卦六十四分而为上下"[①]、"仰观"、"俯观"与"阳动而进，阴动而退"等思想与思维，大致如是。其二，《易纬·乾凿度》又有一些新的提法。所谓"五行迭终"之说，为原本《易传》

---

① 按：指通行本《周易》分上下经，上经三十，下经三十四。

所无，《易传》只有"阴阳"之思而无"五行"即金木水火土之说。所谓通行本《周易》上经三十、下经三十四之"象阴阳也"的思想，为首次提出。《易传》曾云，"仰以观于天文，俯以察以地理，是故知幽明之故"，此之谓"仰观俯察"。但《易纬·乾凿度》在"仰观"、"俯观"之际，又加上"中观万物之宜"。此所谓"中观"，当然不是龙树佛学"中观"说，它是在俯、仰之际增添了一个"中"的观物之角度，强调了"观""万物之宜"的重要性。这在美学上是很有意义的。宋代郭熙《林泉高致》有所谓"三远"之说："山有三远：自山下而仰山巅谓之高远，自山前而窥山后谓之深远，自近山而望远山谓之平远。"其后，韩拙又有"高远"、"阔远"与"平远"之论。此"三远"观象之法则，在绘画艺术之创作与欣赏上是富于意义的，考其思维之源头，实始于《易纬·乾凿度》的所谓"仰观"、"俯观"与"中观"，可依次对应于"高远"、"深远"与"平远"。

除《乾凿度》外，还有《乾坤凿度》、《稽览图》、《辨终备》、《通卦验》、《乾元序制记》、《是类谋》、《坤灵图》等易纬凡七种，加上《乾凿度》共八种，均为《四库全书》经部所收录。另《汉书》、《后汉书》、《三国志》、《晋书》、《宋书》等史籍中，有诸如《中孚传》、《天人应》、《通统图》、《运期》、《内传》、《萌气枢》、《太初篇》与《九厄谶》等佚文；在《天文要录》里，存有《礼观书》、《易纬记》、《纪表》与《决象》等佚文；在《经义考》中，存有《垂皇策》、《万形经》、《乾元纬》、《考灵纬》、《制灵图》、《含文嘉》、《稽命图》、《含灵孕》、《八坟文》、《卦气图》、《元命苞》、《易历》、《内戒》与《状图》等篇目；陈槃《古谶纬书录解题》七，存有《坤灵图》、《元皇介》、《天演篇》、《地灵母经》与《雌雄秘历》等篇目。[1]

除了十分强调天人感应、天人应验与阴阳灾异、祥瑞之说，《易纬》的象思维之运行，大致依然走在西汉孟喜与京房卦气说的轨道之上。

正如前述，所谓"十二月消息卦"说，以剥卦对应于"九月中"（秋），称此剥卦卦气与"九月中"之天"气"的感应，乃天之"自然"，在这"自然"面前，人是无能为力的，人只有听凭"天之谴告"而已。否则天"气"反常，

---

[1] ［日］安居香山、中村璋八辑：《纬书集成》（上），河北人民出版社，1994，第15—23页。

亦应之为卦气不效，则天下必乱矣。《稽览图》卷上有云:"诸卦气，温寒清浊，各如其所。侵消息者，或阴专政，或阴侵阳。"卦(爻)者，实乃人之创作，这里将其看作自然天成，故所谓卦气、卦象通于天"气"、天"象"，在思维上，以为卦气即天"气"、天"象"。又云，"阳无得，则旱害物;阴僭阳，亦旱害物。"无非是阴阳失调矣。又说:"剥，阴气上达，霜以降。寒气以杀，万物成刑。不至，则太阴不强，霜不以时降，万物必有不成刑者，则有伤年之灾。"剥卦卦象为☶，孤阳在上而下系五个阴爻，犹如一株树之根与干都趋于枯萎而只剩一片绿叶在上，此之谓"阴气上达"、"寒气以杀"。这是自然之象。倘"阴气"不"上达"，"霜"无"降"，此之谓"太阴不强"，卦气与天"气"、天"象"不相和谐，"则有伤年之灾"。从象思维角度看，此之谓"过"，又"过乃为异象"[①]。"异象"者，异兆也，凶兆也。

又如《易纬·通卦验》卷下有云:

> 曰:凡易八卦之气，验应各如其法度，则阴阳和，六律调，风雨时，五谷成熟，人民取昌，此圣帝明王所以致太平法。故设卦观象，以知有亡。夫八卦谬乱，则纲纪坏败，日月星辰失其行，阴阳不和，四时易政。八卦气不效，则灾异气臻，八卦气应失常。

这里，所谓"八卦之气"，自有其"法度";合乎"法度"者"则阴阳和，六律调，风雨时，五谷成熟，人民取昌"，也是"圣帝明王"的"致太平法"。否则，则"灾异气臻"、"八卦气应失常"。可见，谶纬神学营构了一种心灵迷氛，任何社会人事之推行，都遵循易之法度，是将易神圣化、神秘化、谶纬化，其人文思维之特点，是上古原始巫术文化思维的复辟。其"气"论，也回归于原始巫术理念之中。由于气与象不可分拆，气者，象之根因;象者，气之心灵现实，因而，气的神秘化、谶纬化，同时也是象思维、象思想的神秘化、谶纬化。

东汉之时，象思维与象思想在《易纬》中得到了沿承并有所发展。在宇宙

---

① 〔日〕安居香山、中村璋八辑:《纬书集成》(上)，河北人民出版社，1994，第141页。

生成论方面，它继承了自先秦而来的气化学说，改变了以太极为逻辑原点的思维方式。

> 昔者圣人因阴阳，定消息，立乾坤以统天地也。夫有形生于无形，乾坤安从生？故曰：有太易，有太初，有太始，有太素也。太易者，未见气也。太初者，气之始也。太始者，形之始也。太素者，质之始也。气形质具而未离，故曰浑沦。浑沦者，言万物相浑成而未相离。视之不见，听之不闻，循之不得，故曰易也。[1]

关于这一段论述，汉郑康成注："天地本无形，而得有形，则有形生于无形矣。故《系辞》曰'形而上者谓之道'。夫乾坤者，法天地之象，质然则有天地，则有乾坤矣，将明天地之由，故先设问乾坤安从生也。以其寂然无物，故名之为太易。元气之所本始，太易既自寂然无物矣，焉能生此太初哉，则太初者，亦忽然而自生。形见此天象，形见之所本始也。地质之所本始也。虽舍此三始，而犹未有分判。老子曰：有物浑成，先天地生。言万物莫不资此三者也。此明太易无形之时，虚豁寂寞，不可以视听寻。《系辞》曰：'易无体'。此之谓也。"

细读这一论述，值得注意的有三点。其一，宇宙之生成，自太易、太初、太始而太素，分为四个阶段，不是《老子》所谓"道生一，一生二，二生三，三生万物"，不是《易传》所言"是故易有太极，是生两仪，两仪生四象，四象生八卦，八卦定吉凶，吉凶生大业"，也与东汉天文学家张衡《灵宪》所表达的宇宙生成论不同。张衡将宇宙之生成分为"溟涬"、"庞鸿"与"天元"三期。称"溟涬"者，"太素之前，幽清玄静，寂寞冥默，不可为象，厥中惟虚，厥外惟无。如是者永久焉，斯谓溟涬"，此乃"道之根"也。"庞鸿"者，"自无生有，太素始萌；萌而未兆，并气同色，浑沦不分"，此为"道之干"。"天元"者，"道干既育，万物成体，于是元气剖判，刚柔始分，清浊异位，天成于外，地定于内。天体于阳，故圆而动；地体于阴，故平以静。动以行施，静以

---

[1] ［日］安居香山、中村璋八辑：《纬书集成》（上），《易纬·乾凿度》卷（上），河北人民出版社，1994，第10—11页。

合化，堙郁构精，时育庶类，斯谓天元”，此称“道之实”。张衡是从“道”论出发，是“道”论的逻辑展开。当然，这里张衡吸收了《易纬》关于“太素”的思想，所谓“太素之前”，当指太易、太初、太始。其二，此“太易、太初、太始、太素”之论，不同于一般汉儒所言“太易、太初、太始、太素、太极”五阶段宇宙生成论。这里，《易纬》不言“太极”，不是对“太极”的疏忽与遗忘，而是以为在其四阶段论中，已经包含了“太极”的思想与思维。所谓“浑沦”，即指太极。其三，且看《易纬》对“太易、太初、太始、太素”的解读。《易纬》说，“太易者，未见气也”，又说，“太初者，气之始也”。这是有些自相矛盾的。因为“未见气也”者，未必无“气”，仅“未见”而已，如何又说“太初者，气之始也”？究竟“太易”还是“太初”为“气之始”？郑康成说，“以其寂然无物，故名之为太易”，“寂然无物”者，“寂然”无“气”也，这显然是指“太易”乃本“寂”、乃“无”，有些老庄的意思。然而先秦老庄的“无”，是含“气”之“无”而非这样的无“气”的、绝对的“无”。既然是无“气”之“无”，那么在“太易”这里，便是无“象”之根因的。既然“太易”无“象”，那么，所谓“太始者，形之始也。太素者，质之始也”的所谓“形”、“质”，又如何产生呢？可见，《易纬》在论述宇宙生成论时，未能将“气”之理念与思维贯彻到底，也便是没有将“象”思维贯彻到底。而郑康成的注为了使《易纬·乾凿度》这一生成论达到逻辑的圆融，便以所谓“太初”，“忽然而自生”来解答。但问题依然存在，即他看到“太易”、“寂然”、无“气”而“太初”忽为“气之始”这一点，是一种逻辑的断裂，便只好祭出“自生”以图自圆。

东汉象思维、象思想，在马融、郑玄、荀爽与虞翻注易的著述中，得到了体现。

且不说比如马融，注易遵循京房易的传统思路，以“五行”、“旁通”、“互体”、“飞伏”与“十二月消息卦”说释易象、易理，沿承“易者，象也”这源自先秦《易传》的传统命题，深受京氏易卦气说的影响。比如，据唐李鼎祚《周易集解》所引录，马融这样注乾卦初九爻辞：“潜龙勿用”者，“物莫大于龙，故借龙以喻天之阳气也。初九，建子之月，阳气始动于黄泉，既未萌芽，犹是潜伏，故曰‘潜龙’也”。马融又如此解读坤卦卦辞所言“西南得朋”、

"东北丧朋",称"孟秋之月,阴气始著,而坤之位,同类相得,故'西南得朋'。孟春之月,阳气始著,阴始从阳,失其党类,故'东北丧朋'"。以阴气、阳气说糅用"十二月消息卦"说阐解乾卦初九爻象与坤卦卦象,体现了汉易的思维特点。所谓"物莫大于龙"者,以"龙"象为最崇高、神圣,体现了汉人基于天人合一之王权至上、帝王至上的人文精神与政治道德理念。《周易集解》引沈麟士云:"称龙者,假象也。天地之气有升降,君子之道有行藏,龙之为物,能飞能潜,故借龙比君子之德也。初九既尚潜伏,故曰勿用。"这里所谓"假象",意思是"假"龙之"象"以喻"君子之道"、"君子之德"。所谓"天地之气",亦即阴阳之气。乾卦六爻皆为龙象,乾卦,龙卦。唐《周易正义》云:"居第一之位,故称初,以其阳爻,故称九。"乾卦初九"潜龙勿用",阳气始萌,潜而未见,此则"潜龙"之象与始萌之阳气相对应,又是"潜龙"之象、始萌之阳气与"君子"(可扩而为帝王)灌注生气之谦德相对应。又,这里马融分析坤卦卦辞"西南得朋"、"东北丧朋"之义,所据乃"阴阳相朋"说。"而坤逆行,消息卦自西而南,阳日增。自东而北,阳递灭。增则得朋,灭则丧朋。"①黄寿祺、张善文说:"尚先生取《十二辟卦图》(引者注:十二辟卦即十二月消息卦)为说,指出《坤》居西北亥位,阴气逆行,沿西南方向前行遇'阳'渐盛,若沿东北方向前行则失'阳'渐尽;而'阴得阳为朋',故西南行'得朋',东北行'丧朋'(《尚氏学》)。此说分析'得朋'、'丧朋'至为可取,其中阐明'阴阳为朋'之理尤为精当。"②

就郑玄易学而言,作为兼治今文、古文经学的著名学者,郑玄并未墨守成规,而是有所推进。除了继承先贤注易取诸如卦气说、互体说、四正卦说、十二月消息卦说与五行说,等等,郑玄另有所谓"爻体"与"爻辰"等说。爻体说是指,经卦或重卦之其中一爻,可代表该卦及卦义。如以重卦言,震卦初爻为阳爻、四爻为阳爻,称为"震爻",初、四爻分别可代表震卦之意义。同理,兑卦三、上爻为阴爻,可分别称"兑爻",该二爻分别具有兑卦之义。坎卦二、五爻为阳爻,分别称"坎爻",分别具有坎卦之义。离卦亦然,其二、五爻为

① 尚秉和:《周易尚氏学》卷二,中华书局,1980,第31—32页。
② 黄寿祺、张善文:《周易译注》,上海古籍出版社,1989,第25页。

阴爻,分别称"离爻",具离卦之义。这种解易之方法,被清张惠言称为"爻体"说。而"'爻体'说则仅仅根据一爻便可以导出一个新卦象,就增加卦象而言,它比半象(由两爻定一卦)来得更容易。这反映了郑玄对以象解易的重视及其在创立新卦象方法研究上的良苦用心"。[①]此言有理。《两汉象数易学研究》一书曾列举郑玄易注与易纬注之爻体说凡三十一例,如蛊卦䷑上九爻为阳爻,上卦为艮,郑玄注云:"上九艮爻"(《礼记》正义)。贲卦䷕六四爻为阴爻,郑玄注:"六四,巽爻也"(《礼记·檀弓》正义)。《乾凿度》卷下:"复表日角",郑玄注:"名复者,初,震爻也。"郑玄的爻体说,得启于《易传》所言"阳卦多阴,阴卦多阳"之说。此指卦性为阳者,必多阴爻,如震卦、坎卦与艮卦,分别为一阳爻二阴爻之不同结构,震一阳在下,坎一阳在中,艮一阳在上;卦性为阴者,必多阳爻,如巽卦、离卦与兑卦,分别为一阴爻二阳爻结构,巽一阴在下,离一阴在中,兑一阴在上。这说明,八卦中震、坎、艮三卦的卦主为阳爻,这阳爻实际是乾卦一阳爻来交于坤卦的结果,仅仅因为一阳爻来交于坤卦所处爻位不同而各成其震、坎、艮;同理,八卦中巽、离、兑三卦的卦主为阴爻,这阴爻实际是坤卦一阴爻来就于乾卦的结果,仅仅因为一阴爻来就于乾卦所处爻位不同而各成其巽、离、兑。这可称之为坤得"乾气"、乾得"坤气"。爻体说丰富了象思维、象思想。

爻辰说在西汉京房易学中已经存在,在东汉《易纬·乾凿度》中也有爻辰说。京房的纳甲说中的纳支说,以乾卦六阳爻即初至上分别纳六阳地支,即子寅辰午申戌;以坤卦六阴爻初至上分别纳六阴地支,即未巳卯丑亥酉。这种纳支说已具"爻辰"之义;《乾凿度》云,乾坤"二卦十二爻而期一岁。乾,阳也;坤,阴也,并治而交错行。乾贞于十一月子,左行,阳时六。坤贞于六月未,右行,阴时六,以奉顺成其岁。"这大意是说,乾坤两卦凡十二爻配一年十二个月,依"十二月消息卦"说,乾初九配"十一月子",取"左行"态势,则乾卦六阳爻自初至上爻依次配纳子寅辰午申戌六阳支;坤卦初六配"六月未",取"右行"态势,则坤卦六阴爻自初至上依次配纳未巳卯丑亥酉(此为逆数序)六阴支。

---

① 刘玉建:《两汉象数易学研究》(上),广西教育出版社,1996,第392页。

郑玄爻辰说，亦即以乾坤两卦之乾初爻至上爻配纳十二支中的六阳支；以坤初爻至上爻配纳十二支中的六阴支。

乾坤爻辰说表示

九月——戌	四月——巳
七月——申	二月——卯
五月——午	十二月——丑
三月——辰	十月——亥
正月——寅	八月——酉
十一月——子	六月——未
乾卦　配六阳支	坤卦　配六阴支

值得注意的是，这里六阴支的排列序列，即未酉亥丑卯巳，为顺数之序，非逆数之序，即未巳卯丑亥酉。可见，郑玄爻辰说，颇不同于别家之说，比如清初黄宗羲《易学象数论》卷四所言，"左行者，其次顺数，右行者，其次逆数，皆间一辰"。郑玄爻辰说主"乾坤皆左行也"之说。[①]郑玄爻辰说，虽然在易学史上时有争论，批评者颇多，然而，体现于其间的天时（四时，十二月）与地支相对应的思维方式，就象思维而言，还是具有一定人文价值的。

郑玄注易尤重卦爻之象。如郑玄这样释渐卦九三爻辞："妇孕不育"一语，称："九三上与九五，互体为离、离为火，腹孕之象也。"渐卦䷴，其九三、六四与九五爻，构成一个互体卦为离☲。离为中女，"离为火"，"其于人也为大腹"，这是《易传》的思想。因而郑玄由此推论离卦作为渐卦的互体卦，为"腹孕之象"。又如，郑玄如此解读蒙卦卦辞："亨，匪我求童蒙，童蒙求我。初筮告，再三渎，渎则不告，利贞。"郑玄说，"蒙者，蒙蒙物初生形，是其未开著之名也。人幼稚曰童，未冠之称。亨者，阳也。互体震而得中，嘉会礼通，阳自动其中，德于地道之上，万物应之而萌芽生。教授之师取象焉，……。"[②]

---

① 刘玉建：《两汉象数易学研究》（上），广西教育出版社，1996，第406页。

② 郑玄：《周易郑注》，中华书局，1985。

蒙卦卦象为坎下艮上。李鼎祚《周易集解》引虞翻云："童蒙谓五"，"我谓二"。五指六五爻；二指九二爻。蒙卦以六五爻下应九二爻，九二爻喻师象。此卦喻师教而弟子受业。当然，此师即巫（巫师）也，所授之业为易筮之术（巫术之一种）。易筮之术之施行（即所谓"作法"），在先民看来，必有神灵之佑助，神灵不可亵渎。凡事、凡人之命运，只筮一次，筮吉即吉，筮凶则凶，都应予采信。倘如初筮为凶，就不信这占筮的结果，便再三地进行占筮，直到筮出一个吉来才罢，或者相反，直到筮出一个凶来才结束，这是对神灵的亵渎。一旦神灵被欺，神灵就不会真实地指示你的命运之吉凶休咎了。因而，郑玄认为此卦"教授之师取象焉"，可谓深诣卦旨。

再如荀爽注易有"乾升坤降"说。以为乾坤两卦，以乾九二居于坤六五，坤六五居于乾九二，即成"乾升坤降"之态势，则成坎离两卦矣。此《周易集解》引荀爽所谓"坤五之乾二成离，离为日。乾二之坤五为坎，坎为月。"这无非是爻象的运化。而虞翻有卦变说，由京房卦气说发展而来。如卦变，乾坤（父母卦）卦变为震巽、坎离、艮兑（六子）卦。此可以图示：

这里，以卦变、互体说阐明乾坤两卦（父母卦），生六子即震坎艮巽离兑的易理，此之谓"乾以二五摩坤，成震坎艮，坤以二五摩乾，成巽离兑"。而这种卦变，说到底乃气、象之变。

综上所述，无论西汉东汉之易学，治易之方法可有不同，路径有差异，但有一点是相同的，都是联系到气、数来谈"象"。"象"是汉易的核心问题，《易传》云，"一阴一阳之谓道"，由于此"道"不与"气"相拆，故亦可以说，"一阴一阳之谓气"。汉易的所有解读及其学说，都是"气"论的逻辑展开。《易传》又云，"极其数，遂定天下之象"，"象"、"数"不能分拆。因此，"数"的问题，同时也是"象"的问题。卦象、爻象，自然不等于美学意义上的审美之象，但审美之象的文化之根因，却是巫学意义上的卦象、爻象。汉易尤重易象，它们直接谈论的，不是美学问题，也不是美学范畴问题，但文化意义上的易象，却成了美学意义上对审美之象的历史与人文的召唤，或可称之为历史与人文的必要铺垫与准备。汉易重数、重象，比如极大地培养、锻炼与陶冶了中华民族的象意识、象思维、象情感与象理念，成为比如大唐时代辉煌而灿烂的审美意象到来的历史与人文前导。

第二节　易象·书象·梦象

象是什么？人之心灵的印迹、图景与氛围。象未必仅是视觉的心灵积淀与呈现，也可以由听觉与触觉等其他人之感觉所营构、所传达。在中国美学范畴史上，象原初本为巫术、图腾与神话之象，由于历史与人文之陶冶，而不可避免地踏上审美之途。这种历史与逻辑的转递，始于先秦，到秦汉时期仍在进行之中，当然，其广度与深度不是先秦可以相比的。

在《吕氏春秋·贵生》成书的战国末期，中华民族的象意识与象思维，是与生命意识结合在一起的。

> 圣人深虑天下，莫贵于生。夫耳目鼻口，生之役也。耳虽欲声，目虽欲色，鼻虽欲芬香，口虽欲滋味，害于生则止。

"耳欲声"、"目欲色"、"鼻欲芬香"、"口欲滋味"，本天经地义，但此四"欲"，一旦"害于生"，则须"止"。这是站在"贵生"的立场谈节"欲"。但从"耳目鼻口"之感觉角度看，则人"欲"是象之心理、生理渊薮。象不是自生的，象之心理营构，根本有赖于感官的感觉。这也是先秦孟子早就谈到过的。《吕氏春秋·情欲》云："故耳之欲五声，目之欲五色，口之欲五味，情也。"此好像仅说到了"情"而未及"象"，其实，凡人"情"，必涉及于"象"，无"象"焉能有"情"？从心理结构而言，"情"与"象"不可分立。

不仅"象"与"情"不能分立，而且"象"与"气"也不能分立。无"象"之"气"与无"气"之"象"，都是不可思议的。如《黄帝内经·素问》，通篇都在谈"生"、谈"气"，也处处都在谈"象"。其《阴阳应象大论》所论问题，是围绕阴阳与象来展开的。此言"象"，气之心灵也。所谓"阳化气，阴成形"、所谓"化生精，气生形"、所谓"寒伤形、热伤气"等等，所谈似乎只"气"、"形"而已,其实,伴随于"气"、"形"的,一定是"象"。《黄帝内经·素问》云,"满脉去形,喜怒不节,寒暑过度,生乃不固",这是指阴阳、寒暑失调而致病的道理。这里涉及到脉象问题,是中医诊病望问闻切四法之一。脉象指切诊即手指触按体表动脉搏动处(主要在寸口)而取脉动之心理感受及判断。晋王叔和《脉经》认为人之脉象有二十四种,分浮、芤、洪、滑、数、促、弦、紧、沉、伏、革、实、微、涩、细、软、弱、虚、散、缓、迟、结、代、动;明李时珍《濒湖脉学》增长、短、牢三脉,共二十七脉;明李中梓《诊家正眼》又增"疾"脉,为二十八。《黄帝内经·素问》为脉学之始,此言"满脉",虽不在其后二十八脉之内,当是脉学初起的称名。《黄帝内经·素问·阴阳应象大论》云,"善诊者,察色按脉,先别阴阳;审清浊而知所分;视喘息,听音声,而知所苦;观权衡规矩,而知病所主;按尺寸,观浮沉滑涩,而知病所生。"治病之要,按脉观"象"与"察色"、"视喘息,听音声"、"审(问)清浊"一样重要。

在西汉《淮南子》里,"象"的问题,也受到了较多的关注。学界一般认为,中国文化、中国美学、中国艺术重"象"是毫无疑义的,有人甚至认为"象"是中国文化及其审美、艺术的核心问题,由"象"到"意象"到"意境",是中国审美文化一条重要的文脉,凡此,都说得在理。但在强调这一点时,似乎遮蔽了另一个问题,即中国文化及其审美在重"象"的同时,并未忽视"形"的问题。

从先秦来看,"形"的问题已经进入其文化视野之中。如郭店楚简《老子》有"天象无形"这一命题,这在通行本《老子》里演变为"大象无形",此"形",是与"象"对应的概念。《易传》云,"在天成象,在地成形,变化见矣。"可见天地之变化,乃象与形之"见"于人心与视觉。《易传》又云,"形而上者谓之道,形而下者谓之器",可见形上、形下,是道、器的分界。这是说,中国先秦关于"道"、"器"的理念,不离于"形"这一范畴。《庄子·知北游》说:"精神生于道,形本生于精"。这里的"形",又与"精"相联系。《孟子·梁惠王上》云:"不为者与不能者之形何以异?"这问题提得很有意思。《荀子·非相》:"故相形不如论心。"而《战国策·秦策三》有云,"岂齐不欲地哉?形弗能有也。"可见先秦时,"形"这一范畴的出现还是很早的,人们谈论"形"这一问题时，一般总与"象"相联系。如《易传》的"形而上"、"形而下"之论，其实在论"道"、"器"之同时，包含着对"象"的认识。形上为"道"，形下为"器"，那么，处于"形上"、"形下"之际的是什么？笔者以为便是"象"。

因此，"形"的问题，总是与"象"相伴相生的。当人感觉到形时，象便在心中了。形是象的感觉外在，象是形的心理现实。中国人对外在世界的"形"，具有天生的敏感，中国人总是首先用眼睛看世界，这便是汉文字为什么首先"象形"而不是"拼音"的缘故。

先秦关于"形"、"象"的论述已经不少，然而未构成"形象"这一复合词及其概念。学界一般以为，"意象"一词是中国"土产"，"形象"一词是"舶来"的。殊不知中国古人在谈论"意象"（首见于东汉王充《论衡·乱龙》）之前，已有"形象"一词出现于《淮南子·原道训》：

> 大道坦坦，去身不远。求之近者，往而复反。迫则能应，感则能动。物穆无穷，变无形象，优游委纵，如响之与景（影）。

这是描述"大道"即原道的一段话。称其离开人之身家性命是不远的。"大道"是永恒的运动却总是可以"复反"即返璞归真。"大道"并不神秘，人可以"应"、"感"。虽然它深微幽玄，悠游澹泊，委曲柔顺，然而与人之生命、生活如影相随，在人生中可以"听"到它的回响。

不过，"大道""变无形象"。这是先秦通行本《老子》"大象无形"的汉代版。"大象"者，原象也；原象者，道也。道本"无形"，道本永恒之变，变乃"无形"。这用《淮南子》的话来说，称为"变无形象"。故而"无形象"，大约等于"无形"。

既然如此，那么，在"形"、"象"这两个分立概念的基础上，还有什么必要创生"形象"这一复合词及其概念呢？

当然是有必要的。"形"是就物事客体而言，而"形象"则就主、客统一角度立言。而且从"形象"这一词汇的结构来看，它是"偏正"的，是重"象"而轻"形"。它是汉代人文思维尤重"象数"的体现，这一点在经学（易学）

中尤为典型。

汉代关于"象"的发现是空前的，它不仅在易学中空前重"象"，而且目光如炬、心灵奋张，极大地发现了外在世界的美与丑、善与恶、吉与凶。凡此，都在人之心头洋溢巨大的形象之感觉。这一点，在汉赋中表现得尤为充分。司马相如称，汉赋之"心"的空间尤为宏大，所谓"赋家之心，苞括宇宙，总揽人物，斯乃得之于内，不可得而传也"（《全汉文》卷二二）。"赋在美学品格上，都尚铺陈其事，袒露笔墨，重在外在形貌、气象的描摹与渲染，尤其是其中的大赋（与此相对的，还有一些作品称为'小赋'），几乎不写人物内心及作者的心理而不厌其烦地铺陈城市的繁华、商贸的发达、物产的丰饶、宫殿的崔嵬、服饰的奢丽、逐猎的惊鸿一瞥与歌吹的欢畅淋漓，重在外在人工美、自然美的浓墨重彩，抛却了孔子'绘事后素'的古训，用惊奇的眼光、夸张的言辞兼现实的精神，宣说人工、物事巨大的、令人惊羡的意象之美。在汉赋中，赋作者好像总是以其耳目到处在听、在看，却来不及用脑子好好地想一想，就以直率而动感强烈的感性，全盘托出其感官所拥抱的外在世界。"①汉赋所表现的巨伟的外在世界，实际是这一伟大时代所经验过的充溢"形象"之感觉的心灵世界的文辞表述。

因此，在汉代文化及其审美中，汉人之内心世界比先秦的象意识、象思维的空间更其阔大，更富于激情，并且，典型地体现在经学与汉赋这两大文本之中。一股不息的英迈之气，在汉人的胸中升腾，他们指点江山，激扬文字，谈天说地。别看他们有时是颠三倒四、神经兮兮的，然而其气质与气度，其对形象、意象的敏锐感觉与执着的人文心态，却是其他时代的人所不具备、所学不来的。

因此，"形象"一词及其人文理念，首次出现于《淮南子》，就不令人奇怪了。"形象"一词，后来又出现于王充《论衡·乱龙》，其文云："夫图画，非母之宝身也，因见形象，泣涕辄下，思亲气感，不待实然也。"②这是指休屠王之太子金翁叔与其父母俱来降汉，其父在路途中死了，只得与其母同往，后母又亡故。汉武帝念金翁叔思母心切，就在甘泉殿上描绘其母形象，翁叔上甘泉殿

① 王振复：《中国美学的文脉历程》，四川人民出版社，2002，第304页。
② 王充：《论衡·乱龙》，《诸子集成》第七卷，上海书店，1986，第158页。

"拜谒起立,向之泣涕沾襟,久乃去"。王充说,其母之"图画","非母之宝身",见母之"形象"而"泣涕辄下",这是"形象"的一种社会功能,它满足了"思亲"的需要,相对于"宝身"而言,这"形象"与翁叔之间有一种"气感"关系,这关系的建立,"不待实然"却道出了"形象"作为艺术能够宣泄与召唤道德审美情感的功能。

《淮南子・精神训》又说,"古未有天地之时,惟象无形,窈窈冥冥,芒芠漠闵,澒濛鸿洞,莫知其门。"这里所谓"惟象无形",显然由承传先秦《老子》"大象无形"这一命题而来。然"惟象无形"与"大象无形"在意义上相去甚远。正如前述,《老子》所谓"大象无形"者,指道本无形,"大象"者,道也。而"惟象无形",是说"只有象是无形"的意思。"象"可由"形"起,而"象"本身是"形"的心理现实,因而"象"是"无形",即"象"是关于"形"的心理建构,《淮南子・诠言训》说,"此所谓藏无形者。非藏无形,孰能形?"

《乐记》为西汉刘德所撰。《乐记》有"乐象篇",其文有云:

> 凡奸声感人,而逆气应之;逆气成象,而淫乐兴焉。正声感人,而顺气应之;顺气成象,而和乐兴焉。

这是分别述说"淫乐兴"与"和乐兴"的根因问题。在《乐记》看来,"淫乐"之所以"兴",是"逆气成象"的缘故;"和乐"之所以"兴",又是"顺气成象"之故。淫乐与和乐的区别,在于"气"的逆与顺。而"象",处于气与乐之际。可以说,"逆气成象"者,成"逆象"也;"顺气成象"者,成"顺象"也。无论逆、顺,象是气与乐的中介。

《乐记・乐象篇》又说:"是故清明象天,广大象地,终始象四时,周还象风雨。"《中国历代美学文库・秦汉卷》引陈澔《礼记》注引方氏曰:"清明者乐之声故象天,广大者乐之体故象地,终始者乐之序故象四时,周还者乐之节故象风雨。"按:此四句本于《荀子・乐论》"其清明象天,其广大象地,其俯仰周旋有似于四时。"[1]这里的"象",动词,象征之谓。是说从"乐之声"看,像

---

[1] 叶朗总主编:《中国历代美学文库》秦汉卷,高等教育出版社,2003,第229页。

天一样"清明";从"乐之体"看，像地一样"广大";从"乐之序"看，像四时一样有"终始";从"乐之节"看，又像风雨一样"周还"。

《乐记·乐象篇》又云，"乐者，心之动也。声者，乐之象也。"乐是心的感动，这也便是《乐记·乐本篇》所谓"凡音之起，由人心生也"的意思。心动而乐生；乐生而乐象得以营构；乐象出即声。所以"乐象"是感性的，其"文采节奏，声之饰也"。这里所言"象"，已是一审美范畴。

作为审美范畴，"象"的文脉发展，在东汉有一曲折、迂回的历史过程。

首先来看王充《论衡·乱龙》：

> 天子射熊，诸侯射麋，卿大夫射虎豹，士射鹿豕，示服猛也。名布为侯，示射无道诸侯也。夫画布为熊麋之象，名布为侯，礼贵意象，示义取名也。

这是中国美学范畴史首次提出"意象"这一范畴。但这"意象"尚不是纯粹的美学范畴，所谓"礼贵意象"者，这"意象"首先是与"礼"联系在一起的。

远古狩猎活动，因为时代使然，是不免有些巫气的。所谓游猎骑射，必身正而严守射猎之法度、标准与分寸，狩猎才能成功，所以立射以身正，先民将此看作狩猎成功的一个吉兆，后世这带有原始巫气的射猎理念向道德伦理领域渗透，人们认同立德须身正的道理。"以立德行者，莫若射。"这是《礼记·射义》里的一句话，射为古代"六艺"之一。

因而，立射须身正。身正或身不正，礼也。

这里，射侯的"侯"，本义为箭靶。这箭靶，可以是张挂于一定距离之外的一张虎皮或一块布之类，王充所言"名布为侯"，即此义。而这里的射侯，即射布侯之上所绘熊麋之绘形，是射之社会地位、政治、道德的象征。天子、卿大夫与士所射对象不同，这是礼的区别。但布侯之上的熊麋之象已经不同于熊麋，因此，射侯之活动是礼的活动。熊麋之绘形在心灵的映象，便是"意象"。这"意象"浸透了"礼"的心理内容，然而有关熊麋在布侯的绘形，又是艺术的营构，因此，这"意象"又不完全是"礼"的象征，而是具有一定审美意义的。这"意象"虽离不开"礼"的纠缠与遮蔽，而毕竟因其具有一定的感性、虚构因素而与审美建立了文脉联系。

从先秦之易"象",到汉代之"象数",再到汉代之"意象",再到南朝齐梁之际刘勰《文心雕龙》所谓"独照之匠,窥意象而运斤"之说,中国美学范畴史,走过了从巫术意义的"象",到道德政治(礼)意义的"意象",再到美学意义的"意象"这一文脉全过程。

王充关于"形象"与"意象"的论述,已经接触到了美学问题,但此后的《汉书·艺文志》说"象",一般仍坚守在"易"的立场,其文云:"《易》曰:'宓戏(伏羲)氏仰观象于天,俯观法于地,观鸟兽之文与地之宜,近取诸身,远取诸物,于是始作八卦,以通神明之德,以类万物之情。'"这里仅重申了先秦《易传》"仰观象于天"、"俯观法于地"的思想。"仰观"、"俯观"在《易传》的本义属于"看风水"的范畴,当然这里有主体对诸如自然现象的感知。虽然这感知可以通往"象"的审美,而其本身断不是审美。从文化素质角度看,它所执着的,是巫术、风水、吉凶。当然,《汉书·艺文志》在谈论"造字"问题时,有"教之六书,谓象形、象事、象意、象声、转注、假借,造字之本也"的论述,这里所言"象",有象征之义,指汉字符号对形、事、意、声的象征。黑格尔曾经说过,象征必关乎符号与符号的意义,此亦即索绪尔所谓能指与所指的关系。《艺文志》所谓"象",从显在的角度看,指符号的象征;而隐在的,是将汉字符号系统,作为有所指的能指即"象"来看待。由于汉字符号是视觉的对象,是由线条所构成的感性存在,必与审美相联系。

《汉书·艺文志》的这一思想,在东汉许慎《说文解字序》中得到了重申、展开与发展。许慎说:"古者庖牺氏之王天下也,仰则观象于天,俯则观法于地,视鸟兽之文与地之宜。近取诸身,远取诸物。于是始作《易》八卦,以垂宪象。"这又重申先秦《易传》仰观、俯察之义。有意思的是,"象"为何总是与"天"相联。为什么古人说"天象"而从不言"地象"?笔者以为,其可能是,"天"是比"地"更神秘的,而"象"比"形"也是更神秘的,因而,以"象"称"天",是理所当然的;"天"是遥远的,在古代是不可直接接触的,比"地"更能勾起神秘之想象与向往,因而,称"天象"而不称"地象",是可以理解的。这里,许慎又说伏羲"始作《易》八卦",目的是"以垂宪象"。此所谓"宪",有法令、法则之义,《汉书·萧望之传》云,"作宪垂法,为无穷之规。"宪象"之"宪"，与此义同。可见，许子所谓"宪象"，乃告示人类的天则之象。

许慎《说文解字序》又云，"仓颉之初作书，盖依类象形，故谓之文"，这是将"象形"与"文"在概念上相联系。"文"具多重意义，如指文字、文化、文明、文饰、文章，与美善等，《礼记·乐记》云，"礼减而进，以进为文；乐盈而反，以反为文。"郑玄注："文，犹美也，善也。"这里许慎所言"文"，有文字、文明、美善之义，因此，这"象形"之"象"，在意义上显然与此相勾连。

在东汉崔瑗《草书势》中，具体描述了源自易象的书象之美，崔瑗说，"书契之兴，始自颉皇，写彼鸟迹，以定文章。"又说，"观其法象，俯仰有仪，方不中矩，圆不副规。抑左扬右，兀若竦崎，兽跂鸟跱，志在飞移，狡兔暴骇，将奔未驰。或黝黶黯黮，状似连珠，绝而不离，畜怒怫郁，放逸生奇。或凌邃惴慄，若居高临危，旁点邪附，似蜩螗捯枝。绝笔收势，余綖纠结，若杜伯揵毒，看隙缘蠵，腾蛇赴穴，头没尾垂。是故远而望之，摧焉若阻岑崩崖；就而察之，一画不可移，几微要妙，临时从宜。"这一大段描述，可以说写出了"草书"生动、传神、生气灌注之美。尤其是"草书"之"势"，崔瑗以种种生物、动物之神态形容，或抑扬，或飞移，或奔驰，或放逸，或惴慄，或临危，或捯枝，或腾跃，或凝伫，顾盼有神，收放自如，有章有法，有规有矩，却不为章法、规矩所束缚、所滞累，无论提笔起势，无论绝笔收势，既行云流水，又力透纸背，满幅是生命的"游戏"。而这生命之美，象之气、象之魂也。

在王符《潜夫论》中，我们意外地读到了关于象与梦之关系的言述。《潜夫论·梦列》云："凡梦，有直，有象，有精，有想，有人，有感，有时，有反，有病，有性。"这是将梦分为十类。有"直应之梦"，即直梦，简称直，《淮南子·地形训》高诱注"寝居直梦"云："悟如其梦，故曰直梦。"[1]有"意精之梦"，如孔子夜梦周公。有"纪想之梦"，所谓"人有所思，即梦其至，有忧即梦其事。"有"人位之梦"，所谓"贵人梦之即为祥，贱人梦之即为殃；君子梦之即为荣，小人梦之即为辱。"有"感气之梦"，所谓"阴雨之梦，使人厌迷；

---

① 叶朗总主编：《中国历代美学文库》秦汉卷，高等教育出版社，2003，第484页。

阳旱之梦，使人乱离；大寒之梦，使人怨悲，大风之梦，使人飘飞。"有"应时之梦"，所谓"春梦发生，夏梦高明，秋冬梦熟藏。"有"极反之梦"，所谓"晋文公于城濮之战，梦楚子伏己而盬其脑，是大恶也，及战乃大胜。"有"百病之梦"，所谓"阴病梦寒，阳病梦热，内病梦乱，外病梦发。"有"性情之梦"，所谓"人之情性，好恶不同，或以此吉，或以此凶，当各自察，常占所从。"除此之外，还有"象之梦"，所谓"《诗》云，维熊维罴，男子之祥。维虺维蛇，女子之祥。"所谓"众维鱼矣，实维丰年，旐维旟矣，室家溱溱。"①

王符（约85—162）与东汉马融、张衡与崔瑗等为同时代人，其思想趋于唯"物"而疾虚妄，并抨击谶纬神学，这里的解梦之说，体现了这一特点。王符的"十梦"说，源自生命、生活经验，分类不甚合理。凡梦，按弗洛伊德之说，是人之心灵"本我"即被压抑的"个人无意识"，突破"自我"的一种精神升华或曰变相之表达。因此，凡梦均是"象"或云"意象"，它尽管是无逻辑，反逻辑的，故曰幻梦，但一切梦境，均与"象"相联系。但这里，王符仅将那种与吉凶、妖祥相连的梦境，称为"象之梦"，显然是欠妥的。不过，王符还是很精彩地触及了象与梦的关系问题，这在中国美学范畴史上是极有意义的一个论述与思想。王符没有揭示梦的美学意义及审美心理素质，但他基本上并未从迷信角度去释梦，而其关于"梦"相关的"象"说，其实是专指与算卦相连的易象，他以为凡象，仅易者为象，这是其思维与思想深受易学影响之故。

关于梦的理论与学说，奥地利著名精神分析学家西格蒙德·弗洛伊德《释梦》一书，作了别具见解与有理论深度的研究，成为其精神分析学说体系的重要构成。弗洛伊德指出，梦的本质，"就是一种（被压抑的、被压制的）愿望的（被伪装起来的）满足"②。弗洛伊德将人格分为三个层次，即本我、自我、超我。本我指人之原始的、先天的潜意识、本能欲望，尤其指性本能，因而它是非理性、非道德的，它所遵循的是"快乐的原则"；自我遵循"现实的原则"，起到控制、调节本我的作用，控制本我的非理性与原始激情，又引导部分本我的"力比多"、能量得到有条件的释放，从而与现实世界达成某种妥协；超我

---

① 王符:《潜夫论·梦列》，参见叶朗总主编:《中国历代美学文库》秦汉卷，高等教育出版社，2003，第485页。

② 朱立元:《当代西方文艺理论》，华东师范大学出版社，1997，第65页。

遵循"理想的原则"、"道德的原则",成为监督、规约自我的一种精神力量,从而达到对本我的即非理性冲动的管束与制约。弗洛伊德的人格三重结构说,揭示了人格现实的深层机制,将本我看作人格结构的基因与基础,将自我看作人格结构的中介与关键,将超我看作人格结构的"升华"。弗洛伊德认为,人格本我尤其其中的性本能作为与社会道德规范格格不入的无意识、潜意识,总是处于被压抑的状态之中,这种压抑,实际便是自我的功能。但是当人在睡眠时,自我作为明意识,作为现实理性,不得不放松对本我的压抑,导致本我发生"移置"与"升华",本我便可以以各种伪装的方式,呈现于梦境之中。梦的发生,就是被压抑的本我的"移置"与"升华",或者说,梦是人之本能欲望的伪装与虚幻的宣泄。弗洛伊德的梦说,将艺术及其审美,看作是艺术家的"白日梦",从而揭示了梦与艺术审美的内在联系。在他看来,艺术不是别的,它是被压抑的人之本我的升华。艺术的人格结构及其产生,与人之梦境的发生,在人格上是同构的。弗洛伊德在《释梦》里列举诸多梦之象征物来释梦之原理,虽然并未明言"象",实际已经触及了梦与象的心理结构的内在联系。

对比而言,东汉王符的"十梦"说,是经验性的关于梦的描绘,尽管如此,却是早于西方学者弗洛伊德近二十个世纪的释梦的重要学者,体现了梦象、梦境因其"象"素、"象"性而通于艺术及其审美的重要意义,在中国美学范畴史"象"这一范畴的酝酿中具有重要价值。

第三节　美与恶（丑）的时代"对话"

关于美这一范畴及其理念,中国美学界一般以为,中国古代美学与艺术学、文论等,都具有某种忽视这一问题的思想倾向。中国哲人一般不像西人那样从古希腊的毕达哥拉斯及其学派开始就深入讨论过美的本质等问题。作为早期毕达哥拉斯学派主要代表人物的菲罗劳斯曾说:"秩序和匀称都是美的和有用的,而无秩序和不匀称则是丑的和无用的。"[①]虽然事物秩序之有无以及匀称与

---

① ［希腊］斯托拜乌:《文摘集》,第4卷第1节;菲罗劳斯:《残篇》第4则,引自蒋孔阳、朱立元主编:《西方美学通史》第一卷,上海文艺出版社,1999,第64页。

否关乎"有用"、"无用"的见解令人费解，但这里已经提出美、丑及其对立的理念与思想。"事物由于数而显得美。"①柏拉图将"理式"看作"美自身"，他曾在《斐多篇》里说："美的东西之所以是美的，乃是由于美自身。""美自身"确是"美的东西"之所以美的本原、根因。柏拉图在思辨上，已能将"美自身"与"美的东西"区别开来。而中国哲人一般不这么看问题，也不习惯于如此思考。

这不等于中国人自古不思考美的问题，或者说我们的先人在思辨方面不及古希腊人。其实，中国人对"美的东西"与"美自身"问题的关注与思考也很早，并且具有中华民族的思维特点。一般而言，中华先秦关于美的问题的思考与认识，是与道的哲学、象的哲学理念联系在一起的。《庄子》所谓"天地有大美而不言"的思想与思辨就十分精彩与深刻。大者，太也；大是太的本字，太有原本、原始之义。因而，"大美"即"太美"之谓，指"原美"。"原美"者，即柏拉图所谓"美自身"。《庄子》"大美"的论述，是其道家哲学的重要构成，其思辨的力度与深度，可以说一点也不亚于古希腊柏拉图。除此之外，先秦古人对美的事物即"美的东西"的观照与关注，总是与象联系在一起的。早在《左传》②一书中，就多处谈论到美的问题。《左传·襄公二十九年》曾记"吴公子札来聘"之事有云："请观于周乐。使工为之歌《周南》、《召南》，曰：'美哉！始基之矣，犹未也，然勤而不怨矣。'为之歌《邶》、《鄘》、《卫》，曰：'美哉，渊乎！忧而不困者也……'"下文还有关于"观于周乐"如观《王》、《郑》、《齐》、《豳》、《秦》、《魏》、《唐》、《陈》、《小雅》、《大雅》、《颂》以及观舞的感受记载，大凡都用一个"美"字来表达。在《国语·楚语上》中，伍举曾与灵王讨论"台"之美问题。

> 灵王为章华之台，与伍举升焉。曰："台美夫！"对曰："臣闻国君服宠以为美，安民以为乐，听德以为聪，致远以为明。不闻其以土木之崇高、彤镂为美，而以金石匏竹之昌大、嚣庶为乐。"

---

① 塞克斯都·恩披里柯：《驳数理学家》，第7卷第106节。同上，第65页。
② 按：《左传》所记年代，自鲁隐公元年（前722年）至鲁悼公十四年（前454年）。

"夫美也者，上下、小大、远近皆无害焉，故曰美。若于目观则美，缩于财用则匮，是聚民利以自封而瘠民也，胡美之为？"

这里所谓"美"，指土木崇高之"美"，并且认为，"美"的东西之所以是美的前提，是"无害"。仅仅为了能够满足"目观"的需求，导致"缩于财用"以至于"瘠民"，便谈不上"美"了，此所谓"胡美之为"也。可见，伍举的"美"论，是与"善"的理念结合在一起的，事物美不美，决定于该事物善不善。这种关于"有用即美"的思想，虽然还不是成熟的美学思想，但在思辨上，已开始将美与善相联系，因为认为美与善是相关的，实际上也等于认识到美与善是相区别的。不过，这里灵王登"章华之台"而赞叹"台美夫"，确是从纯粹审美感受出发而有感而发的。

从美与善之关系来看待美的问题，一般是先秦儒家看待美与美的东西的思维方式，不同于先秦老子从道的角度论美。比如《论语》论"美"凡十三处，如"先王之道斯为美"、"巧笑倩兮，美目盼兮"、"尽美矣，又尽善矣"、"里仁为美"、"有美玉于斯"与"宗庙之美"等，一指伦理意义上的"善"，如"里仁为美"、"先王之道斯为美"的"美"；二指以伦理意义为主又不完全归于伦理道德的人格美、人品美，如《论语·泰伯》所言"周公之才之美"云，又如《论语·尧曰》所言"君子"之"五美"然；三指纯粹审美意义的美，如"有美玉于斯"、"巧笑倩兮，美目盼兮"等。①

由此可见，孔子及其门徒关于美的思考与认识，虽然往往总是联系到善来谈美，甚至将善等同于美，但在思维能力上，已能将美与善分开而有时能够专注于美的事物，但却不能像庄子那样提出"天地有大美而不言"这样的美学命题。

那么，时至秦汉，人们又是如何看待美的问题呢？在思想与思维意义上，美这一范畴有没有历史、人文的推进？

首先，我们先来考察一下《吕氏春秋》如何说"美"。

其一，沿袭了先秦把美等同于善的理念与思辨方式。《吕氏春秋·论人》云："凡彼万形，得一后成。故知一，则应物变化，阔大渊深，不可测也；德行昭美，

① 王振复：《中国美学的文脉历程》，四川人民出版社，2002，第188—189页。

比于日月，不可息也。"此所言"德行昭美"之"美"，是从崇高之"德行"升华的"美"，处于道德层次，类于先秦《孟子》所谓"充实之谓美"。因为它是"道德美"的极致，因而它是基于道德、又从道德之善向上提升的一种人格美。

其二，继承了先秦传统的美恶（美善）相分的思路。《吕氏春秋·功名》云："贤、不肖不可以不相分，若命之不可易，若美、恶之不可移。"贤、不肖泾渭分明，美、恶的分别也是"不可移"的，正如"命之不可易"一样。这是强调美、恶（善）的质的规定性，具有将美之理念从善之理念的阴影之中拔离出来的思维倾向，其力度甚于先秦比如孔子关于美、善相分的思想。

其三，进一步揭示美、恶（丑）之朴素辩证的思想。《吕氏春秋·去尤》云：

> 鲁有恶者，其父出而见商咄，反而告其邻曰："商咄不若吾子矣。"且其子至恶也，商咄至美也。彼以至美不如至恶，尤乎爱也。故知美之恶、知恶之美，然后能知美恶矣。

这里，所谓"恶"与美相对，并非指善，而是指丑。商咄，指"至美"者。"其子至恶"、"商咄至美"，这是从两者的容貌可以直观得到的，似乎是不可改易的。但是在一定条件下，美、恶可以互转，即"至恶"变为"至美"，反之亦然。什么缘故呢？即"彼以至美不如至恶"，为什么呢？答曰："尤乎爱也。"因为主体有"爱"，这种主观的情感因素可以蒙住眼睛、动摇心智，促使主体在接受过程中发生审美移情，改变审美判断，于是本为对立的美、恶，多向对方互转，这是揭示了美、恶的相对性及其互动的辩证内因。很精到。这关于"美之恶"、"恶之美"的论述，立刻使我们想到先秦通行本《老子》所谓"信言不美，美言不信"的论断。美、不美在于信或不信，其思辨方式，一定程度上启发了《吕氏春秋》的论述。同时，这也让我们回想起先秦通行本《老子》的另一著名论断：

> 天下皆知美之为美，斯恶已；皆知善之为善，斯不善已。

这里所言之"美"，接近于审美意义的美；而"恶"与美相对应，实指丑。吴澄《道德真经注》云："美恶之名，相因而有。"陈懿典《老子道德经精解》说："但知美之为美，便有不美者在。"陈鼓应由此指出："天下都知道美之所以为美，丑的观念也就产生了；都知道善之所以为善，不善的观念也就产生了。"①陈氏将"恶"解读为"不善"、"丑"，自然是有道理的。可是，既然《老子》认为美、丑观念是相对、相应的，又为什么不说"丑"而说"恶"呢？

其实，从《老子》的哲学怀疑主义思想，从"道可道，非常道"来分析，《老子》斯言，当释为：如果天下之人都知道美之所以为美、善之所以为善，那么，这就很糟糕了。为什么呢？因为"美之所以为美"、"善之所以为善"即"原美"（大美），"原善"（大善），这在《老子》看来，是不可"知"的，岂有"皆知"之理？老子对"知"是怀疑而不信任的，因而才提出"绝圣弃知"这一命题，"弃知"是必然的。企望通过"知"来达"道"，不免背"道"而行、南辕北辙。因此，"不仅'知美'、'知善'之'知'，'知'本身就是'恶'，就是'知恶'也还是'恶'；不知不识才不恶，才合于大道。"（引自萧兵、叶舒宪：《老子的文化解读》，湖北人民出版社，1994年，第1083页）另一方面，如果知道美之所以为美、善之所以为善，这等于知道（认识到）美、善的本体。就美之所以为美而言，"它应该是一切美的事物，有了它就成其为美的那个品质，不管它们在外表上怎样，我们所寻求的就是这种美"（同前）。美与"美的事物"是两回事。美之所以为美，在于追问美的本体，这便是"道"。"道"是绝对的真、绝对的善、绝对的美，不可能为"天下"所"皆知"。这里，《老子》所体现的深邃的哲学及其美之本体的智慧，可用一句话来概括，即"知道自己不知道"。这是一种用怀疑的目光冷峻地审视人类认识能力之局限的哲学理性，是清醒而残酷地反视人类自身本性之局限的理性。②

---

① 陈鼓应：《老子注译及评介》，中华书局，1984，第68页。
② 王振复：《中国美学史教程》，复旦大学出版社，2004，第62—63页。

从《老子》怀疑论的语言哲学出发，《老子》以为，天下"皆知""美之为美"、"善之为善"，便是"恶"，便是"不善"，便是不可能做到的。因为美的本体与本原、善的本体与本原作为"道"，是不可知的。人的实践与认识，只能逐渐接近于"道"，却永远不可能达到"道"的绝对。

但是《吕氏春秋》在这里已经改变通行本《老子》的原有怀疑"知"的思想，"故知美之恶、知恶之美，然后能知美恶矣"的论断，其论说的重点是一个"知"字，即《吕氏春秋》所言人之"知"可以达到"美之恶"、"恶之美"的本体、本原。然而"知"其"美恶"，这是与先秦道家老子所谓"道可道，非常道；名可名，非常名"的怀疑论语言哲学相背逆的，将"语言是思想（真理）的牢笼"改变为"语言是思想（真理）的家园"，这可以看作《吕氏春秋》的美学观，是属"儒"而非属"道"的。儒家的语言哲学观，是对语言表达真理的绝对信任。

其四，从"阴阳之化，四时之数"出发，又发现与讨论了诸多具体事物之美。

> 阴阳之化，四时之数，故久而不弊，熟而不烂，甘而不哝，酸而不酷，咸而不减，辛而不烈，澹而不薄，肥而不䐑。肉之美者：猩猩之唇，獾獾之炙，隽觾之翠，述荡之掔，旄象之约；流沙之西，丹山之南，有凤之丸，沃民所食。鱼之美者：洞庭之鱄，东海之鲕；醴水之鱼，名曰朱鳖，六足，有珠，百碧；瀍水之鱼，名曰鳐，其状若鲤而有翼，常从西海夜飞游于东海。菜之美者：昆仑之蘋，寿木之华；指姑之东，中容之国，有赤木玄木之叶焉；余瞀之南，南极之崖，有菜，其名曰嘉树，其色若碧；阳华之芸，云梦之芹，具区之菁；浸渊之草，名曰土英。和之美者：阳朴之姜，招摇之桂，越骆之菌，鳖鲔之醢，大夏之盐；宰揭之露，其色如玉；长泽之卵。饭之美者：玄山之禾，不周之粟，阳山之穄，南海之秬。水之美者：三危之露，昆仑之井；沮江之丘，名曰摇水；曰山之水；高泉之山，其上有涌泉焉，冀州之原。果之美者：沙棠之实；常山之北，投渊之上，有百果焉，群帝所食；箕山之东，青鸟之所，有甘栌焉；江浦之桔；云梦之柚，汉上石耳，所以致之。马之美者：青龙之匹，遗风之乘。非先为天子，不可得

而具。天子不可强为，必先知道。(《吕氏春秋·本味》)

这一大段引文，生动地描述"肉之美者"、"鱼之美者"、"菜之美者"、"和之美者"、"饭之美者"、"水之美者"、"果之美者"与"马之美者"种种，所言具体形象，而且基本与饮食相联系。可见在战国之末，美这一范畴的历史与人文之酝酿，大致向三个路向发展：一是美、恶相分；二是追问美之本原、本体；三是在前两个路向发展的基础上，发现与讨论具体事物之美。这里所言，大致是饮食对象之美。关于这一点，汉初《淮南子》也有论述（后详）。

《吕氏春秋》之后，西汉初年贾谊《新书·道术》有云："曰：'请问虚之接物何如?'对曰：'镜仪而居，无执不臧，美恶皆至，各得其当。'"这里所言"美恶"，从上下文之关系看实乃"美善"之谓。贾谊所言"虚者，言其精微也，平素而无设施也"，亦即"清虚而静"之义，亦即"道"。"道"之"接物"，不偏不倚，公正无私，故使"美恶毕至，各得其当"。这是从"道"之角度谈"美恶"。此"美恶"即"美善"，先秦以来，大致一直是儒家所关注的问题，这里从"道"这一本体角度加以论述，已开始从儒、道对接，对应之思路进入思考的领域。其思维格局，上承《易传》而下启《淮南子》。

《新书·道德说》又云："德有六美。何谓六美? 有道、有仁、有义、有忠、有信、有密，此六者，德之美也。道者，德之本也；仁者，德之出也；义者，德之理也；忠者，德之厚也；信者，德之固也；密者，德之高也。"又提出"六理六美"这一命题。何为"六理"？即《新书·道德说》所谓"道、德、性、神、明、命，此六者德之理也。"这里所言"美"，从属于"德"，"德之美"者，实乃"德"之"善"。《新书·道德说》云："德者，离无而之有"，可见是形而下的。"道德说"的基本人文精神，来自《老子》"道德"之论。道指本原、本体、规律性，也是道的向下落实或称之为实现，即所谓"德"。所以将"德之美"理解为"德之善"，是大致不错的。但是此"德"又是以"道"即"德之本"为逻辑前提的，按照先秦通行本《老子》的"道"论，是排斥、抨击儒家之仁义、忠信的。而这里偏偏将道家的"道"本论与儒家的"仁义、忠信"之说"捏"在一起，这正是流行于西汉初期的黄老之学的思想与思维特色之一。除此之外，贾谊又提出"密者，德之高也"这一命题，将"密"称为"六美"

之一。这是以前的美论所从未有过的。"密"者，周也，周致的意思。因此，这里所言"密"，实乃指"德"之最高理想与境界。

同时，在贾谊的这一论述中，又将"六美"与"六理"相提，这在中国美学范畴上是特具意义的。

考"理"之出典，迄今甲骨文与金文均未检索到"理"字，可见在殷、周之际的文字中，尚未记录"理"的理念或意识，也许当时还没有来得及产生关于"理"的意识与理念。《韩非子·和氏》称，"王乃使玉人理其璞"。此"理"作动词，有治玉之义。由治玉之"理"引申，作名词解，可释为"玉、石之纹理"，指美丽之玉石的文理与质地。再作引申，有"事物条理"之义，此正如《荀子·儒效》所言"井井兮其有理也"，这是指古代井田的平面秩序即所谓田畴。再引申之，便是杨倞注《荀子》的意思："理，有条理也。"指人际秩序。《礼记·乐记》所云："乐者，通伦理者也。"郑玄注："理，分也。"此指伦理、名分。贾谊的"六理"说，在中国美学范畴史上之所以重要，是将"道、德、性、神、明、命"都称之为"理"，当然，他的逻辑是有些问题的。他一方面说，"理"乃"德之理"，另一方面又说"六理"之中包括了"德"，不能前后相顾。贾谊将"六理"与"六美"并列，相互阐述，在逻辑上不无纠缠之处。而将"理"与"美"放在一起来加以理解与思考，此"美"的基本含义是"善"，但是此"美"又既然与本原、本体之"道"相联系，就不能完全是儒家伦理意义上的"善"，而具有道家所谓的"道"及其"美"的人文意蕴。这是值得注意的。

在西汉韩婴《韩诗外传》中，也谈及"美"这一范畴，"材虽美，不学不高"，又说"虽有良玉，不刻镂则不成器，虽有美质，不学则不成君子"。这是在肯定"材"、"良玉"自然之"美"的前提下，更肯定"学"然后更"美"的思想。这里，实际已涉及文、质关系问题（后详）。

《淮南子》关于"美"的论述，是与"丑"同时提到的，并且将其放在"形神气志"的思维框架中加以讨论。《淮南子·原道训》说："夫举天下万物，蚑蛲贞虫，蠕动蚑作，皆知其所喜憎利害者，何也？以其性之在焉而不离也；忽去之，则骨肉无伦矣。今人之所以眭然能视，督然能听，形体能抗，而百节可屈伸，察能分白黑、视丑美，而知能别同异、明是非者，何也？气为之充而神为之使也。"这段言述，重点论形、神、气等之功用与本原问题。虽然如此，却提出一个"视丑美"的命题。"视丑美"者，是对"丑美"的观照与分别，已不自觉地接触到美与丑的接受问题。同时，既然"丑美"是可"视"的，则"丑美"便是所谓客观自在的。这样的意思，在《淮南子·俶真训》中又包含在"丑美有间"之说中。该篇又有"群美萌生"之论，此所言"美"，也具有客观性。

> 求美则不得美，不求美则美矣；求丑则不得丑，求不丑则有丑矣；不求美，又不求丑，则无美无丑矣，是谓玄同。（《淮南子·说山训》）

这段话很有意思。美丑虽具有客观性，然而它是与人之"求"相联系的。如果人不"求""美丑"，"则无美无丑"，可见美丑是人的创造与创造的被毁灭、被损害。但是同样是"求"，情况不大一样，有时，求美则美至，求丑则丑至；有时，"求美则不得美，不求美则美"、"求丑则不得丑，求不丑则有丑"，南辕北辙，适得其反。什么缘故呢？因为有时主体之心在于"玄同"，有时便不是。可见，这是吸收了道家"玄同"思想的"美丑"追"求"说。这里值得注意的是，《淮南子》又提出一个"求丑"的命题，这是很有意思的。问题是，人们都在"求美"，难道还在"求丑"吗？"丑"值得人们去"求"吗？其实，《淮南子》此言，并不是说人们应当"求丑"，而是说只要主体心存"玄同"即体"道"悟"道"，即使想"求丑"，也"不得丑"。对于体"道"、悟"道"之人而言，想要"求丑"也是不可能、办不到的。这真是一个深刻的思想。

美丑关系，是《淮南子》所关心的一个问题："桀有得事，尧有遗道，嫫母有所美，西施有所丑。"这说的是美丑的"辩证"关系。嫫母奇丑却"有所美"；西施奇美却"有所丑"，无论美、丑，都不是绝对的。美非绝对之美，丑非绝对之丑。而且在一定条件下，美、丑均可向对方转化，美、丑都不是死板、僵硬的，美、丑均是动态的现实存在。但美、丑毕竟都具有各自质的规定性，因而"美之所在，虽污辱，世不能贱；恶（丑）之所在，虽高隆，世不能贵。"（同上书）美被"污辱"而依然是美，世人不能看贱它；恶（丑）被"高隆"而仍旧是恶（丑），世人不能抬举它。这里，《淮南子》既揭示了美、丑的相对性、动态性与时间性，又揭示了美、丑的绝对性、静态性与空间性。《淮南子·修务训》云：

今夫毛嫱、西施，天下之美人。若使之衔腐鼠，蒙蝟皮，衣豹裘，带死蛇，则布衣韦带之人，过者莫不左右睥睨而掩鼻。尝试使之施芳泽，正蛾眉，设笄珥，衣阿锡，曳齐纨，粉白黛黑，佩玉环揄步，杂芝若，笼蒙目视，冶由笑，目流眺，口曾挠，奇牙出，靥辅摇，则虽王公大人，有严志颉颃之行者，无不惮悇痒心而悦其色矣。

毛嫱、西施之美，自然天成、天生之美，却不是不可改变的，丑的人体装饰使其丑，"过者"莫不"掩鼻"；美的人体装饰使其更美，"行者"莫不"悦其色"。这是从人体自然的美论及美的自然性，从对人体自然之美的装饰论及美的人工性。在自然面前，人不是无能为力的，而是说，一方面，自然向人提供了创造的可能与机会；另一方面，人的实践，在文化本质意义上，又是创造的，创造是人的本性，创造便是人的本质的对象化。

《淮南子》的关于美、丑的思想较之以前更为丰富、思考更为深致，它关于美、丑之客观性、相对性、绝对性的思路，代表了汉代美学思想与思维的历史性进步，美、丑（恶）美学范畴的酝酿，达到了较高的时代水平。《淮南子》的美学思考，又典型地体现了汉代美学的新特点，此即目光向外，从而发现与肯定外部世界之美：

凡人之所以生者，衣与食也。今囚之冥室之中，虽养之以刍豢，衣之以绮绣，不能乐也。以目之无见，耳之无闻。穿隙穴，见雨零，则快然而叹之。况开户发牖，从冥冥见昭昭乎？从冥冥见昭昭，犹尚肆然而喜，又况出室坐堂，见日月光乎？见日月光，旷然而乐。又况登泰山，履石封，以望八荒，视天都若盖，江河若带，又况万物在其间者乎？其为乐岂不大哉！（《淮南子·泰族训》）

如果人"囚之冥室之中"，虽锦衣玉食，"不能乐也"。《淮南子》体现了汉人强烈的向往外在世界的人文、审美情感与理想。在它看来，人之美感，人之"乐"，已经不是先秦儒、道所崇尚的心性之美、内心世界之美，而是"见日月光，旷然而乐"；而是"登泰山，履石封，以望八荒，视天都若盖，江河若带"

之美。从宇宙、天下角度看"美"与体验"乐",《淮南子》的美学思维的天地扩大了,格局拓展了,气度与以前不一样了。

《淮南子》又惊奇地发现从而肯定了自然物产之美:

> 东方之美者,有医毋闾之珣玗琪焉。东南方之美者,有会稽之竹箭焉。南方之美者,有梁山之犀象焉。西南方之美者,有华山之金石焉。西方之美者,有霍山之珠玉焉。西北方之美者,有昆仑之球琳琅玕焉。北方之美者,有幽都之筋角焉。东北方之美者,有斥山之文皮焉。中央之美者,有岱岳以生五谷桑麻,鱼盐出焉。(《淮南子·地形训》)

自然物产之美,是自然美的重要构成,汉之前未被真正重视过,汉初《淮南子》却将其纳入审美视域之内。这是一种实实在在的、外在世界之美,其审美的角度与视野为以往所未有,也体现了一种新的美学思维。然而,其思维框架与模式,却深受先秦《易经》关于八卦、九宫思想的影响,所谓东方、东南方、南方、西南方、西方、西北方、北方、东北方与中央之方位,是《周易》八卦的方位与中的方位,是显得很有趣却不免有些呆板与笨重的思维方式。

《淮南子·氾论训》又提出了一个值得令人深思的美学命题:"《诗》、《春秋》,学之美者也。"《诗》乃先秦诗歌总集,其文辞、篇章,传达出丰富而真实的诗的美感;《春秋》是史籍,从文化素质而言,难说它是文学作品(作品中包含一定的审美因素),如以"美"称之,大约只限于指其文辞之美而已。但是《淮南子》这里所言,乃二著的"学之美者"。"学之美者"是什么意思?是指"学人的赞美",还是"学说的美"?从其上下文关系(文脉)看,释其为"学说的美"比较妥当。从《淮南子》的叙述文本看,因为"王道缺而《诗》作,周室废、礼义坏而《春秋》作"(同上书),所以"《诗》、《春秋》,学之美者也。"是指"学说的美",那么"学说"何以能"美"?这是这一命题的关键之所在。"学"可以是一种"美",不过,它是不同于一般艺术、文学之类感性美的理性美。从一般逻辑对应规律来分析,既然有感性美,与之相对的,则必然有理性美。不过,理性美不是那种现象层次、形式层次的美,而是本质的、内在的、有深度的美,它与人的理性思维、与真具有深在的联系。它通过感官而诉诸于人的理智，用葱郁、冷峻与深沉来描述其美感，大约是比较确当的。因而，《诗》、《春秋》作为一种"学"，是"美"。这"美"属于理性美范畴。当然，这种"学"较多地与政治、伦理、与"善"相联系，《诗》学与《春秋》学作为五经学之二种，是属"儒"的，儒学偏于讲"善"。可见，《淮南子》所谓"学之美者"的"美"，起码具有"善"的道德人文因素。但既然是"学之美者"，则无疑属于理性美理念范畴。"学之美者"这一命题的提出，在拓展中国美学范畴的思想与思维时空方面，是具有重要意义的。

这种分析，笔者以为还可以从《淮南子》找到逻辑与文本意义上的有力佐证。《淮南子·齐俗训》有言，"博闻强志，口辩辞给，人智之美也"。这里所谓"人智之美"，乃理性美无疑，它的外在表现是"博闻强志，口辩辞给"。其内核之美，是"人智"。就"人智"本身而言，当然不是感性的。

《淮南子·缪称训》又从本原与本体意义论"美"：

> 君根本也，臣枝叶也。根本不美，枝叶茂者，未之闻也。

这是以君、臣关系与树林之根、枝关系作比，来言说"美"的本原意义。认为"根本"之美，才是美；"根本不美"想要"枝叶茂者"，是没有听说过的。

> 和氏之璧，夏后之璜，揖让而进之以合欢，夜以投入则为怨，时与不时。画西施之面，美而不可说；规孟贲之目，大而不可畏；君形者，亡焉。（《淮南子·说山训》）

"美"与"不美"的问题，与"时"与"不时"攸关。而且，本质之美，在"君形者"。何为"君形者"？从《淮南子》形、神、气说分析，指"气"。气是决定事物与人之形、神之美的本体。如本体不美或不从本体看待美，那么所谓现象之美，就是靠不住的。在绘画上，"画西施之面"而所以"美而不可说"，"规孟贲之目"而所以"大而不可畏"，其因盖"君形者，亡矣"。"西施之面"与"孟贲之目"之所以如此，"亡"气、"亡"道之缘故。

无疑，美这一范畴在秦汉美学范畴史上具有重要地位，它的具体论述与阐发，比较集中地存在于《淮南子》这一文本之中。以往学界对此有所忽视，几使一些相当精彩的关于美的见解与理念湮没无闻。固然学界深刻地指出，中国古典美学的基本范畴不是美，但这并不等于说美这一范畴在中国美学范畴史上是不重要的、可有可无的。关于美，中国古典美学也贡献了许多精到的思想与思维成果，并且，它一般地是与"象"说联系在一起的。这在《淮南子》里表现得相当典型。《淮南子》关于这一范畴的言说，是建立在生命学说的基础上的，此生命呈现为"形神气"三维结构，形也罢，神也罢，气也罢，其实融贯于其间的，是"象"。这是应当注意的。

《淮南子》之后论"美"的重要文本，是董仲舒的《春秋繁露》。作为汉代之大儒、公羊学之代表人物董仲舒的"美"论，自有其思想与思维特点。

其一，肯定"天地之美"。董仲舒《春秋繁露·循天之道》云：

> 四时不同气，气各有所宜，宜之所在，其物代美。视代美而代养之，同时美者杂食之，是皆其所宜也。故荠以冬美，而荼以夏成，此可以见冬夏之所宜服矣。
>
> 春秋杂物其和，而冬夏代服其宜，则当得天地之美，四时和矣。凡择味之大体，各因其时之所美……

这里，董仲舒从"择味之大体"来谈"美者杂食"的养生之道。养生并非一味吃自己认为所谓营养丰富的好东西或好吃的东西，而是须看主体与食物之间是否达到"宜"与"和"。而宜不宜、和不和的问题，是因"时"而异的；时不时，又是因"气"之不同之故。"四时不同气，气各有所宜"也。故合时、合气者，才得有所"养"。得其所养者，才"当得天地之美"，亦即"各因其时之所美"。因此，所谓"天地之美"，乃合时、合气、合人之美。董子肯定了这种美，并且在这一美学范畴中，渗融着时的意识、气的理念与宜（和）的思想，其哲学基础，在天人合一的时间意识、气的学说与生命观念。

> 然则天地之美恶，在两和之处，二中之所来归而遂其为也……中者，天下之所终始也；而和者，天地之所生成也。夫德莫大于和，而道莫正于

中。中者，天地之美达理也，圣人之所保守也。(《春秋繁露·循天之道》)

所谓"两和"，阴气、阳气之和；所谓"二中"，由阴、阳之气的"两和"所达成的"天下之所终始"。因此，此言"天地之美恶"，既然"在两和之处"，那么所谓"天地之美恶"，实指"天地之美"。因为"和"总与"美"相联系而不与"恶"(丑)相联系。在董仲舒看来，这"天地之美"是有条有理的，此所谓"中者，天地之美达理也"。而且，和也好，中也罢，不仅仅是天地的性德，也是人与社会的道德规范，"夫德莫大于和，而道莫正于中"，这是从天人合一、天人感应角度来谈和、中与美的问题。可见，"天地之美"，不是与人、与社会、与道德无关的美，它是在天人关系中建构起来的。这一关于"美"范畴的思想，具有典型的儒家文化素质及其道德伦理思想的特色。

其二，认为"天地之美"缘自"命"。董仲舒《春秋繁露·同类相动》云：

　　美事召美类，恶事召恶类，类之相应而起也。如马鸣则马应之，牛鸣则牛应之。帝王之将兴也，其美祥亦先见；其将亡也，妖孽亦先见。物故以类相召也。故以龙致雨，以扇逐暑，军之所处以棘楚。美恶皆有从来，以为命，莫知其所处。

董仲舒从天人合一观出发，以为万物"以类相召"，好比"马鸣则马应"，"牛鸣则牛应"，故"美事召美类，恶事召恶类"，"类之相应而起"。这是"物以类聚"的思想在天人关系、天地之美问题上的体现。在他看来，只要物、事同"类"，就会合一，就会"相召"。因此，"类"是"相召"的缘由，却并非最终之根因。物、事所以同"类"，所以"相召"，缘自"命"。命者，令也，是天定的、天生的、人力不能违逆的。董仲舒将"天地之美"，最终归之于"命"，体现出一定的神学思想与神学思维。

其三，提出"化美"这一概念。董仲舒《春秋繁露·如天之为》云：

　　故人气调和，而天地之化美。

《易传》云："天地氤氲，万物化醇。男女构精，万物化生。""化"这一范畴，是建构在天人合一、天人感应说的基础之上的，董氏关于"化美"的思想，就思维方式而言，是继承了《易传》的。"世治而民和，志平而气正，则天地之化精，而万物之美起。"（《春秋繁露·天地阴阳》）天与人、天地与万物之所以相类、相召、相感、相应，关键在"气"，而"美"之"化"，在天人之气和。从"人气"角度看，因"人气调和"，而促成"天地之化美"；从"天地"角度看，由于"天地之化精"，而"万物之美起"。这是董氏关于"化美"的本原意义的思想。

其四，主张"仁之美"在"天"说。董仲舒《春秋繁露·王道通三》云：

> 仁之美者，在于天。天，仁也。天覆育万物，既化而生之，有养而成之，事功无已，终而复始，凡举归之以奉人。察于天之意，无穷极之仁也。

在先秦儒家那里，"仁"一般指群体之间的一种亲情，所谓仁者，二人。《孟子》云，"仁之实，事亲是也"。孔子说，"仁者，爱人"。在郭店楚简的儒家著述中，仁写作息，可指人之身心的和谐与统一。这里，董仲舒又以"天"释"仁"，不同于先秦孔子以"礼"释"仁"。所谓"天，仁也"，这是将"仁"天则化，从而也是将"天"仁学化。仁，本指人际关系或个人身心关系，这里却将其看作是"天"的人文属性，实际是在天人之际、天人关系中来说"仁"。同时，这里又提出"仁之美"这一命题。"仁"本是一种善，这是先秦儒家仁学反复强调的。而董仲舒主张"仁之美"而非"仁之善"，是以为"仁"之"至善"必入于"美"境，亦即"善"之极致，便是"仁之美"。可见"仁之美"的提出，实际是将道德审美化了。这里触及了一个美学命题，即道德之善作为审美如何可能。但董仲舒没有也不可能解答这一问题。按董氏逻辑，为何"仁之美者，在于天"呢？因为"天，仁也"之故。而"天"仁不仁的问题，仅是一个逻辑预设。从现实看，天无所谓仁或不仁，故"天，仁也"是一个伪命题；而从逻辑看，所谓"仁之美者，在于天。天，仁也"之说，又是符合形式逻辑之原则的。董仲舒的"美"范畴，未能做到逻辑与现实（历史）的统一。然而仅就思维角度看，董仲舒主张"仁之美"在"天"说依然是有意义、有价值的，他提升了儒家仁学美学思想的思维品格。

其五，倡言人、天应"答"的准审美说。董仲舒《春秋繁露·阴阳义》云：

> 天亦有喜怒之气、哀乐之心，与人相副，以类合之，天人一也。

这里董氏反复强调的天人合一、天人感应说。"以类合之，天人一也"，也便是前文所谓天、人"以类相召"。而天、人之所以为"一"，是因为天、人相类，都"有喜怒之气、哀乐之心"之故。

> 夫喜怒哀乐之发，与清暖寒暑，其实一贯也。喜气为暖而当春，怒气
> 为清而当秋，乐气为太阳而当夏，哀气为太阴而当冬。(《春秋繁露·王道
> 通三》)

这是以《易经》太阳、太阴说来解读人、天应"答"关系问题。既然，夏为太阳，冬为太阴，那么，春便是少阳，秋便是少阴。以阴阳说解读四时（四季），便如是。董氏以"气"论来言说四时之气，称春为"喜气"、秋为"怒气"、夏为"乐气"、冬为"哀气"，而人之喜怒哀乐，是与四时、四气相化、相答的。

> 人生有喜怒哀乐之答，春秋冬夏之类也。喜，春之答也；怒，秋之答
> 也；乐，夏之答也；哀，冬之答也。天之副在乎人，人之性情，有由天者
> 矣。(《春秋繁露·为人者无》)

在董仲舒看来，人之喜怒哀乐情感的发生，是处于永恒运化之四时召唤的结果，称为"答"。天、人之际的应"答"，建构在天与人具有"气"与"心"情的一种假设的逻辑基础上，自然是不科学的，无疑具有一定的神学色彩。因而这种应"答"说没有真正地进入美学的视域，且残留某些源自上古的巫学的文化因子。但是，也应看到董子的这些论述，已在无意之中旁及自然变化与人之审美

心情、心境的关系问题，具有准审美说的理论因素。从审美角度看，人心乃物之所"感"，此不同于董仲舒"天人感应"之"感"，但自然、社会人、事、现象与环境变化包括四时交替等等，的确能够在一定程度上改变人之心情、或曰人之情感可因时序之变而起伏、转递。自然界有所谓"潮汐"现象，心亦然也。所谓"生物钟"，是一人之生命的韵律，可以被看作某些自然现象及其规律在人之生理、心理层次上所引起的一种回响。人的生命包括人的情感的起伏是有节奏的，这虽然不像董仲舒所言这般与四时之变有如此刻板的应"答"关系，但时序的代嬗、天气的阴晴、气候的冷暖与环境的变迁等等，确实可能在一定程度上影响个人或群体的情绪、情感的高涨或低落、疏放或压抑、亢奋或宁静之类，包括审美心态、心境的改变，确也是不争的事实。

董仲舒的这一人、天应"答"说，本意不在于审美，但它触及了人与自然的审美关系问题，虽然并非直言"美"，但确有对美感理解的因素在，因而笔者这里将它称为"准审美"说。

董仲舒生当武帝之时，作为"罢黜百家，独尊儒术"的倡言者，他关于"美"这一美学范畴的讨论，实际是其今文经学的一部分，他在汉代经学之文化守成的立场上，依然阐说了一些新的思想，包括其关于"美"的思想，这正是主张"无一字无精义"、主张"我注六经"的今文经学、较古文经学稍有一些创见的体现。

董氏之后，汉代关于"美"的酝酿仍在进行之中。

汉宣帝（前73—前48）在位时的桓宽，关于"美"也有一些有价值的言说。其代表作《盐铁论》专在说"盐铁"之事，似与美学无涉，不过此书其中的一些见解，这里还有讨论一下的必要。桓宽《盐铁论·褒贤》说：

> 故其任弥高而罪弥重，禄滋厚而罪滋多。夫行者先全己而后求名，仕者先辟害而后求禄。故香饵非不美也，鱼龙闻而深藏，鸾凤见而高逝者，知其害身也。

《盐铁论》乃记叙昭帝始元年间御史大夫桑弘羊与贤良文学讨论盐铁节用、开源之事。这里所引，以"任弥高而罪弥重，禄滋厚而罪滋多"为畏途。由此，述说所谓"美"之"害身"的道理，有先秦墨家因主张实利、节用而"非乐"之思想的遗响。《庄子》曾说："毛嫱西施，人之所美也；鱼见之深入，鸟见之高飞，麋鹿见之决骤。"这是说美的相对性，美是对人而言的。毛嫱、西施之美只对人有审美意义，对鱼鸟、麋鹿之类而言，是无所谓美、不美的。桓宽这里称，面对"香饵"之"美"，"鱼龙闻而深藏，鸾凤见而高逝"，似乎有点类似庄生之言，可见两者前后有文脉上的联系。但是，《庄子》斯言，其意在以为毛嫱、西施的美的相对性，这不为《庄子》所看重。《庄子》所推重的，是"天下之正色"即"道"之美，"道"乃绝对之美，无待之美。而桓宽仅从现实与实利出发，以为这个世界上"美"的问题，并非第一重要的，所以犹如"香饵"之"美"，为"鱼龙"、"鸾凤"所恐惧、所拒绝。这体现出桓宽的人文理念中对"美"的不信任。

《盐铁论·相刺》又说："大夫曰：桔柚生于江南，而民皆甘之于口，味同也。好音生于郑、卫，而人皆乐之于耳，声同也。越人夷吾，戎人由余，待译而后通，而并显齐、秦，人之心于善恶，同也。故曾子倚山而吟，山鸟下翔；师旷鼓琴，百兽率舞。未有善而不合、诚而不应者。"这是重申了先秦孟子所说的"同美"这一"话题"。《孟子》云，"是天下之口相似也。惟耳亦然。至于声，天下期于师旷，是天下之耳相似也。惟目亦然。……故曰：口之于味也，有同者（嗜）焉；耳之于声也，有同听焉；目之于色也，有同美焉。"桓宽所言"味同"、"声同"与"善恶同"，其关于"美"的思维方式，与《孟子》略同。

桓宽还提出"至美"这一审美理想的见解。

> 大夫曰：至美素璞，物莫能饰也。至贤保真，伪文莫能增也。故金玉不琢，美珠不画。今仲由、冉求无檀柘之材，隋、和之璞，而强文之，譬若雕朽木而砺铅刀，饰嫫母，画土人也。（《盐铁论·殊路》）

"至美"者，"素璞"，它不需文饰。真正的、最高的"美"，"伪文莫能增也"，不仅不能增其"美"，而且相反，犹"雕朽木而砺铅刀，饰嫫母，画土人"，这里桓宽所强调的，是原朴之美、本真之美，不加装饰之美，体现了道家的审美观。

在刘向（前77—前6）《说苑》中，关于"美"这一范畴的讨论，很有些独特的地方。

> 《书》曰："五事，一曰貌。"貌者，男子之所以恭敬、妇人之所以姣好也。（《说苑·修文》）

> 衣服容貌者，所以悦目也；声音应对者，所以悦耳也；嗜欲好恶者，所以悦心也。君子衣服中，容貌得，则民之目悦矣。言语顺，应对给，则民之耳悦矣。就仁去不仁，则民之心悦矣。（《说苑·修文》）

> 冠者所以别成人也。修德束躬，以自申饬，所以检其邪心，守其正意也。君子始冠，必祝成礼，加冠以厉其心。故君子成人必冠带以行事，弃幼少嬉戏惰慢之心，而衎衎于进德修业之志。是故服不成象，而内心不变，内心修德，外被礼文，所以成显令之名也。是故皮弁素积，百王不易，既以修德，又以正容。孔子曰："正其衣冠，尊其瞻视，俨然人望而畏之，不亦威而不猛乎。"（《说苑·修文》）

这是关于人之相貌、服饰与道德之关系问题的讨论，有《礼记·冠礼》之时代人文遗响。虽然其论述的重点，在"仁"、"正意"、"修德"，但是，也给予人之容貌、衣冠之美的相当的注意，对审美之"悦"以及何以"悦"进行了剖析。"君子衣服中，容貌得，则民之目悦矣"。君子打扮入时、适度、得体，容貌"恭敬"、儒雅，这是很美的。这是"正容"以"修德"，这是"正其衣冠，尊其瞻视，俨然人望而畏之"。这种衣冠、容止之美，正体现了人格、道德的崇高。

《说苑》的这一论述，是魏晋人物品藻之美学的时代先声。

《说苑》肯定与礼仪、道德相契的容貌、衣冠之美，却对室之"美"存有畏惧之心。

> 智襄子为室美，士茁夕焉。智伯曰："室美矣夫！"对曰："美则美矣，

抑臣亦有惧也。"智伯曰："何惧?"对曰："臣以秉笔事君。记有之曰：'高山峻原，不生草木；松柏之地，其土不肥。'今土木胜人，臣惧其不安人也。"室成三年，而智氏亡。(《说苑·贵德》)

"室美"本不值得"惧"。但是这里的"土木"之美之所以令人畏惧，是因为"高山峻原，不生草木；松柏之地，其土不肥"，换言之，是"风水"不吉利。这当然有基于命理的迷信思想在。但是，所谓"风水"吉利之地，一定是风景优美、物产丰饶之处，一定是美的，可见美与风水好是同构的。穷山恶水，一定不是好风水，也一定不是美的风景。这里所言，其宫室本身固然是"美"的，却是建造在风水不好的地方，"惧其不安人也"，因为"不安人"即不能让人安居乐业，所以这种"室"之美，就让人畏惧了。

可见，刘向在这里所表达的，是与传统风水理念攸关的"美"学观。在西汉末年扬雄《解难》中，扬雄先是设问：

客难扬子曰："凡著书者，为众人之所好也，美味期乎合口，工声调于比耳。今吾子乃抗辞幽说，闳意眇指，独驰骋于有亡之际，而陶冶大炉，旁薄群生。历览者兹年矣，而殊不寤(悟)。亶费精神于此，而烦学者于彼，譬画者画于无形，弦者放于无声，殆不可乎?"

扬子曰："………大味必淡，大音必希，大语叫叫，大道低回。是以声之眇者，不可同于众人之耳；形之美者，不可混于世俗之目。"

扬雄的主要著述是《太玄》。该书写得古奥冷僻，意义玄深，殊难读解，为时人所诟病。故扬雄撰《解难》以申说之。他认为，那种"美味期于合口"的"美"，是"世俗"、肤浅的，"形之美者"之"美"，应当"不可混于世俗之目"，也便不是媚俗的"美"。扬雄自视很高，他虽然没有说过"美是难的"这样的话，但他所理解与肯定的"美"，确是有深度、有品位的。从其"大味必淡，大音必希"的言述分析，他所推重的"美"，实乃以"道"为本原、本体的"美"。

东汉王充又提倡"实事"之美，反对"虚妄"之"美"。

> 世俗所患，患言事增其实；著文垂辞，辞出溢其真，称美过其善，进
> 恶没其罪。何则？俗人好奇。不奇，言不用也。故誉人不增其美，则闻者
> 不快其意；毁人不益其恶，则听者不惬于心。（《论衡·艺增篇》）

这里王充所反对的，是那种"辞出溢其真，称美过其善"的不良风气，认为
"故誉人不增其美，则闻者不快其意"那种虚文、假意的"美"，是必须否定
的。言过其实，以求虚美，是王充所痛恨的。

王充"疾虚妄"而崇今"实"。他说，"古有虚美，诚心然之。信久远之
伪，忽近今之实，"（《论衡·须颂篇》）是不可取的。王充又指出，《论衡》一
书的撰写，为的是纠正"虚妄之言胜真美也"的不良倾向，"虚妄"者，横行天
下的谶纬神学之言，"故《论衡》者，所以铨轻重之言，立真伪之平，非苟调
文饰辞为奇伟之观。其本旨起人间有非，故尽思极心，以讥世俗。世俗之性，
好奇怪之语，说虚妄之文"。（《论衡·对作篇》）"人间有非"者，谶纬、虚妄
也，"虚妄之文"，损害"真美"之存有。那么什么是"真美"？便是王充所反
复主张的"实事"之美，实际是生活经验之"美"。

王充在提倡"实事"之美的基础上，又进一步推重"美"的个性，"美色
不同面，皆佳于目；悲音不共事，皆快于耳。酒醴异气，饮之皆醉；百谷殊味，
食之皆饱"。（《论衡·自纪篇》）不同个性的美，都可以在接受过程中激起美
感，这是对个性美的肯定。

王充的"实事"美论，在蔡邕《女诫》一文中得到了沿续、呼应与发展，
蔡邕说：

> 而今之务在奢丽，志好美饰。帛必薄细，采必轻浅。或一朝之晏，再
> 三易衣。从庆移坐，不因故服。

显然，蔡邕对这种"志好美饰"的"奢丽"风气不赞成，在这一点上，蔡邕有
类于王充。而蔡邕所反对的，仅是人的外在的、过度的修饰，对人的内心修养
却是肯定的。

> 夫心，犹首面也。是以甚致饰焉。面一旦不修饰，则尘垢秽之。心一
> 朝不思善，则邪恶入之。人咸知饰其面，而莫知修其心，惑矣。夫面之不
> 饰，愚者谓之丑。心之不修，贤者谓之恶。愚者谓之丑，犹可；贤者谓之
> 恶，将何容焉！故览照拭面，则思其心之洁也；傅脂，则思其心之和也；
> 加粉，则思其心之鲜也；泽发，则思其心之顺也；用栉，则思其心之理也；
> 立髻，则思其心之正也；摄鬓，则思其心之整也。

在蔡邕看来，"人咸知饰其面，而莫知修其心"，是糊涂人。"面之不饰"为
"丑"，"心之不修"为恶。因此，人的内心之美重于外饰之美。蔡邕并非反对外
饰之美，而是说诸如"帛必薄细，采必轻浅。或一朝之晏，再三易衣"的过度的
"奢丽"，是不好的。"务在奢丽"、"志好美饰"，是不应予肯定的审美观，这是
得王充以"实"、以"朴"为美之余绪。然而认为"面之不饰"亦为"丑"，这
种审美理念，已从王充那里出走。蔡邕的意思是，诸如女子人体美饰，其实他并
未绝对反对，而是认为不应过奢，并且主张以心"修"为主的内、外兼"修"。
"览照拭面"、"傅脂"、"加粉"、"泽发"、"用栉"、"立髻"与"摄鬓"等等，
都是必须的人体美饰，而同时，应更注重"思"其"心之洁"、"心之和"、"心
之鲜"、"心之顺"、"心之理"、"心之正"与"心之整"。

由此"美"论可见，时至东汉中、后期，人们对"美"的问题的思考已渐
趋深入，关于"美"的思维，也体现出一定的朴素唯"物"而辩证的特点，在
一个经历了经学与谶纬神学之冲击的时代，人们的美学头脑，开始从非理性渐
渐转向唯"物"理性，从崇"神"走向崇"实"、崇"心"的趋势，还是比较
明显的，这是对魏晋南北朝之美学及其美学范畴建构时代到来的召唤。

第四节　文与质问题讨论的时代新趋

与"象"相关的一个范畴，是"文"；与"文"相关的，是"质"。为求解
读"文"这一范畴意蕴在秦汉的体现，应从讨论文与质的关系问题着手。

早在先秦，文、质问题已在诸子视野之内。在诸子之前，《国语·郑语》
云："声一无听，物一无文，味一无果，物一不讲。"何谓"物一无文"？单为一

物，不成其文，《易传》云，"物相杂，故曰文"也。《论语·八佾》称，"周监于二代，郁郁乎文哉，吾从周。"此文，指文化、文明与文章之类。《论语·公冶长》又说："子贡问曰：'孔文子何以谓之文也？'子曰：'敏而好学，不耻下问，是以谓之文也。'"此文，指人之风度、人品与人格的外在表现。文为形式，质为内容。文、质在先秦首先指人格的外在表现及内涵。《论语·雍也》云："子曰：'质胜文则野，文胜质则史。文质彬彬，然后君子。'"君子的人格，便是内外一贯、文质彬彬的。所以《荀子·不苟》也说："君子宽而不慢，廉而不刿，辩而不争，察而不激，寡立而不胜，坚强而不暴，柔从而不流，恭敬谨慎而容，夫是之谓至文。""至文"者，必为文、质和谐，文质彬彬之状态。文、质这两个对应的范畴，在先秦开始用以描述、规定君子人格之完善，又发展为艺术的审美。《荀子·宥坐》云，子贡观于鲁庙之北堂，问于孔子："乡（向）者，赐观于太庙之北堂，吾亦未辍，还，复瞻被九盖皆继，被有说邪？匠过绝邪？"孔子曰："太庙之堂，亦尝有说，官致良工，因丽节文，非无良材也，盖曰贵文也。"这里，似仅说到了文而无涉于质，其实，所谓"节文"，"贵文"，已经考虑到文、质之关系的统一。《韩非子·解老》又将文、质关系以文、道关系来表述："道者，万物之所然也，万理之所稽也。理者，成物之文也。"又说："和氏之璧，不饰以五采，隋侯之珠，不饰以银黄，其质至美，物不足以饰之。夫物之待饰而后行者，其质不美也。"在逻辑上，韩非先把"文"解读为"饰"，又以为此"饰"与"质"无涉，认为"质"已"至美"，无须文饰，文乃质之外之存有，体现其重质轻文的人文、审美理念。

先秦与"象"相关的文、质问题讨论，因为处于初始阶段而颇不深入。这为秦汉有关文、质及其范畴的解读，提供了空间。

西汉初年的陆贾《新语·资质》初涉文、质这一对应性范畴，持"质美"、"文采"之说。其文云：

> 质美者以通为贵，才良者以显为能。何以言之？夫楩楠豫章，天下之名木也，生于深山之中，产于溪谷之傍，立则为大山众木之宗，仆则为万世之用，浮于山水之流，出于冥冥之野，因江河之道，而达于京师之下，因斧斤之功，得舒其文采，精悍直理，密致博通。

"天下之名木"本自"质美"。"质美者以通为贵","因斧斤之功，得舒其文采"。"文采"是由"质美"来决定的。倘无"斧斤之功"，便无"文采"之"舒"。从一个"舒"字可见，陆贾所理解的"文采"，并非"斧斤之功"即人工、人为的创造，而是由"斧斤之功"得以"舒"展、得以实现的。假定这世上并无"斧斤之功"，那么与"质美"相应的"文采"在哪里？答曰：在"质美"的潜在素质之中。"质美"不等于"文采"，但"质美"蕴涵着本原意义的有待于实现为"文采"的潜质与可能性。这里，陆贾思考文、质关系问题的基本思路，实际是以"质美"为体、"文采"为用。

在《淮南子·缪称训》中，论及一个命题，所谓"文不胜质，之谓君子"。其文云："锦绣登庙，贵文也；圭璋在前，尚质也。文不胜质，之谓君子。"将美丽的织物供奉在宗庙里，是看重它的文采；把圭璋之类玉器献于神前，是崇尚它质地的素朴。文采为次，质朴为主，这样的便是君子人格。可见《淮南子》重"质"而轻"文"，且将文、质这一对应性范畴放在人格问题框架中来加以讨论。与先秦孔子的"文质彬彬，然后君子"说相比较，《淮南子》的"文不胜质，之谓君子"说因其重"质"轻"文"而显得比较实在。在孔子看来，所谓"文不胜质"不是一种完美的君子人格。《论语》记孔子言云："质胜文则野"，此"野"乃乡野、野人之意，其道德人格远离"君子"规范与风度。《淮南子》的思想主旨，属于黄老之学，其哲学内核，为道家思想。道家重"朴"而尊"道"，通行本《老子》八十一章云，"信言不美，美言不信"。这里的"美"，指"文"之"美"，对"美言"的否定，实际是对"文"的看轻。《庄子》同样重"朴"而尊"道"，称"素朴而天下莫能与之争美"，"素朴"者，道也。庄子重"道"，故有"得鱼忘筌"、"得兔忘蹄"之说。《庄子》所谓"文灭质，博溺心"的说法，直接是对"质"的肯定。《淮南子》采道家思想而用为儒家治世之术，遂将重"质"的道论与儒家"君子"人格说结合，体现"渊于黄帝，旨近老子"（高诱注）的黄老之学的思想特色。

在董仲舒《春秋繁露·玉杯》中，文、质范畴又被重新提出。其文云："《春秋》之序道也，先质而后文，右志而左物。"毋庸赘言，此所谓"先质而后文"，与前述《淮南子》等持同一思路，没有提供新鲜的见解。

在刘向《说苑·修文》中，文、质范畴受到较多关注。

> 是故文王始接民以仁，而天下莫不仁焉，文德之至也。德不至，则不
> 能文。

文王施仁政于天下，"天下莫不仁"，这是"文德之至"。此言"文德"而不说文质，实际上"文德"之"德"，指"文质"之"质"的现实内容。从思维模式看，刘向的"文德"说依然持重"质"、轻"文"的传统思路，所谓"德不至，则不能文"，亦即"质"本、"文"末之见。刘向《说苑·修文》云：

> 商者常也，常者质，质主天；夏者大也，大者文也，文主地。

这是以"天地"说"文质"。质文犹如天地之关系，使文质范畴略具若干哲学色彩。所谓"质主天"、"文主地"，显然又重申了重"质"、轻"文"之说。

> 孔子曰："可也，简。"简者，易野也。易野者，无礼文也。孔子见子
> 桑伯子，子桑伯子不衣冠而处。弟子曰："夫子何为见此人乎？"曰："其质
> 美而无文，吾欲说而文之。"孔子去。子桑伯子门人不说，曰："何为见孔
> 子乎？"曰："其质美而文繁，吾欲说而去其文。"故曰，文质修者，谓之
> 君子，有质而无文谓之易野。子桑伯子易野，欲同人道于牛马，故仲弓曰
> "太简"。(《说苑·修文》)

子桑伯子"不衣冠而处"，这是"太简"。简者，"易野"，便是"无礼文"，"同人道于牛马"，被孔子评为"质美而无文"，故欲说服其修"文"以成"君子"。而子桑伯子又嫌孔子"质美而文繁"，"欲说而去其文"，真是"道不同不相为谋"。子桑伯子对孔子的评价，当然不能代表刘向对孔子的评价。刘向实际接受了孔子关于"文质彬彬，然后君子"的文、质说，称为"文质修者，谓之君子"。

> 孔子卦得贲，喟然仰而叹息，意不平。子张进，举手而问曰："师闻
> 贲者吉卦，而叹之乎？"孔子曰："贲，非正色也。是以叹之。吾思夫质素，

白当正白，黑当正黑。文质又何也？吾亦闻之，丹漆不文，白玉不雕，宝珠不饰，何也？质有余者，不受饰也。"（《说苑·反质》）

贲卦为《周易》六十四卦之一，其结构为离下艮上。《易传》云："贲，饰也。"贲有装饰、文饰之意。《周易》有"白贲"之说，"白贲"即"无贲"，即无"装饰"、"文饰"。孔夫子算卦，得贲卦，贲卦为吉卦，那么为何"喟然仰而叹息，意不平"呢？这是因为在"孔子"看来，"贲，非正色也"之故。此"正色"，即"本色"。"本色"者，"质素"，即文、质的"质"。"白当正白，黑当正黑"，即"正色"。可见，这里"孔子"所主张的，在于重质而轻文，与《论语》所述孔子的"文质彬彬，然后君子"说有别。实际上，这是刘向借"孔子"之口来表述自己的重质轻文思想。这里的"孔子"，是刘向的伪托、虚拟。

刘向又说：

墨子曰："诚然，则恶在事夫奢也，长无用，好末淫，非圣人之所急也。故食必常饱，然后求美；衣必常暖，然后求丽；居必常安，然后求乐。为可长，行可久，先质而后文，此圣人之务。"禽滑釐曰："善"。（《说苑·反质》）

这是借墨子与其弟子禽滑釐的对话，重申了墨家"先质而后文"的道理。这道理，是刘向所肯定的。在刘向看来，"美"在事物之"质"而非"文"。这种重"质"轻"文"、"先质而后文"的思想，在扬雄《法言》中，也有体现。

扬雄《法言·吾子》说："或曰：'女有色，书亦有色乎？'曰：'有'。女恶华丹之乱窈窕也，书恶淫辞之淈法度也。"这里的"色"，属于"文"之范畴，所谓"恶华丹"、"恶淫辞"，都是扬雄"恶"、"文"思想之表现。

或曰："有人焉，自云姓孔而字仲尼，入其门，升其堂，伏其几，袭其裳，则可谓仲尼乎？"
曰："其文是也，其质非也。"（《法言·吾子》）

这是说，大凡事物之质、文，质是根本的，文是依存的。虽然穿着孔子的衣裳等等，自云"仲尼"，但其实并非真正的孔子，是什么缘故呢？因为"其质非也"。这好比"羊质而虎皮，见草而说（悦），见豺而战，忘其皮之虎矣"。（《法言·吾子》）披着虎皮的羊，依然不改羊的本性，依然"见草而说，见豺而战"。可见在文、质这一对应范畴中，扬雄所坚持的，是以"质"为本、以"文"为末的思想。

但扬雄关于"文、质"的思考，并非仅此而已。即使在《法言》中，扬雄同时提出了与"文、质"相副相一的思想、见解，其文云：

> 曰："实无华则野，华无实则贾，华实副则礼。"（《法言·修身》）

这里所谓"华实副"，如果以"文、质"言之，实即"文质副"。

> 或曰："良玉不雕，美言不文，何谓也？"
> 曰："玉不雕，玙璠不作器；言不文，典谟不作经。"（《法言·寡见》）

虽为"良玉"（质），"不雕"不成"器"；虽为圣"言"，"不文"不作"经"。可见，事物的"质"，虽然就事物而言是根本的，但"文"也并非可有可无。就审美而言，"良玉"之"美"，是其质朴本在之"美"；一旦经过人工雕琢而成"器"之"美"，此两"美"是不同的，前者美在质朴，后者美在文、质相副。这正如"圣人表里"：

> 或问："圣人表里"。曰："威仪文辞，表也；德行忠信，里也。"（《法言·重黎》）

圣人的崇高人格之美，是"表里"一致的、"威仪文辞"与"德行忠信"相副，是一完美的圣人人格。这里，表里犹如文质。文质班班，表里如一。这正如其《太玄》卷四所言：

> 文：阴敛其质，阳散其文。文质班班，万物粲然。

"质"在"里"，故称"阴"；"文"在"表"，故称"阳"；表里和谐，文质班班，在哲学上，便可归结为阴阳调和。

在文、质这一对矛盾中，质处于主要矛盾方面，而文居次要矛盾方面，质是事物的质的规定性，质决定了事物本在的美，素朴的美，却不等于说文是无足轻重的。《太玄》卷七说：

> 是故文以见乎质，辞以睹乎情。观其施辞，则其心之所欲者，见矣。

文的功能，在审美上是"见"，犹如"情"以"辞"为"睹"。"见"者，"见"其本在的"质"之美。就文、质相副而言，文是依存的；就文本身而言，又是相对独立的、自持的。扬雄的"文质班班"思想，显然承继了孔子关于"文质彬彬"的人格之思，又不限于人格问题，而是一定程度上发展为一个关于审美的命题。

扬雄之后，东汉王充在文、质问题上，依然基本上继承了前贤的思路。王充持"气"之学说，推"实事"、"实诚"而"疾虚妄"。

> 有根株于下，有荣叶于上；有实核于内，有皮壳于外。文墨辞说，士之荣叶、皮壳也。实诚在胸臆，文墨著竹帛，外内表里，自相副称，意奋而笔纵，故文见而实露也。人之有文也，犹禽之有毛也。毛有五色，皆生于体。苟有文无实，是则五色之禽，毛妄生也。（《论衡·超奇篇》）

这里王充所言，有根叶、实皮、外内、表里与毛体之对偶，可归为文质之辨。其中心思想，是"外内表里，自相副称"。这里值得注意的，是一个"自"字，从"自"可见，王充所强调的，是事物及其美所本在（自）的文质"副称"，而不是外加的人工之饰，否则，便是"有文无实"，便是"虚妄"。王充的唯"物"（实事）思想与思维，在文、质问题上表现得很鲜明。

然而，王充还是看到了"文"的审美功能与传播功用。他说："或曰：士之论高，何必以文？答曰：'夫人有文质乃成。……'"（《论衡·书解篇》）王充引用《易传》之言云，"圣人之情见乎辞"。"圣人之情"作为内在之"质"，无"辞"则不得"见"也。可见"辞"（文）并非可有可无。王充所反对的，仅是"虚妄"之"文"，而不是一切"文"。在美学上，王充指出，"人无文则为仆人"、"人无文德不为圣贤"，因此，"物有华而不实，有实而不华者"（《论衡·书解篇》），都在摒弃之列。

王充是"疾虚妄"之"文"的斗士，从大处看，此"虚妄"者，乃东汉盛行的谶纬神学及其迷信，从小处分析，指不符于事物之"实"的虚"文"。王充谈到其撰述《论衡》主旨时说：

> 是故《论衡》之造也，起众书并失实，虚妄之言胜真美也。故虚妄之语不黜，则华文不见息；华文放流，则实事不见用。故《论衡》者，所以铨轻重之言，立真伪之平，非苟调文饰辞为奇伟之观也。（《论衡·对作篇》）

这里所言"众书"，指谶纬之书。谶纬之书使"虚妄之言"横行于天下，将"真美"之光辉掩盖了。"华文"者，"虚妄"之"文"，"华文放流"，乃谶纬"虚妄之语不黜"之故。可见，王充的"文质"美学思想，是与其身处东汉谶纬神学这一大"语境"相联系的。王充说："世俗之性，好奇怪之语，说（悦）虚妄之文。何则？实事不能快意，而华虚惊耳动心也。"（《论衡·超奇篇》）世俗的审美，往往逐"奇"、好"怪"、悦"虚"、爱"妄"，体现了人性与人格的"盲点"。因此，取"华饰"而弃"质朴"，乃各个时代之人常犯的审美"错误"，不唯东汉然也。王充的这一见解，触及重"文"、轻"质"的审美缺失，应该说是具有普遍意义的，在秦汉文质之辨的文脉历程中，也具有推进之功。

相比之下，班固《汉书》中所论及的文、质思想，也具有较为宏阔的视野，值得一提：

> 六艺之文:《乐》以和神,仁之表也;《诗》以正言,义之用也;《礼》以明体,明者著见,故无训也;《书》以广听,知之术也;《春秋》以断事,信之符也。五者,盖五常之道,相须而备,而《易》为之原。故曰"'易'不可见,则乾坤或几乎息矣",言与天地为终始也。(《汉书·艺文志》)

在班固看来,《周易》等"六经",是文、质相副的典范。其中尤其是《易经》,"言与天地为终始也"。然而,班固却敏锐地看到了汉代经学及其谶纬神学的弊端。从文质之辨看,这弊端也体现在文、质背谬,文、质分裂。班固指出:

> 古之学者耕且养,三年而通一艺,存其大体,玩经文而已,是故用日少而畜德多,三十而五经立也。后世经传既已乖离,博学者又不思多闻阙疑之义,而务碎义逃难,便辞巧说,破坏形体;说五字之义,至于二三万言。后进弥以驰逐。故幼童而守一艺,白首而后能言;安其所习,毁所不见,终以自蔽,此学者之大患也。(《汉书·艺文志》)

这是班固对汉代经学及谶纬神学之烦琐的抨击。"古之学者""三年而通一艺",是因为"五经"本身以及"五经"与"传"的文、质本自相副,所以人学到"三十而五经立也"。那么现在为什么做不到呢?是因为经学及谶纬"经传既已乖离",其文本特征是"碎义逃难,便辞巧说,破坏形体",导致"幼童而守一艺,白首而后能言"的"学者之大患"。从文、质关系分析,经学之烦琐与经学的谶纬化,在班固看来,是一种重虚"文"而轻实"质"的时代思潮。这里,班固虽然并未直接讲到审美,然而,他所指出的文、质相悖的现象却造成了汉代尤其东汉的审美的挫折,在中国美学与文论上,蕴含着关于文、质相副的合理的思想与思维的精神内核。

这一点,得到了王符的呼应。王符曾说:"今学问之士,好语虚无之事,争著雕丽之文,以求见异于世,品人鲜识,从而高之。此伤道德之实,而惑矇夫之大者也。"(《潜夫论·务本》)

这种思想与思维,直到东汉末期,仍不绝如缕。比如在撰于汉献帝初平四、五年的牟融《理惑论》中,依然如是说:

　　问曰：夫事莫过于诚，说莫过于实。老子除华饰之辞，崇质朴之语。佛经说不指其事，徒广取譬喻。譬喻非道之要，合异为同，非事之妙。虽辞多语博，犹玉屑一车，不以为宝矣。（《弘明集》）

这是站在中国传统文化之立场来非难由印度来华的佛教，称"佛经说不指其事，徒广取譬喻"，这是"虚妄"之"文"，"非道之要"、"非事之妙"。虽不直言文、质，却内含文、质及重质轻文之理，犹"老子除华饰之辞，崇质朴之语"，重质之谓也。

第五节　观：与象相契

　　秦汉时期，审美的时代目光已转向了大自然与社会人生，象思维与象情感的发展与对大自然万千气象及社会人生无数现象的审美，是密切联系在一起的。审美是主体对对象的观照，或以一个字来表达，审美即"观"。

　　观，卜辞"观"字写作（罗振玉《殷虚书契前编》四、三九四）或（罗振玉《殷虚书契前编》八、五）等。繁体觀字从雚从見。雚，卜辞写作（孙海波《甲骨文录》七〇八）。卜辞观、雚二字，均为鸟隼之象形。雚字造型更夸张地突现鸟隼的炯炯之目光，观的本字为雚。卜辞有"在六月乙巳示典其雚"（郭沫若等《甲骨文合集》，三八三一〇）之记，雚为祭名，以鸟为祭品，称为"鸟祭"。

　　祭祀以"鸟"，崇拜生殖，是观的文化原型。观之本义属于先祖崇拜的文化，因此，观是对祖先的生殖力的凝视、关注、追怀与留恋。进一步引申，便是以祖先之人文典则来"观"当下及此后"风俗之盛衰"。观是以祖先之神的炯炯之目来审视子孙万代的文化。

　　《周易》观卦坤下巽上，其九五得中，且得正为吉爻，象征祖先。故《易传》称其为"大观在上"，"中正以观天下"。"大观"者，"太观"之谓。大，太之本字。是顶天立地的正面而立的成年男子之象形字。故"大观"即祖先之观以及对祖先之神灵的观照。《周易》观卦九五爻辞云"观我生"，上九爻辞又云"观其生"，而六三爻辞称"观我生进退"。观是尊祖、崇生的行为。王弼《周易略例》说："寻名以观其吉凶，举时以观其动静。""观之为义，心所见为美者也。"[1]可见观与审美相联系。[2]

先秦孔子有"兴观群怨"之说。此观，所谓观社会政治教化、道德伦理、风俗习惯之种种现象，以说明艺术尤其诗的社会功能。

先秦所言观，并非纯粹审美，而是具有审美意蕴的道德的观照，所谓"君子比德"。孔子云："仁者乐山，智者乐水。"山、水之自然质素可对应于仁者、智者的人格。仁者所以"乐山"，因山体之峗然，象征仁者的方型人格；智者所以"乐水"，因为流水之圆活，象征智者的圆型人格。这种象征，建立在主体对山、水的观照之上。有对山、水的观，才有"君子比德"之意。孔子又云："逝者如斯夫，不舍昼夜。"孔子之所以发如此之浩叹，是观水之故。此观，已具审美之品格。

荀子又发展了孔子的"仁者乐山，智者乐水"及观"不舍昼夜"之流水的"比德"及审美之见，《荀子·法行》：

> 夫玉，君子比德焉。温润而泽，仁也。栗而理，知也。坚刚不屈，义也。廉而不刿，行也。折而不挠，勇也。瑕适未见，情也。扣之，其声清扬而远闻，其止辍然，辞也。

这里，荀子以自然物即玉的自然质素来比拟君子道德人格之善美，其思路属于类比。玉的自然质素对应于君子崇高人格的各个侧面，使自然物的各个侧面的自然质素与面貌，成为呈现君子人格的象征性符号，这里的关键，是对玉之"象"的观与君子人格的观。

在汉代，观的思想与思维得到了进一步推动，刘向《说苑·杂言》，曾作出丰富的论述：

> 子贡问曰："君子见大水必观焉，何也?"孔子曰："夫水者，君子比德

---

[1] 楼宇烈:《王弼集校释》(下)，中华书局，1990，第604、618页。
[2] 王振复:《中国美学的文脉历程》，四川人民出版社，2002，第196—198页。

焉。遍予而无私，似德。所及者生，似仁。其流卑下句倨，皆循其理，似义。浅者流行，深者不测，似智。其赴百仞之谷不疑，似勇。绰约而微达，似察。受恶不让，似包蒙。不清以入，鲜洁以出，似善化。主量必平，似正。盈不求概，似度。其万折以东，似志。是以君子见大水观焉尔也。"

君子观水，主体之心灵与客体之水"照面"，构成主观与客观的统一，使心灵与流水同时"敞亮"。流水"呈现"为道德人格之符号，主体的道德人格在流水这一符号上得到了"似"的"实现"。这便是"君子"与流水之间所发生的能指与所指之间的"对话"。

刘向进一步发挥先秦孔子"仁者乐山，智者乐水"这一著名命题：

夫智者何以乐水也？曰：泉源溃溃，不释昼夜，其似力者。循理而行，不遗小间，其似持平者。动而之下，其似有礼者。赴千仞之壑而不疑，其似勇者。障防而清，其似知命者。不清以入，鲜洁而出，其似善化者。众人取乎品类以正，万物得之则生，失之则死，其似有德者。淑淑渊渊，深不可测，其似圣者。通润天地之间，国家以成，是知之所以乐水也。《诗》云："思乐泮水，薄采其茆，鲁侯戾止，在泮饮酒。"乐水之谓也。夫仁者何以乐山也？曰：夫山，龚嵸嵳嶷，万民之所观仰。草木生焉，众物立焉，飞禽萃焉，走兽休焉，宝藏殖焉，奇夫息焉，育群物而不倦焉，四方并取而不限焉。出云风，通气于天地之间。天地以成，国家以宁，是仁者所以乐山也。《诗》曰："太山岩岩，鲁侯是瞻。"乐山之谓也。（《说苑·杂言》）

这说的是君子何以观水、观山的理由。这理由很充分。问题是，在这观水、观山的"观"中，除了道德人格的象征，是否还有审美人格的实现？这问题的实质是，"观"是否具有审美品格以及何以具有审美品格？正如前述，凡观，必关乎主体心灵、感官与对象之建构的关系，这关系的纽结，是象。山水作为客观的形体，在主体心灵建构为关于山水的意象，这山水之意象具有何种意义，道德的、宗教的、实用的抑或审美的？决定于主体心灵既在的心灵准备、储存以及"在场"的心态、心灵指向与氛围等，观本身并不能决定此观的性质、品格即并不能决定诸如道德的还是审美的，而是决定于主体以何种心灵态度、心胸进入观的过程。观可以是道德的，也可以是审美的、实用求善的或宗教崇拜的。"君子比德"的所谓观，基本属于道德范畴。然而这道德范畴既不是可以遮蔽审美或是实用与崇拜等，也并非自封闭、与其余人之把握世界的基本方式无关。在一定条件下，道德可以转化为审美，审美亦可以走向道德。就"君子比德"的观山、观水而言，山水既然可以成为道德人格的象征，那么，又有什么理由、什么障碍使山水不能成为审美人格的象征呢？观的基本条件是象之存在，无"象"焉能为观？有学人认为，有所谓"内审美"，内审美指无感官直接参与、无对象的"内景型"、"想象型"、"神志型"的审美。这是否否定了"观"即审美的感性与对象，观必关乎主体心灵与对象，且始终有感官参与。而且，当道德型的观实现为主体道德的完善之时，这种完善意味着逸出于道德域限而走向审美。审美作为瞬间的主体的感觉与领悟，是无功利、无目的的，这并非意味着在历史领域、现实生活过程中，审美绝对与功利、目的之类无关。审美的历史性（时间性）与人文性不是孤立存在与发展的，它渗透以一定的功利与目的，或者以一定的功利与目的作为其背景。因此，作为实践过程的审美，必与实用、求知、崇拜等构成千丝万缕的必然联系。因此，在一定条件下，观从道德人格之比拟走向审美人格之比拟是可能的。

刘向《说苑·杂言》又说：

> 玉有六美，君子贵之。望之温润，近之栗理，声近徐而闻远，折而不挠，阙而不荏，廉而不刿，有瑕必示之于外，是以贵之。望之温润者，君子比德焉；近之栗理者，君子比智焉。声近徐而闻远者，君子比义焉。折而不挠、阙而不荏者，君子比勇焉。廉而不刿者，君子比仁焉。有瑕必见之于外者，君子比情焉。

这里所谓"玉有六美"，是道德之象征与审美兼而有之的。君子"比德"、"比智"、"比义"、"比勇"、"比仁"与"比情"，既是道德性的，又是审美性的，两者统一于"观"。

从关于"象"的"观"出发，刘向还对人物相貌、衣冠、行止之美问题发表了精彩的意见，刘向《说苑·修文》说：

> 《书》曰："五事，一曰貌。"貌者，男子之所以恭敬，妇人之所以姣好
> 也。行步中矩，折旋中规，立则磬折，拱则抱鼓。其以入君朝，尊以严。
> 其以入宗庙，敬以忠。其以入乡曲，和以顺。其以入州里族党之中，和以
> 亲。《诗》曰："温温恭人，惟德之基。"孔子曰："恭近于礼，远耻辱也。"
>
> 衣服容貌者，所以悦目也。声音应对者，所以悦耳也。嗜欲好恶者，
> 所以悦心也。君子衣服中，容貌得，则民之目悦矣。言语顺，应对给，则
> 民之耳悦矣。就仁去不仁，则民之悦矣。
>
> 知天道者冠鉥，知地道者履蹻。能治烦决乱者佩觿，能射御者佩韘，
> 能正三军者撎笏。衣必荷规而承矩，负绳而准下。故君子衣服中而容貌得，
> 接其服而象其德，故望玉貌而行能有所定矣。
>
> 冠者所以别成人也。修德束躬，以自申饬，所以检其邪心，守其正意
> 也。君子始冠，必祝成礼，加冠以厉其心。故君子成人必冠带以行事，弃
> 幼少嬉戏惰慢之心，而衎衎于进德修业之志。是故服不成象，而内心不变。
> 内心修德，外被礼文，所以成显令之名也。是故皮弁素积，百王不易，既
> 以修德，又以正容。孔子曰："正其衣冠，尊其瞻视，俨然人望而畏之，不
> 亦威而不猛乎？"

这里，所谓"《书》曰：'五事，一曰貌'"，《书》原文为"五事：一曰貌，二
曰言，三曰视，四曰听，五曰思。貌曰恭，言曰从，视曰明，听曰聪，思曰
睿。"所谓"衣服容貌者"一段，始见于《韩诗外传》卷一，又见于董仲舒《春
秋繁露》，个别文句有所不同。刘向所述，大致仍不出于人物道德之理路。人
之容貌、衣冠与行止等，应"中矩"、"中规"，以显其人格的"尊严"、"敬
忠"、"和顺"与"和亲"。这是人之容貌、衣冠与行止的外观所传达给人的道
德意义。然而不仅如此，刘向还认为，人的衣冠容止、言语嗜爱之类，还具
有"悦目"、"悦耳"与"悦心"之功，这是对审美的关注与肯定。所谓"正其
衣冠，尊其瞻视"。"瞻视"者，观也。"君子衣服中而容貌得，接其服而象其
德"。不仅如此，这里与"象"相契的"观"，因"悦"人之耳、目与心而使人

格道德之善走向对人物、人格的审美。

对人物的品鉴在中国美学史上，经历过几个阶段。简而言之，先秦有骨相之学。《荀子·非相》云，骨相之学者，"相人之形状颜色而知其吉凶、妖祥"。这属于巫术文化。这种巫术文化源远流长，以人的长相、容貌来推断人的命运休咎，是一种命理思想。王充作为唯"物"者，却在骨相问题上相信"人命禀于天，则有表候于体"，故"察表候以知命"（《论衡·骨相篇》），是必然的了。相传古时十二君王与圣人，都具有异相，此《论衡·骨相篇》所谓"黄帝龙颜，颛顼戴干，帝喾骈齿，尧眉八采，舜目重瞳，禹耳三漏，汤臂再肘，文王四乳，武王望阳，周公背偻，皋陶马口，孔子再羽"，等等，都是属"巫"的"传言"，自不足为信，然而其文化理念中，已是存在对人之骨相问题的关注。这关注就是"观"，却不是审美意义的"观"。东汉之末，有所谓人物品鉴之学，是为选贤荐能、选拔贤能以任政治要位服务的。所谓"九品中正制"，将人物分为上上、上中、上下；中上、中中、中下；下上、下中、下下九类，其思维模式，源于《周易》的八卦九宫理念。而选拔之准则，在"观"，即"察"人物之外貌、容止以断人物的道德品格与才能。这种"观"，一般不离"巫"之文化遗存，却将由先秦承传而来的骨相之学推进到道德判断领域，就是说，对人物"骨相"的"观"一般不执着于判断人物的命运吉凶，而是由此判断人物的道德之善恶与才能的高下。刘劭（182—245）的《人物志》对汉末时期的人物品鉴作了经验的描述与理论的总结。它所突出的，是道德意义的对人物、贤能的"观"。如对"仪"、"容"、"声"、"色"与"神"等，都是"观"的重要对象与内容。但这种"观"的操作方式，较大程度上还是借助于"骨相之学"的。王符《潜夫论·相列》说，"人之相法，或在面部，或在手足，或在行步，或在声响。"证明巫术"骨法"之文化传统的顽强。刘劭《人物志》大概成书于魏正始之后。刘劭与何晏为同时代人。一般而言，魏之后的晋代，是人物品鉴从骨相之学、政治道德之举荐向人物形相、容止、衣冠等进行审美的转递时期。由此，"观"的审美品格与意义凸现出来了。其典型的文本是刘义庆（403—444）的《世说新语》，刘义庆为南朝宋代人，他对审美意义为主的人物品鉴问题进行了非常精彩而有趣的描述与总结，《世说新语》大张"魏晋风度"。何谓

"魏晋风度"？笔者曾概括为"审容神、任放达、重才智、尚思辨"①十二字。这是审美意义的"观"，这"观"，不离于"象"而具有审美深度，是"观"之"象"、"象"之"观"，且关乎心灵的理会、悟契。

由此可见，汉刘向的人物品鉴之"观"在美学范畴之思想、思维酝酿历程中的地位与价值。刘向（前77—前67）生当汉宣、元、成三帝时期，早于扬雄、桓谭、王充、班固与王符等，他对于与"象"相契的"观"之审美问题的关注与论述，是值得加以注意的。

---

① 王振复：《中国美学的文脉历程》，四川人民出版社，2002，第395—406页。

第五章　道范畴的历史与人文解读

在言述秦汉时期关于天、人，关于人之性、情、欲，关于气、象这一系列主要范畴之后，让我们再来对道这一范畴的历史与人文意义的酝酿，进行一番必要的解读。

第一节　人道：形下之道

秦汉时期，道这一范畴的意义，有形下、形上之别。形下者，就其政治伦理教化意义而言；形上者，指其哲学素质。这里先说形下之道。

郭店楚简有《性自命出》篇，其文有云："凡道，心术为主。道四术，唯人道为可道也。"此所言"道"，写作**术**，表示人行者，道。"心术"者，《礼记》有"应感起物而动，然后心术形焉"之说，将《礼记》所言"心术"与此所言"心术"对参，可知其指人的心路历程，指心态、心志之运动。这运动应物而起，实际指人心之"感"。而此所言"术"，按郑玄《礼记》注，此"术，所由也"，故"术"亦"道"也。此正可对应于许慎《说文·行部》所谓"术，邑中道也"之说。徐锴云："邑中道而术，大道之派也。""派"为支流之谓。故"道四术"者，指"治民之道（即人道）、行水治水之道、御马之道、艺地务农之道。"①此"道"，实指"人道"。"人道"者，原指人之道路，人生道路也。《性

---

① 刘昕岚：《郭店楚简〈性自命出〉篇笺释》，《郭店楚简国际学术研讨会论文集》，湖北人民出版社，2000，第335页。

自命出》为儒家著述，所述为先秦儒家思想，故其所谓"人道"，基本指礼乐，指典则、规范，指政治伦理教化。

在先秦，原始儒学所言之"道"，基本指人道。《论语》有云，"先王之道，斯为美"，"天下有道则见，无道则隐"，"邦有道，则仕；邦无道，则可卷而怀之"，以及"朝闻道，夕死可矣"等等，大凡如是。

儒生的人生之路，就是这种"道"的展开与实现。《大学》倡言"明明德"之道：

> 古之欲明明德于天下者，先治其国；欲治其国者，先齐其家；欲齐其家者，先修其身；欲修其身者，先正其心；欲正其心者，先诚其意；欲诚其意者，先致其知；致知在格物。物格而后知至，知至而后意诚，意诚而后心正，心正而后身修，身修而后家齐，家齐而后国治，国治而后天下平。

平天下、治国、齐家、修身、正心、诚意、致知、格物，都是实行人道之旅，是人道的修持、认识与实践。这种关于"道"的认同与践履，便是儒家所推崇与推行的政治伦理、道德教化。

《中庸》说："道也者，不可须臾离也；可离，非道也。""道"是与人生合一的。"天命之谓性，率性之谓道，修道之谓教。""道"不仅与人生相合，而且，其之所以合于人生，乃是因为它以"天命"为其人文之根因的缘故。故政治伦理教化，是"天命"使然，"天命"之"率性"，便是"道"。依"道"之典则、规范进行修为，这也便是"教"。《中庸》的"道"说，自当牢牢地守持于儒家典则，并为这种性、道、教三者统一说奠定了一个"天命"之基与天学背景。

与《大学》、《中庸》一致，作为同是《礼记》之重要篇章的《礼运》篇所言之道，亦不离儒之规范。《礼运》云：

> 大道之行也，天下为公。选贤与能，讲信修睦。故人不独亲其亲，不独子其子。使老有所终，壮有所用，幼有所长，矜寡孤独废疾者皆有所养，男有分，女有归。货恶其弃于地也，不必藏于己；力恶其不出身也，不必

　　为己。是故谋闭而不兴，盗窃乱贼而不作，故外户而不闭，是谓大同。

这里描述了一番"大同"社会的理想境界，是社会的安宁、和谐与平安。其因盖在"大道之行"。此所言"大道"，是儒家所倡言与实践的礼义、礼乐的人生准则。

　　时至秦汉，作为形下之道的"人道"说，继承先秦孔孟"人道"的思想，兼采阴阳、刑名，且纳于宇宙论之中，以天人合一、天人感应说为其思想核心。

　　西汉初年政论家陆贾（约前240—前170）撰《新语》，总结秦灭汉兴之教训。《新语·道基》提出所谓"天人合策，原道悉备"之见，要求"承天统地，穷事察微，原情立本，以绪人伦"，以改变"礼义不行，纲纪不立，后世衰废"的局面。

　　陆贾指出，因"原道"不立或是衰废，必导致审美之挫折。"后世淫邪，增之以郑、卫之音，民弃本趋末，技巧横出，用意各殊，则加雕文刻镂，傅致胶漆、丹青、玄黄、琦玮之色，以穷耳目之好，极工匠之巧。"

　　那么陆贾所说的"原道"，指什么呢？是儒家所倡言的道，还是道家所主张的道？陆贾生年时值汉初，他的这一部《新语》上下卷凡十二篇，为应汉高祖刘邦之诏而作。虽然其文中不乏诸如"虚无寂寞，通动无量"，"行合天地，德配阴阳"之论，显然并非纯粹的儒家之见，但总体来说，仍屡陈儒说。陆贾《新语·道基》云：

　　是以君子握道而治，握德而行，席仁而坐，杖义而强。

道、德、仁、义者，儒家思想之本。正如前述，陆贾要求"原道悉备"，陆贾为此描绘了一幅美丽的道行天下的图景。

　　百姓以德附，骨肉以仁亲，夫妇以义合，朋友以义信，君臣以义序，百官以义承。曾、闵以仁成大孝，伯姬以义建至贞。守国者以仁坚固，佐君者以义不倾。君以仁治，臣以义平，乡党以仁恂恂，朝廷以义便便。美

> 女以贞显其行，烈士以义彰其名。阳气以仁生，阴节以义降。《鹿鸣》以仁求其群，《关雎》以义鸣其雄。《春秋》以仁义贬绝，《诗》以仁义存亡。乾、坤以仁和合，八卦以义相承。《书》以仁叙九族君臣，以义制忠，《礼》以仁尽节，《乐》以礼升降。（《新语·道基》）

值得注意的是，在陆贾看来，只有"原道悉备"、仁义行于天下，便天下从此大治，人际关系和畅。而六经主旨无他，大凡"仁义"二字而已。这也影响到艺术审美，《鹿鸣》、《关雎》乃《诗》之名篇，陆贾亦以仁、义概括其审美主题，不免牵强附会。《易》之乾坤两卦乃天地、阴阳、刚柔之象征，历史上是创乾坤两卦在前而先秦原始儒家说仁义于后，陆贾却不顾这一点，而称说"乾、坤以仁和合，八卦以义相承"。所谓"阳气"、"阴节"这阴阳之论本具哲学意味，陆贾却认为"阳气以仁生，阴节以义降"，似乎因先有"仁、义"而后才有"阳气"、"阴节"。凡此可见，陆贾对儒家的"仁义"说教何等推崇，他所言"原道"，"仁义"而已。这种"原道"说，可谓浸透了传承于先秦儒家的关于"仁义"的人文精神、意识、规范及其依附于"仁义"的审美情趣，在道这一美学范畴的历史、人文的酝酿中，只是涉及到审美与伦理之关系而并未就审美本身来认识与解读"道"。

在西汉初年贾谊（前200—前168）《新书》中，"道"这一问题继续得到了讨论。贾谊写道：

> 曰："数闻道之名矣，而未知其实也，请问道者何谓也？"
> 对曰："道者，所从接物也，其本者谓之虚，其末者谓之术。"（《新书·道术》）

贾谊以本、末说道，认为道者，"接物"，并非绝对形上、超验。从"本"看，道为"虚"，这已从道家角度论"道"；从"末"言，道是"术"，术者，正如前述，指人生道路。贾谊的这一关于"道"的总体见解，实际已具黄老之学的思想与思维特点。但贾谊论"道"，着重点在"术之接物"，将儒家的"道"论作了充分的发挥与阐说，在他看来，儒家"道"之本体是"善"：

　　曰："请问品善之体何如？"对曰："亲爱利子谓之慈，反慈为嚚。子爱利亲谓之孝，反孝为孽。爱利出中谓之忠，反忠为倍。心省恤人谓之惠，反惠为困。兄敬爱弟谓之友，反友为虐。弟敬爱兄谓之悌，反悌为傲。接遇慎容谓之恭，反恭为媟。接遇肃正谓之敬，反敬为嫚。言行抱一谓之贞，反贞为伪。期果言当谓之信，反信为慢。衷理不辟谓之端，反端为阽。据当不倾谓之平，反平为险。行善决衷谓之清，反清为浊。辞利刻谦谓之廉，反廉为贪。兼覆无私谓之公，反公为私。方直不曲谓之正，反正为邪。以人自观谓之度，反度为妄。以己量人谓之恕，反恕为荒。恻隐怜人谓之慈，反慈为忍。厚志隐行谓之洁，反洁为汰。施行得理为之德，反德为怨。放理洁静谓之行，反行为污。功遂自却谓之退，反退为伐。厚人自薄谓之让，反让为冒。心兼爱人谓之仁，反仁为戾。行充其宜谓之义，反义为懵。刚柔得适谓之和，反和为乖。合得密周谓之调，反调为戾。优贤不逮谓之宽，反宽为阨。包众容易谓之裕，反裕为褊。欣熏可安谓之煴，反煴为鸷。安柔不苛谓之良，反良为啮。缘法循理谓之轨，反轨为易。袭常缘道谓之道，反道为辟。广较自敛谓之俭，反俭为侈。费弗过适谓之节，反节为靡。呦銀勉善谓之慎，反慎为怠。思恶勿道谓之戒，反戒为傲。深知祸福谓之知，反知为愚。亟见窕察谓之慧，反慧为童。动有文体谓之礼，反礼为滥。容服有义谓之仪，反仪为诡。行归而过谓之顺，反顺为逆。动静摄次谓之比，反比为错。容志审道谓之僩，反僩为野。辞令就得谓之雅，反雅为陋。论物明辩谓之辩，反辩为讷。纤微皆审谓之察，反察为旄。诚动可畏谓之威，反威为圂。临制不犯谓之严，反严为轓。仁义修立谓之任，反任为欺。伏义诚必谓之节，反节为罢。持节不恐谓之勇，反勇为怯。信理遂惔谓之敢，反敢为拚。志操精果谓之诚，反诚为殆。克行遂节谓之必，反必为恒。凡此品也，善之体也，所谓道也。"（《新书·道术》）

　　这里，贾谊不厌其详地阐述所谓"善之体"即"道"之"术"的方方面面，揭示慈嚚、孝孽、忠倍、惠困、友虐、悌傲、恭媟、敬嫚、贞伪、信慢、端阽、平险、清浊、廉贪、公私、正邪、度妄、恕荒、慈忍、洁汰、德怨、行污、退伐、让冒、仁戾、义懵、和乖、调戾、宽阨、裕褊、煴鸷、良啮、轨易、道辟、俭侈、节靡、慎怠、戒傲、知愚、慧童、礼滥、仪诡、顺逆、比错、倜野、雅陋、辩讷、察旄、威圂、严辒、任欺、节罢、勇怯、敢揜、诚殆与必恒等五十六对对应性术语、概念与范畴，言说人之道德践行的正反与善恶。以愚读书之极为有限，尚未见有人论说儒家伦理规范问题比贾谊更为详尽的，可见其思虑之周备。这是儒家体道、从善的体现。而因为周备，也不免有些烦琐且文字有些重复。

贾谊《新书·道德说》有"道德"说，其论"六理六美"，在思维上，具有逸出道德伦理之域而触及伦理之道与审美之关系的思维与思想特征。何谓"六理"？"道、德、性、神、明、命，此六者，德之理也。"以"道"与其余五"理"并列，逻辑上有些欠妥。这个毛病，也体现于他的"六美"说。贾谊曰：

> 德有六美。何谓六美？有道、有仁、有义、有忠、有信、有密，此六者，德之美也。道者，德之本也。仁者，德之出也。义者，德之理也。忠者，德之厚也。信者，德之周也。密者，德之高也。（《新书·道术》）

"六美"包括道、仁、义、忠、信、密。而"道"为本，其余"五美"为末，因而以"道"与其余五者并列，体现贾谊理性、逻辑思维能力的欠缺。贾谊毕竟不是哲学家。而所言"六美"的"美"，实即善。在一定条件与语境中，道德伦理之"善"，并非与审美绝缘。如果道德伦理之"善"，体现、实现了人格的自由，那么，此"善"可以走向审美。人格的自由，都是历史性、时间性的，没有绝对的人格自由，因此，尽管可以预设一种超验证、超时空、超历史的、绝对抽象的人格自由的审美理想，却并不等于说只有这样的人格自由的审美理想，属于美学及其范畴学讨论的主题。这样的审美理想，人类只能无限地趋近，而不可能实现。这意味着，在一定历史、人文条件、一定语境（context）中的人格的自由与审美相关。贾谊在汉初提出"德有六美"说，实际已经不自觉地触及到所谓完善之伦理道德走向审美何以可能这一问题，包含对伦理之善与审美之美在历史、人文语境中具有同构性的体认。就西汉初年而言，儒家的道德伦理规范及其理念，正处于有生命力的、健康建构的历史时期，因此可以说，贾谊的"德有六美"说，蕴含着合理的、时代的、人文的审美质素。此"德"，实即"人道"之谓，此"人道"固然指伦理而且是属儒的，然而并非与审美无涉。当然，由于此"六美"与"六理"相联系，而"六理"不仅相涉于道、德、性，而且包括神、明、命，可见在这种道、德、性的历史、人文素质里，已经历史地、"命里注定"地种下了源自先秦、甚至史前的中华民族的神明、天命之思想、理念，这在一定程度上，决定了贾谊关于"六理六美"、关于"德有六美"、关于"道"即"人道"问题之思考的历史与人文的保守的一面。

时至武帝，有公羊学（属今文经学）大师董仲舒（前179—前104）向武帝上策，力主"罢黜百家，独尊儒术"。董氏在"天人三策"之第三策中说："《春秋》大一统者，天地之常经，古今之通谊也。今师异道，人异论，百家殊方，指意不同。是以上无以持一统，法制数变，下不知所守。臣愚以为：诸不在六艺之科、孔子之术者，皆绝其道，勿使并进。邪辟之说灭息，然后统纪可一而法度可明，民知所从矣。"[1]董仲舒所倡言的这一政治、文化政策，为武帝所采纳，成为以儒学为官方哲学、儒学经学化历史的开始。

汉代尊儒、尊经是空前的。在美学上，由于儒学、儒家文化是中国文化之主干，这种处于主干地位的文化，不能不严重地影响到中华民族的审美及美学范畴的酝酿、建构与完成。汉代儒学、经学与谶纬神学所言的"道"这一范畴，对汉代及此后历代美学及其范畴的影响，是不言而喻的。因此，董仲舒关于"道"的阐说，不能不引起我们的注意。

董仲舒作为汉代大儒，其"道"论，自当属于儒学范畴。

其一，董仲舒所言"道"，指"人道"。董子说："道者，所由适于治之路也，仁义礼乐皆其具也。"（《春秋繁露·天道施》）"治之路"者，道，其意很是明白。道乃治人之道，人道也。"人道者，人之所由"（《春秋繁露·天道施》）也。

其二，指"王道"。"道"既为"治之路"，又指"人道"，而"人道"之要，即"王道"。故《春秋繁露·王道通三》云："道，王道也。""王道"这一范畴，源自《孟子》。《孟子》以"王道"与"霸道"相区分。"王道"者，治平之道。

---

① 《汉书·董仲舒传》。按：关于董仲舒上书"天人三策"时间，《汉书·武帝纪》称汉元光元年（前134），《资治通鉴·汉纪》称汉建元元年（前140），本书取"通鉴"说。

其三，无论"人道"、"王道"，都是"天道"在人间的实现。"人道"、"王道"之人文根因，在"天道"。"天之道，有序有时，有度有节，变而有常，反而相奉，微而致远，踔而致精，一而少积蓄，广而实，虚而盈。"(《春秋繁露·天容》)"天之道，终而复始。"(《春秋繁露·阴阳始终》)"天道之常，一阴一阳。"(《春秋繁露·阴阳义》)"常一而不灭，天之道。"(《春秋繁露·天道无二》)"天道"实际是"人道"、"王道"的天学背景。

其四，认为天人合一、天人感应。董仲舒说："王道之三纲可求于天，天不变，道亦不变。"(《春秋繁露·基义》)在董仲舒看来，人间之人道、王道之所以亘古不变，是由于"天道之常"。无论天、人，都是超稳定的。"以类合之，天人一也。"(《春秋繁露·阴阳义》)天与人，不是"异质同构"，而是"同质同构"。因而天人感应是必然的。"国家将有失道之败，而天乃先出灾害以谴告之；不知自省，又出怪异以警惧之；尚不知变，而伤败乃至。"(《汉书·董仲舒传》)。人间失道，天便谴告之；人倘再"不知自省"，天再"出怪异以警惧之"，人若还不知悔改，天就不客气了，便将灾祸、"伤败"降于人间。这里，天是有意志、有灵魂的。这种天人感应说，实际是自远古承传而来的巫文化的历史、人文之遗响。可见"王道"云云、"人道"之谓，是建立在"天道"实即"天命"观之上的。

其五，虽然"天道"、"人道"不在一个逻辑层次上，比较"人道"而言，"天道"是"高"一等级的。然而在"道"这一本涵上，两者是本在"中和"的。董仲舒《春秋繁露·王道通三》说："知广大而有博，唯人道为可以参天。""人道"之原型是"天道"，故而"人道""可以参天"仿佛是不证自明的。"参天"的内在结构，是"和"。道"必归于和"。

　　成于和，生必和也。始于中，止必中也。中者，天下之终始也；而和者，天地之所生成也。夫德莫大于和，而道莫正于中。中者，天地之美达理也，圣人之所保守也。(《春秋繁露·循天之道》)
　　中之所为，而必就于和。故曰和其要也。和者，天之正也，阴阳之平也。其气最良。物之所生也，诚择其和者，以为大得天地之奉也。天地之道，虽有不和者，必归之于和，而所为有功。虽有不中者，必止之于中，

> 而所为不失。(《春秋繁露·循天之道》)
>
> 中者、天之用也,和者、天之功也,举天地之道,而美于和。(《春秋繁露·循天之道》)

这说到了"美"。"美"是"举天地之道"而非"天地之道"的一种属性与状态。"举天地之道"者,人也,人道也,故这种"中和"之"美",在于天人合一、天人感应。在董子看来,"中和"之"美",不仅是天、人之际的一种和解状态,而且根本上是一种"天命"的"亲缘"。"中和"之"美"的光辉不是什么别的,它是"天命"作为权威、作为精神在人间的衍射。因此可以说,董仲舒的"人道"思想与思维,其出发点在承传于先秦、史前的原始巫文化的传统之中,其基本精神,属于儒学的道德伦理范畴,却由于倡言"中和"之说而与审美相涉。

在司马迁《史记》中,"人道"与审美的关系问题,自当受到了关注。司马迁说:

> 夫《春秋》,上明三王之道,下辨人事之纪,别嫌疑,明是非,定犹豫,善善恶恶,贤贤贱不肖,存亡国,继绝世,补敝起废,王道之大者也。(《史记·太史公自序》)

《太史公自序》指出:"拨乱世反之正,莫近于《春秋》。"这是与其余五经相比较而得出的结论。《周易》重天地阴阳四时,故长于变;《周礼》经纪人伦,故长于行;《尚书》记述先王之史事,故长于政;《诗经》记山川溪谷禽兽草木牝牡雌雄,故长于风;《乐经》亡佚,司马迁相信古代有《乐经》存在,乐所以立,故长于和;《春秋》辨是非,故长于治人。"是故《礼》以节人,《乐》以发和,《书》以道事,《诗》以达意,《易》以道化,《春秋》以道义。"司马迁在此并非贬其余五经而独尊《春秋》,而是看重《春秋》乃"王道"之大者也。此"大",原始、本在之谓。以为作为文本,《春秋》体现了根本的"王道"精神与理念。司马迁说,"故《春秋》者,礼义之大宗也。"也是这个意思。

　　"礼义"是儒家所推重的，"礼义"的本涵是"仁"，这是孔子所主张与践行的。"仁"是内在的"爱"、血亲之"爱"。"爱"的伦理（礼）品格是等级性，等级即人伦之条理，实现于外即"礼义"。表面看，"礼义"是外在的，似乎仅是意志的整肃与强迫，而自从孔夫子以"仁"释"礼"，改造了"礼"而发展了"仁"，"礼义"的精神内涵已经空前的丰富与深刻。其基本的，已发掘外在之"礼"的内在人文心理依据，即指明礼之人性、人格的合法性，即礼的践行，不仅是外在的，也是人性、人格之内在的、本在的需求，这便是与仁、爱相谐的"乐"。此之谓"礼乐和谐"。

　　司马迁说："夫上古明王举乐者，非以娱心自乐，快意恣欲，将欲为治也。正教者，皆始于音，音正而行正。故音乐者，所以动荡血脉，通流精神而和正心也。故宫动脾而和正圣，商动肺而和正义，角动肝而和正仁，徵动心而和正礼，羽动肾而和正智。故乐所以内辅正心而外异贵贱也。上以事宗庙，下以变化黎庶也。"（《史记·乐书》）这里所言"乐"，除"娱心自乐"的"乐"，指快乐、美感之外，其余均指音乐。而礼乐之"乐"，是音乐、艺术与美感（快乐）三位一体的。司马迁这里明确地指出，"上古明王举乐"，不是为"娱心自乐"，而是"为治"与"正教"。确切地说，是"内辅正心而外异贵贱"。"内辅正心"者，以"正"修持也，美感也，快乐也；"外异贵贱"者，礼也。内外兼治者，礼乐和谐也，人道、王道之实行也。

　　　　夫礼由外入，乐自内也。故君子不可须臾离礼，须臾离礼则暴慢之行穷外；不可须臾离乐，须臾离乐则奸邪之行穷内。（《史记·乐书》）

　　司马迁关于"王道"的思考与表述，其文化立场在于政治教化、伦理道德，由于贯彻于"礼乐"，因而又与审美相勾连。

　　司马迁所称"王道之大者"，正如前述。在孔安国那里又言"大道"、"常道"。孔安国说："伏牺、神农、黄帝之书，谓之《三坟》，言大道也。少昊、颛顼、高辛、唐尧、虞舜之书，谓之《五典》，言常道也。"[①]此言"《三坟》"，

---

① 孔安国：《尚书序》，严可均辑：《全上古三代秦汉三国六朝文》，中华书局，1958，第195页。

相传古籍之名，为三皇之书，《左传·昭公十二年》："是能读三坟、五典、八索、九丘。""《五典》"，亦相传最古老之典籍。《尚书·舜典》有"慎徽五典，五典克从"之记。而伏牺、神农、黄帝与少昊、颛顼、高辛、唐虞等等，均为儒家所尊崇的传说中的人王，故他们所说的"大道"、"常道"，不是先秦老庄所言述的哲学意义上的本原、本体之"道"，而是作为后世儒家之楷模的根本之"道"。

孔安国《尚书序》言"大道"、"常道"偶涉"礼乐"，而《乐记》①则大谈"礼乐"问题：

> 故礼以道其志，乐以和其声，政以一其行，刑以防其奸。礼乐刑政，其极一也，所以同民心而出治道也。
>
> 是故先王之制礼乐也，非以极口腹耳目之欲也，将以教民平好恶，而反（返）人道之正也。（《乐记·乐本篇》）
>
> 乐者为同，礼者为异。同则相亲，异则相敬。乐胜则流，礼胜则离。合情饰貌者，礼乐之事也。
>
> 礼义立，则贵贱等矣。乐文同，则上下和矣。
>
> 乐由中出，礼自外作。……乐至则无怨，礼至则不争。揖让而治天下者，礼乐之谓也。
>
> 大乐与天地同和，大礼与天地同节。和，故百物不失。节，故祀天祭地。明则有礼乐，幽则有鬼神。
>
> 礼者，殊事合敬者也。乐者，异文合爱者也。
>
> 乐者，天地之和也；礼者，天地之序也。和，故百物皆化；序，故群物皆别。
>
> 乐由天作，礼以地制。过制则乱，过作则暴。明于天地，然后能兴礼乐也。（《乐记·乐论篇》）
>
> 乐统同，礼辨异，礼乐之说，管乎人情矣。（《乐记·乐情篇》）

---

① 按:《乐记》，指《礼记·乐记第十九》，《史记》卷二十四有《乐书第二》，内容与前者相同，仅个别词句、次序小有差别。

> 故乐也者，动于内者也。礼也者，动于外者也。乐极和，礼极顺，内和而外顺，则民瞻其颜色而弗与争也，望其容貌而民不生易慢焉。
>
> 是故乐在宗庙之中，君臣上下同听之，则莫不和敬；在族长乡里之中，长幼同听之，则莫不和顺。在闺门之内，父子兄弟同听之，则莫不和亲。（《乐记·乐化篇》）

此引录材料十二条，无须多作解读，其义自明。

在王充《论衡·本性篇》中，也有值得思考的关于人道、关于礼乐的见解，其主要思维、思考之特点，是将礼乐与人的性情相联系。王充说："情性者，人治之本，礼乐所由生也。故原情性之极，礼为之防，乐为之节。性有卑谦辞让，故制礼以适其宜；情有好恶喜怒哀乐，故作乐以通其敬。礼所以制，乐所为作者，情与性也。"制礼作乐，并非无"由"，而是"由"于人之情性。情性之谓，人的自然情欲、自然本性，其天生自成，倘不加以治理，则难入于规范，制礼作乐，以使人的自然情性入于"宜"、"敬"之境。"宜"、"敬"云云，不是关乎人间正道、大道、人道么？王充从情性为礼乐"立法"，开掘了礼乐、人道论的人文深度。

《汉书》有《礼乐志》，班固云，"六经之道同归，而礼、乐之用为急。治身者斯须忘礼，则暴嫚入之矣。为国者一朝失礼，则荒乱及之矣。""六经之道"，人道也。人道之"用"，礼乐也。无论"治身"、"为国"，礼乐须臾不可离弃。人道源自天道，"故象天地而制礼乐，所以通神明，立人伦，正情性，节万事者也"。礼乐者，上接"天道"，下彻"情性"。关于人之"情性"与礼乐、人道（王道）之关系问题，班固的阐说比王充更详尽。

> 人性有男女之情，妒忌之别，当制婚姻之礼；有交接长幼之序，为制乡饮之礼；有哀死思远之情，为制丧祭之礼；有尊尊敬上之心，为制朝觐之礼。哀有哭踊之节，乐有歌舞之容，正人足以副其诚，邪人足以防其失。故婚姻之礼废，则夫妇之道苦，而淫辟之罪多；乡饮之礼废，则长幼之序乱，而争斗之狱蕃；丧祭之礼废，则骨血之恩薄，而背死忘先者众；朝聘之礼废，则君臣之位失，而侵陵之渐起。故孔子曰："安上治民，莫善于

礼；移风易俗，莫善于乐。"礼节民心，乐和民声，政以行之，刑以防之，礼乐政刑四达而不悖，则王道备矣。（《汉书·礼乐志》）

"婚姻之礼"、"乡饮之礼"、"丧祭之礼"、"朝觐之礼"以及"歌舞之容"等等，都是对治人性、人情的上乘药方，用所谓孔子的话来说，所谓"安上治民，莫善于礼；移风易俗，莫善于乐"，礼乐得以现实实现，"则王道备矣"。

班固《白虎通德论》有《礼乐》篇，其文有云："乐以象天，礼以法地。""夫礼者，阴阳之际也，百事之会也；所以尊天地，傧鬼神，序上下，正人道也。乐所以必歌者何？夫歌者口言之也，心中喜乐，口欲歌之，手欲舞之，足欲蹈之。"以"天"、"地"说礼、乐，又称"礼"在"阴阳之际"，这是班固的新提法，其实是说，"礼"的文化品格，在阴阳调和。阴阳调和之"礼"，乃"正人道"之"礼"，也是包含了"乐"之质素的"礼"。班固《礼乐》篇的这一见解，与前述《礼乐志》篇的精神是一致的。

总之，秦尤其汉代，关于"人道"这一范畴，经过不同时期、不同文本、不同文人学子的讨论与阐说，可以说是深入人心。作为基本为儒家所推重的形下之道，其思想、思维层次与方式，大致停留在政治教化、伦理道德这一点上。秦汉四百余年的美学范畴的酝酿历史，因为审美是精神的自由这一点，似乎注定与伦理"人道"无涉。在一般人看来，作为形下之道的"人道"如此专注于政治教化、伦理道德，它必定是与审美背道而驰、与精神之自由相悖的。然而，问题的复杂性在于，时代之审美作为一个漫长的历史、人文过程，它当然不是绝缘、封闭与孤立的，其间，一定时代的哲学理念、宗教精神与伦理道德思想等等，都必然会对秦汉时代的审美意识、理念、精神及其命题、范畴的酝酿产生影响。同时，就政治教化、伦理道德本身而言，由于它必然地与人的本质的对象化同时是人的本质的异化相关，因而也有一个作为审美如何可能的问题。换句话说，从具体文化形态分析，伦理道德决不是审美，然而，在人的本质的对象化同时是人的本质的异化意义上，伦理与审美又是同构的，相互涵泳的。可见，秦汉这一历史时期的"人道"思想，一定程度上影响了秦汉美学范畴之酝酿的历史水平与人文质素。

第二节 道：形上之道

尽管秦汉尤其汉代是儒学兴盛的时代，尽管汉代"罢黜百家，独尊儒术"，这不等于这是一个唯"儒"无"道"的时代，不等于说除了儒学思想作为"主流意识形态"，就绝对没有有别于"儒"与非"儒"的哲学思想、审美意识与理念存在。

仅就西汉初期而言，在武帝之前的大约六十年时间内，这是一个黄老之学盛行的历史时期，就不是一个纯粹的儒家思想一统的时代。黄老之学，"托名黄帝，渊于老子"，以传说中的黄帝与老子相配，同尊为黄老之学的创始者。黄帝乃儒家所推崇的"人文初祖"，老子是道家之宗，以黄、老相配，揭示了黄老之学的文化、思想之特质，这是儒学化了的道学，也是道学化了的儒学，它既是"新道学"，又是"新儒学"。

就黄老之学的道学因素而言，它所推崇的哲学本原与本体，实际是道家哲学所倡言的形上之道。

《淮南子》一书的思想十分宏富，此刘知几《史通》所谓"牢笼天地，博极古今"。其论道，发扬先秦老庄之说。其文有云：

> 夫道者，复天载地。廓四方，柝八极。高不可际，深不可测。包裹天地，禀授无形，原流泉浡，冲而徐盈。混混滑滑，浊而徐清，故植之而塞于天地，横之而弥于四海。"（《淮南子·原道训》）

《淮南子·原道训》中的"原道"之"道"，首先是本原之"道"，所谓"复天载地"之"道"、"塞于天地"、"弥于四海"，自当具有本原性。

> 道者，一立而万物生矣。是故一之理，施四海；一之解，际天地。其全也，纯兮若朴。其散也，混兮若浊。浊而徐清，冲而徐盈，澹兮其若深渊，泛兮其若浮云，若无而有，若亡而存。万物之总，皆阅一孔。百事

之根，皆出一门。其动无形，变化若神。其行无迹，常后而先。（《淮南子·原道训》）

这是对先秦老子所言"惟恍惟惚"之"道"、作为"天地母"之"道"的重新描述，而大旨不离老庄之"道"。老子云，"道""可以为天地母"，《淮南子》说，"道者，一立而万物生矣。"措辞有别，而精神一致。但是《淮南子》的"道"范畴，在文化、哲学之内涵上还是具有新的思想与思维特质的。《老子》（通行本）云，"道生一，一生二，二生三，三生万物"。这是指明了"道"的本原性。然则倘以数字表示，"道"并非为"一"，而是"道生一"。可见《老子》所言"道"，是"零"。而《淮南子》明确指出，"道"为"一"。前者云，"道"为"零"，"零"者，虚也，正与《老子》所谓"致虚极，守静笃"之"虚"相契；后者云"道"为"一"，"一"者，实也，这已在一定意义上改变了"道"的思维属性。由于《淮南子》所言的"道"，尽管宗于道家，却因与儒家思想尤其是儒家的"治术"相契，已经改变原先老庄之"道"玄虚的品格，而变得实在起来，但这"道"仍不失为哲学本原、本体意义之"道"。先秦《易传》有云："是故易有太极，是生两仪，两仪生四象，四象生八卦，八卦定吉凶，吉凶生大业。"在哲学本原、本体意义上，"太极"这一范畴与"道"在内涵上是相通的。

"道"作为本原，是生成万物之根，这也便是《淮南子·泰族训》所谓"夫道，有形者皆生焉"的意思。而万物之生成必有一个过程。这过程的实现，实际是"道"的实现。《淮南子·天文训》云："天地未形，冯冯翼翼，洞洞灟灟，故曰太昭。道始于虚郭，虚郭生宇宙，宇宙生气，气有涯限，清阳者薄靡而为天，重浊者凝滞而为地。清妙之合专易，重浊之凝竭难，故天先成而地后定，天地之袭精为阴阳，阴阳之专精为四时，四时之散精为万物。"天地尚未诞生之时，是一种无边无际、无形无器的浑沌之状，称为"太昭"。"道"便在这"虚郭"即"太昭"之中生成；"虚郭"生"宇宙"；"宇宙"生"气"；"气"分"清阳"、"重浊"；"清阳"之"气"生"天"，"重浊"之"气"生"地"；"天地"之"袭精"凝聚为"阴阳"；"阴阳"的"专精"生成"四时"；而"四时"之"散精"又生成"万物"。这种"道"生成"万物"的思维逻辑很有意思。原来"道"的"本根"意义，并不是说"道"先在于"冯冯翼翼，洞洞灟灟"的"太昭"即"虚郭"之前，而是"始于虚郭"。那么这岂不是说"虚郭"先于"道"，而"道"为"虚郭"所"生"？正是如此。这里值得注意的是，"道"只是"有形"者即宇宙、气、天地、阴阳之专精、四时与万物之"根"，此即所谓"有形者皆生焉"。但它既不是"虚郭"之"根"，也不是直接生成从"宇宙"到"万物"的根因，是"道"始于"虚郭"而非"虚郭"始于"道"。

在"道"是否为本原、本体问题上，《淮南子》的思维特点，正如前述，的确将"道"逻辑地设定为"一"而不是"零"。那么"一"是"虚郭"之所以生成从"宇宙"到"万物"的根因吗？"一"（道）始于"零"（虚郭），这便是"道始于虚郭"的真谛。可见，研究与认识《淮南子》的道论与道范畴问题，关注"道者，一立而万物生矣"与"道始于虚郭"这两句话，是最重要、最关键的。

"道"为"一"且"始于虚郭"，却并不等于说"道"是"有形"者。"道"无形而存在，所谓"大道无形"（《淮南子·诠言训》），所谓"若无而有，若亡而存，万物之总，皆阅一孔；百事之根，皆出一门"（《淮南子·诠言训》）。"若无而有"之"有"，指存在，即"若亡而存"之"存"，它是"万物之总"、"百事之根"，却不是浑沌、"虚郭"之原。

"道"是从"宇宙"到"万物"的本根，"道"生"万物"，也是"美"的根源，而且"道"是运动的、具有时间性：

> 是故至道无为，一龙一蛇，盈缩卷舒，与时变化，外从其风，内守其性，耳目不燿，思虑不营。其所居神者，台简以游太清，引楯万物，群美萌生。（《淮南子·俶真训》）
>
> 君根本也，臣枝叶也。根本不美，枝叶茂者，未之闻也。（《淮南子·缪称训》）

"根本不美"，"群美"何以"萌生"？"根本"者，道。

《淮南子》作为"黄老之学"的一个文本，宗老庄之"道"是不言而喻的，在哲学、美学之本原、本体问题上，体现了自先秦道家承续而来的人文思路。但因属"黄老之学"的历史、人文范畴，故所宗之"道"并非如先秦道家那般玄虚，而具有思想"实在"的一面。如果说，先秦道家所倡言的"道"在于"无为"、"自然"，在于"致虚极，守静笃"，那么，作为"黄老之学"的"道"，已经在强调"道"与形下之经验世界、与现实的联系。《淮南子·诠言训》一方面说："一也者，万物之本也。"另一方面又说："同出于一，所为各异，有鸟有鱼有兽，谓之分物。""所为各异"，有诸多表现。首先是圣人与"道"："圣人之于道，犹葵之与日也。虽不能与终始哉，其向之诚也。"（《淮南子·说林训》）圣人"向"道，好比"葵"之向"日"，两者不能"终始"，而圣人对"道"（形上之道）的追崇、践行是实实在在的。

> 故有道以统之，法虽少，足以化矣；无道以行之，法虽众，足以乱矣。治身，太上养神，其次养形；治国，太上养化，其次正法。（《淮南子·泰族训》）

此"道"，本原、本体、形上之道，亦即所谓"太一"。"太一""治身"、"治国"，便是形上之道落实到物界，便是"道"向"术"的转化。通行本《老子》云："无为而无不为"，"无为"者道，"无为"即非"妄为"，主体遵循事物之规律行动、践行，即循"道"而"为"，便进入"无不为"境界。在"道"为本体意义上，《淮南子》所重申的，也便是"无为而无不为"，而在道向术转递的意义即形上之道落实到物界之意义上，《淮南子》所倡言的，实际是"无治而无不治"。治术是经验的、现实的、形下的，即治身、治国等等，这种"治"倘遵循形上之道，即"无为"之准则，那么，便入"无不治"之境。《淮南子·原道训》云："所谓无为者，不先物为也；所谓无不为者，因物之所为。所谓无治者，不易自然也；所谓无不治者，因物之相然也。"这便是所谓"君子之为治也，块然若无事，寂然若无声，官府若无吏，亭落若无民"。（陆贾《新语·至德》）天下本非"无事"、"无声"、"无吏"、"无民"，否则便不成其"天下"。但如果做到于"心""无为"，那么，就能"无不治"于"天下"，达到"若无事"、"若无声"、"若无吏"与"若无民"的治世境地。这也便是《淮南子·泰族训》所谓"禹凿龙门，辟伊阙，决江濬河，东注入海，因水之流也"。与

《淮南子·泰族训》所谓"令鸡司晨，令狗守门，因其然也"。"因水之流"、"因其然"者，均为遵循事物之规律行事之意。

由此可见"道"之崇高。"道"是不能被亵渎的，人只有循"道"而行，才不"妄为"、"妄治"。

> 故天子得道，守在四夷；天子失道，守在诸侯。诸侯得道，守在四邻；诸侯失道，守在四境。(《淮南子·泰族训》)

"得道"便是"无为为之，而合于道"(《淮南子·原道训》)。或云："无为者，道之宗。"(《淮南子·主术训》)

正如前述，《淮南子》关于"道"的思想与思维，其源在先秦老庄。从黄老之学的道家精神言，自当与出土于1973年的湖南长沙马王堆汉墓《老子》帛书甲乙本及卷后古佚书所述相联系。其《经法·道原》云，道"恒无之初，迥(同)大虚。虚同为一，恒一而止。湿湿梦梦，未有明晦。神微周盈，精静不熙，古(故)未有以，万物莫以。古(故)无有刑(形)，大迥无名。"这与《淮南子》所言"道"相一致，"道"是鸿濛未分，天地未判，混沌原始的一种"大虚"。"大虚"者，太虚也。它是神妙玄微之存在。"道"又是变化、运动的，所谓"极而反，盛而衰，天地之道也。"(《经法·四度》)其意与通行本《老子》的"反者，道之动"相一致。

司马迁《史记》的思想，确有宗儒的一面。他说："仆闻之；修身者，智之符也；爱施者，仁之端也；取予者，义之表也；耻辱者，勇之决也；立名者，行之极也。士有此五者，然后可以托于世，而列于君子之林矣。"(《报任安书》)智、仁、义、勇、行为士子人格的五个方面，这是儒家的人格论。所谓"仁之端"云云，取义于孟子是显然的。"太史公曰：余每读《虞书》，至于君臣相敕，维是几安，而股肱不良，万事堕坏，未尝不流涕也。"(《史记·乐书》)司马迁出身于史官世家，熟读儒家典籍，从董仲舒习公羊学，且周游天下，亲临于鲁，"观仲尼庙堂车服礼器，诸生以时习礼其家"，至于"祗回留之不以去"。(《史记·孔子世家》)司马迁对孔子很推崇，孔丘仅为儒家、儒学之创始者，并非诸侯，《史记》却撰《孔子世家》，已是说明问题，又撰《仲尼弟子列传》，对孔子、儒家的推崇不言而喻。《报任安书》说："人固有一死，或重于泰山，或轻于鸿毛。用之所趣异也。"在"死"这一问题上，司马迁的宗于儒家"人道"之论说，也是很鲜明的。

然而，司马迁又深受由先秦传承而来的道家等思想的深刻影响。作为继承其父司马谈太史令官职的司马迁，司马谈的《论六家之要旨》推崇道家思想，他是接受了的。班固《汉书·司马迁传》曾批评曰：司马迁"论大道则先黄老而后六经"，乃中肯之见。李泽厚、刘纲纪说："整个看来，我们认为司马迁虽也深受道家思想影响，但已开始脱离了汉初以来推崇道家的传统。在他的思想中，儒家思想成了重要的方面，而道家思想则是对儒家思想的一种补充。这一点，东汉的扬雄已经看出来了。他在把《淮南鸿烈》的思想同司马迁的思想加以比较时说：'《淮南》说之用，不如太史公之用也。太史公圣人将有取焉，《淮南》鲜取焉耳'（《法言·君子》）。其所以如此，就是因为在司马迁的思想中儒家思想是占主导地位的。"[1]这一评说，大致符合司马迁的思想实际。

司马迁对"道"发表过诸多见解。在《屈原贾生列传》中，司马迁重申贾谊《鵩鸟赋》有关尊道的思想：

> 真人淡漠兮，独与道息。释智遗形兮，超然自丧。寥郭忽荒兮，与道翱翔。乘流则逝兮，得坻则止。纵躯委命兮，不私与己。其生兮若浮，其死兮若休。澹乎若深渊之静，氾乎若不系之舟。

虽然这是贾生之见，但正如推重屈子之人格、思想一样，司马迁对贾谊及其思想，也是推崇的。他说，他自己"及见贾生吊之"，"读《鵩鸟赋》，同死生，轻去就，又爽然自失矣。"

司马迁《史记·太史公自序》又说："至于大道之要，去健羡，绌聪明，释此而任术。""道家无为，又曰无不为，其实易行，其辞难知。其术以虚无为本，以因循为用。无成势、无常形，故能究万物之情。不为物先，不为物后，故能为万物主。"此所言"大道"，原道之谓，指本原、本体，即道家所尊之道。

① 李泽厚、刘纲纪主编:《中国美学史》第一卷，中国社会科学出版社，1984，第498页。

不过应当指出，司马迁的"道"论，毕竟未曾真正展开且未达到深致的程度，由于在思想、人格上深受其父之影响而在崇儒的同时兼采老庄之见，仅一般体现出西汉早期所盛行的黄老之思的思想与思维特点。

东汉王充（约27—100）对道范畴的美学酝酿是有贡献的。王充一方面继承了先秦荀况天、人相分之说，另一方面，又承传先秦老庄道学中关于天道无为的思想，以批判汉代尤其是董仲舒的天人感应论。

王充"天道"说基本没有"天命"之思的人文残余，他是唯"物"的。《论衡·谴告篇》说，"夫天道，自然也，无为。"其《初禀篇》说，"自然无为，天之道也。"其《乱龙篇》又说，"夫东风至，酒湛溢，鲸鱼死，彗星出，天道自然，非人事也。"此所言"天道"，自然不是指传统儒学的"人道"即政治教化、道德伦理，也并非指该"人道"的天学背景与原型。而是从其唯"物"的角度，指不受人为、人事之影响的事物的规律。在哲学上，王充主"气"论。王充自称"虽违儒家之说"，但合乎"黄老之义"（《自纪篇》）的"气之自然"说，其思想之源，可以追溯到先秦庄生的"通天下一气耳"的见解。王充《论衡·自然篇》有云：

天覆于上，地偃于下，下气蒸上，上气降下，万物自生其中间矣。

天地，含气之自然也。（《论衡·谈天篇》）

王充的哲学、美学本原、本体说，是"气"。而"自然"，是隶属于"气"的一个依存性范畴，通常指与"人道"、人世与谶纬神学所迷信的、谴告于人之神秘天命相对立、对应的自然界，所以所谓"含气之自然"即"天地"。"天地"一方面属于经验世界，故而其所言"自然"，并非指先秦道家那样的"精神自然"，是唯"物"的自然"。这"物"，既是经验层次的、可以用感官感受、把握的；又是具有一定超验、形上性的，它是自然界、人类社会万事万物的原型与本体，当然也是美之根因与质的规定性。在《论衡》中，王充多言"天道"、"天之道"，这是一个与"人道"相对的范畴，王充所言"天道"、"天之道"一般没有崇拜的意味，在此划清了与谶纬神学的虚妄之见的界限。王充《论衡·自然篇》说，"人道有教训之义"而"天道"无，"人道"与"天道"是二分的。王充的"道"说，有如西方古代一般的"天、人"主客二分说。中国美学及其范畴，并非都在所谓天人合一的文化、哲学框架中酝酿、建构与完成的。范畴作为一种理论形态，倒反而应当在天人相分、主客二分的思维模式之中才能"存活"、"存有"。王充的"天道"思想与思维，自然不等于照搬了先秦道家的"道"论，因为在形上性上，前者不及后者。他所言"天道"，还有些拖泥带水的形下之经验因素的思想与思维的滞累。然而，当王充以唯"物"（气）的"天道"观去抗拒神学之虚妄时，他既可能划清他的"天道"与"天命"的界限，又吸收先秦道家"道"范畴的形上特性因素。《论衡·自然篇》说，"春不为生，而夏不为长，秋不为成，而冬不为藏。"四季之交替与人、人事无关，四季之交替不是具有主观意图的，所谓"天道""自然无为"的意思，是说自然界的本质与运行规律本来如此，"天道当然，人事不能却也"。（《论衡·变虚篇》）

无疑，王充的"天道"观的基本贡献，不在为"天道"在思维上预设其形上属性，而是天人、主客二分。这推动了秦汉关于"道"这一范畴的美学意义上的思想与思维的酝酿。

王充之后，东汉的文人学子一般少言甚至不言形上意义的"道"，似乎这一"道"的问题或道范畴已经退出了历史、人文语境的争论与酝酿。但在牟融《理惑论》以提问、答难方式阐说佛学义理之时，由于印度佛教此时入传未久，其义理的解读，往往成为"误读"，从传统思维方式以道家之"无"说佛家之"空"。在此，保留了一些值得注意的思想与思维资料。

> 问曰：何谓之为道，道何类也？牟子曰：道之言导也，导人致于无为，牵之无前，引之无后，举之无上，抑之无下，视之无形，听之无声，四表为大，绕綖其外，毫厘为细，间关其内，故谓之道。（牟融《理惑论》）

印度佛教初传，以传统儒家思想与之推拒为尤。宣说印度佛教义理的人，为使中国百姓接受之，便以老庄之道学比附于佛学。虽然在佛教入传中土期间，佛与道的争论是十分激烈的，这一方面，可引所谓《老子化胡经》为证据。然而比起儒学来，老庄之道学，似乎是印度佛学的思想与思维的"同盟者"而首先为宣说入渐之印度佛学者所误读、接纳与容受。因为在哲学、美学本原、本体上，如果说儒学崇"有"，那么道学崇"无"，而佛学崇"空"。一在入世、一在出世、一在弃世，三者的区别，是很显然的甚至是根本性的。然而，在东汉时人看来，道与佛之间，在无与空、出世与弃世之间，还是相近的，所以，以道说佛、以无说空，就成了一种"方便"的"话语"。这便是诸如《理惑论》这样的宣说佛教义理的文本宣传道家之说的缘故。

> 问曰：子云佛道（佛教义理）至尊至快，无为澹泊，世人学士多讥毁之，云其辞说廓落难用，虚无难信，何乎？牟子曰：至味不合于众口，大音不比于众耳。（牟融《理惑论》）

以"无为澹泊"称"佛道"，为"世人学士"所"讥毁"，但牟融却以为，这是不必担扰的。佛、道同为"至味"、"大音"，不是因为以"无为澹泊"称"佛道"有什么错，而是因为这样的"至味"、"大音"为"众口"、"众耳"所难以接受之故。

如此以道家之说"误读"佛教义理的思想与思维现象，在汉代"道"范畴酝酿之历程中突现出来，确是一件很有意思的事。《理惑论》甚至说，"澹泊无为，莫尚于佛。""澹泊无为"，本是道家之典型命题，这里却用以称佛教义理，一是佛教入渐之初，印度佛学本旨一时为华人所难以理解、接受，故姑妄说之；二是即使牟融本人，也并未理会佛教义理之本旨，因而以道论比附于佛说，这是粗陋的解读。

最后，这里还要来分析一下，东汉道教符箓派著述《太平经》的"道"论，看看它对"道"范畴酝酿的影响。

《太平经》又名《太平清领书》。其文有云："夫道，何等也？万物之元首，不可得名者，六极之中，无道不能变化，元气行道，以生万物。天地大小，无不由道而生者也。"道为"元首"，"以生万物"，道是本原，而道秉"元气"，道因"元气"而"行"，"元气"又分天、地、人"三才"，"一气为天，一气为地，一气为人，余气散备万物。"以"气"之品格不同而成其天、地、人及万物。但诸多的"气"统一于"道"，"夫道者，乃大化之根，大化之师长也"。

"大化"，即原化之谓。

　　然而，《太平经》论道继承了董仲舒天人感应、天人合一说而不是王充的天人相分说。作为道教原理的奠基之作，取这样的思维模式是可以理解的。《太平经》云，道乃"天人一体"之道，因为"道"是神秘而天就的，故道教重符咒、符箓是必然的。"道"与天相应，此之谓"真道"。它是神奇莫名的。"天者最神，故真神出助之化也"。"力行真道者，乃天生神助其化"。"真道"又是上善之道，"道乃能导化无前，好生无辈量，夫有真道，乃上善之名字。""真道"又为人的长寿秘诀、真寿仙方，"太古、中古以来，真道日衰少，故真寿仙方不可得也"。道教的"真道"说，到底有些"天命"思想与思维的残余，在秦汉关于"道"范畴之美学意义的历史性酝酿中，毕竟投下了道教作为中国土生土长之宗教的人文阴影。

参考文献

（1）《十三经注疏》，阮元刻本，中华书局，1979

（2）《周易注》，郑玄注，明万历中刻本秘册汇函，王应麟辑

（3）《周易孟氏章句》，孟喜撰，黄华馆刻本，马国翰辑

（4）《周易正义》，王弼、韩康伯注，孔颖达疏，上海古籍出版社，1990

（5）《老子注》，王弼注，中华书局，1998

（6）《南华真经注疏》，郭象注、成玄英疏，中华书局，1991

（7）《庄子集解》，王先谦撰，中华书局，1954

（8）《经学通论》，皮锡瑞撰，中华书局，1954

（9）《孟子字义疏证》，戴震撰，中华书局，1982

（10）《荀子集解》，王先谦撰，中华书局，1988

（11）《韩非子集解》，王先慎撰，中华书局，1998

（12）《诸子集成》，上海书店，1986

（13）《新编诸子集成》，中华书局，1992

（14）《四库术数类丛书》，上海古籍出版社，1991

（15）《史记》，司马迁撰，中华书局，2006

（16）《汉书》，班固撰，中华书局，2007

（17）《说文解字》，许慎撰，中华书局，1963

（18）《后汉书》，范晔撰，中华书局，1965

（19）《周礼·考工记》，四部备要本，中华书局，1982

（20）《山海经笺疏》，郝懿行撰，阮元刻，琅环仙馆本

（21）《战国策》，湖北崇文书局重刻姚宏本，清代同治乙巳本

（22）《天问》，屈原撰，洪兴祖《楚辞》补注本，汲古阁刊本

（23）《黄帝内经·素问》，商务印书馆，1936

（24）《吕氏春秋》，吕不韦撰，毕沅校正，经训堂刻本

（25）《用笔法》，李斯撰，马国翰玉函山房辑佚书续编本

（26）《新书》，贾谊撰，卢文弨抱经堂校定本

（27）《毛诗序》，孔颖达疏，中华书局，1979

（28）《春秋繁露》，董仲舒撰，四库丛刊本，商务印书馆，1919

（29）《淮南子》，刘安撰，高诱注，诸子集成本，中华书局，1958

（30）《盐铁论》，桓宽撰，四库丛刊本，商务印书馆，1936

（31）《说苑》，刘向撰，四库备要本，商务印书馆，1936

（32）《乐记》，刘德撰，阮元刻，十三经注疏·礼记注疏本

（33）《太玄》，扬雄撰，四部丛刊本，商务印书馆，1936

（34）《易林》，崔篆撰，四部丛刊本，商务印书馆，1936

（35）《论衡》，王充撰，上海人民出版社，1974

（36）《白虎通·德论》，班固撰，丛书集成初编本，商务印书馆，1936

（37）《琴操》，蔡邕撰，丛书集成初编本，商务印书馆，1937

（38）《潜夫论》，王符撰，四部丛刊本，商务印书馆，1936

（39）《九势》，蔡邕撰，康熙静永堂佩文斋书画谱刻本

（40）《六艺论》，郑玄撰，《全后汉文》，中华书局影印本

（41）《非草书》，马国翰玉函山房辑佚书续编本

（42）《理惑论》，牟融撰，四部丛刊·弘明集本，商务印书馆，1936

（43）《中论解诂》，徐干撰，孙启治解诂，中华书局，2014